HEYNE BÜCHER

SCIENCE FICTION

Herausgegeben
von Wolfgang Jeschke

JAMES B. JOHNSON

TRECK MEISTER

Roman

Aus dem Amerikanischen von
NORBERT STÖBE

Deutsche Erstausgabe

WILHELM HEYNE VERLAG
MÜNCHEN

HEYNE SCIENCE FICTION & FANTASY
Band 0605916

Titel der amerikanischen Originalausgabe
TREKMASTER
Deutsche Übersetzung von Norbert Stöbe
Das Umschlagbild ist von Michael Whelan

Umwelthinweis:
Dieses Buch wurde auf
chlor- und säurefreiem Papier gedruckt.

Redaktion: Wolfgang Jeschke

Amerikanische Erstausgabe 1987 by DAW Books, New York
Mit freundlicher Genehmigung des Autors
und Thomas Schlück, Literarische Agentur, Garbsen
(# T 27140)

Printed in Germany, September 1997
Umschlaggestaltung: Atelier Ingrid Schütz, München
Technische Betreuung: M. Spinola
Satz: Schaber Satz- und Datentechnik, Wels
Druck und Bindung: Elsnerdruck, Berlin

ISBN 3-453-13296-3

Meiner Mutter Eloise gewidmet,
die mir vor dem Schreiben mit der Hand das
Schreibmaschineschreiben beibrachte.

1 Der König

Die Saat der Rebellion wurde jedenfalls an diesem Tag gesät, zu einem Zeitpunkt, als er nichts davon wußte – er ahnte es bloß. Thomas Jefferson (Shepherd mit Familienname) Rex genoß seine Geburtstagsfeier trotzdem.

»... der einzige lebende Treckmeister, König von Bear Ridge, oberster Befehlshaber der Armeen und der Gyrenen der Palastwache, Gebieter über Crimson Sapphire, Hüter des Glaubens ...« – bei diesen Worten schnaubte TJ leise, während der Herold weiter seine Titel herunterleierte. Er bemerkte den ruhigen Tonfall des Herolds und empfand widerwillige Bewunderung für die Fähigkeit des Mannes, sich durch die notwendigen Formalitäten hindurchzukämpfen – »... ungeschlagener Schwertmeister, Admiral sämtlicher Flotten, der Eroberer, Lordkanzler, Gebieter aller Adligen, der Vater seiner Völker ...«

Der Herold SCHIEN IN GROSSBUCHSTABEN ZU REDEN. TJ gestand sich ein, daß die Aufzählung seiner Titel langweilig war. Er würde die meisten davon streichen müssen – vielmehr deren öffentliche Aufzählung. Der Herold würde herumdrucksen und sich sträuben, denn er mochte die Förmlichkeit bei Hofe. Alfred, der Herold, war ein Organisationsgenie, aber er hatte seine Fehler. Wenigstens war er so gut wie fertig.

»... erweisen Seiner Majestät, Thomas Jefferson Rex, König von Bear Ridge, an seinem zweiundvierzigsten Geburtstag ihre Reverenz.«

Hörte das denn niemals auf? TJ konnte überall im höhlenartigen offiziellen Thronsaal gelangweilte Gesichter erkennen. Die vorne versammelten höfischen Schmeichler trugen höfliche Mienen zur Schau, obwohl selbst sie sich langweilen mußten. Ihr Räuspern und Hüsteln nahm merklich zu. Mehr als tausend Anwesende, dachte er, und alle in ihren besten Kleidern. Zu seiner Rechten war ein Abschnitt für die Adligen reserviert; mehrere der etwa zweihundert Anwesenden vermochten ihre feindseligen Blicke auf ihn nicht zu verbergen. Zu seiner Linken stand der Klerus auf einer gleich großen Fläche, von wo aus ihn eine entsprechende Anzahl feindseliger Blicke traf. In der Mitte saßen oder standen beinahe tausend seiner Untertanen, die meisten von außerhalb. An den Wänden standen Mitglieder der Gyrenen, stets wachsam, die Augen ständig in Bewegung. Gruppen dieser Palastwachen standen auch wie zufällig unter den Zuschauern verteilt, und einzelne Soldaten sprenkelten die vorderen Reihen der Menge.

Der Hofnarr mußte die Unruhe gespürt haben, denn plötzlich jauchzte er und stürmte mit einer Reihe von Überschlägen auf den freien Platz unterhalb des Thrones. Der Herold geriet mit seiner Litanei vorübergehend aus dem Takt.

Endlich waren die Eröffnungszeremonien beendet, und TJ lächelte wohlwollend auf eine Gruppe von Mädchen im dritten Schuljahr hinab, während diese ihm ein Ständchen brachten. Dann folgten Jongleure. TJ warf der Föderationsgesandten, Sharon Gold, einen raschen Blick zu. Sie beobachtete alles angespannt. Auch wenn sie Xenobiologin war, konnte sie ihr Interesse für die vermeintlich wunderlichen Sitten eines zurückgebliebenen Planeten wie Bear Ridge nicht verbergen. TJ bewunderte Sharon. Sie war eine hochgewachsene, geschmeidige junge Dame mit goldbrauner Haut. Und sie stammte von der Alten Erde. TJ fand es erstaunlich, daß der Föderationsrat eine so junge Frau zum obersten Schiedsrichter in dem bevorstehenden Drama berufen hatte, das so wichtig war für ihn und seine Welt. Politik? Möglicherweise. Er würde sich darüber informieren müssen. Es konnte gut sein, daß der Föderationsrat ebenso voller Intrigen steckte wie sein eigener Hof. Wie, zum Teufel, kam eine Orientalin von der Erde zu einem jüdischen Namen? Das hatte er sich seit ihrer Ankunft auf Bear Ridge schon ein dutzendmal gefragt.

Nun trat eine Gruppe von Akrobaten auf, deren Körper wahllos umherflogen und in die Menge zu stürzen drohten. Der Hofnarr hüpfte umher und warf sich zwischen sie, wobei er, wie TJ wußte, sich mit seinen Talenten zurückhielt, um die Akrobaten nicht in Verlegenheit zu bringen.

Er wurde wieder unsicher. Was wäre, wenn sich herausstellte, daß er sich irrte? Er konnte nicht mehr stillsitzen, und ihn erfaßte eine bedrückte Stimmung. Schieb die Zweifel beiseite. Geburtstage waren ein Anlaß zum Feiern. War nicht auf ganz Bear Ridge Feiertag, weil er Geburtstag hatte? Und TJ wußte, daß das näherrückende Alter nicht der einzige Grund für seine Lethargie war. Zwei Dekaden des Kämpfens. Zwanzig Jahre des Blutvergießens, der Agonie, der ständigen Schlachten, des Planens, des Schwitzens und der zerrütteten Nerven, des Todes und, schlimmer noch, des Verwesungsgeruchs, des Lebens auf des Messers Schneide – nach alledem war das Leben zu zahm geworden. Er erkannte in seiner Unruhe den Fluch des Friedens wieder – ein Fluch, unter dem viele Soldaten leiden. Er hatte das Gefühl, als wartete er darauf, daß irgend etwas geschähe. So war es gewesen, seit die Euphorie des Krieges verflogen war. Er schüttelte sich. Träume lieber von der Zukunft; schwelge nicht in der Vergangenheit, lerne daraus. Herrgott, jetzt auch noch ein Philosoph?

Gwen, die neben ihm auf einem kleineren und weniger prätentiösen Thron saß, spürte seine Stimmung und tätschelte seinen Arm.

»... darf ich Seiner Majestät«, verkündete der Herold, »aus der Ethnarchie von Bexar und der Stadt Lonestar den ausgewählten Repräsentanten des Ethnarchen und des Volkes von Bexar vorstellen, den Musiker Kellen Sing.« Der Herold trat zurück.

Irgendwo wußte er es. Dies war ein Wendepunkt. Die Augen des jungen Mannes versprühten Feuer. Kellen Sing? TJ bemerkte seinen steifen Rücken, den ungebärdigen schwarzen Haarschopf, die Unmittelbarkeit des Blickes aus diesen pechschwarzen Augen und die kontrollierte Energie. Als er dem jungen Mann in die Augen starrte, nahm TJ eine unmittelbare Bedrohung wahr. Vielleicht auch nicht. Ihn zu lesen versuchen? Er hätte die Aurakontrolle beherrschen sollen, wußte jedoch, daß seine eigensinnige Persönlichkeit ein Hindernis für die Selbstintegration war. Aber sein Instinkt trog normalerweise nicht: er durfte es auch nicht.

»Willkommen.« TJ sparte sich die förmliche Begrüßung.

»Hoheit«, sagte Kellen Sing, »wir sind bloß eine arme Provinz und können uns keine teuren Geschenke leisten. Darum hat das Volk der Ethnarchie von Bexar mich geschickt, um Euch und Euren Hof zu unterhalten.« Sing bediente sich der förmlichen Sprechweise, dann ließ er sich auf ein Knie nieder und berührte mit der Stirn das andere Knie.

TJ bedeutete ihm, sich zu erheben, doch Kellen Sing schüttelte den Kopf. Er löste ein Paar miteinander verbundene Daumentrommeln von einem Handgelenk und befestigte sie an seinem Knie. Er schnippte sich das Haar von den Augen und senkte halb die Lider. Sein Kopf neigte sich zurück, und er begann einen betörenden Rhythmus zu trommeln.

Der ganze Saal verstummte. Das Pulsieren der Daumentrommeln füllte den von Menschen wimmelnden Saal bis zum letzten Winkel. Die etwa faustgroßen Trommeln waren aufeinander abgestimmt.

TJ bemerkte, welche Faszination die Musik auf die

Höflinge ausübte. Die Anwesenden waren unnatürlich ruhig. Dann und wann konnte sich einer seiner Gyrenen fangen, als erwachte er soeben. TJ erkannte einige Akkorde des ›Trauermarsches‹ wieder, die in dem Musikstück verborgen waren. Gwendlyon staunte mit großen Augen und beugte sich vor, um sich nur ja keinen Ton entgehen zu lassen. Der Rhythmus nahm seinen Herzschlag gefangen, schlug tiefverborgene Saiten an. Er riß sich los, aus Angst, sich eine Blöße zu geben. Ein Großteil der Menge wirkte wie hypnotisiert.

Kellen Sing endete, und im Saal blieb es totenstill, während noch mentale Echos der Musik nachklangen.

Kellens Kopf fiel wieder vor auf sein Knie, stupste die Trommeln an und verharrte in dieser Stellung. Ein spontaner Beifallssturm brach aus den Kehlen der tausend Anwesenden und ließ den Palast erbeben. Der Beifall hielt viele Minuten lang an. TJ sah, wie Kellen an sein Knie gepreßt in sich hineinlächelte.

TJ empfand eine plötzliche Seelenverwandtschaft zu dem jungen Mann, der vielleicht so alt war wie sein und Gwens Sohn, oder vielleicht ein oder zwei Jahre älter. Wenn doch Michale über eine solche Ausstrahlung verfügt hätte wie Sing, und wenn er weniger Feindseligkeit bekundet hätte. Ach, er konnte bloß hoffen, daß sich die Dinge änderten.

Der Applaus verebbte allmählich, eine riesige, zurückweichende Woge, die vereinzelte Stellen lautstarker Zustimmung zurückließ. Nach und nach breitete sich Ruhe aus, und die Erwartung stieg. Es war üblich, daß der König hervorragende Darbietungen großzügig belohnte. An seinem Geburtstag nahmen die königlichen Schätze seiner Stimmung und seinem Großmut entsprechend ab.

TJ bedeutete Kellen noch einmal, sich zu erheben.

»Ich hoffe, es hat Eurer Majestät gefallen«, sagte Sing ungefragt.

Der Hof hielt den Atem an. Man antwortete dem König bei Hofe lediglich, sprach ihn jedoch nicht an.

TJ mußte seine Bewunderung für die Dreistigkeit des Jungen verbergen. »Ja, es hat mir gefallen. Meine Liebe?«

Gwen nickte versonnen, und kein einziges Silberhaar in ihrer kunstvollen Frisur geriet in Unordnung. Sie wandte sich ihm zu und flüsterte: »TJ, er war großartig!«, und als sie wieder Kellen und den Hof anschaute, erschien das berühmte Lächeln der Königin auf ihrem Gesicht. »Ja, Mylord. Ich würde später gern noch mehr hören.«

TJ wandte sich an Kellen, der weiterhin kniete, inzwischen jedoch zu TJ und Gwen aufsah. »Erheb dich und tritt näher.«

Mit einer einzigen flüssigen Bewegung erhob sich Kellen und begann die breiten Marmorstufen emporzusteigen. Der Herold bedeutete ihm, auf der zweithöchsten Stufe stehenzubleiben.

»Wie kommt es, daß du so gut spielst?« fragte TJ.

»Eure Majestät, ich bin bloß ein armer Hirte, der nur über geringe Schulbildung verfügt.« TJ erkannte, daß die Inszenierung Kellens Veranlagung optimal entgegenkam. »Meine Herde wird von meiner Musik beruhigt. Ich habe viele Stunden damit zugebracht, vor Büffelschafen zu üben, Majestät.«

TJ nahm die vorsichtige Unverfrorenheit zur Kenntnis, die nicht ganz korrekte Form der Anrede, und fand spontan Gefallen an dem Jungen. Er wünschte, es gäbe bei Hofe mehr von seiner Sorte.

»Wußtest du, Kellen Sing, daß es bei Hofe üblich ist, den Besten des Tages zu belohnen?« Die Menge begleitete seine Worte mit Gemurmel. Alle außer den Adligen, die wenig Sympathie für TJ und seine Art hatten. Die meisten Anwesenden erwarteten offenbar, daß Kellen Sing das höchste Lob zuteil würde. Und Reichtümer würden diesen armen Hirtenjungen überwältigen.

»Nein. Majestät.«

Der Junge besaß nicht genug Erfahrung, um Thomas Jefferson (Shepherd) Rex zu täuschen, dachte TJ. Als er die Lüge bemerkte, verstärkte dies das Gefühl einer inneren Verwandtschaft mit Kellen. Er überlegte, ob er den Jungen piesacken, ihn bloßstellen sollte, um ihm zu zeigen, daß man den König von Bear Ridge nicht anlog, ohne dabei ertappt zu werden. Er entschied sich jedoch dagegen, beschloß statt dessen, auf das Spiel einzugehen und vielleicht herauszufinden, welches Ziel Sing eigentlich verfolgte.

»Belohnungen erhalten diejenigen«, sagte TJ, »die ich für würdig erachte.« Er hatte diese speziellen Worte gewählt, anstatt etwas von ›besten Darbietungen‹ zu sagen.

Kellen Sing hob eine Braue.

»Dein Gewicht in Reichsmünzen wäre eine reichliche Anerkennung, meinst du nicht?« Der Junge würde höllisch zu tun haben, um den ganzen Zaster zu Fuß nach Lonestar zu tragen. Wie auch immer, der Köder war ausgelegt, und er war gespannt, was Sing sagen würde, wenn er den Köder vom Haken nahm.

»Mehr als reichlich«, sagte Kellen. »Euer Großmut ist überwältigend«, schloß er in falscher Tonlage.

Und TJ wußte, daß Sings Tonfall Absicht war, um ihm zu zeigen, daß es nicht Geld war, was er wollte.

Gwen spürte dieses subtile Nebenspiel und nahm ihr Stichwort auf. »Vielleicht hat Kellen Sing an etwas anderes gedacht? Ein Pferd aus den Ställen des Königs? Und ein hübscher Wagen? Vorübergehendes Quartier im Palast, da er offenbar noch nie die Hauptstadt besucht hat?«

TJ bemerkte die leichte Mißbilligung in ihrer Stimme. Sie mochte keine Abweichungen von der strengen Förmlichkeit des offiziellen Hofes. Und sie kannte TJs Hang zu Abwechslung und Spott, seinen manchmal kindischen Humor sowie seine Ungeduld zur Genüge.

Vielleicht ist das der Grund, weshalb mir Kellen Sing so gefällt, dachte er; wir verabscheuen beide den offiziellen Formelkram.

»Wenn Eure Hoheiten erlauben«, sagte Kellen, »ist mein Gewicht in Münzen kein ausreichendes Entgelt für eine vorschriftsmäßige Ausbildung?«

»Was?« Damit hatte TJ nicht gerechnet.

»Eure Majestät, ich habe niemanden in Lonestar zurückgelassen. Meine Familie ist tot ... nun, es gibt da eine Schwester, aber sie sorgt für sich selbst. Ich habe mein Leben in den Bergen mit Büffelschafen und Raubtieren verbracht ... und mit meinen Daumentrommeln. Dort draußen habe ich von den Sternen geträumt; mehr noch aber vom Lernen, von Büchern, die ich mir unmöglich leisten konnte, von Wissen, das ich mir in der Provinz ... äh ... der Ethnarchie von Bexar nicht aneignen konnte. Bestimmt könnte ich mit Eurer Hilfe eine der Höheren Schulen hier in Crimson Sapphire besuchen? Ich weiß, das ist viel verlangt. Ich spiele meine Trommeln. Ich hüte Büffelschafe. Ich stamme vom Land und aus den Bergen auf dem Land. Aber selbst dort sind Eure Großzügigkeit und Liebe zur Bildung wohlbekannt.« Er zögerte. »Eure Majestät.«

TJ beobachtete Kellen, während dieser ihn beobachtete. Er wußte, daß seine Erscheinung auf einen Jungen vom Lande Eindruck machen mußte. Dennoch wirkte Kellen entspannt und schien den offensichtlichen Druck des Spiels, das er mit dem König begonnen hatte, zu genießen. Kellens Augen prüften, taxierten ihn. TJ wußte, was Kellen sah. Der Monarch war über einen Kopf größer als der Durchschnitt, grobknochig, mit einer markanten Nase. Die Andeutung eines Bauches wurde von enger Kleidung im Zaum gehalten. Sein scharlachrotes Gewand war an den Aufschlägen und um den Kragen herum mit fünf Streifen bestickt. Epauletten krönten die Schultern, und unter der rechten Epaulette wand sich eine weiße Seidenschärpe hindurch. Orden, Medaillen und Ordensbänder schmückten seine linke Brustseite und hingen an seinem Hals. TJ sah Kellen zusammenzucken, als sein Blick das Symbol des Aufgebots erreichte, das er um den Hals trug. Sein Blick verharrte, und er war von der Entdeckung offenbar erschüttert. TJ trug das Symbol nur bei Gelegenheiten wie dieser – und niemand, der an jenem schicksalshaften Tag zugegen gewesen war, erwähnte es. Die wenigen, die ihn überlebt hatten. Schließlich löste sich Kellens Blick von dem Medaillon und bewegte sich widerwillig weiter. TJs Gewand hing lose über schwarze Hosen hinab, die wiederum in spiegelglatt polierten hohen Stiefeln steckten. Er wußte, daß etwas die ganze Wirkung in den Schatten stellte, nämlich Thomas Jefferson Shepherd, das Gesicht, das den Geist repräsentierte, der diesen Planeten lenkte. Sein Haar war dicht, stellenweise grau gesprenkelt, ebenso wie der Bart seines Prinzen Albert – obwohl es sorgfältig gestutzt war. Schließlich sah TJ Kellens schwarze Augen seinen grauen begegnen, graue Augen, auf die Kampf und Blut abgefärbt hatten und die Kellen unverwandt betrachteten. TJ las Kellen jetzt ausreichend gut, um zu wissen, was er in diesem Moment dachte. Kellen mußte eingeschüchtert sein, so wie er in seinem einfachen Gewand dastand. Dann bemerkte TJ eine Veränderung in Kellens Augen, und in ihnen erschien ein härter werdender Schimmer.

Unvermittelt brach TJ das Schweigen. »Also gut.« Hier spielte er mit einem verdammten Jungen, wo es Angelegenheiten von allerhöchster Wichtigkeit gab, die seine Aufmerksamkeit erforderten. Er wünschte, sich unter seinem Kragen kratzen zu können, aber Gwen würde es natürlich bemerken und ihm später die Hölle heiß machen.

Der Hofnarr begann Überschläge rückwärts zu machen, und TJ wußte, daß er Kellen Sing zuviel Zeit widmete. TJ seufzte. Die Pläne, die er für sich und Bear

Ridge hegte, standen kurz vor der Vollendung, und er sollte sich auf sie konzentrieren. Würde Bear Ridge die Prüfung bestehen? Konnte er Sharon Gold davon überzeugen, daß Bear Ridge bereit war? Die Anwesenheit dieses Kellen Sing schien seine Entschlußkraft jedoch zu hemmen.

»Es soll geschehen, wie du es wünschst«, sagte er zu Kellen. »Bleib. Der Herold wird nach Beendigung der Feierlichkeiten eine Audienz für dich arrangieren.«

Der Hofnarr taumelte und hüpfte herum, dabei breit wie ein Hochlandkäse grinsend, wobei er mit seinem Make-up und dem gelegentlichen Gebrabbel den Eindruck eines lallenden Idioten erweckte.

TJ lehnte sich zurück, um einem Tanz gezähmter Schnarlen zuzuschauen, und versuchte, seinen Gürtel zu lockern. Er dachte, wie praktisch es doch sei, daß die Jacke über der Hose getragen wurde. Er machte den Mangel an Aktivität für die Körperfülle des beginnenden Alters verantwortlich und sehnte sich augenblicklich nach vergangenen Zeiten zurück.

In den vorderen Reihen brach Heiterkeit aus, als eines der Tiere den Boden beschmutzte und Bedienstete herbeieilten, um ihn zu säubern. TJ nutzte die Gelegenheit, um seine Gürtelschnur ein wenig nach unten zu ziehen.

Gwen berührte ihn leicht am Arm und erinnerte ihn daran, sich zu benehmen.

Er wandte sich ihr zu und sagte leise: »Wenigstens bin ich nicht so schlampig wie dieser Dreckskerl Tirano.«

»Das ist dein Tag, Thomas. Laß ihn dir nicht durch Politik verderben.«

Schuldbewußt blickte er zu Sharon Gold hinüber. Sie hatte wahrscheinlich weniger Zeit gebraucht, um von Fedcentral nach Bear Ridge zu reisen, als Kellen Sing, um von Lonestar nach Crimson Sapphire zu marschieren, und das hielt er für eine Schande.

2 Kellen Sing

Kellen Sing war nicht vorbereitet auf die Plötzlichkeit des Geschehens, die Heftigkeit der Reaktion, die Schnelligkeit des Königs oder den Blutgeruch.

Während er den Fortgang der Festlichkeiten verfolgte, überlegte Kellen, daß der Hof von Thomas Jefferson Rex fremdartig sei. Er saß jetzt in einem halboffiziellen Abschnitt, einem mit richtigen Sitzbänken, die offenbar zu den wenigen begehrten vorderen Plätzen zählten. Er überlegte, daß dies nicht seine Welt sei.

Er schaute sich um. Palastwachen, die manchmal als Gyrenen bezeichnet wurden, standen herum, alle mit polierten Schwertern bewaffnet, mit geölten Armbrüsten und den mörderischen Assagais. Sie waren einschüchternd: eine Gruppe von Männern, die alle gleich aussahen, mit militärisch steifen Rücken, den gleichen Frisuren, dem gleichen unversöhnlichen Blick, den starken, energischen Kinnladen und der geraden Haltung, hatte etwas Eigentümliches an sich. Jeder einzelne schien ein wandelndes Waffenarsenal zu sein, und jeder einzelne war zum Schutze des Königs postiert. Kellen vermochte es nicht zu erkennen, doch er wußte, daß es in ihrer Aufstellung und den scheinbar zufälligen Bewegungen in der Menge ein System gab.

Der König mußte das Drum und Dran seines Amtes lieben. Kellen beobachtete, wie eine Gruppe dunkler Männer den König mit einem Paar wilder Schnarlen beschenkte, ein Männchen und ein Weibchen. Sie durchliefen die Bewegungen einer offiziellen Präsentation, während der Wärter des Königs sich augenfällig in der Nähe aufhielt. Die mächtigen Hälse der Tiere waren von metallenen Krägen umschlossen, von denen vier Ketten zu an einem schweren Karren befestigten Ringen führten. Wie die meisten Schnarlen machten auch diese im Zustand der Erregung wenig Lärm. Kellen schauderte. Er war Schnarlen schon einmal begegnet: wenn sie beinahe lautlos knurrten, dann war Ärger zu erwarten. Natürlich waren diese Schnarlen aufgebracht. Ihr unauffälliges, steingraues Fell sträubte sich, Wellen liefen über ihre Flanken.

Kellen schaute sich um, ob die Wachen sich der Gefahr bewußt waren, entdeckte jedoch keinerlei Anzeichen dafür. Sollte er jemanden warnen? Wovor? Aufgrund eines bloßen Verdachts? Wenn er das täte, würde er erklären müssen, woher er es zu wissen meinte. Ängstlich schaute er sich nach jemandem um, der fähig wäre, gegen eine freie Schnarle zu kämpfen. Nein. Nur der König schien groß genug zu sein – dort oben auf dem Thron wirkte er überlebensgroß. Der König hatte ein Schwert, aber Kellen konnte nicht erkennen, ob es ein Zeremonialschwert oder ein funktionsfähiges war. War dieses spezielle Schwert wirklich der ›Witwenmacher‹?

Er schätzte, daß die männliche Schnarle dreimal so schwer wie der König war. Er sah, wie die wilden Augen der Schnarlen panisch umherhuschten. Die Schnauzen zuckten nervös von rechts nach links, Schnauzen mit Mäulern darunter, die groß genug waren, um den Arm eines Mannes aufzunehmen, ohne ihn zu schlucken. Die Zähne, das wußte er, waren rasiermesserscharf und dem Schlund der Schnarlen zugeneigt. Und die Tiere waren flach gebaut, damit sie sich rascher fortbewegen konnten. Die sechs kräftigen Beine mit den auswärts gebogenen, dickhäutigen Greifklauen zeigten, daß die Tiere für das Gebirge spezialisiert waren. Die kurzen Beine verschafften ihnen die Überlegenheit eines Krokodils über alle anderen Lebewesen dieser Welt.

Einige Leute in den vorderen Reihen wurden aufmerksam. Kellen konnte spüren, wie die Angst in die Umstehenden einsickerte. Kein Mensch von der Alten Erde fühlte sich in der Gegenwart von Schnarlen je behaglich. Die nächststehende Palastwache wirkte jedoch nicht erkennbar beunruhigt. Kellen spürte in seiner Umgebung die ersten Anzeichen von Panik. Aber ohne sichtbare Bedrohung hatten sie nichts, woran sie ihre Befürchtungen festmachen konnten. Hah, laß sie schwitzen! Er konnte erkennen, daß die Gyrenen mehr mit der Menge beschäftigt waren als mit der von den Schnarlen ausgehenden Gefahr.

Kellen begriff das militärische Denken nicht. Er schaute wieder den König an, wie er so selbstzufrieden dasaß und wahrscheinlich darüber nachdachte, was er zu Mittag speisen sollte. Kurz nachdem dieser König die übrigen Nationen und Stadtstaaten von Bear Ridge unterworfen hatte, hatte er planetenweit ein offizielles Dienstprogramm ins Leben gerufen: zwei Jahre, die entweder im Militär- oder Zivildienst zugebracht werden mußten. Kellen hielt dies für schlau, da das Programm mehr an Ausbildung erforderte, als die meisten Leute besaßen, und darum den Bildungsstand sämtlicher Bewohner dieses Planeten anhob. Und sie, durchaus nicht unbeabsichtigt, der überflüssigen Propaganda von Thomas Jefferson Shepherd zugänglich machte.

Kellen hatte nicht den Militärdienst gewählt. Statt dessen hatte er bei den Armen seiner Provinz gearbeitet. Selbst arm, hatte er es nur für gerecht gehalten, daß das Königshaus ihn dafür bezahlte, daß er den Armen half. Er hatte sich den Gedanken, daß alle jungen Leute vor ihrem zwanzigsten Geburtstag dienen und sich anderen zur Verfügung stellen sollten, bereitwillig zu eigen gemacht. Der Dienst unter diesem König, dachte er, bewirkte Demut und größere Lebenserfahrung. Auf der anderen Seite, argumentierte er häufig, erlaubte er es dem König, sämtliche jungen Leute zu agitieren oder mit seiner speziellen Art von Propaganda zu bearbeiten. Sein Entschluß wurde neu bestätigt, und der Hof überwältigte ihn nicht mehr mit seiner Größe und Fremdheit.

Was dann passierte, geschah so schnell, daß die wenigsten Anwesenden ihm zu folgen vermochten.

Der Hofnarr hatte sich törichterweise vor den leise fauchenden Schnarlen postiert, als wollte er sie reizen. Er saß zurückgelehnt auf der dritten Stufe der Treppe zum Thron, als hätten ihn seine Bemühungen ermüdet. Seltsamerweise hatte Kellen den Eindruck, daß der Hofnarr lediglich wachsam war.

Dann bäumte sich die weibliche Schnarle auf, wobei sie ihren harten Unterbauch entblößte, zum Angriff einladend, herausfordernd. Sämtliche Blicke richteten sich auf sie. Der Narr sprang auf und wirbelte an ihr vorbei, offenbar mit der Absicht, sie solange abzulenken, bis die Wärter sie wieder beruhigen konnten. Aber Kellen spürte, daß etwas anderes geschah. Dann sah er den Kragen zerspringen, an dem die vier Ketten des männliches Tieres befestigt waren.

Plötzlich war das Männchen frei und bellte eine Drohung heraus, die durch den ganzen Saal schallte. Das Tier wirbelte herum und funkelte die vordere Reihe der feierlich gekleideten Geistlichen an. Unmittelbar neben den Geistlichen stand die geehrte Mädchengruppe, die dem König ein Ständchen dargebracht hatte. Wo würde das Tier angreifen? Es sprang erneut und landete auf der ersten Stufe zum Thron.

Gleichzeitig sah Kellen den Hofnarren auf das Tier zukriechen und mehrere Gyrenen ihre Schwerter und Armbrüste ziehen.

Ehe sich jedoch jemand bewegen konnte, sprang der König auf und zog sein gar nicht so zeremonielles Schwert, als er vor der Königin landete. Die Geschwindigkeit seiner Bewegung verblüffte nicht bloß Kellen und das Tier, sondern auch die Umstehenden, die schnell genug waren, um dem Vorgang zu folgen. Als das männliche Tier auf die Königin zuschoß, durchbohrte das Schwert des Königs das obere rechte Auge. Dann trat der König die Schnauze des Tieres nach oben, wobei sein Schwert dem Tritt folgte und mit einer Drehbewegung die Kehle des Tieres aufschlitzte. Blut spritzte hervor, und das Tier richtete sich auf. Der König schwang sein Schwert jetzt mit beiden Händen, schmetterte es mit der flachen Seite gegen den Rumpf des brüllenden Tieres und warf es um. Das Brüllen der Schnarle paralysierte beinahe jeden im Saal.

Außer den König, dachte Kellen. Der bescheuerte Hofnarr hastete immer noch in Panik die Treppe hoch, beide Hände ausgestreckt, als wüßte er nicht, wo er sich befand. Die Schnarle schlug vor ihm auf, und der Hofnarr sprang über sie hinweg, dem König vor die Füße. Der König stieß den Narren beiseite, wobei er ihn fast auf den Schoß der Königin schleuderte, und stürmte die Treppe hinunter zu der verwundeten Schnarle, das Schwert zu einem neuerlichen Schlag erhoben. Das Schwert mußte der Witwenmacher sein.

Inzwischen waren die Palastwachen aus ihrer Lähmung erwacht, und die männliche Schnarle war auf einmal von einem Dutzend Bolzen durchbohrt. Kellen sah einen Offizier ein Zeichen geben, und das Weibchen wurde ebenfalls erschossen – obwohl es immer noch an dem Karren festgemacht war. Derselbe Offizier gab ein weiteres Zeichen, und eine Gruppe von Gyrenen umringte die unglücklichen Fahrer. Kellen beneidete sie nicht. Dieser König hatte einen Ruf. Und die Umstände, unter denen die Schnarle sich befreit hatte, waren verdächtig.

Die Szenerie schien einen Moment lang zu erstarren, dann begann einer der furchtsameren vorne Stehenden zu schreien, und die weiter hinten Stehenden stimmten darin ein. Kellen bemerkte, daß inzwischen sämtliche Palastwachen ihre Waffen angelegt und die meisten von ihnen sich um den König herum postiert hatten. Der Lärm der Menge schwoll an, und der König hob sein bluttriefendes Schwert gebieterisch über den Kopf. Im großen Saal wurde es augenblicklich still. Der Anblick des blutbespritzten Königs war bezwingend. Das einzige Geräusch war das Schluchzen der Männer, die die Schnarlen in den Palast gebracht hatten. Sie wurden durch eine Seitentür hinauseskortiert, während Bedienstete die getöteten Schnarlen wegschleiften. Kellen wunderte sich über die hervorragende Organisation. Der Herold, blaß, aber einsatzfähig, leitete das Geschehen.

Die Augen des Königs funkelten herausfordernd, und er steckte das Schwert lässig in die Scheide. Er sagte etwas zur Königin, während der Hofnarr seine kniende Stellung vor ihr aufgab. Er begann mit einer Reihe von Bewegungen, die Kellen plötzlich als übertriebene mimische Darstellung des Dramas erkannte, das sich soeben zugetragen hatte. Kellens Instinkt sagte ihm, daß Thomas Jefferson Shepherds legendärer Ruf von diesem Tag an zu neuen Dimensionen anschwellen würde. Der König ignorierte die Bescherung auf seiner Uniform, wischte mit seinem bestickten Ärmel beiläufig das geronnene Blut vom Medaillon des Aufgebots ab.

Kellen schaute zu, wie der König die Feierlichkeiten beendete. Man hätte meinen können, es wäre gar nichts geschehen, wenn der Boden nicht mit Sand bedeckt und der König nicht mit allmählich schwarz werdenden Körpersäften bespritzt gewesen wäre.

Als die Feierlichkeiten abgeschlossen waren, fand Kellen sich an der Seite des Herolds wieder, der der königlichen Gesellschaft in respektvollem Abstand folgte. Kurzzeitig blieben sie stehen, als sich ihnen ein General der Palastwache in den Weg stellte. Der König nahm ihn beiseite und sprach mit ihm. Kellen sah den General in Habachtstellung dastehen, ohne zu antworten. Der König sprach ihm eine Zeitlang scharf ins Gesicht, und nur weil er die Ohren spitzte, bekam Kellen überhaupt ein paar Worte davon mit. Er wußte, daß der General – Vero, diesen Namen schnappte er auf – zusammengestaucht wurde. »... hätte getötet werden können, verdammt noch mal ... ziemlich miese Sicherheitsmaßnahmen ... Herrgott, ein Haufen junger Mädchen, um Himmels willen«, und: »... nehmen Sie sie auseinander, das war kein gottverdammter Unfall ...«

Der König entließ General Vero und schloß sich wieder der Gesellschaft an. Er ging neben der Außenweltlerin Sharon Gold. Kellen kannte ihre Absichten nicht, hegte jedoch seine Vermutungen. Man erzählte sich, daß Bear Ridge kürzlich von der Föderation entdeckt worden sei. Die jahrhundertelange Isolation von den anderen Welten war nun vorbei. Dies war der Hauptgrund, warum Kellen nach Crimson Sapphire gekommen war.

Sie gingen weiter den langen Korridor entlang, und Kellen belauschte das Gespräch zwischen dem König und Gold. Er überragte sie, redete und schwenkte die Hände, als teilte er ihr etwas Wichtiges mit.

»... und ich habe die Geschichte der Alten Erde mit Begeisterung studiert«, sagte der König. Kellen verspürte einen Anflug von Neid. Es gab soviel, das er lernen wollte – denn ohne Wissen, ohne Gelehrsamkeit würde er sich nicht verbessern, nicht weiterkommen können ...

Sie betraten ein Vorzimmer. Dieser Raum war nüchterner, ohne den demonstrativen Prunk, den Kellen erwartet hatte; geräumige Büros zweigten von diesem Empfangsraum ab.

Der König bedeutete allen, Platz zu nehmen, doch niemand setzte sich. Kellen machte Anstalten, sich zu setzen, als ihm ein kühler Blick des Herolds bedeutete, daß niemand vor dem König Platz nahm.

Der Narr hatte die Prozession begleitet und ließ sich ungezwungen in eine Ecke plumpsen, wobei er sich am Hinterteil kratzte. Niemand schien es zu bemerken.

Der König löste sich von der Gesandten und wandte

sich dem Herold zu. »Nun, Alfred, welche Geschäfte stehen an?«

Sharon Gold trat zurück und stellte sich neben Kellen. Sie war größer als er. Ihr Blick ruhte weiter auf dem König.

Der Herold sagte: »Majestät, der Terminkalender wurde für die Feier und die Bedienstetenversammlung heute nachmittag freigehalten. Abgesehen von diesem jungen Mann hier«, Alfred deutete mit einem Nicken in Kellens Richtung, »wartet bloß eine dringende Angelegenheit auf Sie.«

»Also, Hark, worum handelt es sich?«

»Majestät, der Ethnarch von Juarez bittet um eine sofortige Entscheidung bezüglich eines ökologischen Problems.«

»Und das ist eine so dringende Angelegenheit?«

»Das ist es, Majestät.«

»Dann wollen wir mal schauen, ob die Fakten Ihre Meinung bestätigen, Hark.«

»Sehr wohl, Majestät.« Alfred sprach mit einem Wachposten, der in ein Nebenzimmer trat. Bald darauf kehrte er mit zwei Männern zurück. Der erste trug an seinem Waffenrock die üblichen Insignien eines Würdenträgers aus der Provinz. Der zweite war ein junger Mann etwa in Kellens Alter, in zahlreiche helle Farben gekleidet wie ein Edelmann.

»Majestät«, sagte der Herold, indem er auf den Würdenträger deutete, »das ist Hammond Wouk, der Vertreter des Ethnarchen von Juarez.« Der Mann verneigte sich. »Und dieser junge Mann ist ein Vertreter der Ökologischen Gesellschaft von Juarez, Franco Valdez.«

»Also, worum geht es? Kann der Ethnarch neuerdings seine Probleme nicht mehr allein bewältigen?«

»Majestät«, sagte Wouk, »das kann er. Es gibt jedoch einen Konflikt zwischen zwei königlichen Dekreten. Dies läßt sich auf unserer Ebene nicht entscheiden.«

»Ist es so dringend, daß es nicht bis zu einem Geschäftstag warten konnte?«

»Die Zeit verstreicht, und Geld geht verloren.«

»Dann sagen Sie mir um Himmels willen, um welches Problem es sich handelt. Bringen wir's hinter uns.«

»Sehr wohl, Majestät. Vor drei Tagen sollten die Bauarbeiten an einem langersehnten Aquädukt vom See zur Stadt Figgeredwrong beginnen. Zum erstenmal fließendes Wasser. Die Ökologische Gesellschaft von Juarez hat den Baubeginn verhindert.«

»Wie?«

»Darf ich, Sir?« fragte Valdez.

»Das wäre mir nur recht.«

Valdez erbleichte merklich, schluckte und begann zu sprechen. »Majestät, das königliche Dekret zur Ökologie soll durchkreuzt werden. Man plant, einen großen Wald zu durchschneiden, was die Tierwelt beeinträchtigen und Tausende von Bäumen kosten würde.«

»Eure Majestät, das Aquädukt ist notwendig für die Hygiene und das öffentliche Wohl, was alles in einem anderen königlichen Dekret steht – außerdem steht es in Übereinstimmung mit Ihrer Modernisierungskampagne«, setzte Wouk hinzu.

»Ah, jetzt begreife ich. Den Konflikt.« Der König nickte.

»Die Baumannschaften warten vor Ort, und das Schatzamt der Provinz muß täglich dafür bezahlen, sie dort einfach herumsitzen zu lassen«, sagte Wouk. »Und letztlich auch die königliche Schatzkammer.«

»Nicht schlecht gedacht. Gibt es noch weitere Probleme? Könnte die Provinzbevölkerung das Schlagholz beispielsweise nicht zum Bauen und für die Winterbeheizung gebrauchen, Mr. Juarez?«

»Ja, Majestät, aber das könnte überlegter, selektiver geschehen. Ohne der Tierwelt zu schaden.«

»Ist Ihnen schon einmal in den Sinn gekommen, Valdez, daß Menschen eine Lebensform darstellen und es verdienen, in einer ökologischen Ordnung berücksichtigt zu werden?« Der König stand vor Valdez und funkelte von oben auf ihn hinab.

»Äh ... ja, Majestät. Menschen können denken, sich ihre Heimat selber wählen, ohne die natürliche Ordnung zu stören.«

Die Brauen des Königs hoben sich. »Und die Büffelschafe, von denen Ihre Provinz lebt, entsprechen sie der natürlichen Ordnung?«

»Äh ... ja, Majestät.«

»Falsch, Valdez. Unsere Vorfahren haben sie von der Erde importiert. Schon mal darüber nachgedacht, warum ein Tier so nützlich ist? Angefangen von der Wolle, über das Fleisch bis zu den Hufen? Mal überlegt, warum die Büffelschafe von der spärlichen Vegetation auf den Bergen fett werden?« Valdez schien verwirrt. Der König trat zurück und blickte umher. Er rieb die Hände aneinander, als näherte er sich einem Lieblingsthema. Kellen sah, daß die Königin ein Stöhnen unterdrückte. »In vitro, sagt Ihnen das etwas? Nein, ich weiß, daß es das nicht tut. Wenn man einen Planeten besiedelt, kann man nicht alles mitnehmen, was man gerne möchte. Deshalb haben die Geningenieure auf der Erde sich beim Schaf, dem Langhorn und dem Büffel bedient, den zähesten und anpassungsfähigsten Tieren, und ein Tier entwickelt, das auf Bear Ridge nicht nur überleben, sondern unter seinen rauhen Bedingungen gedeihen würde. Als sie das Büffelschaf perfektioniert hatten, konservierten sie genügend Sperma und Eier. Dann brauchten sie nur noch wenige der Tiere als Gastmütter zu verschiffen. Glücklicherweise nahmen die Herden kräftig zu, als der Rollback kam und die Kriege die Erde von ihren früheren Kolonien abschnitten. Die ganze Zeit über, während wir auf ein beinahe primitives Niveau zurückfielen, gediehen die Büffelschafe. Als wir das

Steuer herumrissen und uns wieder zu entwickeln begannen, gaben uns die Schafe ausreichend Nahrung und Kleidung.

Nun wissen Sie, wie unsere Vorfahren die Dinge veränderten. Dürfen wir das nicht auch?«

Valdez stammelte. »Meine Gruppe, Majestät, versteht das sehr wohl, aber wir haben uns den Erhalt der Natur zur Aufgabe gemacht. Das ist gleichfalls wichtig.«

»Wie viele sind Sie in der Gruppe?«

»Beinahe hundert, Majestät. Wir haben eine Enklave außerhalb von Figgeredwrong.«

»Aha.«

Kellen sah, daß Wouk am liebsten explodiert wäre. Der König schien es jedoch nicht zu bemerken.

Der König wandte sich an den Herold. »Laß deine Schreiber diese königlichen Dekrete ergänzen. Ich möchte, daß sie großzügig mit den Worten ›gesunder Menschenverstand‹ und so gespickt werden.«

Der Herold machte eine Handbewegung, und ein Sekretär notierte hastig die Worte des Königs.

»Des weiteren möchte ich, daß der Bau des Aquädukts so rasch wie möglich beginnt. Die Söhne der Ökologie oder wie zum Teufel sie auch heißen mögen« – er funkelte Valdez an, der an Ort und Stelle zu schrumpfen schien –, »sollen Kötel sammeln und sie trocknen und für Heizzwecke und zum Kochen verkaufen. Sie werden die Einnahmen der Provinz übergeben, bis diese Gelder der Summe entsprechen, die für untätige Bautrupps ausgegeben wurde. Außerdem gibt es keine Wasserleitung zu ihrer Enklave. Falls sie sich dazu entschließen, als Gruppe an diesem Ort zu bleiben, und nicht für ein Minimum an sanitären Anlagen zu sorgen, sollen sie zur Deckung der Aufräumarbeiten mit ausreichend Steuern belegt werden. Sollten sie dann immer noch aufsässig sein, kommen Sie wieder und reden mit mir.«

Wouk schien sowohl erfreut über seinen Sieg zu sein

wie auch erschreckt über den Zorn des Königs. Valdez wirkte geknickt.

Sharon Gold neigte sich zu Kellen hinüber und fragte leise: »Was sind eigentlich Kötel?«

»Kotknödelchen«, sagte er, und als sie den Kopf schüttelte und immer noch nicht begriff, setzte er hinzu: »Dung.«

Kellen hatte den Eindruck, daß auch wenn der König möglicherweise recht gehabt hatte, er die Angelegenheit doch mit wesentlich mehr Feingefühl hätte regeln und Valdez und seine Gruppe für ihr Interesse am Wohlergehen von Bear Ridge mindestens hätte loben können. Aber dieser Monarch verfügte offenbar über keine Geduld, keinen Takt, kein Feingefühl. Dieser Gedanke bekräftigte Kellen nur noch in seinem Entschluß.

Als Wouk und Valdez gegangen waren, hellte sich die Miene des Königs auf, als hätte er sich seines Grolls entledigt.

»Und jetzt«, sagte der König, »Kellen Sing.« Er lächelte.

Durch die bloße Anwesenheit des Mannes vorübergehend eingeschüchtert, nahm Kellen eine geradere Haltung an. Unwillkürlich mußte er daran denken, wie es Valdez ergangen war. Hatte ihm der König irgendeine subtile Warnung zukommen lassen wollen? Mißtraute er ihm? Natürlich war er mißtrauisch, seine Augen zeigten es. Kellen wußte, daß er seinem ursprünglichen Plan folgen mußte. Er verneigte sich. Der König ist ein ernstzunehmender Gegner, dachte Kellen Sing und schluckte mühsam.

Der König kam zu ihm herüber und streckte die Hand aus. Kellen ergriff die Hand, von der Geste überrascht. Die Hand des Königs war kräftig und schwielig, und nicht zum erstenmal blickte Kellen auf das gar nicht so zeremonielle Schwert. In einem abgelegenen Winkel seines Verstandes erkannte Kellen, daß die Schwielen zu den Wülsten am Schwertgriff paßten. Kellen nahm den sauren Geruch der Schnarlen wahr.

»Majestät«, sagte Kellen und hatte den Eindruck, seinem Händedruck mehr Nachdruck verleihen zu müssen, um es mit dem Griff des Königs aufnehmen zu können. Königin Gwendlyon näherte sich förmlich lächelnd und streckte ebenfalls die Hand aus.

Kellen witterte die Prüfung, verneigte sich und streifte mit den Lippen gerade eben über den Rücken ihrer Hand. Die Königin nickte, woran er sah, daß er sich richtig verhalten hatte.

Der König stellte ihn der Föderationsgesandten vor. »Kellen Sing, darf ich dir die bevollmächtigte Botschafterin Gold vorstellen?«

Die gertenschlanke Dame von einer anderen Welt streckte den Arm aus, und Kellen spürte, daß er ihr die Hand schütteln sollte, anstatt sie zu küssen. Er hatte einen weiteren Test bestanden.

»Sie spielen wirklich wunderbar«, sagte sie. Ihr Akzent war seltsam: trotzdem schien ihre Stimme zu ihm persönlich zu sprechen.

»Danke.«

»Die Daumentrommel ist neu für mich«, sagte sie. »Etwas Ähnliches habe ich noch auf keinem Föderationsplaneten gesehen, den ich besucht habe.«

»Ein spezielles Holz, verehrte Dame, aus dem ausschließlich in meiner Provinz vorkommenden Heuelbaum gehauen; und das Trommelfell ist aus Volvshaut.« Er wollte ihr nicht sagen, daß die benutzte Haut vom Hodensack des Volvs stammte. »Sie wird getrocknet und haltbar gemacht und über den Heuelholzkorpus gespannt.«

»Aus dem Holz lassen sich auch hervorragende Bögen herstellen«, erklärte der König.

»Kommt es nur auf dem Planeten Bear Ridge vor, Majestät?« fragte Sharon Gold.

»Eine Mutation, hervorgerufen durch die atmosphärischen Bedingungen von Bear Ridge«, erwiderte der König. »Es bestehen Ähnlichkeiten zwischen dem Heuelbaum und anderen ursprünglich von der Erde importierten Gewächsen.«

Sie blickte den König fragend an.

Er zuckte die Achseln. »Unsere Wissenschaften – Biologie, Chemie, Physik – sind nicht so entwickelt, wie wir es gerne hätten. All diese Jahrhunderte des Wiederaufbaus – aber mit der Aufnahme in die Föderation, vielleicht ...«

»Darüber muß noch entschieden werden, Hoheit«, sagte Sharon Gold.

»Ja, nicht wahr?« sagte der König geheimnisvoll.

Kellen hätte gerne gewußt, worum es bei dem Zwischenspiel ging. Er kam sich verloren vor.

Die Königin Gwendlyon sagte: »Thomas, was den Jungen betrifft ...«

»Ah, ja. Du möchtest eine Ausbildung?«

»Ja, Eure Majestät.«

»Die meisten würden das Geld nehmen und machen, daß sie in ihre Provinz zurückkommen und eine lokale Berühmtheit werden, ihre Stellung ausbauen, das letzte daraus herausholen.«

Kellen wurde wieder unbehaglich zumute, als der König seine Hand auf den Schwertgriff legte und seine Augen in die Kellens bohrte. Kellen wußte, daß von ihm eine Antwort erwartet wurde, aber wie konnte er auf die Worte des Königs antworten?

»Majestät, ich strebe nicht nach Anerkennung für eine derart simple Fertigkeit. Die Daumentrommel zu spielen ist leicht.« Sein Mut wuchs beim Sprechen. »Mein Traum, Majestät, ist es, zu lernen; dies halte ich für wesentlicher als alles andere. Wozu taugt das Geld, wenn man wenig Wünsche hat? Und mein Wunsch ist es, meinen Geist zu erweitern, neue Ideen und Gedanken zu entdecken, etwas über mein geschichtliches Erbe zu erfahren, mathematische Beziehungen zu suchen.« Kellen meinte es ernst, wußte jedoch, daß er sich anhörte, als trüge er zu dick auf.

»Ich glaube, er meint es ernst«, sagte der König zu niemand Bestimmtem. Er warf der Königin einen schnellen Blick zu, die beinahe unmerklich nickte. »Kann ich mich einen Moment mit dir allein unterhalten?« Er ergriff Kellens Arm und führte ihn zu der Ecke neben dem Narren, der geistesabwesend zu ihnen aufzublicken schien.

In leisem Tonfall, so daß niemand mithören konnte, sagte Thomas Jefferson Rex: »Schluß jetzt mit dem Quatsch, Freundchen. Was willst du wirklich?«

Kellen war überrumpelt. Der Narr schien sich zu straffen. »Aber … aber … Eure Majestät …« Er überlegte rasch. Kellen wußte nicht viel von Psychologie, aber er wußte, daß er ein instinktives Verständnis für Personen oder Situationen hatte, das beinahe übernatürlich war, und er zögerte nicht, es hier einzusetzen. »Majestät. Wenn Sie glauben, ich würde Ihnen etwas vormachen, dann sind Sie im Irrtum.« Er wußte sehr gut, daß er nicht hätte sagen sollen, der König befinde sich ›im Irrtum‹. Umrahmt von seinem Bart, erstarrte das Gesicht des Königs.

Plötzlich grinste der König. »Du wirst nie einen guten Schmeichler abgeben, mein Junge.« Er sah den Hofnarren an, der sich das rechte Ohr mit dem Daumen rieb. »Also schön. Du hast gewonnen. Erlerne einen Beruf. Auf einer guten technischen Schule. Das wird dir Zugang zu einer Gewerkschaft und einen sicheren Lebensunterhalt verschaffen. Etwas, mit dem du deiner Gemeinschaft dienen kannst.«

»Majestät, wie ich bereits eingangs klarzumachen versuchte, und ich kann mich nicht so gut ausdrücken, ziehe ich die akademischen Fächer vor.«

»Ein gelernter Schafhirte?« überlegte der König. »Also, ich hab schon von seltsameren Dingen gehört.« Er drehte sich um und wandte sich an die Anwesenden. »So sei es. Herold, sorge dafür, daß Kellen Sing an der Francisco-Shepherd-Universität eingeschrieben wird. Gib ihm vorübergehend eine Unterkunft im Palast. Zum Ausgleich, Kellen, wirst du auf unseren Wunsch hin deine magische Daumentrommel spielen.« Er sah Kellen an, der lediglich nicken konnte und nicht zu sprechen wagte – erneut gegen die Konvention verstoßend, diesmal jedoch nicht aus freien Stücken.

»Und, Hark, sorge dafür, daß er studiert.«

»Ja, Majestät.«

»Und jetzt«, sagte der König, »müssen wir uns mit Staatsgeschäften befassen: Wir müssen einen Weg planen und finden, diese gutaussehende junge Dame davon zu überzeugen, uns Zugang zur Föderation zu gewähren, damit wir sie in die Knie zwingen können.« Er grinste wölfisch.

Alle lachten über seinen Scherz. Thomas Jefferson Shepherd war bekannt für seinen derben Humor.

Sharon Gold verharrte regungslos, bis sie begriff, daß es ein Scherz gewesen war, dann versuchte sie in das Gelächter einzustimmen.

Aber Kellen Sing sah, daß die Augen des Königs nicht lächelten.

3 Die Gesandte

Vor Beginn ihres Vortrags wußte sie noch nicht, daß sie den König gegen sich aufbringen würde. Sie schaute den Mann mit der Augenklappe und den Narben an und hielt ihn für einen Scharfrichter.

Sharon Gold wartete darauf, daß es ruhig wurde. Sie fand es trotz ihrer Ausbildung einschüchternd, auf einem erhöhten Podium vor der Hierarchie eines ganzen Planeten zu stehen, und als sie sah, daß der König sie beobachtete, fühlte sie sich ungewöhnlich verunsichert. Während es ruhiger wurde, sah sie einen Käfer über den Boden laufen. Verflucht, dachte sie, die einzige Konstante im Universum: eine Schabe. Hatten die Pioniere sie nach Bear Ridge mitgebracht, oder hatten sie bereits hier existiert? Sie war noch nie auf einem Planeten gewesen, auf dem es keine Kakerlaken gab.

»Herold«, knurrte der König. Alfred, der Herold, nickte höflich und schritt zu der Tür hinter den beiden Wachposten mit den versteinerten Gesichtern. Bald darauf kehrte er mit einem Bediensteten zurück, der nach vorne rannte und Blätter an den Wänden ausstreute.

»Lorbeerblätter«, sagte der Herold halblaut zu ihr, als der Diener den Konferenzraum verließ.

Inzwischen hatten es sich alle bequem gemacht, aber der König hatte ihr noch nicht bedeutet, daß sie anfangen solle. Ihr Selbstvertrauen verflog rasch, und sie blickte umher und bemerkte, daß der König sie unverwandt anstarrte. Sie wußte, daß er ihre Nervosität, ihre Besorgnis spürte. Einen Moment lang schloß sie die Augen und zwang sich, langsamer zu atmen. Als sie ihn erneut ansah, wirkte sein Blick beruhigend, ein Trost in ihrer Isolation.

Unwillkürlich fühlte sie sich zu ihm hingezogen.

Sie wandte den Blick gewaltsam von ihm ab und sah sich in dem überfüllten Raum um. Abgesehen von den Wachposten saßen etwa zwanzig Personen um den eleganten Konferenztisch herum. Der König hatte den zentralen Platz am Kopfende des Tisches eingenommen und war von seinen sämtlichen Ministern und Ressortchefs umgeben. Dies war kein runder Tisch von Gleichen. An einer Seite saßen die Königin Gwendlyon, die Königinmutter Felicia und der Sohn, den der König mit Gwendlyon hatte, Michale. Als sie den Prinzen Michale anschaute, sah sie, daß er sein gutes Aussehen – eine sanfte Schönheit – von seiner Mutter hatte. Mutter wie Sohn waren hochgewachsen, auch wenn TJ einiges zu

Michales Körpergröße beigesteuert haben mußte; beide standen und saßen aufrecht und hatten rundliche Gesichter, deren Ovale im Gegensatz zu TJs verschlosseneren, aber markanteren Zügen standen. Und im Gegensatz zum König paßten die Nasen zu ihren Gesichtern. Gwens Haar schien vorzeitig ergraut zu sein, das Michales war noch dicht und dunkel und hing ihm in Locken in die Stirn.

LASST UNS ENDLICH ANFANGEN! schrie sie lautlos. Sie hatte diesen Vortrag den ganzen Weg nach Bear Ridge über geübt und wurde allmählich nervös.

Der Bischof schenkte ihr ein säuerliches Lächeln. Er saß am Fußende des Tisches und hatte den Stuhl so gedreht, daß er ihren Vortrag mitansehen konnte. Ein katholischer Planet, hatte sie aus ihrer Datenbank erfahren, aber sie war sich nicht ganz sicher, ob das ein bedeutsames Faktum war oder nicht.

Sie vermied es, den Mann in Schwarz anzusehen, den Mann mit der Augenklappe und den Schwert- oder Messernarben im Gesicht.

Der Hofnarr lümmelte in der Ecke neben ihr. Der König hatte alle förmlich vorgestellt, doch trotz ihres Mnemotrainings konnte sie sich nicht an alle erinnern; mit der Zeit würde sie sie jedoch kennenlernen. Sie verstand nicht, warum Prinz Michale niedergeschlagen wirkte, und sie verstand nicht, warum der Bischof niedergeschlagen wirkte. Wegen des weltlichen Königs? Oder steckte mehr hinter der Unzufriedenheit des Bischofs?

Der König nickte, und im Raum wurde es ruhig. Er lächelte sie an. »Miss Gold?« Offenbar hielt er es für unnötig, sie der Versammlung förmlich vorzustellen.

Sie entschloß sich, die konventionellen einführenden Bemerkungen, die sie aus der Etiketten-Datenbank der Föderation herauskopiert hatte, auszulassen. Sie konzentrierte sich.

»Eure Majestät«, sagte sie, »als Gesandte der Föderation der Planeten habe ich die Aufgabe, den Planeten Bear Ridge, seine Bevölkerung und besonders seine Regierungsstrukturen zu beurteilen, um festzustellen, ob sie den Kriterien für den Beitritt zur Föderation der Planeten genügen. Die Bewerbung beim Föderationsrat durch Thomas Jefferson Shepherd Rex wurde günstig aufgenommen, und Bear Ridge wurde folglich auf eine Liste potentieller Neumitglieder gesetzt. Wie Sie wissen, tagt der Rat zehn Föderations-Standardjahre lang so, wie er sich konstituiert hat, ohne Veränderung der Zusammensetzung oder Neuaufnahme anderer Planeten – und der Beginn dieser Sitzungsperiode steht kurz bevor.«

Als der König nickend sein Einverständnis mit ihren Worten bekundete, wußte sie, daß ihm der Zeitfaktor große Sorgen bereitete. »Wir alle kennen diesen Einführungskram«, sagte der König im Tonfall einer Entlassung. »Gegen wen treten wir an?« Er blickte sich im Zimmer um. »Ich habe nicht vor, zehn Jahre zu warten und diesen Test noch einmal zu durchlaufen, bloß um Elektrizität und Wasserleitungen in die Häuser zu bekommen.« Er erntete ein höfliches Lachen. Ein schmerzlicher Ausdruck erschien auf Prinz Michales Gesicht.

Sharon starrte den König an und wollte ihm seine Ungeduld mit einer scharfen Erwiderung heimzahlen. Diplomatisch? Wohl kaum, aber – verdammt noch mal! Sie hatte ihren Vortrag wirklich geübt. Und auf einer anderen Ebene kämpfte sie an gegen ein zunehmendes Hingezogensein zu diesem fordernden Mann. Er setzte sie unter Druck, prüfte sie. Sie starrte ihn bloß an. Sie konnte sich Männern gegenüber und Leuten, die sie unter Druck zu setzen versuchten, behaupten. Hatte dieser Mann eine schwere Kindheit gehabt? Nein, er war in das Königshaus hineingeboren worden. Sie war in einem israelischen Flüchtlingslager in einem stinkenden Tal aufgewachsen, das an das Shan-Plateau in

Burma grenzte. Ein Nebenarm des Salween-Flusses war das einzige fließende Wasser gewesen, das sie hatten. Die Tochter eines burmesischen Generals, der in Ungnade gefallen war, weil er eine Anglo-Jüdin geheiratet hatte.

»Gegen wen treten wir an?« fragte der König noch einmal.

»Eure Majestät, lediglich ein Dutzend Planeten wurde während dieser Sitzungsperiode rekontaktiert, und nicht alle sind ausreichend entwickelt, um den Kriterien schon zu genügen. Die Kriege des Rollbacks brachen aus, als die Erde überanspruchte war und Planeten schneller kolonisiert wurden, als man planen, und beinahe schneller, als man sie logistisch unterstützen konnte.«

»Beinahe so, als hätten sie gewußt, daß der Rollback bevorstand«, schloß der König an ihrer Stelle. »Wer ist gegen uns?«

»Acht Planeten wurden bislang eingestuft«, sagte sie, »sieben sind durchgefallen.«

»Sie wollen es mir einfach nicht sagen, nicht wahr?« sagte der König, indem er sich gerader aufrichtete. »Hören Sie mal zu, Mädchen, ich weiß, daß für die nächste Sitzungsperiode des Föderationsrates nur noch ein Platz offen ist. Ich will ihn haben. Die anderen sollen ihre politischen Spielchen spielen oder was, zum Teufel, sie sonst mit ihren verdammten Plätzen anstellen, aber ich will, daß meine Welt zugelassen wird, und ich will sämtliche modernen Techniken hier haben, und zwar verdammt rasch. Ich will Gleiter, fließendes Wasser, Klimaanlagen, Sofortkommunikation ...« Er blickte umher und begriff offenbar, daß alle Anwesenden dies schon einmal gehört hatten. Sharon beobachtete einfach und hörte zu. »Okay, okay«, sagte er. »Sie wollen die Stärke ihres Rates diesmal nur durch ein Neumitglied verwässern. Ich möchte dieses Mitglied sein. Ich will nicht, daß Bear Ridge noch weitere zehn Jahre auf das HEUTE warten muß. Kein Kontakt für zehn weitere

Jahre? Denken Sie an die Krankheiten, die in dieser Zeit besiegt werden könnten, denken Sie an …« Er zögerte. »Ich wiederhole mich, nicht wahr?«

Die Königinmutter nickte heftig, und Sharon empfand spontane Zuneigung zu der alten Dame. Sie hatte das gleiche runzlige Gesicht, das der König unter seinem Bart haben mußte. Aber hinter Felicias herabsetzender Geste gegenüber ihrem Sohn lag etwas Unbeugsames und Lächelndes. Der Beitritt zur Föderation lag Felicia ebenso am Herzen wie dem König. Sharon war nicht einverstanden mit der ›Hände-weg‹-Strategie der Föderation oder der Quarantäne noch nicht zugelassener Planeten, doch als Angehörige dieser Organisation mußte sie diese Politik unterstützen.

Der König starrte Sharon immer noch unverhohlen an, und sie fühlte Feindseligkeit in sich aufsteigen, welche die Anziehung, die sie vorher empfunden hatte, ersetzte. Er forderte sie heraus.

»Falls Bear Ridge meine Überprüfung besteht, konkurrieren Sie mit lediglich einem anderen möglichen Neumitglied des Föderationsrates, Majestät.«

»Mit welchem?«

Sharon zögerte. Sollte sie antworten? Sie glaubte nicht, daß es erforderlich war, und in ihren Instruktionen stand nichts darüber. Und da es ihr erster größerer Auftrag war, war sie mit der Verfahrensweise nicht vertraut. Der König starrte sie weiter an.

»Zwei Zungen.« Jetzt hatte sie es gesagt.

»Tirano?« fragte der König, indem er den Herrscher von Zwei Zungen beim Namen nannte.

»Ja, Eure Majestät.«

»Herrgott.«

Der Bischof runzelte die Stirn.

»Herrgott«, wiederholte der König, als wollte er den Geistlichen reizen. »Zwei Zungen ist technisch fortschrittlicher als wir«, erklärte er. Seine Stimme klang deprimiert.

Sharon spürte seine Enttäuschung. Außerdem hatte sie den Eindruck, daß hinter seiner Verärgerung wegen Zwei Zungen möglicherweise mehr steckte, als auf den ersten Blick zu erkennen war. »Ein Platz, Eure Majestät. Zwei potentielle Bewerber. Das sind keine schlechten Chancen.«

»Tirano, der Tyrann? Der Tyrannosaurus Rex? Dieser Fettarsch, dieser Scheißkerl ...«

Felicia räusperte sich.

Der König des Planeten Bear Ridge machte ein schuldbewußtes Gesicht, schüttelte den Kopf und brach ab. Sonst schien jeder im Raum entweder die Decke oder den Boden zu inspizieren. Der Prinz schüttelte den Kopf und blickte seinen Vater streng und mißbilligend an.

»Kennen Sie Tirano?« fragte Sharon, deren Neugier ihre diplomatische Vorsicht überwog. Zwei Zungen lag in diesem Sonnensystem; eine Seltenheit, daß zwei bewohnbare Planeten im gleichen System beheimatet waren. Aber wenn es nur Pferdekraft auf Bear Ridge gab, wie war es möglich ...?

»O ja«, sagte der König. »Hab ihn ein paarmal getroffen. Konferenzen unter der Schirmherrschaft der Föderation, hier, auf Zwei Zungen, auf Federation Central ...«

Sharon konnte die Animosität Tirano gegenüber nicht begreifen. »Darf ich fortfahren?« Die Worte klangen arroganter, als sie es gewollt hatte.

»Sicher, schießen Sie los.«

»Die Art und Weise, wie ich die Bewertung durchführe, ist genau festgelegt. Durch eine Checkliste. Ich werde beobachten, ich werde Nachforschungen anstellen, ich werde Gespräche führen. Es gibt bestimmte obligatorische Bedingungen für den Beitritt zur Föderation, die erfüllt werden müssen. Zum Beispiel muß ich mir einen persönlichen Überblick über Ihre Streitkräfte verschaffen und eine Reihe vorgegebener, komplizierter Manöver beobachten. Ich muß sämtliche Regierungsressorts durchlaufen, um sicherzustellen, daß Bear Ridge stabil und fähig ist, Organisation und Bestimmungen der Föderation zu übernehmen – im Falle einer Zulassung.«

»Von alledem einmal abgesehen«, unterbrach TJ erneut, »sehen Sie irgendwelche speziellen Probleme voraus?« Er hatte sein ruiniertes elegantes Hofgewand mit einer einfachen, beinahe militärischen himmelblauen Überjacke vertauscht, die sich in seinen grauen Augen widerspiegelte.

»Die mysteriösen Ureinwohner«, sagte sie.

Der König schien sich in sich zurückzuziehen. »In welcher Hinsicht?« sagte er, und sie meinte, auf seinen Worten schlittschuhfahren zu können.

»Ihr Verhältnis zu ihnen, deren Verhältnis zu Ihnen, ihre Stellung, wenn – und falls – Sie in die Föderation aufgenommen werden.«

»Warum sollte sich irgend etwas ändern? Welchen Unterschied macht das um Himmels willen aus?«

Konnte sie denn keinen Schritt tun, ohne ihm irgendwie auf die Zehen zu treten? Es tat ihr leid. Aber es war ihr Job. »Mechanisierung, Technisierung, Industrialisierung, all das verändert einen Planeten unvermeidlich und in drastischer Weise. Und die Föderation interessiert sich für intelligentes Leben – weil wir immer noch eine andere raumfahrende Spezies entdecken müssen.«

»Die Schwimmhäuter betreiben keine Raumfahrt. Sie dürften also nicht in Frage kommen«, sagte der König unnachgiebig.

Versuchte der König etwas zu verbergen? »Das werden wir feststellen, wenn wir soweit sind, Majestät.« Sie beschwichtigen, Konfrontationen vermeiden. Das würde sie nichts kosten. Einfach ihre Arbeit tun. Sie war als Xenobiologin ausgebildet und darum für diese Mission ausgewählt worden. Zu ihrem Glück waren die anderen dieser Abteilung der Föderationszentrale für die Dauer dieser Mission nicht verfügbar gewesen, und die Aufgabe war ihr beinahe in den Schoß gefallen. Trotzdem ... das hörte sich beinahe zu einfach an. War sie eine politische Schachfigur? Ein Bauernopfer? Angenommen, sie verweigerte Bear Ridge die Zulassung zur Föderation? Gut, der Rat würde ihr den Rücken stärken, ganz ohne Frage. Aber wenn sie ja zu TJ Shepherd sagte, und dies nicht das war, was der Rat wirklich wollte, konnte man sie dann mit Hinweis auf ihre Unerfahrenheit und Jugend nicht einfach überstimmen? Hatte sich ihre Berufung zu dieser wichtigen Mission so zugetragen? Und sie war so überzeugt gewesen, daß ihr die Umstände und ihre hervorragenden beruflichen Leistungen diese Gelegenheit verschafft hatten.

Als Xenobiologin hatte sie die Gelegenheit beim Schopf ergriffen. Tatsächlich konnte sie es gar nicht erwarten, einem der mysteriösen Bewohner von Bear Ridge zu begegnen, ihn zu studieren, mit ihm zu kommunizieren.

»Ich hoffe, Sie wollen sie nicht aufsuchen?« fragte der König, ihre Überlegungen kontrapunktierend.

»Ja.«

»Unmöglich.«

»Weshalb?«

»Sie lassen sich selten blicken. Niemand kann mit ihnen reden, *falls* sie sich blicken lassen. Sie sind einfach da, auf geheimnisvolle und selbstverständliche Weise.«

Jetzt wußte sie, daß er etwas verbarg. »Trotzdem, ich werde es versuchen.«

»Lady, Ihr Schiff ist weg. Haben Sie beim Anflug zufällig einen Blick auf diesen Kontinent geworfen?«

»Ja, Sir.«

»Dann haben Sie die beiden großen Gebirgskämme gesehen, die den Kontinent spalten?«

»Das Teddybärgebirge und das Große Bärengebirge? Ja, ich habe sie gesehen.«

»Nun, Sie kommen von hier aus nicht dorthin. Es sei denn, Sie verfügen über ein Schiff.«

»Nein, das tue ich nicht.«

»Damit wäre das erledigt. Sie bleiben auf der anderen Seite der beiden Gebirgskämme, und wir sitzen hier fest. Herrgott, nicht mal ein Kletteraffe könnte das Teddybärgebirge lebend überklettern, geschweige denn das viel größere dahinter, das Große Bärengebirge selbst.«

Alle Anwesenden blickten den König an, und der Narr schnaubte.

Er zuckte die Achseln. »Also, ein paar haben es schon geschafft, aber vielleicht einer in einer Generation.«

»Wer waren die?« wollte Sharon wissen, die den Eindruck hatte, sie sei der Adressat der alten Schmier-ihnen-Honig-ums-Maul-und-wirf-ihnen-Knüppel-zwischen-die-Beine-Masche. Feindseligkeit stieg in ihr auf und spiegelte sich in ihrer Haltung wider. Verdammt, sie konnte nichts dagegen tun.

»Sie reden gerade mit ihm«, sagte Thomas Jefferson (Shepherd) Rex, »und *ich* mach's nicht noch mal, darauf können Sie sich verlassen.«

Sharon betrachtete TJ. Ihre Instruktionen waren unvollständig gewesen, einige harte geheimdienstliche Informationen, einiges gute Hintergrundmaterial, aber mit erheblichen Lücken in der Personalakte. Warum hatte sie dieses Faktum über den König nicht gewußt? Ein Beamter, der unglaubwürdige oder scheinbar erfundene Informationen herausgefiltert hatte? Was fehlte sonst noch? TJ Shepherd hatte die beiden Gebirgskämme überklettert und den bodenlosen Spalt dazwischen überquert? Unmöglich ... dennoch hatte keiner der Anwesenden seine Behauptung bestritten. Der Shuttle-Pilot hatte ihr die Kämme aus der Luft gezeigt. Beide Gebirgszüge umschlossen den Planeten von Pol zu Pol, wobei sie an einigen Stellen sogar über die Atmosphäre hinausragten, und teilten diese Welt säuberlich in zwei Hälften. In diesem Moment waren ihr die Gebirgskämme und der riesige Canyon dazwischen so bedrohlich vorgekommen, daß sie gemeint hatte, nicht einmal ein professioneller Bergsteiger vom Planeten der Berge könne sie überwinden. Der Shuttle-Pilot hatte zu ihr gesagt: »Diese Lava ist teilweise so scharf, daß man sich damit rasieren könnte.« Immer noch nicht zufriedengestellt, fragte sie: »Das Meer?«

»Klar«, erwiderte der König grinsend. »Wenn Sie es irgendwie bis in Polnähe schaffen würden, sich dann durch einen fortwährenden Schneesturm auf stürmischen Meeren hindurchkämpfen und dann den Schnitt überqueren würden. Der Schnitt ist dort, wo die beiden Meere zusammentreffen. Aus überlieferten Erzählungen weiß man, daß das kein Kinderspiel ist. Das gilt für den Norden. Die Legende besagt, daß es im Süden noch schlimmer ist; wie auch immer, seit Generationen ist niemand dort gewesen, der es bestätigen könnte. Ansonsten braucht man ein Flugzeug, um über die Kämme drüberzukommen. Sonst müssen Sie klettern«, setzte er in leicht herausforderndem Tonfall hinzu.

Nein danke, dachte sie. »Wir werden sehen«, sagte sie.

Wieder schien er ihre Gedanken zu lesen. »Falls Sie – wie so viele andere – den Wunsch haben sollten, es zu versuchen, zeige ich Ihnen den Weg, und sie folgen einfach solange den Knochen, bis sie aufhören. Dann sind Sie auf sich allein gestellt.«

Sharon versuchte ein Frösteln zu unterdrücken, wußte jedoch, daß das, was er so grob gesagt hatte, die Wahrheit war. Der Mann führte lediglich eine Tatsache an und hatte keinerlei Veranlassung, die alte Leier von der Überlegenheit des Mannes hervorzuziehen. Nein, eindeutig schützte oder verbarg er etwas.

Die Königin sagte: »Thomas, ich glaube, wir sollten jetzt weitermachen.«

»Das werden wir. Tatsächlich erkläre ich diese Sitzung für beendet.« Er blickte Sharon herausfordernd an, aber sie kontrollierte ihren Gesichtsausdruck. »Miss Gold kann jede Abteilung einzeln informieren, wenn Sie sie interviewt«, fuhr er fort. »Und, Miss Gold, sämtliche Minister und Abteilungsleiter wurden angewiesen, uneingeschränkt mit Ihnen zusammenzuarbeiten und Ihnen alle benötigten Informationen zur Verfügung zu stellen. Nichts soll zurückgehalten werden.« Er unterstrich diese Äußerung mit einem königlichen Blick quer durch den Raum.

Klar doch, TJ, dachte Sharon. Ich bin vielleicht jung, aber ich bin nicht blöd. Während er fortfuhr, seine Minister zu instruieren, machte sich Sharon unwillkürlich ihre Gedanken über ihn. Trafen die Gerüchte über die Affären – Liebschaften? – des Königs zu? Falls ja, paßte es weder zum sozialen noch zum römisch-katholischen Hintergrund des Planeten. Bear Ridge war größtenteils von unzufriedenen US-Staatlern, Franko-Kanadiern, Amerindern, Mexikanern und Mexindern besiedelt worden. Falls es einen Bruch in der Gesellschaft von Bear Ridge gab, war es ihre Aufgabe, das im Laufe der Untersuchung herauszubekommen. Viele Planeten hatten sich während des Rollbacks verändert. Wie die meisten anderen auch, war Bear Ridge damals kein Selbstversorger und auf sich allein gestellt gewesen. Maschinen versagten, und die Bevölkerung kehrte zu einem primitiveren Lebensstil zurück. Eine alte Geschichte. Und Bear Ridge war es besonders schwer gefallen, die Leiter des menschlichen Fortschritts wieder emporzuklettern: das Wetter auf diesem Planeten war unberechenbar. Nur in bestimmten Gebieten, wie dem Schwemmtal rund um Crimson Sapphire, war das Wetter verläßlich. Und dann wiederum war es verheerend. Sharon war verblüfft über den menschlichen Fortschritt auf dem Planeten Bear Ridge.

Der König redete immer noch und gab ihr eine Zusammenfassung der Geschichte des Planeten. Warum?

Seine Minister kannten sie bereits, und zumindest auf diesem Gebiet war sie gut vorbereitet. Gerade sprach er über die kürzlich erfolgte Trennung von Kirche und Staat, und Sharon bemerkte das saure Gesicht des Bischofs. Sie wurde jedoch an die Veränderungen erinnert, die TJ bewirkt hatte, seit er den Planeten unter seiner Herrschaft geeint hatte. Er hatte das Gesicht der Monarchie verändert. Oh, sie war immer noch eine Ein-Mann-Herrschaft, von seinen Launen abhängig; trotzdem wirkte sie zweckmäßiger, effizienter und schien sich, was am wichtigsten war, von der Vorherrschaft des engstirnigen Adels zu lösen.

»… nach den Einigungskriegen unterteilten wir den Planeten in von Gouverneuren oder Ethnarchen regierte Provinzen. Somit wird das Regieren den Profis überlassen, und die Adligen gehen als Industrielle oder Landbesitzer oder was auch immer ihren Geschäften nach.« Und Sharon wußte, daß es ein gut regierter Planet war. Dieser König wußte auf jedes Problem eine Antwort: der gefürchtete Steuereintreiber. Sie hatte das Schicksal der Ökogruppe am heutigen Morgen noch in deutlicher Erinnerung. Die Reichssteuerbehörde bestand aus stillen, geschäftsmäßigen Männern und Frauen, welche die Gesetze und Erlasse des Königs nicht durch Gewalt, sondern mittels Furcht durchsetzten. Sie sparte eine Menge Ausgaben für stehende Heere, obwohl es ein solches gab. Der König begann über die einzelnen Funktionen jeder Abteilung zu sprechen, und er hatte soeben die Reichssteuerhauptbehörde erwähnt (früher einmal Allgemeine Reichssteuerhauptbehörde genannt, erinnerte sie sich, bis der König des Scherzes überdrüssig geworden war).

»Eure Majestät«, unterbrach sie, »ich hätte gerne ausführlichere Informationen über die Reichssteuerhauptbehörde.«

Der König runzelte die Stirn. »Zum Teufel damit. Sie alle sind entlassen. Reginald, Sie bleiben da.«

Der Mann mit den Narben und der Augenklappe nickte. Die Königinmutter wirkte erleichtert und stolzierte hinaus, gefolgt von der Königin und den übrigen Ministern. Bald darauf war Sharon mit dem Steuereintreiber, dem Prinzen und dem König allein – und dem Hofnarren in der Ecke.

Der Prinz räkelte sich auf seinem Stuhl und warf dem König einen herausfordernden Blick zu.

»Also schön, Botschafterin, was möchten Sie wissen?« Der Tonfall des Königs war vollkommen geschäftsmäßig.

»Wie? Was? Warum?« Sie mußte sich von den hier herrschenden Unterströmungen losreißen.

»Reginald?« kam ihr der König zu Hilfe.

»Madam«, sagte Reginald mit einer tiefen Stimme, ohne daß sein Gesicht auf seine Worte reagiert hätte, »als der König den Planeten befriedete, gab es zahlreiche Königtümer, zahlreiche Stadtstaaten, viele Lehensgüter, so daß ein großer Bedarf an einer Einnahmequelle bestand; etwas anderes als die königlichen Schatztruhen, um die Regierungsbehörden zu bezahlen. Und so entstand die Reichssteuerhauptbehörde. Das Wort ›Haupt‹ soll zeigen, daß es sich tatsächlich um einen Teil der königlichen planetarischen Regierung handelt.« Er versuchte zu lächeln und schaffte es nicht.

Sharon wußte, daß die RSH für den König auch die Aufgabe einer Geheimpolizei erfüllte, und zwar so heimtückisch und effektiv, daß er keine andere benötigte.

»Unsere Aufgabe«, fuhr Reginald fort, wobei er sich anhörte wie ein Buchhalter, der eine sorgfältig auswendig gelernte Lektion wiedergab, »ist es, finanzielle Mittel für die Arbeit der Regierungsbehörden des Königs und der Provinzen bereitzustellen.«

Prinz Michale schnaubte.

Der König gewährte seinem Sohn die Ehre eines wütenden Blicks. »Wie Sie sehen, Sharon, habe ich nach der Befriedung auf den größten Teil meines kürzlich gewonnenen und bereits vorher in meinem Besitz befindlichen Produktivvermögens verzichtet und kann die notwendigen Regierungsaufgaben daher weder als Privatperson noch in meiner Eigenschaft als König finanzieren. Ich besitze noch einige Farmen, ein oder zwei Minen und Beteiligungen an ein paar unbedeutenden Wirtschaftsunternehmen. Diese habe ich zur Sicherheit meiner Familie behalten, und sie reichen für die lange Gehaltsliste nicht aus.«

Dann war sie also jetzt Sharon?

Reginald zeichnete gerade ein Organisationsschema: Behörden in allen Provinzen erstatteten ihm im Palast Bericht, und er wiederum berichtete dem König. Sie nahm zur Kenntnis, daß die Ethnarchen keine Kontrolle über die Steuerbehörden hatten. »Und die Steuergerichte arbeiten ebenfalls selbständig, mit dem König als oberstem Schiedsrichter, falls nötig.«

Ein Organisationsschema? Auf einer Welt mit Schwertern und Armbrüsten? Als nächstes tischten sie ihr womöglich noch ›zielorientiertes Management‹ auf. Wenn sie ZOM hatten, dann Gnade ihnen Gott.

Na schön, sie hatte sie lange genug hingehalten, um sie zu beunruhigen. Spiel eine Karte aus und guck, was passiert. »Und das ist alles?«

Sie sah, daß der König sogleich erkannte, worauf sie hinaus wollte. Michale nickte enthusiastisch. Reginald rückte seine Augenklappe zurecht.

»Miss Gold.« Der König wurde wieder förmlich. »Sie müssen Verständnis dafür haben, daß dies eine Monarchie ist. Anstatt mit traditionellen Spionen und einer Geheimpolizei und Militär sicherzustellen, daß mein Wille ausgeführt wird, benutzen wir subtilere Methoden. Anstatt gewaltlose Gesetzesbrecher einzusperren, versichern wir uns lediglich dadurch ihrer Zusammenarbeit, daß wir sie bis zum Gehtnichtmehr mit Steuern belegen. Wir besteuern sogar Städte und Ethnarchien. Sollte sich beispielsweise eine Stadt nicht den Hygienebestimmungen unterwerfen, beginnen die Steuern zu steigen, bis diesen Standards entsprochen wird. Es bewirkt Wunder.«

»Und wenn diesen Standards immer noch nicht entsprochen wird?« fragte sie.

Der König tat das Problem mit einer Handbewegung ab. »Wir wechseln die Beamten aus. Wie auch immer, als die Leute erst einmal begriffen hatten, daß wir es ernst meinen, trat eine überraschende Veränderung ein: der Lebensstandard auf Bear Ridge stieg, die Steuern sanken, und es gab kaum noch Probleme mit der Umsetzung königlicher Dekrete.«

Sicher, sicher, interpretierte Sharon. Eine Gruppe zeigt Anzeichen von Unloyalität, dadurch steigen die Steuern, bis sie diese nicht mehr bezahlen können, dann werden sie abgesetzt und wegen Zahlungsunfähigkeit eingesperrt. Sie hatte es am Morgen bei diesem Valdez gesehen. Auf der anderen Seite, mußte sie einräumen, war es ein effektives System. Bedeutend besser als öffentliche Hinrichtungen und mittelalterliche Unterdrückung. Dennoch war es ein System, das explodieren konnte. »Eure Majestät, vielleicht wäre es besser, wenn ich mit meinen Interviews und meinen Nachforschungen fortführe?«

»Gewiß. Sie brauchen es bloß zu sagen, und was auch immer Sie nötig haben, wird Ihnen zur Verfügung gestellt werden.«

»Klar«, sagte Prinz Michale.

Klar, dachte Sharon gleichzeitig.

4 TJ

TJ langweilte sich. Er hätte lieber Truppen inspiziert oder sich sonstwie mit dem Militär beschäftigt als hiermit.

Der Thronsaal war zu drei Vierteln gefüllt. Bittsteller sammelten sich zu einer Gruppe, die der Herold nach vorne führen sollte. Da es sich um eine öffentliche Sitzung handelte, standen diejenigen mit Klagen gegen lokale Beamte, Ethnarchen oder Steuergerichte wartend bereit. TJ schaute den Hofnarren an.

Delancy Camp, der Hofnarr, hockte im Moment am Fuße der Treppe zum Thron. Außer dem König war kein anderes Mitglied der Königsfamilie anwesend. TJ ächzte, als sich das Schrittempo der Bittsteller noch weiter verlangsamte. Der Narr hatte die Aufgabe, zugegen zu sein, wenn der König öffentlich in Erscheinung trat, bei jeder Gelegenheit: bei Sitzungen (des Beamtenstabes, der Ministerien, des Militärs), bei Gemeinschaftsessen, Militärparaden und Manövern und bei sämtlichen Gerichtsverhandlungen bei Hofe.

Camp war ein muskulöser Mann, der es sich angewöhnt hatte, als Ausgleich für die körperliche Beanspruchung täglich tausend Kalorien zusätzlich zu sich zu nehmen. Sein bevorzugter Energiespender war Schokoladenwein, ein Geheimrezept aus seiner Heimatstadt Lonestar in der Ethnarchie Bexar. Merkwürdig, dachte TJ, Kellen Sing kam ebenfalls aus Lonestar. Auf TJs Frage hatte Camp entgegnet, er habe die Stadt vor zu vielen Jahren verlassen, da er damals ein noch nicht einmal halbwüchsiger Bursche gewesen sei, und hatte sich folglich an kein Kind namens Kellen erinnert. Oder an eine Familie Sing.

Ein weiterer Bittsteller trat vor, und der Herold stellte ihn vor, wobei er von einem Blatt Papier ablas. Der Herold warf dem Narren einen vorwurfsvollen Blick zu. TJ grinste, da er wußte, daß die Ruheperiode des Narren beendet war. Schließlich hatte er eine Aufgabe zu erfüllen.

Er sprang auf der Freifläche vor dem König umher. Auf einer Seite standen die Bittsteller und andere Beschwerdeführer; auf der anderen das allgemeine Publikum, das bei der Veranstaltung zusehen wollte, Freunde der Bittsteller und andere interessierte Parteien, wie zum Beispiel hospitierende Studenten.

Camp blieb stehen, neigte sich mühelos hintüber auf die Hände und begann auf den Händen am Rand der Menge entlangzugehen. TJ sah ihm dabei zu, während der Herold die Formalitäten beendete. Ein paar Frau wichen zurück, als sie bemerkten, daß der Narr zuviel sehen konnte – diejenigen mit einer Abneigung gegen das Tragen von Unterhosen, setzte TJ in Gedanken hinzu. Doch darauf hatte Camp es nicht abgesehen. Aus seiner Perspektive konnte er mehr sehen, als man meinen sollte. Waffen, die der Sicht aus Kopfeshöhe verborgen sein mochten, waren für ihn möglicherweise sichtbar. Muskeln traten hervor, und seine weiten Hosen drohten im Schritt aufgrund seiner auf- und zuklappenden Beine zu reißen.

Inzwischen waren alle so an seine Anwesenheit gewöhnt, daß sie ihn gar nicht mehr wahrnahmen.

Ein Exanwalt beklagte sich bei TJ über eine Prostituierte.

»Prostituierte sind ehrbar und arbeiten hart«, erklärte der König. »Anwälte nicht. Was haben Sie dazu zu sagen?«

»Also, Eure Majestät, ich …«

Der Narr entfernte sich hüpfend. Beinahe wöchentlich erschien irgendein Exanwalt bei Hofe und beklagte sich über den königlichen Erlaß, der den Beruf für ungesetzlich erklärte. Früher waren sie einmal täglich gekommen, doch das war in der guten alten Zeit gewesen. Bevor er sich entschlossen hatte, sich um den Sitz im Föderationsrat zu bewerben.

»Wie?« fragte der König.

»Majestät, die Menschen brauchen Schutz, Beratung, verfahrensrechtliche Expertisen.«

»Von anderen Rechtsanwälten, meinen Sie.« TJs

Stimme hatte einen drohenden Tonfall angenommen, dieser Exanwalt bemerkte es jedoch nicht.

»Aber, Majestät ...«

»Kein Aber. Sie und Ihre Freunde haben diesen Planeten beinahe ruiniert. Königliche Dekrete, Provinzerlasse werden jetzt so geschrieben, daß sie jeder normale Menschen verstehen kann – und nicht von Rechtsanwälten. Lassen Sie mich Ihnen eines sagen, Mister.« TJ war wieder bei seinem Lieblingsthema angelangt. »Sie wissen, daß Bear Ridge von Nordamerikanern besiedelt wurde. Wissen Sie warum? Ich werde Ihnen sagen, warum. Die nordamerikanische Wirtschaft ging vor die Hunde. Folglich sind die Gescheitesten abgehauen. Sogenannte Experten haben sie versaut. Bloß ein Haufen ehrbarer Anwälte, die allen Institutionen Fesseln angelegt haben, angefangen von ihrem eigenen Rechtssystem bis zur Wirtschaft, den Gewerkschaften, dem Militär. Einfach großartig. Die Japaner beherrschten die Wirtschaft. Warum? Damals gab es weniger als zwanzigtausend Anwälte in Japan und über eine Million in Nordamerika. Sagt Ihnen das etwas?«

»Aber, Majestät ...«

»Begehren abgelehnt«, sagte der König, »und für Sie ein Bußgeld, einhundert Shepherd-Münzen oder deren Äquivalent für den Waisenfond Ihrer Ethnarchie.« Er sah den Herold an. »Veranlasse das.« Er hatte es bequemerweise versäumt, darauf hinzuweisen, daß Anwälte es immer irgendwie schaffen, sich in Gesetzgeber und Verfassungsschreiber zu verwandeln; außer Geld zu verdienen, sagen sie den Leuten am liebsten, was diese tun sollen und wie.

TJ seufzte. Wurden sie denn niemals klug? Wurde man zum Rechtsfall und verlor seinen Prozess, mußte man schwer blechen. Heutzutage waren sich die meisten Leute ihrer selbst und ihrer Anliegen sicher, bevor sie beim König eine Eingabe machten.

Der Mann hatte sich nicht bewegt.

»Hinaus«, sagte der König.

Als der Mann zögerte, traten zwei Gyrenen vor, und er wandte sich verdrossen ab und stolzierte davon.

»Wer ist der Nächste?« fragte der König.

Diesmal legte der Narr zwischen den Bittstellern keine Ruhepause ein. Radschlagend wirbelte er über den Boden und einen Teil des freien Mittelgangs entlang.

Eine Frau war auf das Zeichen des Herolds hin aus der Menge getreten und schritt den Mittelgang entlang.

Als sie die Vorderreihe der Zuschauer erreicht hatte, wirbelte der Narr rücksichtslos an ihr vorbei, und seine hochschwingenden Füße fingen einen über ihre Schulter fliegenden Gegenstand ab.

Das Messer klirrte gegen eine kannellierte Säule und fiel in einer Armeslänge Abstand vom König zu Boden.

Der Narr fuhr mit seinen Überschlägen fort und krachte gegen einen bärtigen Mann. Der Mann versuchte sich umzudrehen und wegzulaufen, verhedderte sich jedoch irgendwie mit dem Hofnarren. Ehe jemand erkennen konnte, was geschehen war, griffen zwei Gyrenen ein.

Der Narr rappelte sich kläglich auf und sprang an die Seite des Königs. Die Menge fand ihre Stimme wieder und begann mit einem Summen, das in ein Durcheinander von Ausrufen und Fragen mündete. Die Gyrenen zerrten den Attentäter hinaus.

»Ruhe«, befahl der König. Der Saal verstummte augenblicklich, doch eine erwartungsvolle Stimmung blieb zurück. »Fahre fort«, sagte der König zum Herold.

Und der Narr begann wieder im Raum herumzupurzeln.

Nach der Gerichtssitzung stand der König in einem Vorzimmer seiner Bürosuite und sprach mit dem

Herold und dessen Gehilfen. »Irgendwelche neuen FLOPs?«

Der ganze Palast kannte die Vorliebe des Königs für Schlagworte. FLOP war eine Abkürzung für ein ›forderndes, aber leider obligates Problem‹, was dringende Angelegenheiten bedeutete. Und wenn bei der Abkürzung etwas Frivoles herauskam? Er hatte ARSH, für Allgemeine Reichssteuerhauptbehörde in RSH umgewandelt, oder etwa nicht?

»Nein, Majestät«, sagte der Gehilfe.

»Dann laßt uns allein, ich muß einigen Papierkram erledigen.«

Alfred, der Herold, betrachtete Camp mit größerem Respekt als üblich. Sie wußten beide, was ›Papierkram‹ bedeutete. Der König seufzte bloß. Er las fast nie. Das letzte Mal, als ein Fehler passiert war und der König unwissentlich den Befehl dazu unterschrieben hatte, war vor etwa zwei Jahre gewesen. Und die dafür Verantwortlichen schützten immer noch abgelegene Gebirgspässe vor nicht existierenden Feinden – oder waren das diejenigen, welche die Latrinen der Palastwachen säuberten? Trotzdem war die Verwaltung in TJs Palast immer höchst effektiv.

»Gehen wir in mein Büro«, sagte der König.

Beim Hineingehen sagte Camp: »Klar, Chef.«

»Danke«, sagte der König in Anspielung auf Camps rasches Eingreifen im Thronsaal.

»Es war meine Pflicht.« Camp schloß hinter sich die Tür und ließ sich auf ein Ledersofa fallen. Der König holte eine Flasche aus einer schlichten Vitrine und füllte zwei weite Gläser fast bis zum Rand. Er brachte eins zu Delancy Camp hinüber und reichte es ihm.

»Irgendwelche Vermutungen, wer oder warum?« TJ nahm einen großen Schluck.

Camp schluckte seinen Whisky und schüttelte den Kopf. »Eine vage. Aber ich möchte wetten, daß innerhalb von zehn Minuten der Kommandant mit den ganzen Informationen eintrifft, die sie aus dem Attentäter herausgequetscht haben – ich bezweifle jedoch, daß wir irgend etwas Wesentliches erfahren werden.«

»Ich ebenfalls. Wahrscheinlich so ein verärgerter Anwalt.«

»Oder ein Gegner des Beitritts zur Föderation«, sagte Delancy Camp anzüglich.

»Sommer, soweit ist es gekommen, nicht wahr?« Mit seinem eigentümlichen Sinn für Humor pflegte der König Delancy als ›meinen Adjutanten Sommercamp‹ zu bezeichnen.

»TJ, es wird noch viel schlimmer werden.« Er leerte sein Glas und stand auf, um es wieder zu füllen.

»Ich werde nicht nachgeben. Verdammt noch mal, Sommer, fließendes Wasser, richtige Ärzte und Medikamente, Boden- und Luftverkehr? Darauf verzichten? Zum Teufel, nein.«

Camp zuckte die Achseln. »Es ist dein Leben. Mach weiter so und wirf es weg.«

»Gemessen an diesen Wohltaten ist mein Leben unbedeutend.«

»Sieh mal, TJ, du hast diesen Planeten beinahe im Alleingang zusammengeschweißt und hochgebracht. Jetzt hältst du ihn durch nichts als die Kraft deiner Präsenz und deiner Persönlichkeit zusammen. Es gibt eine Menge, womit sich dein Leben aufwiegen läßt.«

Der König rieb sich mit der linken Hand die Stirn. »Du sagst nicht, was du eigentlich denkst, Sommer; du deutest an, Prinz Michale sei noch nicht fähig dazu, das Amt auszufüllen.«

»In deine Fußstapfen zu treten, TJ. Aus ihm wird man nur schwer schlau«, setzte er diplomatisch hinzu.

»Verdammt, das weiß ich.«

»Es kam mir in den Sinn, *Eure Majestät*, den Knopf auf diesem geheimen Transponder zu drücken und Jean-Claude Lafitte Fitzroy auf einen Besuch herzubeten.«

»Den Gegenwert von einer Million föderalen Rechnungseinheiten, um ein rotes Lämpchen in ein Raumschiff zu verwandeln?«

Camp reichte dem König ein frisch gefülltes Glas. »Im ganzen besiedelten Raum gibt es Relaissatelliten. Er würde die Aufforderung fast augenblicklich erhalten. Oder in der Zeit, die ein Schiff für diese Distanz braucht – denke ich. Und kosten würde es mehr als eine Million. Die Million ist nur dafür, daß Fitzroy auf deinen Anruf hin hier erscheint. Das Geschäft wäre ebenfalls unerschwinglich teuer. Wo sonst könnten wir es kaufen? Ohne politische Verbindungen zahlt sich Schmuggel auf lange Sicht nicht aus. Es sei denn, die Föderationsflotte ginge unter.«

»Zu teuer«, sagte TJ. Und verfluchte das Föderationssystem, das Bear Ridge solange in Isolation hielt, bis es getestet, für wert befunden und als Mitglied akzeptiert wurde.

»Du kannst es dir nicht leisten. Laß Reginald noch ein bißchen Rahm abschöpfen. Oder in dieser geheimen Goldmine eine Extraschicht schieben. Wir haben genügend verurteilte Gefangene in Reserve.«

»Der Gedanke stößt mich ab.«

»Das gilt auch fürs Sterben, Chef.«

»Eins zu null für dich. Wir werden sehen.«

»Du willst diesen Knopf doch nicht etwa deshalb nicht drücken und Fitzroy herrufen, weil du Angst hast, die Föderation könnte das Schmugglerschiff entdecken und deine Chance auf den Ratssitz zunichte machen, oder?«

»Daran habe ich schon gedacht. Brich ihre idiotischen Gesetze, und wir werden zehn Jahre lang unter Quarantäne gestellt, und unser Beitritt wird für mindestens den gleichen Zeitraum zurückgestellt.« Der König ließ sich auf seinen hohen Lehnstuhl hinter einem unordentlichen Schreibtisch fallen. Er legte seine Füße auf eine freie Stelle. Camp lehnte sich auf die Sofalehne zurück und stellte sich sein Glas auf die Brust.

»Wir sollten zurücktreten«, fuhr der König fort. »Ich werde allmählich zu alt für diese Spielchen. Und du wirst ebenfalls nicht jünger, Sommer. Warum suchst du dir nicht ein nettes Mädchen und läßt dich auf deinem Land nieder? Ich werde jemand anderen für diesen Job finden.«

»Scheiße, TJ.«

»Ja-ah, ich weiß. Geht mir auch so. Nein danke. Aber du kannst Kommandant werden, oder Personalchef, Hoher Minister, ich werde mir was ausdenken. Du besitzt bereits ein paar tausend Hektar erstklassige Weinstöcke. Ich werde ein paar Titel drauflegen und es offiziell bekanntgeben.«

»Falls ich jemals ein nettes Mädchen finden sollte, werd ich drüber nachdenken. Und so alt bin ich nun auch wieder nicht, ganze zehn Jahre jünger als du!«

»Ja, aber du hast eine Menge in diese Jahre hineingepackt.«

»Hatte auch 'ne hübsche Zeit. Und irgendwie hab ich das Gefühl, daß wir noch gar nicht richtig auf die Pauke gehauen haben.«

TJ grinste.

»Wann wirst du mich loslassen auf ...?« setzte Camp an.

An der geschlossenen Tür wurde geklopft. Augenblicklich leerte Camp sein Glas, schob es unter das Sofa, holte drei Gummibälle aus der Tasche, eilte in eine Ecke, hockte sich hin und begann zu jonglieren.

TJ hob einen Federkiel auf und sagte: »Herein.«

General Manuel Vero, Kommandant der Gyrenen, trat ein und salutierte. »Majestät, der Gefangene wurde verhört.« Er stand steif in Habachtstellung da, während sein Säbel lose an seiner Seite schwang. Sein einziger Schmuck war das Abzeichen des Aufgebots.

»Rühren Sie sich, Manny. Außer uns beiden ist niemand da«, sagte der König.

Camp stand auf und holte sein Glas wieder unter dem Sofa hervor. »Wollen Sie eins, Manny?«

»Nein, danke, Camp. *Ich* bin im Dienst.« Zum König sagte er: »Meinen Rücktritt, Majestät. Wenn es Ihnen beliebt.«

»Ihre Männer können in der Menge nicht überall sein. Ebensowenig ...« – TJ hob die Hand, um Veros Protest zu unterbinden – »können wir jeden bis auf die Haut durchsuchen, der an öffentlichen Gerichtsverhandlungen teilnimmt. Was haben Sie herausgefunden?«

»Die Klinge war vergiftet, Majestät.«

»Und?«

»Der Attentäter sagte, er sei des Nachts von jemanden in dicken Kleidern angeheuert worden, der offenbar mit verstellter Stimme sprach. Außerdem hatte der Mann keine Zukunft mehr: er war gegen Kaution freigelassen und wartete auf eine Verhandlung wegen Mordes. Das Todesurteil war ihm sicher. Darum hat er sein Leben gegen ausreichend Geld verkauft, um seine Familie viele Jahre lang unterstützen zu können.«

»Könnte eine Verschwörung sein«, bemerkte Camp.

»Manny«, sagte der König, »sagen Sie beim Hinausgehen dem Herold, er soll herausfinden, welche Idiotin von einer Richterin bei einem Mordverdächtigen eine Kaution zugelassen hat, sorgen Sie dafür, daß er sie rausschmeißt, und dann das übliche – werfen Sie sie für fünf Jahre ins Gefängnis und übereignen Sie ihren Besitz dem Opferfond der betreffenden Ethnarchie. Ich werde die Papiere unterzeichnen, sobald er sie fertig hat – was er unverzüglich tun wird. Was ist mit dem Gefangenen geschehen?«

Vero zuckte mit den Achseln. »Es gab nur eine rasche Methode, um herauszufinden, ob tatsächlich Gift am Dolch war.«

»Gut. Das ist alles.«

Als der General gegangen war, sagte TJ: »Wenn ich jetzt eine Zielscheibe bin, wie steht es dann mit meinem möglichen Nachfolger? Welche Fortschritte macht die Ausbildung des Prinzen?«

»TJ, ich bin zu müde, um noch diplomatisch zu sein. Darf ich offen sein?«

»Ja«, sagte der König, der die Antwort bereits kannte.

»Theoretische Fächer, ausgezeichnet. Er wird nie ein wirklich guter Schwertkämpfer deines Kalibers sein. Aber er besitzt ein scharfes Auge. Zum Bogenschützen könnte er es bringen. Mit ein Grund, warum er seine Schwertkünste nicht verbessern kann, ist möglicherweise seine Balance. Zwischen seinen Zehen ist wieder diese Haut gewachsen. Gibt es in deiner oder Gwens Familie eine Tradition von verwachsenen Zehen?« TJ schüttelte den Kopf. Sommer zuckte die Achseln. »Komisch. Vielleicht können wir die Haut von deiner Leibärztin noch einmal herausschneiden lassen.« TJ machte ein säuerliches Gesicht, und Sommer zuckte erneut die Achseln, ohne diesen Gedanken weiterverfolgen zu wollen. »Trotzdem weiß ich nicht, ob Michale töten wird oder ob nicht, denn das ist die letzte Prüfung. Ich sag's dir offen, ihm fehlt der Blutdurst, den manche haben.« Er warf TJ einen raschen Blick zu.

»Einige von *uns* haben dieses Problem, nicht wahr?«

Camp grinste. »Wie dem auch sei, er mußte sich nicht erst mühsam hocharbeiten.«

»Ich konnte ja wohl kaum einen Sklaven aus ihm machen, Sommer. Meine Mutter und Gwen hatten viel Arbeit mit seiner Erziehung. Zuviel.«

»Du könntest ein bißchen mehr Zeit mit ihm verbringen, TJ.«

»Er würde lieber dichten und lesen und studieren, als mir bei meinen Verpflichtungen Gesellschaft zu leisten. Ich darf nicht zulassen, daß er seine Ausbildung vernachlässigt.«

»Teufel noch eins, Chef. *Ich* würde ebenfalls lieber lesen und studieren, als auf dich aufzupassen, aber ich tu's nicht. Und es gibt eine Menge andere Arten, etwas zu lernen, als von Lehrern und aus Büchern.« Sommer legte eine Pause ein.

TJ neigte den Kopf. »Ich weiß«, flüsterte er.

»Wenn er nicht vorbereitet und knochenhart ist, wird ihn der Treck umbringen«, sagte Sommer.

»Ja.«

»Es sei denn, er entscheidet sich dazu, das System herauszufordern und auf den Treck zu verzichten.« Sommer hatte leise gesprochen.

TJs Kopf schnellte nach oben, schüttelte die potentielle Scham ab. »Nein!« rief er, indem er mit der Faust auf den Schreibtisch schlug und Papiere verstreute. »Er wird den Treck machen, wenn es an der Zeit ist. Er würde keine Schande über seine Familie bringen.«

TJ wußte, daß Sommer seinen Zweck erreicht hatte: er hatte die Aufmerksamkeit des Königs auf das Problem gelenkt.

Verdammt, dachte TJ. Was ist aus dem Kind geworden, das ich so sorgfältig großgezogen habe? Aus dem Kind, das beinahe gestorben wäre, noch ehe sich sein Leben verwirklicht hatte? Aus dem Kind, das ich im weitesten Sinne genährt habe, indem ich die Gouvernanten und Mägde fortschickte, als Gwen noch krank war und in ihm Koliken und Durchfall wüteten? Aus dem Kind, das aus seinem Wickel zu meinem Bart aufzulächeln pflegte? Aus dem Kind, das ich mit der angemessenen Strenge behandelte, als es größer wurde, indem ich es zunächst an Gwen und an mich an zweiter Stelle band; aber wichtiger noch, dem ich das Wohlergehen des Königreichs ans Herzen legte, das Wohlergehen von Bear Ridge. Was ist nur aus *diesem* Kind geworden? Wo kam es vom Wege ab? Oder war ich es bloß, der fehlging? Haben nicht andere Einflüsse seinen Charakter verformt? Ach, habe ich ihn nicht zum Krieger-Prinzen erzogen? Was wurde aus seiner Bindung an mich? Zweifellos macht er sich seine eigenen Gedanken und braucht mir nicht alles nachzubeten.

Trotzdem. Warum ist er so, wie er ist?

5 A:alpha

Mit dem Gesicht nach oben lagen sie da und starrten durch vollkommen runde Augen; ab und zu schlugen Membranen. Über ihnen standen zwei Körperlängen Ozean. Ein von Menschen eingeführter Delphin schwamm gemächlich vorbei, und A:alpha liebkoste ihn sanft. O:chacka lächelte und sprach zu dem Delphin. Sie tauschten Gedanken und gute Wünsche aus, und der Delphin zog träge davon. Ein Halbwüchsiger zottelte hinter ihm drein und ahmte jede seiner Bewegungen nach.

A:alphas Schwimmflosse schlug gelegentlich aus, damit er mit O:chacka Schritt hielt, als sie auf küstenferne Strömungen trafen.

/Würde es dir gefallen, wenn ich die Oberfläche mit einem Unwetter aufwühlte? Die Übung würde mir gut tun/, sagte A:alpha.

/Nein. Das einfallende Sonnenlicht ist schön im Moment/, erwiderte O:chacka.

Sie verständigten sich auf die gleiche Weise wie mit dem Delphin: mittels einer angeborenen Fähigkeit zur Interpretation von Geräuschen, Bewegungen, Körperhaltungen, Aurawellen und Absichten – eine Kombination sämtlicher Sinne mit Ausnahme des Unterwassergeschmacksinns. Der Geruchssinn war sowohl innerhalb wie außerhalb des Wassers wichtig. Die Fernverständigung an Land bewerkstelligten sie mittels einer komplizierten Abfolge von Auren und Pfiffen.

/Ich mag Delphine/, sagte A:alpha.

/So ist es, mein Junge, so ist es. Eine noble menschliche Geste, welche hierher zu bringen. Trotzdem empfinde ich Bedauern darüber, daß Delphine nicht so sind wie wir, denn sie sind hauptsächlich Fleischfresser./

/Manche verändern sich .../, erwiderte A:alpha.

/Stimmt. Aber das ist ein langer Prozeß. Immerhin, Zeit haben wir. Aber: ist es richtig?/

/Nein, es ist für sie unnatürlich, glaube ich/, sagte A:alpha. /Jedenfalls ist es unnatürlich für sie, in diesen Meeren zu leben, die ihnen fremd sind./

/Gut gedacht, mein junger Freund/, sagte O:chacka. /Die Menschen waren's, die sie hierher gebracht haben. Von da an nahm die Natur ihren Lauf. Wer weiß schon, was aus all dem werden wird?/

/Ich begreife diese Menschen nicht/, sagte A:alpha.

/Ist nicht leicht, bestimmt nicht/, erwiderte O:chacka. /Da du ein angesehener junger Mann bist, ist es meine Pflicht, dich in deinen Studien und bei der Absorption des Lebens und Wissens zu unterstützen; doch manchmal trifft man auf Dinge und Situationen, die sich nicht leicht begreifen lassen. Ich studiere diese Angelegenheit selbst noch./

A:alpha schnappte nach einem Tangfaden und saugte ihn durch seine Mundöffnung ein. /Diese Menschen sind hier – setzt diese Tatsache nicht eine Technik oder einen Lebensstil voraus, der sich entwickeln müßte, ebenso wie wir uns auf andere Weise entwickelt haben?/

/Stimmt./

/Warum ist es dann nicht so?/ fragte A:alpha. /Zumal wenn man bedenkt, daß ihre Lebensgrundlage der unseren ähnelt, sonst würde ihnen der Aufenthalt auf dieser Welt nicht möglich sein./

/Denker führen dies/, sagte O:chacka so, als dächte er über eine tiefe philosophische Frage nach, /auf ein angeborenes Wesensmerkmal zurück. Die menschliche

Rasse ist eigenartig. Sie scheint sich in Sätzen nach vorn und in Sprüngen zurück zu entwickeln./

/Das verstehe ich nicht/, sagte A:alpha nach einigem Nachdenken. Es war schwer, eine fremde Rasse aus einem historischen und kulturellen Blickwinkel zu betrachten.

/Ist keine leichte Aufgabe, bestimmt nicht; es verstehen auch nicht viele von uns, und nicht alle von ihnen begreifen es vollständig. Es erfordert ein langes Studium, den Willen, den ich in deiner Aura spüre./ O:chacka dehnte reflexhaft die Schwimmhäute zwischen seinen Zehen und fuhr fort. /Es ist ein lohnendes Lebensziel./

/Vielleicht können uns die Menschen selbst den Grund sagen, warum sie sich so ... so im Widerspruch zur Natur verhalten, warum sie sich so zueinander verhalten/, sagte A:Alpha, der das Thema noch nicht fallen lassen wollte.

/Mit diesem Gedanken hat man sich bereits befaßt. Anläßlich seines Besuchs vor vielen Jahren wurde der gegenwärtige Treckmeister, mein Steinpartner, danach gefragt, und seine Antwort stellte uns nicht zufrieden, war eher rätselhaft als eindeutig. Man muß allerdings einräumen, daß er kein großer Philosoph oder Akademiker war. Zum Ausgleich verfügte er jedoch über einen verschwenderischen Elan, ungewöhnlich für einen Menschen, denn er brannte in seinem Innern, und seine Aura tanzte sozusagen vor ungerichteter Energie./

/Was sagte er, Meister?/

/Vielleicht war es ein Rätsel? Ich weiß es nicht. Seine Antwort war einfach. »Wer weiß das schon?« sagte er. »Vielleicht kommen wir nicht voran. Oder vielleicht ist der gesunde Menschenverstand gar nicht so scheißvernünftig, und damit kannst du mich zitieren.« Genau so lauteten seine Worte, und gewiß sind sie des Studiums im kulturellen Kontext wert. Er fügte hinzu: »Vielleicht können wir uns bloß gegenseitig nicht leiden.« Noch mehr Rätsel. Es gibt eine Denkschule, welche annimmt, das Geheimnis der Menschheit sei in ihren Genen fixiert, ein Wesensmerkmal, das durch Lebensumstände und Umwelt genährt wurde, anstatt daß es von der Natur zum Wohle ihrer Rasse dahinein getan wurde./ Er rollte sich in einer Ansammlung treibenden Tangs.

A:alpha stellte zum Ausgleich sein Gehör schärfer ein.

/Bis jetzt hat der Treckmeister die Mühe, die wir uns mit ihm gegeben haben, gerechtfertigt/, erklärte O:chacka.

/Die Aktivitäten der Menschen auf dieser Welt könnten Auswirkungen auf unser Leben haben/, sagte A:alpha in dem Bewußtsein, daß dies ein Hinweis auf sein Lebensziel war. Endlich ein Ansatzpunkt.

/An deiner Aura erkenne ich, daß du diesen Effekt anscheinend für nachteilig hältst/, sagte O:chacka. /Folgt aus dem, was wir wissen, notwendigerweise Unglück?/

/Sehr wahrscheinlich./

/Doch nicht mit Gewißheit. Außerdem beruht dieser Schluß auf dem Standpunkt des jeweils Schließenden/, sagte O:chacka.

Als er darüber nachdachte, bemerkte A:alpha die Warnung. Es bestand keine Veranlassung für Objektivität. Andererseits, wenn er die Vergangenheit der Menschen nicht verstehen konnte, wie konnte er dann auf die Zukunft schließen? Dies sagte er auch O:chacka.

/Treffend formuliert, mein Junge. Einstweilen verfügen wir über keine *akzeptablen* Antworten./

/Das läßt nichts Gutes für uns erahnen/, sagte A:alpha.

/Richtig. Wir leben in unserer Umwelt und unserem Ökosystem. Es besteht keine Veranlassung, daran etwas zu ändern, um uns Nahrung oder Obdach zu verschaffen. Abgesehen von der Ästhetik natürlich. Aber wir sehen bereits die erschreckende Wachstumsrate der Menschheit. Viele Jahre war Krieg, und trotzdem hat sich ihre Bevölkerung verdoppelt. Und mit dem gegenwärtigen Treckmeister an der Macht sind noch mehr Menschen und weitere Expansion zu erwarten. Platz genug? Im Moment auf diesem Planeten, ja … /

/Und in der Zukunft?/ gab A:alpha das Stichwort.

/Eine Zeit lang./

/Irgend etwas sollte unternommen werden/, konstatierte A:alpha.

/Ach, das Ungestüm und die Ungeduld der Jugend. Das felsenfeste Überzeugtsein./ O:chackas Aura nahm die Farbe der Nachsicht an.

/Vielleicht werde ich derjenige sein, der diese ehrenvolle Aufgabe vollendet./

/Eine Aufgabe?/ fragte O:chacka.

/Diese Vertauschung ist in den Möglichkeiten enthalten./

/Unwahrscheinlich, mein Junge./

/Trotzdem, es soll mein Schicksal sein./

/In welcher Hinsicht?/

/Das weiß ich noch nicht. Jedenfalls habe ich gelernt, vor dem Handeln zu lernen./

/Du wirst einmal ein weiser Älterer sein, mein Junge. Lernen heißt Erobern. Wissen, das zum Selbstzweck wird./

/Wissen kann auch eine Brücke sein/, gab A:alpha zu bedenken. /Vielleicht liegt darin das Problem. Wissen kann Verständnis bewirken und es so unnötig machen zu handeln./

/Du schwimmst weit in deinen Worten, um ein nahes Ziel zu erreichen, mein Junge. Aber was du sagst, ist wahr. Von der anderen Seite der Aura aus betrachtet, könnte es dann wünschenswert werden zu handeln, wenn wir den Ansturm der Menschheit abwenden wollen. Und dieser, mein Junge, steht uns bevor. Und zwar früher als man meinen könnte. Um noch einmal den amtierenden Treckmeister zu zitieren: »Wenn du die Antwort nicht hören willst, darfst du nicht fragen.«/

Sie trieben über eine Spalte und sanken in Spiralen hinab, bis das Sonnenlicht ihre Umgebung nicht mehr erhellte. A:alpha fand die vollkommene Dunkelheit stets erholsam, die Stille bewußtseinserweiternd.

Von unten schwebte ein stecknadelkopfgroßes Licht geradewegs zu ihnen empor, gewann im Aufsteigen an Geschwindigkeit.

/Ein Glühwurm/, sagte O:chacka.

Bald würden sie das Wesen in ganzer Länge sehen. Es war so lang wie einer ihrer Körper. Und es leuchtete überall. A:alpha wußte, daß Menschen diesen elektrischen Killer fürchteten.

/Er wird uns angreifen, ehe er die Oberfläche zum Wiederaufladen erreicht/, sagte O:chacka.

/So scheint es, obwohl ich es nicht hoffe./

Der Glühwurm beschleunigte, und als er nah herangekommen war, sandte er einen sich ausbreitenden Blitz aus, der sich durch das Wasser auf sie zubewegte.

Im letzten Moment verstärkte A:alpha seine Aura, blähte sie auf und lenkte den Blitz ab. Der resultierende Zusammenprall der beiden Kräfte hüllte den Glühwurm ein, und er reagierte darauf, indem er Krämpfe bekam, sich in sich selbst zusammenrollte und in die Tiefe sank.

/Warum hast du nicht gehandelt, Meister? Ich verabscheue Gewalt, und deine Aura ist stärker./

/Ist doch klar, A:alpha. Ich habe meine Pflicht getan. Vielleicht hast du heute etwas gelernt./

6 TJ

»Erzähl mir nicht, wie ich regieren soll, und ich werd dir nicht vorschreiben, wie du dichten sollst«, sagte TJ. Wäre sowieso zwecklos, dachte er wehmütig; Lyrik brauchte sich nicht mehr zu reimen. Denk gar nicht erst daran, sagte er sich, ruinier nicht die akademische Welt, die du so mühsam aufgebaut hast. Bloß weil ein paar Gelehrte den Verstand seines Sohnes vergiftet hatten, sollte er nicht ernsthaft daran denken, in das Universitätssystem einzugreifen, auf das er so stolz war. Prinz Michale stand neben ihm und sah zu, wie der Scharfrichter seine Streitaxt aus der Schutzhülle nahm. »Zum Teufel mit der Dichtkunst und dem ganzen Bücherwissen. Deine Erziehung sollte sich mit der hohen Kunst des Krieges und der Politik, der Wirtschaft und des Regierens befassen.« Er hatte sich so sehr einen Krieger-Prinzen als Sohn gewünscht.

»Jemanden zu töten ist deine Vorstellung von Führerschaft?« wollte Michale zu wissen.

»Mein Sohn, du wirst einmal regieren, du mußt willens sein, Entscheidungen zu treffen, große und kleine. Über Leben und Tod.« Das war einer der Gründe, warum er die Regel eingeführt hatte, wonach der Monarch einem Todesurteil zustimmen, die Art der Hinrichtung bestimmen und bei der Exekution abwesend sein mußte. Heute hatte er darauf bestanden, daß Mick ihn begleitete.

Michale blickte ihn voller Abscheu an. TJ bemerkte, daß der letzte Tote weggeschleppt worden war. Für ihn, einen Wiederholungstäter, der sich eine sadistische Vergewaltigung mit anschließendem Mord hatte zuschulden kommen lassen, hatte er langsames Hängen bestimmt. Als nächstes würde ein weiterer Mörder hingerichtet werden, der rasch und sauber getötet hatte – darum würde sein Tod gnädig sein und schnell erfolgen wie das Aufblitzen einer Axt.

Der König und der Prinz standen vor dem Podest, auf dem die Exekutionen durchgeführt wurden, auf einem öden Platz neben dem Palast, in Sichtweite der Stadt Crimson Sapphire und mit Blick auf die purpurroten Amarantfelder, welche die Schwemmebene bedeckten. Die Öffentlichkeit war eingeladen. TJ glaubte, daß seine Exekutionen, wenn sie öffentlich wären, eine abschreckende Wirkung auf die potentiellen Vergewaltiger und Mörder ausüben und außerdem manch einem aus zweiter Hand den Geschmack des Todes vermitteln würden, so daß er nicht zu seinem eigenen Vergnügen morden mußte. TJ wußte, daß es Menschen gab, denen es Freude machte, zu töten. Nicht für Geld, Sex, Macht, aus Eifersucht oder um der Rache willen, den altmodischen Gründen, aus denen man tötete.

Ein sich sträubender Mann, kurz und dünn, wurde über die Treppe auf das Podest gebracht. Zwei Wachen drückten ihn auf die Knie nieder und klemmten ihn in einen hölzernen Mechanismus, der ihn über den Block gebeugt festhielt, den Hals dem Axtträger entblößt.

Der Scharfrichter schulterte seine Axt und trat an den Rand des Podiums. »Soll ich meine Pflicht tun, Majestät?«

TJ nickte salbungsvoll. »Tun Sie Ihre Pflicht, Scharfrichter.« Er bemerkte, daß Mick Luft holte und leicht zitterte. Er schenkte ihm keine Beachtung. Der Axtträger vergeudete keine Zeit und trat rasch und schweigend vor den Mann mit den verbundenen Augen. Seine Axt stieg empor, hielt inne, und sauste herab. Der einzige Laut war ein kräftiges ›Klong‹, als die Klinge in das Holz schnitt. Der Kopf des Mörders zuckte kaum und rollte auf die Seite, wobei er ein Ohr unter sich umknickte. TJ bemerkte, daß Michale erneut erbleichte. Dies war die dritte Exekution in Folge. Man sollte meinen, der Junge hätte sich inzwischen an den Tod gewöhnt. »Bloß um dir zu zeigen«, sagte er nachdenklich, sich an ein altes Sprichwort erinnernd, »daß derjenige, der sich mit Hunden schlafen legt, nicht wundern darf, mit Flöhen aufzuwachen.«

Michale warf ihm einen Blick schieren Entsetzens zu. TJ sah, daß sich der neben ihm hockende Sommer-Camp bemühte, nicht das Gesicht zu verziehen.

»Wie kannst du nur so gefühllos sein?« wollte Mick wissen.

»Ein erworbener Charakterzug«, erwiderte er. »Führen heißt nicht nur, Tanzabende und Dichterlesungen zu veranstalten.«

»Der nächste«, ertönte die förmliche Stimme des Scharfrichters. Auf der Treppe erschien eine um sich tretende und sich windende Frau. Ein Knebel erstickte ihre Schreie. Ihr Augen blickten verstört.

»Majestät«, sagte Alfred, der Herold, von seinem Platz am Fuß der Treppe aus, »es wurde ein Gnadengesuch eingereicht.«

»Wie lautet ihr Verbrechen?« erwiderte TJ, der sehr wohl wußte, was sie und alle anderen sich hatten zuschulden kommen lassen.

»Ermordung ihres Kindes durch Vernachlässigung und Mißhandlung«, schrie der Herold beinahe – wie man es ihm aufgetragen hatte.

»Wer bittet für sie um Gnade?« sagte TJ.

»Ihre Mutter.«

»Wie soll sie hingerichtet werden?«

»Bei der Gerichtsverhandlung verurteilten Sie sie zum Tod durch langsames Hängen, Majestät.«

Es gab einige wenige Dinge, denen gegenüber TJ seine Haltung niemals ändern würde, wie zum Beispiel Kasernendiebstahl bei der Armee, Kindesmißbrauch und Vergewaltigung. Das Kind dieser Frau war ständig geschlagen und unzureichend ernährt worden. Ausnahmsweise war TJ froh, daß er die Leiche nicht gesehen hatte (im allgemeinen wollte er das Opfer sehen, um seine Entscheidungen zu untermauern).

Er sprach laut, mit grimmiger Stimme. »Ersuchen abgelehnt, Hinrichtungsart geändert«, sagte er und legte eine Pause ein. Die mehrere hundert Menschen würden erwarten, daß er eine humanere Todesart auswählte. »Hinrichtungsart von langsamem Erhängen zu Verhungern und Verdursten geändert. Sperrt sie ein. Kein Wasser, keine Nahrung. Sorgen Sie dafür, daß sie in vier Tagen ein stumpfes Messer in ihrer Zelle hat.« So. Er hatte es getan. Eine neue Form der Bestrafung. Und eine, die zu dem Verbrechen paßte.

Camp blickte überrascht auf. »Die Föderation«, flüsterte er, »Sharon Gold.«

Ohne seine Wut zu verbergen, sagte Michale: »Ja, was ist damit, Vater?«

TJ sprach leise. »Sie interessieren sich nicht für Individuen. Sie wollen über Systeme Bescheid wissen, über Kulturen, Regierungen. Ob und wie sie funktionieren. Effektivität ist der Schlüssel.«

»Barbarentum ist der Schlüssel«, sagte Michale.

»Gerechtigkeit«, sprach TJ in warnendem Ton. »Vielleicht wird es keine Kindesmißhandlungen mehr geben, wie?«

»Dachte, du würdest auf die Gesandte Rücksicht nehmen, Chef«, sagte Camp. »Wollte bloß sichergehen.«

»Kann ich jetzt gehen?« fragte Michale.

»Nein, Mick, du bleibst hier.« Michale zog es vor, Mike genannt zu werden. Vielleicht kannst du auf diese Weise keinen Sohn großziehen, sagte sich TJ. Aber er hatte seine Erfahrung mühsam erworben, hatte gelernt, indem er geblutet und Menschen hatte sterben sehen. Aber war das auch für Michale richtig? Hatten seine Erfahrungen während zwanzig blutiger Jahre seine Ansichten vom Leben pervertiert? Von Gerechtigkeit? Hatte er das Mitgefühl mit seinen Mitmenschen verloren? War er zu sehr abgestumpft? Und an Camps Argument war etwas daran. Bei einer Frau die Hinrichtungsart zu ändern, stellte ein kalkuliertes Risiko dar. Andererseits würde es Sharon vielleicht gar nicht merken – obwohl er das bezweifelte. Aber zum Teufel damit, es gab bestimmte Prinzipien, die er nicht einmal für den Beitritt zur Föderation opfern oder verwässern würde. Auf der anderen Seite war es durchaus möglich, daß die Föderation sein strenges Vorgehen gegen Kriminelle billigen würde. (Und, so hoffte er, potentielle Rebellen innerhalb seines Königreichs würden seine rasche und tödliche Rechtsprechung gleichermaßen zur Kenntnis nehmen.) Für Verbrechen und Bedrohungen seiner Herrschaft wollte er die denkbar härteste Abschreckung.

Doch Michale mußte begreifen, daß König zu sein harte Entscheidungen bedeutete. Es war an der Zeit, daß Mick lernte, worum es eigentlich ging. Eine verteufelte Art zu lernen. Diese Frau würde einen schrecklichen Preis bezahlen, bloß damit sein Sohn eine Lektion lernte. Vielleicht würde die Lektion eines zukünftigen Tages von entscheidender Bedeutung sein.

Wachen führten die geknebelte Frau fort. Ihr Körper spiegelte ihre Angst allerdings mit einem unkontrollierten Zittern wider, und die Lumpen, die sie trug, waren von Körperflüssigkeit gefleckt.

Wolken verdunkelten die Sonne, und TJ sah auf. Er hoffte, es würde regnen. Blut, das vom Podest gewaschen wurde, bis es die Rinnsale zwischen den Zuschauern färbte, hatte etwas Erheiterndes an sich. Das hieße wirkliche Publikumsbeteiligung. Ein jäher Windstoß blies die dicken Wolken fort. Man wußte nie, wie das Wetter werden würde, überlegte er. Als er die hinter dem Palast gelegenen Felder betrachtete, dachte er daran, daß schwere Regenfälle das Schwemmland in einen Morast verwandeln würden. Dies war einer der Gründe, warum er unmittelbar an dieser Stelle seinen Raumhafen bauen wollte – sollte er die Gelegenheit dazu haben.

Eine weitere Frau erschien zwischen zwei Soldaten am Fuße der Treppe zum Podest. Sie hatte Narben am Hals und nur einen Arm. Er spürte, wie Michale sich versteifte.

»Mein Gott«, flüsterte Michale. »Nicht das. Ich gehe.«

TJ hakte sich beiläufig bei Michale ein und umschloß

seinen Arm mit einem stählernen Griff. Michale schaute ihn verblüfft an, und nach einem kurzen, jedoch erfolglosen Versuch, seinen Arm wegzuziehen, sagte er: »Ich werde bleiben.«

In der Menge zu ihren Füßen entdeckte TJ Kellen Sing, den Daumentrommler, der ihn und Michale beobachtete.

Die Frau schüttelte ihre Bewachen ab und stieg selbständig die Treppe hoch. Eine tapfere Frau. Kurzzeitig dachte er daran, das Todesurteil abzumildern, doch als er ihr Auftreten beobachtete, erkannte er, daß lebenslange Haft für sie grausamer wäre als die Axt. Auf die Frage des Scharfrichters antwortete er: »Tun Sie Ihre Pflicht.« Wie auch immer, die Frau war zu geschickt im Umgang mit Giften.

Prinz Michale schreckte beim dumpfen Aufschlag der Axt aus seinen Gedanken auf, was immer er gerade gedacht haben mochte. Würde er es jemals lernen? TJ fragte sich, ob andere Monarchen wohl die gleichen Probleme mit ihren Nachkommen hatten. Oder galt das für alle Väter?

7 Der andere König

»Ein Kilogramm!«

»Mein Preis, ich sage es noch einmal, ist ein Kilogramm … Majestät«, sagte der abtrünnige Captain.

»Ein Kilo, das sind mehrere Monatsproduktionen«, sagte Tirano. Dieser verdammte Perverse machte ihn arm. Ein Kilo Tirano-Staub für die Dienste dieses Schmugglers? Lächerlich.

»Das ist Ihr Problem, Majestät. Haben Sie die Wahl?« Shawn schien ungerührt. Er wußte zu wenig von Tiranos Wut, um zu erkennen, daß sein Leben in Gefahr war. Doch Tirano brauchte Shawn. Und der Einsatz war gewaltig. Darum wußte Tirano, daß er das Kilogramm würde hergeben müssen.

Wieder flog ein Vogel durch das private Audienzzimmer, und Shawn schlug danach.

»Lassen Sie das!« befahl Tirano.

Shawn schüttelte den Kopf. »Würmer«, sagte er, als könnte er es nicht glauben. Dem Gewicht nach der wertvollste Grundstoff, den die Menschheit je gekannt hatte. Tirano wußte, daß Shawn sich die Frage nach dem Warum stellte. Warum Zwei Zungen? Warum ausgerechnet der Vogelkönig und Zwei Zungen unter allen Planeten der Föderation und den noch nicht zugelassenen assoziierten Welten? Tirano schnaubte. Die Fragen dieses Homofreaks waren ihm egal. Doch er konnte nicht wählerisch sein. Er brauchte Shawn.

Der Vogel flog erneut vorbei, und Shawn zog lediglich den Kopf ein. Drei weitere Vögel hielten sich frei im Zimmer auf, doch nur dieser konnte fliegen. Die speziellen Arten. Der einzige Organismus, der die wertvollen, aber parasitären Würmer beherbergte. Der dunkelgraue Vogel ließ sich auf seiner Sitzstange nieder. Die beiden Männer waren allein in diesem Raum des weitläufigen, farmähnliches Sommerpalastes in einer Plantage von zehntausend Quadratkilometern Ausdehnung.

Tirano begann mit dem obligatorischen Vortrag, den er schon so oft gehalten hatte. »Vögel. Würmer an der Federwurzel. Gesammelt von Hand oder mit einem winzigen Saugapparat. Dann gefroren. Nach einer speziellen Methode behandelt, über die zu sprechen mir nicht freisteht. Alles harte, schmutzige, zeitaufwendige Arbeit. Und der Vogel muß am Leben bleiben.« Er legte eine Pause ein. »Glauben Sie mir jetzt, daß Sie zuviel verlangen?« Tirano liebte es, teuer zu verkaufen und billig zu kaufen, und Shawn wollte zu wenig von seiner Schiffszeit für zuviel Tiranostaub eintauschen.

»Der Preis bleibt bei einem Kilogramm, Majestät.«

Tirano war klein und fett. Er wußte, daß er von vielen als lustiger König angesehen wurde, und er tat wenig, um diesen Ruf zu zerstreuen. Diejenigen aber, die ihn genau kannten, wußten, daß er aufbrausend, barsch, von raschem Urteil war. Die Antithese seiner äußeren Erscheinung. Er unternahm ebensowenig, um dieses weniger bekannte Erscheinungsbild zu verändern. Tirano war tadellos rasiert, und sein Haar fiel in einem rund geschnittenen Wust herab, mit dem sich zu schmücken jedem anderen per Dekret verboten war. Er sah, daß sich Shawns Blick erneut auf seine Beine senkte. Diesmal bereute es Tirano, sich die Beine rasiert zu haben. Diese perverse Schwuchtel mußte sie ständig ansehen. »Ich muß mir das überlegen.«

»Sie stellen die Männer zur Verfügung, ich die Transportmittel«, sagte Shawn. »Und ich brauche eine ausreichende Vorlaufzeit, um die Mannschaften zusammenzustellen und mir legale Gründe dafür auszudenken, daß ich so viele Transporter versammle.«

Tirano funkelte ihn an. »Nicht alle an einem Ort und für einen Bestimmungsort?«

»Ich gehe vorsichtiger vor. Ich werde sie von unterschiedlichen Häfen auf unterschiedlichen Welten besorgen, vorgeblich, um Erze von einigen weitentfernten Asteroiden zu holen.« Er schwenkte die Hand. »Das ist wirklich kein Problem. Der kritische Punkt dabei ist, daß es Zeit brauchen wird.«

»Ein Kilogramm Wurmstaub wird einen reichen Mann aus Ihnen machen.« Tirano konnte den Spott in seiner Stimme nicht verbergen.

»Und dafür sorgen, daß *Sie* nicht minder reich werden, Majestät.«

Tirano wußte, daß er es sich leisten konnte. War nicht Reichtum einer der Gründe, warum er und Zwei Zungen diesem Tölpel Shepherd und Bear Ridge technisch überlegen waren? Eine alte Volksmedizin, die während des Rollbacks auf Zwei Zungen entdeckt worden war.

Und jetzt, nach spezieller Behandlung, das einzige authentische, nicht synthetisierbare Aphrodisiakum, sei es organisch oder anorganisch, im menschenbesiedelten Raum.

Shawn unterbrach seinen Gedankengang. »Was haben Sie gegen diesen Typ dort auf Bear Ridge?«

»Er ist ein Idiot mit einem Spatzenhirn.«

»Scheint mir kein ausreichender Grund zu sein, um eine Invasionsflotte aufzustellen«, bemerkte Shawn, während er sich durch seinen Overall hindurch kratzte.

Tirano erinnerte sich an die spontane Feindschaft zwischen Shepherd und ihm. Sie hatten sich von Anfang an gestritten und bekämpft. Zunächst bei der Konferenz auf Bear Ridge, mit zunehmender Heftigkeit in der Sektorenhauptstadt Jahre später. Dann hatte er geglaubt, Shepherd los zu sein, bis er an der Reihe gewesen war, die Konferenz auszurichten; die Föderation hatte Shepherd nach Zwei Zungen geflogen, und die Animosität war explodiert. Tirano hatte geglaubt, als letzter gelacht zu haben, als er Shepherd wo es ging erniedrigte, doch nach der Konferenz und Shepherds Abflug hatte Tirano entdeckt, daß der elende Mistkerl ein Abführmittel unter den Futtervorrat seines Palastes gemischt hatte. Es hatte Wochen gedauert, um dies herauszufinden und das Problem zu beheben. Wochen, in denen die Vögel, die an den Auslauf des Palastes gewöhnt waren und nicht eingesperrt werden konnten, buchstäblich den ganzen Palast vollschissen. Dieser Dreck! Überall glitschiges und schlüpfriges Guano.

»Die Episode mit der Vogelscheiße war wohl kaum so bedeutsam, um sich mit der Invasion eines anderen Planeten zu rächen«, kicherte Shawn.

»Weiß das ganze Universum um meine Erniedrigung?«

»Gelächter ist schwer beizukommen«, sagte Shawn ausweichend und sah wieder auf Tiranos Beine.

Tirano wußte jedoch, daß der Guano-Vorfall kein

ausreichender Grund für eine Invasion war, und Shawn wußte das auch. Für eine illegale Invasion. Flüchtig dachte Tirano an die langbeinige, geschmeidige, sternenäugige Schönheit namens Gwendlyon. Dann stellte er sie sich mit diesem Vieh Shepherd im Bett vor. Sie hätte mein sein können, dachte er. Damals war er jünger und schlanker gewesen. Es war alles mit ihrem Vater arrangiert gewesen. Gwen war ihm während der Konferenz auf Bear Ridge ins Auge gefallen. Er traf eine rasche Übereinkunft mit Gwens Vater, und es war eine beschlossene Sache. Bis ein aufstrebender junger König aus dem größten Königreich von Bear Ridge auf die Idee gekommen war, den Planeten zu einigen. Shepherd war ein intriganter Ränkeschmied, der ständig herumschlich, auf Unheil sann und sich nahm, was er wollte. Raffen, immerzu raffen. Keine Eleganz, keine Raffinesse. Ständig auf irgend etwas aus. Nun, dachte Tirano, er würde sich einer Seite aus Shepherds Buch bemächtigen. Und Kühnheit sprechen lassen. Sie würden diesen Schachzug bestimmt nicht erwarten; zumal Zwei Zungen beim Rennen um die Zulassung zum freien Sitz im Föderationsrat die Oberhand hatte.

Er hatte es seit Jahren geplant. Der Zeitpunkt mußte präzise gewählt werden. Er würde die Föderation vor vollendete Tatsachen stellen; und ihren eigenen bescheuerten Regeln entsprechend würden sie Zwei Zungen zulassen und ihm den Ratssitz geben müssen. Doch es gab einen Schwachpunkt in seinem Plan: der Transport. Seine Truppen würden verwundbar sein, und sein Plan konnte scheitern, falls die Föderation herausfinden sollte, daß die illegalen Frachter eine Armee zu einem Nachbarplaneten transportierten. Nach deren Eintreffen und dem Verschwinden der Schiffe konnte die Föderation nichts mehr unternehmen. Die gerissene Art und Weise, mit der er den Coup durchgeführt hatte, wäre eine große Empfehlung für diese politischen Asse im Rat. Und dann hätte er seine Macht abgesichert. Er würde sich keine Sorgen mehr um die Loyalität seines Königreichs, seines Planeten, seiner Untertanen zu machen brauchen.

Natürlich hatte er bereits die verdeckte Unterstützung mehrerer Ratsmitglieder; Geld ebnet viele Wege – auch bei den Mächtigen. Bei denjenigen im Rat, die klug genug waren zu erkennen, daß sein Reichtum ihm insgeheim den Rücken stärkte. Tatsächlich hatte einer von ihnen diesen widerlichen Shawn geschickt. Einen weiteren Grund für seine Invasion gestand er sich nur ungern ein. Es war ein alter politischer Schachzug. Wenn man Verantwortung trägt und Probleme hat, macht man einen Außenstehenden dafür verantwortlich. Lenkt die Aufmerksamkeit woanders hin und bemäntelt interne Probleme mit einer größeren, bedeutsameren Unternehmung. Wenn er der *Kaiser* beider Planeten würde, könnte er einen gegen den anderen ausspielen. Nachdem er, setzte er hinzu, Bear Ridge geplündert hatte. Er wußte über Shepherds geheime Goldmine Bescheid. Die bald ihm gehören würde.

»Sie haben Agenten in hohen Positionen, um sicherzustellen, daß …«, sagte Shawn gerade.

»Ich sagte, ich habe einen oder mehrere Agenten, und ich sagte nicht, in welchen Positionen«, verbesserte ihn Tirano. Keiner außer ihm wußte von dem Spion. Jemand, der sich bezüglich Shepherd keine Illusionen mehr machte. Sie verständigten sich verschlüsselt mittels geheimer Funkgeräte, die zu kaufen sein Reichtum ihm gestattet hatte, und diese waren gut versteckt, ohne daß die Föderation etwas davon wußte. Die ganze Invasion hing vom richtigen Timing ab, und der Agent war dabei der springende Punkt. Zwei Zungen war bereits vom Föderationsgesandten überprüft worden, darum wußte Tirano genau, welche Vorgehensweise bei der Überprüfung vom Bewerber gefordert wurde. Und sein Wissen würde er anwenden. Er streichelte einen

Vogel, der auf seiner Schulter gelandet war. »Ach, TJ, deine Tage sind gezählt.«

»Majestät?«

»Nichts. Besorgen Sie die Schiffe, Shawn. Mein General wird sie vor Ihrem Abflug über die Erfordernisse informieren. Und seien Sie vorsichtig. Lassen Sie Ihr Schiff nicht von der Föderation oder jemand anderen beobachten …«

»Es geht auch um meinen Arsch«, gab Shawn zu bedenken.

»Ihre politischen Verbindungen, die werden Sie retten, Shawn.«

»Das bezweifle ich.«

»Mit einem Kilogramm Wurmstaub müßten sich eine Menge Beamte kaufen lassen.«

Shawn zuckte die Achseln.

Kurzzeitig befürchtete Tirano, Shawn könnte herausfinden, daß sich derzeit eine Föderationsgesandte zur Beobachtung und Einstufung auf Bear Ridge aufhielt. Es konnten sich weitere Komplikationen ergeben. Er würde die Gesandte neutralisieren oder ihr wenigstens das Funkgerät abnehmen müssen. Ja, ein bißchen Sabotage war in Ordnung – nicht zu früh, gerade zum richtigen Zeitpunkt. Auf der anderen Seite, angenommen, der Gesandten stieße etwas zu? Zum Beispiel Tod. Würde die Föderation nicht Shepherd dafür verantwortlich machen? Dieses Argument war bedenkenswert. Zusammen mit der Eliminierung Shepherds. Den Drachen von Bear Ridge enthaupten, und der Planet gehörte ihm. Tirano schauderte, als ihm einfiel, daß Shepherd das Medaillon des Aufgebots trug. Er mußte zugeben, daß Shepherd ein streitsüchtiger Hurensohn war.

Und wenn Shepherd tot war, dann wäre Gwendlyon eine Witwe. Tirano stellte fest, daß er sie noch immer begehrte. Nach all den Jahren. Sie würde Königin bleiben und ihm helfen, seine Macht zu festigen – eher ein

Staatsstreich, als eine Invasion. Egal, welche anderen Versprechungen gemacht worden waren.

Aber Thomas Jefferson Shepherd mußte sterben.

Vielleicht würde er Gwendlyon nicht heiraten, vielleicht würde er sie bloß in sein Bett befehlen und sie demütigen; sie dafür erniedrigen, daß sie ihn entgegen dem Wunsch ihres Vaters abgelehnt hatte.

Tirano blickte Shawn an, den perversen, abtrünnigen Captain mit den politischen Beziehungen. War Shawn wirklich ein Renegat? Oder schauspielerte er bloß? Konnte es sein, daß jemand in der Föderation oder im Rat sein eigenes Spiel spielte, indem er Tirano benutzte? Schon möglich. Er mußte sich sehr in acht nehmen. Auch wenn der Plan von ihm stammte, konnte ihn jemand benutzen. Es war eine schwierige Situation, da die Föderation strenge Vorschriften dagegen hatte, daß Mitgliedsplaneten und ihre Bevölkerung irgendwelche Kontakte mit Nichtmitgliedswelten unterhielten. Nur bei durch die Föderation überwachten Gelegenheiten, wie zum Beispiel bei notwendigen Konferenzen, wurde eine Ausnahme gemacht. Nein, er genoß den Schutz der Föderation selbst, und kein Planet war stark genug, dagegen etwas auszurichten. Selbstverständlich gab es unter den Ratsmitgliedern Fraktionen und möglicherweise Machtspiele, doch der Rat nahm seine Funktion so gut wahr, daß niemand die Absicht hatte, irgend etwas am Ratssystem zu ändern. Was einer der Gründe war, weshalb sich so viele wiederentdeckte Planeten so sehr bemühten, die Mitgliedschaft zu erlangen. »Shawn?«

Der Captain schreckte kerzengerade auf.

»Ihre Bedingungen sind angenommen. Die Hälfte bei der Beladung der Schiffe, die Hälfte bei ihrer Ankunft auf Bear Ridge.«

»Woher weiß ich, daß Sie die zweite Hälfte bezahlen werden?«

»Sie wollen Garantien? Captain, wir wollen nicht zu Fuß nach Hause gehen. Es wäre lästig.«

»Logisch, Majestät. Ich bin einverstanden.«

Hah! dachte Tirano. Diese Truppen werden als Besatzungsmacht dort bleiben. Und wenn Bear Ridge unter meiner Kontrolle steht, wird mir der Sitz im Föderationsrat automatisch zufallen. Ein Glück, daß Bear Ridge und Zwei Zungen die letzten konkurrierenden Bewerber sind. Und als Ratsmitglied kann ich selbst für den Transport sorgen. Folglich ist Shawn draußen. »Und, Shawn?«

Shawn bewegte sich nervös. »Sir?«

»Lassen Sie *mich* Ihnen etwas über Hinterlist erzählen. Der Wurmstaub wird in einem Glasbehälter befördert. In der Mitte dieses Behälters befindet sich ein weiterer, mit Säure gefüllter Behälter. An der Seite befindet sich ein mit einem Federbolzen verbundener Knopf. Wenn man den Knopf drückt, wird die Säure freigesetzt. Der Staub wird vernichtet. Es handelt sich dabei um eine übliche Transportmethode, und denken Sie daran, das Material sorgsam zu behandeln.«

»Ich verstehe.«

»Noch eins, Shawn. Ich habe ebenfalls Freunde in der Sektorenhauptstadt und auf Federation Central. Im Falle von Verrat unterschreiben Sie ihr Todesurteil. Sollten Sie etwas Derartiges vorhaben, denken Sie gut nach, denn Sie sind jetzt ein toter Mann, der meine Luft atmet.«

Tirano wußte, sein Ruf würde dafür sorgen, daß Shawn eingeschüchtert von dannen zog. Und es würde auch Shawns Kontaktmann im Rat einen Wink geben – für den Fall, daß irgendeine Gaunerei im Gange war.

8 TJ

Die Lanzette der Ärztin stach zu, und TJ verspürte unmittelbare Erleichterung. TJ lag mit dem Rücken auf einer Couch in seinem Büro und seufzte. Die Leibärztin des Königs, Nora Ahimsa, ließ den Eiter in eine Schale abfließen. TJs linker Fuß war nackt und lag auf der Armlehne der Couch. Nora saß auf einem Stuhl und behandelte seinen Fuß.

»Offizielle Anlässe«, knurrte TJ. »Darum offizielle Stiefel, keine bequemen, alltäglichen, eingelaufenen, zuverlässigen, leichten Stiefel. Nein. Muß *offizielle* Stiefel mit offiziellen Uniformen und offiziellem höfischem Zeug tragen. Und offizielle Stiefel führen zu offiziellen Blasen.«

»Hättest du das Problem nicht ignoriert, wäre es nicht zu dieser schlimmen Infektion gekommen«, sagte Nora Ahimsa. »Also, die Militärärzte würden deswegen den einfachsten Soldaten vom Dienst freistellen.« Sie war nur wenige Jahre jünger als TJ, man sah ihr das Alter jedoch an. Ihr Haar war rot und voll und ihre Hautfarbe blaß.

TJ bemerkte den tadelnden Unterton in ihrer Stimme und ignorierte ihn. Sie goß ein Desinfektionsmittel über seine Ferse, und TJ zuckte zusammen. Der verfluchte Fuß tat richtig weh, wurde ihm plötzlich klar. Er wollte laut auflachen, erinnerte sich jedoch an sein Publikum. Er war im Begriff zu sagen, daß jeder König eine Fußinfektion haben sollte, die ihn an sein Menschsein erinnerte.

Nora hob erneut die Nadel und liebkoste seinen Fuß beinahe liebevoll mit einem Tupfer. TJ wandte den Blick ab. Er funkelte Alfred, den Herold, und General Manuel Vero an, den Kommandanten der Palastwache – und folglich der ranghöchste Offizier im Königreich. Die beiden standen lässig vor ihm. Der Hofnarr hockte still in seiner Ecke.

»Ich bin ziemlich entschlossen«, sagte TJ, »einen Mordskrach zu schlagen. Im Schlamm herumzustochern. Vielleicht springen die Ratten und Kakerlaken dann vom fahrenden Zug, wer weiß?« Nora schnitt mit einem rasiermesserartigen Instrument an seiner Infektion herum. TJ warf ihr einen raschen Blick zu und sah unbehaglich weg. »Wie auch immer, ich hab's nicht gern, wenn mich jemand umzubringen versucht. Ich kann's einfach nicht haben. Irgend jemand steht hinter diesen Anschlägen, und ich werde herausfinden, wer es ist. Ihre Meinung, Alfred?«

»Was meinen Sie mit ›im Schlamm herumstochern‹, Majestät?«

»Jemandem die Hölle heiß machen. Mit dem Finger zeigen, um die Reaktionen zu beobachten.«

Der Herold bewegte sich unruhig. »Äh ... Majestät, wie es meine Gewohnheit ist, empfehle ich Spitzfindigkeit, Vorsicht. Ich lasse Leute im stillen nach den Antworten suchen.«

»Wirklich? Ah, weniger habe ich auch nicht erwartet. Wo suchen sie?«

»In der Stadt, im Palast.«

»Bestimmte Ziele?« fragte TJ.

»Der Adel«, sagte der Herold.

»Ah, die Entrechteten. Gut. Irgendwelche anderen offiziellen Organisationen?«

»Nein, Majestät.«

»Was ist mit dem Klerus?«

»Ich dachte, dieser befände sich außerhalb meines Wirkungsbereichs«, sagte Alfred.

Nicht im Traum hast du daran gedacht, dachte TJ. Und er wußte, daß Alfred wußte, daß er es wußte. Er schüttelte den Kopf und lächelte den Herold an. »Irgendwelche Ergebnisse?«

»Keine.«

»Nieten.« Noras Finger schien seinen Fuß erneut zu liebkosen, und er fühlte, wie die alte Anziehungskraft zurückkehrte. Er erinnerte sich an diese Finger, diese sensiblen Instrumente. Oh Gott, er hätte gerne wieder seine Faust in ihrem Haar vergraben und ihren Kopf zurückgezogen und ... Schmerz zuckte durch seinen Fuß und lief sein Bein entlang. »Uah. Schenken Sie mir etwas Wein ein.«

Der Herold gehorchte.

»General Vero«, TJs Augen ruhten auf ihm, »Sie sind so merkwürdig still. Was ist Ihre Meinung?«

»Meine Meinung, Eure Majestät, ist, daß Sie bereits eine Entscheidung getroffen haben, wenn Sie Fragen zu stellen beginnen. Sie suchen lediglich nach Bestätigung für das, was Sie sowieso tun werden.«

»Hm«, machte TJ. Manny Vero hatte das gesagt? Sah ihm gar nicht ähnlich. Wenn er es recht bedachte, wollte er sich nicht eingestehen, daß Manny recht hatte. Nora ließ weiteren Eiter abfließen und betupfte die Wunde mit einem neuen Wattebausch. »Alfred, finden Sie heraus, wer diese ›offiziellen‹ Stiefel herstellt und verdoppele seine Geschäftssteuern.« Er wußte, daß Alfred diese Bemerkung ignorieren würde. »Meinungen«, verlangte er. »Wer könnte der Hauptverdächtige sein? Manny.«

»Der Adel, Majestät.« TJ wußte, daß Vero den Adel nicht leiden konnte, seit seine Familie in der Vergangenheit unter ihm gelitten hatte.

»Alfred?«

»Das gleiche, Majestät. Aller Wahrscheinlichkeit nach Kandidaten. Geld, Motiv, die Position und die Fähigkeit, es zu tun, aber ...«

»Was, aber?« TJ wußte, daß sie alle miteinander den anderen Möglichkeiten aus dem Wege gingen. Niemand wollte damit herausrücken und die Kirche der Komplizenschaft bei der versuchten Ermordung des Monarchen beschuldigen.

Der Herold zögerte. »Es gibt andere Gruppen, die nicht begeistert von Ihrer Herrschaft sind. Umgesiedelte Menschen, die Sie während der Einigungskriege unterworfen haben. Desillusionierte Gruppen, die empfindlich unter Ihrer Herrschaft gelitten haben, wie zum Beispiel Anwälte, einige Pädagogen, Menschenhändler, Leute, deren Freunde und Angehörigen aufgrund Ihrer Befehle gestorben sind.«

TJ fand, daß Alfred heute übertrieben diplomatisch war. Er hatte alle erwähnt, außer ›dem Klerus‹. »Reden Sie nicht drum herum, Hark«, sagte er zum Herold. »Sagen Sie, was Sie denken.«

»Gewiß, Majestät«, erwiderte der Herold lächelnd. »Es gibt heutzutage eine relativ neue ›interessierte‹ Gruppe. Junge Leute. Infolge des neuen Nachdrucks, der auf Erziehung gelegt wird, werden sie jetzt zusammengewürfelt, und da sie sich ihren Lebensunterhalt nicht verdienen müssen, haben sie Zeit. Neben der Zeit verfügen sie über einige neue Freiheiten. Sie tappen einstweilen noch im dunkeln, haben jedoch die Möglichkeit, sich zu organisieren.«

»Das ist offensichtlich, Alfred. Das wußte ich bereits. Warum kommen Sie jetzt damit?« Nora rieb seine Ferse mit Salbe ein, und er spürte augenblicklich wohltuende Linderung. Behutsam begann sie eine leichte Bandage um seinen Fuß zu wickeln.

»Offen gesagt, Majestät, ist es schon weiter gegangen, als ich angedeutet habe. Diese Junge, Kellen Sing ...«

»Der Daumentrommler?«

»Ja, Majestät. Er macht sich allmählich einen Namen. Seine Musik verschafft ihm Zulauf. Der Zulauf verschafft ihm eine Zuhörerschaft. Andere Studenten beginnen sich um seine Fahne zu scharen.«

»Sie sprechen von dem Jungen, den ich für diese großartige Vorstellung bei Hofe belohnt habe?«

»Ja, Majestät.«

»Also, der Teufel soll mich holen.«

Nora zog eine Socke über seinen Fuß. »Trag die ein oder zwei Tage lang an Stelle deiner Stiefel. Muß ich dir noch Anweisungen geben?«

»Nein. Danke, Nora. Ich werde meine Füße in Ruhe lassen.« Sie nickte und ging hinaus, während er wütend zu Vero und Alfred emporstarrte. »Und wenn ich gesund bin, werde ich losziehen und herausfinden, wer mich umzubringen versucht hat.« Er hatte Kellen Sing als möglichen Kandidaten bereits ausgeklammert. »Sie sind entschuldigt.«

Der General und der Herold gingen hinaus.

Als sich die Tür geschlossen hatte, trank TJ mit einem Zug seinen Wein aus, lehnte sich zurück und schloß die Augen.

Sommer Camp stand auf und betrachtete TJs strumpfverhüllten Fuß. »Man sollte meinen, der Treckmeister, der die Berge des Teddybär- und des Großen Bärengebirges zu Fuß und den Planeten Bear Ridge ebenfalls zu Fuß und zu Pferde überwunden hat, könnte eine kleine Eiterbeule an seinem Fuß ignorieren und seine Pflicht als König tun.«

»Entzündete Wunde«, verbesserte TJ.

»Und die Legende blüht«, sagte Camp.

»Nimm dir den Rest des Tages frei, Sommer.«

9 Der Prinz

Wo war es? Ein Teil des Treckmeisterprotokolls fehlte.

Erst heute hatte sein Vater Prinz Michale erlaubt, das Protokoll zu lesen. Wahrscheinlich, weil er sich dieser Tage vergänglich fühlte, dachte Michale. Er hatte seinen Vater immer für unbesiegbar gehalten, doch jetzt? Er fühlte sich schuldig, weil die Erkenntnis, daß der König sterblich war, seine Meinung über seinen Vater, den Königlichen Arsch, nicht veränderte. Den wichtigtuerischen Prahlhans, der alles wußte. (Und immer sagte: »Ich verstehe dich, Michale, ich war, verdammt noch mal, selbst einmal jung, weißt du.«) Herrgott, ich habe das einmal, ich habe das zehnmal am Tag gehört. Und Mick. Warum kann Vater nicht wie alle anderen Mike sagen? Muß sogar ein Name hart klingen, um ihn zufriedenzustellen?

Sein Blick kehrte zu dem fleckigen Pergament zurück. Er hätte nie gedacht, daß das Treckmeisterprotokoll existierte. Aber hier war es: eine fortlaufende Chronik Crimson Sapphires seit … seit wann? Seit seiner Gründung? Es zeigte den Weg, den dieser Teil von Bear Ridge seit seinen wirren Anfängen mit isolierten, mit dem nackten Überleben beschäftigten Siedlungen bis in die Gegenwart zurückgelegt hatte. Und aus einem besonderen Blickwinkel. Das Protokoll erläuterte zudem einen Teil der Geschichte, die er in den Vorlesungen kennengelernt hatte. Und es enthielt Informationen, die nicht allgemein bekannt waren – außerdem hatte es einen Beigeschmack, den er nicht erwartet hatte.

Michale saß in der Abgeschiedenheit der elterlichen Gemächer, in ihrem gemütlichen und privaten Wohnzimmer. Seine Augen überflogen noch einmal das Gelesene.

Die ersten Seiten waren spröde, auf geklopfte Rinde geschrieben, die Worte waren verblaßt, teilweise unleserlich. Einige Seiten waren mit neuer Tinte überschrieben worden, andere auf frischeres Papier kopiert, wo der eine oder andere Treckmeister um die Kontinuität des Dokuments bemüht gewesen war. Mit fortschreitender Zeit und Seitenzahl wurde die Papierqualität besser. Offenbar war ein Mann, ein gewisser Joshua Jones, aus einem obskuren Grund (auf das Drängen einer Frau hin?) auf Wanderschaft gegangen. Im Laufe der Zeit eroberten sich die Bewohner von Bear Ridge einen Teil ihres verlorenen Erbes zurück, andere folgten Jones' Fußstapfen. Tausende. Nur einige wenige dieser Wanderer überlebten. Manchmal vergingen zwei Generationen, ohne daß ein Wanderer lebend zurückkehrte.

Weder verstand Michale alles, was er las, noch begriff er, wie der Treck – neben dem königlichen Blut – zum wichtigsten Kriterium für denjenigen geworden war, der nach der Herrschaft – heute der Königswürde – strebte. Sein Blick kehrte zu der Seite zurück. Er bemerkte, daß er eine Waffenvitrine an der Wand angestarrt hatte. Eine, in der sich aufgrund einer Unstimmigkeit zwischen seinen Eltern die Waffen allmonatlich mit einheimischer Kunst abwechselten.

»Ich fand, es sei ein Bär von einem Gebirge«, schrieb Joshua Jones. »Bis ich das verdammte Ding überkletterte, und dort, in der Ferne jenseits dieser gewaltigen Schlucht, einen weiteren Gebirgskamm liegen sah. Dieser stellte denjenigen, den zu überklettern ich irgendwie fertiggebracht hatte, in den Schatten. Ich machte beinahe auf der Stelle kehrt. Aber *sie* hatte mich herausgefordert, und man hatte mich geächtet, und es verlangte mich danach, irgendeine Heldentat zu vollbringen, darum ging ich weiter. Als ich nach vielen Tagen des Abstiegs vom ersten Kamm den Grund der Schlucht erreichte, sah ich eines jener Wesen, von denen alte Leute Geschichten erzählen. Groß waren sie, mit sonderbaren Füßen mit Schwimmhäuten und seltsamen Auswüchsen darauf. Die Gesichter lang, mit einem überaus fremdartigen Mund, der aussah, als diente er dazu, Spinat zu seihen, und ich schwör's, als sie nach mir pfiffen (sie waren zu zweit), drehte ich mich auf der Stelle um und kletterte den Kamm schneller wieder hinauf, als ich runtergekommen war.«

Michale überflog Auszüge.

– von Häuptling Mathiew Bärenklaue:

Ich schreibe nicht gut und das Lernen fiel mir schwer und meine Lehrer machten sich nicht die Mühe zu unterrichten wenn es in den Hütten nichts zu essen gab. Aber dieser Mann Joshua Jones und seine Leute die wir von diesem Land verjagten baten mich an seinem Todeslager mit dem Lernen fortzufahren und dieses Buch weiterzuführen. Einige andere aus meinem Stamm hatten gehört, daß es jenseits des Gebirges – Bärengebirge hatte Jones es genannt – viel Nahrung gäbe. Denn die Dürre lastete auf dieser Ebene und wir sprachen darüber, unsere Hütten nach Westen und zur Küste zu verlagern wo das Getreide besser wachsen soll und es sich auch besser jagen läßt. Das Bärengebirge wirft einen riesigen Schatten auf unser Land, wie eine geheimnisvolle Krankheit, die Fluch auf uns und unsere Angehörigen lädt. Witwer George behauptet er hätte eines der Wesen gesehen von denen Jones hier unlängst gesprochen hat und ich werde über das Gebirge klettern um nachzusehen, ob es dort Nahrung und Jagdwild gibt bevor wir die vielen Kilometer oder Meilen ich kann sie nie auseinanderhalten mit Gepäck und Frauen und Kindern und Hütten nach Westen wandern um nach besseren Jagdgründen zu suchen.

Die scharfe Lava hatte durch die Fellsandalen hindurch meine Füße zerschnitten und ich hatte Angst ich würde den linken Fuß verlieren. Auch schaffte ich es nicht bis zum Grund der Schlucht wie Jones es tat. Bei einer Begegnung mit einer Killerschnarle verlor ich mein linkes Auge. Ich entdeckte keine Nahrung und ich konnte nicht mehr weitergehen, darum kehrte ich um und wir zogen in unser Dauerlager.

– von Commandante Walter Hernandez Fernando Coronado:

Jawohl, wir haben diese Indianer verjagt und uns dieses schöne Ackerland genommen. In einiger Entfernung von der Westküste, aber auf einer schönen Ebene für sich allein gelegen. Auf zwei Seiten von Bergen geschützt, mit einem Fluß, der mitten durch unsere Ebene verläuft. Mein Diener, der alte Bärenklaue, erzählt Geschichten von seltsamen Wesen, die angeblich unser Vermächtnis aus der Vorzeit wären, als unsere Ahnen von den Sternen und der Erde hierher geflogen kamen und überhaupt, nicht sonderlich interessant, wenn man hinausgehen und ein Büffelschaf zum Abendessen schlachten muß und alles, aber was soll's, für diese Arbeit habe ich Bärenklaue, oder etwa nicht? Wie auch immer, Bärenklaue ist ein guter Kerl, und wir kommen gut miteinander aus, er hat mich beinahe dazu überredet, mich selbst auf dieses Abenteuer einzulassen. Er verhält sich so, als müßte er das noch tun, ehe es mit ihm zu Ende geht und er stirbt, aber ich bin es dermaßen leid, auf den Feldern zu arbeiten und andere Leute auf diesen Feldern arbeiten zu lassen, daß ich ihn ebensogut mit raufnehmen könnte.

... und zusammen schafften ich und Bärenklaue es also bis auf den *zweiten* Kamm. Eins muß ich sagen, wäre es nicht für Bärenklaue gewesen, möge er ruhen in Frieden, ich hätte es nie auch nur halb so weit geschafft, aber ich konnte ja nicht gut einen Indianer etwas tun lassen, wozu ich nicht in der Lage war, oder? Diese Schlucht dort – ein richtiger Teufelsgraben – war voller Schnarlen, und das erste Drittel des zweiten Kammes ebenso. Das zweite Drittel des großen Kammes war voller Dämpfe, tödlicher Dämpfe, von denen einige mit ewigen Flammen brannten. Kein einzelner Mann hätte all dies überlebt. Bear Ridge bringt schon ein paar harte Männer hervor, aber ... Egal, auf dem letzten Drittel hatten wir ein höllisches Wetter. Etwas, das ich nicht richtig begriff. Aber wir gingen weiter, und, Herrgott noch mal, es war kalt wie im Keller der Hölle. Bärenklaue war wie ein Mann, der von Horden von Teufeln besessen war. Oben auf dem Bärengebirge war jedenfalls diese flache Stelle. Ein Wind wehte, als wäre Gott am Heulen. !Aber die Aussicht! Auf der anderen Seite des Kammes, welch ein Land! Es sah aus, als könnte man Samen auf den Boden fallenlassen, und er würde auf der Stelle ohne Aufsicht und diesen ganzen Farmermist wachsen. Aber es zogen Wolken auf, und ich konnte nichts mehr sehen.

... verdammt nah am Erfrieren, als wir uns zum Ausruhen hinsetzten, es war so hoch, und Bärenklaue, er stand dort, und da ertönten diese Pfiffe, und Bärenklaue ließ die Kletterseile fallen, die er gerade neu flocht, und rannte auf sie zu, und ich sah ihn nie wieder. Furchterregende Erscheinungen, das Werk des Teufels. Fett, wie aufgeblasene Därme von Büffelschafen. Das merkwürdigste, was ich je gesehen habe. Ich wollte ihnen folgen, aber sie waren alle so schnell verschwunden, die beiden Fremden und der gute, alte Bärenklaue, den ich wirklich liebgewonnen hatte, auch wenn er ein Indianer war und überhaupt. Hätte sie mir gern genauer angesehen.

... einer von Ihnen hatte diesen Stein fallengelassen, nicht wahr? Er war blau, mit rotem Feuer darin, das umherzutanzen schien ... oder war er rot mit blau tanzendem Feuer? Er schien sich so oft zu verändern, man konnte es einfach nicht sagen ...

– von Häuptling Mathiew Mohammed Bärenklaue II.:

Mein Großvater hatte aus der Traumwelt gesprochen und ich wußte, was ich zu tun hatte. Zunächst versammelten wir Jäger uns und beschafften unseren Leuten Nahrung für Wochen, dann verbrannten wir ihr Getreide und verscheuchten sie von unserem Land. Dieser alte Mexikaner veranlaßte mich, dieses Buch zu nehmen und es zu lesen. Er meinte ich würde wissen, was ich damit anfangen sollte. Und dann las ich es und war verblüfft und mußte einen Teil der Schrift noch einmal betrachten, werd später Seiten hinzufügen, es ist so interessant.

... heute gehe ich fort, um meinen Großvater zu suchen. Oder seinen Geist.

... fand ihn nicht, aber da war dieser Edelstein, genau so einer wie ihn der alte Coronado hatte und den wir mit ihm begruben denn so war es bei ihm und bei uns Sitte, und die Leute dachten es wäre in Ordnung denn vielleicht enthielt er seinen Geist und niemand wollte den Geist eines anderen mit sich herumschleppen und überhaupt.

... obwohl die Schnarle mir beinahe den Bauch aufgeschlitzt hätte, entdeckte ich diesen Fluß und die Elritzen fraßen die meisten Maden heraus, die ich nicht gegessen hatte, und ich heilte wieder einigermaßen zusammen ... hab's nie begriffen, denn ich spürte sie um mich herum, als ich bewußtlos und fast im Sterben dalag. Es könnten auch sie gewesen sein denn ich überquerte den ersten Kamm mit der Hilfe Gottes und im Teufelsgraben erwischte mich diese verdammte Schnarle – und dann wachte ich auf und fand mich auf *dieser,* der bewohnten Seite des Kammes wieder ... der Geist von Großvater Bärenklaue????

– von Alyouishes Longstreet:

Ich war der einzige, der die Mutter aller Berge bestieg, und sie werden es wahrscheinlich nächstes Jahr, wenn die Jahreszeit günstig ist, noch einmal versuchen, aber ich weiß, was ich getan habe, keiner von diesen schwächlichen Schlappschwänzen wird jemals zurückkehren, man muß hart sein und Biß haben, meine ich.

– von Sir Lance Phillips:

... meine Brüder sah ich nicht mehr wieder, nachdem ich sie beim Klettern überholt hatte. Zweifellos vermehren ihre Gebeine die Erde auf den Kämmen oder in der Schlucht. Und der Stein? Schön und prächtig war er, beinahe ein Geschenk, und ich hatte nichts, um mich zu revanchieren, aber er, falls es ein Er war, schien ein ganz ordentlicher Bursche zu sein. Und wissen Sie was? Irgendwie verstand ich, was er mir sagte, obwohl mir die Grunzer und Bewegungen und Pfiffe und Schniefer, die er zur Verständigung zu benutzen schien, sicherlich unbekannt waren. Aber ich fühlte mich wohl in seiner Gesellschaft, wissen Sie. Schade, daß nicht mehr viele von den armen Indianern übrig sind, vielleicht hätten sie beim Erklären helfen können. Seine Augen waren wie die eines Fisches, in der Lage, nach zwei Seiten gleichzeitig zu sehen. Registriert ihr Gehirn zwei Bilder? Er ... (Anmerkung: der restliche Abschnitt wurde mit einer schwarzen Substanz, möglicherweise Blut, unkenntlich gemacht. Francisco Shepherd)

– von Mark Trevan:

... darum schickte mein Vater, der König, alle seine Kinder – mit Ausnahme der Mädchen – fort, und wer als erster zurückkäme, sollte nach ihm König werden. Aber wir brauchten einen Beweis, und offenbar liegt der Beweis im Edelstein.

... hätte es ebenfalls geschafft, verflucht sei ihre dicke Haut. Die verdammte Schwester war mir zuvorgekommen. Die tolle Grace hatte ihrem Vater nicht gehorcht. Vielleicht hatte sich die gute Grace besser mit ihnen, diesen Fremden, unterhalten oder mit ihnen verständigt, das Wetter war schrecklich, arme Schwester, und sie stürzte auf dieser Seite des Teddybärgebirges ab und brach sich den Hals. Ich begrub sie dort und nahm ihren Stein an mich, denn ich war mir sicher, daß Vater sein Königreich, das er nach dem Stein, den ich von da an trug, Crimson Sapphire, Roter Saphir, nannte, keinem Mädchen überlassen wollte. Und ich hatte recht gehabt, er glaubte mir, daß ich den Treck gemacht hatte, was auch stimmte, und ich berichtete die Wahrheit. Schließlich hätte ich auch lügen können, oder nicht?

... und meine beiden Söhne, die Zwillinge, kehrten ebenfalls lebend zurück, was ungewöhnlich war, da ich selbst den Treck nicht vollendet hatte und wußte, wie schwer es war. Nun trage ich die Last der Entscheidung, einen Nachfolger zu bestimmen, bevor ich sie in dieses Protokoll schreiben lasse.

– von Francisco Shepherd:

Aus den Bergen vertrieben, wanderten wir nach Crimson Sapphire aus und nahmen unsere Bücher mit. Die gemeinsame Herrschaft der Zwillinge hatte das Königreich auseinandergerissen, und es wurden keine weiteren Eintragungen in das Protokoll gemacht. Ich, der jüngste Sohn, hatte mich eine Zeit lang in der Armee hochgedient, und als die Generäle auf mein Bücherwissen aufmerksam wurden (verwahrte unsere Familie schließlich nicht aus religiösen Gründen geheime und heilige Wälzer für unsere Kinder?), machten sie mich zu ihrem Berater. In dieser Eigenschaft konnte ich weitere geschriebene Texte ausfindig machen. Meine Stellung wurde ziemlich sicher. Aufgrund der hervorragenden Armee hatten wir jetzt keine Rivalen auf unserem Territorium – aber die Zwillinge ruinierten das Königreich mit ihrem Gezänk. Die Generäle fragten mich nach einer Lösung, und meine Antwort gefiel ihnen nicht. Wissen? Erziehung? Dies als Voraussetzungen für die Königswürde? Wohl kaum, erwiderten sie. Sie waren hervorragende Kämpfer und verstanden sich nur auf Schwert und Bogen und Taktik. Schließlich konnte ich ihre Loyalität gegenüber Crimson Sapphire, die sich darin ausdrückte, daß sie die Zwillinge nicht absetzten, nur gutheißen. Denn sie waren kluge Leute und sahen das Beispielhafte im Schicksal der Zwillinge. Das Treckprotokoll interessierte sie, und sie waren so verständig, die Kontinuität der Krone dadurch zu sichern, daß sie aus königlichem, zumindest Adelsblut auswählten. Unglücklicherweise gehörte ich inzwischen zum Adel, und als der Plan bekanntgegeben wurde, entschloß sich mein Sohn, loszuziehen.

Obwohl ich selbst kein Treckmeister bin, mache ich diese Eintragungen sowohl im Interesse der Geschichte und der Kontinuität, da die Zwillinge darin versagten, ihre Pflicht gegenüber diesen Seiten zu erfüllen.

Inzwischen bin ich stolz darauf, sagen zu können, daß sich mein Sohn mitten in der Nacht fortstahl.

Zusammen mit den Söhnen vieler anderer Adliger überquerte er die große Ebene. Er bestieg das Teddybärgebirge, kämpfte sich durch die Teufelsgraben genannte Schlucht hindurch, überwand das Große Bärengebirge und sprach mit den geheimnisvollen Ureinwohnern. Sein Bericht folgt.

– von Thornton Shepherd:

Es war das Gebirgstraining meines Vaters, das mir die Techniken und Fähigkeiten vermittelte, die Kämme zu erklimmen. Von vielen überlebte ich als einziger. Und sprach dort drüben mit den Menschen oder was sie auch sein mögen. Und sie gaben mir einen Stein, dieses Ding, nach dem das Königreich benannt wurde. Sie schienen mich tatsächlich zu verstehen. Und ich verstand einige der Gedanken, die sie ausdrückten. Eines Tages würde ich mit Muße zurückkehren, um sie zu studieren und mich weiter mit ihnen zu unterhalten. Meine Beobachtungen der Schwimmhäuter sind auf separaten Blättern beigefügt. (NICHT GEFUNDEN: Vielleicht hat mein Vater diese Seiten im weiteren Verlauf aktualisiert? Solomon Shepherd.)

Die Rückkehr dorthin könnte sich jedoch ein wenig schwierig gestalten, da es andere Königreiche gibt, die auf mein Territorium vordringen, und ich muß die Armee vorbereiten und Vorkehrungen treffen. Narren. Die Zivilisation kehrt zurück, muß es da Kriege geben? Ich habe gehört, daß auf diesem ganzen ausgedehnten Kontinent, zumindest an der Westseite der großen Trennlinie, welche die beiden Bärengebirge darstellen, weitere Städte und Dörfer entstehen und sich vereinigen, zu feudalen Königreichen werden, von denen ich in Büchern von der Alten Erde gelesen habe. Ich sehe voraus, daß die nächsten Jahre für unser Volk mühsam sein werden. Ein Glück, daß wir ein großartiges Königreich aufgebaut haben, ein starkes Volk sind und gemeinsame Ziele verfolgen. (Abgesehen von diesen verdammten Priestern.) Die persönliche Tragik einmal beiseite gelassen, betrachte ich immer noch den Stein, das Zeichen des errungenen Amtes, und werde wieder ruhig und fähig zu planen. Ich sehe, daß die Zukunft vieles bereithält und in sämtliche Handlungen mit einbezogen werden sollte, die ich als König begehe.

– von Solomon Shepherd:

... aber mein Vater bestand darauf, da mir andernfalls das Volk und besonders die Armee nicht folgen würden. Ich benutzte die Orientierungspunkte, von denen er mir erzählt hatte: die Spitze auf dem Teddybärgebirge, die ›Finger Gottes‹ genannt wird, und den Gipfel, der das Große Bärengebirge klein erscheinen läßt und den nur wenige Männer gesehen haben. (ANMERKUNG: dieser letztgenannte Gipfel wird seitdem K-Vierzig genannt. TJ Shepherd) Und als ich mit meinem Stein wiederkehrte, war er in der Schlacht gefallen. Wie konnte ich mir vergeben, nicht bei ihm gewesen zu sein? Einzig Felicia vermochte mich zu trösten. Jetzt begreife ich. Ich stehe vor demselben Problem wie meine Vorfahren: ich muß meine Söhne in Gefahr bringen, von denen einer hoffentlich den Treck ebenso meistern wird wie ich. Doch so viele sind im Verlauf des Trecks gestorben. Sollte ich nicht erwägen, dem ein Ende zu setzen? Meine Ratgeber raten mir ab. Ohne zu wissen, was ich tun sollte, fragte ich einen meiner Söhne, Thomas Jefferson, nach seiner Meinung. »Meinungen sind wie Arschlöcher, Vater«, sagte er zu mir. »Jeder hat eins. Aber mir scheint, daß das Tun einen Sinn hat«, sagte er rätselhaft, und ich erkannte, daß er recht hatte. Hatte der Treck nicht einen besseren, verständnisvolleren Menschen aus mir gemacht? Vielleicht. Aber dies mit dem Tod meiner prachtvollen Söhne aufwiegen? TJ schien Verständnis für die innere Natur des Menschen zu haben. Aber die Horden bedrängen uns und unser isoliertes kleines Königreich. Und TJ ist bereits ein guter Krieger – diejenigen in der Armee, die ihn persönlich kennen, vergöttern ihn. Er gehört mehr zu ihnen als zu uns, dem Königshaus. Wenn ich darüber nachdenke, wird mir klar, daß TJ den Wert des Trecks begriffen hat, nicht nur vom persönlichen Standpunkt derer aus, die ihn bewältigt haben, sondern hinsichtlich seiner Bedeutung für die Einwohner von Crimson Sapphire. Wir sind das stabilste und stärkste Gemeinwesen, das ich gegenwärtig kenne. Und aus diesem Grund sowie wegen unseres natürlichen Reichtums an Ackerboden drängen andere gegen unsere Grenzen an. Auf dem ganzen Kontinent brodelt es. Überall Armeen und Plünderer, und es erfordert einen Großteil unserer Energie und Produktion, um die Grenzen zu sichern. Es zehrt an unseren Kräften. Unglücklicherweise erwacht die Kirche dadurch zu neuem Leben; dieses Gebilde gewinnt an Bedeutung, an politischer Bedeutung. Sie wollen zu den Zeiten der Kirchenherrschaft zurückkehren. Treulose, Ungläubige und Gotteslästerer hängen (›Für Jesus aufgeknüpft‹ nennen sie das, eine alte SowjetAmerikanische Tradition, behaupten sie). Was die äußeren Bedrohungen der Einheit von Crimson Sapphire angeht (ich höre mich allmählich an wie ein offiziöser Monarch, Teil der Bürokratie – TJ wird das schon regeln, wenn ich ihn das nächstemal sehe. Falls.), so glaube ich, daß die Krone vorübergehend vor dem Klerus sicher ist, da sie Krieger brauchen, um das Königreich zu schützen, das sie gerne führen möchten.

– von Felicia Shepherd:

Mein Gatte, der König Solomon Shepherd Rex, starb auf dem Felde, bevor er seine obligatorischen Eintragungen beendet hatte. Gegenwärtig untersteht die Armee mir, bleibt in dieser Zeit der Krise denn eine andere Wahl?

Es machte mich traurig, meine drei Söhne über die Ebene in das Gebirge und die frostigen Höhen zu diesen seltsamen Wesen zu schicken, von denen ich auf diesen Seiten gelesen habe. Die Chancen stehen dagegen, daß irgendeiner von ihnen zurückkehrt. Doch der älteste, Thomas, läßt hoffen. Stonewall Jackson hat eine kleine Chance. Ich fürchte jedoch, daß der jüngste, Theodore Roosevelt, nicht gerissen genug ist, um den Treck zu vollenden, auch wenn er der agilste von allen dreien ist. Was fange ich an, falls ihn keiner überleben sollte? Soll ich die Krone übernehmen? Aber ich setze auf Thomas. Den Schlingel. Viele junge Damen in Crimson Sapphire werden seine Anwesenheit vermissen, auch wenn er die meiste Zeit bei den Truppen und mit Kämpfen zugebracht hat. Schon als Kind war er ein Kämpfer. Schüttelte Lungenentzündung und andere Krankheiten einfach ab. Offen gesagt, er war ein dickköpfiger kleiner Frechdachs, den ich Rowdy nannte. Die anderen beiden? Gute Söhne, ja, das waren sie. (Waren? Eine Mutter spürt das.) Ich habe sie ohne eine einzige Träne fortgeschickt. Sie haben mein Herz mitgenommen; denn ich wußte nun einmal, daß ich sie nie wiedersehen würde. Ist das die Pflicht einer Mutter? Söhne auf die Welt zu bringen, damit sie sterben? Aber sie gingen fort, für das Königreich, das mein Gatte zu bewahren versuchte, und um unseres Erbes willen. Ich hatte keine Wahl. Je mehr ich schreibe, desto zuversichtlicher werde ich, daß Thomas zurückkehren wird. Ein Sohn wird mir übrigbleiben. (So Gott will.) Thomas ist ein geborener Führer und ein geschickter Schwertkämpfer. Geschickt mit fast jeder Waffe. Wenn er sich auch nicht zu einem Philosophenkönig entwickeln wird wie die anderen Shepherds, muß man doch mit ihm rechnen. Unser Land braucht Männer, Führer und Kämpfer und Gestalter wie Thomas. Es kann ein oder zwei Generationen lang ohne einen Philosophenkönig auskommen.

Ich glaube, ich schweife ab. Es gibt Reichsangelegenheiten, die nach meiner Aufmerksamkeit verlangen.

Hochachtungsvoll gezeichnet, Felicia Shepherd, Königinregentin.

Nachtrag: Die Männer von den Sternen sind eingetroffen. Gott sei dank sind sie auf unserem Gebiet gelandet und nicht auf dem der anderen. Ach, ich wünsche mir so sehr, Thomas würde vom Treck zurückkehren. FS.

Mike wußte, daß sein Vater nach der Durchführung des Trecks Bear Ridge erobert hatte. Einfach so – wenn man die zwanzig Jahre außer acht ließ, die er dafür gebraucht hatte. Die wahrscheinlich aussagekräftigste Eintragung fehlte im Protokoll: die von Thomas Jefferson Shepherd. Er war gleichzeitig irritiert und erleichtert. Erleichtert, weil es ihm so erspart blieb, zu lesen, wie schwer es für seinen Vater gewesen war, und mit dem alten Mistkerl Mitgefühl zu zeigen. Und irritiert, weil er wissen wollte, was der König durchgemacht hatte. Wie hatte sein Vater den Treck bewältigt? War er lediglich auf die Spitze des ersten Gebirgskamms geklettert? Oder war er weitergegangen und hatte die Schlucht durchquert, den zweiten Kamm erklommen und die Heimat der mysteriösen Ureinwohner erreicht? Mike fühlte sich irgendwie betrogen.

»Michale?«

Visionen von Bergrücken, vulkanischen Überbleibseln, monströsen, verwitterten Felsgraten, Schnarlen, Eis, brennendem Gas, blutenden Fingern, toten Trekkern und mysteriösen Ureinwohnern verblaßten. Er sah abrupt auf. »Mutter. Hallo.«

Gwen hatte das Wohnzimmer betreten. »Die Eintragungen deiner Großmutter haben mich immer fasziniert«, sagte sie, »mehr wegen dem, was sie nicht schreibt, als wegen dem, was sie eingetragen hat.«

»Schließlich ist sie eine Shepherd«, sagte Michale und bereute augenblicklich seine scharfe Zunge. Er sah, daß ihn seine Mutter verstanden hatte. »Wo ist Vaters Buch? Seine Seiten?«

Gwen zuckte die Achseln. »Er arbeitet noch daran.«

»Ach geeeh.« Michale zog den Laut in die Länge. »Es

ist viele Jahre her, Mutter. Und einer, der soviel Wert auf Verwaltungsangelegenheiten legt wie er, würde wohl kaum eine so geheiligte Pflicht vernachlässigen.«

»Michale, manchmal glaube ich, du hast etwas von einem Volv an dir, so wie deine Zunge flattert und zischt.«

»Hab's nich' so 'meint«, imitierte er sich als Kind.

Sie lächelte bei der Erinnerung. »Ich werde dir vom Treck erzählen – das wenige, das ich weiß.«

Er blickte sie fragend an.

»Ja, er vertraut sich mir nicht vollständig an.«

Mike schnaubte.

Sie achtete nicht darauf. »Dein Vater war der erste, der erste Treckmeister – solange sie unterwegs sind, werden sie Trecker genannt –, der die Heimat der Schwimmhäuter erreichte. Vielleicht abgesehen von Bärenklaue, und niemand wird je genau wissen, wie es ihm ergangen ist. TJ verbrachte tatsächlich einige Zeit dort in ihrer Heimat, mit Unterhaltungen, Gesprächen oder wie sie sich auch verständigen mögen. Er findet, daß es noch zu früh ist, seine Gedanken über die Episode und sämtliche Fakten, die er in Erfahrung gebracht hat, zu Papier zu bringen.«

»Herrgott, Sharon Gold würde ihn für diese Informationen glatt vergewaltigen … äh, tut mir leid, Mutter, aber du weißt, was ich meine.« Er spürte den Drang, die Gebirgskämme selbst zu überqueren und den geheimnisvollen Ureinwohnern, den Schwimmhäutern, zu begegnen. Aber er war noch nicht bereit dazu, den Treck zu machen. »Vielleicht ist es ein dummer Brauch, Mutter. Erwachsene Männer, die für einen Thron sterben? Für einen Thron, der bald stark an Bedeutung verlieren könnte, falls wir Zugang zur Föderation erhalten sollten.«

Sie antwortete in bemühtem Ton. »Die Föderation wird uns in Ruhe lassen. Planetarische Probleme gelten als interne Angelegenheiten, und es wird keine Einmischung geben. Zumindest glaube ich das. Sharon Gold meint, dies sei der Grund, weshalb sie noch den archaischen Ausdruck ›Föderation‹ benutzen.«

»Und wenn uns Sharon Gold nicht für den Ratssitz empfiehlt, was dann?«

»Das ist eine akademische Frage«, antwortete sie.

»Mutter, ich glaube, die Aussicht, mit hoher Wahrscheinlichkeit sterben zu müssen, um König zu werden, gefällt mir nicht.«

»Ich habe dir doch gesagt«, schrie sie ihn beinahe an, »der Treck ist ein Brauch. Er wird dir zur Ehre gereichen.«

Mike sah den angespannten Ausdruck in ihrem Gesicht und verstand sie zum erstenmal. Sie wollte ihn ebenfalls nicht auf den Treck ziehen lassen. Doch sie hatte keine Wahl. Sie war stärker als er durch Sitte und Tradition gebunden.

Sie ließ sich auf einen Stuhl sinken, und ihre Schultern fielen herab. »Was möchtest du mir sagen?« wollte sie wissen.

Michales Unmut wuchs. Er konnte sich nicht mehr beherrschen. »Also wird mich TJ Shepherd eines Tages mit einem Haufen illegitimer Kinder, die er ›Prinzchen‹ nennt, auf einen verrückten Treck schicken und wahrscheinlich umkommen lassen?« Augenblicklich wünschte er, er hätte sich anders ausgedrückt. Er wußte, daß er sie verletzt hatte. »Mutter.« Er schüttelte den Kopf. »Das war unfair von mir. Verzeih mir, Mutter, ich bitte dich. Ich wollte dir nicht weh tun. Es war dumm von mir, daß ich das gesagt habe.« Das Thema war ein unausgesprochenes Tabu. Mike wußte, daß sein Vater alles tun würde, um die Kontinuität der Herrschaft der Shepherds zu sichern und zu verhindern, das der Adelsstand wieder zur herrschenden Klasse wurde.

»Begreifst du nicht, daß er es tun mußte?«

»Nein«, sagte Mike, der noch immer nur teilweise

begriff, kategorisch. Doch er wußte, daß er eines der vielen Kreuze war, die sie tragen mußte. Nach seiner Geburt hatte sie keine weiteren Kinder mehr bekommen können. Sie hatte einen Preis dafür zahlen müssen. Einen, den sie sich jedesmal aus dem Herzen schneiden mußte, wenn ihr Gatte ein anderes Kind zeugte, um die Nachfolge der Shepherds für den Thron von Crimson Sapphire zu sichern. Ein Konzept der Selbstaufopferung, das ihr TJ aufgehalst hatte. Oder wenigstens hatte er sich so ausgedrückt. Mike wußte diese Dinge instinktiv und fühlte sich ihr näher als vor wenigen Minuten, als er ihr die Versäumnisse seines Vaters vorgeworfen hatte. Zumindest, dachte er reumütig, hatte der dreckige alte Mistkerl sie nicht fallen gelassen, was er hätte tun können. Konnte es sein, daß TJ sie wirklich liebte? Sie mußte ihn lieben, denn warum sonst sollte sie sich mit ihm und seinen Launen abfinden? Mit seiner Gottlosigkeit, seinen ›offiziellen‹ Affären, seinem ungehobelten Benehmen. Mike verspürte einen Stich Eifersucht. Stets hatte er um die Zuneigung seiner Mutter gekämpft. Stets hatten sowohl er als auch sein Vater sie in das Zentrum ihrer Kämpfe, ihrer Streitereien gestellt, hatten stets auf sie und ihre Weisheit im Vermitteln vertraut, auf ihre Fähigkeit, sie als Familie zusammenzuhalten – den brüchigen Frieden zu wahren.

»Eine Zeit des Herumtastens; nichts wird so bleiben, wie es ist.«

»Was, Mutter?«

»Die Sache mit der Föderation. Wir haben schon genug Probleme.«

»Hast du Vater gesagt, wie du darüber denkst?«

»Was ich denke, ist unwichtig. Außer es geht um dich.«

»Ich weiß.« Er grinste plötzlich. »Ich soll mir ein nettes Mädchen suchen und einen Hausstand gründen, stimmt's?«

Gwen lächelte und nickte – zu enthusiastisch, dachte Mike, doch das war verständlich.

10 Das Mädchen

Rebecca Sing tätschelte die Flanke ihres Esels und trieb ihn vorwärts. Die Herde Büffelrinder teilte sich vor ihr, und Rebecca begann zu singen, zu singen, um die ungebärdigen Tiere zu beruhigen. Sie nahm die Lutar vom Rücken und liebkoste die Saiten. Sie mochte die sechssaitige Lutar lieber als deren Eltern, die dicke Laute und die dünnere Gitarre. Zwischen den Büffelrindern fühlte sie sich sicherer, da die einheimischen Völve da saftigere Ziele hatten.

Sie war des Reisens müde und entschlossen, ihren Bestimmungsort bald zu erreichen; darum hatte sie diese Abkürzung gewählt, die ihr einige Vaqueros des Prinzen beschrieben hatten. Diese ausgedehnten Ländereien gehörten aufgrund eines obskuren ererbten Titels Prinz Michale, dem Sohn des Königs. Das Land bevölkerten mehr Büffelrinder, als sie auf dem ganzen Planeten vermutet hatte. Sie wußte, daß die Büffelrinder für gefährliche Gebiete gezüchtete Abkömmlinge der Büffelschafe waren – Büffelrinder vermochten sich selbst vor den vereinzelten Schnarlen und den Volvsrudeln zu schützen, während Büffelschafe fügsame und dumme Tiere waren.

Ein Bulle, neben dem sie und der Esel klein erschienen, stampfte vor ihr den Boden und schnaubte. Er stieß mit seinen langen Hörnern, um seinen Unmut zu zeigen. Sie fuhr fort zu singen, leise und kehlig.

»Ich bin genauso störrisch wie du, also machst du am besten den Weg frei«, sagte sie zu dem Bullen, als sie ihr Lied beendet hatte.

Seltsamerweise war ihr nach Lächeln zumute. Der

Bulle erinnerte sie an die Abschiedsszene in Lonestar.

Jon, der Sohn der Smiths, hatte sie für seine Eroberung gehalten; tatsächlich hatte er sich ein Jahr lang ausgesprochen besitzergreifend verhalten. Und darum wollte keiner der anderen jungen Männer etwas mit ihr zu tun haben. Jons alles überschattende Anwesenheit hatte sie alle eingeschüchtert. Obwohl sie Jon eigentlich recht gut leiden mochte, hatte sie doch festgestellt, daß sie ihm gegenüber mehr und mehr Groll empfand und sich eingesperrt vorkam, in ihrer Freiheit irgendwie eingeschränkt. Er erinnerte sie an den Bullen. Kopf nach unten, und angreifen. Überrennen. Mit brutaler Gewalt erdrücken, die Persönlichkeit auf seiner Stärke und Größe aufgebaut. Er hatte es für eine ausgemachte Sache gehalten, daß sie ihn heiraten würde. Und sie war bereit gewesen, ihn zu heiraten, hatte jedoch erkannt, daß er nicht der Richtige war. In Lonestar gab es einige angenehme und sanfte junge Männer, die es wert waren, daß man sich für sie interessierte – doch keiner hatte Jon während der Zeit mit ihr herausgefordert. Was sie alles durcheinander brachte: sie wollte kein Streitobjekt sein, sie wollte nicht, daß ihr ein gewalttätiger Mann Beachtung schenkte, und doch wäre beides nötig gewesen, um sie von Jon zu befreien.

»Du gehst weg?« hatte Jon bestürzt gefragt. Sein dichtes schwarzes Haar fiel ihm auf die Schultern herab, und seine riesige linke Faust schien Krämpfe zu haben.

»Ja. Mein Bruder kommt nicht mehr zurück, jetzt wo er in diese tolle Schule aufgenommen wurde.«

»Er braucht dich nicht. Ich schon.« Jons Stimme dröhnte. Rebecca war überrascht. Jon mußte ihre Entschlossenheit, ihn zu verlassen, bemerkt haben, denn er hatte noch niemals zugegeben, daß er sie brauchte. Er würde keinen schlechten Ehemann abgeben, dachte sie versonnen, aber sie wollte sich nicht für ihn abrackern.

Das war einfach etwas, das sie nicht wollte, sie versuchte nicht bewußt auszubrechen.

Behutsam erklärte sie ihm, daß sie ihrer Mutter an deren Todestag versprochen hatte, sich um ihren jüngeren Bruder zu kümmern. »Ich habe ihr gesagt, ich würde auf Kellen aufpassen, bis ein Mann aus ihm geworden wäre«, sagte sie. Kellen befand sich inzwischen im Erwachsenenalter, aber war er ein Mann?

»Du stehst treu zu einem Fehler«, warf Jon ihr vor.

»Nein, so bin ich nun mal. Es gibt keine anderen Sings mehr, dessen bin ich mir bewußt, und ich habe Gehorsam geschworen.« Sie wollte nicht mit ihm streiten – er hätte die wirklichen Gründe nicht verstanden. Zum Beispiel ihre Sehnsucht nach neuen Anregungen und Orten und Menschen. War es das vielleicht, was Kellen bewegt hatte? Er hatte sich in letzter Zeit so sehr verändert, und sie hatte erst dann begriffen, wie tiefgreifend die Veränderungen in ihm waren, als sie durch seine Abwesenheit die nötige Distanz bekam, die sie brauchte, um ihn zu beurteilen.

Jon brachte sie wieder in die Gegenwart zurück. »Aber wir sind verlobt«, protestierte er, und sie meinte, eine Spur Schuldbewußtsein in seinem Tonfall feststellen zu können.

»Sind wir das jetzt, Jon? Haben wir ein Datum festgesetzt? Hast du mich förmlich gefragt? Hast du meine Familie förmlich konsultiert und gefragt?«

»Kellen ist deine Familie, und er ist in Crimson Sapphire. Wenn ihm etwas an dir läge, hätte er dich nicht alleingelassen.«

Schuldgefühle überwältigten sie. Er hatte insofern recht, als sie unfähig gewesen war, Kellen, der nicht viel jünger war als sie selbst, zu beaufsichtigen, ihm Ärger ausreichend vom Leib zu halten. Sie hatte sogar den Verdacht, daß die Herrscherkaste von Lonestar Kellen zu seiner Rolle als Emissär beim König genötigt hatte, um ihn loszuwerden. »Da er nicht zurückgekommen ist, bedeutet diese Tatsache wohl, daß meine Aufgabe, ihn zu erziehen, noch nicht vollendet ist.« Sie wurde des Gesprächs allmählich überdrüssig.

»Du schlägst deinem Bruder nach, hab ich recht?« höhnte er in seinem Zurückgesetztsein. »Zusätzlich zu seinen Daumentrommeln und deiner Lutar leidest du an derselben Krankheit. Frieden. Liebe. Stell dich und deine eigenen Bedürfnisse zurück. Predige das Wort, welches es auch sein mag. Also, ich sag dir eins, auf diesem Planeten geht es jedem Mann nur um sich selbst, den König eingeschlossen. Und niemand wird diesem Mist zuhören, den Kellen salbadert. Nimm dir, was du kriegen kannst, solange es geht. So lautet die Lektion des Lebens. Büffelrindscheiße.«

»Jeder Mann, Jon? Was ist mit den Frauen?« Ihre Stimme wurde gefährlich leise.

Er ignorierte die Warnsignale. »Kann ich Kinder bekommen? Gibt es weibliche Priester? Glaubst du, du kannst die Welt verändern?«

»Nein, Jon, ich ...«

»Können Frauen so gut für den Unterhalt sorgen wie Männer?«

»Jon, du machst mich wütend.« Sie hatte etwas gefunden, woran sie ihren Ärger festmachen konnte. »Das beweist nur meinen Standpunkt. Die Dinge verändern sich. Die Zeiten verändern sich. Zumindest wird es in Crimson Sapphire anders sein.«

»Tatsächlich?« fragte er, offenbar darum bemüht, nicht ärgerlich zu klingen.

Sie hoffte, daß es nicht wie in Lonestar wäre. Aber sie hatte Angst, daß Crimson Sapphire lediglich eine größere, kosmopolitischere Version wäre. Ihre Hoffnung hing an einem dünnen Faden. Der König hatte ausschließlich Frauen als Strafrichter eingesetzt. Es ging das Gerücht, TJ Shepherd habe dies getan, weil Frauen über mehr Mitgefühl, Einfühlungsvermögen, Mitleid und all die anderen Phantasieeigenschaften verfügten, die der König ihnen zuzusprechen beliebte. Insgeheim hatte sie jedoch den Verdacht, daß der König sie deshalb für den Richterstuhl auserwählt hatte, weil Frauen schwerer zu beeinflussen wären und härtere Urteile fällen würden, da sie mehr unter Gewaltverbrechen zu leiden hatten. Schließlich genoß der König den Ruf, ein nüchterner Herrscher und Verwaltungsbeamter zu sein. Sie schwieg, denn dies war ein alter Streit zwischen ihnen, obwohl er noch nie so persönlich geworden, einfach immer bloß hypothetisch gewesen war.

»Das führt zu nichts«, sagte sie mit ausdrucksloser Stimme.

Er begriff also, sagte sie sich, daß sie ihre Meinung nicht ändern würde. »Dann lebe wohl, Rebecca Sing«, sagte er leise und resigniert.

»Lebe wohl, Jon.« Sie wußte, daß sie beide keine besonderen Worte auftischen würden, obwohl sie es versuchte. Und daran erkannte sie, daß ihre Entscheidung richtig gewesen war. Solange, bis sich in Crimson Sapphire das Gegenteil erwies. Falls.

»Wirst du wiederkommen?« fragte er, wobei er sich anhörte, als bettelte er.

»Ich weiß es nicht.«

»Das Stadtleben wird dich vielleicht erschrecken.«

»Ich lasse mir nicht so leicht Angst einjagen«, sagte sie freundlich.

»Ja, das weiß ich.«

Und nun war sie weit weg von zu Hause, immer noch entschlossen, sich der Ungeheuerlichkeit ihres Tuns jedoch bewußt. Ihr ganzes Leben veränderte sich, gründete sich auf Vermutungen, Spekulationen, Hoffnung. Was tat sie eigentlich, daß sie alles Vertraute aufgab, all ihre Freunde und ihr Elternhaus zurückließ?

Natürlich um Kellen zu finden, und dennoch wußte sie, daß da mehr war, was unter der Oberfläche brodelte …

Der Bulle schien ihre melancholische Stimmung mitzubekommen, schnaubte ein letztes Mal und trat beiseite, als wäre er ein Mensch, der ihr Platz machte.

Durch das lange Gras ritt sie weiter, eine geschmeidige junge Frau, das blonde Haar bis zur Mitte des Rückens geflochten, die blauen Augen in die Sonne blinzelnd, um die Uhrzeit zu schätzen, mit einer kecken Nase, die den Mund nicht verbarg, der ständig einem Lächeln nachzujagen schien, dessen Wärme bereits an Ort und Stelle war, bereit dazu, das Lächeln festzuhalten.

War Kellen ein Narr? Oder war sie einer? Beide hatten sie, begriff sie plötzlich, den unwiderstehlichen Drang, von sich abzugeben. Sie schüttelte den Kopf. Sie mußte Kellen finden und auf ihn aufpassen, denn mit Sicherheit würde er sich einen Haufen Ärger einhandeln und sich nicht um sich Sorgen machen, sondern um andere. Er brauchte jemanden, der sich um ihn kümmerte, jemanden, der ihn vor sich selbst beschützte.

Was würde sie tun, wenn sie in Crimson Sapphire eintraf? Sie betastete die goldenen Münzen mit der Shepherd-Prägung in ihrem Geldbeutel, von denen die Hälfte Kellen aus dem Verkauf ihrer elterlichen Farm rechtmäßig zustanden.

Sie hatte sich festgelegt. Das Gold fühlte sich schwer an.

Plötzlich durchschnitt ein Schlachtruf die Luft, und Rufe, Schreie und Pfiffe ertönten über dem stillen Weideland. Mehr als zwanzig Vaqueros auf Pferden zerstreuten sich über eine Hügelkuppe zu ihrer Rechten und rasten auf sie zu. Ein Mann mit einem gewichsten Schnurrbart, der sein Gesicht in zwei Hälften teilte, übernahm die Führung.

Er veränderte den Winkel seiner Annäherung, riß seinen Sombrero herunter und lehnte sich, als er an ihr vorbeikam, nach vorn und berührte mit seinen Lippen ihre Wange, ein flüchtiges Gefühl, das von der Steifheit seines Schnurrbarts dominiert wurde. Es geschah so schnell, daß er an ihr vorbei war, bevor sie die Empfindungen auch nur registriert hatte.

Dann, als der Vorgang blitzschnell an ihrem geistigen Auge vorüberzog, erkannte Rebecca, daß es keine Bedrohung gab.

Denn der Mann hatte das Symbol des Aufgebots um den Hals getragen. Übernommen vom Finger Gottes – oder dem Kriegsassagai, niemand wußte es.

Sie befand sich in Sicherheit.

Die Stadt Crimson Sapphire lag unmittelbar vor ihr, hinter der Prärie und auf der anderen Seite des Waldes.

11 TJ

»Vergeben Sie mir, Vater, denn ich habe gesündigt.«

»Sie kennen nicht einmal die Bedeutung des Wortes.« Der Bischof verlieh seiner Stimme einen eisigen Klang.

»Intrigieren Sie gegen mich? Würden Sie mir das Leben nehmen?« TJ ließ seine Stimme ebenso hart klingen. Er fixierte Roaland Cruz mit einem steinernen Blick.

»Wenn es Gottes Wille wäre«, antwortete Cruz gelassen.

Das Eingeständnis verblüffte TJ, und er fragte sich, ob er nicht einer falschen Fährte folgte. »Ist es das?«

»Ich weiß es nicht.« Cruz zuckte die Achseln.

TJ beschloß, eine andere Spur zu verfolgen. »Haben Ihre Geistlichen von jemandem berichtet, der gebeichtet hat, einen Mordversuch begangen oder Attentäter angeheuert zu haben?« Er wußte, daß Cruz nicht darauf antworten würde, aber seine Frage machte dem Abt den Ernst der Lage klar und stellte eine unausgesprochene Drohung in den Raum.

»Ich könnte es nicht sagen, selbst wenn es sich so

verhielte. Und wenn es einer getan hätte, dann würde Bruder Beichtvater es nicht weitererzählen.«

Den Teufel würde er tun, dachte TJ. Er wußte, daß alles, was der Bruderschaft von Nutzen sein konnte, von Mund zu Mund ging, zumal alles, was für Cruz politische Bedeutung hatte.

TJ hatte seine Sicherheitsmaßnahmen verschärft. Er wollte nach außen hin demonstrieren, daß er auf der Hut war, damit potentielle und reale Gegner es sich dreimal überlegten, ehe sie ihn herausforderten, sei es in der Öffentlichkeit, wie es geschehen war, oder im Verborgenen. Er hatte etwas von seiner berüchtigten Wut nach außen durchsickern lassen. Bei Hofe blickte er finster drein, und seine Urteile waren hart. Auf seinen Befehl hin wurden bekannte Kriminelle aus der ganzen Stadt zusammengetrieben und verhört. Er war wenig optimistisch, was einen Erfolg anging, aber es war eine hervorragende Demonstration königlicher Stärke und Privilegien. Zusätzlich signalisierte es seinen Feinden seine Entschlossenheit.

Bischof Roaland Cruz stand vor ihm. Camp flegelte in einer Ecke herum. TJs Leibwächter standen vor den Empfangsräumen des Bischofs. TJ hatte es für eindrucksvoller gehalten, in das Territorium von Fremden zu stürmen, als diese zu sich in den Palast zu befehlen. Es beeindruckte die Leute nicht nur mit seiner Macht, sondern zeigte auch seine Ungeduld. TJ verschränkte die Arme auf dem Rücken und begann auf und ab zu gehen. Cruz' Gemächer waren sorgfältig eingerichtet – bequem, aber kahl. Offenbar wollte der Bischof dort, wo er die meisten Besucher empfing, keinen Reichtum zur Schau stellen. Trotzdem wußte TJ, daß Cruz den Luxus liebte, gute Weine und Vollblüter für Zucht und Rennen. Anders als viele seiner Geistlichen hatte Cruz keinen Hang zu Frauen. TJ bedauerte Cruz' Enthaltsamkeitsschwüre, weil der Bischof dadurch einen Angriffspunkt weniger bot. Auch wenn die Kirche nicht mehr die Einhaltung des Zölibats verlangte, praktizierten ihn doch immer noch viele Geistliche. TJ betrachtete das schlichte Kreuz, das an der Wand hing. Dann funkelte er wieder Cruz an, versuchte ihn nervös zu machen, mit einem Schweigen, das mehr als Worte sagte. Cruz räusperte sich, und TJ dachte, welch ein Glück Cruz habe, daß er diese plumpen braunen Gewänder tragen konnte, denn er hatte O-Beine. Sein abgespanntes Gesicht war schmal und glattrasiert, gekrönt von dem vorschriftsmäßigen kurzen Haar.

»Vielleicht, TJ«, sagte Cruz, »gibt es ein paar Eiferer, denen es nicht gefällt, was Sie der Kirche angetan haben.«

Versuchte Cruz seine Aufmerksamkeit auf eine falsche Fährte zu lenken, indem er diese Möglichkeit einräumte? »Zweifellos eine ganze Menge«, sagte TJ. »Aber wie üblich haben Sie nichts damit zu tun.«

»Diesen Spruch habe ich schon einmal gehört, TJ«, sagte Cruz.

TJ beachtete ihn nicht. »Teufelsbrut. Ich erobere den ganzen Planeten, aus rein praktischen Gründen, und Ihnen als Bischof von Crimson Sapphire fällt dieser Titel für sämtliche Katholiken auf Bear Ridge zu. Sie gebieten nicht mehr nur über ein simples Königreich, jetzt können Sie mit einem ganzen Planeten voller Seelen spielen.« Das heißt, dachte TJ, du bist mir zu Dank verpflichtet.

Cruz wirkte erschöpft. »Wegen all Ihrer bürokratischen Ränge in den Ethnarchien und Ihren ständigen Verwaltungsumbildungen finden wir kaum einmal die richtigen Beamten, denen wir unsere Anliegen vorbringen können.« Er legte eine Pause ein und ordnete sein Gewand über den Knien. »Des weiteren erinnere ich Sie, daß der Geistlichkeit in den entfernteren Ethnarchien mit ebenso großem Mißtrauen begegnet wird wie Ihren Bürokraten. Es ist kein leichtes Leben für meine Brüder, solange sie als Eindringlinge, Blutsauger gelten.«

TJ überging das letztere – es war ein ständiges Streitthema zwischen ihnen. »Bringen Sie den Leuten Ihr Anliegen vor. Ich werde nicht eingreifen – aber Sie kommen besser nicht den Moslems oder Protestanten in die Quere. Sie können soviele Atheisten haben, wie Sie finden können.«

»Sie, TJ, sind Sie Atheist?«

»Nein.«

»Sie weichen aus ...«

»Roaland, Sie wissen verdammt gut, daß ich kein Bedürfnis habe, mich Ihnen oder ihren Speichelleckern von Geistlichen zu offenbaren.« TJ fluchte innerlich, da Cruz es irgendwie geschafft hatte, sie wieder auf ihr altes Streitthema zu bringen und ihn vom Grund seines Kommens abzulenken. Ihre Diskussionen endeten immer damit, daß Cruz ihn beschuldigte, wahllos zu töten, und TJ ihn anschrie, Cruz und seine Kirche hätten von den Einigungskriegen profitiert. Er war sich der Unlogik auf beiden Seiten bewußt und vermutete, daß für Cruz das gleiche galt.

»Legen Sie die Büffelhaut ab, Vater. Ich möchte gern wissen, wer mich umzubringen versucht. Und warum. Vielleicht eine extremistische Gruppe von Geistlichen? Rebellen? Wer?«

»Niemand«, sagte Cruz, als sei es sein letztes Wort.

»Ich warne Sie, Vater ...«

»Mich warnen?« Cruz' Gesicht straffte sich, und seine Augen schienen sich zu weiten.

»Ich warne Sie nicht nur, Vater, ich drohe Ihnen und jedem Ihrer Geistlichen, für den Fall, daß sie daran beteiligt sein sollten. Außerdem können Sie sich das in Ihr Gebetbuch schreiben: durchkreuzen Sie nicht meine Pläne zum Beitritt zur Föderation.«

Cruz begann auf die im ganzen Land bekannte spezielle Art mit den Armen zu wedeln. Tausende pilgerten jedes Jahr nach Crimson Sapphire, um seinem Gottesdienst beizuwohnen. »Eure Majestät, Sie überschreiten Ihre Grenzen. Kümmern Sie sich um Ihre Staatsgeschäfte, und ich kümmere mich um die Angelegenheiten des Herrn.« Er wedelte mit den Armen, bemerkte, was er tat und legte die Hände auf seine Hüften. »Die Bevölkerung untersteht meiner geistlichen Obhut. *Ich* glaube nicht, daß die Menschen von Bear Ridge auf das zukünftige Zeitalter vorbereitet sind. *Wir* sind nicht darauf vorbereitet. Und ich werden mich ihnen auf legale Weise widersetzen, wo es nur geht; ich werde mich jedem Ihrer Schritte theologisch widersetzen. Diese Botschaft wird an jeden Geistlichen und jede Gemeinde ergehen.«

TJ hinderte sein Gesicht daran, darauf zu reagieren. Er vermutete, daß Cruz bereits getan hatte, was er zu tun versprach. Er hielt es für heikel und gefährlich für seine Herrschaft, die Kirche zu sehr unter Druck zu setzen. Sicherlich verfügte er über die Macht dazu – doch wie lange würde die Macht andauern, wenn es überall nach seinem Kopf ginge? Nein, er mußte innerhalb des Systems arbeiten, schmeicheln, täuschen, geschickt und diplomatisch manipulieren. Dann überraschte ihn Cruz.

»Sie beabsichtigen, auf der Ebene dort draußen eines Tages vielleicht einen Raumhafen zu errichten, nicht wahr? Wo der wundervolle Ackerboden dreißig Fuß tief ist?«

Von dem Themenwechsel überrumpelt, nickte TJ. »Ja, wir können anderswo Ackerbau betreiben.«

»Und wo kommen die Hurenhäuser hin?« wollte Cruz wissen. »Und die Spielhöllen? Und die Geldwechsler? Und die Bettler, die ihre Schwestern an die Raumfahrer verkaufen? Sagen Sie mir, wo.«

»Es gibt jetzt schon Prostitution«, sagte TJ abwehrend.

»Ja, und ich kann mir nicht einmal im Traum vorstellen, welche furchtbare Strafe Gott Ihnen im Jenseits zugedacht hat.«

»Wahrscheinlich dazusitzen und mir Messen anzuhören«, fauchte TJ.

»Respektlose Blasphemie.« Cruz stieß mit dem Finger nach TJs Brust. »Dasselbe, wie das Abzeichen des Aufgebots nach dem Finger Gottes zu formen. Gottes Namen auf ein Symbol fürs Töten zu setzen.«

»Vater, ich...«, begann TJ, dann brach er ab. Eines der Mysterien des Abzeichens des Aufgebots war, worauf sich das Symbol darauf bezog und was es bedeutete. Und TJ begnügte sich damit, der Spekulation freien Lauf zu lassen. Denn er wußte, daß niemand, der die Antwort kannte, sie sagen würde. »Glauben Sie, was Sie wollen, Bischof.« Sein Tonfall war barsch.

»Ganz wie Sie wollen, Hoheit. Sie müssen mich entschuldigen, denn ich muß einen Kreuzzug vorbereiten, der mir eben in den Sinn gekommen ist.«

TJs Augen glitzerten. »Kommen Sie mir nicht in die Quere, Cruz, denn hier bin *ich* die höchste Autorität. Ich stelle fest, daß Sie mir soeben gedroht haben. Und ich schätze, daß sich Ihr Kreuzzug gegen die Föderationsmitgliedschaft wenden wird.« Er hob seine große Hand. »Unterbrechen Sie mich nicht, wenn ich rede. Denn dies ist die erste und letzte Warnung. Sollten Sie sich entschließen, Ihre Pläne weiterzuverfolgen, werde ich die Steuergesetze dahingehend erweitern, daß Ihre Kirche, ihr Besitz und Ihre Finanzen einbezogen werden. Das kostet mich ungefähr zehn Minuten. Und da Ihr Einkommen in Wirklichkeit unverdient ist, wird der Steuersatz ruinös sein.« TJ bemerkte, daß er seinen Ärger kaum noch beherrschen konnte – obwohl er wußte, daß es falsch war. Er hätte Cruz gegenüber diplomatischer sein, ihn ein wenig leiten, um der Unterstützung des Bischofs willen etwas nachgeben sollen.

Cruz' Gesicht drückte Unglauben aus. »Das würden Sie nicht wagen. Es würde mit einem Religionskrieg enden, den sich keiner von uns leisten kann.«

TJ konnte die unverhohlene Drohung nicht ignorieren. »In diesem Falle würde die Kirche eine Menge Märtyrer bekommen, die sie heiligsprechen kann. Wollen Sie, Roaland Cruz, der Anlaß für so viele Tote sein?« Seltsamerweise fiel ihm ein Satz aus seiner Lektüre der Geschichte der Erde ein. »Stalin hat einmal gefragt: ›Wie viele Divisionen hat der Papst?‹.«

Cruz überging diese Bemerkung. »Ich kenne Sie, Shepherd, und weiß, daß Sie es tun würden …«

»Was Ihnen nicht klar ist, Vater, ist die Tatsache, daß wir mit Sicherheit nicht den Föderationssitz erringen werden, falls ein Religionskrieg ausbrechen sollte. Und mir werden keine Ambitionen und nichts mehr zu tun bleiben – außer Ihren armseligen Aufstand niederzuschlagen, um meinen Ärger zu lindern.« Er sah, daß Sommer inzwischen stand, den Körper angespannt. TJ entspannte sich willentlich.

Cruz sagte: »Ihre Position ist verstanden worden, Majestät, und wird in Betracht gezogen werden.«

TJ konnte sich eine letzte Spitze nicht verkneifen. »Könnte es sein, Vater, daß Sie eine von der Kirche beherrschte Welt mit Ihnen an der Spitze ins Auge fassen?«

»Es könnte Schlimmeres geben. Aber das ist nicht meine Absicht.«

»Guten Tag dann, Vater. Passen Sie auf, was Sie tun, denn auf der Straße der Macht gibt es viele Fallgruben. Und ich bin eine scheußliche Fallgrube.« Er wartete die Antwort nicht ab, sondern drehte sich um und stolzierte aus dem Raum hinaus. Der Hofnarr beeilte sich, ihn einzuholen. Von Wachen umringt gingen sie die Korridore entlang, indem sie rangniedere Geistliche und Akoluthen aus dem Weg scheuchten. TJ fragte sich, wie ernst es Cruz meinte. Cruz hatte sich stets unmittelbar am Rande des Geschehens befunden, sicherlich ein engagierter Mann, aber trotzdem ein Opportunist. Sie hatten beide immer darauf geachtet, sich nicht gegenseitig in die Quere zu kommen, waren sich beide der Pattsituation stets bewußt gewesen. Keiner konnte einen Machtkampf persönlich gewinnen, ganz gleich, wer dabei siegreich bliebe. TJ hatte Cruz jedoch noch nie so wütend erlebt. Er wünschte, er hätte sein Temperament besser im Zaum halten können. Doch bei den seltenen Gelegenheiten, wo er dem Impuls nachgab, fühlte er sich augenblicklich besser. Es war schwer, unparteiisch, milde, großzügig – ein König zu sein.

Im Freien angelangt, bestieg er seinen Hengst. Der Rappe tänzelte ein wenig auf seinen weißbestrumpften Beinen. TJ fand Hengste immer ein wenig wild, doch er mußte den prächtigsten von allen reiten. Der Schein war manchmal alles. Seine Leibwächter beeilten sich, ihn einzuholen. Das Dutzend Männer klapperte über die Pflastersteine der Bearpaw Avenue, eine Hauptverkehrsstraße der Stadt. Sommer Camp ritt ein geschecktes Maultier auf seiner gewohnten Position zu TJs Linken. TJ war Rechtshänder und Camp beidhändig.

Menschen winkten und riefen und lächelten. TJ zwang sich dazu, eine andere Rolle einzunehmen, und erstickte seinen Ärger. Tatsächlich mochte er diesen Teil seines Königtums. Eitelkeit? fragte er sich. Vielleicht. Aber er genoß das Gefühl trotzdem.

»TJ«, sagte Sommer in einem Tonfall, der nur für die Ohren des Königs gedacht war, »wenn du das Feuer schüren wolltest, dann hast du deine Sache gut gemacht. Du hast einen Bischof am Hals, der bissig wie eine Schnarle ist.«

»Dachtest du wirklich, er würde zugeben, an der Verschwörung beteiligt zu sein? Nein. Hier ein bißchen sticheln, dort ein bißchen, und die Pläne der Opposition werden vielleicht beschleunigt und beim nächsten Mal hastig verwirklicht. Und folglich verwundbarer werden.«

»Nicht so schnell«, sagte Camp, indem er seinem Maultier in die Flanken trat, damit das Tier mit dem König Schritt hielt. Seine schlotterige, langschwänzige

Narrenkappe blähte sich im Wind, und ein Kostüm verbarg sein Äußeres. »Ich weiß nicht, ob diese Einschüchterungstaktik funktionieren wird. Wenn diese Leute, wer sie auch sein mögen, wissen, was sie tun, dann bekommen wir sie auf dieser Art nicht zu fassen. Vor allem dann nicht, wenn es sich um eine komplizierte Verschwörung handelt, die sich gegen unseren Beitritt zur Föderation richtet.«

»Und wenn wir sie auf diese Weise nicht finden, Sommer, wissen wir wenigstens, daß sie professionell sind und gut planen. Was mehr wäre, als wir gegenwärtig wissen.« TJ legte eine Pause ein. Erschöpft sagte er: »Ich fürchte, es wird eskalieren. Angenommen, es handelt sich um keine bestimmte Gruppe, sondern um ein Bündnis? Dann hätte die Opposition eine breitere Machtbasis und wäre viel schwerer einzudämmen.«

»Versteh schon, was du meinst, Chef. Hier ist eine große Menschenansammlung. Lächeln.«

»Hast du ein paar Süßigkeiten für die Kinder?«

»In meiner Satteltasche.« Sommer warf Straßenbengeln Bonbons zu. Zwischen den Bonbons waren Münzen von geringem Wert. Ursprünglich hatte er angeregt, Süßigkeiten und Münzen zwischen die Kinder zu werfen, um sie aus dem Weg zu bekommen, damit die Gesellschaft des Königs ungestört vorwärtskam, doch inzwischen war diese Praktik zur Gewohnheit geworden – und Sommer hatte auf diese Weise sichergestellt, daß sie nicht wie die großmütige Geste eines herablassenden Königs wirkte.

»Noch eine Generation, Sommer, und diese Kinder werden in der Schule sitzen und lernen, wie man Duschen einbaut und Wettersatelliten bedient, und nicht auf der Straße sein.«

»Das hoffst du.«

»Ich weiß es.« Er spürte eine Anwandlung von Selbstvertrauen, das in Wirklichkeit nicht gerechtfertigt war. Sein Wortgefecht mit Cruz hatte jedoch seine

Wahrnehmungen geschärft und ihm das Gefühl des Kampfes vermittelt, so passiv es auch gewesen war.

»Hoffen wir, daß deine Pläne eines Tages Wirklichkeit werden.«

TJ zog an den Zügeln, um seine Gangart zu verlangsamen. »Sommer, du versuchst mir etwas zu sagen. Sag es.«

»Klar, Chef. Wenn der Bischof vorher nicht an der Verschwörung gegen die Krone teilgenommen hat, dann wird er es jetzt tun.«

»Cruz ist clever, verfügt über politischen Weitblick«, sagte TJ. »Er würde sowieso bei der richtigen Gelegenheit zupacken. Aber er wird sich keine Blöße geben, keine Risiken eingehen. Nein, wir können uns den ganzen Tag lang gegenseitig anbrüllen – dadurch ändert sich nichts, außer an der Oberfläche. Wie auch immer, wir behalten ihn besser gut im Auge. Und er ist nicht mein Problem. Worüber ich mir Sorgen mache, das ist, wie man Tirano in Verruf bringen kann. Das macht mir wirklich Sorgen.«

»Er ist ein Idiot, TJ. Er wird sein eigenes Grab schaufeln.«

»So einfach ist es nicht, Sommer. Betrachte es mal aus dem Blickwinkel der Föderation. Bei allem gleichauf – wie würden sie sich entscheiden – für Bear Ridge oder Zwei Zungen? Für Tirano und Zwei Zungen natürlich.«

»Kommt drauf an.«

»Nur gut, daß *ich* der König bin«, sagte TJ. »Die Föderation kann auf Zwei Zungen Reichtümer ernten, denen wir nichts entgegenzusetzen haben. Dieses dämliche bißchen Wurmstaub. Als ob irgend jemand ein Aphrodisiakum bräuchte. Egal, die Föderation haut einfach eine Steuer auf den Staub drauf, und ihr Etat ist für das nächste Haushaltsjahr ausgeglichen. Sie sind keine politischen Dummköpfe. Bestimmt haben sie ein Auge auf Zwei Zungen geworfen, seit sie dieses System entdeckt haben. Es könnte sein, daß wir deshalb in die engere Wahl gezogen wurden, damit die Entscheidung, Zwei Zungen den Ratssitz zu geben, rechtmäßig und fair erscheint. Sie hatten weiß Gott eine Menge Zeit für die Überprüfung. Warum haben sie eine so junge und unerfahrene Gutachterin wie Sharon Gold geschickt? Und bestimmt kennen sie Tirano und seine Eigenheiten. Also ist es ihnen egal, ob Tirano ein Arschloch ist oder nicht, es geht ihnen um die Einnahmen, die er ihnen verschaffen kann, und folglich um Macht. Dieser kostbare Wurmstaub ergibt eine hervorragende Pulverbasis. Komisch, nicht?«

Sommer antwortete nicht.

TJ konzentrierte sich darauf, nicht mit dem vor ihm reitenden Leutnant Timmons zu kollidieren. »Wir müssen«, sagte er laut, »etwas von Bear Ridge vorweisen, das die Föderation reizt und ein vergleichbares Steueraufkommen liefert.«

»*Ich* bin vielleicht nicht König«, sagte Sommer, »aber ich weiß, daß es darauf keine einfachen Antworten gibt. Was haben wir denn? Schafshäute? Rindfleisch? Komisches Holz für Armbrüste? Superschafwolle? Diese Dinge können es mit Energiewaffen und synthetischen Fasern nicht aufnehmen.«

»Es muß nicht unbedingt ein Produkt sein, Sommer.«

»Oh?«

»Wie liegen wir im Zeitplan?« wechselte TJ das Thema.

»Knapp.«

Vor ihnen auf der Bearpaw Avenue sah TJ das grandiose Bauwerk, das die Vierzig beherbergte. Kreisförmig, mit Steinsäulen versehen, thronte es auf einem niedrigen Hügel, der seine Umgebung zu beherrschen schien. Die Vierzig waren das tagende Gremium der in Crimson Sapphire verbliebenen wichtigeren Adligen. Und sie sprachen ebenfalls, als deren Vertreter, für die wenigen übriggebliebenen Adligen außerhalb der Hauptstadt. TJ als der Sieger der Einigungskriege hatte die Adligen der besiegten Länder und Stadtstaaten, die sich ihm widersetzt hatten, ihrer Titel entkleidet und ihres Eigentums beraubt. Dem Adelsstand von Crimson Sapphire war es besser ergangen, da er sich auf der Gewinnerseite befunden hatte. Und TJ mußte sich eingestehen, daß es politischer Selbstmord gewesen wäre, ihn zu eliminieren. Er hatte sorgfältig darauf geachtet, ihre Macht bei jeder sich bietenden Gelegenheit zu vermindern. Und hatte keine Adligen ernannt, keine Titel vergeben.

Sie saßen ab, und der Leutnant ging mit einer Abteilung Palastwachen voraus, um seine Ankunft zu melden.

Während Sommer an seiner Seite herumhüpfte, schritt TJ zuversichtlich die breiten Marmorstufen empor und durchquerte die Galerie des Amphitheaters, in dem sich die Adligen versammelt hatten. Er hatte die Sitzung am Morgen einberufen, was lediglich für die Benachrichtigung Zeit gelassen hatte. TJ wollte, daß die Vierzig unvorbereitet in die Beratung gingen. Bei seinem Eintritt setzte er ein finsteres Gesicht auf und ging entschlossen über eine Rampe zur Mitte des großen Raums hinunter. Die zweite Gruppe von Soldaten eskortierte ihn. Die erste Abteilung hatte an der oberen Ebene entlang Aufstellung genommen. Adlige standen schweigend an ihren Plätzen, halbkreisförmig die zwölf Sitzreihen hinauf. TJ erreichte den Boden des Saals, und seine Wachen teilten sich und wandten sich der Menge zu. TJ ging zu dem Podium in der Mitte. Der amtierende Vorsitzende der Vierzig, der Oberbürgermeister von Montreal, kniete vor ihm nieder. Montreal war die Crimson Sapphire nächstgelegene Stadt und hatte bereits vor den Einigungskriegen unter der Herrschaft der Shepherd gestanden.

TJ hielt inne, betrachtete forschend den Mann zu seinen Füßen, dann drehte er sich, um sich im Raum umzuschauen. Er sagte nichts. Als er meinte, die Pause sei lang genug gewesen, um seine Dominanz zu etablieren, bedeutete er dem Vorsitzenden, sich zu erheben. TJ gab den Vierzig kein Zeichen, daß sie sich setzen sollten.

TJ bohrte seinen Blick in die Augen des Präsidenten. »Waren Sie es, Franz?«

Der Oberbürgermeister von Montreal wich unwillkürlich zurück. TJs Worte waren das verabredete Signal für die Wachen. Die Gruppe oben im Saal legte ihre Armbrüste an. Die Gruppe, die am Boden den Adligen gegenüber postiert war, brachte ihre Wurfspieße in Angriffsstellung. Ein kleines Drama, das TJ sich ausgedacht hatte.

»Nein, Eure Majestät«, sagte Franz. Er war ein mittelgroßer Mann, der zu konservativer Kleidung neigte. Seit TJ die Bodengesetze für den Adel geändert hatte, hatten sie sich mehr dem Handel zugewandt, stärker mit den Geschäften ihrer Pachtgüter beschäftigt und darum weniger mit der beratenden Versammlung. Sie berieten den König noch, doch er suchte ihren Rat nur selten. TJ wußte, daß sein Programm für den Adel funktionierte – da dieser sich nicht mehr so sehr in das Regieren einmischte und begonnen hatte, seine eigenen Geschäftsunternehmungen zu lenken, war der größte Teil des Adels wohlhabender geworden, und sein Besitz hatte zugenommen. TJ vertraute darauf, daß er, solange der Gewinn gleichblieb oder stieg, die Autorität des adeligen Standes wirksam eingeschränkt und folglich seine Macht vermindert hatte. Inzwischen hatte er nur noch formellen Umgang mit seinen Angehörigen – oder in ihrer Eigenschaft als Kaufleute. Franz zappelte und meinte offenbar, etwas sagen zu müssen. »Verdächtigt uns Eure Majestät der Komplizenschaft bei dem Mordversuch?«

»Ich verdächtige jeden, Franz, und Sie im besonderen. Hätten Sie gerne meinen Thron?«

»Nein, Majestät, ich …«

»Oder hätten Sie lieber Elektrizität und Luftgleiter –

oder die Rechte an einem Teil der neuen Technik?« Er musterte die Anwesenden. »Was soll es sein, Franz? Treffen Sie Ihre Wahl jetzt. Wollen Sie sich um meine Krone bewerben, oder wollen Sie einer von denen sein, die den Handel von und nach Bear Ridge kontrollieren? Ich fürchte, die Landbesitzer und Industriellen in diesem Saal werden nicht in der Lage sein, ihren Gewinn zu zählen.« TJ bemerkte, daß Franz die einschüchternde Wirkung der Gyrenen allmählich von sich abschüttelte.

»Unsere Position ist gut bekannt, Majestät, wir sind auf Ihrer Seite.«

»Gilt das auch jetzt noch?« fragte TJ. Franz war offensichtlich schlau genug, TJs Ärger zu durchschauen. Er machte nach dem Prinzip, ›man soll sie treten, solange sie am Boden sind‹, weiter und sagte: »Sagen Sie es weiter, daß diejenigen, die sich mir widersetzen, zur Rechenschaft gezogen und rasch abgesetzt werden. Daß ihr Besitz liquidiert und an Leute der mittleren Verwaltungsebene übereignet wird, wobei die Güter auseinandergebrochen werden, so daß sie nie wieder als bedeutend und groß angesehen werden können. Ich begreife euch Vierzig nicht. Da tauchen auf einmal mittelständische Geschäftsleute auf, Farmer, Männer mit Weitblick, die mit der Zeit mehr werden – und folglich eure Einkünfte schmälern. Ihr solltet euch ums Geschäft kümmern und euch vor diesem ökonomischen Angriff schützen – nicht intrigieren und hier in diesen überlebten Räumen wie alte Weiber tratschen. Und der einzige Weg, eurer zunehmenden Konkurrenz zu begegnen, ist, ihr nach meinen Regeln zu begegnen. Bleibt im Wettbewerb vorne. Besorgt euch die Konzessionen für neue Techniken. Wollt ihr hier gebrochene Männer bleiben oder an der Spitze des Fortschritts stehen? Ihr, ihr Vierzig, denkt gründlich und lange nach, denn der Boden unter euch ist dünn.« TJ legte eine Kunstpause ein. Er wußte, daß die stark vereinfachenden Begriffe, die er gebrauchte, nicht alle zutrafen. Die Vierzig konnten ihn beseitigen und trotzdem in die Föderation aufgenommen werden. Dennoch fuhr er fort, ihnen seine Meinung einzubleuen. »Opposition kann und werde ich brechen. Euch eingeschlossen. Die einzige Machtbasis, die euch tatsächlich noch geblieben ist, ist eine ökonomische. Und das reicht gegenwärtig nicht aus, um mich und meine Familie zu stürzen.« Er brach abrupt ab und starrte, die Hände auf die Hüften gelegt, im Saal von einem Gesicht zum anderen.

Er wußte, was die meisten von ihnen dachten. Sie hätten ihn loswerden sollen, als sie es noch gekonnt hätten, ehe er das, was er in der Schlacht gewonnen hatte, befestigen hätte können. Sie hatten über seine scheinbar unerhörte Verwaltungsreform gelacht. Sie hatten gelacht, als er sämtliche überkommenen Staatsgrenzen abgeschafft und auf Landkarten willkürliche Linien gezogen hatte, um Ethnarchien einzurichten. Und dann hatte er seine eigenen Leute, für diese Ethnarchien Fremde, als Provinzchefs oder Ethnarchen eingesetzt. Die geographisch und demographisch willkürlichen Grenzen, die der Adelsstand und die früheren Herrscher zu ihrem Mißvergnügen auswendig gelernt hatten, veränderten das Land vollkommen. Unterschiedliche Menschen wurden zusammengewürfelt. Ethnische, religiöse, geographische Gruppen, alle fanden sich wirtschaftlich und politisch miteinander vermischt. Darum konnten sie sich miteinander nicht ausreichend auf die Schaffung einer offiziellen Opposition gegen den König und seine Reorganisation verständigen. Frühere Nachbarvölker fanden sich in vielerlei Hinsicht geteilt wieder, auf obszöne Weise mit anderen Splittergruppen vermischt, wodurch erreicht wurde, daß sämtliche regionalen Loyalitäten vollständig aufgelöst wurden. Und TJ wußte, daß er mit der Neuorganisation und den gefürchteten Steuereintreibern die Karten zu seinen Gunsten gemischt hatte. In den folgenden kurzen und wenigen Jahren hatte er sich dagegen abgesichert, daß die alten Zustände wiederkehrten.

TJ wußte, daß sie, die Klugen, sich bewußt waren, daß dies sein verschlungenster und vollständigster Triumph war. »Franz, Sie denken vielleicht an den Rücktritt und möchten die Macht an Ihre Söhne übergeben.« Sommer schlug zum Nachdruck ein Rad. »Ich werde keine Opposition zulassen. Und ich will den Namen desjenigen wissen, der den Attentäter angeheuert hat. Mein Zorn wird jede Gruppe heimsuchen, von der ich glaube, daß sie an der Verschwörung beteiligt war. Sorgen Sie dafür, daß sich das herumspricht.«

»So wird es geschehen, Majestät.«

»Noch etwas.« TJ veränderte das Timbre seiner Stimme zu einem eher plaudernden Tonfall. »Diese Frau, die Gesandte der Föderation. Ich habe jeden Betroffenen angewiesen, ihr gegenüber vollkommen offen zu sein. Sagen Sie ihr alles, was sie wissen will.«

»Ja, Majestät.«

»Seien Sie dabei maßvoll. Zum Beispiel braucht sie nichts von unserer Unterhaltung hier und heute zu erfahren.« Er kratzte sich unter seinem Bart. »Auch nichts von irgendwelchen Leichen im Keller. Noch von irgendwelcher Opposition gegenüber der beantragten Föderationsmitgliedschaft. Haben wir uns verstanden?«

TJ vernahm keinen Widerspruch – wie er erwartet hatte. Die meisten der Adelsvertreter würden das wenige an Macht und Autorität, das ihnen geblieben war, verteidigen. Sie und ihre Autorität hatte er geschickt unterhöhlt, stellte er befriedigt fest. Trotzdem, die Möglichkeit, daß ihn eine verärgerte Fraktion bedrohte, bestand nach wie vor. Bestimmt wünschten sich einige, zu den alten Zeiten vor der Einigung zurückzukehren, andere strebten einfach nach mehr Macht. TJ wußte, daß der Adel, historisch betrachtet, allmählich die Macht von den Monarchien übernommen hatte und dann den aufstrebenden Kaufmannsschichten unterlegen war. TJ beschleunigte diesen Prozeß lediglich. Doch er behielt die Macht für sich, stets darauf bedacht, jede Gruppierung, welche es auch sein mochte, daran zu hindern, ihn zu ihrer Galionsfigur oder gänzlich überflüssig zu machen. Ein geheimer Grund für die verwirrende Verwaltungsorganisation war, sich selbst und die Krone zu schützen. Er hatte das System aufgebaut, damit eine Ein-Mann-Herrschaft nötig war. Er fürchtete keinen planetenweiten Aufstand, solange die Erinnerungen an die lange Einigung noch lebendig waren. Und seine Veränderungen gingen ausreichend langsam vonstatten, daß es keine Unruhe und Probleme gab, und schnell genug, um seine potentiellen Feinde daran zu hindern, das Gleichgewicht wiederzuerlangen.

Das heißt, bis zu seiner Initiative zum Beitritt zur Föderation.

Die Bevölkerung schien jedenfalls nichts an seiner Herrschaft auszusetzen zu haben. Im Moment war sie besser abgesichert, da kein Krieg herrschte. Die Steuern waren niedrig, die Kriminalität gering – eine Fairness-Doktrin schien die Welt zu regieren. Eine raffinierter Schachzug, dachte er selbstgefällig, nur Frauen als Strafrichter einzusetzen. Frauen waren nicht nur aus den öffentlich gemachten Gründen heraus besser für den Job geeignet und härter gegen Kriminelle und nachgiebiger gegenüber Opfern, sondern der große Vorteil dabei war, daß dieser Schachzug ihm die Zuneigung von mehr als fünfzig Prozent der Bevölkerung eingebracht hatte. Die Klügeren waren dahintergekommen, doch was konnten sie tun? Es war ein hochgelobter Geniestreich geworden und hatte sein Ansehen vermehrt. Und seine Position weiter befestigt. Und, sagte er sich grinsend, es funktionierte. Frauen erwiesen sich als die besseren Richter.

»So sei es«, sagte er gelassen und ging über die Rampe zum Ausgang hinauf.

Ein Adliger, an dem er vorbeikam, sah lächelnd auf und zwinkerte ihm zu. Das Symbol des Aufgebots baumelte lose an seiner Halskette. TJ erwiderte die Geste.

12 Sommer

Das nächste Ziel des Königs war kein Geheimnis: eine Inspektion der Flußschleusen. Sie war offiziell für heute mittag angesetzt worden. Der Heulende Volv floß von den Bergen im Westen nach Osten ins Meer. In Crimson Sapphire hatten die Ingenieure eine Reihe von Schleusentoren und Dämmen gebaut, um Wasser in die Stadt zu leiten. Wo sich der Fluß hinter der Stadt und dem Palast in die Felder hineinwand, gab es weitere Wehre für die Bewässerung.

Während sie sich einen Weg durch eine besonders enge Straße bahnten, wo einige wenige Menschen die einzigen Zuschauer waren, lasteten auf ihnen die Schatten der Gebäude. Dies war ein älteres Stadtviertel, mit hochaufragenden Steinbauten, in deren Bauweise kein Muster zu erkennen war. In dieser Gegend waren größtenteils Lagerhäuser und andere Lagereinrichtungen entstanden.

Sommer Camp hielt sein Maultier zurück, als außen reitende Soldaten näher an den König heranrücken mußten, und andere Soldaten rückten vor, um dem König Platz zum Reiten zu lassen.

Sommer musterte Dachgiebel und obere Fenster. »Es ist ein Fehler, die direkteste Route zu nehmen«, sagte er.

TJ zuckte die Achseln. »Es ist die kürzeste – und Zeit ist Geld.«

Eine Wolke verdunkelte die Sonne. Sommer kannte sich nicht gut in der Wissenschaft aus, doch er hörte immer zu; und jetzt fragte er sich, warum das Wetter von Bear Ridge so war, wie es war. Sharon Gold zufolge lag keiner der normalen Gründe für unbeständiges Wetter vor: ungewöhnliche Achsneigung, übermäßige Sonnenfleckenaktivität, zuviele Vulkanausbrüche. Sharon hatte Spekulationen über die Auswirkungen der beiden großen, um den Planeten umlaufenden Gebirgszüge angestellt, doch sie hatte gesagt, sie wüßte nicht genug über Meteorologie, um das launische Wetter des Planeten speziell diesen geologischen Abnormitäten zuordnen zu können.

»Zu ruhig«, sagte Sommer laut, ein Echo seines inneren Unbehagens. »Trägst du deinen Panzer?« Er wurde von einem Regenspritzer getroffen.

Der Anführer der Schwadron, Leutnant Timmons, ritt gelassen vor ihnen.

»Nein.«

»TJ, du …«

Sommer hörte das ›Klong‹ und sah die blutbesudelte Spitze des Bolzens auf der Rückseite der Schulter des Königs austreten. Das Getrappel der Hufeisen schien weiterzugehen.

»Deckung!« rief er und versetzte dem Hengst des Königs einen scharfen Schlag mit der Hand. Das überraschte Pferd machte einen Satz nach vorn. Sommer spornte sein Maultier an, um es einzuholen. TJ taumelte auf seinem Reittier. Sommer stellte sich in den Steigbügeln auf und suchte die Silhouette der Dächer ab.

Ein zweiter Bolzen folgte rasch, und Sommer sah seine Flugbahn, als er von oben aus dem Schatten auftauchte, und er hatte seine Narrenkappe abgenommen und schwenkte das zwei Fuß lange beschwerte Ende hinter TJ im Kreis und lenkte den Bolzen ab.

»Aufschließen!« schrie er den Gyrenen zu, die jetzt erst begriffen, was vor sich ging.

Führerlos geworden, stieß der Hengst des Königs gegen einen Pfosten, und der König fiel wie ein Sack Kartoffeln herunter. TJ schlug auf das Pflaster auf und rollte ein kurzes Stück weiter. Sommer sah, daß TJs Hand instinktiv den Schaft des Armbrustbolzens umklammert hielt.

Sommer ließ sein Maultier steigen, brachte das Tier mit brutaler Gewalt zum Stehen. Noch ehe das Maultier wieder auf die Vorderfüße gekommen war, war er aus dem Sattel und sprang auf die regungslose Gestalt des Königs zu.

Blut sprudelte aus der Wunde. TJ war entweder bewußtlos oder tot. Sommer wußte, daß TJ bei viel schlimmeren Verletzungen das Bewußtsein behalten hatte. Das verstand er nicht. Hatte vielleicht der Sturz TJ bewußtlos werden lassen? Sommer erinnerte sich nicht, daß der König beim Fallen mit dem Kopf aufgeschlagen wäre. Sommer hob TJ an und preßte die Narrenkappe auf die Wunde, um den Blutfluß aus TJs Rücken zu stillen. Die Eintrittsstelle an der linken Schulter vorn wies nur wenig Blutverlust auf.

Gyrenenpferde trappelten heran. Leutnant Timmons sprang vom Pferd und rannte auf den Narren und den König zu. »Mein König!«

»Bilde einen Schutzkreis, Mann, es gibt vielleicht noch einen zweiten Angriff.« Sommers Tonfall war befehlend. Sein Atem ging rasch, und er bemühte sich, seine Panik unter Kontrolle zu bringen.

Der Leutnant brüllte Befehle. »Erste Abteilung auf die Dächer.« Er deutete auf einen geeignet erscheinenden Eingang. »Zweite Abteilung, um den König herum Aufstellung nehmen.« Sommer bewunderte die Kaltblütigkeit des Mannes und seine präzisen Anweisungen.

Die erste Abteilung begann vorzurücken und die zweite Sommer und den König einzukreisen, ehe Sommer sich für eine Vorgehensweise entschieden hatte. »Halt!« widerrief Sommer den Befehl des Leutnants. Die Soldaten blieben augenblicklich stehen.

»Sie haben das Kommando, Sir«, sagte der Leutnant.

»Timmons, schauen Sie sich den König an. Seine Lippen sind blau. Wir haben keine Zeit, um den Attentäter zu jagen. Wir müssen den König zum Palast zurückschaffen und medizinisch versorgen lassen. Hier, helfen Sie mir, diesen Bolzen herauszuziehen.«

»Meinen Sie wirklich?« fragte der Leutnant, indem er sich bückte, um zu helfen. Zwei Schwadronen von Gyrenen mit angelegten Waffen schlossen sie Schulter an Schulter ein, schirmten das Licht ab und warfen Schatten.

»Ich glaube, er ist vergiftet«, sagte Sommer. »Er wird bluten müssen. Das könnte einen Teil des Giftes entfernen.« Aber nicht genug, wußte er. »Jetzt!« Der Leutnant brach das befiederte Ende ab, und Sommer zog den Bolzen mit einer sanften und gleichmäßigen Bewegung durch TJs Schulter. Er reichte den Bolzen einem Soldaten. »Heben Sie das auf. Aufsitzen!« befahl er mit erhobener Stimme. Er hatte Angst. Größere Angst, als er sich erinnern konnte, jemals gehabt zu haben. Er konnte an nichts anderes denken als an TJ, weder an Gwen, noch an Michale oder Crimson Sapphire, weder an Bear Ridge, noch an die gottverdammte Föderation oder den gottverdammten Ratssitz, an nichts anderes als TJ.

Die Ausbildung kam ihm zu Hilfe. Ein guter Soldat kann sein Denken ausschalten, wenn der Zeitpunkt gekommen ist, das Notwendige zu tun, und dann mechanisch, rasch und effizient handeln. Dann kann er sein Denken wieder einschalten.

Mit geringer bewußter Anstrengung hob Sommer den König hoch, der schwerer und größer war als er selbst, und rannte zu seinem Maultier. Der Hengst des Königs war nirgends zu sehen. Der Leutnant kam mit ihm mitgerannt, leistete Sommer beim Aufsitzen Hilfestellung und half ihm, den König in Position zu bringen. Während er den langen Weg zurückjagte, schaffte er es, den König vor sich festzuhalten. Er wollte ihn nicht mit dem Gesicht nach unten quer über das Maultier legen, nicht um seiner Würde willen, sondern weil diese Haltung die Gefahr des Verblutens verstärkt hätte. Er hielt seine Kappe gegen die Austrittswunde gepreßt, wodurch er ihr nur eine geringe Blutung gestattete.

»Leutnant«, rief er, als ihn der Offizier eingeholt hatte, »schicken Sie eine Abteilung vor, damit sie den Weg freimacht.«

»Jawohl, Sir.« Der Leutnant gab ein Zeichen. Sechs Männer stürmten an die Spitze der vorwärtspreschenden Gruppe und bildeten einen weit nach vorne gezogenen Keil.

Das Maultier war lahm, dachte Sommer. Mit hin und her zuckenden Ohren hatte das Tier die Spannung irgendwie mitbekommen und lief in vollem Galopp. Sommer überlegte, ob er das Reittier mit einem Gyrenen tauschen sollte, wollte jedoch keine Zeit vergeuden. Er hoffte, das Maultier würde durchhalten.

Sie stürmten um Ecken herum und Straßen entlang, klapperten über Marktplätze, daß die Menschen auseinanderstoben. Die großen Vollblüter der Soldaten bildeten ein wirksames Schild, das den Weg freimachte. Sommer dachte nicht an die möglichen Verletzungen, die sie hervorriefen.

Hufschläge trommelten über die Straße, während sie auf den Palast zustürmten. Menschen blieben stehen um zu gucken, und der vor dem barhäuptigen Narren schlaff auf dem Maultier dasitzende Körper des Königs war unverkennbar. Die Schockwelle schien den in scharfem Tempo reitenden Männern vorauszueilen.

Die Palasttore standen wie gewöhnlich offen, und sie stürmten durch sie hindurch zur Treppe des Haupteingangs.

Sommer hielt nicht an, sondern trieb sein Maultier die breiten Stufen hinauf und in den großen Raum hinein, der als Thronsaal diente. Die Gyrenen folgten ihm.

Das Dröhnen der Hufe auf den Fliesen des leeren Saals war ohrenbetäubend. Nur wenig langsamer geworden, lenkte Sommer das Maultier durch einen Korridor zu einer Rampe und rief dem Leutnant zu: »Holen Sie Nora! Holen Sie die Leibärztin!«

»Jawohl!« Er gab ein Signal, und seine Männer teilten sich auf. »Zweite Abteilung, bewacht den König, erste Abteilung, sucht die Ärztin.« Er dirigierte sein Pferd in einen anderen Korridor, und das letzte, was Sommer sah, waren die Gyrenen, die Bedienstete und Verwaltungspersonal auseinandertrieben. Inzwischen befand sich die gesamte Palastwache in heller Aufregung. Köpfe wurden aus Türen herausgestreckt, und Leute rannten über die Korridore und riefen Befehle und Fragen.

Sommers Maultier starb auf halber Höhe des zweiten Treppenaufgangs. Sommer strampelte sich frei und begann die Rampe hochzulaufen, seinen König, der Blut auf ihn und den Boden vergoß, immer noch in den Armen.

Eine Minute später befand er sich im vierten Stock, den königlichen Gemächern, und stürmte durch den Hauptempfangsraum. Während er hindurchlief, sah er, daß Königin Gwendlyon gerade eine Teegesellschaft oder etwas ähnliches bewirtete.

»Gwen, schnell jetzt.« Er trat die Tür zu den Schlafzimmern auf, und Gwen lief ihm nach.

»TJ!« Sommer konnte am Klang ihrer Stimme erkennen, daß sie bemüht war, nicht die Fassung zu verlieren. Sie trat neben ihn und besah die Eintrittswunde. »Ist … ist er …?«

»Ich weiß nicht, aber am Rücken ist es schlimmer.« Sommer trat eine weitere Tür auf, ging zum Bett des Königs und legte ihn auf die Seite. Er zerriß Laken und preßte sie gegen die Wunden. »Reich mir diesen Kissenbezug, wickle ihn in diese Laken! Fest jetzt! Gut.«

Dann schob sie Sommer beiseite und spähte unter die provisorischen Verbände. »Ich habe immer geträumt, daß es so enden würde«, sagte sie mit ausdrucksloser Stimme. Sie fuhr mit den Händen rasch über den Rest von TJs Körper, dann überprüfte sie seine Atmung und zog ein Augenlid hoch. »Er lebt. Gerade noch.«

»Ich habe nach Nora geschickt«, sagte Sommer.

»Was ist passiert?«

»Ein Armbrustbolzen von einem Dach. Gift, vermute ich.«

Gwen nahm eine Karaffe mit Wasser von einem Tisch in der Nähe. Sie versuchte TJ zu zwingen, etwas davon zu trinken. Seine Lippen und seine Kehle arbeiteten nicht zusammen. Er atmete rauh, und seine Lippen wurden allmählich blau. Sie drückte ihren Daumen zwischen seine Zähne und goß ihm den ganzen Inhalt der Karaffe in den Mund. Er hustete und schnappte nach Luft, doch im Verlauf des Vorgangs gelangte etwas Flüssigkeit nach unten. Gwen zog ihren Daumen heraus und betrachtete die gezackte Wunde, die durch die zusammengebissenen Zähne entstanden war. Sie wischte sie achtlos an ihrem Kleid ab.

In diesem Moment ertönten aus den Vorderzimmern krachende Geräusche, und ein Pferd brach durch die Schlafzimmertür. Timmons beugte sich vor, um Nora vom Pferd herunterzureichen. Das Pferd schäumte genauso, wie Sommers Maultier es getan hatte, kurz bevor es gestorben war. Er wandte sich an Sommer. »Zimmer geräumt und Gyrenen auf Posten. General Vero benachrichtigt.«

Sommer nickte, und der Leutnant saß ab und schob sein Pferd rückwärts wieder hinaus.

»Nora, beeil dich!« sagte Gwen.

»Lebt er noch?«

»So eben.«

»Meine Instrumente«, fauchte Nora.

Timmons fluchte, zog eine Tasche von seinem Degenknauf ab und brachte sie ihr. »Verzeihung.« Er ging hinaus und schloß die Tür.

Als Nora zu arbeiten, zu säubern und zu untersuchen begann, klopfte General Manuel Vero leise und trat ohne zu warten ein. Sein dunkles Gesicht wurde ausdruckslos, als er den König auf dem Bett und Gwen und Nora über ihn gebeugt arbeiten sah. Er schaute Sommer an. »Sie haben das Kommando. Ihre Befehle, Sir?«

Sommer wandte sich an Gwen. »Laß Nora arbeiten, Gwen. Wir müssen das Richtige tun, und zwar sofort.« Er wußte, daß ganz Crimson Sapphire von Gerüchten schwirren würde. Um die Kontrolle zu behalten, mußte unverzüglich gehandelt werden. Und er wußte, daß Manny und Gwen dies ebenfalls wußten.

Gwen hörte nicht auf, TJs Kleider zu zerschneiden, während Nora weiterarbeitete. »Manuel«, sagte sie ohne aufzusehen, »Sommer spricht für mich.«

Nora sah überrascht auf, dann wandte sie sich wieder ihrer Arbeit zu.

»Befehle, Manny. Riegeln Sie den Palast ab! Höchste Sicherheitsstufe! So viele Gyrenen und Palastpersonal wie freigestellt werden können sollen sich ohne Uniform in der Stadt verteilen. Abwiegelnde und beruhigende Nachrichten, halt sowas – und dabei aufgepaßt. Die Königin führt den Befehl. Als Regentin, solange TJ ohne Bewußtsein ist.« Er drehte sich um. »Nora, wie lange …«

»Ich weiß nicht. Stunden? Tage?«

»Okay«, sagte Sommer, »es wird so sein wie damals, als Felicia regieren mußte, als TJs Vater getötet worden und er auf dem Treck unterwegs war. Sagen Sie dem Herold, er soll erzählen, der König sei verwundet worden und befände sich auf dem Wege der Besserung. Ich möchte, daß die Gegend des Angriffs wie Dung auf dem Misthaufen abgeschirmt wird …«

»Schon passiert.«

»Gut. Kein öffentliches Entsetzen; außerhalb dieser Räume stets optimistisch, die Schwere der Verletzung herunterspielen.« Er überlegte und traf eine Entscheidung. »Sagen Sie dem Herold auch, daß die Königin und Prinz Michale die offiziellen Termine des Königs so weit wie möglich einhalten werden. Die Königin übt aktiv die Herrschaft aus. Der Rest von uns tut, was er kann.«

»Jawohl, Sir.« Vero warf der König einen raschen Blick zu.

Gwen sagte: »Ein Wort von Sommer ist ein Wort von mir und TJ.«

Sommer spürte das Zittern in ihrer Stimme beinahe körperlich und konnte sehen, wie das Gewicht des Königreichs auf sie niederstürzte, als ihr die Konsequenzen klar wurden, zumal sie offensichtlich nichts weiter wollte, als sich um TJ zu kümmern. »Morgen wird es leichter sein, Gwen.«

»Wird es das? Ich glaube nicht. Kümmerst du dich um alles? Ich will ihn jetzt nicht allein lassen ... jetzt, wo er mich braucht.« Sie schien von ihrer eigenen Erkenntnis verblüfft.

Die das exakte Echo seiner eigenen Empfindungen war. Und etwas würde er vielleicht tun müssen – und dazu konnte er keine Zeugen gebrauchen. Er sah, daß Gwen seine Unentschlossenheit bemerkt hatte. »Manny«, sagte sie, »Sie und Mike schmeißen den Laden. Ich nehme an, wenn Sie Alfred freie Hand lassen, geht das schon in Ordnung. Der Mann ist ein Organisationsgenie, sonst hätte TJ ihn sich auch nicht ausgesucht. Kümmern Sie sich mit Sommer um die Politik und die wichtigen Angelegenheiten.«

»So soll es geschehen, und ich mache mich besser mal an die Arbeit«, sagte Vero.

»Ich danke Ihnen«, sagte Gwen und warf einen blutverschmierten Waffenrock beiseite. Sommer drehte sich um und ertappte Nora dabei, daß diese sie anstarrte, als könnte sie der Unterhaltung nicht glauben, die sie soeben mitangehört hatte. Er schenkte ihr keine große

Beachtung. Er befand sich selbst in einem Zwiespalt. Sollte er es tun? Es widerspräche TJs ausdrücklichem Willen. Doch für das Leben seines Freundes würde er alles tun. Dann bemerkte er Nora. »Nora – hören Sie auf zu starren und arbeiten Sie weiter.« Er tauchte ein Handtuch in einen Wasserkrug und wischte sein Make-up ab. Rasch hatte er sich bis zur Hüfte entkleidet.

Das Medaillon, das an seinem Hals baumelte, war das Symbol des Aufgebots.

Als Vero die Tür öffnete, um hinauszugehen, stand Leutnant Timmons wartend da. »Sir, wir haben eine Katze mit der Bolzenspitze geritzt. Das Tier stirbt.« Vero warf Sommer einen schnellen Blick zu. Sommer nickte bestätigend, und Gwen seufzte. Vero schloß die Tür, und Nora zuckte die Achseln, als wollte sie sagen, daß sie recht gehabt habe und es unnötig gewesen sei, eine Katze zu töten, um es zu beweisen.

Sommer ging zum Kleiderschrank des Königs und wählte einen unauffälligen Waffenrock und Hosen. Er legte einen breiten Gürtel darüber an, damit die Kleidungsstücke besser paßten.

Er trat wieder neben das Bett. »Nora, es ist erforderlich, daß Sie über diese Angelegenheit und meine Position Stillschweigen bewahren.«

»Ja«, murmelte sie, durch die Vorgänge in den Hallen der Macht sichtlich verunsichert.

»Wie lautet Ihre Diagnose?« fragte Sommer.

»Er hat zuviel Blut verloren. Und der Bolzen war vergiftet.«

»Womit?«

»Ich weiß es nicht.«

»Haben Sie ein Gegenmittel?«

»Wogegen? Ich weiß nicht, welches Gift benutzt wurde, aber ich bezweifle, daß ich etwas habe, das dagegen helfen würde. Solche Symptome habe ich noch nie gesehen.«

»Tun Sie, was in Ihrer Macht steht.«

»Natürlich«, sagte sie. »Was immer es auch nützen mag.«

»Was?« fragte Gwen, und Sommer wußte, daß die Königin im gleichen Moment wie er begriffen hatte.

»Er stirbt«, sagte Nora bitter. »Nur seine enorme Konstitution hat ihn solange am Leben erhalten.«

Gwen sank an TJs Seite auf die Knie.

Sommer stand da und starrte. Er konnte seine Gefühle nicht bestimmen. Bloß eine vollkommene Leere. Enttäuschung über ungetane Dinge. Über eine Zukunft, die verschwunden war wie Kreide, die von einer Tafel abgewischt worden war.

13 Sharon

Später fand Sharon heraus, daß sie in dem Moment, als der Armbrustbolzen die Schulter des Königs durchbohrt hatte, in Prinz Michales spartanischem Zimmer Platz genommen hatte.

Eine sechsbeinige, zweischwänzige Cheshirekatze kletterte auf ihren Schoß. Ihr kam der Gedanke, daß es außer den Schaben vielleicht noch eine andere Konstante im Universum gab: etwas Kuscheliges und Niedliches, das zur Kontrolle von Nagetieren in das Ökosystem eingebaut war. Mußten alle Nagetierfresser unbedingt niedlich sein? Geistesabwesend liebkoste sie abwechselnd die Schwänze der Katze. Sie wußte, daß der Doppelschwanz dazu diente, die Jungen des Tieres im Schlaf festzuhalten, aber sie wußte nicht genau, wie es das anstellte.

Der Prinz schenkte ihr ein kühles Getränk ein. Der Sohn des Königs war ein Rätsel, schien beinahe das genaue Gegenteil seines Vaters zu sein. Vielleicht war es der Einfluß der sanften Gwen, überlegte Sharon – oder die überfürsorgliche Art der Königinmutter Felicia. Er stellte jedoch eine verblüffende Kombination sowohl seiner Mutter wie seines Vaters dar. Er hatte nicht das grobgeschnittene Gesicht, welches das Markenzeichen des Königs war, doch die Familienähnlichkeit war vorhanden. Seine sanften braunen Augen mußten von seiner Mutter stammen, ebenso wie sein eher ovales Gesicht. Dichtes lockiges Haar hing ihm in die Stirn, und er war ordentlich rasiert – im Gegensatz zu seinem Vater, dachte sie. Sein Rock und seine Hosen waren tadellos gebügelt.

Und er trug weder ein Schwert, noch hatte sie ihn je bewaffnet gesehen. Sharon sah sich um und entdeckte keine einzige Waffe in Reichweite. Ein echtes Rätsel.

Er reichte ihr den kalten Becher. Sie nippte daran. »Mm.«

»Schokoladenwein mit sehr niedrigem Alkoholgehalt, aber vielen Kalorien. Eine Spezialität einer weit entfernten Stadt namens Lonestar.«

»Lonestar? Stammte nicht auch der junge Mann mit den Daumentrommeln von dort?«

»Ja«, sagte Michale, und sein Gesicht hellte sich auf. »Spielt wunderschön. Und ist ein ziemlich interessanter Bursche, könnte man wohl sagen. Ich habe mich mehrfach mit ihm unterhalten. Ein Mensch ohne eine Spur von Gehässigkeit.« Er zögerte. »Wo wir gerade davon sprechen, Lonestar ist auch die Heimat des Hofnarren.«

»Ein erstaunlicher Mann«, überlegte Sharon. »Er muß die Kraft von einem Dutzend Männern besitzen, um Tag für Tag seine Arbeit tun zu können.«

Der Prinz warf ihr einen durchdringenden Blick zu, den sie nicht zu deuten vermochte. »Ja, er hat Kraft«, sagte er beinahe allzu beiläufig.

Das Gespräch schleppte sich dahin, und da sie sah, daß der Prinz den Smalltalk nicht fortführen wollte, sagte Sharon: »Entschuldigen Sie, Prinz Michale, aber Sie scheinen im Moment als einziger verfügbar zu sein. Ich möchte nicht aufdringlich sein, aber ich muß meine

Interviewliste vervollständigen, bevor ich andere Punkte von meiner Checkliste überprüfe.«

»Das ist schon in Ordnung, Sharon. Darf ich Sie Sharon nennen?«

»Natürlich, Eure ...«

»Ich heiße Mike.«

»Danke. Aber ich dachte, es hieße Mick?«

»Nur bei meinem Vater.«

Sein Tonfall sagte ihr, daß sie besser eine andere Fragestrategie verfolgen sollte. »Darf ich den Recorder einschalten? Sie wissen, was das ist?«

»Klar, nur zu. Ich habe nichts zu verbergen.«

»So habe ich das nicht gemeint ... Mike. Es wird später in Schriftformat übertragen werden. So geht es einfacher.«

»Falls uns die Föderation aufnehmen sollte, Sharon, werde ich mich wohl an elektronische Geräte gewöhnen müssen.«

»Und an mehr.« Sie nippte an ihrem Getränk und ertappte sich dabei, daß sie es hinunterstürzen wollte, beherrschte sich jedoch, wobei sie überlegte, ob sie sich im Falle der Einwilligung der Föderation nicht eine kleine Scheibe vom Weinexportgeschäft abschneiden sollte. Sie seufzte innerlich. Schon politische Machenschaften. Wieder an die Arbeit, Mädchen. »Mike, ich bin an ihren Ansichten über den Planeten interessiert. Über das Königreich. Und Ihre Rolle.«

»Meine Rolle? Ich bin der Sohn des Königs.«

»Und Sie werden seine Nachfolge antreten?«

Er zuckte die Achseln. »Vielleicht.«

»Nicht mit Sicherheit?«

»Nein. Man muß Treckmeister sein, um König zu werden. Das ist eine alte Tradition, an die sich die Leute gewöhnt haben. Zumal in Crimson Sapphire. Ihr König muß stärker und klüger sein als alle anderen. Den Treck abgeschlossen zu haben, ist der Beweis dafür.«

Die Art und Weise, wie er über den Treck sprach, ließ

ein gewisses Maß an Mißbilligung erkennen. »Sie sind nicht damit einverstanden?«

»Es ist einem denkenden Menschen nicht angemessen. Ich weiß nicht, was daran gut sein soll. Die Überlebensrate ist minimal. Da es jenseits der Gebirgszüge nichts wirklich Wertvolles gibt, versuchen es nicht einmal Nomaden aus dem Ödland. Es überlebt als ein Brauch von Crimson Sapphire – und jetzt logischerweise des ganzen Planeten. Eine Art natürlicher Selektionsmethode zur Auswahl des nächsten Monarchen.« Er lächelte über irgendeinen Gedanken. »Diejenigen, die den Treck versuchen, trainieren hart dafür.«

»Und Sie?«

»Etwas. Ich interessiere mich mehr für andere Dinge.«

»Angenommen, Ihr Vater stirbt? Bald, meine ich, bevor Sie den Treck unternommen haben.«

»Ich weiß nicht.«

»Lassen Sie mich die Frage anders stellen. Angenommen, die Föderation wählt Bear Ridge aus, und Ihr Vater entscheidet sich dafür, den Ratssitz persönlich zu besetzen. Wer wäre dann König?«

»Der erfolgreich zurückkehrende Treckmeister. Oder ein Regent, solange, bis jemand den Treck überlebt.«

»Ich begreife nicht, Mike.«

»Ich manchmal auch nicht.« Er schenkte ihr ein schiefes Lächeln. »Normalerweise haben der König und die Königin viele Kinder, und die männlichen begeben sich alle auf den Treck. Manchmal erweist sich eines als stärkstes und klügstes und schafft es. Die anderen sterben. Übrigens bedeutet das beinahe einen Segen, da es legitime Ansprüche auf den Thron unterbindet. Ich glaube, man könnte es als einen Brauch bezeichnen, der sich zu einem komplizierten Auslesevorgang entwickelt hat, und er funktioniert tatsächlich.«

»Aber Sie sind das einzige Kind.« Sie kostete erneut die Süße des Weins und überlegte, wie sie ihre nächste

Frage diplomatisch formulieren sollte. »Was geschieht, wenn Sie sich auf den Treck begeben und nicht zurückkehren?«

»Dann wird jemand anders meinen Platz einnehmen.«

»Wer?«

»Schauen Sie, Sharon. Es ist nicht so einfach, wie es klingt. Wegen der geringen Chancen und weil meine Mutter keine weiteren Kindern bekommen kann, hat mein Vater mit anderen Frauen Kinder gezeugt. Frauen von adliger Abstammung, in Crimson Sapphire geboren und aufgewachsen. ›Prinzchen‹ nennt er ihre Nachkommen – um sie von offiziellen Prinzen und Prinzessinnen zu unterscheiden, nehme ich an. Er meint, es würde mich zu größeren Leistungen und härterer Arbeit anspornen, wenn ich einen Haufen Halbbrüder und Halbschwestern habe, die seiner Krone hinterherhecheln.« Er hielt inne, sein Gesicht war angespannt. »Das ist jedoch nicht der Fall«, sagte er, als müsse er dies sagen.

Sharon meinte, einen Teil seines Problems sehen zu können. Vielleicht ein Muttersöhnchen. Mike war muskulös, das lag offenbar in der Familie, aber seine Muskeln und seine Stärke waren nicht so entwickelt, wie man es bei jemandem, der ständig körperlich trainierte, hätte erwarten können. Als Einzelkind aufgewachsen, Sohn eines häufig abwesenden Königs, erzogen von einer einsamen Königin und einziger Enkel der Königinmutter. Stets behütet. Darum hatte sich sein Charakter anders entwickelt als der seines Vater. Wo sein Vater vor der Notwendigkeit gestanden hatte, zu kämpfen und Entscheidungen zu treffen, hatte man von Mike erwartet, daß er einfach nur trainierte und wartete. Und TJ war nicht der Typ, der seine Macht teilte. Ah, sie konnte ihn sich vorstellen, den Konflikt zwischen Vater und Sohn. Und da er ein Muttersöhnchen zu sein schien, verabscheute Mike offenbar die halboffiziellen

Affären seines Vaters – und dies verbreiterte die stets größer werdende Kluft zwischen ihnen. Auf der anderen Seite verstand Sharon die Anziehungskraft, die TJ auf Frauen ausüben mußte. Wahrscheinlich hatte er freie Wahl unter den Frauen des Königreichs. Eine deutlicher werdende innere Stimme sagte ihr, daß auch Mike etwas von dieser Anziehungskraft besaß. Doch seine war eher still, sanft und verständnisvoll. Noch nicht entwickelt – und Mike wußte wahrscheinlich nicht, daß er sie hatte. TJ jedoch wußte verdammt gut, daß er sie besaß. Sie war ein Teil von TJs Charisma, etwas, das er dazu benutzte, seinen Willen durchzusetzen, woran er so gewöhnt war, daß er sie in seine Handlungen und seinen Charakter integriert hatte. Waren all diese Überlegungen Teil ihres Jobs? Wieder an die Arbeit. Und das Thema wechseln.

»Erzählen Sie mir vom Treck? Worin besteht er?« Sie konnte zumindest ihre diesbezügliche Neugier befriedigen.

»Was gibt es da zu erzählen? Man braucht nichts weiter zu tun, als über das Teddybärgebirge zu klettern, irgendwie durch den Teufelsgraben hindurch zu gelangen und dann das Große Bärengebirge zu erklimmen und auf der anderen Seite wieder hinunterzusteigen, um sich mit den Schwimmhäutern zu unterhalten. Dann muß man einen dieser Steine zurückbringen – den, der Crimson Sapphire den Namen gab. Wenn man möchte, trägt man ihn an einem Ring oder einer Halskette, oder man stellt ihn in einer Vitrine aus. Die Tatsache, daß man mit dem Stein zurückkommt, ist von ausschlaggebender Bedeutung. Manchmal frage ich mich, ob nicht die Schwimmhäuter durch die Übergabe des Steins unseren König krönen – ob die Wahl irgendwie bei ihnen liegt. Das frage ich mich manchmal, denn man kann ihn auf dieser Seite der Gebirge nicht finden.«

»Warum ist es gefährlich?«

»Tückisches Gelände, menschenfressende Schnarlen

und andere Tiere, das scheußlichste Wetter, das man nur irgendwo antreffen kann, tödliche Sickergase, die sich manchmal entzünden. Nicht bloß gefährlich, sondern so gut wie unmöglich.«

Wenn er meint, er könnte mich abschrecken, dachte Sharon, dann irrt er sich. Er weckt bloß meine Neugier. »Wie sehen diese mysteriösen Bewohner, diese Schwimmhäuter aus?«

»Fragen Sie meinen Vater.«

Dein Vater wird nicht über sie reden, dachte sie und hätte ihren Gedanken beinahe ausgesprochen. »Okay. Würden Sie mir ein paar Dinge erklären?«

»Gewiß.« Er schien erleichtert darüber, das Thema wechseln zu können.

»Was ist ein K.O.?« Sie zögerte. »Ich glaube, ich weiß, was ein Flop ist.«

Mike setzte wieder sein spezielles Grinsen auf. »Ich persönlich glaube, daß sich mein Vater zu Tode langweilt. Darum macht er eine Menge Scherze. Reine Kosmetik.«

»Kosmetik?« Wovon redete Mike überhaupt?

»Es sind bürokratische Abkürzungen, die er angeordnet hat. FLOPs: die Buchstaben stehen für ›Forderndes, aber leider obligates Problem‹. Er gebraucht sie häufig bei Dienstbesprechungen. Es ist zielorientiert, eine Art von zielorientiertem Management. Mein Vater ist ein guter Störungssucher, das gestehe ich ihm zu. Er setzt Prioritäten und Ziele, läßt sie von den richtigen Leuten bearbeiten und behält die wichtigen Probleme selbst genau im Auge. K.O. kommt von ›Königliche Order‹. Das hat noch nicht richtig eingeschlagen. Katalogisiert. Er erläßt einen Befehl, und die Verwaltungsbehörde des Herolds schreibt eine Nummer darauf, entsprechend der Art des Befehls und dem Gebiet, das er betrifft, und verteilt den Befehl an die richtigen Leute. Das soll an die Stelle bestimmter Gesetze und königlicher Dekrete treten.«

Verpack eine bittere Pille in Zucker, dachte Sharon, und sie geht leichter runter. »Und diese Ethnarchen sorgen dafür, daß die K.O.s umgesetzt werden?«

»Bis zu einem gewissen Grade. Meistens. Außer in militärischen und fiskalischen Angelegenheiten.«

Also behält der König die mächtigsten Behörden unter seiner unmittelbaren Kontrolle. »Ich schnüffle herum, Mike, ich habe bemerkt, daß diese Ethnarchen nicht aus den Provinzen stammen, die sie regieren.«

Mike nickte. »Das ist Absicht. Sehen Sie, der gute alte TJ hat ein phantastisches Netz gegenseitiger Kontrolle geknüpft – sich selbst allerdings ausgenommen. Er hat eine Monarchie nach Jeffersons Muster erfunden. Die Bewohner von Bear Ridge haben viele Gemeinsamkeiten wie beispielsweise die Sprache, aber es gibt wesentlich mehr Unterschiede. Er machte sich diese Unterschiede zunutze, um sich und den Thron zu schützen. Es gibt immer noch Leute, die ihn ablehnen oder sich gerne dafür rächen würden, daß er ihre Territorien erobert hat. Das spiegelt sich in den Ernennungen der Ethnarchen wieder. Es sind alles fade, unbekannte Leute, die einzig ihm ergeben sind. Und es sind ausgezeichnete Verwaltungsleute. Sie wurden außerdem deshalb ausgewählt, weil sie über keine persönliche Gefolgschaft verfügen – oder Charisma. Sie sind Provinzen – Ethnarchien, meine ich – zugeteilt, die sich von ihren eigenen unterscheiden, um sie daran zu hindern, rasch eine Machtbasis aufzubauen, die stark genug wäre, sich der Krone zu widersetzen. Und viele, nicht alle, stammen von den verabscheuten Steuergerichten oder aus der Steuerverwaltung selbst.«

»Damit sie nicht so beliebt werden, daß man ihnen bei einer Rebellion folgen würde«, überlegte Sharon laut.

»Stimmt.«

»Da ist noch etwas, das ich nicht ganz verstehe. Wie der König das Steuerrecht benutzt.« Sie verstand es durchaus, wollte jedoch wissen, was Mike darüber dachte.

»Einige Leute nennen es Mißbrauch. Selbst ich bin manchmal nicht mit der Härte seines Vorgehens mittels der Steuereintreiber einverstanden. Er hat einmal den Satz geprägt ›Der Steuereintreiber kommt‹, und diese versteckte Drohung hat sich im ganzen Königreich verbreitet. Aber es funktioniert – im Moment. Er versucht seine Herrschaft ohne die weithin sichtbare Präsenz des Militärs durchzusetzen. Daran zeigt sich, daß er skrupellos ist – aber schlau. Wenn es in einer Gemeinde einen Aufstand gibt, erhöht er die Steuern und trifft sie sozusagen an ihrem wunden Punkt. Hohe Kriminalitätsraten, niedrige durchschnittliche Schulabschlüsse oder wenig Dienstleistungen, keine Umsetzung der Gesundheitsgesetzgebung, solche Dinge. Es zwingt die Leute, allein zurechtzukommen, ihren Lebensstandard zu senken. Oder brav zu zahlen. Hübsche Drohung. Letztlich ist es eine Art von Selbstdisziplinierungsmechanismus. Hält die Leute beschäftigt und verhindert, daß sie träge werden.«

»Sagt Ihnen die ›Boston Tea Party‹ etwas?« fragte Sharon.

Er nickte. »Unser Erbe ist nordamerikanisch. Und wir lieben unsere Geschichte – zumindest Vater tut es, und darum tun es auch die Schulen. Die Zeit ist noch nicht reif für ein neuerliches Teeauskippen. Wissen Sie, der alte TJ weiß seinen Vorteil zu nutzen. Er nimmt ihn wahr, wann und wo er kann und auf jede erdenkliche Weise. Jahrelanger Krieg, Vergewaltigungen und Plünderungen, die Menschen und Länder auseinandergerissen, keine Gewißheiten, außer daß es immer so weitergeht. Dann, aus heiterem Himmel, ist das Leben wieder rosig und angenehm. Klar, der Steuereintreiber bereitet einige Unannehmlichkeiten. Doch das ist vernachlässigbar im Vergleich zu den Zuständen vor TJs planetenweiter Herrschaft. Ich vermute, wenn die

Leute mit der Steuerbehörde unzufrieden werden, wird ihnen TJ mit irgendeiner komplizierten Verwaltungsreform einen Schritt voraus sein, und es wird ein neues System auftauchen, das den Steuereintreiber ersetzt.«

Sharon erkannte in der Zielstrebigkeit, mit der TJ sein Steuersystem benutzte, bereits zu einem frühen Zeitpunkt seiner Herrschaft einen Hinweis darauf, daß er seine Welt so weit wie möglich zu zivilisieren und modernisieren gedachte – mit dem Beitritt zur Föderation als eventuellem Ziel. Nun, dies war eine einzigartige Methode, den Lebensstandard weltweit anzuheben. Und eine geregelte soziale Veränderung herbeizuführen.

»Und wohin wandert das zusätzliche Geld aus all diesen Steuern?«

»Für gewöhnlich wieder zurück in die Ethnarchie. Ein Teil davon wird für Sozialhilfe eingesetzt.«

»Sozialhilfe? Das sieht Ihrem Vater gar nicht ähnlich.«

»Das ist überraschend, nicht wahr? Und ein wenig merkwürdig. Die Sozialfürsorge ist nur für die ganz Alten oder völlig Erwerbsunfähigen bestimmt, die keine Familie haben, die sie unterstützen könnte. Wissen Sie, der König fühlt sich irgendwie verantwortlich für die Kriege, die zu einer Vielzahl derartiger Notlagen geführt haben. Aber jetzt kommt das Seltsamste: er läßt diese alten Leute arbeiten.«

»Wie bitte?«

Mike lächelte. »Nicht unbedingt so, wie es sich anhört. Er hat ein System, nach dem sie sich ihren Unterhalt verdienen. Sie organisieren sich in örtlichen Gruppen, die regelmäßig zusammentreten, um ›Denkfabriken‹ zu bilden. Sie sitzen einfach herum und denken nach, und wenn ihnen irgendwelche Empfehlungen einfallen, reichen sie sie beim Palast ein, wo sie mein Vater oder der Herold prüft. Aus diesem Programm sind schon einige gute Ideen entstanden. TJ vergibt Prämien für die Vorschläge, die er annimmt.«

Sharon dachte nach. Noch ein Hebel für TJ, setzte sie im Geiste hinzu. Zuerst erkaufte sich der König die Loyalität des größten Teils der Frauen, indem er nur Frauen als Strafrichter berief. Jetzt auch noch die ganzen alten Leute? Nimmt man noch die Armee und die politischen Berufungen hinzu, und die ihm persönlich ergebenen Personen beginnen sich zu einer stattlichen Zahl zu addieren. Sie fragte sich, ob ihm der nun obligatorische Schulbesuch und der Sozialdienst in gleichem Maße die Zuneigung junger Leute einbrachte. Dies letzte könnte sich als unwahr erweisen, denn sie erinnerte sich an ihre eigene Geschichte – und ihre rebellische Jugend. Sie fragte sich, welche Art Mensch sie auf die Föderation loslassen würde, falls Bear Ridge in die Föderation aufgenommen werden sollte.

»Um die Zahl dieser Fürsorgefälle niedrig zu halten«, fuhr Mike fort, »sind die Steuern für Haushalte, die ältere oder erwerbsunfähige Menschen versorgen, niedriger.«

Da war es wieder, dachte Sharon. TJ Shepherd benutzte die Steuern wie die Schneide eines scharfen Schwerts, indem er gleichzeitig seine Position befestigte und seine Ziele durchsetzte. Sie hätte eine ausgebildete Psychoanalytikerin sein müssen, um vollständig aus ihm schlau zu werden. Obwohl sie die Antwort wahrscheinlich schon kannte, beschloß sie, sich zu erkundigen, ob es hungernde Menschen gab, als vom Korridor das Geräusch eines galoppierenden Pferdes ertönte.

»Komisch«, sagte Mike und eilte zur Tür. Sharon folgte einen Schritt hinter ihm.

Auf dem Korridor im dritten Stock herrschte ein heilloses Durcheinander. Soldaten und Bedienstete guckten, und alle sprachen und schrien gleichzeitig. Auf dem Gang waren Ablagekörbe, Handwagen und Papier verstreut. Ein Hausdiener lag benommen an der Wand, sein Eimer mit Seifenlauge war um ihn herum auf dem Boden ausgeschüttet.

»Was war das?« fragte Sharon.

»Ich weiß nicht«, antwortete Mike, sah jedoch plötzlich besorgt, nicht mehr lässig aus. Er rannte durch den Korridor auf einen Gyrenen zu. Sharon war unmittelbar hinter ihm. Er packte den Soldaten. »Was ist los, Mann?«

»Oh ... Prinz. Der König wurde ermordet.« Dann bemerkte er Mikes Blick und sagte lahm: »Zumindest habe ich das gehört.«

»Mein Gott!« Mike lies den Mann los.

Sharon bemerkte einen leeren Ausdruck in seinem Gesicht. Dann wechselte sein Ausdruck in rascher Folge. Zunächst das nackte Begreifen. Als nächstes etwas Persönliches: würde er sich entscheiden müssen, ob er den Treck unternehmen wollte oder ob nicht? Dann Sorge, um wen, konnte Sharon nicht erkennen.

»Ich muß zu Mutter«, sagte er vor sich hin und begann zu laufen. Sharon folgte ihm und mußte auf der Rampe, die zum nächsthöheren Treppenabsatz hinaufführte, einem toten Pferd ausweichen.

14 Sommer

Während Sommer Camp am Fußende des Bettes stand und dabei zusah, wie Gwen und Nora es dem König bequem zu machen versuchten, wurde die Tür aufgerissen, und Prinz Michale rannte herein. Der verzierte Bettpfosten brach in Sommers Hand ab. Das plötzliche Knacken ließ den Raum erstarren, und Sommer sah hinab und begriff, was er soeben angestellt hatte. Der innere Druck, insgeheim eine Entscheidung treffen zu müssen, hatte sich auf seine Hände übertragen.

Nora brach den Bann, hob TJs Handgelenk hoch und begann ihm den Puls abzugreifen.

»Mutter! Es ist wahr.« Mike hielt in der Zimmermitte an, als wüßte er nicht genau, wohin er sich als nächstes wenden sollte.

Gwen nickte.

»Er ist noch nicht tot«, flüsterte Sommer. Er verspürte abgrundtiefe Enttäuschung. »Mike, es war mein Job, und ich habe versagt.«

Mike antwortete nicht. Sein Blick war auf den König geheftet. Sommer wußte ungefähr, was er dachte. Während er den komatösen Mann auf dem Bett ansah, kam ihm ungebeten ein Bild des Königs in den Sinn, wie er Whisky pichelte und sein Schwert polierte. Die Person auf dem Bett konnte nicht dieser Mann sein.

»Mein *Gott*«, sagte Mike.

Sommer holte tief Luft. Leise erklärte er Mike, was geschehen war.

Mike nickte abwesend, und Sommer begriff nicht, warum der Prinz die Situation scheinbar so ruhig hinnahm. Sommer fragte sich, ob Mike an den Treck und seine Verpflichtungen dachte. Mike ging zum Bett hinüber und legte seiner Mutter einen Arm um die Schultern. »Laß Nora arbeiten, Mutter.«

»Kann nicht viel machen«, fauchte Nora. »Ihm etwas Flüssigkeit einflößen, wenn möglich.«

Die Tür stand noch immer offen, und Roaland Cruz kam herein. »TJ?«

Sommer machte eine ruckartige Kopfbewegung zum Bett hin, und der Bischof schlug ein Kreuz. Dann blickte er wieder Sommer an. Offenbar hatte er Sommer noch nie ohne sein Make-up und das Narrenkostüm gesehen. Sommer folgte Cruz' Blickrichtung und stopfte sich das Medaillon des Aufgebots unter das Hemd. »Die letzte Ölung, Vater.«

Gwen schluchzte, und Mike umarmte sie fester.

Der Bischof trat ans Bett und stimmte einen monotonen Singsang an.

Alfred, der Herold, und Sharon Gold erschienen in der Tür.

Alfred bekreuzigte sich.

»Kann ich irgend etwas tun?« fragte Sharon in gedämpftem Ton.

»Ja«, antwortete Sommer. »Sie können ein Föderationsschiff mit kompletter medizinischer Ausstattung herbeirufen. Einen Arzt und Geräte.« Seine Stimme hatte einen unmißverständlich befehlenden Unterton, und Sharon schaute ihn an, als sähe sie ihn zum erstenmal. Sommer sah, wie es in ihr arbeitete. Einmal lag dort der König, dem Tode nahe. Und jetzt gab ihr ein Hofnarr, ein Hanswurst, Befehle, als wäre er der König.

Sämtliche Augen wandten sich der Botschafterin zu. Ihr Gesicht erbleichte. Sie stotterte. »Ich ... ich kann nicht.«

»Zur Hölle mit den Vorschriften, Mädchen.« Sommers Gesichtsausdruck verhärtete sich. »Die Föderation ist mir inzwischen egal. Holen Sie einfach Hilfe, und zwar rasch.«

»Ich kann nicht«, wiederholte sie, die Stimme fast bis zum Brechen angespannt. Sommer sah, daß ihr das Sprechen schwerfiel. »Die Vorschriften. Die Gesetze. Jeglicher Kontakt untersagt ...«

»Und Konferenzen unter der Schirmherrschaft der Föderation, an denen TJ teilgenommen hat?« entgegnete Sommer.

»Das ist etwas anderes. Reine Information.« Sommer räumte ein, daß sie tatsächlich so aussah, als lehnte sie diese Politik ab. Aber sie tat ihre Pflicht. Schließlich ist sie doch ein Profi, dachte er.

»Dann zur Hölle mit ihren Vorschriften!« Sein heftiger Tonfall überraschte selbst Sommer. Und er wußte, daß er seine Entscheidung getroffen hatte. »Das wär's dann. Raus mit euch allen! Gwen, du bleibst!«

»Was?« sagte Mike.

»Ich sagte raus, Mike, und zwar sofort.« Sein Tonfall ließ keinen Widerspruch zu.

Mike sah auf seine Mutter hinab.

Sie blickte Sommer an und dann wieder Mike. »Tu, was er sagt.«

Mike warf seinem Vater noch einen Blick zu, wandte sich um und ging hinaus.

»Es tut mir leid«, sagte Sharon und folgte Mike durch die Tür.

»Alfred«, sagte Sommer, »Manny Vero hat den Marschbefehl.« Der Herold nickte und ging hinaus. »Nora«, sagte Sommer, »Sie ebenfalls.«

Auf ihrem abgespannten Gesicht zeigte sich Überraschung. »Ich auch?«

»Sie auch, jetzt gleich. Aber bleiben Sie in den Vorzimmern. Wir könnten Sie brauchen.«

Nora schüttelte den Kopf und schnalzte beim Hinausgehen mit der Zunge.

»Vater?« Sommer unterbrach den Singsang. »Schließen Sie beim Hinausgehen die Tür.«

»Ich bin noch nicht fertig.«

»Machen Sie später weiter. Jetzt entschuldigen Sie uns bitte.«

»Mischen Sie sich nicht in Gotteswerk ein, Mann.«

Sommer ergriff den Ellbogen des Geistlichen und geleitete ihn bestimmt zur Tür. »Es tut mir leid, Vater. Aber es muß sein. Sie können später weitermachen.« Er wandte sich an den Wachposten vor der Tür. »Lassen Sie den wachhabenden Offizier die Wache hier verdoppeln. Niemand darf eintreten, bis ich es sage. Verstanden?«

»Jawohl, Sir.«

Sommer sah, daß ihn alle im Vorzimmer Anwesenden neugierig anschauten, ignorierte sie jedoch und schloß die Tür.

Gwen starrte ihn an, als kenne sie ihn nicht. »Warum so geheimnisvoll, Sommer?« Ihr Tonfall verriet ihm, daß sie ihm vertraute, ihn jedoch warnte, daß er einen guten Grund für sein Verhalten bräuchte.

Sommer antwortete nicht, sondern eilte zu einer zurückgesetzten Verkleidung in einer holzgetäfelten Wand und drückte rhythmisch darauf. Die Verkleidung schwang nach außen und enthüllte einen kleinen Raum, der einen Tisch und einen Stuhl enthielt. Auf dem Tisch stand ein schwarzer Metallkasten. »Das hat das Königreich den Gegenwert von einhunderttausend föderalen Rechnungseinheiten gekostet«, teilte er Gwen mit. »Es besitzt eine eigene Energieversorgung.« Jetzt, wo er die Entscheidung getroffen hatte, zögerte er nicht mehr. Er drückte den roten Knopf an der Seite des Kastens, und auf dem Apparat ging ein kleines rotes Lämpchen an. Er ignorierte den weißen Knopf und das entsprechende Lämpchen. »Also, es funktioniert. Ich habe mich immer gefragt, ob es das tun würde.« Er öffnete eine Tischschublade und holte ein Fläschchen heraus. »Ein Wert von weiteren hunderttausend Rechnungseinheiten. Der Besitz ist unsereins auf zurückgebliebenen Planeten ebenfalls strengstens verboten. TJ mußte sich bei der Buchführung etwas einfallen lassen, um den Verlust all diesen Goldes zu verschleiern.« Gwen starrte ihn bloß an. Er schraubte den Flaschenverschluß ab und vernahm das Ploppen des freigesetzten Vakuums. Er stellte das Fläschchen auf den Kopf, und eine Ampulle fiel in seine Hand.

»Was ist das für ein Ding?« fragte Gwen, indem sie auf den Kasten mit dem Lämpchen zeigte.

»Ein Notsender. Er ruft einen Freund herbei. Wenn er in der Nähe ist, wird er kommen. Kostet eine stolze Million Rechnungseinheiten an verkehrsfähigen Metallen oder Edelsteinen. Das kostspielige und letzte Mittel. Irgendwie scheinen die Kosten im Moment bedeutungslos zu sein.«

»Und diese Glaskugel?«

»Etwas, das TJ für dich gekauft hat, Gwen. Als du vor Jahren krank warst. Aber du kamst wieder auf die Beine, ehe TJ es für nötig hielt, es zu gebrauchen.« Er schaute die Ampulle an. »Es ist ein Lebensretter. Ich weiß nicht genau, wie es die Raummediziner nennen, aber das ist sein Zweck. Es gibt sie an Bord von Raumschiffen, wenn Ärzte oder medizinische Geräte fehlen. Dort und an anderen abgelegenen Orten ohne verfügbare medizinische Hilfe; Asteroiden-Bergleute haben sie. Man muß natürlich ein Bürger der Föderation sein, um legal einen zu bekommen.« Er versuchte, die Bitterkeit aus seiner Stimme fernzuhalten. »Wie uns Sharon Gold soeben bestätigt hat. Wie auch immer, dieses Ding verlangsamt den menschlichen Stoffwechsel. Wie der künstliche Heilschlaf. Verschafft dem Verletzten oder Kranken Zeit. Eine Möglichkeit, solange durchzuhalten, bis Hilfe eintrifft oder man ihn zu einem Arzt bringen kann.«

Inzwischen am Bett angelangt, drückte Sommer das spitze Ende der Ampulle an TJs Hals und sah zu, wie sie sich von selbst leerte. »Und jetzt warten wir. Wie ich mich erinnere, beginnt es in wenigen Minuten zu wirken.«

Gwen wirkte immer noch verblüfft. Sie ging zum Tisch und betrachtete den Kasten.

»Er sendet ein Signal über eine Kette von Satelliten und Relaisstationen. Das Signal läuft auf viele verschiedene Weisen durch unterschiedliche Arten von Raum auf privaten Kanälen. TJ könnte es besser erklären, aber besser weiß ich's nicht. Er ruft einen Mann herbei, der einige medizinische Geräte hat. Einen Mann, der für seine Dienste sehr reich werden wird – sollte er rechtzeitig eintreffen.«

Auf ihrem Gesicht zeigte sich endlich Hoffnung. »Glaubst du, TJ hat eine Chance, Sommer?«

»Ich weiß es nicht, Gwen. Wenn ein Mann namens

Fitzroy und seine Funkgeräte das Signal auffangen und er kommt, vielleicht. Alles vollkommen gegen die Föderationsvorschriften. Aber man braucht einen Royal Flush, um einen Vierer auszustechen. Wenn wir erwischt werden, verlieren wir unsere Aussichten auf einen Föderationssitz. Aber wenn ich es vermeiden kann, werden wir TJ nicht verlieren.«

»Ich begreife das alles immer noch nicht, aber ich danke dir, Sommer.« Gwen versuchte zu lächeln, schaffte es jedoch nicht. Sommer wußte, daß sie die traurige Wahrheit endlich begriffen hatte. Der Moment der Krise würde möglicherweise tagelang hinausgezögert werden. Er hoffte, daß es nicht dazu kam. Er glaubte nicht, daß TJ noch soviel Zeit blieb. Aber TJ war der zäheste Mensch, den Sommer jemals kennengelernt hatte. Wenn es jemand überleben konnte, dann TJ.

Als sie wieder an die Bettkante trat, schloß Sommer die Verkleidung und ging zur Außentür. Er öffnete sie und sagte zu dem Wachposten: »Lassen Sie unverzüglich General Vero holen.«

Er sah die erwartungsvollen Gesichter draußen nicht einmal an. Er schloß die Tür und ging zum Schreibtisch, notierte eine Nachricht, unterzeichnete sie und versiegelte sie mit Wachs.

Bald darauf klopfte General Vero und trat ein.

»Manny«, sagte Sommer und schwenkte die Notiz, »ich brauche sechs Ihrer besten und vertrauenswürdigsten Männer für eine gefährliche Mission.«

»So wichtig wie die Sicherheit des Palastes und des Königs?«

»Noch wichtiger.«

»Dann tragen die sechs das Symbol des Aufgebots«, erwiderte Vero.

»Gut. Wir können auf ihre Verschwiegenheit zählen.« Sommer reichte Vero das Papier. »Lassen Sie sie das überbringen. Sofort. In die Berge hinter der Stadt am anderen Flußufer. Es ist eine lange Reise. Ich habe von der Gegend eine Karte für sie gezeichnet, der sie folgen sollen. Zwischen den Hügelketten gibt es ein verstecktes Plateau. Es ist auf der Karte. Vielleicht haben Sie davon gehört, daß der König einen geheimen Schlupfwinkel besitzt?«

»Den, in dem er angeblich die Artefakte aus der Zeit vor dem Rollback aufbewahrt?« Vero nickte. »Wir haben alle von diesen Gerüchten gehört. Dann stimmt es also.«

»Das ist er«, sagte Sommer. »Tunnel voller altem Plunder, das meiste kaum noch zu identifizieren. Von diesem Ort kam die Familie Shepherd nach Crimson Sapphire. Egal, die Männer sollen dort warten. Es könnte ein Beiboot landen, wahrscheinlich bei Nacht. Ihre Männer sollen das Boot verstecken und den Piloten hierher bringen. Lassen Sie sie ein Ersatzpferd und Gyrenenkleidung mitnehmen – der Mann ist groß – so daß er verkleidet kommen kann. Er heißt Jean-Claude Lafitte Fitzroy. Wenn Ihre Männer mit ihm zurückkehren, sollen sie ihn sofort in diese Gemächer bringen.«

Offenbar wollte Vero etwas fragen, doch er sagte: »Wenn es darum geht, dem König zu helfen, werde ich selbst gehen.«

»Wir brauchen Sie hier, Manny. Das ist sowieso nur die Trumpfkarte eines Spielers.«

»Jawohl. Meine Gebieterin, wenn Sie mich entschuldigen wollen, so wird es geschehen.«

Als sich die Tür leise schloß, sagte Gwen: »Die Föderation und ihre verrückte Politik sollen verdammt sein. Hier und jetzt gelobe ich, daß ich fortfahren werde, den Ratssitz anzustreben, gleich was mit TJ geschieht.« Dann schrie sie auf.

Sommer hatte TJ ebenfalls röcheln gehört. Es war, als habe ihn ein mentaler Schlag getroffen. Er sah, daß Gwen es ebenfalls spürte. »Zunächst wird er von einer adrenalinartigen Welle überschwemmt werden. Dann wird er aufhören zu atmen.« Er hatte nicht sagen wollen ›es wird so aussehen, als stürbe er‹. »Aber er wird gelegentlich atmen.«

Gwen streichelte TJs Kopf. Dann kramte sie auf einem Nachttisch herum und hielt eine Handvoll Blätter hoch. »Sein Eintrag in das Treckmeisterprotokoll. Er hat daran gearbeitet. Er hat mich noch nicht einmal gebeten, es zu lesen. Einige Details hat er mir nie anvertraut.«

Sommer fragte sich, ob TJ wohl die Episode im Teufelsgraben darin aufgenommen hatte. »Ich glaube, in den nächsten Stunden werden wir Zeit haben, ein bißchen zu lesen.«

15 Der Pirat

»Eintreffendes Sondersignal«, sagte der Funker.

»Entschlüsseln und identifizieren«, sagte Jean-Claude Lafitte Fitzroy.

»Es sind noch Späher der Föderationsflotte draußen, Skipper«, sagte die Navigatorin.

»Halte dich in der Deckung des Asteroiden, in Ordnung, Nav?«

»Verstanden. Aber sie werden bald wissen, wo wir sind, und dann haben sie uns am Wickel.«

»Signal entschlüsselt, Chef«, sagte der Funker.

»Muß ich einen Termin ausmachen, um den Inhalt zu erfahren, Comm? Was ist es?« Jean-Claudes Stimme bekam einen verärgerten Unterton.

»Der Transponder von Bear Ridge«, sagte Comm.

Jean-Claude sah zu Comm hinüber, um sich zu vergewissern.

»Was ist mit den Föderationsschiffen, Chef? Ich stelle fest, daß sie näherkommen«, sagte Nav.

»Guns?« sagte Jean-Claude.

»Sir?« ertönte die Stimme des Jungen über Interkom.

»Kannst du diesen Brocken in die Luft jagen, um uns abzuschirmen?«

»Jawohl Sir. Indem wir eine alte Rakete benutzen, keine Energie. Ich wollte immer schon herausfinden, ob sie funktionieren.«

»Tu es. Nav, tipp Bear Ridge ein. Laß das Schiff über den richtigen Zeitpunkt zur Transition entscheiden. Wenn wir Glück haben, werden die Explosion und die Trümmer unsere Spur verschleiern.«

Die geschmeidigen Finger der Navigatorin flogen über das Schaltfeld. »Jederzeit bereit. Schlage baldmöglichen Zeitpunkt vor.«

»Ist klar. Guns? Sobald es dir paßt.«

»Raketencheck positiv, Ladesequenz beendet«, sagte die aufgeregte Stimme der Feuerleitstelle. »Start.«

»Unterwegs zum Ziel«, sagte Nav. »Getroffen.«

Jean-Claude beobachtete von seinem Sitzplatz aus. »Hübsch; lange her, daß ich das gesehen habe. Auf Wiedersehen, Föderation, viel Glück beim nächstenmal. Nav, beobachte unsere Fährte. Ich glaube nicht, daß sie uns jetzt aufspüren können, aber man weiß ja nie. Die Flotte hat ein paar scharfe Leute.«

»Hatte, meinst du wohl«, sagte Nav.

»Danke, Nav«, sagte Jean-Claude. Er war selbst ein vielversprechender Aufsteiger in der Föderationsflotte gewesen – bis man ihn beinahe unehrenhaft entlassen hätte. Captain einer Zerstörereskorte der NASCAR-Klasse, der DE *Richard Petty*. Aber er hatte zuviel riskiert. Dann hatte sein Schiff eines Tages etwas abgefangen, das sie für einen Schmuggler hielten. Es erwies sich jedoch als Raumyacht, auf der eine Meuterei im Gange war. Beim Entern hatten er und Nav die Meuterer getötet. Unterdessen hatte ihn die Flotte wegen Überschreitung seiner Befugnisse getadelt. Der Zweite Offizier auf seiner *Petty* hatte über Funk durchgegeben, daß die Flotte ihn und die *Petty* zurückgerufen habe.

Jean-Claude wußte, daß dies das Ende seiner Karriere war. Er und Nav hatten sich auf der Yacht hingesetzt und einen Plan ausgeheckt. Sie hatten zurückgefunkt, daß sie gefangengenommen und als Geiseln genommen worden seien, gingen in Transition, änderten den Namen der Yacht in *Bobby Allison* um und begannen eine eigenständige Karriere. Der Verdienst war besser, Gelegenheiten zur Beförderung gab es nicht – aber schließlich hatte er Autoritäten immer schon gehaßt. Comm heuerte später an. Guns nahm seine Position als dritter ein. Er hoffte, daß er und Nav inzwischen als tot aufgegeben worden waren – aber er glaubte es nicht. Die Föderationsflotte war pedantisch, korrekt, bürokratisch-schwerfällig und engstirnig. Aber es waren auch keine Dummköpfe, die sie führten. Falls er und Nav sich je zur Ruhe setzen sollten, würden sie den Schutz eines mächtigen politischen Gönners brauchen.

»Was ist mit Bear Ridge?« fragte Guns, als er die Brücke des Schiffes betrat.

Jean-Claude grinste. »Den Gegenwert von einer Million Rechnungseinheiten in Gold oder Edelsteinen fürs bloße Erscheinen. Du erntest, was du säest, sag ich immer.«

Nav schnaubte.

Jean-Claude fuhr fort: »Nav, dort wartet unsere Altersversorgung. Wir werden unsere eigene Bank aufmachen müssen, um das ganze Geld zu verwalten. Ich schätze, der gute alte TJ wird das eine oder andere brauchen, das wir ihm zu einem angemessen überzogenen Preis besorgen können.«

»Wovon redest du überhaupt, Skipper?« fragte Guns.

»Ich hab die ganze Geschichte auch noch nicht gehört, Chef«, sagte Comm. »Obwohl mir Nav einmal ein Mordsding erzählt hat, das ich eigentlich nicht glauben konnte.«

»Zum letzten Mal«, sagte Jean-Claude und ging zu einem Schrank. Er holte eine Flasche und vier Gläser heraus. Er schenkte ein, reichte jedem Crewmitglied eines, ließ sich in seinen Sessel zurücksinken und nippte an seinem Glas. »Schokoladenwein. Meine letzte Flasche. Muß mir dieses Mal mehr besorgen. Irgendwie kriegt man ihn synthetisch nicht richtig hin.«

»Fabelhaft!« sagte Guns.

Nav schnupperte mit einem befriedigten Gesichtsausdruck an ihrem Glas.

»Stammt von Bear Ridge«, sagte Jean-Claude. »Guns, du und Comm, ihr wart damals noch nicht bei uns. Als wir gerade anfingen. Mußte Geschäften nachjagen. Nichtföderale Planeten checken. Dann war Bear Ridge dran. Das verrückteste Gelände, das ihr euch vorstellen könnt. Mußte vorsichtig sein, wegen der Föderation, wißt ihr. Sie nehmen es einem übel, wenn man gegen ihre Vorschriften verstößt. Sie wollen ein Monopol – totale Kontrolle.

Jedenfalls entdeckten wir eine schwach radioaktive Quelle und versteckten die alte *Bobby Allison* auf ihrem Mond und flogen mit einem Shuttle hinunter. Wir waren sieben, einer war als Aufpasser an Bord geblieben. Damals hatten wir eine zu große Besatzung. Vier ist gerade richtig. Folgten unseren Instrumenten bis zu diesem einsamen Plateau. Tunnel und Höhlen in den umliegenden Bergen. Jemand hatte dort alte Artefakte aus der Zeit vor dem Rollback gelagert. Ein paar dieser alten mobilen, selbstregelnden nuklearen Energieerzeuger, die noch etwas Restradioaktivität enthielten, die wir registriert hatten. Niemand in der Nähe, also stiegen wir zu Fuß von den Bergen hinunter.

Wir entdeckten eine umherstreifende Patrouille von Soldaten, mit Schwertern und Speeren, könnt ihr euch das vorstellen? Wir isolierten einen der Soldaten, aber er wollte nicht reden. Auf Bear Ridge gibt es ein paar harte Hurensöhne. Ich war schon im Begriff, zu Drogen Zuflucht zu nehmen und erzählte ihm gerade von den Wohltaten, die wir ihnen bieten konnten – er hatte dieses komische Medaillon an einem Lederriemen um den Hals hängen – als er einen Entschluß zu fassen schien und beinahe offen zu reden begann. Meinte, er würde unser Angebot seinem König zur Kenntnis bringen. Also, wir hatten keine Möglichkeit, mit dem Obermacker Kontakt aufzunehmen, und diese Methode war so gut wie jede andere. Darum ließen wir ihn frei und warteten.«

Nav lachte. »Ich auf bestem Wege, zu erfrieren oder zu verbrennen oder weggeblasen zu werden.« Sie nippte an ihrem Wein.

Jean-Claude nickte zustimmend, als er sich daran erinnerte. »Ich ebenfalls. Nach ein paar Tagen kommt dieser große, wüst aussehende Kerl auf einem Hengst angeritten und dieser andere Typ in einem gottverdammten Clownskostüm auf einem Maultier. Ein König und sein Hofnarr. Total lächerlich. Ihr wißt inzwischen, was ich von Autoritäten halte. Ich kann es einfach nicht ausstehen, wenn …«

»Außer wenn *du* das Kommando hast«, sagte Nav.

»Auf einem Raumschiff ist es was anderes«, sagte Jean-Claude. »Natürlich kamen wir deshalb zunächst nicht miteinander klar. Zu viele Spannungen. Ich vermute, dem alten TJ, das heißt Thomas Jefferson Shepherd, König von Crimson Sapphire und dem Planeten Bear Ridge, ging es ebenso. Ziemlich bald stritten wir uns, ich weiß nicht mehr worüber. Ihr wißt ja, ich bin ein großer Typ, bullig und nach außen hin schwerfällig, aber ich habe blitzschnelle Reflexe und eine Flottenausbildung im Nahkampf.«

Nav lachte wieder.

»Bald hatten wir unsere Handfeuerwaffen gezogen und waren bereit, voll zur Sache zu gehen. TJ war damals jünger, ich natürlich auch, und eifersüchtig auf seine Macht und seine Stellung bedacht. Er brauchte uns dringend, aber mein Mundwerk hatte ihn auf die Palme gebracht. Seine Gattin, die Königin, hatte irgendein Frauenleiden, mit dem sie nicht klarkamen. Das war wahrscheinlich der Grund, warum er die Gelegenheit wahrnahm und ein wackliges Königreich verließ, um sich mit uns zu treffen. Jetzt, wo ich die Geschichte kenne, kann ich verstehen, unter welchem Druck der arme Kerl stand. Das Leben auf Bear Ridge ist hart.

Also, wir wären beinahe handgreiflich geworden, als dieser Clown sich zwischen uns drängte und sagte: ›TJ, überlaß ihn mir. Das ist mein Job.‹ Der König schüttelte den Kopf und sagte zu mir: ›Mann gegen Mann?‹ Ich sagte, klar, weil ich wußte, daß ich ihn mit Leichtigkeit besiegen konnte. Ich wollte zur Sache kommen. Ich sagte unseren restlichen Leuten, sie sollten nicht eingreifen.«

Nav lachte laut auf.

Jean-Claude wand sich bei der Erinnerung. »Er hatte mich kalt erwischt, noch ehe ich ›los‹ sagen konnte. Er hatte keine speziellen Tricks auf Lager, aber er war schneller und ein ausgefuchster Scheißkerl, und ich konnte ihn nicht festnageln. Wir rangelten eine Weile um eine gute Position und gingen dann auf die altmodische Art zur Sache, Zehenspitze an Zehenspitze, Gesicht an Gesicht, und er steckte alles ein, was ich austeilen konnte, und begann mir echt weh zu tun. Schließlich blickte er mir über die Schulter, nickte und gab mir mit einem Aufwärtshaken den Rest. Als ich zu Boden ging, sah ich, daß der verdammte Clown alle unsere Leute in Schach hielt und ihre Waffen aufgesammelt hatte. Der alte TJ hatte mich so manövriert, daß ich von dem, was hinter mir vorging, nichts mitbekommen hatte. Unsere Crew war zu sehr mit dem Kampf beschäftigt gewesen, um den Clown zu beobachten.« Er warf Nav einen Blick zu. »Du eingeschlossen, Nav.«

Sie lachte erneut. »Es war ein toller Kampf, zugegeben. Würde es nicht geglaubt haben, wenn ich es nicht mit eigenen Augen gesehen hätte. Guns, prügle dich nie mit jemandem von Bear Ridge. Wenn ich ein Söldnerführer wäre, würde ich tausend Männer wie den König nehmen und jeden Auftrag annehmen. Und dieser Narr, man konnte nicht einmal erkennen, daß er sich bewegte. Ich kriege immer noch Muffensausen, wenn ich daran denke.«

»Und was geschah dann?« fragte Guns.

»Wir arbeiteten eine Art Abkommen zu unserem wechselseitigem Nutzen aus«, sagte Jean-Claude. »Ich sagte ihm, was wir herbeischaffen konnten, aber er war ein Geizhals und wollte seine Chancen auf einen zukünftigen Beitritt zur Föderation nicht gefährden. Er kaufte den Notsender – der übrigens zwei Einstellungen hat. Eine für den Notfall, wie gerade passiert. Das andere Signal bedeutet einen routinemäßigen Normalruf, schau vorbei, wenn du in der Nähe bist. Und er erklärte sich zur Zahlung von einer Million Rechnungseinheiten pro Notbesuch bereit. Er kaufte ein paar andere kleine Geräte, die wir zufällig dabei hatten, erinnert euch, wir hielten gerade nach Geschäften Ausschau – bauten mehr auf zukünftige Aufträge. Aber was er wirklich wollte, das war medizinische Versorgung für die Königin. Konnten wir nicht machen. Das tat mir wirklich leid. Nav schlug den Lebensretter als letztes Mittel vor. Er kaufte ihn auf der Stelle. Und verabredete mit uns, daß wir auf seinen Anruf reagieren würden, falls es seiner Frau schlechter gehen sollte. Ich schätze, es ging ihr bald wieder besser, denn er rief uns nicht.

Aber jetzt kommt der Clou: Als wir miteinander sprachen, wollte er wissen, warum wir nicht eine Menge medizinischer Ausrüstung mitführten. Das fragte ich mich auch, denn das ist wesentlich ungefährlicher als der Handel mit Waffen und Stoff. Also stiegen wir ins Medizingeschäft ein, und wie ihr wißt, hat es sich ausgezahlt. Wir sollten dem alten TJ eine Provision zahlen.«

»Sollen wir unserem Anwalt auf Federation Central

Bescheid sagen, daß er unser Guthaben überprüft?« fragte Nav.

Jean-Claude lächelte. »Wir werden in Gold oder Juwelen bezahlt werden und das Zeug verkaufen müssen, bevor wir einen Profit erzielen. Hmmm. Vielleicht können wir eine Wechselgebühr aufschlagen. Glaubt ihr, TJ wird darauf eingehen?«

»Wenn er uns dringend genug braucht«, sagte Nav.

16 I:imbawe

Er verließ den Fluß nahe dem Stadtrand von Crimson Sapphire, und indem er seine Gestalt geringfügig veränderte, begann er die Straße entlang auf den Palast zuzugehen. Seine mit Schwimmflossen versehenen Füße paßten sich dem harten Boden und den gelegentlich gepflasterten Abschnitten des Weges an.

I:imbawe bemerkte, daß ihm die Nachricht von seinem Erscheinen vorauseilte. Menschen blieben stehen und starrten. Und liefen zusammen. Ihre individuellen Auren zeigten Neugier, einige Furcht. Ihre Gruppen- oder Gesamtaura spiegelte Neugier und ein wenig Kühnheit wider, als sie sich zusammendrängten. Kinder zeigten noch unverhohleneres Interesse als Erwachsene, darum paßte er seine Aura an, um ihnen zu zeigen, daß sie nichts zu befürchten hatten. Da es ihm aber schwerfiel, beim Weitergehen auf so viele Kinder und Erwachsene zu reagieren, mußte er sich zum Ausgleich für die große Anstrengung verfärben. Außerdem fehlte ihm die Zeit, dieses faszinierende Spiel fortzuführen. Er sah, daß sein Erscheinen ein einzigartiges Ereignis darstellte. Die Menge wuchs, als sich die Nachricht verbreitete. Er überlegte, daß Menschen über eine Verständigungsweise verfügen mußten, von der er nichts wußte. Eine interessante Vorstellung, die weiterer Erforschung harrte.

Als er sich dem Palast näherte, stürmten mehrere berittene Krieger von den Palasttoren auf ihn zu. Der Verantwortliche schien nicht zu wissen, was er tun sollte; schließlich saß er ab, und seine Männer folgten seinem Beispiel. Sie drängten sich hinter ihm zusammen.

An den Palasttoren bemerkte er eine weitere Zusammenballung von Würdenträgern. Die vordersten beiden waren der Urkundenmann und der Kriegeranführer. Sie schienen ebenfalls nicht zu wissen, wie sie sich verhalten sollten. Er behielt eine neutrale Aura bei.

Der Kriegeranführer trat vor. »Ich bin General Vero.« I:imbawe spürte die Gefahr unmittelbar unter der Oberfläche dieses Mannes. Sein Geist war aufs äußerste angespannt. »Dürfte ich mich nach Ihren Absichten erkundigen?«

I:imbawe beobachtete ihn bloß. Er entschloß sich gerade, eine beruhigende Aurenbotschaft zu übermitteln, als der andere Mensch, der Urkundenmann, vortrat. »Wir vertreten seine Majestät. Ich bin Alfred, der Herold.« Er legte dem Kriegeranführer beschwichtigend eine Hand auf die Schulter.

I:imbawe nahm ihre Anwesenheit mit einer Mustersequenz zur Kenntnis, die ihr Mißtrauen zu besänftigen schien. Er ging an ihnen vorbei die Treppe hoch und schritt durch den Thronsaal. Sie folgten ihm mit den Soldaten, die ihn begleitet hatten. Zahlreiche Palastbeamte säumten seinen Weg und starrten ihn respektvoll an. Auf der ersten nach oben führenden Rampe kam ein junger Mann angelaufen. Er hatte ein Paar Daumentrommeln an seinem Handgelenk befestigt. I:imbawe wußte, daß wenige Menschen der Daumentrommeln kundig waren, und bekundete mit seiner Aura unverzüglich Neugier. Das Daumentrommeln war eine der faszinierendsten und sympathischsten Eigenheiten der Menschen. Ah! Der junge Mann fing seine Aurenbotschaft auf und … erbleichte und wich zurück. Etwas, um das er sich später kümmern mußte.

Auf dem zweiten Treppenabsatz stürmte die Außerweltlerfrau auf die ihn umringende Gruppe zu. Sie brannte ebenfalls vor Neugier, war jedoch schwerer zu lesen, da sie nicht von dieser Welt stammte und deshalb nicht dem geläufigen Umgebungsmuster angehörte.

Ebenso groß wie der König, verließ der Schwimmhäuter den letzten Treppenabsatz und schritt in die Gemächer des Treckmeisters hinein. Er blieb stehen, um die Anwesenden zu mustern.

Der Sohn des Treckmeisters: Besorgnis. Eine gelbe Aura mit einem Anflug von düsterem Gold.

Die Mutter des Treckmeisters: aufgebracht. Sie hatte Söhne an den Treck verloren, wofür sie teilweise seinem Volk die Schuld gab.

Die Lebensgefährtin des Treckmeisters: Sorge um ihren Gefährten *und* ihren Sohn. I:imbawe begann die Unterströmungen zu verstehen. Der Sohn des Treckmeisters hatte viel zu entscheiden.

Noch jemand ... unsicher und neugierig ... doch dann wurde das ganze Spektrum von jemandem hinter der verschlossenen Tür überschattet ...

Eine Innentür ging auf, und ein Mann trat vor, bereit zu töten, jedoch ohne eine Waffe in den Händen. Freund und Gefährte des Treckmeisters: Gefahrensignale aussendend, die so dunkel und stark waren, daß I:imbawe sie wegen ihres einzigartigen Gehalts ewig in Erinnerung behalten würde. Ein Kämpfer.

I:imbawe nahm eine respektvolle blaue Farbe an, denn sie ahmte den Himmel nach, die Quelle allen Lebens. Die Falten seiner Haut verfärbten sich leicht, Falten, die er ausgestülpt hatte, um darin Sauerstoff zu speichern, für den Fall, daß die von den Menschen verbrauchte Luft in diesem abgeschlossenen Raum unerträglich sein sollte. Die Augen auf seinem Kopf blieben nach vorne ausgerichtet, behielten das Geschehen hinter ihm jedoch sorgfältig im Blick. Membranen glitten rhythmisch über sie hinweg. Er dehnte die Häute zwischen seinen Fingern und Zehen. Die Zahl der in diesem kleinen Raum versammelten Menschen beunruhigte ihn, und er versuchte, es nicht zu zeigen, seine Aura neutral und seine Haut blau zu belassen – obwohl er das Lagunengrün der Untiefen vor der Ostküste vorgezogen hätte. Der Mann, der bereit zum Töten war, tauschte mit dem Kriegeranführer Signale aus und entspannte sich.

»Nichts zu verlieren«, sagte der Kämpfermann. I:imbawe sah, daß er sein Ungestüm beherrschte, dann sagte er: »Willkommen«, und wartete aufmerksam.

I:imbawe revanchierte sich, indem er seine Aura so veränderte, daß sie Freundschaft ausdrückte. Er spürte, daß dies ein Test war und er seine Absichten darlegen mußte. Er hatte recht, denn der Mann entspannte sich noch weiter und streckte seinen Arm zu dem innenliegenden Raum aus, und I:imbawe trat ein. Der Kämpfermann und die Gefährtin des Treckmeisters folgten.

I:imbawe trat ans Bett und sah auf den Treckmeister hinab. /Ah, es ist wahr/, sagte-projizierte-pfiff-schniefte-bedeutete und dachte er.

Die Frau schien verblüfft. »Ja.«

Die Aura des Kämpfermanns rang mit sich. Die menschliche Gewaltbereitschaft war erstaunlich. Sie fügten ihrer eigenen Spezies ständig Schaden zu. Von der anderen Seite der Aura aus betrachtet verhielten sich Schnarlen und Völve ebenso. Diese Fremden waren wirklich rätselhaft. Dann ertappte er sich. Er preßte alle Menschen aufgrund ihrer Geschichte in Schablonen. Genauso, wie die ältesten Schwimmhäuter die Klischeevorstellung von den totalen Pazifisten aufrechterhielten, wie ein Rudel alter Seekühe: Dialog und Wunschdenken sind alles. Und wegen der Menschen glaubten viele Alte, ihre eigene Geschichte und Eigenart seien einfach und friedlich. Grundsätzlich bedenkenswert, aber unrealistisch. Darum vermochte er die

Widersprüche innerhalb von Spezies zu begreifen. Zuvor hatte er sich bis zur ersten Stufe der Einatmung aufgeblasen und jetzt, wegen des stinkenden Krankheitsgeruchs, verbrauchte er seinen gespeicherten Sauerstoff. Bald schon würde er nicht mehr so aufgebläht aussehen wie jetzt. Er veränderte seine Aura, um dem Kämpfermann zu zeigen, daß er dessen Schützling gegenüber keine bösen Absichten hegte.

/Das ist eine Schande/, sagte er, indem er auf den daliegenden Treckmeister zeigte. /Warum hat man das getan?/

»Das wissen wir nicht«, sagte der Mann.

/Ich bin I:imbawe./

»Ich bin Camp, und das ist Gwendlyon, die Frau des Treckmeisters.«

/Ich verstehe./ Er überlegte. /Wo ist sein Stein?/

»Der rote Saphir?« fragte die Frau.

/Ja./

Die Frau eilte durch die Außentür hinaus. Während sie warteten, studierte I:imbawe den Treckmeister und wünschte, er wäre der Steinpartner des Treckmeisters gewesen und nicht O:chacka. Bald darauf kehrte die Frau mit dem Stein zurück. Er bedeutete ihr, den Stein auf ihn zu legen. Sie tat es, mit vor Unsicherheit wirbelnder Aura, und legte ihn dem Treckmeister zusammen mit einem Tuch auf die Stirn.

Er studierte die Fastleiche. /Das physische Sein ist nahe daran, sich wieder in die ursprünglichen Moleküle aufzulösen./ Er befühlte behutsam die Aura des Treckmeisters. /Aber es ist noch ein Funken in ihm, der sich weigert, den letzten Erfordernissen nachzukommen./ Er verband einen Teil seiner eigenen Aura mit der des Treckmeisters. Wie er bereits vorher gewußt hatte, war es unmöglich, Lebensenergie von seiner auf die menschliche Rasse zu übertragen. Es war in der Vergangenheit bereits erfolglos versucht worden. Er versuchte, den Geist des Treckmeisters zu stärken, doch dies war ebenfalls zwecklos. Er drehte sich um. /Das ist alles. Er träumt von vergangenen und möglichen Dingen. Könnte er sich verständlich machen, würde er wollen, daß ihr seinen Gedanken erfahrt, der die Ruhe inmitten des Sturms in seinem Kopf ist: ›Ich vermute, der einzige Tod, den man je akzeptiert, ist der eigene – und das erst, nachdem er sich ereignet hat.‹ Es ist nicht leicht zu interpretieren./

»Dies ist der Zweck deines Besuchs?« fragte Camp.

/Wir warten. Wir lauschen. Wir beobachten. Unaufhaltsame Ereignisse kündigen sich an. Freigelassene Kräfte, die sich entfalten müssen. Eine Woge nie gekannten Ausmaßes. Soweit wir wissen, ist nur ein Mensch fähig, bis zum Abschluß auf dieser Welle zu reiten: derjenige, der hier mit dem Tode ringt. Gemeinsam gelangten wir zu der Ansicht, daß die Anwesenheit dieses Mannes nötig ist, um ein angemessenes Gleichgewicht der Ereignisse aufrechtzuerhalten. Ich beobachte, schätze ein. Es werden Informationen benötigt, um Entscheidungen zu treffen, Urteile zu fällen. Sollte es zum Chaos kommen, würden wir es im voraus wissen und uns darauf vorbereiten. Das Leben ist nicht statisch, deshalb müssen die Variablen überwacht werden. Ich war der nächste, darum fiel mir die Aufgabe zu./ Seine Haut fiel in dem Maße weiter zusammen, wie er seinen gespeicherten Sauerstoff verbrauchte.

Gwendlyon sprach. »Dürfen wir dir Obdach anbieten? Ein Zimmer zum Ausruhen oder zum Verweilen?«

/Ich muß zurückkehren./

»Das Angebot gilt, für dich, für jeden deines Volkes.« I:imbawe sah, daß sie sich über das Protokoll im unklaren war und nach einer Möglichkeit suchte, einen Vorteil aus seinem Besuch zu ziehen.

/Falls der Treckmeister sterben sollte, wer würde seinen Platz einnehmen? Wer würde den Treck durchführen?/

»Mein Sohn«, sagte sie, und I:imbawe bemerkte die stolze Ausdehnung ihrer Aura, die Wärme der Mutterschaft, die Sorge um das Wohlergehen ihres Sprößlings. »Und vielleicht andere Nachkommen des Treckmeisters.« I:imbawe bemerkte ihr Mißfallen über diese anderen ›Nachkommen‹.

»Du würdest mit ihm zusammentreffen?« fragte Camp.

/Stimmt./ Der Kämpfermann verfolgt eine bestimmte Absicht, dachte I:imbawe.

Camp eilte zur Tür. »Prinz Michale? Wärst du so freundlich?«

Der Sohn trat ein, dicht gefolgt von der Außerweltlerfrau. Camp zögerte und zuckte dann die Achseln.

/Die Frau, sie stammt nicht von hier?/

»Sie ist auf Besuch, von der Föderation der Menschen«, sagte Gwendlyon.

/Und das bedeutet was?/

»Es ist ein Zusammenschluß von Menschen, der viele unterschiedliche Planeten umfaßt.«

Das kommt unserer Extrapolation sehr nahe, dachte er. /Und der junge Mann würde der nächste Treckmeister sein?/ Die Aura des Sohnes schien sich unter statischen Entladungen ständig zu verändern.

Der Sohn schwieg, hob jedoch fragend die Hände.

/Auf diese Weise schätzen wir auch den Mann ein, der die Menschen auf dieser Welt regieren soll/, erklärte I:imbawe mit Nachdruck. Er sah, daß Camp seine Gelegenheit gekommen sah.

»Vielleicht«, sagte Camp, »wäre es möglich, daß dich Michale auf dem Rückweg begleitet?« Camps Aura flammte hoffnungsvoll auf.

Die Aura des Prinzen leuchtete vor plötzlichem Begreifen.

/Kann der junge Mann unter Wasser flußaufwärts unter den Bergen hindurchschwimmen?/

»Nein.« Camps Aura wurde vor Enttäuschung fahl.

Die Aura des Prinzen leuchtete jetzt beständiger, die Erleichterung war ihr anzusehen.

/Dein Vorschlag mißachtet die Tradition./

Camp lächelte. »Das tut er. Aber die Gelegenheit bot sich an, und« – er deutete auf den Treckmeister – »es ist vielleicht keine Zeit mehr zu verlieren.«

/Ich gehe jetzt./

»Wirst du uns irgendwann wieder einmal besuchen?« fragte Gwendlyon, die offenbar immer noch versuchte, Kapital aus seiner Anwesenheit zu schlagen. Er bewunderte sie für ihre Hartnäckigkeit. Sie wußte nicht, wie sie ihn benutzen sollte, aber sie würde es versuchen. Daß er den Gedanken des Treckmeisters übersetzt hatte, hatte sicherlich Eindruck auf sie gemacht.

/Vielleicht/, gab er zu verstehen. Ihm kam der Gedanke, daß im Umgang mit den Menschen eine Menge Diplomatie nötig war.

»Dann erlaube uns, dich zu begleiten«, sagte Camp.

/Wenn ihr möchtet./

»Mike«, sagte Camp scharf. »Du und Manny und Alfred.«

»Und ich!« forderte die Außerweltlerin.

»In Ordnung, Sharon«, sagte Camp, und I:imbawe las aus der Aura des Kämpfermannes die Absicht heraus. Es war offensichtlich, daß sein Zusammensein mit dem Prinzen ein politisch bedeutsames Ereignis wäre – denn der Rückweg, den Camp beschrieb, war nicht der kürzeste Weg zum Fluß. Er würde ihnen das Schauspiel zugestehen und ihnen durch die Stadt folgen. Es würde interessant sein, vielleicht etwas, das er würde brauchen können, wenn er zu Urteilen und zur Meinungsbildung beitrug.

Ein Gruppe von Palastsoldaten führte ihn und seine Begleiter. Der Prinz machte gelegentlich auf ein charakteristisches Gebäude oder Gelände aufmerksam. Sie wurden von einer neugierigen und wachsenden Menschenmenge verfolgt. Er staunte über die Bauweise.

Diese Menschen waren Konstrukteure, erkannte er, wie manche Insekten. Er wußte, daß sein Vergleich nicht ganz fair war, da Menschen im Gegensatz zu ihm über keinen natürlichen Schutz verfügten. Und auch nicht über die überwiegend kooperativen Eigenschaften seines Volkes.

Als er die Felder erreichte, ließ er seine Haut erleichtert die Farben seiner Umgebung annehmen: das Gelb des Getreides, das Grün der Baumblätter, das Graubraun des getrockneten Grases.

Hier verdrängte die Außerweltlerfrau die anderen an seiner Seite. »Darf ich mich mit Ihnen unterhalten?«

Er dachte über ihren Enthusiasmus nach, der jugendlich und weiblich war. Ihre Aura war anders als die der Menschen von Bear Ridge. Gleichzeitig war sie auf eine intellektuelle Weise subtiler, jedoch auch naiv nach den Maßstäben dieses Planeten: sie paßte sich noch nicht ganz ein. Er überlegte, daß sie es eines Tages vielleicht tun würde. In der Vergangenheit war es ihr schlecht ergangen, und darum glaubte er, daß sie sich möglicherweise hier in die menschliche Gesellschaft einfügen würde. Er wunderte sich über diese Gedanken, doch dann begriff er, daß er Ausflüchte machte, während sich etwas durch seine Gedankengänge hindurchzuarbeiten suchte. Mit dem Aussondern ihrer Aura hatte der Prozeß begonnen. Als er das Vorzimmer des Treckmeisters betreten und die Auren eingeordnet hatte, hatte Camps bedrohliche Aura seine Sinne überwältigt und seine ganze Aufmerksamkeit beansprucht. Es war eine andere dunkle Aura anwesend gewesen, zumindest glaubte er das, eine, die mit denen der anderen und der Camps beinahe verschmolzen war. Er bedauerte, daß er zu diesem Zeitpunkt nicht mehr von dieser anderen dunklen Aura hatte erkennen können.

»Würden Sie mir ein paar Fragen beantworten?« wiederholte sie.

/Vielleicht./

»Wäre es möglich, daß ich Ihr ... Zuhause besuchen könnte?«

Zum erstenmal fand er unter Menschen etwas amüsant. Als Angehöriger einer eisern von Männern dominierten Gesellschaft genoß er die mit ihrem Vorschlag einhergehenden Empfindungen. Er ließ es zu, daß ein gewisses Maß grüner Heiterkeit in seine Aura einsickerte. /Vielleicht solltest du den Prinzen auf seiner Reise begleiten./

Er bemerkte Michales plötzliches Luftholen und die gleichzeitige Veränderung seiner Aura: Sorge überwältigte den jungen Prinzen. Nicht Angst, setzte I:imbawe in Gedanken hinzu, sondern bloße Unentschlossenheit. Ein zu großer Unterschied für den Sohn seines Vaters. Ein weiterer interessanter Gegenstand für spätere Überlegungen. I:imbawe beschloß, den Prinzen, wenn möglich, zu überwachen, falls er den Treck versuchen sollte.

Die junge Außerweltlerin überdachte seinen Vorschlag. »Mein Auftrag wird es vielleicht nicht zulassen – und Mike wird mich vielleicht nicht dabeihaben wollen.« Ihre Stimme war leise und kaum vernehmbar. Er verstand nicht alle Worte dieser Menschen, aber er vermochte ausreichend gut Gesten, mentale Absichten und andere Prozesse zu deuten, um ein Gespräch in Gang halten zu können. Andere hatten die Menschen mehr studiert als er, und er hatte von ihnen gelernt wie die meisten anderen männlichen Schwimmhäuter auch. »Könnten wir etwas vereinbaren, für später ...?«

Er faßte einen Entschluß. Nicht um ihret-, sondern um der Zukunft willen. Diese Föderationsgeschichte, auf die sich der Treckmeister eingelassen hatte: Extrapolationen und Projektionen, die stark auf eine Umwälzung unter den Menschen hindeuteten, auf die eine oder andere Weise. Darum würde es seinem Volk nützen, einen Außerweltler zu studieren. /Komm über die Berge und die Kämme, und du wirst uns willkommen sein./

»Aber wie? Ich...« Ihre Aura verfestigte sich zu größerer Entschlossenheit.

Sie hatten den Fluß erreicht, der von den Menschen Heulender Volv genannt wurde. Die große Menschenmenge hielt hinter ihnen schweigend an. Der Prinz und der Kämpfermann sprachen kurz miteinander. Die Außerweltlerfrau brannte darauf, weitere Fragen zu stellen.

I:imbawe kam der Zeremonie zuvor, indem er in das kalte Wasser glitt. Einen Moment lang schwamm er dort, räkelte sich im eisigen Wasser. Er atmete tief ein, blies seine Haut teilweise auf, wobei er sie mit einer aquadynamischeren Oberfläche versah, im Gegensatz zu dem aufgeblähten Zustand, den er annahm, wenn er sich auf dem Land oder in der Luft aufhielt.

Allmählich verschwand er aus ihrer Sicht und begann in den Flußströmungen zu tanzen, indem er anmutig flußaufwärts glitt.

Eine Frau wollte sein Zuhause besuchen; ein Mann wollte es nicht.

Eigenartig, diese Menschen.

17 TJ, der Treck

VORWORT: Ich schlage vor, daß mein Beitrag zum Treckmeisterprotokoll im Falle meines Todes vor dem Eintrag in das offizielle Protokoll entweder von Königin Gwendlyon oder Delancy Camp gelesen und bearbeitet wird. Im Interesse der Geschichtsschreibung und weil ich vielleicht der letzte legitime Treckmeister sein werde, erlaube ich mir, meinen Eintrag detaillierter auszuführen als die im Protokoll bereits vorhandenen. (gezeichnet) Thomas Jefferson (Shepherd) Rex.

Über mir ragte der Finger Gottes auf, und mein Hengst war nach der Jagd über die große Ebene völlig erledigt. Deshalb ließ ich ihn frei, damit er für sich selbst sorgen konnte. Er sollte ein oder zwei Wochen in dieser Gegend bleiben, bis er dieses freien Lebens überdrüssig würde. Die Anstrengung hatte den Schmerz über den Tod meines Vaters betäubt, obwohl er mich weiterhin begleitete. Sicherlich kamen wir miteinander aus, aber ... nun, wir hatten nicht viel Zeit, uns gegenseitig kennenzulernen. Das und der Wettstreit zwischen Brüdern.

Meine Brüder, Theodore Roosevelt und Stonewall Jackson, hatte ich auf der Ebene weit hinter mir gelassen. Kurzzeitig erwog ich, auf sie zu warten und die Kämme mit vereinten Kräften anzugehen, aber keiner von beiden hätte viel von dieser Idee gehalten – auch wenn es keine Regeln gab, denen man zu folgen hatte. Außerdem war ich in Eile. Die rauhen und verwirrten Soldaten von Crimson Sapphire brauchten eine starke Hand und eine rasche Neuorganisation, um ihre Effektivität zu erhöhen. Wie zuversichtlich ich war, ehe ich auch nur begonnen hatte zu klettern.

Ich sah meine Brüder nie wieder.

Ausnahmsweise war das Wetter annehmbar. Es war Frühherbst, und die Sonne schien noch heiß auf das Flachland herab. Je höher ich ins Teddybärgebirge aufstieg, desto kälter wurde es. Das Weiterkommen war nicht so schwierig, wie die Legende uns glauben machen wollte. Vielleicht, dachte ich damals, war die Trecklegende ein Schwindel, der von denen, welche die Macht innehatten und sie nicht zu teilen wünschten, verewigt wurde. Willentliche Falschaussagen im Treckmeisterprotokoll entsprachen nicht dem Verhalten, das ich von meinen Ahnen und deren Vorfahren erwartet hätte.

Auf halber Höhe des Teddybärgebirges änderte ich meine Meinung. Immer noch im Schatten des von mir gewählten Orientierungspunktes, des Fingers Gottes, entdeckte ich, daß ich nicht mehr weiter konnte. Eine Reihe von Klippen und überhängenden Lavaformationen versperrte mir den Weg. Meine Hände waren aufgerissen, und meine Knie bluteten. Auf einem vom Wetter geglätteten Felsen hockend dachte ich über eine andere Route nach. Schließlich nahm ich mein Seil doppelt und ließ mich ungefähr eine Stunde lang ab, bis ich eine andere gangbare Route entdeckt hatte.

Einmal hätte ich mich beinahe entschlossen, mein Schwert wegzuwerfen, da es eine Belastung war. Zum Glück tat ich es nicht. Die Unhandlichkeit der Waffe brachte mich jedoch zum Nachdenken. Dies, zusammen mit dem ständigen Anblick des Fingers Gottes, gab mir Stoff zum Nachdenken – was konnte ich auch sonst tun? Daher stammt die Idee zu den Kriegsassagais. Der Gedanke an die Entbehrungen Chaka Zulus, von denen ich gelesen hatte, inspirierte mich. Der Finger Gottes war eine nahezu exakte Wiedergabe der Assagaiklinge. Ein äußerst eindrucksvoller Gipfel. Die Geschichte kam mir wieder einmal zu Hilfe.

Schließlich fand ich einen zerklüfteten Canyon, der den Gebirgskamm zu spalten und sich vertikal zur Spitze vorzuarbeiten schien. Ich entdeckte ihn, als ich einem Slinker folgte, einem der in den Bergen heimischen Aasfresser. Aber ich besaß weder Krallen wie er, um mich festzuhalten, noch Schuppen, die sich nicht aufschürfen, zerkratzen oder zerschneiden ließen, so wie es mir erging. Er war es, der mich vor der Bergschnarle warnte, die in einer Höhle lebte, die groß genug war, um einen Palast aufzunehmen. Ihr zähes Fleisch und ein Wassertümpel gaben mir Kraft. Wenn ihr Bau auch ziemlich verdreckt war, bot er doch eine sichere Zuflucht zum Schlafen. Nein, nie wieder würde ich daran denken, mein Schwert fortzuwerfen. Die Schnarlenhaut erwies sich ebenfalls als nützlich, denn oben auf dem Teddybärgebirge nahm der Wind zu, und die Sonne verschwand, und der Regen verwandelte sich in Schnee.

Ich vergeudete wenig Zeit, außer um weiter unten nach meinen Brüdern Ausschau zu halten. Ich hatte beschlossen, ihnen zu Hilfe zu kommen, falls ich einen oder beide entdecken sollte. Doch ich konnte sie weder sehen, noch vermochte ich weit zu blicken, da ich auf einem Sattel thronte, der noch bis zum Finger Gottes im Norden anstieg, und der Weg nach Süden war einfach unpassierbar. Gegen den

Wind ankämpfend begann ich vom Teddybärgebirge in den Teufelsgraben hinabzusteigen.

Schon bald erschwerte der Schatten des Großen Bärengebirges das Klettern. Andererseits konnte ich beim Abstieg ein doppeltes Seil benutzen.

Der Teufelsgraben selbst war verblüffend. Wie konnte so etwas existieren, wenn die Sonne es nur wenige Stunden lang erwärmte? Es muß milieubedingt gewesen sein. Das Wetter von Bear Ridge ist wirklich eine merkwürdige Angelegenheit. Erinnerte mich an das Herumwerkeln meiner Mutter (Felicia Shepherd) im Garten. Der Gedanke an sie machte mir Appetit auf ihr spezielles Kobe-Büffelrind oder Okra Gumbo.

Große Bäume, etwas Gras, das den kleinen Pflanzenfressern als Nahrung diente, Slinker, die sich von den Pflanzenfressern ernährten, ein paar Cheshirekatzen und Schnarlen, viele Schnarlen. Hinweise auf Völve, aber die Schnarlen mußten sie aus diesem Gebiet vertrieben haben.

Die vielen Schnarlen überraschten mich. Da die Zahl der niederen Tiere, von denen sich die Schnarlen ernähren mußten, höher war als erwartet, nahm ich an, daß sie in Rudeln lebten und daß der Graben weit im Norden und weit im Süden passierbar war. Ein interessanter Ort, um ihn eines Tages zu erforschen, sollte es die Zeit erlauben. Vielleicht gab es Passagen zwischen den oder unter den Gebirgszügen hindurch? War das anomal häufige Auftreten von kleinen Flachlandtieren die Folge der menschlichen Nutzung des Flachlands, dessen Auffüllens mit Büffelschafen und Büffelrindern? Keine Ahnung.

Ich entdeckte keine Anzeichen von Schwimmhäutern.

Ich entdeckte eine Höhle, die ich verbarrikadieren konnte, und labte mich an Schnarlenfleisch, denn einer hatte meine Anwesenheit nicht gefallen. Slinker waren nicht nach meinem Geschmack. Und mir fehlte die Zeit, einem dieser kleinen ziegenähnlichen Tiere, den Snobbi, nachzujagen und sie zu töten und zu braten. Ich hatte mehrere Feuersteine mitgenommen, für den Fall, daß ich mich wegen des Wetters eine

Weile verkriechen und einen Nahrungsvorrat anlegen mußte. Das Überlebensmotto der Alten Erde: Allzeit bereit.

Ausgeruht und gesättigt begann ich nach einem weiteren Tag und einer Nacht in der Schlucht den Aufstieg zum Großen Bärengebirge. Ich war entschlossen, meinen eigenen roten Saphir zu bekommen oder bei dem Versuch zu sterben. Nach einer Weile erschien das Sterben als die reizvollere Alternative. Doch ich hatte im Teddybärgebirge dazugelernt. Im Graben hatte ich ein paar Schnarlenhäute auseinandergeschnitten und besaß jetzt Gamaschen und Wickel für meine Hände und Ellbogen. Die Lava war hier nicht so sehr verbreitet.

Irgendwann gelangte ich an eine ziemlich steile Böschung, eine Geröllhalde, und sie machte einen leichten Eindruck. Der Schein trog. Auf halber Höhe begann die ganze Oberfläche des Hangs unter meinem Gewicht abzurutschen. Und dann gewann das Schwert an neuer Bedeutung, denn gerade als ich im Begriff war, über den Felsrand am unteren Ende des Hangs zu rutschen, schaffte ich es, mich umzudrehen, das Schwert zu ziehen und es in den sich bewegenden Gesteinsschutt zu stoßen. Die Spitze schabte über den Boden, bis sie sich endlich in einer kleinen Verwerfung irgendwo unter dem losen Gestein verfing. Manche nennen es den ›Witwenmacher‹. An diesem Tag erwies er sich als das Gegenteil.

Dort blieb ich eine Weile liegen, während ich meine Kräfte regenerierte – und dann erwischte mich der Regen. Niemals habe ich eine schlimmere Nacht verbracht, an den Griff eines schwankenden Schwerts geklammert, ohne eine Bewegung zu machen, aus Furcht, eines frühen und unverdienten Todes zu sterben. Ich scharrte mit den Füßen, bis ich mir einen festen Halt am Rand des Abgrunds gegraben hatte. Als es dämmerte, arbeitete ich mich, während Kaskaden losen Gesteins in den Teufelsgraben hinunterstürzten, solange an der Kante entlang, bis ich die relative Sicherheit eines eckigen Felsvorsprungs erreicht hatte. Und dort, an einer Stelle, die kleiner als mein Körper war, schlief ich ein.

Als ich erwachte, hatte der Regen aufgehört, und durch

die tiefen Wolken drang Licht hindurch, den Gipfel des Großen Bärengebirges konnte ich jedoch nicht sehen. Noch ein weiter Weg. Ich verfluchte mich und meinen Vater dafür, daß er mich auf diesen verdammten Treck geschickt hatte. Er hatte meine Ausbildung überwacht. Er war von unseren kriegerischen Nachbarn böse unter Druck gesetzt worden und mußte erkannt haben, daß seine Lebenserwartung geringer war als die seiner Vorgänger in Crimson Sapphire. Er verfügte über einen ausgezeichneten Weitblick, den mir anzueignen ich jetzt lernte. Eine praktische Lektion vergißt man nicht mehr.

Der Hunger war überwältigend, als ich eine Reihe von Einschnitten entdeckte, die einmal hierhin und einmal dorthin abbogen, aber ohne jemals nach oben zu führen. Ich mußte etwa ein Drittel der Strecke geschafft haben. In diesem Moment stürzte sich das Schnarlenrudel auf mich. Zuerst kam der Slinker, der sich in Panik über den leichten Weg absetzte. Er bemerkte mich nicht einmal. Leider lief er nach oben – und somit waren die Schnarlen hinter ihm und darum auch hinter mir. Seine Panik schreckte mich auf, denn ich wußte genau, daß man eine hungrige Schnarle erst dann hören kann, wenn sie es will. Drei Schnarlen kamen um einen Felsen unter mir herum, sahen mich und wählten unverzüglich eine neue Beute. Ich rannte hinter dem Slinker den fußbreiten Weg hinauf. Vielleicht konnte ich die Schnarlen abwehren; zumindest mußte ich es versuchen.

Der Pfad führte zu einem breiten Felsgesims, das unter einen Überhang zurückreichte.

Und dort stand noch eine Schnarle. Der Slinker flitzte um sie herum, während sie ihre Aufmerksamkeit augenblicklich mir zuwandte. Der Slinker verschwand in der Dunkelheit des Überhangs oder der Verwerfung oder was auch immer es war. Die Schnarle duckte sich.

Keine Wahl. Ich schleuderte ihr mein neues Cape aus Schnarlenhaut ins Gesicht und ließ einen raschen Schwerthieb folgen, der das Tier kampfunfähig machte. Ich hatte keine Zeit mehr, ihr den Rest zu geben, denn die erste der mir nachjagenden Schnarlen kam über den Rand des Simses. Ich trat einen Stein nach ihr und wich zurück.

Plötzlich fühlte ich mich benommen. Ich hatte von der Luft einen eigenartigen Geschmack auf der Zunge. Die anderen Schnarlen waren an der Kante angelangt – griffen seltsamerweise jedoch nicht an. Die drei stellten sich vor mir auf, als scheuten sie vor etwas zurück. Die verletzte Schnarle schleppte sich weg und hinterließ eine Blutspur. Ich schaute mich um. Der Slinker lag hinter mir, bewegungslos, mit rollenden Augen.

Drei weitere Schnarlen sprangen den Pfad herauf und auf meinen Sims, schlossen sich ihrem Rudel an.

Dann dämmerte es mir, als ich mich an eine Eintragung ins Treckmeisterprotokoll erinnerte. Wer auch immer sie geschrieben hatte, sie handelte von Gasen oder Feuern ... Ich versuchte mich zu erinnern, aber mein Kopf sträubte sich, blinde Flecken drängten sich in die Ecken meines Verstandes und meines Gesichtsfeldes. Mein Nackenhaar richtete sich auf, und dann hörte ich das Zischen entweichenden Gases. Es kam aus einer Öffnung unmittelbar hinter mir und dem inzwischen bewußtlosen Slinker.

Mein Knie knickten ein.

Ich flehte um einen Blitz, um das Gas zu entzünden.

Mit letzter Kraft tastete ich umher, fand den Slinker und zog ihn mit mir nach vorne, auf das Schnarlenrudel zu. Sie sahen zu. Als die Schwäche nachzulassen begann und die Schnarlen wieder frech wurden, hielt ich an, ließ den Slinker los und zog mich etwa zwei Körperlängen weit in den Gasstrom zurück. Hier kratzte ich Schutt und Staub von der Oberfläche des Felsvorsprungs, wobei ich wieder um die richtige Beschaffenheit des Gesteins flehte. Dann kroch ich nach rechts, während ich die mich beobachtenden Schnarlen beobachtete, bis ich aus dem Gasstrom heraus war.

Die Schnarlen hatten gelernt, sich vor dem Gas in acht zu nehmen. Doch der Slinker war eine leichte Beute. Alles, was sie zu tun brauchten, war vorzuspringen und ihn wegzutragen. Sie beäugten mich und den Slinker. Natürlich bissen sie bei dem leichteren und schnelleren Mahl an. Eine Schnarle war mutiger, Futterneid ließ die übrigen ihr jedoch unmittelbar folgen.

Als sie auf den Slinker zuliefen, sprang ich auf und warf einen Feuerstein auf den gesäuberten Fels des Vorsprung unterhalb des Gasstroms. Er sprang ab, und ich konnte keinen Funken erkennen. Ich nahm meinen vorletzten Feuerstein, trocknete ihn an meinem Hemd ab und warf ihn ebenfalls. Die Schnarlen kämpften über dem Slinker und zerrten das arme Tier fort, als sich das Gas mit einem Zischen entzündete. Eine gerade Flamme sprang vor und versengte die hinterste Schnarle, und ein kleiner Gaseinschluß explodierte. Die Druckwelle warf mich um, doch der Hauptteil wirkte geradewegs nach vorne, prallte an der Felswand ab, schleuderte eine Schnarle über die Kante und warf die übrigen um.

Und löschte den Flammenstrahl.

Brennende Schnarlen rollten sich auf dem Boden, heulten in der nachfolgenden betäubenden Stille und flohen den Einschnitt hinunter. Zwei Schnarlen lagen entweder bewußtlos oder tot auf dem Sims. Nach einer Weile kehrte mein Gehör zurück. Ich aß eine teilweise versengte Schnarlenkeule und schnitt mir ein paar Fleischscheiben für später ab. Damals schwor ich, daß ich lieber auf eine Menge andere Dinge verzichten wollte, als noch weitere Schnarlen zu treffen. Und doch fand ich allmählich an Schnarlenfleisch Geschmack, und wenn man verhungert, nun ...

Eines Nachts thronte ich auf irgendeinem undefinierbaren Felsknubbel, müde, weil ich an diesem Tag meinen Weg häufig hatte zurückverfolgen müssen, um entweichendem Gas auszuweichen. Dieser Abschnitt des Großen Bärengebirges muß von Verwerfungen und Rissen und Einschlüssen dieses Zeugs durchsiebt sein. Solange ich mich draußen im Wind aufhielt, war ich in Sicherheit. In der Ferne konnte ich mehrere Flammen sehen, die aus der Bergflanke hervorschossen. Es war eine unselige, unwirkliche Erfahrung. Doch sie waren alle unterhalb von mir, und ich hoffte, daß die größte Gefahr hinter mir lag. Wenn dies so war, bedeutete dies, daß ich zwei Drittel des Aufstiegs geschafft hatte. Vor mir blähte sich die Schlucht, dunkel und abweisend, und über mir verlief ein großer, aufwärts führender Spalt, den ich am Morgen angehen wollte.

Ich lag am Boden und erlebte gerade den Übergang zwischen Wachzustand und Schlaf, als ich spürte, daß mich etwas musterte. Der Treck hatte meine Sinne und Wahrnehmungen beträchtlich geschärft. Damals schrieb ich dies dem Überlebensinstinkt zu. Vielleicht war es das. Doch ich sah und hörte nichts. Wolken hatten die Sterne wieder verdeckt, aber ich meinte, ich hätte etwas Formloses erspäht, besser kann ich es nicht beschreiben, das dort draußen über dem Teufelsgraben schwebte. In der Finsternis war es nicht zu erkennen. Doch ich spürte irgendeine Art von Intelligenz. Eine Zeitlang saß ich mit gezogenem Schwert wachsam da, aber das Wesen, falls es eines war, glitt schließlich davon, und ich sah es nicht wieder. Wie auch immer, das Gefühl, beobachtet zu werden, hielt an.

Was konnte ich tun?

Nichts. Darum verschwendete ich keine Zeit oder Kraft damit.

Schon bald vergaß ich, wieviele Tage ich auf diesem scheußlichen Treck unterwegs war. Ich verfluchte den Treck nicht mehr. Ich machte mir um das Schicksal meiner Brüder keine Sorgen mehr. Sorgen um Staat oder Familie belästigten mich nicht mehr. Ich wurde zur Maschine.

Bloß eine Hand vor die andere setzen. Einen Fuß vor den anderen. Geduldig hängenbleiben, bis das Unwetter vorbei ist. Höher: gegen Schneeschauer anblinzeln. Kein Körperteil entging den Kratzern, Rissen, Schrammen, der Überanstrengung und der Qual. Meine Finger schwollen an, und nur die Kälte half, die Schwellung im Zaum zu halten.

Inzwischen eine Menge Eis. Mich erfaßte Depression. Ich erwog, aufzugeben und umzukehren. Hatten es nicht schon viele der ursprünglichen Treckmeister nicht geschafft, hinter das Teddybärgebirge zu gelangen? Über den Teufelsgraben hinaus? Nur wenige hatten den Gipfel des Großen Bärengebirges erreicht. Und meines Wissens hatte keiner auf der Ostseite des jenseitigen Kammes Meereshöhe erreicht. Natürlich war das Protokoll manchmal vage, und es fehlten Seiten darin. Ich betete darum, einen der mysteriösen Bewohner oben auf dem Großen Bärengebirge zu Gesicht zu bekommen, wie einige Treckmeister zuvor. Was würde ich tun, wenn ich auf der anderen Seite dieses Monsters, das ich erkletterte, *hinab*steigen mußte? Wenn es dies täte, würde dies bedeuten, daß ich diesen ganzen verdammten Weg zurück auch noch machen mußte. War es denn ein Wunder, daß meine Stimmung das Wetter widerspiegelte – feucht, kalt, trübselig, grau?

Ich überlegte, daß ich auf diesem Treck wesentlich mehr betete als in vielen Jahren zuvor. Roaland Cruz würde es nicht glauben.

Ich hatte glattrasiert begonnen. Damals schwor ich, wie vielleicht mein Vater vor mir, meinen sprießenden Bart als Erinnerung an dieses wahnsinnige Unternehmen zu behalten. Gelegentlich kamen mir Gedanken an ein belagertes Crimson Sapphire in den Sinn, und ich fühlte mich hilflos.

Hagel drosch kurz unterhalb der Kammhöhe auf mich ein. Faustgroße Eisbälle prallten an mir und meinem stinkenden Mantel aus Schnarlenhaut ab. Blut quoll dort hervor, wo mich der Hagel getroffen hatte. Als er einsetzte, war ich wie ein obszöner Christus an einer Felswand ausgespreizt und kämpfte um meinen dürftigen Halt.

Ich wußte, daß ich längst tot, aber noch nicht gestorben war.

Also hatte ich nichts zu verlieren. Ich schüttelte eine erfrorene Hand aus ihrer paralysierten Umklammerung frei und ballte die Faust.

Ich schüttelte die Faust, den Himmel verfluchend, und kletterte den Rest des Weges nach oben.

Und ich glitt aus und verrenkte mir schmerzhaft ein Bein, als ich es in eine vorbeigleitende Spalte stieß, um mich zu retten. Ich zog mich nur mit Händen und Armen wieder nach oben.

Als ich mich über den Rand zu einer ebenen Stelle schlängelte, stieß ich mit dem Gesicht gegen ein menschliches Gerippe.

Einer meiner Vorgänger hatte es bis hierher geschafft. Die Knochen waren windgebleicht und verwittert. Die Geschichte war leicht erzählt. Eine großer Riß verlief seitlich über seinen Schädel. Oder ihren? Nun, möglich war es schon. Ein Experte hätte es sagen können, aber nicht ich. Fast am Gipfel angelangt, mußte er oder sie ebenso wie ich gestürzt sein, sich erholt und weitergemacht haben, über die Brüstung geklettert und gestorben sein. Verblutet. Eine Gehirnverletzung, wer weiß? Das Ausmaß der Tragödie beeindruckte mich. Andere hatten es weniger weit geschafft als dieser, hatten jedoch weitergelebt und den Lohn geerntet.

Ich mußte viele Söhne haben, damit wenigstens einer den Treck vollendete, dachte ich damals.

Andererseits, war dies überhaupt ein Weg für einen intelligenten, denkenden Menschen, die Herrschaft über eine mächtige Nation zu erlangen? Ein teuflisch langer Weg, um die Bewerber für einen Thron auszusieben. Gab es nicht vielleicht eine bessere Auswahlmethode? In diesem Moment war ich stärker davon angewidert als je zuvor.

Ich erinnerte mich jedoch an irgend jemandes Worte, wahrscheinlich die meiner Mutter. »Der Treck formt den Charakter nicht; er enthüllt ihn.«

Zur Hölle mit dem Charakter, dachte ich. Ich wünschte mir ein warmes Bad, ein kühles Getränk und ein heißes Mahl.

Plötzlich kam die Sonne hervor, und ich erkannte, daß ich es bis auf den Kamm des Großen Bärengebirges geschafft hatte. Die Sonne wärmte meine Knochen, und das Leben war wieder lebenswert. Ein weiterer Gipfel, der sich aus dem Großen Bärengebirge emportürmte, erhob sich aus der Bergkette im Norden der Schulter, auf der ich rastete. Ich schritt so rasch aus, wie ich es auf diesem Miniaturplateau konnte. Ich hoffte fieberhaft, einen Schwimmhäuter mit einem Korb voll Büffelrindleber und einer Flasche guten Whiskys zu entdecken. Ich hätte ein Dutzend roter Saphire für diese Vision hergegeben. Aber ich hatte kein Glück.

Die Stunden verstrichen, während der Wind zunahm, bis er schließlich heulte und wie die eiskalte Klinge eines Scharfrichters in mich schnitt. Ich erinnerte mich an meine noch nicht lange zurückliegende Verachtung, obwohl mir das Leben wieder lebenswert schien, verfluchte mein Schicksal und stürzte mich über die Kante. Nun, ließ mich vorsichtig ab, wie auch immer, denn das Seil war ziemlich durchgescheuert.

Verglichen mit dem, was ich durchgemacht hatte, war der Abstieg über die Ostseite ein Kinderspiel. Je tiefer ich kletterte, desto besser wurde das Wetter. Es war, als sei irgendein übelwollender Wettergeist milde gestimmt worden. Hunger trieb mich an.

Schließlich verwandelten sich die Berge einfach in einen mühelos zu bewältigenden Hang, durchschnitten von Canyons, die offenbar von den Wasserströmen gegraben worden waren, die sich von den Bergen ergossen.

Das Tempo war um so vieles schneller, daß es die Anstrengung, die ich bis zu diesem Punkt aufgebracht hatte, Lügen strafen zu wollen schien. Schließlich lief der Abhang aus, und ich schritt durch eine Art gelichteten Wald, den ich von oben gesehen hatte. Der Wald erstreckte sich einen halben Tagesmarsch weit, und von oben hatte es ausgesehen, als würde es viele Wochen des Marsches bis zum Meer so weitergehen. Was bedeutete, daß die Küste auf dieser Seite der Gebirgszüge nicht näher lag als auf der Seite der Menschen. Interessant – wenn diese Tatsache ein Hinweis auf die Bevölkerungszahl der Schwimmhäuter war. Doch da sie ebenso gerne im Meer wie auf dem Lande lebten, konnte ich ihre Gesamtzahl niemals belegen.

Einige Waldslinker, eine Menge von Gras weidenden Snobbis und eine gelegentliche Cheshirekatze zur Kontrolle der Nagetiere waren zu sehen.

Keine Schnarlen. Keine Völve.

All diese Tiere wirkten zahm, so daß ich es nicht über mich

brachte, eines von ihnen zu Nahrungszwecken zu erlegen. An den Bäumen und Büschen wuchsen jedoch zahlreiche Früchte. Eine gelernte Lektion: Wenn du gehungert hast, verschlinge niemals Früchte. Genug gesagt.

Nach diesem Anfall von Übelkeit trank ich ein wenig Wasser, kaute die örtliche Entsprechung von Mais und setzte meinen Marsch fort. Kurze Regenschauer liebkosten mich, im krassen Gegensatz zu den Sturzbächen, die mich auf den Bergen attackiert hatten.

Beim Abstieg hatte ich einen Arm des großen Meeres gesehen, der sich landeinwärts schlängelte. Und darauf hielt ich zu.

Und dort fand ich sie.

Ich sah einige in der Ferne, als ich das Buschland durchquerte. Ohne genau zu wissen, wie ich mich verhalten sollte, ging ich weiter. Und sie näherten sich mir erst, als ich den Strand erreicht hatte, wo der Meeresarm plätschernd ans Land schlug.

Dann begrüßten mich mehrere von ihnen; wie ich sie verstand, war mir nicht klar. Doch sie zeigten mir eßbare Samenkörner und Pflanzen, so daß ich meine Kräfte wiederherstellen konnte. Traurig zu sagen, daß dieser erste Kontakt etwas enttäuschend war, da ich erschöpft war und bis zum nächsten Tag durchschlief.

O:chacka wurde mein inoffizieller Begleiter. Zumindest glaube ich, daß sein Name so ausgesprochen wird. Könnte davon beeinflußt sein, daß ich erst kürzlich an Chaka Zulu von der Erde dachte, außerdem war er auch das ausgesprochene Gegenteil der kriegerischen Zulu. Jedenfalls glaubte ich das damals. (Um unter Mißachtung der chronologischen Entwicklung vorzugreifen: Man sollte meinen, diese Schwimmhäuter mit ihren ernsthaften Erklärungen, ihrer tiefen Nachdenklichkeit, ihren logischen Argumenten, ihrem geduldigen und pedantischen Gehabe seien allesamt fromme Priesteranwärter. So sollte man meinen. Aber. Eine Schnarle hatte einen Weg auf diese Seite gefunden und ein Schwimmhäuterkind angegriffen: Die Erwachsenen töteten sie irgendwie mit ihrem Geist. Ein verspieltes, jedoch unaufmerksames Kind: Ich konnte die mentale Kraft, die den bedauernswerten jungen Schwimmhäuter erfaßte und etwas in seinen Geist sandte, beinahe spüren, denn physisch reagierte er mit fiebrigen Schauern. Verdammt, kein Wunder, daß sie sich alle anzupassen schienen. Ich vermute, ich hätte mich ebenfalls angepaßt, solange, bis ich einen Weg gefunden hätte, das System zu brechen. Zumindest begriff ich jetzt, warum es auf dieser Seite des Gebirges keine Schnarlen oder Völve gab – schon seit langem nicht mehr.)

/Dieser Ort ist unser Zuhause/, erklärte O:chacka. Wenn ich mich konzentrierte, fiel mir die Verständigung nicht schwer.

Das Zuhause war eine paradiesische Region, die an den Meeresarm angrenzte. Ein zentraler Ort, an dem sich Land- und Seewege begegneten. Reich an Nahrung. Ein Trainingsplatz für Kinder. Erwachsene Schwimmhäuter, die Heranwachsenden ihre philosophisch begründeten Disziplinen lehren. Sie schienen ein angeborenes Verständnis für Mathematik und Naturgesetze zu besitzen. Das Überleben in und das Auskommen mit der Natur schienen ein grundlegender Instinkt zu sein. Die Männer dominierten. Kinder blieben bis zur Adoleszenz nahe bei den Müttern. (Dies sind meine Urteile auf der Grundlage einer zugegeben kleinen Anzahl von ungeübten Beobachtungen.)

Überraschend für Angehörige einer derart tüchtigen Rasse, schienen sie keinen kollektiven oder individuellen Antrieb zu besitzen. Die soziale oder politische oder philosophische Stellung war wichtig – doch die Lebensbedingungen oder alles Materielle waren von geringer Bedeutung. Sie schienen nach innerer Vollendung zu streben, während wir nach äußerer oder weltlicher Vollendung streben. Ich glaube, daß man die Schwimmhäuter aufgrund ihrer Suche nach der Antwort auf die Frage nach dem Warum charakterisieren könnte. Im Gegensatz zu ihnen, scheint mir, antworten Menschen auf die Frage ›Warum?‹ mit ›Weil ...‹, dann ziehen sie Vergnügen oder Gewinn daraus oder vermehren ihr Wissen. Da ich in keiner dieser Wissenschaften bewandert bin, werde ich hier mit dem Spekulieren aufhören.

Abgesehen von einem Ereignis, das vielleicht erklärt, was ich zu sagen versuchte. Eines Tages tauchte O:chacka aus dem Meer auf und reichte mir einen roten Saphir.

/Was wirst du damit anfangen?/ fragte er.

Ich überlegte. »Das verdammte Ding zurückbringen«, sagte ich schließlich, da mir keine der geschraubten Wendungen oder philosophischen Formulierungen einfielen, wie zum Beispiel ›Ihn für meine eigenen Zwecke nutzen‹.

Sie schienen ein sanftes Volk zu sein, voller Mitgefühl und Neugier und einem besonderen Wissensdurst. Das wäre auch für uns nicht schlecht, und damals sagte ich mir, daß das Lernen in Crimson Sapphire einen höheren Stellenwert einnehmen sollte als bisher. Ich hätte mehr gelernt, wenn ich nicht viel Zeit mit Antworten und Fragen und Erklärungen über mich und unsere Lebensweise verbracht hätte. Bei alledem kam mir der Gedanke, daß Kommunikation eine Wissenschaft sein sollte. Folgten Soldaten nicht denjenigen Führern, die am besten mit ihnen kommunizieren konnten? Waren nicht die meisten historischen Probleme der Menschheit eine Folge ungenügender Verständigung? Darum verwandte ich Zeit und Mühe darauf, von diesen Schwimmhäutern zu lernen, wie sie sprachen, wie sie dachten. O:chacka und ich unterhielten uns viele Stunden lang, und ich kam so weit, daß ich bestimmte Auren erkennen konnte (eine Fertigkeit, die rasch verkümmert, wenn sie nicht gebraucht wird). Aber sie half mir, eine Art von sechstem Sinn zu entwickeln, der mir für meine Karriere und mein Leben bislang von großem Nutzen gewesen ist ... er hilft einem zu erkennen, wenn sich etwas oder jemand falsch oder gut ›anfühlt‹. Ich vermute, Jugendliche würden es ›richtige Wellenlänge‹ nennen oder so ähnlich. Ein höheres Maß an Bewußtheit wäre vielleicht eine bessere Bezeichnung.

Doch dies alles wurde von meiner ständigen Sorge um Crimson Sapphire und dessen Wohlergehen überschattet. Vielleicht hätte ein gemächlicheres Herangehen an den Treck an Stelle eines überstürzten Aufbruchs unmittelbar nach dem Tod des amtierenden Treckmeisters zu einem besseren Verständnis der Schwimmhäuter und darum zu einem qualifizierteren Monarchen von Bear Ridge geführt.

Eine offene Frage: Wenn die Schwimmhäuter so sind, wie ich sie beschrieben habe, warum nehmen sie dann die Fortsetzung des Trecks in Kauf? Man sollte meinen, daß eine bescheidene, friedliebende, logisch denkende Rasse nicht an einem tödlichen Unterfangen teilnehmen wollte. Warum zulassen, daß soviele Leben, wenn auch menschliche, auf der Suche nach etwas verloren gehen, das nicht gefunden zu werden bräuchte, und falls doch, auf eine sichere Weise zu beschaffen wäre?

Diese Frage stellte ich O:chacka, und seine Antwort hätte von einem Menschen stammen können. Ich habe noch nie eine so wirre Anhäufung von verqueren Gedankengängen gehört, die mit meiner Fragen absolut nichts zu tun hatten. Er hätte einen guten Bürokraten abgegeben. Obwohl ich nicht glaube, daß es seitens der Schwimmhäuter einen festumrissenen Plan zur Beeinflussung der menschlichen Gesellschaft gibt, meine ich, daß ihnen vielleicht der Status gefällt, am Auswahlprozeß des nächsten Treckmeisters beteiligt zu sein und somit eine kleine Rolle hinsichtlich des Schicksals und der Verwaltung der menschlichen Gemeinschaft auf ihrer Heimatwelt zu spielen. Ich bin sicher, daß sie, wie schon frühe Statistiker, die Unausweichlichkeit der früher oder später erfolgenden menschlichen Einigung auf Bear Ridge erkannten, und auf diese Weise haben sie einen gewissen Draht zu dieser Führung. Mir wurde allerdings ihre Gerissenheit bewußt, und falls es sich um eine Verschwörung handelte, wäre sie wahrscheinlich für uns ungünstig. Ich bemerkte, daß jede Generation von Treckmeistern näher an ihr Zuhause, das ich schließlich erreicht hatte, herangekommen zu sein schien. Ich hatte mich während des Trecks beobachtet gefühlt. Doch sie hatten sich mir erst genähert, als ich ihre Heimat erreicht hatte.
Und dies begriff ich nicht: die Schwimmhäuter sind nicht fürs Klettern gebaut. Viel Stoff zum Nachdenken.

Aber mir ist schon seit langem klar, daß ich keine Zeit für tiefe philosophische Fragen habe. Daß ich dies anderen überlassen muß, die dafür besser geeignet sind. Als ich erst einmal ausgeruht und meinen Juwel hatte, überkam mich ein furchtbarer Drang, in meine Welt zurückzukehren und dort weiterzumachen, wo ich aufgehört hatte. Komme, was da wolle, ob die Hölle oder hohe Gebirge, ich war entschlossen, mein Leben zu leben, mein Schicksal zu verwirklichen ... das wird zu poetisch. Es genügt wohl, wenn ich sage, daß ich soviel lernte, wie ich konnte, und aufbrach, als ich meinte, ich sei bereit dazu, den Rückweg in Angriff zu nehmen.

Ich knüpfte neue Seile, während wir uns unterhielten. Diese waren länger und stärker und wogen weniger. Und O:chacka beschrieb mir einen weniger schwierigen Weg, den ich vielleicht nicht von allein gefunden hätte.

Trotzdem waren der Aufstieg und der Abstieg vom Großen Bärengebirge wieder eine Schinderei.

Tage später durchquerte ich hungrig, schwach, zerkratzt und von einer Reihe von Schnitten blutend den Teufelsgraben, indem ich meinen eigenen Fußstapfen folgte, um in den Schutz der Höhle zu gelangen, die ich zuvor benutzt hatte, als mich ein Volvsrudel entdeckte. Etwa zwanzig, was sogar für ein Rudel ungewöhnlich war.

Ich war langsam.

Ein schweres Biest warf mich zu Boden und bestand darauf, meinen rechten Arm abzubeißen und seine Beute vor seinen Kameraden abzuschirmen. Mir blieb keine Zeit, mir einen Assagai herbeizuwünschen, und das Schwert war zu lang, um es geschickt zu benutzen, darum schlug ich ihm mit der Faust und dem Schwertgriff auf den Kopf. Ich wäre tot gewesen, wenn er nicht mehr Anstrengung darauf verwendet hätte, mich vor dem übrigen Rudel zu bewahren als sich selbst. Die übrigen Völve sprangen vor und schnappten nach ihm und mir.

Und sie warfen sich auf uns. Einer der Vorteile dieser dreigelenkigen Beine ist ihre Sprungkraft. Die Höhe ist ein weiterer – während Schnarlen flach gebaut sind, sind Völve höher. Und sie sind schnell, fliegen geradezu über den Boden, wenn sie es eilig haben. All dies und ihre scharfen, nach unten weisenden Krallen haben sie wahrscheinlich entwickelt, um dem Gewicht und der Stärke ihrer natürlichen Feinde, den Schnarlen, etwas entgegenzusetzen. Was wahrscheinlich ihr im Vergleich zu ihrer Größe geringes Gewicht erklärt. Im Gegensatz zu den Schnarlen ist ihr Fell weich. Ein Volv ist jedoch ein zählebiges und vor allem schnelles Tier. Ich hatte gesehen, wie Völve über einen flüchtenden Flachlandsnobbi hinwegflogen und mit zwei Paar Krallen den Rücken des Tieres zerfleischten.

Jedenfalls schaffte ich es, mein Schwert hochzureißen, und schlitzte einem den Bauch auf, während ich mit dem ersten kämpfte.

Ich dachte, es sei eine Schande, so zu sterben, den Treck vollendet, mit einem Königreich, das darauf wartete regiert zu werden, und allein.

Und dann ertönte plötzlich aus dem Nichts ein Schrei. Ein Junge, vielleicht zehn Jahre jünger als ich, schlank und stark, warf sich ins Getümmel. Abgesehen von einem großen Seilbündel, das ihn mit seinem Gewicht zu erdrücken und beinahe seinen ganzen Oberkörper zu bedecken schien, war er unbewaffnet. Er warf sich wie ein wirbelnder Derwisch in das Volvsrudel hinein, nichts als Arme und Beine und Füße, die rascher angriffen, als ich folgen konnte. Ich hörte Volvsknochen brechen, Schädel splittern, Tiere heulen.

Der Entlastungsangriff erlaubte es mir, den Volv über mir mit meinem Messer zu erledigen und mich aufzurappeln. Mein Schwert sauste mit erneuerter Kraft umher. Ich versuchte die Aurakontrolle einzusetzen, um die Tiere zu vertreiben, und hatte nur teilweise Erfolg. Oder aber der Ansturm des Jungen und mein Wiederaufstehen entnervte sie. Ich schlug um mich, mit blutbesudeltem Schwert. Fell und Fleisch und Haut flogen umher. Die verdammten Völve flogen und sprangen umher wie Fliegen auf einem Stück Aas. Dies machte es leichter, sie mit meinem Schwert in Schulterhöhe abzufangen. Und der Junge war in jeder Höhe mit seinen Füßen tödlich.

Bald darauf war nur noch etwa ein halbes Dutzend übrig, und diese hatten den Jungen in die Enge getrieben und drückten ihn zu Boden. Das zusammengerollte Seil rettete ihn vor ihren peitschenden Klauen. Ich köpfte zwei der Tiere, trat einen weiteren weg, und der Rest floh.

Doch einen hatte ich in der Eile übersehen. Er krachte von hinten gegen mich, und ich ging auf ein Knie nieder, um nicht zu fallen. Ich drehte mich um und stieß das Schwert in seine tiefliegende Kehle, wobei ich Zähne unter seiner kurzen Schnauze abmähte – eigenartig bei einem Tier mit einem so großen Überbiß.

Und vernahm ein Knacken.

Unglücklicherweise hatte sich mein Knie in verdrehter Haltung auf das rechte Bein des jungen Mannes herabgesenkt und einen Knochen gebrochen.

Er gab keinen Laut von sich.

Erschöpft sank ich neben dem Jungen zu Boden. Ich wäre wahrscheinlich verblutet, wenn er meine Wunden nicht anschließend mit Stoff von meinem zerrissenen Hemd verbunden hätte. Er flößte mir Wasser aus einer Blase ein, und ich trank. Seinen gebrochenen Knochen erwähnte er immer noch nicht.

»Ich danke dir, daß du mich gerettet hast«, sagte ich zu ihm, als ich wieder genug Kraft zum Sprechen hatte.

»Nicht der Rede wert«, erwiderte er hochmütig. Ich konnte aus seinem Tonfall die Enttäuschung über sein gebrochenes Bein heraushören. Aber er war immer noch ein großspuriger Mistkerl.

»Was machst du hier in dieser gottverlassenen Gegend?« fragte ich, indem ich mich mühsam erhob und nach Ästen suchte, die sich als Schiene verwenden ließen. Meines Wissens gab es in der Nähe des Teddybärgebirges keine Siedlungen, geschweige denn hier in der Schlucht. Der größte Teil dessen, was von der Menschheit übriggeblieben war, hatte sich an der Westseite der großen Ebene über das Acker- und

Weideland bis zum Meer verteilt. Damals erstreckten sich die Königreiche, Städte und Stadtstaaten so weit nach Norden, wie das Getreide auf dem Boden dieses Kontinents wachsen wollte. Es gab ein Königreich auf einem anderen Kontinent, eine Segelreise von mehreren Tagen im Westen. Doch dieses, bevölkert von Menschen asiatischer Abstammung, wurde selten besucht, und man blieb dort für sich. Sie hatten einen philippinischen Namen und einen chinesischen Namen und einen japanischen Namen dafür; doch die meisten nannten es das Land auf dem Fernen Kontinent.

»Das ist meine Sache«, sagte er und brachte mich wieder in die Gegenwart zurück. »Aber ich glaube, es schadet nichts, wenn du es erfährst. Ich wollte über die Berge steigen und Treckmeister werden.«

Verblüfft fragte ich: »Du wolltest Crimson Sapphire regieren?«

»Nein. Soviel ich gehört habe, gibt es dort bereits einen König. Vielleicht werde ich einen dieser roten Saphire bekommen und in mein eigenes Königreich zurückkehren – nach Bexar.«

Ich hatte davon gehört. Es war ein rauhes, armes Königreich, mit der Stadt Lonestar als Mittelpunkt. Soweit ich mich erinnerte, waren seine Bewohner gut angesehen, jedoch zahlenmäßig zu wenige, um bei den zunehmenden kontinentweiten Auseinandersetzungen eine Rolle zu spielen. »Stammst du aus einer königlichen Familie?«

»Natürlich nicht«, sagte er, »was hat das damit zu tun?«

Als ich darüber nachdachte, fiel mir keine Antwort ein. »Also wolltest du Treckmeister werden?«

»Ja, das sagte ich bereits.«

»Du bist ziemlich jung«, erklärte ich. Ich reihte kräftige Zweige auf und begann sie an seinem Bein festzubinden.

»Ja? Mir ist nicht aufgefallen, daß du dich über mein Alter beklagt hättest, als ich all diese Völve von dir abgelenkt habe. Hätte ich ihnen mit meinem Geburtsschein zuwinken sollen? Übrigens, in Bexar werden wir früh zum Mann.«

»Trotzdem, eine beschwerliche Reise.« Aber hier war er.

»Und du?« fragte er. »Was machst du hier?«

Ich fühlte mich unbehaglich in der Gegenwart dieses anmaßenden Jünglings. Ich zeigte ihm meinen roten Saphir. Er sagte nichts, wandte mir jedoch wieder den Blick zu, als ob er mich erstmals taxierte. »Wie heißt du?«

»Delancy Camp.« Er dachte einen Moment lang nach. »Und du bist bestimmt einer der Shepherds?«

»Thomas Jefferson Shepherd. Ich habe ... hatte zwei Brüder, vielleicht ...«

»Nein, ich habe sie nicht gesehen.« Er betrachtete sein gebrochenes Bein, und ich sah die Enttäuschung in seinen Augen. Er konnte die Suche nach dem roten Saphir nicht fortsetzen. Er weigerte sich jedoch aufzugeben und sagte mir, er werde weitergehen.

»Sieh mal«, sagte ich. »*Ich* kehre nicht wieder auf das Große Bärengebirge zurück. Mir reicht's. Und es ist zu gefährlich für dich, mit einem gebrochenen Bein hier in dieser Schlucht zu bleiben. Ich gehe. Willst du mit mir kommen?«

Er sah zu dem gewaltigen Gipfel oben auf dem Bärengebirge auf. »Du bist den K-Vierzig hinaufgeklettert?«

»Über eine Schulter.«

Er nickte anerkennend. »Dann werde ich mit dir gehen.«

Mit unseren beiden Seilen und seiner Erfahrung war das Teddybärgebirge leichter, als wenn ich allein gewesen wäre. Mit einem gebrochenen Bein war seine Fertigkeit im Klettern besser als meine mit zwei gesunden Beinen. Aber, zu meiner Verteidigung, die Schinderei der vergangenen Wochen hatte mich ernstlich geschwächt und trug zu meinem langsamen Tempo bei. Gemeinsam schafften wir es und begannen, wenig überraschend, uns zu vertrauen und aufeinander zu verlassen.

Als wir das Vorgebirge an der Westseite des Teddybärgebirges erreichten, blickte er sich um. »Ich habe immer gesagt, meine Mutter hat keinen Idioten großgezogen, Gott sei ihrer Seele gnädig. Aber jetzt bin ich mir nicht mehr so sicher.«

»Komm mit mir nach Crimson Sapphire«, drängte ich.

»Dort erwarten dich eine ehrbare Beschäftigung und ein gutes Leben.«

»Du willst mich kaufen? Du möchtest der einzige lebende Treckmeister sein? Du willst bloß nicht, daß ich umkehre und den Treck selbst vollende. Vielleicht werde ich das eines Tages.«

»Dann geh, verdammt noch mal«, schrie ich beinahe. »Fort mit dir!«

»Nö. Ich kann nicht, Thomas Jefferson Shepherd, denn mein Stolz ist groß. Ich kann es dem meiner Obhut anvertrauten Treckmeister nicht gestatten, an seinen Wunden zu sterben, bevor er mit Pauken und Trompeten heimgekehrt ist.« Er versuchte zu lächeln. »Außerdem wurde der Treck in dieser Generation schon gemeistert. Keine große Sache, der zweite zu sein, nicht wahr?«

»Du wirst noch eine Menge Unheil anrichten, Delancy Camp.« Ich hatte ihm den Treck ausgeredet – wenigstens für den Augenblick. Aber falls und wenn ich meine eigenen Söhne hätte, würde ich sie auf die Berge und in den Tod schicken? Nun, das ergibt für mich genauso wenig Sinn.

18 Gwen

Gwen reichte Sommer die letzte Seite der Eintragung zum Treckmeisterprotokoll.

»Jetzt weißt du es also«, sagte er.

»Es überrascht mich nicht.« Unvermutete Tiefen. Der Ursprung der Bindung Sommer-TJ endlich geklärt. Während TJ auf der anderen Seite des Raumes kaum atmete, blickte sie Sommer mit neuem Respekt an. Gwen war sich der verborgenen Seiten des Hofnarren durchaus bewußt gewesen – war er nicht der engste Freund und Ratgeber ihres Mannes? Hatte er TJ nicht viele Jahre hindurch beschützt? Und war er nicht Mikes wichtigster nichtakademischer Lehrer? Trotzdem schien er an Statur gewonnen zu haben, seit TJ angeschossen – vergiftet – worden war. Das Problem war, daß Sommer nicht ganz an die Öffentlichkeit gehen konnte.

Und sie hatte sich geweigert, von TJs Seite zu weichen. Felicia und Mike hatten die offizielle Arbeitslast übernommen. Und die Anstrengung war Felicia anzusehen – ihr Gesicht war ausgezehrt, und ihre Augen spiegelten die Anspannung wider. Gwen war die Sorge einer Mutter um ihren Sohn wohlbekannt. Aber Felicia würde durchhalten. Gwen erinnerte sich an die Zeit, als Felicia das ganze Königreich hatte allein regieren müssen. Solange, bis TJ und Sommer von diesen schrecklichen Gebirgszügen wiederkehrten. Eine ihrer liebsten Erinnerungen war die an einen erhabenen, zerlumpten, blutigen, entschlossenen Thomas Jefferson Shepherd, der gemessen den Mittelgang des Thronsaals entlangschritt und eine offizielle Hofsitzung unterbrach, während Sommer Camp hinter ihm herhinkte. Er blieb vor Felicia, die auf dem Thron der Königinregentin saß, stehen, streckte die Hand aus, die Handfläche nach oben, und zeigte den roten Saphir.

Es hatte außer Zweifel gestanden, wer in diesem Moment das Kommando hatte. Gwen hatte großen Respekt vor Felicias Regierungsarbeit. Anstatt auf ihn zuzustürzen, wie es eine Mutter getan hätte, erhob sie sich und übergab förmlich den Thron. Und arrangierte angemessene Krönungsfeierlichkeiten.

Damals hatte Gwen erkannt, daß sie in TJ verliebt war – wahrscheinlich wie jede andere Frau an jenem Tag in dem großen Thronsaal auch. Doch in der patriarchalischen Gesellschaft der Lords und Ladies war sie dazu bestimmt, denjenigen zu heiraten, den ihr Vater für sie auswählte.

Die verkürzte Krönungszeremonie dauerte eine Stunde. Dann traf TJ mit der Sondierungsgruppe der Föderation zusammen und schloß sich am Morgen der

Armee von Crimson Sapphire an und zog aus, um einen Planeten zu erobern.

Und Sommer begleitete ihn.

»Also«, sie blickte Sommer an, »TJ meinte immer, du seist furchtlos.«

»Damals war ich jünger; jetzt habe ich Angst.«

»Ich auch.«

Gwen sah, daß die Geduldsprobe und die Notwendigkeit, sich in diesem Raum aufzuhalten, Sommer zusetzte. Er hatte an Farbe verloren, und seine Stimme war leiser als je zuvor.

Der äußere Wachposten klopfte, und Felicia trat ein.

»Mein Sohn?«

»Unverändert«, antwortete Gwen.

Felicia trat ans Bett. »Nora Ahimsa hat sich bei mir beklagt. Warum erlaubt man ihr nicht, Thomas zu behandeln?«

Gwen blickte Sommer an. Statt einer Antwort zuckte er die Achseln. »Sag du es ihr, Sommer.«

Sommer erklärte es ihr.

Die Königinmutter sagte: »Das wundert mich gar nicht. Das sieht Thomas so ähnlich. Ich hätte darauf kommen sollen. Hätte nie gedacht, daß mein Sohn ein solcher Ränkeschmied ist.«

»Mutter ... wie hält sich Mike?«

»Gut, Gwen. Als wäre er für den Thron geboren ...«

Gwen bemerkte das Zögern in Felicias Worten. »Aber?«

»Mal Klartext geredet, Gwen, ich bin zu müde, um diplomatisch zu sein. Du – und ich – wir haben einen jungen Mann großgezogen, der, wie ich glaube, sich vor dem Treck, den er vielleicht bald wird unternehmen müssen, fürchtet.«

»Nein«, sagte Sommer. Er begegnete Gwens Blick. »Mike fürchtet nichts außer sich selbst. Er ist jung und unsicher. Ich glaube, daß es weder die physische Gefahr noch die Anstrengung ist. Etwas anderes, etwas tief in ihm Verborgenes.«

Gwen pflichtete ihm insgeheim bei. Mike interessierte sich nicht besonders für die Kriegskunst oder das Soldatenwesen, aber er vernachlässigte auch nicht seine Ausbildung in beiden Dingen. Sie zog es vor, sich ihren Sohn als sanftmütig vorzustellen. Und es war wahrscheinlich ihr Einfluß gewesen, der diesen Charakterzug ausgebildet hatte. Sie hatte getan, was sie konnte. Als TJ zu viele Jahre im Krieg gewesen war, als daß sie noch gewußt hätte, wieviele es gewesen waren, hatte alles von ihr abgehangen. Und von Felicia. Hatten sie versagt? Hätten sie strenger mit dem jungen Mike sein sollen, als er im langen, jedoch abwesenden Schatten seines Vaters heranwuchs? Würden sie alle für den Fehler, wenn es denn ein Fehler gewesen war, mit Mikes Leben bezahlen müssen, falls er auf dem Treck versagte?

Felicia nahm von Sommer einen Becher Schokoladenwein entgegen. »Du könntest recht haben, Sommer. Wie ich Thomas und seinen Brüdern sagte, als sie zum Treck aufbrachen, der Treck formt den Charakter nicht, er enthüllt ihn. Und so war es bei Thomas. Vielleicht wird das gleiche bei Mike passieren.«

Gwen verstand ihre eigenen Gefühle nicht. Sie stimmte Felicias Überlegungen zu – aber. Lohnte es sich, Mikes Leben aufs Spiel zu setzen, um es herauszufinden? Sie war selbst überrascht, als sie sagte: »Vielleicht ist die Zeit gekommen, den Treck und seine Traditionen abzuschaffen?«

»Nein«, sagte Sommer.

»Nein«, sagte Felicia gleichzeitig. Felicia hatte dem Treck zwei Söhne geopfert. Gwen hatte den Verdacht, daß Felicia am Treck festhalten mußte, um sich mit ihrem Verlust abzufinden. »Das Königreich braucht eine starke Hand. Dieses Problem stellt sich jetzt. Es gibt immer andersdenkende Elemente, die auf eine passende Gelegenheit warten.«

»Das stimmt«, sagte Sommer. »Ich habe gehört, daß der Klerus Druck macht. Und die Adligen spüren zum erstenmal, seit TJ sie seinem System unterworfen hat, ihr Gewicht. Und die Gewerkschaften toben.«

»Und das ist noch nicht alles«, sagte Felicia. »Gwen, erinnerst du dich an diesen jungen Mann, den mit den Daumentrommeln?«

»Natürlich.«

»Also, er predigt, hält Reden, wie immer man es nennen will.« Felicia zögerte.

»Ja? Was sagt er denn, Mutter?«

»Kellen Sing.« Sommer nickte. »Meine Spione erzählen mir das gleiche. Ein Mann, eine Stimme. Bear Ridge sollte vom Volk, für das Volk regiert werden. Eine gewählte Regierung, die alte Leier.«

»Er meint es bestimmt nicht ernst«, sagte Gwen.

»Das tut er, und Mike hört auf ihn, Gwen«, sagte Sommer sanft.

Felicia nickte nachdrücklich.

»Viele der Studenten hier in Crimson Sapphire werden zu glühenden Gefolgsleuten. Aber ich mache mir keine Sorgen«, fügte Sommer hinzu.

Noch nicht, schloß Gwen stillschweigend an seiner Stelle. Sie behielt ihre eigene Befürchtung für sich, die Reden von Kellen Sing könnten Mike in seiner Entschlossenheit bestärken, in wörtlichem und übertragenem Sinn nicht in die Fußstapfen seines Vaters zu treten. Wieder verspürte sie ein stechendes Schuldgefühl, als sie an Mike und seine Verpflichtungen gegenüber Königreich und Volk dachte. Hatte sie ihm die richtigen Tugenden eingeflößt? Wenn er versagte, würde es ihr Versagen sein. TJs ›inoffizielle Affären‹ eingeschlossen, war Mike der hartnäckigste Streitpunkt zwischen ihr und ihrem Mann. Wer hätte jemals gedacht, fragte sie sich, daß mein Leben hierher, an diesen Punkt führen würde, überschattet von der Sorge um meinen Sohn, während mein Mann in Reichweite im Sterben liegt?

Sie erinnerte sich. Ihr Vater hatte sie Tirano versprochen, eine Verbindung, die beide Planeten miteinander verbunden – und ihren Vater beträchtlich reicher gemacht hätte. Und dann kam TJ, der neue, junge König, blutig von der Schlacht, wie er es bei der Rückkehr vom Treck gewesen war, und beriet sich in einer Konferenz mit Föderationsvertretern und Tirano. Er hatte sie überwältigt. Und ihr Vater konnte den Wünschen des Königs von Crimson Sapphire nicht trotzen. Gwen fragte sich, ob Tirano wohl jemals geheiratet hatte. Wahrscheinlich. Nach einigem Nachdenken sagte sie sich, daß Tirano bloß nach einer anderen Art von Edelstein suchte, einem weiblichen, mit dem er protzen konnte.

Trotz aller Probleme hatte Gwen niemals bereut, TJ an Stelle von Tirano geheiratet zu haben.

19 TJ

Es kam ungerufen, wie ein Felsen, den man in stürmischer See umklammerte, etwas in seinem Kopf, das sein Denken wieder zusammenführte. Denken? Wo? Irgendwo.

Die Worte: Ich glaube, der einzige Tod, den man je akzeptiert, ist der eigene; und das erst, nachdem er sich ereignet hat.

Er hatte diese Worte vor einem Kampf gesprochen, zu ... ja, zu Sommer.

Kampf, immerzu Kampf. Seine Erinnerung bestand aus einer Serie von Kämpfen. Im Krieg. Gegen Gebirgszüge. Mit aufsässigen Leuten, deren Visionen nicht so weitblickend waren wie seine. Mit ... Gwen ... deren Ziele nicht genau mit seinen übereinstimmten. Mit Michale ... der nicht dem Jungen im Teufelsgraben glich, der kein Kriegerprinz war, gleich wie sehr er träumte/flehte/wollte, daß Mick einer sei.

Die Worte schienen aus dem Morast in seinem Kopf herausgepreßt worden zu sein. Ein eigenartig warmes Gefühl begleitete den Diebstahl, so daß er über den Vorgang nicht übermäßig verärgert war. Der Vorgang brachte ihn auf eine höhere Bewußtseinsebene und gewährte ihm jetzt eine eingeschränkte innere Kontrolle. Gedankenspiele, die er bei den Schwimmhäutern gelernt hatte, kamen ihm zu Hilfe.

Kontrolle.

Ein weiterer Kampf. Ein Kampf um Kontrolle. Unnormal, keine Kontrolle über sich zu haben. Klammere dich daran wie an diesen Felsen. Schüttle den Ärger über den Mangel an körperlicher Kontrolle ab.

DENK NACH!

Der letzte Gedanke, an den er sich erinnerte: ein diamantförmiger Blitz, durch Schatten hindurch, von oben. Sengender Schmerz. Erinnere dich an die Form und … sofortiger Schmerz, die Erleichterung der Bewußtlosigkeit.

Ein Ansatzpunkt: die Form. Ein Armbrustbolzen von oben. Ein Omen. Ein Finger Gottes, der sich in ihn bohrte. Eine Erinnerung: der Finger Gottes. Der Treck. Ah, das war es schon eher. Geschichte und Schicksal miteinander verwoben. Der Zulu-Assagai. Die eine Waffe, die während der Einigungskriege den Ausschlag gegeben hatte. Und deshalb das Symbol des Aufgebots. Bestimmt hatte es einheimische Speere auf … Bear Ridge … gegeben, bevor er den Assagai erfunden (wiedererfunden?) hatte. Es hatte Schwerter für den Nahkampf gegeben, Armbrüste und den Langbogen für den Fernkampf. Beim Herumschmökern in seinen gehorteten Büchern hatte er jedoch eine feste Legierung für die Speerklinge entdeckt. Er hatte die Klinge in den harten Schaft aus Heuelholz gesteckt. Dann hatte er sie industriell gefertigt, hatte tatsächlich die Massenproduktion des Assagai aufgenommen. In der Schlacht erwies sich der Assagai als leicht und im Nahkampf als wirksamer als das Schwert. Mit seinen Verbesserungen konnte der Assagai Schwerthiebe parieren. Der Speerschaft mit der breiten, rasiermesserscharfen Klinge vergrößerte auch die Reichweite des Kämpfers. Und geworfen war er so wirksam wie ein Speer. All dies verschaffte seinen Truppen einen Vorteil, und die zahlenmäßig unterlegene Armee von ... Crimson Sapphire hatte jeden Vorteil nötig.

... die Jahre des Tötens und Kämpfens und der Schlachten hatten ihn verschlissen. Der Verschleiß würde Crimson Sapphire zermürben, nicht verlorene Schlachten oder Erschöpfung der Bodenschätze. Er hatte hier eine Koalition gebildet, dort eine Allianz, vorübergehende Erscheinungen, Aktionen, die dazu gedacht waren, seine Stärke zu maximieren. Dann kam die Erkenntnis, daß er/Crimson Sapphire allmählich ermüden würde, bis niemand mehr zum Kämpfen übrig war.

Das letzte verzweifelte Spiel: Eine letzte Schlacht zwischen den bedeutenderen Akteuren der kontinentweiten Kriege. Erst alles schlau einfädeln: Guerillas unter Sommers Kommando, den Feind schikanieren, infiltrieren, die Anführer töten. Ein Chaos anrichten. Zweitens, wirkliche Allianzen schmieden, ihnen irgendwelche Versprechungen machen. Teufel noch eins, sie hatten Crimson Sapphire zu erobern versucht, oder etwa nicht? Drittens, ein oder zwei Koalitionen täuschen: Laß Spione zwei Stadtstaaten und zwei Königreichen fälschlicherweise berichten, daß jeder von ihnen insgeheim mit Crimson Sapphire verbündet sei. Laß sie gegeneinander kämpfen, schaff sie aus der Arena weg, räum auf mit dem, was noch übrig ist. Viertens: Wie immer sorge dafür, daß die Kämpfe auf dem Gebiet des jeweils anderen stattfinden; die Verwüstung der Heimat des Gegners hilft, den Gegner zu überwinden. Fünftens gilt: In all der Verwirrung die stärksten Gegner angreifen, angreifen, angreifen. Ablenkungsmanöver, Finten, die Ausnutzung des Terrains und überlegene Truppen. Sei stolz darauf, Schlachten selbst zu leiten. Die Entscheidungsschlacht: Bring mehrere von ihnen durch Täuschungsmanöver dazu, gegeneinander zu kämpfen, indem du mit Finten und Intrigen arbeitest. Bis sie begreifen, was du tust und deine Taktik erkennen und sich gegen dich verbünden. Dann kämpfe sie einfach nieder. Wenn alles am Entscheidungspunkt angelangt ist und der Feind gewonnen zu haben scheint: Laß Sommer und seine Guerillas über die Flanken eingreifen. Der Assagai gibt den Ausschlag. Eine letzter glorreicher Angriff gegen eine vernichtende Übermacht; eine Schlacht gegen vereinte Feinde, ein Genuß ganz besonderer Art. Sechstens: laß deine Leute zueinander aufschließen und reibe verwirrte gegnerische Truppen auf. Keiner hat mehr viel Kraft übrig, deine eigenen Truppen eingeschlossen.

Er erinnerte sich voller Stolz an jene letzte Schlacht. Während die Schlacht tobte, hatten sich drei Divisionen aus dem Getümmel gelöst. Er befehligte eine, Sommer eine andere, Manny Vero die dritte. Die wenigen, welche diesen letzten Angriff auf die gegnerischen Anführer überlebten, erzählten davon. Wie sich Shepherd, Camp, Vero buchstäblich allein den Weg auf den Hügel freihackten und -schlugen, persönlich die Kommandostellung erreichten, alles von Blutgier überstrahlt, und wie sie Mann gegen Mann mit den Anführern und deren Untergebenen kämpften, bis alle erschlagen und die drei siegreich waren. Unter ihnen wendete sich das Blatt, und ihre Truppen gewannen die Oberhand. Shepherd, der Visionen hatte. Camp, der Junge aus der Schlucht. Vero, der sich durch die Ränke und den Haß des Adels emporgearbeitet hatte.

Seit damals versammeln sich alljährlich die Überlebenden jener Entscheidungsschlacht: Das Aufgebot. Führen das Medaillon des Aufgebots ein. Generäle, Sergeanten, Priester, Köche, verstümmelte Kriegsveteranen, Vaqueros – sie alle treffen sich und versichern sich ihrer Treue zueinander – und zu ihm. Die ursprüngliche Scheu, von dieser blutigen Schlacht zu erzählen, führte zu Gerüchten. Die Gerüchte führten zu Spekulationen. Ging das Symbol des Aufgebots auf den Kriegsassagai zurück? Oder auf den Finger Gottes? Beide waren nicht voneinander zu trennen. Außerdem vertieften die jährlichen geheimen Treffen das Rätsel des Aufgebots und derer, die das Medaillon trugen. Mit der Zeit hatte er die Möglichkeiten der Legendenbildung erkannt, und er unternahm nichts gegen die mit wenigen Tatsachen vermischten Gerüchte und das Gerede, so daß jene, die das Medaillon trugen, zu einer Art von Geheimgesellschaft wurden. Nichts sonderlich Förmliches, abgesehen von der jährlichen Versammlung in der Wildnis und abseits der Öffentlichkeit, doch ein innerer Stolz hielt ihre Verbundenheit aufrecht. Als Folge davon schenkte der überwiegende Teil der Öffentlichkeit den Medaillenträgern großen Respekt und ehrte sie.

»Bloß ein Haufen müder Krieger, die Glück gehabt haben und allesamt alt werden«, hatte Sommer einmal gesagt.

»Sei's drum«, hatte TJ erwidert. »Sie haben sich bewährt, sie haben die Kriegsjahre durchlebt, sie haben die Legenden, die um sie gewoben werden, verdient.«

»Wir«, hatte Sommer gesagt.

»Stimmt.« TJ hatte gelernt, alles Brauchbare zur Stärkung seiner Position einzusetzen. Bei Gott, die Einigung eines Planeten war auch dann schwer genug, wenn man jedes Mittel einsetzte. Wie zum Beispiel die Geschichte. TJ bezweifelte, daß irgendein anderer militärisch so bewandert war wie er, die Zeit vor den Einigungskriegen eingeschlossen.

Alles hatte mit einem Hilfsnavigator auf dem ›Viehfrachter‹ begonnen, der die Kolonisten ursprünglich nach Bear Ridge gebracht hatte. Der erste Shepherd von

Bear Ridge. Manche nannten ihn den ›wilden Cajun‹. Eine der Unteranführerinnen der Kolonisten war ein Mädchen namens Rebel gewesen. Sie verliebten sich ineinander, und Shepherd hatte das Schiff verlassen.

Das letzte, was die Kolonisten von der menschlichen Zivilisation hörten, war eine gestörte Funksendung von der bereits gegründeten Kolonie auf Zwei Zungen. Sie hatten gewartet und gewartet. Eine der Folgen des plötzlichen Zusammenbruchs war die Bruchlandung eines Panasiatischen Kriegsschiffes auf dem fernen Kontinent gewesen. Sie hatten jedoch lediglich gewußt, daß sich die menschliche Zivilisation in einem größeren Krieg zwischen verschiedenen Gruppen befand.

Dann kam der Rollback, der Generationen hindurch andauerte, bis die technische Zivilisation auf Bear Ridge mangels weiterer Unterstützung von der Erde vollends verschwunden war. Die Menschheit kehrte zu primitiven Überlebenstechniken zurück. Überlebenskampf, mehr gab es nicht. Kluge Leute retteten die Büffelschafe. Die genetische Entwicklung der Büffelschafe war auf der Erde aus dem sogenannten ›Projekt Füllhorn‹ hervorgegangen. Ein Allzwecknahrungstier, dessen schützendes Fell zum Weben kräftiger Kleidung benutzt werden konnte. Ein anderer Teil des Projekts Füllhorn leistete ebenfalls einen Beitrag zur Fähigkeit der Menschen, andere Welten zu kolonisieren: Amarant. Amarant, eine alte irdische Pflanze, wurde so umkonstruiert, daß er Protein, Mineralien, Vitamine und Pflanzenfasern lieferte. Die Geningenieure züchteten ihm außerdem wetter- und insektenresistente Eigenschaften an. Eine mannshohe Pflanze, die große Samenkapseln und Kronen trug und mit wenig Wasser gedieh. Die Agrarspezialisten hatten Amarantsorten entwickelt, die zu den Umweltbedingungen jedes kolonisierten Planeten paßten.

Es war schade, daß die sozialen und politischen Gepflogenheiten nicht mit den wissenschaftlichen und technischen Errungenschaften Schritt hielten. Aber so war es in der Menschheitsgeschichte immer schon gewesen.

Der Wilde Cajun und Rebel Shepherd sowie einige andere hatten eine Siedlung in den Bergen gegründet, wodurch sie dem Konflikt auszuweichen versuchten, der sich in der Kolonie ausbreitete.

TJ hatte sich immer ein Beispiel an seinen ersten Vorfahren auf Bear Ridge genommen. Cajun hatte das letzte funktionierende Stromaggregat des Planeten betrieben und beschützte und hütete es eifersüchtig. Vor seinem Tod entdeckte er schließlich, daß die Stecker verrottet waren. Außerdem war der größte Teil der Geräte, welche das Aggregat betrieb, ausgefallen. Keine Ersatzteile. Seine letzte Verwendung des Stromaggregats bestand darin, sämtliche Computerdaten, über die er verfügte, auf Permaplastbücher zu übertragen – er druckte einfach soviel er konnte auf diese beinahe unzerstörbaren Seiten und faßte sie nach Themengebieten zusammen. In der Zwischenzeit hatten sich die Einbände abgenutzt und waren ersetzt worden, doch das auf die Seiten gedruckte Wissen blieb lesbar. Cajun hatte sich auf Themen konzentriert, die einer technisch wiedererstarkten Bevölkerung eines Tages von Nutzen sein würden. Geschichte, Naturwissenschaften, Mathematik, Ackerbau, Technik, Militärwissenschaft und -geschichte und ähnliches. Dann funktionierte das Stromaggregat eines Tages nicht mehr, und Cajun hatte den Abschaltknopf gedrückt, der die Nukleareinheit sicherte.

Weil der Shepherd-Clan in den Bergen zu klein war, um sich ständig selbst zu regenerieren, waren die Shepherds aus den Bergen hinuntergezogen – und hatte ihre Bücher mitgenommen. TJ hatte viele Bücher an seine Wissenschaftler und Professoren übergeben, damit sie sie für die Studenten kopierten und Forscher sie nutzen konnten.

Seit er König war, vergab TJ regelmäßig Belohnungen für Gegenstände aus der Zeit vor dem Rollback und der Kolonisierung. Wenn diese von seinen Agenten entdeckt worden waren, versteckte er sie in den Höhlen und Tunnels der ursprünglichen Shepherd-Siedlung. Dort gab es nichts, was sich mechanisch gebrauchen ließ, aber die Artefakte dienten dazu, seine Aufmerksamkeit zu schärfen, die Vergangenheit gemahnte ihn an eine Zukunft, stachelte seine Ambitionen an. Die beinahe fremdartigen Artefakte halfen ihm irgendwie, die Beschränkungen seine Denkens zu überwinden. Er entwickelte und übernahm neue Ideen, wie zum Beispiel die periodische Regierungsumbildung, die Veränderung der gesellschaftlichen Rolle der Frauen. Er wußte nicht, ob seine Fähigkeit zur Lösung von Problemen auf die alten Artefakte zurückzuführen war, doch sie behinderten ihn auch nicht. Eine geistige Krücke? Nein. ›Ansporn‹ traf es eher, ein quälender Blick auf das, was sein könnte.

Ja, sein Geschichtsstudium hatte sich ausgezahlt.

Jetzt regierte er, Thomas … Jefferson … Shepherd einen Planeten. Oder zumindest den größten Teil einer Welt, setzte er hinzu. Die Schwimmhäuter betrachtete er nicht als unter seiner Herrschaft stehend. Und manchmal war der Gehorsam der Orientalen auf dem Fernen Kontinent, der mit dem Schiff gar nicht so weit entfernt war, nur ein Lippenbekenntnis. Er hatte sogar Probleme, sich darüber auf dem laufenden zu halten, wer dort drüben gerade die Oberhand hatte. Japaner, Philippinos, Chinesen. Manchmal nannten sie sich Große Gemeinsame Wirtschaftssphäre, manchmal anders. Kürzlich hatte er vom Wiederaufleben einer militanten Fraktion gehört: den Huks. Um Widerstand und Probleme minimal zu halten, hatte er seine eigenen Gesetze gebrochen und einen Ethnarchen eingesetzt, der als Chinese auf dem Fernen Kontinent geboren und aufgewachsen war. Jedenfalls waren sie dort drüben ein wilder Haufen, hatten sich nicht an den Kämpfen während TJs Kriegen beteiligt, darum hatte er sie in Ruhe gelassen. An einem so weit entfernten und so schwierig zu erreichenden Ort winkten wenig Geschäfte und Gewinn. Und diese Huks waren wild. Nannten ihre Städte Killervolv, Killerschnarle, Killer. Er verspürte einen Anflug von Erheiterung: ein alter Scherz von ihm, sämtliche Huks einzusammeln und sie auf Tiranos Farm auf Zwei Zungen abzusetzen. Das würde den alten Tyrannosaurus Rex in Atem halten.

… dieser machthungrige Narr mit seinem Spatzenmund. Ein Politikertier in Reinform. Klar, gestand TJ sich ein, ich lasse auch keine politische Gelegenheit aus, wenn sie mir ins Gesicht springt … eine der befriedigendsten Handlungen seines Lebens: Gwendlyon von Tirano zu rauben. So fing alles an, doch dann wurde unsere Beziehung zu etwas sehr Ernsthaftem. Schlimm, wenn die Entwicklung meine Pläne dieses eine Mal nicht überholt hätte. Aber ich habe es nie bereut, nicht eine Minute lang … nun, manchmal schon, aber im großen und ganzen war unsere Ehe befriedigend und zum Wohle des Königreichs. Weiß wirklich nicht, warum oder woher mir die Idee kam, aber wir hätten einander beinahe verloren, als ich diese Phase durchlief, in der ich all meine Affären hatte. Notwendigerweise, sicher, aber ich hätte sie mit größerer Diskretion und mehr Feingefühl behandeln können. Ein paar ausgesprochen dornige Jahre. Gwen schien es verstanden zu haben – oder trug die meiste Zeit über stillschweigend ihre Last. Sie hatte Probleme gehabt, ein Frauenleiden, nach Micks Geburt, und damals suchte ich woanders Trost.

Als Nora meinte, wir würden keine weiteren Kinder mehr bekommen, lehnte ich mich auf und setzte meine Affären fort, nachdem ich ihnen bereits abgeschworen hatte. Zumindest bewahrten wir uns unsere königliche Würde und ließen nicht das geringste von unseren Eheproblemen durch die offizielle Tünche dringen. Und sie hat zu mir gehalten, durch und durch ein Erste-Klasse-Weib. Keine sexistische Äußerung, sondern eine Binsenwahrheit. Verdammt, ich stehe für ihre Geduld und ihr Verständnis bei ihr in der Schuld …

… aber das Leben ist manchmal ein Handel auf Gegenseitigkeit, nicht wahr? Sie steht in meiner Schuld, wegen meiner Geduld und meiner Nachsicht. Wegen Mick. Und der Art und Weise, wie sie meinen Erben erzogen hat. Verdammt noch mal, ich war nicht *da*, um viel zu seiner Entwicklung beizutragen. Hat sie einen gottverdammten Weichling aus ihm gemacht, um mir eins auszuwischen? Nein, das glaube ich nicht. Sie hatte nur ein einziges Kind, darum überhäufte sie ihn mit ihrer Liebe und Zuneigung – und ich war die meiste Zeit über nicht da. Vielleicht, vielleicht mißbilligt Gwen das viele notwendige Blut, das um meinetwillen vergossen wird. Also, verdammt noch mal, das tue ich auch. Aber es gibt in meiner Position andere Gründe, bestimmte Dinge zu tun, als bloßen Ehrgeiz …

Wo, zum Teufel, ist Sommer? Ich muß rausgehen und mich bewegen, mit dem Schwert üben, ein schnelles Pferd reiten, mit den Rekruten mitlaufen, etwas von meinen überschüssigen Energien loswerden.

Sommer? Gwen?

Wo?

Was, zum Teufel, ist eigentlich los? Komisch. Mein Ärger quillt über, und ich … kann … nichts … machen …

Gwen?

20 Gwen

Ich werde Sommer Camp heiraten, dachte sie plötzlich.

Gwen streckte ihren Rücken. Der Schmerz darin erinnerte sie an ihre Schwangerschaft. Noch Stunden bis zur Dämmerung. Sommer war weg, irgendwo im Palast, in einer Beratung mit Alfred und General Vero. Die Tage der Sorge waren lang und entmutigend gewesen. Sie versuchte, es sich bequem zu machen, schaffte es nicht und stand auf, um sich etwas von Sommers Schokoladenwein einzugießen.

TJ stirbt, ich weiß es einfach.

Sie stand vor der Hausbar und starrte Flaschen voll dunkler Flüssigkeit an.

Die lange Nacht nur mit TJ zusammen, der – wie hatte es der Schwimmhäuter ausgedrückt? – mit dem Tode rang, war einsam gewesen. Seit Tagen schon stieg Angst in ihr hoch. Jetzt wurde sie davon überwältigt. Sie stürzte den ganzen Becher Wein hinunter.

Angst vor Veränderung, davor, daß die Lebensumstände nicht die gleichen bleiben würden. Angst vor Verantwortung für das Königreich. Angst um ihren Sohn. Verzweiflung: TJs Tod würde Mikes Tod auf dem Treck unmittelbar zur Folge haben, sie wußte es einfach. Sie schenkte sich weiteren Wein ein und fügte aus einer Laune heraus Whisky hinzu.

Sie fragte sich, was TJ an ihrer Stelle tun würde. Ihm wäre schon etwas eingefallen. Aber er war noch nie so am Boden gewesen wie sie im Moment. Sie beneidete ihn um seine Unabhängigkeit. Oh, er hatte ihr viele Male gesagt, daß er ohne sie nicht auskommen könne. Aber seine Handlungen straften seine Worte Lügen. TJ kam überall unter allen Umständen zurecht.

Doch TJ war nicht da, nicht wirklich da. Hier und jetzt versuchte sie mit einer zerrissenen Koalition ein Königreich zu regieren. Gewiß, Felicia und Mike und Alfred und Manny Vero taten mehr als ihre Schuldigkeit. Sie fand, daß die Mischung aus Wein und Whisky wie toter Slinker schmeckte, wie immer dieser schmecken mochte, darum stellte sie den Becher ab und füllte eine Tasse mit Felicias selbstgemachtem Zitronentee.

Und Sommer. Sommer war wunderbar, er leitete alles und blieb gleichzeitig hinter den Kulissen verborgen. Er kümmerte sich um alles, traf Entscheidungen und machte Pläne und leitete die Alltagsgeschäfte, an die sie nicht einmal gedacht hätte.

Und da war er: ein Plan nach TJs Geschmack, ein großartiger Plan.

Ein Coup!

Ihr Verstand arbeitete fieberhaft. Sie stürzte den Tee hinunter.

Zunächst heirate ich Sommer. Dann konnte *er* als Regent regieren und tun, was er jetzt bereits tat, aber mit öffentlichem Profil. Und diese betrügerischen Adligen verscheuchen und die machthungrigen Priester in Schach halten. So weit, so gut. Die Heirat mit mir, der Königin, würde seine Autorität legitimieren – und wenn bekannt wurde, daß er den Treck unternommen hatte, auch wenn er nicht so weit über die Gebirgskämme gelangt war wie TJ (auch kein anderer hatte es getan), würde ihn das Volk lieben. Ein simpler Austausch eines falschen roten Saphirs gegen den echten, wenn TJs Sarg geschlossen und in den Boden versenkt wurde, würde von Sommers Anspruch auf den Thron lebendiges Zeugnis ablegen. Das beste dabei: dieser Plan würde Mike Zeit lassen, sich auf den Treck vorzubereiten – oder es Bear Ridge erlauben, die Mitgliedschaft in der Föderation zu erringen, und damit den Treck hoffentlich überflüssig machen. Und Sommer. Er war ein guter Mann, ein aufopferungsvoller Mann. Er würde zurücktreten, wenn Mike zur Machtübernahme bereit war.

Verdammt, TJ, ich vermisse dich bereits. Sie bemerkte, daß sie ihn anschaute, ohne ihn zu sehen. Sie wandte sich um und goß sich neuen Wein in ihren restlichen Tee.

Sie wälzte den Plan auf ihrer Zunge und in ihrem Kopf. Aus jedem Blickwinkel betrachtet, schien er gut zu sein … oder zumindest das bestmögliche Szenario. Er würde ihr Opfer abverlangen, aber das Königreich war es wert. Und Mikes Leben.

Wieder ein starker Mann an der Spitze!

Je mehr sie sie prüfte, desto besser gefielen ihr die Einzelheiten der Idee. TJ wäre stolz auf sie gewesen … hoppla, würde stolz auf sie sein. Sie liebte Delancy Camp nicht. Sie mochte ihn. Sie glaubte, daß sich Sommer aus Respekt vor TJ und aus Pflichtgefühl heraus auf die Idee stürzen würde. Alle Männer lieben die Macht, sie würde damit drohen, den alten Mann zu heiraten, der die Adligen anführte, den amtierenden Vorsitzenden der Vierzig. Mehr würde nicht nötig sein, um Sommer dazu zu bringen, sie zu heiraten. Felicia würde es durchschauen, Sommer ebenso. Aber das machte nichts. Es war gut fürs Königreich, beide würden das augenblicklich erkennen. Und zustimmen.

Aber Sommer Camp? Er war tödlich, zu tödlich. Er tötete.

Jedoch nicht unterschiedslos.

Er war jedenfalls ein Mörder.

TJ tötete ebenfalls.

Das ist etwas anderes.

Ach? Wieso?

Äh … TJ hat nicht kaltblütig getötet.

Das meinst du. Er windet sich in der Öffentlichkeit, er predigt, er müsse tun, was getan werden muß. Worte, die wahrscheinlich schon der erste Höhlenmensch gesagt hat.

Ja? Er hat … er benutzt … Klischees und Worte, um seine wahren Gefühle zu verbergen.

Zeigst du im Moment deine wahren Gefühle?

Ja, verdammt noch mal. Ich weiß nicht, was ich tun soll. Dieser Plan ist das einzige, was mir einfällt. Vielleicht hat Sommer irgendeine Idee.

Dein Plan zielt nur darauf ab, Mike zu schützen. Auf seine Sicherheit.

Ja.

Vielleicht nicht die beste Vorgehensweise.

MIKE IST DAS EINZIGE, WAS MIR NOCH BLEIBT!

Du bist jetzt bloß verzweifelt. Du hast nicht geschlafen. Du bist ausgebrannt. Zuviel ist zu schnell passiert.

Ja? Mir bleibt keine Wahl.

Wollen wir wetten? Warum fragst du nicht *Mike,* was er meint?

Nein.

Sie wurde von Müdigkeit erfaßt und goß sich etwas von TJs Whisky in den Rest ihres Tees und des Schokoladenweins. Sie konnte nicht mehr denken. Ein Gedanke tröstete sie: *Daß ich mit mir über meinen Plan streite, beweist, daß ich keine Angst vor der Verantwortung habe, daß ich keine Angst habe vor dem, was mit mir geschieht.*

Stolz füllte alles aus. War es das? Ja, Stolz war alles, was ihr noch geblieben war. Das und eine sommerhafte Entschlossenheit, alles zu tun, was für ihre Familie und ihr Königreich gut war.

Dies und ihre Bereitschaft, einen Mörder wie Sommer Camp zu heiraten, zeigte die Tiefe ihrer Hingabe und …

Die Tür wurde aufgerissen, und Sommer trat rasch ein und wandte sich wartend um. Er hatte etwas vor, darum entschloß sie sich, zu warten, ehe sie ihm ihren Plan unterbreitete. Dann trat ein Soldat ein, den sie nie zuvor gesehen hatte. Er war groß und stämmig und behaart. Er holte einen seltsamen Kasten aus einem Sack und schaute sie an.

Manny Vero kam hinter ihm herein und trat vor sie hin, wobei er ihren Blick versehentlich von den Augen des Fremden ablenkte.

Sie bemerkte sofort die elektrische Spannung, die Manny und Sommer erfaßt hatte.

Hoffnung?

»Gwen?« sagte Sommer. »Darf ich dir unter Mißachtung der Etikette Jean-Claude Lafitte Fitzroy vorstellen?«

Der Mann nickte lässig und sah sich um.

Sie stand auf, die inzwischen leere Tasse achtlos in der Hand. War es denn möglich?

»Die Königin, Gwendlyon, Jean-Claude«, sagte Sommer.

»Ist mir ein Vergnügen, Ma'am.« Seine Stimme war wie ein Wasserfall im Gebirge. »Lassen Sie mich zu TJ.« Sie war auf einmal vollkommen nüchtern.

»Natürlich.«

»Ich werde draußen wachen, Sommer«, erbot sich Manny Vero.

»Gute Idee.«

Gwen und Sommer folgten Fitzroy ans Bett. Er blickte TJ an und schüttelte den Kopf. »TJ sieht aus wie ein Bär im Winterschlaf.« Er räumte einen kleinen Tisch leer und stellte seinen Apparat darauf. Er öffnete eine Seite und löste einige Schläuche und Drähte. Er befestigte die Drähte an TJs Kopf und an seiner Brust. Er zog eine Schutzhülle von einem der Schläuche ab, und im Licht blinkte ein Stück Metall oder Glas. Er hob TJs Kopf an und legte seine Hand unter TJs Nacken, so daß dessen Kopf schräg nach hinten geneigt war. »Stopfen Sie hier ein Kissen drunter, Camp. Ja, so ist's gut.«

Bevor Gwen Einwände erheben konnte, hatte Fitzroy TJs Nacken mit etwas eingesprüht und führte die Spritze ein.

»Halsschlagader«, knurrte Fitzroy, »unterhalb der Gabelung.«

Gwen mußte den Blick abwenden, als er TJ an mehreren Körperstellen Schläuche einführte.

»Er sieht schlecht aus, Camp. Im Kampf vergiftet, sagen Sie?«

»Ja.«

Fitzroy hantierte an dem Apparat. »Dieses kleine Prachtstück ist eine Sache für sich, glauben Sie mir. Kostet einen Eimer voll Gold. Ist es aber auch wert. Ein Mann kann ihn tragen. Man verbindet ihn an strategischen Punkten mit dem Blutkreislauf und schaltet ihn ein. Die übrigen Drähte dienen der Überwachung – und lösen auch Stromstöße mit Herzfrequenz aus, falls wir sie brauchen sollten – ganz zu schweigen von der elektromagnetischen Behandlung und Stimulation. Der Kasten diagnostiziert körperfremde Stoffe. Sagen Sie, glauben Sie, daß die menschliche Zusammensetzung auf Bear Ridge die gleiche ist wie anderswo?« Als weder Gwen noch Sommer antworteten, redete er weiter. »Na ja, wir haben sowieso keine Wahl. Menschen sollten Menschen sein. Wenn dieses Dingsbums zu pumpen anfängt, läßt es das ganze Blut durch seine Innereien laufen, filtert die schlechten Stoffe heraus, setzt es neu zusammen, gibt Antibiotika, Coagulantien, Vitamine, Mineralien hinzu, was immer nötig ist. Hoffe, es funktioniert.«

Gwen legte ihre Hand auf Sommers Arm und drückte ihn. »Sommer?«

»Ich vertraue ihm, Gwen.«

Sie entspannte sich ein wenig. Doch dann bemerkte sie eine seltsame Unterströmung.

Fitzroy taxierte sie. Sie entdeckte mehr Intelligenz in seinen Augen, als sie erwartet hatte. »Keine Sorge, Lady. Ich hab das nicht alles wissenschaftlich ausgedrückt, aber der Apparat arbeitet sowieso von allein. Und ich hab ihn schon häufig benutzt.«

Sie sah, daß sich TJs Brust geringfügig hob. Blut begann in seinem Hals zu pulsieren, nahe der Stelle, wo der Schlauch eingesteckt war. Sein Atem wurde hörbar.

»Was fangen wir jetzt an?« fragte sie. Sie glättete unsicher ihr Kleid. Sommer sah sie an, und sie bemerkte, daß sie immer noch seinen Arm hielt. Er fixierte sie. Konnte er es erraten haben? Sommer hatte einige verblüffende Dinge getan, hatte sie mehr als einmal mit seinem Einfühlungsvermögen überrascht. Konnte er ihr die Absicht, ihn zu heiraten, von den Augen ablesen? Nein, das war unmöglich … oder doch nicht?

»Warten«, sagte Fitzroy und rettete sie. »Es dauert eine Weile, bis das ganze Blut richtig verarbeitet ist. Und der Apparat seine Arbeit getan hat.« Er befestigte dort, wo die Schläuche TJs Haut berührten, kurze Klebstreifen. »Alles sollte antiseptisch sein, sagt man.«

Respektloser Bastard! Du spielst mit dem Leben meines Mannes! Plötzlich kam ihr ein Gedanke. Sie fragte sich, ob Fitzroy ahnte, daß ihn Sommer augenblicklich töten würde, falls TJ sterben sollte. Sie hatte es bis jetzt nicht gewußt, doch nach einigem Nachdenken wußte sie, daß Fitzroy in diesem Falle niemals lebend hier herauskommen würde.

Und sie hatte daran gedacht, Sommer zu heiraten?

Sie schüttelte den Kopf und entfernte sich vom Bett. Bekomm dich wieder in die Gewalt, Mädchen. Du kannst ja nicht einmal deine Gedanken kontrollieren. Dein Urteil ist so abwegig, wie es zu erwarten ist, wenn man nicht mehr klar denken kann.

Fitzroy legte Schalter um, überprüfte Anzeigen an der Seite des Apparats.

Um ihre Nervosität zu kaschieren, schenkte Gwen drei Gläser Whisky ein. Sommer nahm an und nippte daran.

Fitzroy stürzte sein Glas hinunter. »Schokoladenwein wäre mir lieber, wenn es Ihnen nichts ausmacht, Ma'am. Guten Whisky kann jeder brauen.«

Sie goß eine halbe Flasche in einen großen Becher, und Fitzroy dankte ihr mit von buschigen Brauen überschatteten Augen. Er schnüffelte daran und kostete. »Ah, die Reise hat sich gelohnt. Meine Crew macht sich Hoffnungen auf ein paar Kisten, Sommer. Nennen Sie es einen Aufschlag.«

»Machen Sie zuerst TJ gesund«, ordnete Sommer an.

Konnte Fitzroy die Gefahr denn nicht sehen? Sommer hatte sich ein wenig entspannt, war aber immer noch nervös. Sie spürte die ungerichtete psychische Energie, die von ihm ausging. Sie kannte Sommer und seine Launen jedoch gut, sie konnte ihn durchschauen wie … wie einen Bruder. Konnte Fitzroy es auch?

Fitzroy hatte ihr nicht viel Beachtung geschenkt. Gerade musterte er Sommer über den Rand seines Bechers hinweg. Was bedeutete, daß er begriff, was auf dem Spiel stand. Jetzt begriff sie, warum Manny draußen wartete. Zweifellos warteten draußen außerdem noch eine Reihe von Gyrenen, warteten auf einen Befehl.

Also hatte Fitzroy es begriffen. Nur seine berechnenden Augen verrieten ihn. Er schien sich jedenfalls keine Sorgen zu machen. Gelassen sagte er: »Situation begriffen, Sommer. Erinnern Sie sich, Sie waren es, der mich gerufen hat.«

Sommer nickte und grinste ihn an, ein humorloses Lächeln. Die Muskeln unter seinem Hemd waren immer noch straff gespannt. Gwen vermutete, daß Fitzroy irgendeine moderne Waffe versteckt bei sich trug. Dann verfolgte sie den Gedanken weiter, und ihr wurde klar, daß er seinen Kameraden für den Fall, daß er nicht zurückkehrte, Verhaltensmaßregeln gegeben haben mußte.

Warum müssen Männer so sein? Warum? Wo blieb das Vertrauen? Sie waren wie zwei seltsame männliche Schnarlen, bereit dazu, miteinander zu kämpfen, weil es eben so üblich war.

Sie bewegte sich rasch, ergriff Sommers Arm. »Du bist müde, Sommer. Komm hier herüber und setz dich.« Sie geleitete ihn zu einer Couch und drückte ihn darauf nieder – sichtlich gegen seinen Willen. Dann ging sie zu Fitzroy und hakte sich bei ihm ein. Die ganze Zeit über hatte sich ihr Körper zwischen ihnen befunden. »Mr. Fitzroy, *ich* möchte Ihnen dafür danken, daß Sie versuchen, meinen Mann zu retten. Seien Sie meiner Dankbarkeit versichert.« Sie wandte sich zu Sommer um. »Meiner *dauerhaften* Dankbarkeit.«

Fitzroy blickte sie mit Respekt an. Und lächelte. Sie spürte, wie sich sein Arm entspannte, genug, um ihr zu sagen, daß sie für den Augenblick gewonnen hatte. Sommer sackte auf dem Sofa noch weiter zusammen und brachte ein schwaches und ehrliches Grinsen zustande. »Das gilt auch für mich, Fitzroy.«

»Wo das geklärt ist, können wir uns vielleicht an die Arbeit machen?« sagte Fitzroy, und Gwen fand, daß sie ihn vielleicht würde mögen können. »Hab eine dringende Verabredung mit einer Navigatorin, Ma'am, und ich sollte mich beeilen.« Er überprüfte Digitalanzeigen, Schalter und Lämpchen. »Arbeitet.«

Gwen sah Blut durch die transparenten Schläuche pulsieren.

Fitzroy wühlte erneut in dem Sack und brachte ein weiteres kleines Paket zum Vorschein. Er streifte grob Decken und Laken von TJ ab. Er hob TJ an und schnitt zwei Bandagen von seiner Schulter los, sprühte etwas auf die Eintritts- und Austrittswunde, wischte sie mit einem Tuch ab, besprühte sie erneut und klebte fleischfarbene, selbstklebende Bandagen über die Wunden. »Ich lasse Ihnen so viele davon da, wie ich habe. Sie sind bereits mit Desinfektions- und Heilmittel imprägniert. Wenn ich mich nicht irre, werden Sie nicht mehr viele davon brauchen.«

Sie ging hinüber und setzte sich neben Sommer. Sie hatte eine kühl analysierende Haltung einzunehmen versucht, hatte jedoch gemerkt, daß sie es nicht konnte. Hier war er, der große Moment. TJ würde weiterleben oder sterben. Er hätte von Dramen, schmetternden Trompeten, ernsten Ansprachen an eine wartende Menge geprägt sein sollen. Von dröhnenden Trommeln. Ein Königreich und ein Planet auf des Messers Schneide. Aber nein. Jean-Claude fuhrwerkte mit seinem Apparat herum. Sommer hatte es sich scheinbar unbeteiligt bequem gemacht, und sie nippte an ihrem Whisky. Ihr kam der Gedanke, daß sie während der letzten paar Tage mehr Alkohol getrunken hatte als in den vorherigen Wochen und Monaten – und ihn nicht spürte. Sie gestattete es ihrem Kopf, sich kurzzeitig an Sommers Schulter auszuruhen. Er straffte sich, und sein Körper fühlte sich an wie Stein, bis er sich entspannte. Dann wurde der Kontakt merkwürdig sinnlich, eine Verbindung, die die in den letzten paar Tagen entstandene Nähe bekräftigte. Wieviele Tage? Sie konnte sich nicht mehr erinnern. Erschöpfung. Sie kuschelte sich noch enger an seine männliche Stärke und wußte, daß sie es nicht bereuen würde, Sommer Camp zu heiraten, wenn ihr verrückter Plan jemals Wirklichkeit werden sollte.

TJs Gesichtsfarbe begann besser auszusehen. Hah! Einer dieser technischen Ausdrücke, dachte sie. Sie erinnerte sich, daß Felicia, als Michale ein Baby war, einmal zu ihr gesagt hatte, Mike sähe bleich aus und bekäme mit dieser Diät nicht genügend Eisen. Sie hatte die Zusammensetzung der Nahrung etwas verändert, und Mikes Farbe war scheinbar eingedunkelt. Das war etwas Ähnliches, oder nicht?

Und TJ wirkte jetzt entspannter.

Fitzroy studierte die Anzeigen. »Es funktioniert.«

Bei seinen Worten zuckte sie zusammen, stand auf und fragte: »Wann werden wir es mit Sicherheit wissen?« Nur ein flüchtiges Bedauern, das Verbundensein mit Sommer durchbrochen zu haben. Aber eine wiedererlangte Stärke. Die Erschöpfung war vorerst zurückgedrängt.

»Ein paar Stunden, um es mit Sicherheit sagen zu können, aber aus dem Stegreif würde ich meinen, besser, es holt schon mal jemand die Schlüssel zum Tresor.«

Einige Stunden nach Einbruch der Dunkelheit flößte Felicia TJ mit einem Löffel Suppe ein.

»Ist das nicht die Höhe«, sagte Fitzroy. »Fünfundzwanzig oder dreißig Jahrhunderte medizinischen Fortschritts seit Christus waren eine körperliche Strafe, und die Mütter benutzen immer noch Hühnerbrühe. Der Teufel soll mich holen.«

»Das ist mehr als nur wahrscheinlich«, sagte Felicia, »aber ich bin Ihnen trotzdem dankbar.«

»Mein Buchhalter wird Ihnen allen ebenfalls dankbar sein«, sagte er.

Gwens Kopf pochte, sie konnte nicht klar denken. Sie hielt die Hand ihres Mannes und wollte sie nicht mehr loslassen. Sollte sie ihm, eines Tages vielleicht, von ihrem Plan, Sommer zu heiraten, erzählen? Er würde ihm vielleicht gefallen; es war seine Art Plan.

An der Tür ertönte ein leises Klopfen. Manny Vero trat ein und schloß hinter sich die Tür.

Sommer deutete auf Fitzroy. »Jean-Claude, wenn die Tür aufgeht, könnten Sie mir dann vielleicht aus der Sicht gehen?«

»Äh … oh, na klar, Camp. Hab's vergessen.«

»Ich wollte Ihnen etwas sagen, Sommer.« Manny hatte sich nicht rasiert, und Gwen dachte, dies sei das erste Mal, daß sie ihn mit dem Anflug eines Bartes sah. »Keine Ahnung, wie es passieren konnte. Aber der ganze Palast weiß, daß irgend etwas vor sich geht. Gerüchte, Klatsch, ganz wie Sie wollen. Hört sich mit dem ganzen Gesumm an wie ein riesiges Insekt.«

Sommer zuckte die Achseln. »Bedienstete und Soldaten und Beamte haben einen sechsten Sinn für diese Art Dinge.«

»Das Schlimmste kommt erst noch, Sommer. Sharon Gold sitzt dort draußen, wartet geduldig und versucht Prinz Michale zu überreden, sie hier herein zu begleiten.«

Sommer stand mit alarmiertem Gesichtsausdruck auf.

»Wie konnte sie einen Verdacht schöpfen?« wollte Gwen wissen.

»Ich weiß es nicht, Majestät«, erwiderte Manny.

»Wir wissen nicht, ob sie Verdacht geschöpft hat«, sagte Sommer. »Niemand kommt hier rein, Manny. Wir müssen Fitzroy wie ein Gespenst wieder von hier verschwinden lassen.«

»Wo wir schon von Geistern sprechen, Camp, vergessen Sie nicht, auch ein paar Kisten Schokoladenwein lockerzumachen, und rufen Sie den königlichen Schatzmeister oder wer auch immer die Rechnung bezahlt.«

Gwen spürte, daß TJ reagierte. Er konnte noch nicht sprechen, aber er versuchte es und würgte an etwas Hühnerbrühe.

»Thomas!« warnte Felicia.

Sommer sagte: »Jean-Claude, ich werde mich mit Ihnen vielleicht unter vier Augen über die Bezahlung unterhalten müssen.«

»Oh?« Was Gwen wie etwa ein Pfund Augenbrauen erschien, hob sich in Fitzroys Gesicht.

»Ja«, antwortete Sommer.

»Heißt das ...?« fragte Fitzroy.

Sommer nickte.

Fitzroy grinste, als er endlich begriff. »Junge, Junge, das Geschäftemachen mit euch macht mir wirklich Spaß. Ihr werft mit Geld um euch wie Tirano.«

TJ hustete erneut und erhob sich halb. Gwen nahm eine Serviette und wischte ihm den Bart ab.

»Tirano?« sagte Sommer.

Fitzroy zuckte die Achseln. »Bloße Gerüchte. Hab gehört, es wär 'ne Menge Aphrodisiakum auf dem Markt, zu einem hohen Preis.«

»Das paßt zusammen«, sagte Sommer. »Tirano versucht wahrscheinlich, sich den Weg zum neuen Sitz im Föderationsrat freizukaufen. Genau wie TJ es sich dachte, eine Menge Machenschaften dort oben in der Zentrale. Ihm fehlt, was nötig ist, um es offiziell und aus eigener Kraft zu schaffen. Bear Ridge sollte diesen Sitz bekommen.«

»Ich hoffe nicht«, sagte Fitzroy. Rasch fügte er hinzu:

»Ich möchte diese lukrative Geschäftsbeziehung doch nicht ruinieren.«

Soweit sie sich erinnern konnte, sah Gwen Sommers Gesicht zum erstenmal einen anderen Ausdruck als die gewohnte Schwermut annehmen. »Angenommen, Jean-Claude, TJ bekommt den Ratssitz, dann hätten Sie einen mächtigen Freund.«

»He! Das stimmt. Daran habe ich noch gar nicht gedacht. Wow! Vielleicht können wir Tirano etwas anhängen, das ihn disqualifiziert?« Seine Stimme klang hoffnungsvoll.

»Auf der anderen Seite«, erklärte Sommer, »wird Bear Ridge disqualifiziert, wenn *Sie* hier entdeckt werden.«

»Schon verstanden, Schiedsrichter, ich werd mich klein machen und wie ein Gespenst die Stellung räumen. Klasse. Profitable Geschäfte liebe ich.«

Gwen hielt die Serviette unter den Löffel, als Felicia ihn an TJs Lippen hielt.

»Das ist es!« sagte Gwen. »Hühnerbrühe.«

Manny, Sommer, Jean-Claude, Felicia und selbst TJ schauten sie merkwürdig an.

»Hühnerbrühe«, erklärte sie. »Versteht ihr nicht? Woher der Palast Bescheid weiß?«

Sie erntete nur verständnislose Blicke.

»Warum sonst sollte die Königinmutter mit einem Topf Hühnerbrühe auf einem Tablett in das Zimmer ihres Sohnes gehen?«

21 I:imbawe

Kurz vor der Dämmerung war der Flußschwimmer aus dem Heulenden Volv geklettert, hatte seine Häute gesträubt und seinen Körper aufgepumpt. Innere biochemische Vorgänge trennten und bildeten Gase. Zusätzlich erhöhte sich die Körpertemperatur. Seine Hautfalten vergrößerten und streckten sich fast bis zum Bersten.

I:imbawe erhob sich langsam in die Luft und pendelte sich aus. Er schwebte in die Höhe, wobei er Luftströmungen ausnutzte, und bald darauf hing er über dem Palast. Er stellte seinen Auraempfang feiner ein und begann Nachforschungen anzustellen. Die Aura des Treckmeisters war von Schwarz zu Grau übergegangen. Und sein Energiefeld war stärker geworden, reichte weiter.

Ah, das haben sie gut hingekriegt, dachte er, im Falle der Menschen spricht eine Menge für die Technik. Sein Volk hatte solche Notreparaturen natürlich nicht nötig.

Er schwebte zum Fluß zurück, wobei er Gase ausstieß, so daß er, als er den Fluß erreichte, die Oberfläche berührte und unter Wasser sank. Er stellte sein aquadynamisches Äußeres wieder her und schwamm flußaufwärts.

22 Mike

Mike wußte nicht, worauf er sich am meisten konzentrieren sollte: darauf, daß er sich inkognito im Michale-Shepherd-Park aufhielt, auf Kellens augenfällige Nervosität und sein Zungeschnalzen oder auf die hübsche junge Dame, die seine Aufmerksamkeit stärker in Anspruch nahm als jedes andere Mädchen in letzter Zeit.

Kellen Sing hatte Mike eingeladen, ihn sprechen zu hören. Mike hatte den Eindruck, daß so gut wie jeder Universitätsstudent im Park anwesend war. Mike war überrascht, denn die Menschen im Palast schienen zu summen und zu flüstern, und selbst die dienstfreien Soldaten lachten und unterhielten sich leise miteinander. Hier waren die jungen Leute jedoch nahezu geräuschlos. Die meisten saßen ruhig da und warteten darauf, daß Kellen Sing mit seiner Ansprache begann; sie schienen vom Gefühl einer gemeinsamen Bestimmung erfaßt zu sein. Einige wenige unterhielten sich in normaler Lautstärke, über Sport, über Politik, über Kellen. Es war keine aufsässige Menge, sagte sich Mike. Warum sollte ihn das überraschen? Es paßte nicht zu ihnen, sagte er sich. Konnte Kellen eine so große Macht über vielleicht zweitausend Leute haben?

Mike entdeckte eine Ansammlung von älteren Bürgern, die auf die veröffentlichte Tagesordnung neugierig waren. Mehr Geistliche, als er gedacht hätte. Soldaten in Zivilkleidung und mit Hüten, um ihren militärischen Haarschnitt zu verstecken. Mike erkannte jedoch einige von General Veros Soldaten wieder, zwar nicht aufgrund persönlicher Bekanntschaft, aber doch an ihrer Körperhaltung und ihrem Auftreten. Dienstfrei und neugierig? Bestimmt nicht.

Kellen lockerte seine Zunge. »Ahhh, bthbaa, badabada«, schaute Mike an und grinste. »Zum Aufwärmen. Kann die Leute nicht mit einer schwankenden Stimme enttäuschen.«

Das Mädchen stand regungslos dabei.

Als er auf Kellen zugegangen war, war sie zurückgewichen und hatte ihm zugenickt. Keine Unterwürfigkeit. Natürlich war er wie ein junger Edelmann gekleidet, mit einem geckenhaften Hut, der tief herabgezogen war und sein Gesicht so beschattete, daß ihn außer denen, die ihn gut kannten, niemand erkannte.

Vor ihnen auf der Bühne spielte eine studentische Musikgruppe auf, Streichinstrumente, welche die Menge zu verbinden trachteten, bevor Kellen zu sprechen begann. Die ›Geschmeidigen Schnarlen‹ waren populär, und Mike wußte, daß sie die Menge für Kellen in eine aufgeheizte und erwartungsvolle Stimmung versetzen würden.

»Komisch, nicht?« fragte Kellen, offenbar auf seinen Nervenzustand bezogen.

»Was?« fragte Mike, immer noch davon verwirrt, ein Fremder unter seinen Altersgenossen zu sein. Und durch das Mädchen. Sie war gekleidet wie ein Mann, was ungewöhnlich, aber nicht unbekannt war, mit weiten Hosen und einem dazu passenden Hemd, beide in einem sehr femininen Grün, das ihre Augen vergrößerte und ihr blondes Haar betonte. Ein doppelter Gürtel hielt das Hemd kaum um ihre Hüfte zusammen. Sie sah aus, als gehörte sie auf die Lichtung.

»Daß ich hier spreche, direkt hier in deinem Park.«

»Oh. Ja, scheint mir auch so.« Mike hatte das Gelände auf der anderen Seite von Crimson Sapphire am Flußufer des Heulenden Volvs für einen öffentlichen Park gestiftet. Zahlreiche Bäume, das weggeräumte Unterholz, weiches Gras und eine zentrale Lichtung machten es zu einem perfekten Park. Und indem er es komisch nannte, hatte Kellen bekräftigt, daß er heute sein Wort gegen den König erheben würde.

Kellen gurgelte mit einem Schluck Wein und grinste. »Eine große Steuerabschreibung, oder?«

»Wir bezahlen keine Steuern, wir ziehen sie ein«, fauchte er, ungewollt seinen Vater zitierend.

»Also … tut mir leid, Prinz.«

Das Mädchen beobachtete ihn unverfroren.

»Äh … Kellen, ich wollte dich nicht anfahren. Das ist die erste Gelegenheit zur Entspannung seit … nun, seit meinem Vater, du weißt schon.« Er gestand seine Erleichterung darüber, daß sein Vater den Mordversuch überlebt hatte, nicht einmal sich selbst gegenüber ein. Seine Reaktion war etwas, dem er im Moment nicht weiter auf den Grund gehen wollte. Er mußte sich immer noch über eine Menge Dinge klar werden, der Treck und die Krone gehörten nicht zu den unwichtigsten.

»Klar, Mike, ich weiß. Sieh mal, mir tut's auch leid. Ich weiß, daß du das Volk nicht ausnutzt. Danke fürs Kommen, okay?«

Vor ihnen ließ sich die Zuhörerschaft auf der Wiese nieder, klatschte und sang mit der Band mit.

»Ich hoffe, das Wetter bleibt gut«, bemerkte Mike, ohne Kellen anzusehen, doch indem er das Mädchen freimütig taxierte. Ihre Sommersprossen waren attraktiv. Ihr unergründliches Lächeln schien ihn zu verspotten. Ihr blondes Haar war vom Sonnenschein und dem Schatten unter den Bäumen schwarz und weiß gesprenkelt.

»Vielleicht sollte ich einen Priester ein Bittgebet sprechen lassen?« Kellen hatte sein Lampenfieber endgültig überwunden. Und offenbar nahm er dieser Tage kein Blatt vor den Mund.

Ein dunkelhäutiger junger Mann näherte sich und sagte: »Es wird Zeit, Kellen.«

»Komme gleich mit dir mit, Franco.«

Mike versuchte Franco irgendwo unterzubringen, schaffte es jedoch nicht. Trotzdem war er sicher, ihn schon einmal gesehen zu haben. Zumindest respektierte Kellen seine Wünsche und stellte ihn nicht vor. Es vermittelte ihm das Gefühl, geheimnisvoll zu sein. Er fragte sich, ob ihn das Mädchen geheimnisvoll fand. Sie hatte vielleicht ihren Wortwechsel über die Steuern mitangehört und ahnte, wer er war. Trotzdem, es war aufregend, sich vorzustellen, ein Mädchen aus sich heraus zu beeindrucken, ohne zu offenbaren, daß er Prinz Michale war. Wenn es funktionierte, wäre der Reiz um so größer.

»Muß gehen«, sagte Kellen und entfernte sich. Er drehte sich um und sagte: »Mike? Würdest du für mich auf Rebecca aufpassen, während ich spreche?«

Mike fand, daß Kellen beinahe allzu beiläufig war.

»Klar.« Und er empfand Enttäuschung. Kellens Worte machten seinen Anspruch auf sie geltend.

Sie lächelte unsicher. »Viel Glück«, sagte sie, als Kellen sich zurückzog.

Mike ging zu ihr hinüber. »Ich bin Mike.«

»Ich bin Rebecca Sing.«

Kellen verheiratet? Nein, unmöglich. Dann fiel ihm, jetzt, wo er näher bei ihr war, die Familienähnlichkeit auf. Die Sommersprossen und das Haar hatten ihn getäuscht.

»Ist mir ein Vergnügen«, sagte er, während sich seine Stimmung hob.

»Danke, Pr ... äh ... Mike.«

Verdammt noch mal! Sie wußte, wer er war. Kein Wunder, daß sie sich zurückgehalten und über seine und Kellens Unhöflichkeit, sie nicht miteinander bekannt zu machen, gelächelt hatte. Seine große Erfahrung in der Kunst, Mitglied des Königshauses zu sein, kam ihm zu Hilfe. »Es ist mein Unglück, nicht gleich deine Bekanntschaft gemacht zu haben, Rebecca.«

Sie errötete ein wenig.

»Du bist Kellens Schwester?« Er hoffte, seine Stimme klänge nicht zu hoffnungsvoll.

»Ja.«

»Offenbar erst kürzlich angekommen?«

»Ja. Von Lonestar.«

»Lonestar«, sagte er, wobei er an Kellen und Sommer Camp dachte, »davon habe ich schon viel gehört.«

»Nur Gutes, hoffe ich?« Ihre Stimme hatte einen inneren Wohlklang, der ihn im Hintergrund nach klingenden Glöckchen lauschen ließ.

»Von Camp, ja.«

»Camp?«

»Ein Freund«, wiegelte er ab. »Aber du willst bestimmt nicht über Herkunftsorte reden. Wie lange bist du schon hier? Gefällt dir Crimson Sapphire?« Er zog sie zu einem breiten Baumstumpf unter einem überhängenden Ast, von wo aus sie Kellen hören und die Reaktion der Menge beobachten konnten.

Sie unterhielten sich ruhig, bis Kellen vorgestellt wurde und das Gebrüll der Menge zu einem Ganzen verschmolz, einer gemeinsamen Begeisterung, einer Verbindung von Freunden und Fremden. Mike war überrascht. Kellen war kein Messias. Er *war* ein phantastischer Redner und hatte einige solide logische und philosophische Ansichten vorzubringen, aber dieser Empfang?

Dann kam ihm der Gedanke, daß vielleicht nicht alles daran spontan sei. Da er sein ganzes Leben bei Hofe zugebracht hatte, wußte er, wie man mit Tricks arbeitete, Leute postierte, Gunstbezeigungen arrangierte und sammelte. Doch es gab ein grundlegendes Element der Verehrung für Kellen. Mike hatte privat mit Kellen diskutiert, war jedoch immer noch überrascht, ihn öffentlich sprechen zu hören. Kellen übte irgendeinen Einfluß auf sein Publikum aus; er konnte es spüren.

Kellen lächelte ein Jungenlächeln und hob die Arme, und augenblicklich wurde es still. Mike spürte, wie sich Kellens … Charisma? ausbreitete und ihn persönlich berührte. Und Kellen hatte noch kein Wort gesagt.

Die Erwartung auf der Lichtung war geradezu greifbar.

»Rettet Bear Ridge«, sagte Kellen mit einer klaren Stimme, die sich sogar gegen einen schwachen Wind durchsetzte, der anschwoll und wieder erstarb.

Kellens Widerstand gegen den Beitritt von Bear Ridge zur Föderation wurde allmählich zu einem Markenzeichen, einem Refrain, einem Schlagwort. Mike wußte, daß dies nicht Mikes Hauptthema war, doch es diente ihm als wirkungsvoller Einstieg.

Kellen begann seine Daumentrommeln zu liebkosen, und ein gespenstisches Gefühl lief Mikes Rückgrat entlang. Er schüttelte die Schultern und versteifte den Nacken, um dagegen anzukämpfen.

Die Melodie lockte, die Musik gestaltete dort im Park ein Drama. Mike konnte es am eigenen Leibe spüren.

Wenn Kellen bereit zum Sprechen war, würde er ein Publikum haben, das man als hypnotisiert bezeichnen konnte.

Kellens Melodie reduzierte sich auf drei durchdringende Töne, und die Menge begann zu summen und dann mitzusingen: »Rettet Bear Ridge, rettet Bear Ridge.«

Selbst Passanten und Soldaten wurden von der Vorstellung gefesselt.

Es dauerte einen Moment, bis das Publikum bemerkte, daß Kellen nicht mehr seine Daumentrommeln spielte. Er stand gelassen wartend da. ›Rettet Bear Ridge‹ schien wie ein repetetives Mantra in seinem Kopf zu verweilen.

»Mike?« Rebeccas Stimme drückte eine Warnung aus.

»Hm? … Äh … ja?«

»Es steht mir vielleicht nicht zu, aber in Anbetracht deiner Stellung …«

»Ich weiß, was Kellen sagen wird.«

»Oh? Verzeih mir meine Aufdringlichkeit.«

»Aber wieso denn. Danke für deine Rücksicht.« Dann dachte er, daß er sich zu pompös anhörte. »Ich habe viele Stunden mit Kellen geredet. Ich weiß, was er über meine Familie denkt.« Er wollte gegenüber dem Mädchen nicht mehr sagen. Er wollte nicht, daß es so aussah, als sei er gegen das Regime von Thomas Jefferson Shepherd, andererseits spürte er den Wunsch, sich Rebecca mitzuteilen, sie nicht zu verletzen.

Kellen bedankte sich mit einem Kopfnicken für das Schweigen. »Welche Person, welcher Mann hat im ganzen Universum die geringste Meinung vom Volk von Bear Ridge?«

Mike fragte sich, mit welcher Masche Kellen seine Rede diesmal eröffnen würde. Es war eine interessante Frage, bis er merkte, worauf Kellen hinauswollte.

»Wer hält die gesamte Bevölkerung von Bear Ridge

für dumm?« fuhr Kellen fort. »Ich werde euch sagen, wer es ist. Der Mann, der glaubt, das Volk von Bear Ridge sei *nicht* fähig, sich um seine eigenen Angelegenheiten zu kümmern. Unser Diktator.«

Mike ertappte sich dabei, daß er mit angehaltenem Atem auf die Reaktion der Menge wartete. Doch die jungen Leute im Publikum und zugegebenermaßen auch einige der älteren bekundeten stillschweigend nickend ihre Zustimmung. Andere schienen zu sehr verblüfft zu sein, um ihrem Mißfallen Ausdruck zu geben.

Kellen fuhr mit seiner Hand über die Trommeln, ein leise zischendes Geräusch. »Ich zitiere den originalen Thomas Jefferson: ›Es ist nicht nur unser Recht, sondern unsere Pflicht, ein unterdrückerisches Regime abzusetzen.‹« Kellen legte eine Pause ein. Niemand rührte sich. Selbst der Wind legte sich, und die Blätter raschelten nicht mehr.

Mike blickte besorgt umher. Freie Meinungsäußerung war eine Sache, aber offen von Revolution zu sprechen? Auch wenn es klug mit einem Zitat des Namensvetters und Idols seines Vaters bemäntelt war? Ein Knaller von einem Aufhänger. Zumindest die Soldaten in der Menge reagierten nicht – sie saßen einfach da und hörten zu. Betrachteten sie Kellens Worte als Verrat? Wichtiger noch, würde es sein Vater dafür halten? Zweifellos wurden die Soldaten durch Befehle zurückgehalten. Und die Gyrenen waren überaus diszipliniert. Vielleicht hatten Vero und Alfred nicht damit gerechnet, daß Kellen den König so offenkundig kritisieren würde.

Kellen sprach weiter, ruhig, sich gelegentlich effektvoll mit den Daumentrommeln begleitend. Er redete kurz über die Vorteile gewaltlosen Protests. Mike hielt es für einen Versuch, seine aufwieglerischen Worte abzuschwächen. Die historischen Hinweise auf Mahatma Gandhi, Jesus Christus, Martin Luther King und andere lieferten ihm seine Argumente und dienten als Überleitung zum nächsten wichtigen Punkt.

»Thomas Jefferson hat vor so vielen Jahrhunderten noch etwas anderes gesagt. Auf die Sorge um den Schutz des Menschen und seines Glücks bezogen sagte er, dies sei ›... das einzig legitime Anliegen einer Regierung.‹ Hat von euch irgend jemand bemerkt, daß die Sorge um das Leben des Menschen und seines Glücks einen Platz in der Regierung von *Thomas Jefferson* Shepherd hätte?« Er legte eine Pause ein, dann fügte er, als sei es ihm gerade erst eingefallen, hinzu: »Warum kann der *Treckmeister* nicht die Schwimmhäuter zur Kenntnis nehmen, die zu treffen und von denen zu lernen er *angeblich* ausgezogen ist? Ihr einziges Anliegen ist der Schutz des Lebens; das Glück einer nichttechnischen Lebensweise.« Unverzüglich wechselte er zu Umweltthemen über.

Mike fand Kellens Äußerungen über die Schwimmhäuter merkwürdig, dachte jedoch nicht weiter darüber nach. Kellen machte mit seiner üblichen Litanei von Vorwürfen weiter, die Mike schon so viele Male von ihm gehört hatte.

Mike bemerkte, daß Rebeccas Aufmerksamkeit umherschweifte, während sie über die Menge hinwegschaute. Kannte sie das alles schon? Langweilte sie sich? Plötzlich war es wichtig für ihn, ihre Einstellung zu dem zu kennen, was Kellen sagte. Er wußte jedoch, daß er es nicht erfahren würde, da er seine eigenen Empfindungen nicht offenbaren wollte. Soweit er erkennen konnte, mißbilligte sie Kellens Positionen heftig. Ein eigenartiger Gedanke, räumte er ein, aber eine Möglichkeit. Die Familienloyalität würde sie an Kellen binden, aber sie schien eine Frau zu sein, die sich ihre eigenen Gedanken machte und keinen Mann brauchte, der ihr sagte, was sie zu denken hatte. Das war es, sagte er sich. Das, was sie anders machte. Sie hatte ihren eigenen Kopf, auch wenn sie gerade erst aus dem

Hinterland von Lonestar gekommen war. Sharon Gold besaß diese Eigenschaft ebenfalls, und sie kam aus der Hauptstadt der Föderation.

»Wollen wir der Föderation beitreten?« wollte Kellen wissen. »Noch einmal, wer möchte das? Niemand hat mich gefragt. Hat euch jemand gefragt?«

Ein Viertel der Menge schrie in holprigem Chor: »Nein!«

»Unser eigenes Haus ist in Unordnung, und wir sollen unsere Heimatwelt verlassen? Ist es denn so ganz unwahrscheinlich, daß wir Sklaven der reichen Shepherds werden, wenn die Technik hier eintrifft?« Kellen pausierte, eine seiner wirksamen rhetorischen Techniken.

Mike bemerkte einen Ausdruck von Abscheu auf Rebeccas Gesicht. Sie bewegte sich unruhig. Sie schaute ihn an und schuldbewußt wieder weg. Ihm kam der Gedanke, daß sie vielleicht Angst vor ihrem Bruder hatte. Oder fragte sie sich womöglich, warum er, der Thronerbe des Reiches, nicht wütend wurde? Hielt sie ihn vielleicht für einen Verräter an seiner Familie? Nein, das glaubte er nicht, definitiv nicht, denn er war kein heimlicher Anhänger Kellens, sondern ein ihm intellektuell Ebenbürtiger, der mit vielen von Kellens Ideen übereinstimmte und einige mißbilligte. Und offensichtlich hatte Kellen Rebecca von ihm erzählt. Warum, fragte er sich, wurde es so wichtig für ihn, zu wissen, was Rebecca Sing über ihn dachte?

»... des Profits«, sagte Kellen gerade. »Wer will Profit? Auf der anderen Seite der Stadt liegt gutes Ackerland – im Besitz des Königs. Dorthin soll der Raumhafen kommen, habe ich gehört ...«

Verdammt, dachte Mike. Hätte ich ihm nicht sagen sollen. Muß in Kellens Gegenwart auf meine Worte achtgeben ... aber habe ich über meinen Vater und das Landefeld nicht das gleiche gedacht?

Kellen sprach von den Adligen und von Land und

von Technik und Kontrolle über alle neuen Dinge von der Föderation. Stärker als das, was Kellen sagte, nahm Mike das wahr, was er nicht sagte.

Er neigte sich zu Rebecca hinüber. »Kellen verschweigt bequemerweise die Segnungen der modernen Medizin.«

Ihr Mund zuckte, und ihre Hand wanderte zu ihrem Gesäß. »Von Lonestar nach Crimson Sapphire war es ein langer Ritt auf einem Esel. Ich hätte die Zeit lieber anders zugebracht.«

Sein Versuchsballon trug Früchte. Sie war ein logisch denkender Mensch. Gesunder Menschenverstand bei einer politischen Veranstaltung war etwas, womit er nicht gerechnet hatte. Ein weiteres Licht ging ihm plötzlich auf: Werde ich allmählich so zynisch wie Vater?

»Und der Preis?« fragte Kellen. »Ein Wegezoll. Ein Opfer. Nicht in Münzen. In Leben. In Veränderungen. Unmittelbaren Veränderungen. Zu wessen Nutzen? Der reichen Elite an der Spitze. Für den Rest von uns bleibt alles gleich.«

Zwei Soldaten am Rande der Menge standen auf, pfiffen und gingen weg. Mike bemerkte ein befriedigtes Lächeln auf Kellens Gesicht, da der Zwischenfall seine Position lediglich unterstrich.

Zu Rebecca sagte Mike: »Dein Bruder hat noch etwas vergessen; der König gestattet die freie Rede.«

»Mein Bruder ist ziemlich dickköpfig.«

»Ja.« Ich ebenfalls, dachte er. Du brauchst bloß meinen Vater zu fragen.

Sie lächelte ihn aufmunternd an. Seine Stellung mußte sie trotz alledem beeindrucken, und das irritierte ihn irgendwie. War es so wichtig für ihn, daß er sie überhaupt beeindruckte?

»Wie kommt es, daß dein Bruder dies tut, diese Dinge sagt?« fragte er. Er hatte Kellen nicht dazu bringen können, es ihm unter vier Augen zu sagen, abgesehen von den Gründen, die er so beredt auf der Bühne darlegte.

»Ich weiß es nicht«, sagte sie, »er war soviel allein, als er sich im Gebirge um seine Herden gekümmert hat.«

»Wut auf euren Vater, weil er nicht aus den Einigungskriegen zurückgekehrt ist?«

Sein Wissen verblüffte sie offenbar. »Das weißt du?«

»Es war nicht schwer herauszufinden. Ich habe natürlich meine Informationsquellen.«

Sie sah ihn an, inzwischen nicht mehr lächelnd, den Mund zusammengepreßt, die Augen scheinbar mißbilligend.

O je, dachte er. Bloß weil ich mit meinem Vater streite und ihn nicht unbedingt liebe, heißt das noch nicht, daß andere ihre Väter nicht lieben können. Verdammt. »Ich fühle mit dir, und es tut mir leid«, sagte er.

»Es war nicht deine Schuld«, sagte sie matt.

23 Kellen

Als er die Rednerplattform verließ, kochte Kellen vor Wut.

Er lächelte und nahm Gratulationen entgegen und ohrfeigte sich in Gedanken wegen seines Fehlers. Bestimmt hatte Prinz Michale seinen Fehler bemerkt.

Vielleicht aber auch nicht. Mike kannte die Schwimmhäuter vielleicht gut genug, um die Bedeutung dessen, was Kellen gesagt hatte, zu überhören. Ein rascher Blick sagte ihm, daß Mike möglicherweise genug von Rebecca in Anspruch genommen gewesen war und seinen Schnitzer nicht bemerkt hatte. Er brauchte Mike und Rebecca bloß zusammenzubringen, und schon gäbe es ein weiteres Band zwischen Mike und ihm. Einen zusätzlichen Hebel.

Der schwierige Teil, dachte er, würde beginnen, wenn es darum ging, Mikes echtes Vertrauen zu gewinnen. Psychotricks würden nicht ausreichen, um sie langfristig aneinander zu binden, darum mußte er den Prinzen durch Freundschaft gewinnen, durch gemeinsame Ziele und echtes sozialpolitisches Interesse. Ebenfalls schade, denn er mochte Mike. Doch er war entschlossen, alles und jeden zu benutzen. Benutzte er nicht in diesem Moment seine eigene Schwester, um Mike anzuziehen und bei Laune zu halten?

»Super, Kellen«, sagte Franco Valdez und umklammerte Kellens Schultern.

»Ja, klar, Franco«, sagte er, immer noch abgelenkt.

Gewiß, die Schwimmhäuter achten das Leben und das Glück und all das andere Zeug. Aber erwartet man von mir, daß ich das weiß? Nur ein Treckmeister könnte das wissen – oder die nahen Angehörigen des Treckmeisters, diejenigen, die einen Grund haben, die Lebensweise der Schwimmhäuter zu studieren. Und es gehört bestimmt nicht zum Lehrplan der Shepherd Universität. Shepherd Park, Shepherd Universität, Shepherd Avenue und Street, diese ganzen verdammten Shepherds!

Ein stupsnasiges Mädchen lächelte einladend. Er nickte entgegenkommend, blieb jedoch nicht stehen. Dafür war keine Zeit.

Er blieb bei einer Gruppe in Rebeccas und Mikes Nähe stehen. Er konzentrierte sich, um zu erkennen, was vor sich ging. Mikes Aura zeigte Interesse, Konzentration einzig auf Rebecca und ein Höchstmaß an Erwartung. Rebeccas Aura hätte leichter zu lesen sein sollen, da sie seine Schwester war. Sie war es nicht. Man sollte meinen, wir wären besser aufeinander abgestimmt, dachte er. Ja, sie war an Mike interessiert, jedoch nicht so sehr wie er an ihr. Ihre Aura zeigte das Orange der Vorsicht.

Damit hatte er nicht gerechnet. Er hatte geglaubt, die

Tatsache, daß Mike der Prinz und Thronerbe war, würde Rebecca automatisch schwankend machen.

Da! Mike führte Rebecca weg, um sich in einer Taverne zu erfrischen, schnappte Kellen aus Gesprächsfetzen auf.

»Wann können wir dich wieder hören?« fragte ein Städter, keiner seiner Gefolgsleute.

»Das muß noch geregelt werden. Aber mein Freund Franco wird dich gerne benachrichtigen, falls ...« Laß niemals eine Chance zur Bekehrung aus. Franco trat näher, um sich den Namen des Mannes zu notieren. Könnte auch für eine Spende gut sein.

Er entschuldigte sich und schlich weiter in den Park hinein. Nach einer Weile fand er sich an einem See sitzend wieder. Er vermißte die Zeit, die er allein in den Bergen verbracht hatte. Das emotionale Hoch der Veranstaltung verflog, und er fühlte sich nachdenklich, als er seine Rede im Geiste noch einmal Revue passieren ließ. Leidlich gut, dachte er. Worte und Vorstellungen und Ideen, die durch Aurakontrolltechniken der Schwimmhäuter verstärkt worden waren.

Es hieß, er verfüge über Charisma.

Klar.

Er hatte in Mikes Aura keinen Verdacht bemerkt. Mike wäre nicht fähig gewesen, ihn in seiner Aura zu maskieren. Keiner der heute Anwesenden war fähig gewesen, Auren zu lesen – das überprüfte er immer. Eine Sache hatte ihn gewundert. Als er im Palast die Daumentrommeln gespielt hatte, schien der König keine Aurakontrolle besessen zu haben. Thomas Jefferson Shepherd hatte jedoch etwas an sich, das der Aurakontrolle und allem, was damit zusammenhing, ebenbürtig war. Er besaß etwas Ursprünglicheres, Elementareres, weniger Intellektuelles – eine angeborene Eigenschaft, die vielleicht das menschliche Äquivalent der Auratechniken der Schwimmhäuter war. Und diese Fähigkeit war wahrscheinlich unbewußt. Kellen nannte TJ

Shepherds Fähigkeit ›Elementarverständnis‹ oder unbewußte ESW, obwohl er sich nicht sicher war, wozu der König imstande war und wozu nicht. Er hatte nichts von offener Auramanipulation bemerkt, so wie er sie heute hier eingesetzt hatte.

Weil Shepherd der Treckmeister war und Kellen Shepherds Elementarverständnis aufgefallen war, hatte er seine eigenen Auramanipulationen sorgfältig kontrolliert, seine Energiematrix neutral gehalten und im Palast keine Tricks versucht. Darum konnte er lediglich spekulieren, ohne jedoch etwas Genaues zu wissen.

Eines Tages würde er es wissen, bei Gott. Sobald er entdeckt hatte, daß ihm sein Haß und seine kochende Wut immens geholfen hatten, seine Aura zu kontrollieren und die Energiematrix zu benutzen, hatte er sich geschworen, kein einfacher Hirte in den Bergen zu bleiben, sondern Shepherd und dem Königreich der Shepherds so viel zu schaden, wie er nur konnte. Rache, jawohl. Doch da war noch mehr. Ein Ventil für Enttäuschung und Wut. Ein Ziel, ein Zweck, etwas, um seinen fiebrigen Geist zu beruhigen, wenn er darüber nachdachte. Jedesmal, wenn er darüber nachdachte, wurde er verwirrt. Wollte er, daß Shepherd den Zusammenbruch seines Königreichs miterlebte, bevor er selber stürzte? Oder wollte er, daß der König vor dem Königreich unterging?

»Weg mit ihm«, dachte er und spürte, daß seine Aura ein gefährliches und ausgeprägtes Grau zeigte. Er zügelte seine Gedanken.

Rebecca wußte nicht, daß Thomas Jefferson (Shepherd) Rex ihren Vater enthauptet hatte. Daß er es gewesen war, der den Mann ihrer Mutter mißhandelt hatte, bis er tot gewesen war wie ein fehlgeborenes Büffelschaf. So tot wie die Augen seiner Mutter, als sie es erfahren hatte. So tot wie ihr Leben hinterher. So tot, wie sie durch die Trauer über den Tod ihres Mannes geworden war. Coreen Sing war von dem berühmten, verfluchten Witwenmacher getötet worden, genauso, wie der König ihren Mann getötet hatte. Kellen wußte von der Enthauptung, Rebecca nicht. Eines der Geheimnisse, die er vor ihr hatte. Ein anderer Mann aus dem Ort war bei der Schlacht dabeigewesen und hatte Kellen erzählt, daß Shepherd seinen Vater persönlich mit dem Schwert getötet hatte. Und Kellen hatte seine Mutter mit eigenen Augen sterben sehen – indirekt durch die Hand des Königs.

Was bedeutete es da schon, wenn sein Vater im Krieg angeblich auf der falschen Seite gestanden hatte? Milvin hatte nichts anderes gewollt, als seine arme Familie in einer Zeit der Zwietracht und in einem kriegszerrütteten Land zu unterstützen. Milvin war das Futter für Shepherd und seine Bande von Halsabschneidern gewesen. Ebenso, wie er an jenem schicksalhaften Tag die Schnarle im Palast getötet hatte.

Seltsamerweise hatte der Zwischenfall mit der Schnarle Kellen bezüglich Milvin ein besseres Gefühl vermittelt, als er lange Zeit gehabt hatte. Der König schien ziemlich gut mit dem Schwert umgehen zu können, also hatte Milvin vielleicht nicht gelitten. Aber sein Mutter hatte gelitten; sie war schon Jahre tot gewesen, bevor ihr Herz tatsächlich zu schlagen aufgehört hatte. Und das würde Kellen dem König niemals vergeben. Milvin hatte gewußt, worauf er sich einließ. Aber Mutter? Als Kellen ein Kind gewesen war, hatte sie seine Verletzungen mit einer Berührung geheilt. Wenn sie ihn sah, kam Leben in ihre Augen. Zwischen ihnen hatte eine so starke Übereinstimmung geherrscht, als ob ihre Auren miteinander verknüpft gewesen wären – wovon er inzwischen fest überzeugt war.

Und Kellen war über seine Gefühle überrascht gewesen, als er gehört hatte, daß der König am Bolzenschuß eines Attentäters starb. Von der einen Seite der Aura aus betrachtet genoß er den Schmerz, den der Bolzen und das Gift dem König offenbar bereiteten. Und die

Agonie der Königsfamilie schmeckte süß. Von der anderen Seite der Aura aus betrachtet ärgerte er sich, daß der Tod des Königs nicht das Ergebnis von etwas war, daß er, Kellen, getan hatte. Er erinnerte sich noch, was er damals gedacht hatte: Nicht schlecht, aber ich wollte, ich wäre es gewesen. Doch jetzt erholte sich Shepherd, er konnte zu seinem ursprünglichen Plan zurückkehren.

Also hatte Thomas Jefferson Shepherd Milvin Sing getötet und, was noch wichtiger war, Coreen Sing; also hatte Kellen Sing Rache geschworen.

Die einsamen Tage und Monate und Jahre allein in den Bergen hatten ihn mit einem besonderen Selbstbewußtsein ausgestattet. Er wußte, daß seine Intelligenz und sein rasches Auffassungsvermögen ungewöhnlich waren. Seine geistige Beweglichkeit ermöglichte es ihm, sich die Gedankentechniken der Schwimmhäuter anzueignen. Er bewies unmittelbares Talent und lernte gut.

Seine Träumereien wurden unterbrochen, als sich die Oberfläche des Sees vor ihm teilte. Der Kopf eines Schwimmhäuters erschien, mit flatternden Augenlidern und unruhigem Blick. Der Schwimmhäuter setzte sich im flachen Wasser auf und musterte Kellen. Kellen roch die Ausdünstung der Flußpflanzen, die der Schwimmhäuter vor kurzem verspeist haben mußte.

Kellen musterte rasch die Umgebung, um sich zu vergewissern, daß keine Menschen in der Nähe waren. Niemand da.

»O:omega«, grüßte er.

/Kellen Sing/, antwortete O:omega.

»Die Veranstaltung ist gut verlaufen«, berichtete Kellen.

/Wie ich beobachtet habe./

»Meiner Ansicht nach hat das Verfahren funktioniert.«

/Die Verbindung war wirksam./

»Und einzigartig, da bin ich mir sicher.« Sie hatten ihre Auren miteinander verbunden, wobei O:omega Kellens Führung gefolgt war, um das Publikum im Park zu gewinnen. Kellen war sich nicht sicher, ob sie es gemeinsam getan hatten, oder ob O:omega seine eigenen Anstrengungen lediglich verstärkt hatte.

O:omega. Der Verräter.

Sie waren einander ähnlich, überlegte er. Beide wollten sie etwas, das jenseits ihrer Erfahrung lag. Jenseits ihres Erbes und ihrer Kultur. Beide teilten sie ein brennendes Verlangen nach Veränderung. Eine persönliche Revolte gegen persönliche Lebensumstände. Und konsequenterweise revoltierten sie gegen die Strukturen, die sie einschränkten – er gegen Shepherd und die Unterdrückung seiner Regierung und O:omega gegen die streng reglementierte Gesellschaft der Schwimmhäuter.

Zu Anfang hatte ihre Wut ausgereicht, doch die Wut des einen hatte die des anderen solange aufgestachelt, bis sie einen Pakt geschlossen hatten. Zwei Abtrünnige gegen zwei Nationen.

Wegen O:omegas Hang zum Nonkonformismus hatten die alten verantwortlichen Schwimmhäuter ihn für eine weitere Ausbildung untauglich erklärt, ihm seinen Familienlehrer O:chacka genommen und seine Stelle A:alpha übertragen. Diese Maßnahme hatte O:omega offenbar in die blinde Raserei seiner Racheträume getrieben.

O:omega hatte zu Kellen gesagt: /Diese alten Männer, die Entscheidungen treffen, verhalten sich wie hautlose alte Weiber. Sie sitzen da und lassen Gas ab. Dialog ist alles, was sie verstehen. Sie stagnieren in ihrem eigenen Müll. Sie ersticken neue Ideen./

»Ja?« half Kellen nach.

O:omega erzählte von der Gelegenheit, bei der er einem besonders klugen Rat einer Frau gefolgt und dafür getadelt worden war. /Sogar die nicht zur Familie gehörigen Älteren tadelten mich. Darum begann ich

Fragen zu stellen, warum wir etwas nicht tun sollen, warum Frauen nicht mehr Anteil an Entscheidungen hätten. Weitere Repressalien und Demütigungen waren die Folge./

Kellen vermutete, daß der Bruch zwischen O:omega und der Hierarchie der Schwimmhäuter eher gegenseitiger Natur war und weniger einseitig, als O:omega es schilderte. Er gestand sich das gleiche sogar in seinem Fall ein. Seine Vorsicht hatte seine Besessenheit in Schach gehalten und ihm schließlich ein höheres Ziel enthüllt als bloße physische Rache am König.

Aber etwas machte ihm Angst. Die Gefährdung und die Macht, die zu erlangen ihm leicht und die zu vergrößern ihm noch leichter fiel, veränderten ihn, veränderten seine Ziele. Er entdeckte allmählich, daß er die Macht mochte, die Verehrung des Volkes, die Fähigkeit, das Schwert der Macht zu schmieden. Er bemühte sich, sein ursprüngliches Ziel – den Sturz des Königs – weiterzuverfolgen und würde es auch schaffen. Doch was auch geschehen mochte, er würde jede Position, die er sich in der neuen Welt aufbaute, der Welt nach dem Chaos, an der er arbeitete, zu seinem Vorteil benutzen.

Anarchie, mit ihm als Nutznießer. Ein Retter, ein Gandhi? Sicherlich nicht ganz abwegig.

Er war hinreichend intelligent, um zu wissen, daß er arbeiten, planen, aufbauen mußte, ehe er seine Ziele verwirklichen konnte. Darüber machte er sich keine Illusionen. Das Ausmaß seiner Ambitionen schreckte ihn nicht. Hatte nicht der König selbst die ganze Welt geeint? Jetzt brauchte Kellen nichts weiter zu tun, als sie ihm wieder wegzunehmen, ein Unterfangen, das nicht annähernd so schwierig war wie das, was Shepherd getan hatte – jedoch eines, das Kellen Sing als einen besseren Menschen als Shepherd erweisen würde.

Schließlich hatte er nichts zu verlieren.

Außer Rebecca.

Und O:omega?

O:omega hatte ihm einmal gesagt, ihre persönlichen Schicksale seien miteinander verknüpft. Und daß Kellen ihm dabei helfen werde, die statische Schwimmhäutergesellschaft anzugreifen.

Sie wußten, daß sie erst die Menschen auf Bear Ridge besiegen mußten, ehe die Schwimmhäuter ihre Absichten aus der Ferne erkennen konnten.

Außerdem hatte O:omega ein Tabu gebrochen: Er hatte unerlaubt Kontakt mit einem Menschen aufgenommen.

Sie hatten Pech gehabt, daß O:omega gerade zu der Zeit flußabwärts geschwommen war, als I:imbawe dem Bett des sterbenden Königs einen Besuch abgestattet hatte. Hatte dieser Schwimmhäuterältere womöglich dazu beigetragen, Shepherds Gesundheit wiederherzustellen? Schwer zu sagen.

O:omega glaubte es nicht. Doch der Besuch machte O:omega Sorgen. Zu Kellen hatte er gesagt: /Vielleicht geben die Älteren zu, daß diese Veränderung im Wind und in den Wellen liegt. Sie sind jetzt bereit, sich in die planetarischen Angelegenheiten der Menschen einzumischen./

»So?« hatte Kellen gefragt.

/Die Älteren haben die Zukunft extrapoliert, und sie nehmen nach so langer Zeit des bloßen Beobachtens aktiven Anteil? Komm, mein Freund./

»Klar, ich verstehe.« Er meinte, zu verstehen, bis O:omega weiterredete.

/Du verstehst? Ich nicht. Generationen von Menschen hindurch haben die Älteren die Auswahl des Treckmeisters beeinflußt./

»Was?«

/Mehr weiß ich nicht. Die Älteren bewahren bestimmte Dinge in einem geschlossenen Gruppenbewußtsein auf, und Frauen und Nichtinitiierte sind davon ausgeschlossen./

TJ hatte seinen roten Saphir holen lassen. Manchmal brauchte er dessen beruhigenden Einfluß. Und, räumte er ein, das war besser als Alkohol oder ein Beruhigungsmittel.

Er schien jedesmal etwas zu brauchen, wenn er mit Michale stritt.

TJ war in seinem Arbeitszimmer gewesen, als Mick als erster an diesem Morgen eingetreten war.

Mick hatte über seine Schulter geblickt und die schriftliche Zusammenfassung sämtlicher Berichte über Kellens Rede und dessen Aktivitäten am vergangenen Abend im Park gesehen.

»Ich hab's gewußt«, hatte Mick gesagt.

TJ zeigte auf das Papier. »Du warst da.«

»Hast du mir irgend etwas vorzuwerfen?« fragte Mick.

»Nein. Ich konstatiere lediglich eine Tatsache. Warum hast du mir nichts davon erzählt?«

»Ich bin spät zurückgekommen. Und wie du siehst, hier bin ich.«

TJ fuhr sich mit der Hand durchs Haar und dann durch den Bart. Das wird ein schlimmer Tag, dachte er. »Also gut. Was war los?«

Mick lümmelte sich gegen seinen Schreibtisch und deutete auf den Bericht. »Du weißt es bereits.«

»Welche Funktion hast du wahrgenommen?«

»Funktion, Vater? Muß es denn für alles einen technischen Ausdruck geben?«

»Du weichst meiner Frage aus.«

»Ich war Teil des Publikums, Vater. Ich wollte bloß hören, was Kellen zu sagen hatte.«

»Und was hältst du von dem, was Sing gesagt hat?«

»Er hat seine Hausaufgaben gemacht. Ein paar neue

Wendungen in seiner Argumentation. Ansonsten seine übliche Litanei.«

»Verrat und Volksverhetzung nennst du eine Litanei?« fragte TJ.

»Aber ja doch, Vater, deine Berichte zeigen, daß sich Kellen gut abgesichert hat.«

»Rechtlich ja, aber was sind seine Absichten?«

Mick wich seinem Blick aus. TJ lehnte sich auf seinem Stuhl zurück.

»Nun?«

Mick stieß sich vom Schreibtisch ab und ging um ihn herum zur Vorderseite. »Ich weiß es nicht.« Sein Tonfall klang angespannt.

»Es ist offensichtlich, daß er einen Zwischenfall provozieren möchte«, sagte TJ.

»Das streite ich nicht ab, Vater. Aber ich glaube, daß Kellen im Grunde ...«

»Gut ist?« soufflierte TJ.

»Nein. Ich habe gelernt, daß nicht alles schwarz oder weiß, gut oder böse ist.«

TJ nickte. Der Junge lernte tatsächlich dazu. »Was ist es dann?«

»Er versucht etwas zu finden, vielleicht etwas in sich selbst, etwas in unser aller Natur. Er interessiert sich für Menschen. Alles, was er sagt, gilt dem Nutzen aller Menschen – weil die Dinge, die er sagt, ihm nicht wirklich nutzen können, sie können ihm nur schaden.«

»Du weißt es auch nicht«, warf ihm TJ vor.

»Ich kann es nicht richtig ausdrücken«, sagte Mick.

»Ich auch nicht«, stimmte TJ zu. »Was würdest du mir raten, was ich mit Kellen Sing und seinem Verrat und seiner Volksverhetzung anfangen soll?«

»Du wirst ihn wahrscheinlich ins Gefängnis werfen, Vater.« Mick blieb unmittelbar vor dem Schreibtisch stehen und blickte TJ gerade in die Augen.

»Ich habe dich gefragt, was ich deiner Meinung nach

tun soll.« Er bemühte sich, seine Stimme nicht ärgerlich klingen zu lassen.

»Laß ihn in Ruhe. Das ist meine Meinung. Er schadet niemandem – im Moment.«

TJ lehnte sich noch weiter zurück und legte seine Füße auf den Tisch. »Wenn es das ist, was du willst, Mike, dann soll es geschehen.« Er bemerkte die Überraschung in den Augen seines Sohnes. Er hatte sie noch dadurch erhöht, daß er den Namen ›Mike‹ benutzt hatte. Er hatte sich entschlossen, Kellen einstweilen in Ruhe zu lassen und abzuwarten, was geschehen würde. Um zu sehen, ob Kellen ihn zu anderen Verschwörern führen würde. Und am allerwichtigsten, er hatte sich entschlossen, Mick einmal gewinnen zu lassen. Ihn glauben zu machen, sein Rat werde ernstgenommen. Die Schnarle soll mich holen, sagte er sich. Ich hätte nie gedacht, daß ich einmal in eine Lage kommen würde, in der ich Volksverhetzung dulden würde, um meinem Sohn zu gefallen und ihn auf meine Seite zu ziehen. Vielleicht würde seine Verbindung zu Kellen Sing dabei helfen, ihm den Kopf zurechtzurücken. Micks einziges Anliegen sollte das Wohlergehen des Königreichs sein.

Er sah, wie sich Micks Gesichtsausdruck veränderte. Vielleicht hatte ihn der Junge durchschaut? Gut möglich. Ein Opfer meines Rufs, dachte er verbittert. Eine weitere seiner Führungstechniken, die allmählich bekannt wurde: Tu gelegentlich etwas Ungewöhnliches; laß andere im Ungewissen. Hätte nicht versuchen sollen, es bei meinem eigenen Sohn anzuwenden.

»Ich kann mir den Grund denken«, sagte Mick.

»Versuch nicht mehr in etwas hineinzulesen, als schon da ist.«

»Ich brauche keine Warnung, Vater. Wirklich.«

»Du mußt vorsichtig sein, Mick. Laß dich von diesem Sing nicht aufs Kreuz legen.«

»Er versucht mich nicht aufs Kreuz zu legen, wir

haben einfach ... die gleiche intellektuelle Wellenlänge und sind gut miteinander ins Gespräch gekommen.«

Große Scheiße, dachte TJ und sagte: »Und das Mädchen, mit dem du weggegangen bist?«

»Bloß so eine Bekanntschaft.« Micks Stimme klang gepreßt.

»Sieh mal, mein Sohn. Ich mische mich nicht in dein Liebesleben ein, das weißt du. Aber paß verdammt gut auf, daß du nicht benutzt wirst. Du wärst nicht der erste, der sich wegen einer Frau ruiniert.« Er legte eine Pause ein. »Wer war sie?«

Mick sah ihn einfach nur an. Wortlos drehte er sich um und ging hinaus.

TJ klingelte nach seinem Sekretär und ließ seinen roten Saphir bringen. Er mußte sich beruhigen und seine Gedanken für das bevorstehende Treffen mit Roaland Cruz sammeln.

Während er wartete, blickte er müßig auf den Eingangsstapel Papier und den leeren Kasten mit den ›Ausgängen‹. Er hatte sich selbst gelähmt. Eine zu umfangreiche Verwaltungsstruktur aufgebaut. Die Bürokratie schien sich eigenständig zu vermehren, wenn sie erst einmal entstanden war. Ein Preis, den er bezahlen mußte, während er lieber draußen und aktiv gewesen wäre. Er wäre lieber ein General als Tag für Tag Verwaltungsbeamter gewesen.

Er beantwortete Alfreds diskretes Klopfen. »Kommen Sie rein, Hark.« Alfred brachte das goldene Kästchen, stellte es auf seinen Schreibtisch und ging wieder hinaus. TJ betrachtete den roten Saphir, den er von O:chacka erhalten hatte. Er lag auf einem Stück Seide, das seine Farben gut zur Geltung brachte.

Das Ding faszinierte ihn. Auch wenn es ihm ein Gefühl von Gelassenheit vermittelte, erzeugte es irgendwo tief in seinem Innern ein Gefühl des Unbehagens – und das sollte es nicht, der Himmel wußte, was er durchgemacht hatte, um dieses verdammte Ding zu bekommen.

Er hob den Saphir hoch und rieb mit den Fingern daran. Glatt. Obwohl die Lichtbrechungen darauf hinzudeuten schienen, daß er verschiedene Facetten hatte. Wenn er ihn hielt, spürte er eine größere geistige Klarheit – vielleicht eine Erinnerung an Gebräuche der Schwimmhäuter? Er meinte dann, sein Verstand arbeite schärfer, rascher. Er war sich nicht sicher, hätte jedoch sein halbes Königreich darauf verwettet, daß diese Zunahme der geistigen Leistungsfähigkeit reine Einbildung war. Welchen Einfluß konnte ein Edelstein auf sein Denken haben? Wie konnte ein Stein, ein hübscher Stein, seinen geistigen Horizont erweitern? Lächerlich! Und vielleicht aus diesem Grund hegte er wegen des Edelsteins unterschwellige Befürchtungen.

Die meisten Treckmeister vor ihm hatten ihren roten Saphir an einer Kette um den Hals getragen. Traditionell sollte der Juwel in der offiziellen Krone getragen werden, doch diese war unbequem und wurde selten getragen. Seine Vorgänger hatten es vorgezogen, ihre roten Saphire ständig bei sich zu tragen. Wegen seines gelegentlichen Unbehagens stellte TJ den seinen jedoch im Thronsaal aus, entweder in einem Kästchen oder in einer Nische über seinem Thron. Und es war amüsant, die Reaktionen deren zu beobachten, die hingingen, um ihn sich anzuschauen.

Als der Sekretär den Bischof hereinbrachte, hatte TJ bereits bessere Laune. Er hatte Cruz kurzfristig vorgeladen, um den Mann zu überrumpeln.

»Eure Majestät?« fragte Cruz, als er wie ein Vogel auf seinen spindeldürren Beinen hereinstolziert kam.

»Roaland«, grüßte er. Er sah, daß die Augen des Geistlichen geradewegs zu dem roten Saphir in seinem Kästchen wanderten.

»Das ist also Ihr roter Saphir«, sagte Cruz. »Ich habe ihn noch nie aus solcher Nähe gesehen.«

TJ nahm ihr heraus und warf ihn Cruz lässig zu.

Der Bischof jonglierte einen Moment damit, dann hielt er ihn ins Licht. »Sieht aus wie Korund«, sinnierte er. »Die Substanz leuchtet unterschiedlich je nach Lichtbedingungen.« Dann legte er ihn hastig in sein Behältnis zurück.

»Haben Sie sich verbrannt, Bischof?«

»Mit einem Gegenstand, der als Götzenbild angesehen werden kann, will ich nichts zu tun haben.«

»Da wackelt ja der Schwanz mit dem Volv. Das können Sie mir nicht anhängen, Roaland.«

»Das gebe ich zu. Sie wollten mich sprechen?«

»Achtzehn, Vater. So viele Ihrer ... Priester in Kirchenkleidern wurden gestern bei Kellen Sings Kundgebung gezählt. Eine unverhältnismäßig große Zahl, behaupte ich.«

»Und?«

»Und trugen, wenn auch passiv, zur Volksverhetzung bei.«

»Wenn ich mich recht erinnere, TJ, geht *Ihnen* die Meinungsfreiheit über alles.«

»Jeder hat sein Steckenpferd«, sagte er. »Haben sie auf Ihre Anweisung hin teilgenommen?«

»Ich billige ihre Handlungsweise nicht, nein. Aber ich mißbillige sie ebensowenig. Ich bleibe neutral. Meine Priester können in ihrer Freizeit tun und lassen, was sie wollen.«

»Der Grund, warum ich Sie sprechen wollte, Vater: Es ist gefährlich, sich Kellen Sings Bewegung anzuschließen. Gefährlich für Leib und Leben.«

»Sie wollen ihn in Ketten legen?«

»Im Moment nicht.«

»Ah, jetzt begreife ich.« Cruz trat zu einem Stuhl. »Darf ich Platz nehmen?« TJ nickte. Cruz fuhr fort: »Sie benutzen den jungen Sing als Köder. Warten ab, bis sich sämtliche Dissidenten mit ihm eingelassen haben, und dann erledigen Sie sie alle auf einen Schlag.«

Eine von TJs Absichten war es, Cruz aus der Fassung zu bringen. Als sein vielleicht schärfster politischer Widersacher, war die Kirche zu mächtig, als daß er sich im Augenblick mit ihr hätte anlegen wollen. Deshalb hatte er sich entschlossen, Cruz in der Defensive zu halten, damit der Priester nicht in die Offensive gehen konnte.

»Meine Überlegungen gehen Sie nichts an, Roaland. Ich warne Sie lediglich. Achtzehn Priester, das ist ein wenig kraß und erweckt den Anschein eines allzu unwahrscheinlichen Zufalls. Was mich zu der Annahme bringt, daß es nicht zufällig war. Und es gibt nur einen Mann, der solche Anordnungen treffen kann. Sie.«

»Mir kommt gerade der Gedanke, daß Botschafterin Gold Ihre säkularen Einmischungen in kirchliche Angelegenheiten unangenehm auffallen würden.«

»Nennt man das Erpressung oder Nötigung, Vater?«

»Druck, glaube ich, TJ. Nicht mehr und nicht weniger, als sie auf uns ausüben.«

»Hören Sie, Roaland. Versuchen Sie einfach, Ihre Priester zu kontrollieren, ja? Ich habe so schon genug Probleme.«

Cruz zuckte die Achseln. »Was kann *ich* tun?«

»Halten Sie *Ihre* Leute von Dissidenten wie Sing fern.«

»An diesen Dissidenten sind Sie selbst schuld, TJ. Sie haben sie aus einer heimatlosen Klasse erschaffen. Sie haben die Welt zu schnell reorganisiert. Es gibt Menschen, die nirgendwo hinpassen – noch nicht. Und nun ...«

»Dissidenten gibt es immer, Vater. Ich hatte vorher mit ihnen zu tun, und so wird es auch in Zukunft sein.« Er verschränkte die Arme und setzte sich aufrecht hin.

»... und nun wollen Sie noch mehr Dissidentengruppen erzeugen, noch mehr klassenlose Menschen, die in Ihrer zusammengeschusterten Gesellschaft nirgendwo hineinpassen. Auf der Gesellschaft lastet gegenwärtig ein zu großer Druck, weil sie sich Ihren Launen und

Veränderungen anzupassen versucht. Die Mitgliedschaft in der Föderation wird diesen Prozeß gefährlich beschleunigen. Gerade jetzt laufen Ihre Steuereintreiber wieder umher und spionieren und erhöhen Steuern und erniedrigen sie da und dort so schnell und so häufig, daß niemand mehr weiß, was er denn eigentlich tun soll. Viele alte Gebräuche und zahlreiche Berufe werden ohne eine normale Entwicklung überflüssig werden. Ich sage es Ihnen offen, TJ, es wird Ärger geben. Sie bürden ihn sich selber auf. Es steht immer eine Dissidentengruppe bereit, um aus einer Veränderung und der daraus resultierenden Anarchie Nutzen zu ziehen. Wo führt das hin?«

Hört das denn niemals auf? dachte er. »Dieses Lied habe ich schon so oft gehört, daß es einen Vulkan zum Würgen bringen könnte. Studenten deklamieren es und wiederholen es in ganz Crimson Sapphire. Das ist hier wie ein Krebsgeschwür. Ich fürchte, es wird bald auf andere Ethnarchien übergreifen. Und Sie, Bischof, haben die Unverfrorenheit, mir das zu sagen?«

»Was meinen Sie?« fragte Cruz, von TJs heftigem Tonfall offenbar überrascht.

»Ich meine«, sagte TJ, »daß Sie Ihre eigenen Wurzeln vergessen, Ihr eigenes religiöses Erbe. Bloß eine Minute.« Er wühlte in einer unteren Schublade herum. »Gestern bin ich zufällig auf etwas gestoßen, und ich habe es für Sie aufgehoben.« Er zog ein Blatt Papier aus Permaplast heraus und schwenkte es vor Cruz.

»Oh?«

»Es ist eine Ansprache eines Ihrer … äh … Vorgänger.« TJ achtete darauf, diplomatisch zu bleiben. »Johannes Paul der Neunte. Weihnachtsbotschaft 2085. Ich kann den großen Mann direkt im Vatikan auf seinem Balkon stehen und auf die Menge hinabschauen sehen. Kennen Sie die Rede?«

»Nein.« Cruz bekundete jedenfalls Interesse. »Derjenige, der einen weiblichen Papst als seinen Nachfolger empfohlen hat?«

TJ nickte. »Sie erinnern sich, daß Johannes Paul IX. der erste nordamerikanische Papst war. Bedenken Sie, daß er als Zeichen seiner Charakterstärke und seiner Macht im Alleingang die weltweite Einführung des metrischen Systems verhinderte. Bloß weil er es nicht mochte und Probleme hatte, die Umrechnungen im Kopf auszuführen.«

»So? Was hat das damit zu tun, daß ...?«

»Sie ignorieren Ihr Erbe«, sagte TJ. »Sie werden sich erinnern, daß zu jener Zeit, als die Erde von Menschen überquoll, die Partei für Geburtenkontrolle in den meisten Ländern des Staatenbundes haushoch Wahlen gewonnen hat.«

»Daran erinnere ich mich nicht, TJ, aber niemand bestreitet Ihre Geschichtskenntnisse. Bitte reden Sie weiter.«

»An einen brillanten Mann«, grollte TJ, »sollte man sich gut erinnern. Lassen Sie mich aus seiner Rede zitieren.« Er suchte in der archaischen englischen Version von Johannes Pauls Worten nach der richtigen Stelle. »Ah ja. Ich zitiere. ›Die Frommen werden die Erde erben. Die Starken, die Kühnen, die Glücklichen werden die Sterne erben. Der Herr hat sich zuviel Mühe gegeben, das Universum zu erschaffen, als daß die Menschheit es ignorieren könnte.

Laßt uns nicht den Anhängern der Geburtenkontrolle nachgeben, denn es ist unser angestammtes Recht, zu expandieren.

Wie viele Genies gibt es unter einer Million Menschen? Eines vielleicht. Und wenn man die Geburt einer Milliarde Menschen verhindert, wie viele Genies hat man dann getötet oder verhindert? Tausend? Könnten nicht tausend brillante Männer und Frauen etwas zur Lösung der Probleme der Welt beitragen? Billige Energie und folglich billige Nahrung. Könnte es nicht sein, daß tausend Genies zusammen diese grundlegenden Probleme lösen? Oder daß einem allein die Antwort einfällt?

Und die Geburtenkontrollfanatiker wollen die Geburt dieser tausend Genies verhindern?

Darum sage ich, laßt die Menschen sich mehren. Laßt die Männer der Wissenschaft und der Intelligenz unsere Probleme anpacken und uns zu den Sternen bringen, wo der Herr uns hinhaben wollte.‹

Das hat Johannes Paul IX. gesagt, Roaland. Und seinem Ratschlag folgend flogen die Menschen zu den Sternen, und hier sind *wir*.«

»Ja, hier sind wir«, erwiderte Cruz trocken.

»Muß ich eine Fahne vor Ihrem Gesicht schwenken, Roaland, um Ihre Aufmerksamkeit zu erwecken?«

»TJ, manchmal ist es schwer, Glauben und Realität miteinander in Einklang zu bringen. Es ist schwer, die Zukunft klar vorauszusehen. Ich habe ein Urteil gefällt, und ich stehe dazu. Ich bin nach wie vor gegen die Mitgliedschaft in der Föderation. Sie kommt zu schnell, zu plötzlich. Meine Sorge gilt der Mehrheit meiner Herde, und ich muß tun, was ich für sie am besten halte.«

Jemand sollte einen Schubkarren holen und diese ganzen Gemeinplätze rausschaffen, dachte TJ. »Also bekomme ich keine Unterstützung von Ihnen? Die Geschichte beweist, daß Sie sich irren, und Sie wollen Ihre Meinung nicht ändern?«

»Ihre Schlußfolgerung ist zutreffend, Ihre Unterstellungen sind es nicht.«

Was also nun? dachte TJ erschöpft.

Er fragte sich, ob Roaland oder irgendein anderer Gegner des Föderationsbeitritts schon die Idee gehabt hatte, sich unmittelbar an Sharon Gold zu wenden. Es würde ihnen eine Menge Zeit sparen, wenn sie einige Steine umdrehten und darunter ein paar von TJs Würmern entdeckten.

Aber nichts, was irgend jemand Sharon berichten

konnte, wäre ein entscheidender Schlag gegen sein Anliegen, der Föderation beizutreten. Nun, zugegeben, er versuchte, sie zu seinen Gunsten zu beeinflussen. Also lag es an Sharon, die Spreu in ihren Informationen vom Weizen zu trennen. Oh je, dachte er, Cruz hat *mich* dazu gebracht, in Klischees zu denken.

25 Sharon

Sharon war aufgeregt. Es würde ihr erster Ausflug aus der Stadt Crimson Sapphire heraus sein.

Nun wartete sie in Felicia Shepherds Privatgarten. Sie würde die Königinmutter begleiten, wenn sich die königliche Gesellschaft formierte.

Felicias Garten war fremdartig: viele Arten von Früchten und Gemüse, einige bekannt, andere nicht zu identifizieren.

»Pflück sie, koch sie und eß sie, lautet mein Wahlspruch«, sagte Felicia. »Je länger der Weg zwischen Stamm und Kochtopf, desto mehr Geschmack und Nährstoffe gehen verloren.«

»Meine Mutter hat immer etwas Ähnliches gesagt«, sagte Sharon ohne Nachzudenken.

»Ja?« half Felicia nach.

O ja, dachte Sharon. Mutter sagte immer: »Je früher du es kochst und ißt, desto eher ist der Beweis verschwunden; ein perfektes Verbrechen, du ißt den Beweis auf.« Aber sie sagte es Felicia nicht. Statt dessen sagte Sharon: »Ich wollte Ihnen ein Kompliment machen, um mich gut mit Ihnen zu stellen.«

»Hm«, machte Felicia. »Sie haben es auf einen meiner frischen Gartensalate abgesehen«, sagte sie.

Sharon lächelte. »Ja. Unverfroren. Und ich kenne nicht einmal sämtliche Zutaten.«

Felicia deutete auf einen kleinen Tümpel. »Neuerdings experimentiere ich mit Flußpflanzen. TJ meint, die Schwimmhäuter äßen eine Menge davon.«

»Nun, was immer Sie kochen, es entfaltet enorme stärkende Eigenschaften.«

Felicia pflückte einen Zweig einer minzeartigen Pflanze ab und kaute darauf. »Die Männer von Bear Ridge sind ein kräftiger Schlag. Mein Sohn ist kräftiger als die meisten. Seine Willenskraft hat ihm bestimmt dabei geholfen, das durchzustehen.«

Sharon fand, daß Felicia ein wenig zurückhaltend war, was TJs Genesung betraf.

Felicia redete weiter, beinahe nervös. Sie brachte ein kleines Lachen zustande. Sie deutete auf ein tönernes Rohr, das aus der Gartenmauer austrat. Ein Eimer hing von dem Rohr, und ein großes Kugelgelenkventil mit einem Griff zum Öffnen und Schließen war in das Rohr eingelassen. »Sehen Sie das?«

»Ja, Ma'am.« Sharon entschloß sich, mit der alten Dame diplomatischer umzugehen.

»Das, meine Liebe, ist fließendes Wasser. Sie haben gehört, wie mein Sohn den Mangel an fließendem Wasser als einen der Gründe für den Föderationsbeitritt bezeichnet hat?«

»Mehr als einmal.«

»Aber im Palast haben wir Toiletten und fließendes Wasser und Duschen und Bäder und Messinginstallationen?«

»Ja, Gott sei dank«, sagte Sharon.

»Der Betrieb erforderte eine Menge Arbeitsstunden, aber da wir nahe am Fluß wohnen, hat Thomas eine Anlage. Eine Menge Regensammler auf dem Dach. Wenn es nicht genug Regen gibt, pumpen Männer und Tiere mühsam Wasser herauf, um die Reservoirs zu füllen.«

»Ich hätte eher auf Transport mittels Gefälle oder Wassertanks getippt«, sagte Sharon. »GHIP.«

»Wie bitte?«

»Größe hat ihren Preis.«

»Gewiß, junge Frau, die Königswürde bringt einige Annehmlichkeiten mit sich.« Felicia deutete vage auf die Berge. »Thomas läßt auch von einer Mannschaft dort oben Eisblöcke loshauen und sie über den Fluß zum Palast schleppen. Unter dem Palast gibt es ein paar feuchte und dunkle Winkel, wo sich das Eis lange hält.«

Sharon dachte: Warum versucht mir Felicia auf einmal die Ohren vollzuschwatzen? Sie hatte das Gesprächsthema von der Genesung des Königs abgelenkt. Unvermittelt fragte sie: »Felicia, wie ist die Thronfolge geregelt? Wie ich höre, hängt sie davon ab, ob Mike den Treck besteht und alles, aber wie sieht die Übergangsregelung aus?« Obwohl sie diese Frage bereits anderen gestellt hatte, wollte sie bekräftigen, was sie herausgefunden hatte und vermutete.

Felicia schien sich ein wenig zu entspannen. »Nun, Sie haben erlebt, wie es funktioniert hat, als Thomas verletzt war.«

»Das habe ich. Aber ich verstehe noch nicht alles, was ich beobachtet habe. Der Hofnarr …«

»Oh, der ist ein Sonderfall. Thomas war immer noch König. Wir sind einfach dort eingesprungen, wo wir konnten. Die Leute, die qualifiziert waren, auf unterschiedlichen Gebieten Entscheidungen zu treffen, haben sie getroffen, das ist alles. Und Mike und ich haben die offiziellen Funktionen wahrgenommen, Dinge, die sich nicht vermeiden ließen.«

»Aber falls …« Sharon wußte nicht, wie sie Felicia eine hypothetische Frage bezüglich des Todes ihres Sohnes stellen sollte.

»Ich weiß, woran Sie gerade denken«, sagte Felicia. »Die Reihenfolge der Nachfolge. Schauen Sie, meine Liebe. Ich bin härter im Nehmen, als es scheint. Denken Sie daran, was ich für das Königreich geopfert habe.«

Zwei Söhne und einen Mann, dachte Sharon. »Verzeihen Sie. Und das war meine Frage.«

»Nach Thomas kommt Mike, falls er den Treck unternimmt und zurückkommt, versteht sich. Falls etwas passieren sollte, beispielsweise heute an unserem Ausflugstag, zuerst Gwen, dann ich, dann Gwens Halbschwester. Soweit die königliche Familie. Jetzt kennen Sie eine von TJs geheimsten Ängsten – die Prinzchen zählen erst, wenn sie den Treck geschafft haben. Und Thomas glaubt, für den Fall, daß wir alle abtreten würden, wäre es für das Königreich besser, wenn es zu einem Machtkampf käme und die stärksten Überlebenden die Macht übernähmen. Ich ebenfalls. Die Shepherds sind nicht die einzigen, die zum Regieren befähigt sind.«

»Gwens Halbschwester?«

»Nora Ahimsa.«

»Sie ist eine eigenartige Frau«, sagte Sharon.

»Jeder, der sich mit Kräutern und Chemikalien beschäftigt, die ich nicht begreife, kann als eigenartig bezeichnet werden«, sagte Felicia.

»Ich wußte, daß sie die Leibärztin ist, war mir über ihre Familienverwandtschaft aber nicht im klaren.«

»Das wissen nur die wenigsten. Ihr Mann war der königliche Leibarzt, und er starb während des Krieges, darum ließ Thomas Nora seine Stelle einnehmen. Es war eine Möglichkeit, sie im Palast zu halten – von ihren offensichtlichen Fähigkeiten einmal abgesehen. Eine ausgezeichnete Akupunkteurin, außerdem eine Holo … wie-sagt-man-noch-gleich.« Felicia bemerkte Sharons Blick. »Sie haben den Palasttratsch gehört?« Sharon nickte. »Also«, sagte Felicia abwehrend, »es war eine kurze Affäre und hätte vielleicht noch ein Kind mit einem legitimeren Anspruch auf den Thron hervorgebracht. Aber dem war leider nicht so.« Dann überraschte Felicia Shepherd Sharon. »Legitimer Anspruch? Kein schlechtes Wortspiel für eine alte Dame.« Sie kicherte.

Sharon mußte die Königinmutter einfach gern haben.

Felicia reichte ihr eine kirschrote Tomate, und Sharon knabberte daran. »Saftig«, bekundete sie nickend ihre Anerkennung.

»Man muß bloß den richtigen Dünger für die richtige Pflanze herausfinden.«

Uhg. »Ahimsa. Das ist ein eigenartiger Name«, stellte Sharon schließlich die Frage, die sie schon vorher hatte stellen wollen.

»Kommt aus dem alten Hindi. Bedeutet etwas wie ›Alles Leben ist heilig‹, wissen Sie. Einer Art Name und ein Titel.«

»Sie ist sehr geschickt«, soufflierte Sharon. »Die Genesung des Königs war ein Wunder.«

Felicia runzelte warnend die Stirn.

Sharon entschloß sich, die Gelegenheit diesmal verstreichen zu lassen. »Ob es wohl schon Zeit zum Aufbruch ist?«

»Ich hoffe«, brummte Felicia. »Dieses ganze Gerede über Ärzte und Nachfolge deprimiert mich.« Sie blickte Sharon gerade in die Augen, und Sharon sah Eisen, das in großen Feuern schmolz. Felicias Tonfall war kühl und neutral. »Leute, die töten und meine Familie umzubringen versuchen, habe ich gründlich satt.«

26 TJ

Dawn's Edge. Von einer Erhebung aus musterte TJ die Stadt, die er gegründet hatte, dann ritt er in die staubigen Straßen hinunter. Die Bevölkerung zählte nur wenige Tausend. Eine Viehzucht treibende Siedlung auf der Hochebene. Weit östlich von Crimson Sapphire in Richtung des Zwillingsgebirges gelegen, hatte TJ diesen Ort zum Hauptquartier der königlichen Herden erkoren – die nun in Micks Verantwortungsbereich lagen und folglich offiziell dem Prinzen gehörten.

Das Steppengras der Hochebene machte dies zum logischen Ort für die Zucht von Büffelschafen und deren Abkömmlingen, wie beispielsweise den Büffelrindern. Millionen Hektar von Land. TJ hatte vor, das Land bis zur Höchstgrenze mit den verschiedenen Tierarten aufzufüllen. Seit den Kriegen hatte er diesen Plan ohne große Publizität verfolgt. Er schätzte den ständig wachsenden Tierbestand auf achtzig- oder neunzigtausend. Ab und zu wurden Blutlinien daraus zur Auffrischung der näher an Crimson Sapphire gelegenen Herden benutzt.

Er hatte erkannt, daß das Bevölkerungswachstum einer der Hauptfaktoren bei der Expansion der Föderation sein würde und folglich Bedarf an einer großen Menge Nahrungsmitteln bestünde, die anzubauen ihnen möglicherweise der Platz fehlte. Und seine Beobachtungen bei den Föderationskonferenzen hatte seine frühe Analyse eher noch bekräftigt. War Fedcentral nicht ein reiner Regierungs- und Wohnplanet? Sicher, ein bißchen Landwirtschaft. Aber hydroponisch erzeugte Nahrung kann man nur in beschränktem Maße essen. Ab und zu ein richtiges Steak war Gold wert. Und mit modernen Strahlenkonservierungstechniken würde das Steak auf Fedcentral so frisch sein wie hier in Dawn's Edge. Er würde auf den Handel mit anderen Föderationsplaneten zweifellos vorbereitet sein ... falls Bear Ridge in die Föderation aufgenommen wurde. Er konnte es vor sich sehen, das Schlachten und die Verarbeitung mittels Laser, die Bestrahlung, um das Fleisch beinahe für die Ewigkeit zu konservieren, so daß sich eine spezielle Behandlung erübrigte.

Als sie in die Stadt hineinritten, bemerkte er Sharon Golds enttäuschten Blick. Als Viehzuchtzentrale hatte Dawns's Edge nichts Besonderes vorzuweisen. Es war eine staubige, trockene Stadt, aus Holz erbaut, das von den Hängen der weitentfernten Berge und Hügel herangeschafft worden war. Er sah einige Häuser, die aus

Lehm gebaut waren. Die Lehmziegelhäuser schützten besser vor dem Staub, hatten jedoch einige Nachteile, wenn es in Strömen regnete. Ziegel waren jedoch billiger.

TJ war stolz auf Dawn's Edge. Er hatte Dawn's Edge möglichst genau an der Stelle gegründet, um die Joshua Jones und Häuptling Mathiew Bärenklaue und deren Nachkommen gekämpft und wo sie gelebt hatten, bis das ganze Dorf dorthin umgezogen war, wo sich heute Crimson Sapphire befand.

Seine Wurzeln – und das Erbe eines Planeten – lagen hier in der trockenen Erde. Er konnte die Geschichte nach ihm rufen hören. Selbst der aus dem Schlachthaus dringende Blutgestank trug zu den lockenden Echos bei, die er wahrnahm.

Nach einem offiziellen Treffen mit dem Verwalter und einer Lagebesprechung machte die königliche Gesellschaft eine kurze Besichtigungstour durch Dawn's Edge.

Nun befanden sie sich im Schlachthaus, und TJ fuhr mit den Fingern über einen fleischigen Wulst. »Hübsch durchwachsen«, sagte er. Der Büffelrindkadaver hing neben vielen anderen. Er war froh, daß diese Rasse gezüchtet worden war, denn er zog das Büffelrindfleisch dem der Büffelschafe vor. Mike, Sharon und Felicia waren bei ihm – Gwen hatte die Erfrischungen im Schulhaus, wo die Feierlichkeiten stattfinden sollten, vorgezogen. Camp und ein Soldat standen gleich hinter den Eingang des Schlachthauses.

Der Verwalter, ein Mann namens Chavez, begleitete die königliche Gesellschaft. Chavez, ein Mann von durchschnittlicher Größe und nur einem Arm (eine Verletzung aus den Einigungskriegen) war de facto der Bürgermeister von Dawn's Edge. Da die Ländereien und die Tiere dem Königshaus gehörten, gehörte die Siedlung zur ›Shepherd-Gesellschaft‹ und war folglich von der benachbarten Ethnarchie abgetrennt.

Und da die Konzeption einzig und allein auf TJ zurückging und er Dawn's Edge an eben diesem Ort gegründet und ihm den Namen gegeben hatte, und da es zu den Projekten gehörte, auf die er am meisten stolz war, reiste er mindestens einmal jährlich dorthin. Die jährliche Ankunft der königlichen Gesellschaft hatte sich zu einem Festereignis entwickelt. Die Menschen kamen von weither, um den Feierlichkeiten beizuwohnen, selbst diejenigen, die nicht im Dienste der Gesellschaft standen.

»Es wird allmählich Zeit, Majestät«, sagte Chavez.

»Ist gut.« Für gewöhnlich hielt er eine Rede.

Es war ein kurzer Spazierweg über den Stadtplatz bis zum Schulgebäude. Jeder Kniefall wirbelte Staub auf. Wenn das stürmische Wetter des Planeten diese Hochebene auch nicht vernachlässigte, so regnete es hier doch weit weniger häufig. TJ nahm an, daß dies dem Einfluß der beiden hohen Gebirgskämme weiter östlich zuzuschreiben war. Der ständige Wind trocknete die Erde rascher aus. Ein Glück, daß die Ökologie von Bear Ridge ein nahrhaftes Gras entwickelt hatte, das die Erde festhielt und das die ursprünglichen Büffelschafe verdauen konnten.

TJ ging voran und winkte der Menge auf dem Platz zu. Chavez hatte den Weitblick besessen, den Boden zu befeuchten, und der Staub war hier weniger lästig. Sie traten hinter ein anderes Gebäude und gelangten zur Vorderfront der Schule, ohne durch die Menge zu gehen.

»Wir haben in der Schule Erfrischungen für Sie bereitgestellt, Majestät«, sagte Chavez. »Es wird eine Weile dauern, bis sich die Menge beruhigt haben wird und ich die Vorrede halten und Sie nach draußen bringen kann.«

»Ausgezeichnet«, sagte TJ. »Prinz Michale wird heute sprechen.«

»Gewiß wollen Eure Majestät ...«

»Gut. Mick, laß uns hineingehen und warten.« TJ schnitt Chavez das Wort ab, damit er nichts sagte. Für gewöhnlich hielt der König die Ansprache; da die Ländereien jetzt offiziell Michale gehörten, hatte TJ beschlossen, daß es seine Aufgabe war, zu reden. Außerdem wollte TJ mit eigenen Augen sehen, wie Mick bei einem offiziellen Anlaß zurechtkam. Mick hatte nicht sprechen wollen, doch TJ hatte seine Einwände übergangen.

Als TJ, Michale und Sommer sich der Schule näherten, trat der Befehlshaber der begleitenden Wachmannschaft auf sie zu. »Die Gyrenen sind an Ort und Stelle, Majestät. Ich werde draußen warten und Sie rufen, wenn Administrator Chavez soweit ist.« TJ hatte heimlich die Plazierung seiner Wachen überprüft und war zufrieden.

»Ich danke Ihnen, Captain Timmons«, sagte TJ. Timmons war der Leutnant gewesen, der die schicksalhafte Gesellschaft bei dem Mordversuch neulich begleitet hatte. Er war auf Sommers Empfehlung hin zum Captain befördert worden. »Kluger Junge. Befolgt gut seine Befehle. Führt sie präzise aus. Ausgezeichneter Soldat«, hatte Sommer zu TJ und Manny Vero gesagt, als TJ sich wieder erholt hatte und über die Ereignisse im Anschluß an seine Verwundung und die Bewußtlosigkeit informiert wurde. »Und«, hatte Sommer hinzugefügt, »du hättest Noras Gesichtsausdruck sehen sollen, als er sie auf seinem Pferd in dein Schlafzimmer brachte.« TJ hatte über Noras Unbehagen gelächelt.

Die Schule bestand aus altem Holz, das so trocken war wie alles übrige in Dawn's Edge. Sie betraten sie durch die geteilte Eingangstür und gelangten in einen langen Korridor, der auf beiden Seiten Türen hatte. Auf halber Höhe des Korridors waren Bänke und einige Tische aufgestellt worden. Ein Weinflacon und ein Wasserkrug für ihn und Mick standen neben Handschalen auf dem Tisch. TJ ging zu einer Handschale und wusch sich etwas von dem Staub ab.

Sommer goß sich ein Glas Wein ein, kostete davon und schnitt eine Grimasse. Mike ging unruhig umher, offenbar ein wenig nervös wegen seiner bevorstehenden Rede.

Timmons ging hinaus und schloß die Türen, damit sie unter sich wären. TJ erhaschte einen Blick von Timmons, der auf das Podium kletterte, um ein paar einleitende Worte zu sprechen. Noch ein paar Minuten, dachte er.

Er setzte sich auf eine Bank und lehnte sich an die hölzerne Wand. Dieser Ort ist eine Feuerfalle, dachte er. »Setz dich, Mick. Eine Faustregel – die Leute, die einen König ansagen, brauchen dafür eine Menge Worte.« Er löste seinen Schwertgürtel, um es im Sitzen bequemer zu haben.

Sommer ließ sich an der gegenüberliegenden Wand nieder.

Mick holte sich ein Getränk vom Tisch in der Mitte des Korridors.

TJ blickte den Korridor entlang, als er über den Boden scharrende Füße hörte.

»TJ!« warnte Sommer.

Aus offenen Türen am Ende des Gangs traten sechs mit geladenen und gespannten Armbrüsten bewaffnete Männer. Sie blieben stehen und hoben ihre Waffen, als hätten sie dieses Manöver oft geübt.

»Runter!« befahl TJ beinahe im Plauderton und ließ sich auf ein Knie fallen.

»Jetzt!« sagte gleichzeitig einer der Männer.

Mick trat einen Tisch in die Luft.

Sommers Narrenkappe flog davon und fing zusammen mit dem Tisch vier der Bolzen ab. Zwei weitere schlugen dumpf in die Wand ein, an der TJ gesessen hatte.

Übereifer und zu großes Selbstvertrauen, sonst hätten sie uns mit der ersten Salve erwischt, dachte TJ, während er in sein Hemd griff. Aus den Augenwinkeln sah er, daß Sommer das gleiche tat. Unmöglich, auf diese Entfernung mit Schwertern gegen Armbrüste zu kämpfen, und nicht genügend Zeit, um die Männer zu erreichen, ehe sie nachgeladen hatten.

Gleich darauf hatte er seine Waffe hervorgeholt, und das ›*BRRRP*‹ seiner Waffe kam der Sommers nur einen Augenblick zuvor.

Tödliche Eisnadeln begegneten in der Luft der nächsten Salve von sechs Armbrustbolzen.

Das einzige Geräusch in dem seltsam stummen Kampf verursachte Mick, als er sich gegen eine Wand warf, um den fliegenden Pfeilen auszuweichen, dann schlugen die Bolzen in die Wand und den Tisch ein, unter den sich TJ duckte.

Er rollte sich erneut ab, zielte mit seiner Waffe auf das ferne Gangende und drückte den Feuerknopf. Das ›*BRRRP*‹ explodierte wieder, vereinigte sich mit Sommers Schuß in den Korridor hinein.

Nur noch ein Mann stand aufrecht, und er und Sommer stachen den Angreifer gemeinsam nieder. Blutige Flecken begannen sich auf ihm auszubreiten, als Blut aus winzigen Wunden sickerte. Das Wasser der schmelzenden Eisnadeln vermischte sich mit dem Blut und befleckte Kleidung und Boden.

»Das Geld war gut angelegt«, bemerkte TJ. Das Stromaggregat der Waffe konnte pro Sekunde nur zwanzig Eisnadeln aus dem Wasserbehälter und gerade ausreichend viel komprimierte Luft erzeugen, um diese zwanzig zu verschießen. Pro Sekunde. Es hatte ausgereicht. Er stellte sich hundert Eisnadeln in fünf Sekunden vor. Zweihundert insgesamt. »Wirksam«, sagte TJ, und Sommer nickte. »Obwohl ich es mit ihnen lieber Mann gegen Mann aufgenommen hätte.«

»Dann wärst du jetzt tot, Chef«, sagte Sommer und stand auf. »Was ebenfalls der Fall wäre, wenn du nicht wie ein Meisterakrobat herumgerollt wärst.« TJ grinste, wußte er doch, daß ein indirektes Kompliment wie dieses von Sommer ungewöhnlich war.

Die Türen hinter ihnen gingen auf, und TJ und Sommer fielen auf die Knie nieder, hoben ihre Waffen und zielten.

Captain Timmons stand auf dem Gang. »Ich dachte, ich hätte etwas gehört … Herr im Himmel, nicht schon wieder …« Dann hatte er sein Schwert gezogen und stürmte den Korridor entlang.

Sommer hob die Hand, und Timmons hielt an. »Schließen Sie die Tür!« befahl Sommer.

»Sir«, sagte Timmons, eilte zu den Türen und schloß sie.

»Wir sollten ihn aus dem Außendienst hinausbefördern«, sagte Sommer sarkastisch. »Es wäre sicherer für dich.«

TJ bemerkte Mick, der mit entsetztem Gesicht an der Wand lehnte. »Bloß so eine Kleinigkeit, die wir gekauft haben, mein Sohn …«, begann er zu erklären. Dann sah er den Bolzen, der aus Micks Jacke hervorstand. »O je«, sagte er und eilte an Micks Seite.

»Hat mich verfehlt, Vater«, sagte Mick. »Ich bin nur festgenagelt.«

»Timmons«, sagte Sommer, »nehmen sie sich die rechten Räume vor, ich nehme die linken. Ich bezweifle, daß noch jemand hier ist, aber wir müssen uns vergewissern.«

»Ich werde meine Männer alarmieren, und dann …«

»Nein«, sagte Sommer. »Fangen wir an.« Sie rannten den Korridor entlang und stürmten in die Räume hinein und wieder heraus.

TJ löste Micks Jacke vorsichtig von dem Pfeil, für den Fall, daß dieser vergiftet war.

»Warum will Sommer nicht, daß Timmons seine Leute ruft?« fragte Mick. »Und was habt ihr da benutzt?«

»Ich hätte dich ins Vertrauen ziehen sollen. Dies sind«, TJ hielt seine kurze und nahezu quadratische Waffe hoch, »Eisnadler. Und wenn sie auch nicht so auffällig wie Energiewaffen sind, liegen dort doch sechs Männer mit punktförmigen Wunden von Eisnadeln am ganzen Körper. Niemand darf wissen, wie wir sie besiegt haben, denn Sharon Gold ist dort draußen, und der Besitz dieser Waffen stellt ein Vergehen gegen die Föderationspolitik dar, und wir könnten diesmal von der Mitgliedschaft ausgeschlossen werden.«

»Ist aber, verdammt noch mal, besser, als tot zu sein«, sagte Sommer, als er und Timmons zurückkehrten.

TJ steckte die Waffe unter seine Jacke. »Ein bißchen Action, wie? Bringt das Blut in Wallung, nicht wahr, mein Sohn? Regt den Appetit an. Versüßt das Leben. Läßt mich philosophisch werden. Irgendwelche Vorschläge, Sommer?«

»Wir könnten die Leichen möglicherweise verstecken und damit durchkommen, schließlich bist du der König. Aber in den ein oder zwei Minuten, die uns noch bleiben, können wir nicht das tun und gleichzeitig sämtliche Nadellöcher in den Wänden und an der Decke verstecken. Es gibt nur eine Möglichkeit.«

»Das denke ich auch. Aber das wird eine ziemliche Schweinerei geben, Sommer.«

»Ja.«

Timmons überprüfte systematisch die Körper der Attentäter, um sich davon zu überzeugen, daß sie auch tatsächlich tot waren. »Alle tot, Majestät. Aber ich vermute, es wird bald jemandem auffallen, daß ich vor der Tür verschwunden bin.«

TJ faßte einen Entschluß. »Sommer, wir werden ihnen eine neue Schule kaufen. Das Gebäude ist es nicht wert, daß Sharon Gold entdeckt, was hier passiert ist. Und Gerüchte sprechen sich herum, nicht wahr?« Er drehte sich zu Timmons um, der die Leichen durchsuchte. »Captain, Ihr Stillschweigen?«

Timmons wirkte verletzt. »Wie immer, Majestät.« Er beendete seine Suche und hob die blutigen Hände. In einer Hand war eine große Phiole. »Nichts, Majestät, bloß dieses Fläschchen. Gift, vermute ich.«

»Ein Tropfen würde reichen«, sagte Sommer. »Das Muster stimmt.«

»Nur allzu gut«, erwiderte TJ. »Obwohl diese Veranstaltung nicht geheimgehalten wurde, wissen nicht viele Leute in Crimson Sapphire darüber Bescheid.« Er brach ab, und Sommer bestätigte seine Überlegung mit einem Kopfnicken. »Es läuft alles auf die Tat eines Insiders hinaus. Irgend jemand, der weiß, was ich – oder wir – vorhaben. Oder der zumindest Zugang zu den Informationen hat.«

Sommer nickte erneut. »Klingt vernünftig. Aber der Gedanke schmeckt mir, als hätte ich bittere Scheiße im Mund.«

Mick sah die drei an, als hätten ihn die knappe Entscheidung und der Tod von sechs Männern nicht im mindesten beeindruckt. TJ bemerkte es. »Du gewöhnst dich allmählich daran, mein Sohn.«

Sommer wandte sich an Timmons. »Suchen Sie Lampen. Verspritzen Sie das Öl, besonders hier auf dem Gang.«

»Jawohl, Sir.«

TJ ging zur Tür und blickte hinaus. »O je. Sie schauen erwartungsvoll herüber. Sie glauben wahrscheinlich, Timmons wäre uns holen gekommen. Die Zeit wird knapp«, rief er.

Mick hatte seine Fassung wiedererlangt. »Wie erkläre ich meine zerrissene Jacke?«

»Oder die verkohlten Knochen in diesem Gebäude, nachdem es abgebrannt ist«, setzte TJ hinzu.

Sommer und Timmons spritzten Lampenöl auf die Wände.

TJ hob seine Stimme, damit sie ihn hören konnten. »Wir werden den Überfall zugeben müssen. Das würde die verbrannten Leichen erklären. Mal sehen ... sie haben das Gebäude offenbar als letztes Mittel in Brand gesetzt, um uns zu erwischen, aber wir haben sie trotzdem getötet. Vielleicht wurde im Verlauf des Kampfes eine Lampe umgeworfen?« Er ging zu der nächsten Leiche, zog sein Schwert und trieb es in den toten Mann.

»Mein Gott! Vater!«

»Du auch, Mick, rasch jetzt!«

Sommer war mit der letzten Lampe fertig. »Tu, was er sagt, Mike. Glaubst du, wir vier hätten sechs Angreifer mit dem Schwenken unserer Zauberstäbe besiegt?«

»Oh.« Michale zog sein Schwert und benetzte es behutsam mit Blut aus einer Lache am Boden.

»Sie auch, Timmons«, befahl Sommer.

»Jawohl, Sir.«

»Mick, so etwas mußt du verkraften. Hau in sie rein«, sagte TJ. »Angenommen, jemand schaut sich die Leichen an. Müßte man dann nicht Schwertwunden finden?« Er war sich nicht sicher, ob sich das an verbrannten Körpern feststellen ließ – mußte davon abhängen, wie stark verbrannt die Leichen waren.

»Ich glaube nicht ...«, setzte Mick an.

»Vergiß es, ich mach's.« So rasch, wie er sein Schwert schwingen konnte, schlug TJ auf die Leichen ein. Er war über und über mit Blut bespritzt. »Wird meinem Ruf nicht schaden«, sagte er und genoß Micks entsetzten Blick. »Du könntest die Publicity ebenfalls gut brauchen, Mick.«

»Ich nicht, Vater ...«

»Ganz wie du meinst, mein Sohn, aber du mußt aus allem, was dir im Leben über den Weg läuft, deinen Nutzen ziehen. Besonders, wenn du eines Tages diesen verdammten Planeten führen willst. Laß nie eine Gelegenheit aus. Rasch, Sommer!«

»Fertig, TJ. Zünden Sie das Gebäude an, Timmons!«

Timmons grinste. »Mit Vergnügen. Schade, daß diese Männer nicht mehr leben.«

TJ rümpfte die Nase über den Geruch von Tod und Blut und Öl.

Timmons warf eine brennende Lampe gegen eine schwarze Wand, und die Flamme explodierte mit einem Zischen.

Sommer beugte sich über eine Leiche und fuhr mit einer Hand über einen blutigen Oberkörper, dann schmierte er sich das Blut auf seine Narrenkleidung.

»Vielleicht nicht ganz passend, Sommer«, sagte TJ.

»Sogar von einem Narren würde man erwarten, daß er sich stärker als üblich engagiert, wenn sein Gehalt gefährdet ist«, sagte er.

»Vom Schutz der Königsfamilie ganz zu schweigen«, sagte TJ.

Die Flamme raste durch den Korridor und schob Rauch vor sich her. Sie zogen sich zur Tür zurück.

»Fängt gut Feuer«, sagte TJ.

Sommer wich den Flammen aus. »*Ich* jedenfalls werde nicht länger warten.«

»Ja«, sagte TJ und hustete. »Sobald wir die Türen öffnen, wird das Feuer richtig losgehen. Sind alle soweit?« Er machte sich nicht die Mühe, sich umzusehen. »Streckt eure Schwerter vor, alle sollen das Blut sehen. Achtung – JETZT!«

Thomas Jefferson Shepherd krachte durch die Doppeltüren des Schulhauses, und beide sprangen aus den Angeln. Die übrigen drei folgten ihm rasch nach. Rauch quoll mit ihnen heraus. Er wußte, daß die offenen Türen wie ein Blasebalg wirken und das Feuer anfachen würden – bevor man die Flammen löschen konnte, hoffte er.

Die Menge geriet in Bewegung, als Rauch und Flammen in den Himmel emporschlugen. Die Vorderreihen verfielen in ehrfurchtsvolles Schweigen, als sie TJ und die anderen sahen.

TJ sah, daß Gwen, Felicia und Sharon sich erhoben. Gwens Gesicht war, Gott sei Dank, zu weit entfernt, um darin zu lesen. Er blieb stehen und drehte sich zu Timmons um. »Captain«, sagte er in seinem besten Befehlston, der weit trug, »lassen Sie Ihre Männer das Gebäude umstellen, für den Fall, daß wir sie nicht alle getötet haben. Lassen Sie niemanden hinein oder heraus.« Er sah, daß Timmons verstanden hatte. Die Feuerwehrleute würden behindert werden.

Timmons rannte davon.

Sommer sagte leise: »Der arme Kerl zieht das Unglück magisch an.«

27 Sharon

Sharon Gold beobachtete fasziniert und entsetzt, wie die vier Männer aus der brennenden Schule herausgerannt kamen. In Rauch gehüllt, sah der König aus wie ein mythischer Gott, der aus den Tiefen der Hölle stieg. Das Schwert in seiner Hand wirkte so selbstverständlich, daß sie es gar nicht sofort bemerkt hatte.

Erst als Mike und Captain Timmons, gefolgt vom Hofnarren, TJ mit ihren gezogenen Waffen nachfolgten, begriff sie, daß etwas nicht stimmte. Ja, sie schienen alle unverletzt zu sein.

Flammen schossen zum Dach des Gebäudes hoch. Sharon beobachtete die Reaktionen der Leute. Während Rauch hervorquoll und dann von dem allgegenwärtigen Wind weggeweht wurde, verwandelte sich die Menge in Zuschauer. Zum Glück befanden sich in der Nähe der Schule keine anderen Gebäude, und das Feuer drohte sich folglich nicht auszubreiten. Nach einiger Zeit beruhigte sich die Menge und sah einfach bloß zu. Allen war klar, daß die Angelegenheit unter Kontrolle war.

Sharon hatte Gwen fluchend aufspringen sehen. Gwen und Felicia hatten stoisch die Arme verschränkt.

Sharon empfand Mitgefühl mit ihnen – neuerdings befanden sich sowohl Mike wie auch TJ ständig in Gefahr.

Ihr Blick wanderte zu Mike, der im Gespräch mit dem Narren dastand. Das Schwert hing ihm lose von der Hand, und Blut tropfte davon hinunter. Sie sah, daß seine Jacke zerrissen war. Eine weitere Woge von Mitgefühl erfaßte sie, als sie sich an seinen Abscheu vor Gewalt erinnerte.

Der Anführer der königlichen Wachen organisierte rasch. Eine Gruppe sonderte sich ab und bildete einen Schutzwall um die Zuschauertribüne. Sie hielten ihre Waffen schußbereit. Ein kluger Schachzug, überlegte Sharon, für den Fall eines koordinierten Angriffs auf die ganze Königsfamilie.

Das brennende Gebäude war inzwischen nicht mehr zu retten, auch wenn es einige vergeblich mit Wassereimern und Sand versuchten. In einem Funkenregen fiel die Schule in sich zusammen, und in diesem Moment roch Sharon den unverwechselbaren Geruch brennenden menschlichen Fleisches. Der Windstoß, der diesen Geruch heranwehte, führte auch Rauch mit sich, und sie hustete und rang nach Luft. Felicia drehte sich um und legte eine Hand auf Sharons Schulter. Sharon bedankte sich mit einem Kopfnicken für Felicias Aufmerksamkeit. Nicht zum erstenmal dachte sie, daß Bear Ridge starke Männer und Frauen hervorbrachte.

Während Beamte die Festlichkeiten reorganisierten, brannte das Feuer herunter, bis nur noch Glut und verkohltes Holz übrig waren. Der König bestand darauf, die Feierlichkeiten fortzusetzen. In der Zwischenzeit schaffte es Sharon, mit Mike zu sprechen.

»Mike?«

Mit müdem Blick sah er sie an und brachte ein scheues Lächeln zustande. »Es wird allmählich etwas viel, finden Sie nicht?« Er schien vor ihren Augen täglich reifer zu werden. Sie war sich nicht sicher, ob sie diese neue Veränderung, dieses Wachstum, an ihm mochte. Sie stellte fest, daß sie ihm gegenüber gemischte Gefühlte hegte.

»War es ein neuerlicher Mordversuch?« fragte sie.

»Ja.«

Sie betastete seine zerrissene Jacke, sah ihm in die Augen und wandte ihren Blick augenblicklich ab, aus Angst, sie hätte zuviel Besorgnis gezeigt.

»Haben mich tatsächlich an die Wand genagelt«, sagte er mit einem kläglichen Lächeln.

»Sie müssen Ihre Rede jetzt bestimmt nicht mehr halten«, sagte sie.

»Im Gegenteil, jetzt erst recht.« Er wirkte wie neubelebt, die ursprüngliche Furcht schien von etwas Neuem und Anderem überlagert zu werden, von etwas, das seine Augen zum Glühen brachte – auch wenn er blaß im Gesicht war.

Und später, als er zur Bevölkerung gesprochen hatte, räumte sie ein, daß er seine Sache gut gemacht hatte. Er hatte klar und sanft gesprochen – obwohl er von der Zukunft in Gemeinplätzen zu reden schien. Also wird doch noch ein Politiker aus ihm werden, dachte sie zynisch.

Als der Applaus für Mike verebbte, erhob sich der König und verdrängte den Verwalter Chavez vom Rednerpodium. In kurzen, einprägsamen Sätzen entschuldigte er sich für die Vorfälle, die zum Verlust ihrer Schule geführt hatten. Er erklärte, daß er keinem Ansässigen die Schuld für das Attentat gebe, so daß auf Dawn's Edge selbst kein Makel zurückbleiben würde. Dann sprach er von der Bedeutung der Viehzucht.

Er schloß seine Bemerkungen mit den Worten: »Ich werde unverzüglich den Bau einer neuen Schule veranlassen, an einer anderen Stelle. Denn dieser Boden ist mit Blut und Verrat getränkt. Und Blut und Verrat sind kein Fundament, auf dem man den Eckstein unserer Gesellschaft errichten sollte: einen Ort zum Lernen.

Laßt die Glut weiterglimmen, bis nichts als Asche

zurückbleibt. Und dann verbrennt die Überbleibsel und laßt Gras über den Hügel wachsen, wo einmal Kinder lernten und spielten. Ich möchte, daß Pflanzen gedeihen auf der Asche dessen, was hätte sein können. Wenn ich hierher zu Besuch komme, werde ich diese Pflanzen sehen und mich daran erinnern, daß Dawn's Edge ein Ort ist, der mir und der Familie Shepherd Glück bringt.«

Sharon mußte den meisterhaften Politiker unwillkürlich bewundern. Und da sie von Fedcentral kam, hatte sie einige der besten gesehen. TJ Shepherd ließ keine Gelegenheit aus.

Während des folgenden Festes wanderte Sharon zur rauchenden Asche der Schule zurück. Der Duft von gegrilltem Fleisch überdeckte inzwischen den Gestank der zerstörten Schule. Trotzdem atmete sie vorsichtshalber noch durch den Mund und bildete sich ein, verbranntes Menschenfleisch riechen zu können.

Sie versuchte zu begreifen, was hier vorgefallen war. Warum hatte es nicht mehr Geschrei um einen weiteren Mordversuch gegeben? Warum waren die Löschversuche halbherzig und schlecht organisiert gewesen? Irgend etwas stimmte nicht.

Ein weiterer Punkt: Mike war nicht für seine Kämpferqualitäten bekannt. Womit nur noch der König und Captain Timmons übrigblieben. Trotzdem hatten sie sechs Gegner bei einer offenbar geplanten Aktion überwältigt. Und auch am Hofnarren war etwas eigenartig. Camp wurde allmählich zu einem Rätsel. Sie hatte bisher nur geflüsterte Andeutungen gehört – niemand im Palast wollte reden, und dieses Thema weiterzuverfolgen war sie nicht legitimiert. Doch sie erinnerte sich an das unmittelbare Nachspiel des vorherigen Mordversuchs und an das, was der Narr getan hatte. Bestimmt war er kein reiner Hanswurst.

Dann rief sie sich den Vorfall mit der Schnarle im großen Thronsaal in Erinnerung. Der König hatte damals sicherlich unter Beweis gestellt, daß er auch gegen eine große Übermacht in der Lage war, sich zu schützen. Als sie daran dachte, räumte sie ein, daß sechs Attentäter vielleicht nicht ausreichten, um den König zu ermorden.

Behutsam trat sie zwischen die Überbleibsel, von denen einige immer noch rauchten. Der Glut und den gelegentlich aufflackernden Flammen wich sie aus. Ein unbestimmtes Gefühl ließ sie weitergehen. Indem sie es riskierte, auf glühende Kohle zu treten, entdeckte sie es.

Da – ein Dachbalken. Ein kurzes Stück, das nicht verbrannt war. Eine schräge Reihe winziger Löcher, so gleichmäßig groß und regelmäßig angeordnet, daß sie nur von einer Maschine stammen konnten. Und es fiel ihr kein Grund dafür ein, mit einer so fein kalibrierten Maschine, falls es überhaupt welche für Baumaterialien gab, derartige Löcher zu stanzen. Außerdem befanden sich die Löcher offenbar an keiner logischen Stelle. Sie begannen einfach an der Unterkante und führten ungefähr im Fünfziggradwinkel über den Balken zur Oberkante.

Ein Kind mit einem Spielzeug? Auf einem Dachbalken? Unmöglich. Eine Befestigung, um etwas daran aufzuhängen? Auch das nicht. Diese Überlegungen führten zu nichts. Es ergab einfach keinen Sinn.

»Ma'am?«

Die Stimme schreckte sie aus ihren Träumereien auf, und sie drehte sich rasch um. »Was gibt es?«

Der Gyrenensergeant ergriff fürsorglich ihren Ellbogen. »Für eine Dame ist es hier viel zu gefährlich, Ma'am.«

»Schon gut.« Man wollte sie nicht hier haben.

Ein Vertuschungsversuch, natürlich. Aber was war es, das sie nicht sehen sollte? Sie machte ihren Arm frei und ging mit dem Sergeanten davon. Die Antwort fiel ihr beinahe augenblicklich ein. Ein Teil ihrer Ausbildung hatte sich mit Waffenkunde befaßt. ›WFFN KUN‹ hatte die Eintragung auf ihrem Ausbildungsplan gelautet. Ein Nadler würde seine winzigen Metallpfeile in einer solchen Linie verfeuern. Doch wo war der Beweis? Falls der König eine verbotene Waffe zur Selbstverteidigung benutzt hatte und die Schule unmittelbar darauf abgebrannt war, war keine Zeit mehr geblieben, um sämtliche Nadeln zu entfernen.

Es sei denn, wurde ihr klar, es war einer der neuen *Eis*nadler benutzt worden. Der ungeübte Gebrauch eines Eisnadlers konnte eine nahtähnliche Reihe von Löchern in einem Dachbalken zur Folge haben.

Auf der anderen Seite des Weges erblickte sie Mike, der zu ihr herüberschaute. Sie faßte sein andeutungsweises Lächeln als Einladung auf und machte sich auf den Weg zu der Menschenansammlung, die ihn umringte.

Während sie sich einen Weg durch die Menge bahnte, schüttelte sie den Kopf über diese Intrige. Als sie dem Projekt Bear Ridge zugeteilt worden war, hatte sie geglaubt, es handele sich um einen unkomplizierten Auftrag. Doch inzwischen sah es ganz danach aus, als wäre sie in etwas verwickelt, das sie nicht begriff. Ebensowenig konnte man von ihr erwarten, daß sie alles zusammensetzte und genau herausfand, was vor sich ging. Verdammter Mist! Sie sollte bloß Beobachterin sein, sich Notizen machen, eine Checkliste ausfüllen, auf die Erfüllung der Kriterien achten. Und dem Rat eine wohlbegründete Meinung unterbreiten. Aber wenn sie gegen Kräfte eben dieses Rates kämpfte? Lag vielleicht eine Einmischung seitens eines Teils oder des ganzen Rates vor? Seitens der Marxisten? Der Liberalen?

Und was verbarg Thomas Jefferson Shepherd?

Dann faßte sie einen Entschluß.

Vorerst würde sie ihre Entdeckung geheimhalten. Nicht nur, weil sie keinen unwiderlegbaren Beweis entdeckt hatte, sondern ganz einfach deshalb, weil sie nicht wollte, daß der König getötet wurde. Obwohl die Anschläge auf sein Leben in Verbindung mit seinem Streben nach der Föderationsmitgliedschaft zu stehen schienen. Etwas, worüber sie würde nachdenken müssen.

Sie stellte fest, daß sie allmählich immer stärker in das Schicksal des Königs und seiner Familie verwickelt wurde.

Sie bewunderte ihn, und er hinterging sie. War es eine so schreckliche Sache, so hochfliegende Träume zu hegen? Es war ungewöhnlich für eine Kämpfernatur wie ihn, scheinbar widersprüchliche Charaktermerkmale aufzuweisen. War es für einen so fähigen Soldaten, einen Kriegsführer, normal, einen solchen Weitblick zu haben wie TJ? Sie glaubte es nicht. Und, räumte sie ein, bei der Organisation der Regierungsfunktionen hatte er Anflüge staatsmännischen Genies gezeigt.

Dann kam ihr eine verblüffende Erkenntnis: In der Föderation hielten die Manager, die Kontrolleure, die Administratoren ihre Position aus unterschiedlichen Gründen inne – jedoch nicht aufgrund ihrer Verwaltungsfähigkeiten. Auf Bear Ridge hielt TJ seine Stellung nicht nur deshalb inne, weil er sich den Weg zur Spitze freigekämpft hatte, sondern weil er seine Position durch effektive Führungsqualitäten halten konnte. Er konnte *verwalten*. Er konnte *kontrollieren*. Er konnte *regieren*. Die Schlußfolgerung: Sollte die Föderation ihm den Ratssitz zusprechen, mußte sie auch willens sein, die Folgen zu tragen. Die Größe ihres Gedankens erschreckte sie, und dann schob sie den Gedanken mit einem Lachen beiseite. Sie kicherte vor sich hin. Der Rat konnte jemanden mit einem bißchen Verwaltungstalent brauchen.

Sie würde einfach ihren Job tun, wie man es ihr aufgetragen hatte. Nur darum ging es.

Kellen Sing nippte an einem Tisch vor der schwarzen Wand an einem hellen Bier.

Der *Poetenwinkel* war zum Treffpunkt der Studenten geworden. Der heutige Abend war jedoch nicht der Poesie oder dem Gesang oder der Musik gewidmet, sondern Kellen Sing und seinen Anhängern.

Im Moment sprach gerade Franco Valdez. Kellen würde bald an der Reihe sein. Das Lokal war überfüllt, und ab und zu erhob sich unter den Stammgästen ein halblautes Murmeln. Valdez sprach überzeugend über die Umweltauswirkungen neuer Techniken, wenn die Föderation und deren Schiffe kämen.

Valdez hatte sich leicht rekrutieren lassen. Kellen hatte ihn kurz nach dem Zwischenfall mit dem König an dessen Geburtstag entdeckt. Und Kellen hatte auf der Stelle einen Konvertiten gewonnen – außerdem einen Grundstock von etwa hundert weiteren Umweltschützern, die Valdez folgten. Es war nicht schwer gewesen, erst Valdez und dann seine Gruppe davon zu überzeugen, sich ihm in Crimson Sapphire anzuschließen und seine Sache zu unterstützen.

Franco schloß seine Bemerkungen ab und erntete spärlichen Applaus. Kellen fand, der König habe etwas in Gang gesetzt, das er in der Erziehung und bei der Meinungsfreiheit nicht kontrollieren konnte. Die jungen Männer und Frauen an der Shepherd Universität hatten als erste den größten Teil des Systems durchlaufen und es so weit gebracht. Und diejenigen, welche die Universität besuchten, waren zu einer Klasse von Menschen, von Studenten geworden, die für ihre Zeit ungewöhnlich gebildet waren. Kellen hatte diese Tatsache erkannt und glaubte, daß weder der König noch seine Freunde es schon begriffen hatten. Darum war Kellen hier, um sich die sozusagen entrechteten jungen Männer und Frauen dienstbar zu machen. Und mit den Auratechniken zur Verstärkung seiner Argumente riß er sie stets mit.

Er stand auf und ging zu dem etwas erhöhten Podium an der Vorderseite, um zu sprechen. Er kam an einem Tisch mit Priestern vorbei, und es gelang ihm, ein Spektrum der Anteilnahme auszusenden, das darauf ausgelegt war, Kirchenleute anzuziehen.

Während er dastand und darauf wartete, daß der Applaus erstarb, bahnte er sich einen Weg durch skeptische Auren. Er strahlte Vertrauen und guten Willen aus. Das machte Fremde beeinflußbarer und seinen Ansichten zugänglicher, doch es verstärkte auch seinen Einfluß auf seine neuen Anhänger.

Er hielt seine Rede über ›Erziehung und Vorurteile‹, in der er dem König wegen der von ihm eröffneten Bildungsmöglichkeiten Bewunderung zollte und ihn dafür heruntermachte, daß er die Gebildeten zu Lakaien der Außerweltler machen wollte. Und wegen seiner Vorurteile. Der König war zugunsten derer, die bereits in der Föderation waren, gegen sein eigenes Volk voreingenommen. Sein letztes Argument war vom Ansatz her schwach, jedoch gute Nahrung für seine glühenden Gefolgsleute.

Er hatte herausgefunden, daß Versammlungen wie diese eine ausgezeichnete Übung waren. Er war in der Aurabeeinflussung von Angesicht zu Angesicht gut bewandert. Aber mit einer Reihe von Personen gleichzeitig fertig zu werden, erforderte Zeit, Übung und Glück. Und einige waren starke Individuen und ließen sich nicht leicht beeinflussen. Schwache Persönlichkeiten bettelten sogar darum, daß er seine subtilen Suggestionen vorbrachte – nichts Spezifisches, sondern Emotionen. Anteilnahme, Mitgefühl, Liebe, Haß. All das manipulierte er zu seinem Nutzen.

Er kam zu dem Schluß, daß er lange genug gesprochen hatte, und beendete seine Rede. Anstatt zu seinem

Tisch zurückzugehen und sich Valdez oder einem anderen engen Vertrauten anzuschließen, ging er durch die Hintertür hinaus, um die außen gelegene Toilette zu benutzen. Als er fertig war und zurück zum *Poetenwinkel* ging, schnitt ihm eine mit Talar bekleidete Person den Weg ab. Er war in Gedanken gewesen und hatte die Annäherung der verstohlenen Aura des Mannes nicht bemerkt.

»Kellen Sing«, sagte die Stimme. Kellen war sicher, daß der Sprecher ein Geistlicher sein mußte.

»Ja?«

»Hier entlang, bitte.«

»Warum sollte ich?« fragte er sanft. Er las keine Gefahr aus der Aura des Geistlichen heraus.

»Nur einen kurzen Augenblick, um jemanden zu treffen.«

Kellen las die Bedeutung dieses Treffens aus den Projektionen des Mannes heraus und entschied, daß er nichts zu verlieren hatte. »Also gut.«

Ein Fußweg von fünf Minuten, dann führte ihn der Priester in eine kleine Kapelle in einer Nebenstraße. Sie war kahl und schwach erhellt. Sein Führer verschwand, und auf einer der vorderen Bänke entdeckte er eine weitere mit Talar bekleidete Gestalt. Das Geräusch der zufallenden Kapellentür ließ ihn zusammenzucken. Kellen, der inzwischen aufmerksamer geworden war, jedoch noch immer keine Gefahr wahrnahm, schritt das Seitenschiff entlang.

Er blieb im Mittelschiff stehen, kniete nieder, schlug ein Kreuz und erkannte den Bischof. »Sie wollten mich sprechen, Vater?« Er achtete darauf, daß seine Stimme nicht unterwürfig klang.

»Ja.« Roaland Cruz deutete neben sich auf die Bank. »Setzen Sie sich.«

Kellen musterte den Mann eingehend, tastete behutsam die Aura des Geistlichen ab und versuchte, sie zu seinen Gunsten umzuformen.

»Sind Sie Anhänger des Glaubens?«

»Habe ich eben keinen bewiesen?«

»Taten können dazu dienen, zu täuschen.«

»Dann müssen Sie den äußeren Schein für bare Münze nehmen«, sagte Kellen. Es war schwer, den Schlüssel zum Bischof zu finden. Eine der Schwierigkeiten bei der Beeinflussung von Menschen, hatte er entdeckt, bestand darin, daß die Aufgabe um so schwieriger wurde, je älter sie waren. Alter in Kombination mit dem starken Willen eines Mannes, dessen persönlicher Antrieb so stark war, daß er, wie der Bischof, den Gipfel seines Berufs erreicht hatte, machte eine Beinflussung so gut wie unmöglich. Es sei denn, setzte Kellen in Gedanken hinzu, ich werde ein wenig tüchtiger.

Kellen ahnte, warum Cruz ihn hatte sprechen wollen. Er zwang seine Aura, Cruz zum Reden zu bringen. Wenn ihm mehr Zeit bliebe, würde er vielleicht mehr Erfolg damit haben, den Geistlichen zu beeinflussen. Und vielleicht auch mehr erfahren, setzte er im stillen hinzu.

»Bestand Ihrerseits eine Beteiligung«, fragte der Geistliche mit zaghafter Aura, »an den versuchten Mordanschlägen auf den König?«

Kellen fragte sich irrationalerweise, warum sich der Bischof nicht einfacher ausdrücken konnte. »Nein.« Er fügte einen kleinen Druck zu seiner Aura hinzu, der Cruz spüren ließ, daß er, Kellen, die Wahrheit sagte. Könnte genauso gut anfangen, eine Beziehung auf einer tiefen Ebene aufzubauen, dachte er.

Cruz legte eine Pause ein, dann wählte er erkennbar sorgfältig seine Worte. »Sie könnten ... äh ... Besseres leisten als im Moment, junger Mann. Sie könnten, sagen wir, eine stabilere Plattform erlangen, um von dort aus ihre Ziele zu verfolgen.«

Kellen durchschaute ihn von vorne bis hinten. Offenbar wollte der Mann seine Unterstützung, die das Folgende, das er sich bereits ausgedacht hatte, einschließen sollte.

»Ich werde offen mit Ihnen sein«, sagte Cruz, »wir würden Sie bis zu einem gewissen Grad benutzen. Sie haben bei den jungen Leuten großen Einfluß gewonnen, und diese jüngere Generation spricht die Kirche nicht so sehr an, wie sie sollte – dank dem König und seiner Freizügigkeit.«

Kellen hatte sich bemüht, das Redebedürfnis des Geistlichen zu verstärken. Er konzentrierte sich auf diesen Drang. »Warum?«

Cruz schien sich auf die Gelegenheit zu stürzen. »Warum? Außer den Blasphemien des Königs und seinem vulgären Benehmen? Außer seiner Gleichgültigkeit gegenüber der Kirche und der Vernachlässigung unserer Lehren? Außer seinen Einschränkungen der kirchlichen Autorität? Außer seiner autoritären Ein-Mann-Herrschaft, welche die Kirche von ihrer traditionellen Rolle ausschließt – sowohl von der Gesellschaft wie auch der Regierung?« Cruz schien zu begreifen, was er da sagte, und verstummte.

»Vater, schlagen Sie einen Pakt vor?« Kellen schloß aus seiner Anwesenheit, daß ihm der Bischof einen Vertrauensvorschuß gewährte.

Cruz wirkte überrascht. »Einen Pakt? Mit Ihnen? Diese Bezeichnung hatte ich dabei nicht im Sinn. Ihre Unterstützung, vielleicht.«

»Damit Sie die Macht wiedererlangen?«

»Nein, mein Sohn, damit die Kirche wieder ihren angestammten Platz einnimmt. Und um einige meiner Priester wieder in die Arme der Kirche zurückzuführen, aus denen sie um Ihrer Sache willen geflüchtet sind.«

»Ah. Jetzt begreife ich.« Er konnte die Enttäuschung von der Aura des Geistlichen förmlich abdampfen sehen. Offenbar stand der Geistliche von beiden Seiten unter Druck. Von offizieller Seite durch den König und seine Lakaien aus der Verwaltung, und nun durch die Macht des Volkes, der Jugend. Offensichtlich hatte sich die Kirche nach den Einigungskriegen nicht rasch genug gewandelt, um ihren Status Quo aufrecht zu erhalten.

Kellen sah, daß Cruz ihn neu einschätzte. Er wußte, was der Geistliche dachte. Nicht bloß irgendein Quatschkopf, ein vorlauter Junge. Nein. Nun sah er einen selbstbewußten jungen Mann vor sich, jemanden, der dieses Gespräch in eine seinen ursprünglichen Absichten entgegengesetzte Richtung lenkte.

Cruz schien sein Urteil neu zu überdenken. »Ihre Gefolgschaft ist stark und loyal. Das sagen mir meine Leute. Sie sprechen über Dinge, die das Volk begreifen kann, keine theologischen, sondern alltägliche Dinge. Und mir scheint, daß wir gemeinsame Ziele haben. Vor allem das Ziel, die Mitgliedschaft in der Föderation zu verhindern. Gewiß könnten uns beispielsweise die medizinischen Fortschritte nutzen, jedoch nicht die überwältigende Fülle der Technik und der Veränderungen, die der König auf uns loslassen will. Und bislang lassen Ihre Äußerungen auf keinen Gegensatz mit der Kirche schließen. Ich gebe zu, daß sich beides nicht notwendigerweise gegenseitig ausschließt ...«

Kellen hatte den Geistlichen stärker beeinflußt, als er gedacht hatte. »Sie glauben, wir könnten einander nützen?«

»Um es ganz offen zu sagen. Wir könnten Ihre Fähigkeiten beurteilen und Sie in unseren Einrichtungen ausbilden, Kellen; ich bezweifle, daß Sie irgendwelche Schwierigkeiten hätten, ein ganzer Priester zu werden.«

Unwillkürlich bewunderte Kellen den Älteren. Alles, was der Geistliche wollte, war, ihn auf jede erdenkliche Weise zu kaufen und unter seine kirchliche Kontrolle zu bringen. Und vielleicht aufgrund von Kellens Manipulationen war der Geistliche bei seinem Angebot nicht sonderlich subtil vorgegangen. Er schwieg.

Cruz sagte: »Ich spüre, Sie wollen sich den kirchlichen Regeln nicht unterwerfen. Also schön, es läßt sich auch anders machen. Eine hohe administrative Position innerhalb der Kirche. Sozusagen eine weltliche Position.«

Kellen überdachte das Angebot. Es war verlockend und würde ihm eine breitere Machtbasis verschaffen. Es war jedoch weder das, was er wollte, noch wies es in die geplante Richtung. Ihm kam der Gedanke, daß es im Verlauf der offenbar engen geplanten Verbindung möglich sein könnte, den Bischof seinen eigenen Zwecken vollständig zu unterwerfen. Doch es gab zuviele Nachteile, die meisten von ihnen die durchstrukturierte Organisation der Kirche betreffend. Jede Position, die er innehätte, würde ihn strengster Überwachung aussetzen. Er wäre angreifbar. Er hatte gelernt, daß die Menschen, wenn es um Religion ging, nicht besonders logisch dachten und Veränderungen gegenüber abgeneigt waren. War dies vielleicht das gegenwärtige Problem der Kirche?

Darum sagte er: »Nein«, und machte seine Aura so ruhig und beschwichtigend, wie er nur konnte. Ein großer Teil seiner Technik zielte darauf ab, die Leute so reagieren zu lassen, wie er es wollte, und nicht darauf, sie zu beeinflussen.

Cruz seufzte. »Wissen Sie, ich war einmal ein interessierter Beobachter der menschlichen Natur und bin es bis zu einem gewissen Grad immer noch. Diese Fähigkeit war es, die mir die Türen zu meiner gegenwärtigen Position geöffnet hat. Ich glaube allerdings, daß ich meine Fähigkeit allmählich verliere.«

Kellen fand, daß Cruz in diesem Moment einfach ein müder alter Mann war.

Nun, er hatte diese Konfrontation in gewisser Weise gewonnen. Aber sie hatte ihn ausgelaugt. Angenommen, er mußte geistig mit einem stärkeren und jüngeren Mann ringen?

»Ihr Auftreten straft Ihren Beruf Lügen, Narr«, sagte Kellen Sing. »Außerdem flüstert man sich merkwürdige Gerüchte über Ihre Position und Ihr Verhalten zu, als der König verletzt war.«

»Die Leute reden gern«, sagte Sommer in gepreßtem Ton. »Ihr unschuldiges Auftreten bei den Geburtstagsfeierlichkeiten des Königs stand im Gegensatz zu Ihrem gegenwärtigen Beruf.«

»Ich bin Student, und ich sage meine Meinung.«

Mike regte sich unbehaglich. Sie standen alle, nachdem Mike Sommer und Kellen auf dem Korridor der Shepherd Universität einander offiziell vorgestellt hatten. Sommer hatte Mike vorgeblich bei einer Besorgung begleitet – seine eigentliche Absicht war es jedoch, sich aus erster Hand ein Bild von Kellen Sing zu machen.

»Wenn du mich entschuldigen würdest«, sagte Mike, »ich muß mit dem Rektor sprechen.« Sommer dachte, man solle den traditionellen Titel ›Rektor‹ durch etwas Eindrucksvolleres, Prestigeträchtigeres ersetzen. »Kellen, würdest du Sommer ein bißchen herumführen?«

»Klar, ich mache einen kleinen Rundgang mit Señor Camp.«

Sommer nickte, wobei er sich über die förmliche Verwendung der Anrede ›Señor‹ wunderte. Er spürte, wie sich zwischen ihm und Kellen spontane Feindseligkeit aufbaute.

Während sie durch die Gänge wanderten, nahm Sommer grimmig die ständigen Begrüßungen und respektvollen Bemerkungen zur Kenntnis, die Studenten und Lehrer an Kellen richteten. Er dachte, daß ihm selbst dann, wenn er sein Narrenkostüm trüge, niemand Beachtung schenken würde, bloß Kellen.

Er fragte sich, ob Kellen durch einen radikalen Professor beeinflußt worden war. Er beschloß, es herauszufinden.

Kellen unterbrach seine Gedankengänge. Vor einem rechteckigen Gebäude hielt er an. »Drinnen gibt's Essen und Getränke, falls Sie eine Stärkung brauchen. Vielleicht könnten wir darüber sprechen, was Sie wirklich wollen.«

»Ah, Sie haben mich durchschaut.« Studenten winkten Kellen zu, und Sommer empfand es jedesmal als störend.

»Durchaus nicht«, sagte Kellen. »Aber unser Zusammentreffen war ziemlich geplant. Stehe ich unter einer Art von Überwachung?«

»Nein.«

Sie gingen hinein, besorgten sich etwas heißen Kräutertee und gingen wieder nach draußen, wo sie auf einer der zahlreichen Bänke Platz nahmen. Sommer überprüfte automatisch den Himmel, ob es nicht bald regnen würde.

Zunächst schwiegen sie. Kellen schien sich auf etwas zu konzentrieren, und es vermittelte Sommer ein un-behagliches Gefühl. Schließlich zuckte Kellen die Achseln und sagte: »Wie wär's, wenn wir zur Sache kämen?«

Sommer gab seinen indifferenten Tonfall auf und legte ein wenig Ironie in seine Stimme. »So sei es. Die Frage ist, warum.«

»Warum?«

»Sie haben richtig gehört. Warum?«

Kellen blies auf seine dampfende Tasse. »Warum nicht?«

»Spielen Sie Ihre Wortspiele nicht mit mir, Kellen Sing. Ich will mich klar ausdrücken. Der König hat sich Ihrer angenommen. Sie belohnt. Jetzt erwidern Sie seine Wohltaten, indem Sie ihn öffentlich an den Pranger stellen. Sie scheinen seine Pläne zum Beitritt zur Konföderation vereiteln zu wollen, und viele Ihrer Bemerkungen zielen darauf ab, seine fortwährende Herrschaft zu beenden. Warum?«

Sing seufzte. »So weit ist es gekommen, nicht wahr? Ich schulde dem König Dank; darum schulde ich ihm ebenfalls meine tatkräftige Unterstützung. Und darum soll ich aufhören zu sagen, was ich für richtig halte. Ich soll die Wahrheit vergessen, daß er ein Diktator ist und sein Volk unterdrückt.«

»Sparen Sie sich dieses Sprüchlein für Ihre Freunde, Sing.« Sommer brach ab und holte tief Luft. Er versuchte, Kellen Sing nicht zu mögen, und es fiel ihm schwer.

Kellen schien sich zu konzentrieren, und seine Augen vergrößerten sich. Sommer wurde schwankend in seiner Entschlossenheit, die Wahrheit aus diesem jungen Mann herauszupressen. Den Zweck seines Kommens aufzugeben, widersprach jedoch seinem starken Willen. Er schien mit sich zu kämpfen. Dann gewann eine lebenslange Tradition der Härte, dieser Stoff, der durch Not und Erfahrung in seinen Charakter hineingewoben worden war, die Oberhand, und er spürte, wie er eine Art von Barriere durchbrach, und nahm den Gesprächsfaden wieder auf. Vielleicht würde er ein bißchen nachsichtiger mit Kellen sein. Der junge Mann war jedenfalls ein netter Kerl, es gab keinen Grund, ihn einer Inquisition zu unterziehen.

Kellen schüttelte irgend etwas ab und lächelte zuvorkommend. »Señor Camp, es ist nicht meine Absicht, die Monarchie gewaltsam zu stürzen. Ich stelle lediglich Fragen. Ich möchte bloß wissen, warum die Dinge so sind, wie sie sind. Das ist etwas, wozu man hier an dieser Universität ermutigt wird.«

»Man ermutigt hier zur Volksverhetzung?« fragte Sommer, dessen Ärger ihn in seinen Absichten wieder bestärkte.

»Keineswegs«, sagte Kellen, indem er seine eigene Verärgerung zeigte. »Hier habe ich gelernt, daß ein kluger Mann nach dem Warum fragt und danach strebt, die Antworten darauf zu finden.«

Sommer schüttelte den Kopf. »Das ist nicht dasselbe, wie sich öffentlich gegen den König zu wenden.«

»Ich suche lediglich nach der Wahrheit …«

»Nach der Wahrheit, wie Sie sie sehen«, unterbrach ihn Sommer. Kellen und sein verrücktes Gerede stachelten seinen Ärger an.

»Die Wahrheit ist, daß jeder Mensch sein eigener Herr sein sollte.«

»Fabelhaft. Lassen Sie's dabei bewenden.«

»Im Moment jedoch ist ein Shepherd ihr Herr.«

»Ihre Worte grenzen an Verrat, Sing.«

»Ich berufe mich auf das Recht zur freien Meinungsäußerung.«

Sommer räumte ein, daß TJ zu weit gegangen war, als er das umfassende Recht auf freie Meinungsäußerung gewährt hatte. »Ihre Mutter ist eine Hure, und laufen wir doch in diese Gebäude hinein und rufen ›Feuer‹, wie wär's? Die freie Meinungsäußerung schließt Diskretion in sich ein.«

Kellen wischte sich ein Insekt von der Stirn. »Lassen Sie meine Mutter aus dem Spiel. War Freiheit nicht ein anerkanntes Ziel der Einigungskriege des Königs? War sie das?«

»Nun, in gewisser Hinsicht …«

»Und wie viele Menschen wurden im Namen der Freiheit getötet?« fragte Kellen. »Und wie viele Leben wurden um ihretwillen zerstört?« Kellens Tonfall war bitter geworden.

Sommer erkannte die in den Worten liegende Verzweiflung und begann zu begreifen. Er empfand Mitgefühl mit Kellen Sing und anderen seiner Generation, deren Leben durch die Kriege ruiniert worden war.

»Ich will Ihr Mitleid nicht, Camp«, fauchte der junge Mann, und Sommer fragte sich, ob Sing Gedanken lesen konnte.

Sommer sah, daß er mit Kellen nicht weiterkommen würde, und das störte ihn. Die Unruhe, die von Kellen ausging, konnte jederzeit erstickt werden. Aber Sommer hatte es mit einer zusätzlichen Dimension des Problems Kellen Sing zu tun: mit Mike. Mike war dick befreundet mit Kellen, und Sommer hatte das Ausmaß von Kellens Macht – oder war es Einfluß? – über Mike und andere an der Universität einschätzen wollen. Er hatte etwas zu finden gehofft, das er dazu benutzen konnte, einen Keil zwischen Mike und Kellen zu treiben. Der Haken dabei war, daß jede Art von Vorgehen gegen Kellen einen gegenteiligen Effekt auf Mike haben würde und die Beziehung zwischen ihm und TJ weiter anspannen könnte. Schließlich hatte Sommer gehofft, er werde herausfinden, daß das Phänomen Kellen Sing eine kurzlebige Modererscheinung auf dem Universitätscampus war. Leider war dies nicht der Fall – obwohl er es nach der Lektüre der Berichte bereits vermutet hatte, bevor er hierher gekommen war.

Er fragte sich, warum er Sing in Gedanken ständig beim Vornamen nannte.

Er entschloß sich, Kellen aus dem Gleichgewicht zu bringen. »Kellen«, seine Stimme war leise und trug nicht weit, »versuchen Sie nicht, Ihre Freundschaft mit dem Prinzen als einen Schutzschild zu benutzen. Oder Vorteile daraus zu ziehen.«

»Eine Warnung, Señor Camp?«

»Mehr als eine Warnung. Eine Drohung.« Sommer sagte sich, daß man sich des Problems Kellen Sing vielleicht sogar auf Kosten von Mikes Freundschaft würde annehmen müssen. Selbst auf die Gefahr hin, die sich weitende Kluft zwischen dem König und dem Prinzen noch zu vergrößern.

Kellens Augen verengten sich, und er fixierte Sommer. Die Spannung zwischen ihnen wurde greifbar, doch Sommer hatte Kellens Macht oder was immer es war, was er ihm einzubrennen versuchte, bereits überwunden, und diesmal fiel es ihm nicht schwer, sie zu ignorieren. Er lächelte Kellen an und fragte sich, was der junge Mann wohl probierte. Hypnose?

Kellen wandte den Blick als erster ab.

Sommer grinste über Kellens Unbehagen. Das berühmte Charisma hatte keine Wirkung auf ihn. »Ein kleiner Rat, Sing. Bleiben Sie im Seichten, wo es keine gefährlichen Tiere gibt.«

»Was?« Kellen wäre beinahe zurückgeschreckt, und Sommer begriff nicht, warum er so reagierte.

»Ach, Kellen, da bist du ja«, ertönte eine muntere Mädchenstimme.

Sommersprossen. Und geflochtenes blondes Haar. Sie stand vor ihnen, mit suchendem Blick. Sie trug weite Hosen und eine Jacke, irgendwie sehr feminin. Sie lächelte Sommer neugierig an. »Hallo.«

Sommer erhob sich rasch.

»Meine Schwester, Camp. Rebecca, das ist Señor Camp.« Kellen hörte sich abwesend an.

»Sommer«, sagte er automatisch und streckte die Hand aus.

»Oh?« Sie nahm seine Hand. »Der Name kommt mir irgendwie bekannt vor, wirklich.«

»Danke«, sagte Sommer und überlegte, was er als nächstes sagen und wie er den Handkontakt ausdehnen sollte.

»Sie sehen nicht wie ein Lehrer oder Professor von hier aus«, sagte sie, indem sie seine breiten Schultern taxierte.

»Nein. Ich … äh … ich arbeite im Palast.«

»Er ist ein Freund von Mike«, sagte Kellen.

»Oh«, sagte Rebecca Sing, »mir fällt ein, daß Mike jemand namens Camp erwähnte, der aus Lonestar sei, genau wie wir.«

»Ich ging als junger Mann fort, auf der Suche nach Ruhm und Reichtum.«

»Und haben Sie ihn denn auch gefunden, Sommer Camp?«

»Ich ...«

Kellen unterbrach sie, indem er seine Worte wie einen Hammer benutzte. »Er ist der Hofnarr.«

Rebecca schien Kellens Tonfall nicht zu bemerken. »Das muß sehr interessant sein.« Dann bemerkte sie, daß er immer noch ihre Hand hielt, und entzog sie ihm. Sommer war verlegen.

»Wenn Sie uns entschuldigen würden, Señor Camp?« Kellens Benehmen bedeutete, daß die Unterhaltung beendet war.

»Rebecca Sing«, sagte Sommer, »ich versichere Ihnen, daß ich nicht für den König tätig bin. Ich bin aus eigenem Antrieb hier unten, damit ich vielleicht begreife ... – aber das gehört hier nicht her. Ich muß gehen. Kellen Sing, denken Sie an unser Gespräch. Rebecca Sing, vielleicht sehe ich Sie später einmal wieder?« Sommer hatte es als Feststellung gemeint, doch unglücklicherweise kam es als Frage heraus.

»Nein«, sagte Kellen scharf.

Sie warf den Kopf herum. »Puh, Kellen, ich glaube wirklich nicht, daß Sommer ein Spion ist. Wenn dich der König ausspionieren wollte, bräuchte er doch bloß Mike zu fragen, oder etwa nicht?«

»Nein.«

Kellen wurde allmählich verdrießlich, darum nickte Sommer Rebecca so freundlich wie er konnte zu und ging davon.

Bald darauf hatte er das Büro des Rektors gefunden. Alexander Levkas war ein hagerer Mann mittleren Alters, der alles tat, um das Professorenimage zu verbessern. Er und Mike sprachen gerade über ein Studienprogramm zur Tierhaltung, als Sommer in das Büro geleitet wurde.

»Ich bin so gut wie fertig«, sagte Mike.

»Erst noch ein Frage, Prinz Michale. Professor Levkas, ich würde gerne sehen, was in Kellen Sings Akte steht, und von Ihnen hätte ich gern einen Bericht über seine Fortschritte.«

»Wer ist dieser Mann, Prinz Michale?« wollte Levkas wissen.

Sommers Gesichtsausdruck veränderte sich nicht. Er erwiderte Mikes Blick.

»Er ist ein Berater aus dem Palast«, sagte Mike zum Rektor. »Ich würde Ihnen empfehlen, mit ihm zusammenzuarbeiten.« Und auffälligerweise unterließ er es, Sommer vorzustellen.

Levkas seufzte. »Ich weiß, was in der Akte steht. Bloß Noten und Anwesenheitszahlen, solche Sachen. Seine Noten sind ausgezeichnet. Er ist ein überragender Student, der über eine große Begabung verfügt. Seine Fähigkeit, Fakten aufzunehmen, ist enorm. Er ist ein guter Student.«

Sommer wartete, doch Levkas hatte offenbar nicht mehr zu sagen. »Vertritt er auf dem Campus seine politischen Ansichten?«

Levkas hob beide Hände. »Nicht mehr, als er es in der Stadt tut. Aber um auf Ihre Frage zu antworten, Studenten reden miteinander. Kellen Sing hat viele Freunde, das möchte ich nicht abstreiten.«

»Anhänger?« fragte Sommer.

»Ich weiß es nicht. Ich kategorisiere die Studenten nicht aufgrund ihres Verhaltens außerhalb der Universität.«

»Eine letzte Frage, Dr. Levkas. Nimmt das Phänomen Sing auf Ihrem Campus überhand?«

»Nein, das tut es nicht, Sir. Es ist eher eine vorübergehende Modeerscheinung, wie die Begeisterung für ein siegreiches Handballteam.«

Sommer wußte nicht, ob er Levkas glauben sollte oder nicht – und er neigte der Annahme zu, daß Kellen Sing den Rektor möglicherweise für seine Sache gewonnen hatte.

Narren! Quatschköpfe! Ein Volk starb, und sie taten nichts als reden. Keine Taten. Kein Wunder, daß sie O:omega vertrieben haben.

O:chacka hätte es besser wissen müssen, denn war er nicht derjenige, der mit dem Treckmeister durch den /roten Saphir/ verbunden war?

I:imbawe war empört. Er saß mit den älteren Älteren zusammen auf der Lichtung, alles erwachsene Männer. In einem nahen Tümpel lernten zwei Neugeborene, mit ihren Schwimmhäuten an der Oberfläche herumzuplantschen. Ihre Auren waren unschuldig und ausgelassen.

Die Auren sämtlicher Älteren waren zurückhaltend und neutral. Natürlich. Einzig A:alpha, der in der Nähe ruhte, vermochte seine Erregung nicht zu verbergen. A:alpha war zu der Versammlung nicht eingeladen; immerhin hatte ihn sein Mentor, O:chacka, gebeten, in der Nähe zu bleiben. Da es um ein Dauerthema ging, war die Versammlung offen, und A:alpha konnte daran teilnehmen, falls er dazu aufgefordert wurde.

/Die Ereignisse steuern also auf einen Höhepunkt zu?/ wiederholte O:chacka.

/Die Einschätzungen bewahrheiten sich/, sagte I:imbawe: /Da unser Schützling A:alpha als zukünftiges Übertragungsgenie gilt, können wir uns vielleicht vergewissern? Wenn er so tüchtig ist, wie behauptet wird?/

/Das ist eine Tatsache/, sagte O:chacka. /A:alphas Berechnungen bestätigen uralte Vorhersagen./ Er suchte in den Auren nach Widerspruch, und I:imbawe ließ ein wenig mehr Selbstvertrauen in seine Aura einsickern. /Seine Prognosen treffen zu, obwohl die Formulierungen anders waren und darum seine Einschätzungen glaubhafter machten./

I:imbawe wußte, daß sie das weitere Vorgehen eine Zeitlang diskutieren würden. Er wollte diesen Teil des Dialogs auslassen und zur Handlungsphase übergehen: Wie sollten sie sich dem Problem gegenüber verhalten?

Vor zu vielen Jahrhunderten schon hatten die Schwimmhäuter das potentielle Problem erkannt, das die Menschen darstellten. Das Problem trat klar zu Tage, als die Menschen von ihrem eigenen Volk im Stich gelassen wurden, beinahe ausstarben, in die Barbarei zurückfielen und ihre Zivilisation von diesem neuen Ausgangspunkt aus wieder aufzubauen begannen. Und gediehen.

Die Prognostiker der Schwimmhäuter hatten aufgrund ihrer Studien ermittelt, daß *jeder* Ausgang für die Schwimmhäuter katastrophal wäre. Die erste Möglichkeit war, daß die Anzahl der Menschen auf Bear Ridge weiter zunahm, diese schließlich die Nutzung des ganzen Planeten einforderten und die Schwimmhäuter so zum Untergang verurteilten.

Die zweite Möglichkeit war, daß die Menschen auf anderen Welten ihre Populationen ebenso regenerierten, wie sie es auf Bear Ridge taten, und daß es der Bevölkerungsdruck nur zu einer Frage der Zeit machte, bis Bear Ridge wiederentdeckt und erneut den menschlichen Bevölkerungsüberschuß von außerhalb aufnehmen würde.

Diese Erkenntnis brachte die Schwimmhäuter an einen Punkt, wo ihnen nur zwei Wahlmöglichkeiten blieben. Die erste wurde auf der Stelle verworfen: sich selbst und ihre Lebensweise so zu verändern, daß sie zu den Bedingungen der Menschen und in deren Umgebung leben und gedeihen konnten. Jahrhundertelang hatten die Älteren dies als undenkbar abgelehnt. Wie auch jetzt wieder. Diese Narren! Die Zeiten ändern sich, warum nicht auch die Schwimmhäuter?

Die andere Option der Schwimmhäuter hatte zwei

Varianten: erstens, die Menschen zu töten – falls möglich; zweitens, die Menschen den Bedürfnissen der Schwimmhäuter entsprechend zu verändern. Die Ermordung der Menschen war nicht berücksichtigt worden, da sie nicht wußten, ob sie alle Menschen töten konnten, und zweitens waren sie sicher, daß Bear Ridge von anderen Menschen wiederentdeckt werden würde – war es nicht vorhergesagt worden? –, und so das Problem bestehen bliebe.

Was ihnen nur noch einen Weg offenließ: die Menschen zu verändern, und zwar in ausreichendem Maße, ehe sich die Bevölkerung von Bear Ridge mit anderen Menschen von den Sternen vereinte.

So wurde die Veränderung der Menschen für die Schwimmhäuter zu einer Überlebensfrage, auch wenn manche bis an ihr Lebensende darüber diskutieren würden. I:imbawe räumte ein, daß der Plan weder besonders ausgearbeitet noch umfassend war. Eher bestand er aus mehreren gescheiterten und ein oder zwei erfolgreichen Experimenten.

Das Ziel: die Menschen den Schwimmhäutern in philosophischer Hinsicht ähnlicher zu machen, so daß die Bevölkerung von Bear Ridge, wenn der entscheidende Moment käme, mehr mit den Schwimmhäutern als mit den fremden Menschen gemeinsam hätten und die sich langsam fortpflanzenden Schwimmhäuter so gerettet würden. I:imbawe war der Gedanke gekommen, daß die Menschen selbst dann, wenn sie die Oberhand gewannen, möglicherweise alles tun würden, um die Existenz der Schwimmhäuterrasse zu bewahren, ihnen ein ›Reservat‹ geben und sie dort wie zahme Tiere halten würden. Doch er kannte die Menschen besser als die meisten anderen Schwimmhäuter und brachte diese Möglichkeit nicht zur Sprache.

I:imbawe informierte sich über den Fortschritt der Versammlung. Nichts. N:tasse, der in erster Linie für den Ausschluß von O:omega verantwortlich war, bestritt immer noch die Gültigkeit der neuesten Prognosen. Alte Weiber!

Nach jahrelanger Beobachtung hatten die Älteren der Schwimmhäuter entschieden, daß die Veränderung der Menschen ein langer, komplizierter Prozeß sein werde, und den Treck als eines der Mittel eingeführt, um diese Veränderung zu bewerkstelligen. Sie hatten den Treck gefördert und ihn benutzt. Der Treck sonderte Schwächlinge aus, so daß nur die Stärksten überlebten – die Stärksten in dem Sinne, daß sich diese Menschen rascher und wirksamer an das Ökosystem von Bear Ridge anpaßten und darum ähnliche Interessen wie die Schwimmhäuter hatten.

Der Treck gab den Schwimmhäutern einen starken menschlichen Führer, an dem sie ihre Veränderungen vornehmen konnten.

Zunächst banden sie die Treckmeister durch den ›Roten Saphir‹ an die Schwimmhäuter. Der Stein, das Juwel, wurde im Körper eines Schwimmhäuters geboren, herangezüchtet und daraus ausgestoßen. Es begann mit der Verfestigung bestimmter Mineralsalze, die auf jedem von mehreren mikroskopischen Kernen kondensierten und von dort aus wuchsen, im Innern des Filterorgans, das zahlreiche metabolische Funktionen wahrnahm. Korallenpolypen und gewisse Flußpflanzen beschleunigten das Wachstum des roten Saphirs. Da es lange dauerte, rote Saphire zu erzeugen, wurden sie im allgemeinen nur von älteren Männern ausgeschieden. Zeit und Diät waren dabei hilfreich.

Einem der ersten Treckmeister hatte das ›hübsche Spielzeug‹ gefallen, und als er den roten Saphir in Händen gehalten hatte, entdeckte man, daß der Edelstein die geistigen Fähigkeiten dieses Treckmeisters steigerte. Außerdem diente er als Brücke zwischen diesem Treckmeister und jedem beliebigen Schwimmhäuter, und eine besonders starke Bindung entwickelte sich zwischen dem Menschen, der den Stein besaß, und dem einen Schwimmhäuter, der ihn gebildet und ausgeschieden hatte. I:imbawe wünschte, er wäre derjenige gewesen, der dem gegenwärtigen Treckmeister den Stein überreicht hatte, und nicht der alte, trügerischen Hoffnungen ergebene O:chacka. Darum bestand nun das engste emotionale Band zwischen O:chacka und Shepherd. Das größte Problem dabei war durch I:imbawe bei seinem kürzlichen Besuch beim Treckmeister bestätigt worden. Shepherd trug seinen roten Saphir nicht. Er stellte ihn zur Schau. Folglich wurde die katalytische und empathische Kraft des Juwels die meiste Zeit über vergeudet. Und ebenso der mögliche Einfluß der Schwimmhäuter auf den Treckmeister.

Der Gebrauch der Steine war mehr oder weniger erfolgreich. Der Ausgang eines weiteren Experiments stand noch aus, doch es wurde bereits eingestellt – obwohl sich am Beispiel des ersten Sohns des Treckmeisters der Erfolg schon zeigte.

Um ihre Ziele zu erreichen, hatten sie beschlossen, den natürlichen Selektionsprozeß zu überlisten und zu beschleunigen. Die Absicht der Schwimmhäuter, einen mehr den Schwimmhäutern als den Menschen gleichenden Menschen zu formen, basierte auf der Biologie. Auf genetischer Gesundheit. Und genetische Gesundheit hatte eine gesteigerte Überlebensfähigkeit des Einzelnen zur Voraussetzung, die wiederum eine stärkere Fortpflanzung bedingte (und mehr Nachkommen), was die gesteigerte Überlebensfähigkeit und die Fortpflanzungsgene an die Nachkommen weiterreichte, welche ihrerseits den Genpool direkt und indirekt erweiterten.

Darum hatten die Schwimmhäuter versucht, die genetischen Merkmale eines der frühen Shepherds zu manipulieren. Die Gensequenzen der vier menschlichen Bausteine erwiesen sich jedoch als zu kompliziert, als daß sie der von den Schwimmhäutern erzeugte Virus hätte manipulieren können. Darum war das Projekt abgebrochen worden. (Obwohl I:imbawe ein Ergebnis der Manipulationen entdeckt hatte: Der Sohn des Treckmeisters hatte Schwimmhäute zwischen den Zehen und war den Schwimmhäutern charakterlich ähnlicher als jeder seiner Vorfahren.)

Trotzdem wurde der Versuch, den natürlichen Ausleseprozeß zu umgehen, als gescheitert betrachtet. I:imbawe hielt den Plan für gut: die Entwicklung einer höheren Version des Menschen, der in philosophischer Hinsicht mehr den Schwimmhäutern als anderen Menschen glich. Durch größere Kraft und Intelligenz würden diese Menschen die übrigen nicht von Bear Ridge stammenden Menschen nach einer ausreichenden Periode des Expansion beherrschen und den Schwimmhäutern gleichzeitig wie Brüder sein können. Und wenn sie auch nicht kontrollierbar wären, hätten sie zumindest ähnliche Einstellungen und Ziele. Es war die einzige Hoffnung der Schwimmhäuter, wenn sie überleben wollten.

Eine Zeitlang hatte es so ausgesehen, als ob der Plan bei Shepherd, dem gegenwärtigen Treckmeister, funktionierte. Er war größer als die meisten Menschen, und er hatte eine Phase sexueller Hyperaktivität durchlaufen, um speziell die Zahl seiner Söhne zu vergrößern, was dazu diente, die Zahl der starken, vom Treckmeister gezeugten Nachkommenschaft zu vermehren.

Doch etwas funktionierte, und etwas anderes funktionierte nicht. Vielleicht funktionierte es bei Thomas Jefferson Shepherd nur deshalb eine Zeitlang, weil seine Frau keine Kinder mehr zur Welt bringen konnte. Shepherd hatte seinen roten Saphir vielleicht eine Weile getragen und war O:chackas subtilem Drängen ausgesetzt gewesen. Andererseits schien der Treckmeister den Einfluß des roten Saphirs überwunden und die Zeugung vieler weiterer Söhne aufgegeben zu haben – ›Prinzchen‹ nannte er sie. Weder begriff I:imbawe den menschlichen Humor, noch glaubte er, daß es ihm jemals gelingen würde.

I:imbawe war ein wesentlicher Punkt aufgefallen, nämlich daß es tatsächlich einen Unterschied zwischen den Menschen von Bear Ridge und der fremden Frau gab, die er in Shepherds Palast gesehen hatte. Im Grunde wußte er jedoch sehr gut, daß der Unterschied wahrscheinlich mehr auf der Anpassung der Menschen an das Ökosystem von Bear Ridge beruhte als auf den Manipulationen irgendeines Schwimmhäuters. Außerdem, räumte er ein, konnte die Familie Shepherd einen starken Überlebenswillen bereits in ihren genetischen Code eingebaut haben. Hatten nicht mehrere von ihnen den Treck vollendet? Keine andere Familie hatte den Treck in der Vergangenheit dermaßen dominiert. Jetzt hatte dieser Treckmeister nicht nur die Hindernisse des Trecks besiegt, sondern *alle* anderen Menschen auf der Welt.

Es gab da eine mathematische Gleichung, eine für Zahlen, einen Hoffnungsschimmer …

N:tasse war es endlich leid, den Langeweiler zu spielen und den anderen auf die Nerven zu gehen.

Die Formel, die I:imbawe durchspielte, sagte ihm, daß ein Volk die Grenzen seiner eigenen Gene überschreiten konnte. Woher stammte dieser Gedanke? Er hatte ihn dem Treckmeister geraubt, als er im Palast in seinem Aurageist herumgeschnüffelt hatte. Und der Treckmeister hatte – ihn geraubt? – nein, dieser Ausdruck war falsch, ›gelesen‹, das war es, hatte die Tatsache gelesen und im Langzeitgedächtnis aufbewahrt. Seltsam.

I:imbawe bedauerte erneut, nicht der Steinpartner des Treckmeisters zu sein.

I:imbawes Aufmerksamkeit wandte sich wieder der Lichtung zu.

O:chacka sagte gerade: /… A:alpha unterscheidet sich von anderen Projektoren darin, daß er eine geringe

Wahrscheinlichkeit dafür einräumt, die Gefahr könne gemeistert werden .../

N:tasse brachte es fertig, seine Aura spotten zu lassen. /Eine theoretische Möglichkeit, aber trotzdem ein Kindertraum; somit für unsere Diskussion ohne Belang./

O:chacka verstrahlte Ärger. /Vielleicht ist die Zeit gekommen, die Älteren mit frischem Blut aufzufrischen./

Ah, dachte I:imbawe. Das klingt schon eher nach dem O:chacka unserer Jugend.

/O:chacka/, sagte N:tasse, /der Graben zwischen uns wird breiter. Ich sage, von den alten Gebräuchen läßt man besser die Hände weg. Deine Stimme läßt diese Logik neuerdings außer acht./

O:chackas Aura sträubte sich, durchlief ein Spektrum von Farben. /Durch unsere alten Gebräuche haben wir bereits den brillanten O:omega verloren. Wir pflanzen uns nicht nur selten fort; noch seltener bringen wir einen wie O:omega hervor./

I:imbawe fühlte A:alphas Aura vor Neid vom Tümpel zurückweichen.

N:tasse widersprach augenblicklich. /In unserer Familie hat sich noch nie jemand geirrt./

/Halt!/ griff V:hoy ein. /Vielleicht solltet ihr beide eure Auren vermischen, um diese Feindschaft zu vermindern./

Auch K:lent mischte sich ein. /Schenkt alledem keine Beachtung. Heißt es nicht, Meinungsverschiedenheiten besäßen ihren eigenen Wert? Wenn wir alle einer Meinung wären, bräuchten wir dann zu diskutieren?/

/Vielleicht kann ich zusammenfassen?/ ertönte die beschwichtigende Aura-Stimme von X:tol. /N:tasse möchte harte Maßnahmen gegen die Menschen ergreifen. O:chacka möchte sie weiter studieren, wird jedoch von seinem eigenen Schüler A:alpha in Frage gestellt, der eine aktivere Einmischung wünscht. Die anderen unterstützen die eine oder andere Fraktion. Und I:imbawe schweigt./

I:imbawe seufzte sichtbar. Er fühlte sich zu alt. Diese Versammlung bestärkte ihn in seiner Meinung, daß sein Volk stagnierte. Die potentielle, von Menschen bewirkte Umweltveränderung, mit der sie konfrontiert waren, wurde aufgrund einer Tatsache allmählich wünschenswert: danach würde alles anders sein. Dann begriff er, daß die Menschen, was auch immer geschähe, notwendig waren, die Kraft, der Katalysator, der die Schwimmhäuter verändern würde. Er wußte jetzt, daß die Menschen dynamischer waren und darum die gewünschte Veränderung bei den Schwimmhäutern in Gang gesetzt hatten, während diese alten Knacker davon redeten, die Menschen zu verändern.

Er konnte bloß hoffen, daß es nicht den Tod seines Volkes bedeuten würde. Eine Bemerkung, die O:omega vor seiner Verbannung hatte fallen lassen, hatte I:imbawe auf den Gedanken gebracht, daß sich sein Volk auf den eigenen genetischen Code hätte konzentrieren sollen, um Greiforgane zu entwickeln, vielleicht menschlichen Fingern ähnlich, die den Gang ihrer eigenen zukünftigen Geschichte verändern könnten. Die Schwimmhäuter hätten vor Äonen beginnen sollen, zu erforschen, wie sie sich verändern konnten.

Er konnte nicht sagen, was er dachte. Er würde diplomatisch sein müssen. /Dieser amtierende Treckmeister, den ich besucht habe, verfügt über einen Antrieb, eine Vision, die der unseres Volkes an Weitblick, jedoch nicht im Endergebnis entspricht. Er ist der Schlüssel, das gebe ich zu. Seine Krise steht unmittelbar bevor, und seine Machenschaften in der nahen Zukunft werden die bestimmenden Faktoren sowohl für sein Volk wie auch unseres sein./ Er pausierte und entschloß sich, noch deutlicher zu werden. /Ich behaupte folgendes: unser Schicksal, das seines Volkes und das unsere, ruht auf diesem Treckmeister!/

/Unerhört!/ übermittelte N:tasse.

Wir brauchen eine Veränderung, dachte I:imbawe. Plötzlich faßte er einen Entschluß. /Hiermit verzichte ich auf meinen Sitz bei den Älteren und übergebe ihn offiziell an A:alpha./

Es folgte ein verblüfftes Schweigen. Auren kräuselten sich, prallten aneinander und vermischten sich. A:alpha war noch nicht einmal volljährig, geschweige denn ein Älterer.

I:imbawe wußte, daß er seine Macht, seine Stimme wiedererlangen würde, aber wenigstens würde er sich nicht länger mit diesen alten Weibern herumschlagen müssen. Tatsächlich hatte er A:alpha ins Zentrum eines ausbrechenden Vulkans geschleudert. Nun, dafür sind Jugendliche da. /A:alpha/, sendete er, /ich empfehle dir, deine Diät auszuweiten und mehr Flußpflanzen und Korallen zu essen. Du mußt das Wachstum deines roten Saphirs beschleunigen. Sollten es die Umstände früher als erwartet von dir – und deinen Talenten – erfordern, der Steinpartner eines Treckmeisters zu werden, solltest du darauf vorbereitet sein./

I:imbawe bemerkte den abschätzenden Blick O:chackas, dessen schockierte Aura soeben neue Form und Farbe gewann. O:chacka nahm allmählich die Farbe der Zustimmung an.

Vielleicht war heute eine neue Fraktion geboren worden. Vielleicht eine neue Denkweise.

I:imbawe hoffte, daß es noch nicht zu spät war.

31 TJ

Blutige Tropfen auf dem Tischtuch hinterlassend, legte TJ eine große Scheibe fast rohen Fleisches auf Sharons Teller.

Sie schluckte und sagte: »Könnte ich bitte ein Stück haben, das besser durchgebraten ist?«

»Das macht er jedesmal«, sagte Felicia. »Lassen Sie sich nicht von ihm nötigen. Er ißt gerne so; wir brauchen es nicht.«

»Ich mag es blutig, weil ich möchte, daß sich das Büffelrind an meinen Namen erinnert, wenn es aufwacht.« TJ schaute Gwen an, die auf das gut durchgebratene Ende des Bratens zeigte.

Sie befanden sich im kleinen, informellen Eßzimmer der Familie. Mike reichte Sharon eine Schüssel mit Flußgemüse.

»Ganz wie bei den Schwimmhäutern – kein Fleisch«, sagte TJ. »Als ich vom Treck zurückgekehrt war, dauerte es eine Weile, bis ich wieder Fleisch zu essen begann. Und das hier ist nicht schlecht geraten, oder?« Er zerteilte sein Stück und probierte es. »Frisch von der Ranch in Dawn's Edge. Ich schwör's, das Büffelschaf- und Büffelrindfleisch schmeckt besser, seit Mike die Leitung übernommen hat.« Er wußte, daß Sharon über irgend etwas reden wollte, aber sie sagte noch nichts. Sie hatte sich aufgerichtet, als er die Schwimmhäuter erwähnt hatte. Ging es vielleicht darum? Er fragte sich, wie die Schwimmhäuter wohl wären, wenn sie Fleisch äßen. Wahrscheinlich würde es ihre Lebenserwartung verringern. Könnte sie aber auch ehrgeiziger machen. Eine kleine Aufmunterungsspritze konnten sie jedenfalls verdammt gut gebrauchen.

Sharon mußte seine Gedanken gelesen haben. »TJ, Sie wissen, daß wir uns über dieses Thema ausführlich unterhalten müssen.«

»Ich weiß.«

»Und eine Entscheidung treffen.«

»Es gibt nichts zu entscheiden«, sagte er, »aber ...«

»Für die Aufnahme in die Föderation ...«, setzte sie an.

»Mein Gott, diese Worte werden auf meinem Grabstein eingemeißelt sein, so oft habe ich sie schon gehört.«

»... ist dies ein äußerst kritisches Thema. Die Föderationskriterien müssen komplett erfüllt sein und das Programm von der Föderation vollständig gebilligt werden, bevor die Mitgliedschaft gewährt werden kann.« Sie drehte eine Gabelvoll Flußgemüse um 360 Grad, betrachtete es, zuckte die Achseln und steckte es sich in den Mund.

TJ schwieg.

»Was würde die Föderation mit den Schwimmhäutern gerne anfangen?« fragte Gwen.

»Kurz gesagt, ihr Überleben sichern.«

»Sie brauchen keine Hilfe«, sagte TJ in gepreßtem Ton.

»Vater«, sagte Mich, »sie zeigen keine Anzeichen von technischem Fortschritt.«

»Du könntest verdammt bald aus erster Hand erfahren, welche Fortschritte sie machen oder nicht machen.« TJ ärgerte sich über seine Unbeherrschtheit.

Mick lehnte sich zurück und blickte ihn finster an.

Sharon sprach rasch weiter, um das Schweigen zu überbrücken. »Nach intensiven Studien ließen sich bessere Entscheidungen treffen.«

»Klingt nach wohlmeinender Bevormundung«, sagte er beunruhigt. Er wäre diesem Thema gern ausgewichen, denn er hatte es nicht geschafft, einen Plan vorzulegen, die Schwimmhäuter in seine eigenen langfristigen Pläne nach Aufnahme in die Föderation einzubeziehen. Was ihm ein unbehagliches Gefühl bereitete, da er sich bereits nahezu entschieden hatte, daß er nicht mehr tun konnte, als sie vor äußeren Einflüssen zu schützen. Wollte er wirklich, daß sie auf ihrer Seite des Gebirges blieben und beide Völker nie zusammentrafen? Er gab offen zu, daß ihre Gesellschaft stagnierte und einen gelegentlichen Anstoß benötigte, damit sie aus ihrem Trott aufschreckte. Aber – das große ›Aber‹ –

wer war er, oder irgendein anderer Mensch, was das betraf, dies zu entscheiden? Zumal ein Haufen Idioten von Fedcentral, die noch nie zuvor einen intelligenten Nichtmenschen gesehen hatten. Er wollte nicht mit Sharon oder irgend jemand anderem darüber diskutieren, weil er keine Antwort darauf wußte. Er spürte, daß er seine Fassung wiedergewonnen hatte, und lächelte. »Warum können wir den Schwimmhäutern nicht zubilligen, ihr Schicksal selbst zu bestimmen?«

»Nun, natürlich«, murmelte Sharon, nachdem sie einen Mundvoll Schafskäse hinunter geschluckt hatte.

Mick nickte zustimmend, und TJ mußte zugeben, daß er bei seinem Sohn ganz nebenbei einen Punkt gutgemacht hatte.

Sharon nippte am Wein. »Ich glaube immer noch nicht, daß das Schokoladenwein ist. Eher eine Art Likör …«

»Die Hoflieferanten verkaufen mehr Weine als Liköre«, sagte Mike lächelnd. »Verkaufspolitik.«

Sie nickte. »Aber zurück zu den Schwimmhäutern. Dieses Problem muß gelöst werden. TJ, wie bringen Sie Ihren Beitritt zur Föderation mit dem Problem der Schwimmhäuter in Einklang?«

»Das brauche ich nicht.« Er glaubte sich auf sicherem Boden.

»Falls Bear Ridge in die Föderation hineinkommt, wird es einen technischen Sprung nach vorne geben. Dadurch wird sich das Erscheinungsbild dieses Planeten früher oder später verändern. Vielleicht nicht in physikalischer Hinsicht, aber das Wesen der Menschen, die Atmosphäre und diese Dinge werden sich ändern. Der Wandel wird sich schließlich auch auf die Schwimmhäuter auswirken.«

»Sharon, ich bin nicht der König der Schwimmhäuter. Ich habe keine Macht, kein Mitspracherecht bei ihren Angelegenheiten, keinen Einfluß.«

»Ihr Beitritt zur Föderation und die Beibehaltung des

Status quo der Schwimmhäuter scheinen mir im Widerspruch zueinander zu stehen.« Sie klang verärgert über seine Intransigenz.

Vorsichtig sagte er: »Sie können ihre Probleme selber lösen. Wenn wir uns verändern, verändert sich der Planet, die Schwimmhäuter sind klug genug, sich an die veränderte Umwelt anzupassen. Ich möchte nicht den Anschein erwecken, ihr Schicksal sei mir gleichgültig, aber von der anderen Seite der Aura aus ... auf der anderen Seite ... Ich möchte unserem Beitritt zur Föderation keine weiteren Schwierigkeiten in den Weg legen. Können Sie meine Position denn nicht verstehen, Sharon? Ich persönlich neige dazu, sie in Ruhe und ihren Weg gehen zu lassen, wie ich es auch von ihnen erwarten würde, wenn sie an meiner Stelle wären. Ich will sie nicht dafür opfern, daß Bear Ridge Mitglied der Föderation wird. Aber ich möchte, daß Bear Ridge zur Föderation gehört. Ich bin nicht gerade in Schwierigkeiten, aber ich bin auch noch nicht über den Berg.« Er tupfte sich das Kinn mit einer Serviette ab.

»Wie viele Schwimmhäuter gibt es?« fragte Sharon.

Nicht genug, dachte er. »Das weiß niemand; nicht viele. Ein paar tausend mindestens. Ihre Fortpflanzungsrate ist niedrig, nicht annähernd so groß wie die der Menschen.«

Sharon sah aus, als wollte sie sich auf ihn stürzen. »Aha. Da haben Sie's. Sie haben keinen großen Genpool, um das Überleben ihrer Rasse zu sichern. Es ist Föderationspolitik, jede möglicherweise gefährdete Lebensform zu schützen. Gleich, welche Kriterien man anlegt, die Schwimmhäuter werden stark betroffen sein.«

Ich hab's gewußt, dachte er. Laß einen Wissenschaftler in die Nähe von etwas wie einem Schwimmhäuter kommen, und man läßt sie nicht mehr in Ruhe. Egal, was sie jetzt sagen, man wird sich auf die Schwimmhäuter stürzen. Egal, was für nette Bezeichnungen Sharon benutzt oder was ihre persönliche Meinung ist, irgendwelche Clowns von der Föderation werden hierherkommen und die Schwimmhäuter schlimmer zurichten, als es unsere technische Evolution vermöchte. Es sei denn, setzte er im stillen hinzu, die Schwimmhäuter haben einen mächtigen Freund im Rat. »Beurteilen Sie ihren genetischen Pool nicht nach dem äußeren Schein«, sagte TJ. »Ich bin kein Biologe. Immerhin weiß ich, daß sie eine Menge Platz brauchen. Sie dürfen nicht wie eine Herde prämierter Büffelschafe zur öffentlichen Begutachtung zusammengepfercht werden. Ich glaube, sie können ohne unsere Einmischung überleben.«

»Platz, den Sie, TJ, zur Verfügung stellen können oder auch nicht. Wo ist ihre Landwirtschaft? Treiben sie Handel? Womit?«

»Na, wenn schon? Sie haben jetzt genug Land.«

»Aus statistischen Daten geht hervor …«

»Zur Hölle mit …«, setzte er an.

»Vater«, sagte Mick warnend.

»TJ …«, beschwichtigte Gwen.

Er grinste und sah Felicia an. »Mutter, du bist doch sonst immer die erste, die mich korrigiert.«

»Du hattest es schon mal nötiger als jetzt, korrigiert zu werden.«

Er zwinkerte ihr zu, wußte er doch, daß sie in dieser Auseinandersetzung seine Verbündete war. Sie kannte sein Problem. War er bereit, die Schwimmhäuter für seine Ambitionen zu opfern? Und das würde die Mitgliedschaft in der Föderation bedeuten. Aber lag Wandel nicht bereits in der Luft? Unumkehrbarer Wandel?

Er bemerkte, daß sie Sharon das Gefühl vermittelten, eine Außenseiterin zu sein. Nun, sie war schließlich eine, oder etwa nicht? Um das Thema zu wechseln, fragte er: »Sharon, ich hoffe, man hat Sie auf den Hofball morgen abend vorbereitet?« Er benutzte das allgemeine ›man‹, damit er nicht Mick oder jemand anderen bitten mußte, sie zu begleiten, dann überlegte er es sich anders: »Mick?«

Micks Blick begegnete seinem. »Ja?«

TJ erinnerte sich an das fremde Mädchen aus den Berichten, mit dem sich Mick während Sings Rede oder wie in aller Welt der Kerl seine Tiraden nannte, im Shepherd Park gezeigt hatte. Hatte Mick Sharon bereits gefragt? Hatte Mick andere Pläne? Nun, so, wie er es gesagt hatte, blieb Mick keine andere Wahl, wenn er eine größere und peinliche Auseinandersetzung vermeiden wollte.

»Jawohl, Sir«, sagte Mick einfach, und TJ vermochte aus seinen Worten oder seiner Miene nichts herauszulesen.

»Thomas«, sagte seine Mutter, »machst du dir keine Sorgen wegen das geplanten Tumults morgen abend?«

»Welcher geplante Tumult?« fragte Sharon.

»Eine Demonstration«, verbesserte Mick steif.

Aha, dorthin hatte Mick also gehen wollen.

»Ach wie denn, Muttchen«, sagte TJ. »Ich gehe zum Ball und überlasse es anderen, Recht und Gesetz durchzusetzen.«

»Du wirst die Demonstration nicht gewaltsam auflösen«, verlangte Mick.

Einen Moment lang sah er seinen Sohn schweigend an und dachte, am besten wäre es, wenn er Sing auf der Stelle festnehmen und hängen ließe. Damit wäre das Problem gelöst.

»Was für ein Tumult, was für eine Demonstration?« fragte Sharon erneut.

TJ riß seinen Blick von Mick los. An Sharon gewandt sagte er: »Dieser junge Mann, Kellen Sing, plant für morgen abend eine – ich zitiere – gewaltlose Demonstration. Zitat Ende. Sie soll zeitgleich mit dem Hofball stattfinden. Hat irgendeine symbolische Bedeutung, die zu begreifen ich mir nicht die Mühe machen will.«

»Wird es Ärger geben?« fragte Sharon.

»Nein«, sagte TJ und grinste so teuflisch, wie er nur konnte. Keine gute Politik, aber ab und zu mußte er sich freien Lauf lassen. Die unausgesprochene Drohung lastete im Raum. »Vielleicht würde Mick Kellen die Botschaft überbringen, die ›Demonstration‹ abzublasen.«

32 Rebecca

»Kellen, tu's nicht!« sagte Rebecca noch einmal. Sie hoffte, es werde stürmen und regnen. Die rasch näherrückende Abenddämmerung zeigte jedoch keinerlei Anzeichen dieser Ereignisse.

»Auf Bear Ridge geht die Sonne unter«, psalmodierte Kellen vor der Menge. »Laßt uns den Weg erleuchten.«

»Kellen.« Ihr Tonfall war noch drängender. Kellens Vorhaben schloß ein starkes Element der Gefahr in sich ein. Überall vor ihnen gingen Fackeln und Kerzen an. Kellen hatte bestimmt, daß der Marsch mit Einbruch der Dunkelheit beginnen und am Höhepunkt des Hofballs am Palast eintreffen sollte.

»Wir erleuchten unseren Weg«, psalmodierte Kellen. »Wir suchen nach Wahrheit. Und erlauben es keinem anderen, sein Licht auf uns zu werfen.«

In der Nähe stehende Jugendliche fielen ein. »Erleuchte den Weg, erleuchte den Weg.« Und die weiter entfernte Menge stimmte in den Sprechchor ein.

Kellen drängte sich bis zur Spitze der Menschenmenge vor, um den Marsch auf den Palast anzuführen. Er liebkoste versuchsweise seine Daumentrommeln im Rhythmus mit den Erleuchte-den-Weg-Sprechchören.

Rebecca packte seinen Arm. »Denk an Mikes Warnung«, flüsterte sie ihm ins Ohr. »Er ist dein Freund, Kellen; du erweist ihm einen schlechten Dienst.«

Er hielt inne und entfernte ihre Hand von seinem Arm. »Glaubst du nicht, daß der König überall in der Menge seine Spione und Boten hat, die ihn darüber auf dem laufenden halten, was wir tun? Es sind zuviele unschuldige Menschen hier, als daß er es riskieren könnte, einzugreifen. Hab keine Angst, Rebecca.« Er bearbeitete seine Trommeln mit gesteigerter Heftigkeit, zog das Tempo an.

Rebecca blieb stehen, während die Menge Kellen folgte und um sie herumströmte. Sie schüttelte angewidert den Kopf. Sie schätzte, daß Kellen mehr als tausend Menschen auf seinem närrischen Unternehmen folgten. Es waren auch nicht nur Studenten. Einige Ortsansässige hatten sich seiner Unternehmung angeschlossen. Außerdem eine Menge Geistliche, stellte sie fest. Sie wünschte sich die gute alte Zeit zurück, in der die Kirche apolitisch gewesen war – vielleicht war sie es außerhalb von Crimson Sapphire immer noch. Diese Geistlichen jedoch wirkten fest entschlossen. Sie gehörten zum harten Kern von Kellens Anhängern. Waren neben den Umweltschützern vielleicht seine verläßlichsten Gefolgsleute.

Menschen blieben in ihrer Nähe stehen, die Spitze der Prozession kam nicht rasch genug voran. Rebecca fürchtete, daß dieser Marsch den König zu einer Reaktion provozieren würde. Und, räumte sie ein, sie würde es dem König nicht einmal übelnehmen. Sie begriff nicht, daß Kellen die Freundlichkeit des Prinzen mit diesem endgültigen Schlag ins Gesicht erwiderte. Noch wußte sie, ob sie Kellen Aktivitäten billigte. Sie empfand Radikalen jeglicher Glaubensrichtung gegenüber eine grundlegende Abneigung. Doch sie fühlte sich hilflos, unfähig, ihn umzustimmen; irgendwie hatte ihr Einfluß auf ihn erheblich nachgelassen. Früher hatte er auf ihren Rat gehört. Er war sanftmütig, nachdenklich, introvertiert gewesen.

Doch jetzt? Auf irgendeine Art, die sie nicht genau

bestimmen konnte, war er anders. Er stand jetzt unter einem inneren Druck, einem Zwang. Sie sah keinen guten Ausgang für seine Aktionen voraus. Vor allem war sie Realist. Alles in allem hatte der König in seiner Regierungszeit ordentliche Arbeit geleistet. Obwohl er einige Unzulänglichkeiten hatte, bezweifelte sie, daß jemand anderer das hätte erreichen können, was er in der zur Verfügung stehenden Zeit zuwege gebracht hatte. Sie glaubte fest an das alte Sprichwort: ›Was nicht gebrochen ist, soll man nicht richten‹. Es gab wichtigere Dinge, als Thomas Jefferson Shepherd zu stürzen.

Trotzdem hielt sie immer noch zu ihrem Bruder. Manchmal schienen seine Worte zu brennen – doch wenn sie sie auf ihren Inhalt hin untersuchte, entdeckte sie wenig. Sie wußte, daß es eine Menge gab, womit sie sich abfinden mußte, ehe eine glühende Kellen-Sing-Anhängerin aus ihr würde.

Die Demonstranten begannen sich wieder vorwärtszubewegen, Menschenketten, verbunden durch ein gemeinsames Band. Jetzt kamen die Nachzügler an ihr vorbei. Ein paar Straßenzüge weiter würden sie den Shepherd Boulevard erreichen – oder war es die Avenue? Sie war mit Kellen einer Meinung, daß hier in Crimson Sapphire zuviele Dinge nach Shepherd benannt waren und daß dies verwirrend war.

Kellens Trommeln waren nicht mehr zu hören. Die Menschen in ihrer Nähe riefen: »Rettet Bear Ridge.« Sie seufzte und folgte den letzten Demonstranten. An der Shepherd-Straße – der Avenue – würde sie nach links gehen, während die anderen nach rechts gingen, um der Hauptverkehrsstraße unmittelbar bis zum Palast zu folgen. Andere Leute begannen dem Zug zu folgen, die Neugierigen, dachte sie. Die Morbiden, die hofften, Blut fließen zu sehen.

Plötzlich kam ihr der Gedanke, ob Kellen nicht tatsächlich den König zu einer Art von Vergeltungsschlag zu provozieren versuchte, den er sich als Vorwand zunutze machen konnte. Wollte Kellen zum Märtyrer werden? Das sah ihm nicht ähnlich, nein, aber …

Oder war es Kellens Absicht, Aufmerksamkeit auf sein Anliegen zu lenken? Eine Demonstration der Stärke vielleicht, als Vorankündigung weiterer Dinge?

Sie fand, daß sie ihren Bruder weniger gut kannte, als sie gedacht hatte.

Sie eilte weiter und bemerkte, daß der Demonstrationszug anschwoll, da sich Männer und Frauen den Marschierern anschlossen. Während sie sich durch die Stadt wanden, jubelten die Zuschauer manchmal, dann wieder buhten und zischten sie. Die Marschierer schrien diese Zwischenrufer jedoch nieder, und Rebecca spürte, wie sich eine bösartige Stimmung aufbaute. Was sie auf einen neuen Gedanken brachte: könnten andere, gewalttätigere Elemente diesen Marsch infiltriert haben, um ihn für ihre eigenen Zwecke zu gebrauchen? Sie hoffte inständig, daß Kellen wußte, was er tat.

Der Zug erreichte die Hauptstraße und wandte sich nach rechts. Rebecca gab ihrer inneren Stimme nach und folgte. Auf einer Erhebung hielt sie an und überblickte die ganze Prozession. Kellen brachte an diesem Abend Handel und Verkehr bestimmt zum Erliegen. Aus einer Gruppe von Huren auf einem oberen Balkon ging ein Hagelschauer aus verfaultem Obst und Gemüse auf die Marschierer nieder.

Niemand achtete darauf.

Und dann stieg ihr die Angst in die Kehle. Die Menschenmenge war angewachsen. Ihre ursprüngliche Schätzung von eintausend Menschen galt nicht mehr, es waren fast doppelt so viele. Beim Hinsehen glitten finster blickende Männer von den Bürgersteigen und aus den Gassen, vermischten sich mit der Menge und übernahmen die Nachhut. War sie die einzige, die es bemerkte? Sie trugen keine Waffen, gewiß, aber alle schienen gleich auszusehen: alle waren wie Zivilisten gekleidet, trugen jedoch gleiche Frisuren, bewegten sich sparsam, gingen im Gleichschritt. Die meisten hatten kräftige Spazierstöcke dabei.

»O mein Gott«, murmelte Rebecca Sing vor sich hin. Etwas Schreckliches würde passieren.

Die Spitze der Prozession näherte sich nun dem Palast, der nur noch Minuten entfernt lag. Sie mußte Kellen warnen. Quer zur Straße, wo sie die Kolonnenspitze vermutete, war eine ununterbrochene Linie von Fackeln und Kerzen. Sogar von hier aus konnte sie erkennen, daß der Palast an diesem Abend heller als üblich erleuchtet war – wahrscheinlich wegen des Balls. Sie meinte, Musik hören zu können, wußte jedoch, daß dies unmöglich war.

Sie begann zu laufen. Während ihre Füße über das Pflaster trappelten, schlug ihr ein Windstoß ins Gesicht und wehte ihr Haar nach hinten.

Sie trug einen Wickelrock über kurzen Hosen, und der Rock behinderte sie beim Laufen. Während die Shorts für das Land oder zu Hause einen angemessenen Aufzug darstellten, hielt sie sie für die Stadt für ungeeignet. Trotzdem zog sie den Rock aus und warf ihn sich über die Schulter, wobei sie ihn rasch wie einen Umhang zusammenband. Sie begann wieder zu laufen, während sich die Sandalen knarrend über die ungewohnte Aktivität beklagten.

Sie bahnte sich einen Weg durch den hinteren Teil der Kolonne, wo sie einige studentische Demonstranten furchtsam umherschauen sah, als könnten sie die Lage nicht begreifen, in der sie sich befanden. Hochgewachsene, kräftige Männer rückten aus der Nacht bedrohlich näher und bezogen an den Rändern der Demonstration Position, wobei sie die ursprünglichen Marschierer wirksam einkesselten.

Sie rannte weiter, stolperte gegen einen steinharten Körper.

»Hier, Ma'am, lassen Sie mich Ihnen helfen.«

Sie starrte ihn wegen seines unbeschwerten Selbstvertrauens entsetzt an, während er sie sanft auf die Beine zog. ›Ma'am‹, hatte er sie genannt. Studenten, Kellens Hauptgefolgschaft, waren nicht so. Und Valdez' Gruppe – sie waren ein wilder Haufen. Und dieser Mann war auch kein Geistlicher.

Sie hatte Angst vor Gewalttätigkeiten, konnte Gewalt mit dem leise sprechenden, zivil gekleideten Soldaten jedoch nicht in Einklang bringen.

Sie lief schneller, während sich ihr vor Angst die Kopfhaut zusammenzog. Die Straße war jetzt mit Menschen verstopft, und sie mußte sich zwischen ihnen hindurch- und um sie herumdrängen. Sie drängte weiter, ihr Atem ging in kurzen, harten Stößen – bislang mehr aus Angst als aufgrund ihrer Erschöpfung.

Die Straße verengte sich, während vor ihnen die Palasttore emporwuchsen. Sie schaffte es nicht, sich noch weiter durch die Menschenmassen vorzudrängen. Sie flehte, jedoch ohne Erfolg. Die Leute hörten nicht hin. Die ihr im Wege standen, konnten sich nicht besser bewegen als sie, bloß mit den übrigen Demonstranten in einem zähen Strom weiterschlurfen.

Sie arbeitete sich an den Rand der Menge vor und fand beide Straßenseiten von Schutzmauern umschlossen.

Sie stieß gegen einen Mann. »Helfen Sie mir, bitte!« bettelte sie. »Mein Bruder …«

Dann erkannte sie, daß er einer von *ihnen* war.

»Ja, Ma'am«, sagte er aufreizenderweise. Dann hob er sie hoch und setzte sie auf die Mauer. Glaubte er, ihr bei der Flucht zu helfen?

Sich seines Blickes an ihren Beinen entlang durchaus bewußt, drehte sie sich um und eilte über die flache Mauerkrone zur Spitze der Prozession. Sie hielt mit ausgestreckten Armen das Gleichgewicht und schien geradewegs über die Menge hinwegzufliegen.

Sie hatte gute Sicht nach vorn und sah, daß die Vorhut der Prozession zwischen die massiven Palasttore strömte, Tore, die sie noch nie geschlossen gesehen hatte. Nahe der Spitze bewegte sich die Menge langsamer, und mehrere Leute beobachteten sie neugierig. Sie wollte ihnen etwas zurufen, doch ihr Atem ließ es nicht zu.

Sie hatte Kellen immer noch nicht erreicht, und er mußte mit den ersten der Kolonne nach drinnen gegangen sein. Sie wußte jetzt, daß sie zu spät kommen würde.

Sie hörte jetzt Kellens Trommel, ein Echo des Sprechchors der Menge: »Erleuchte den Weg.«

Die Mauer senkte sich an den hohen Palasttoren bis auf Straßenhöhe ab. Demonstranten strömten zwischen den Toren hindurch. Sie sprang in die Menge hinunter, bahnte sich einen Weg.

Panik erfaßte sie. »Kellen!« schrie sie unwillkürlich.

Einige Demonstranten nahmen ihren Ruf als Sprechchor auf. »Kellen! Kellen! Kellen!« ersetzte »Erleuchte den Weg.«

Sie stöhnte vor Enttäuschung. Dann bemerkte sie, daß sich innerhalb der Palasttore keine Soldaten aufhielten. Abgesehen von den Demonstranten war der ganze große Palasthof verlassen. Sie hörte, wie das hohle Echo von Kellens Trommeln von einer weitentfernten Mauer zurückgeworfen wurde, wo die Menschen den freien Raum noch nicht aufgefüllt hatten. Die Trommeln und Sprechchöre prallten von hochragenden Mauern ab. Sie hatte das Gefühl, sie befände sich in einem riesigen Gefängnishof.

Sie glaubte nicht, daß der Hof alle Demonstranten aufnehmen konnte. Immer noch strömten Menschen durch die Tore herein, die sie und die vor ihr Stehenden gegen ihren Willen nach vorne drängten.

Dann sah sie es und wußte es. Nichts Genaues, aber irgend etwas.

Nirgendwo waren Türen offen. Die zum Hof weisenden Fenster waren mit Fensterläden verschlossen und offenbar von innen verrammelt. Erneut kam ihr das Bild vom Gefängnishof in den Sinn.

Sie konnte nicht zurück, die unausweichliche Bewegung der Menschenmenge hinter ihr schob sie nach vorn. Menschen verteilten sich, strömten in Ecken und gegen Wände, um dem Druck von hinten zu entrinnen. Bald würde der Hof mit Menschen vollgestopft sein.

In ihrer Nähe begannen Leute lautstark über die Woge der Leiber zu klagen, die noch immer wie eine unaufhaltsame Flut durch die Tore rollte.

Als sich die Möglichkeit dazu bot, kämpfte sie sich zu einer freundlich aussehenden Wand durch. Unter einem Balkon entdeckte sie eine kleine, in die Wand eingelassene Tür und probierte sie aus. Kein Glück. Vor der Tür befand sich jedoch eine von Kletterpflanzen bedeckte dekorative Steinschnarle. Sie kletterte auf diese Figur, bis sich ihre Knie etwa in der Höhe der Köpfe der unter ihr Stehenden befanden. Endlich hatte sie gute Sicht. Sie konnte Kellen nicht ausmachen.

Sie hielt hilflos Ausschau, während sie ihren Atem unter Kontrolle brachte. Sie sah einige von Kellens Gefolgsleuten auf die massiven Türen des Thronsaales einschlagen. Schon bald würde der Druck der Leiber diese Aktivität unterbinden.

Sie sah, wie die rückwärtige Menge an den massiven Toren hereingedrückt wurde. Im Licht der Fackeln und der Sterne beobachtete sie, wie Hunderte von Soldaten in Zivilkleidung die vor ihnen Stehenden rücksichtslos in den Hof schoben.

»Kellen!« schrie sie, nach ihm Ausschau haltend, wohl wissend, daß er sie nicht hören würde.

»Also, ich werd bekloppt«, sagte eine Stimme hinter ihr. Plötzlich ergriffen ein Paar geschmeidige, aber kräftige Hände ihre Arme, und sie fühlte sich emporgehoben. Fackelschein warf ein gespenstisches Licht auf den Hof, doch als sie auf dem Balkon auf ihren Füßen landete, konnte sie im Schatten hier oben kaum etwas unterscheiden.

»Hallo, Sommersprosse«, sagte eine Stimme, die sie wiedererkannte.

»Sommer Camp?«

»Persönlich.«

»Sie können mich jetzt loslassen, Mr. Camp.«

»Oh. Äh ... Nennen Sie mich Sommer.«

Mittlerweile konnte sie ihn erkennen. Er trug formelle Kleidung, welche die kaum gebändigte Kraft seiner Glieder nicht zu verbergen vermochte. Im Schatten stand noch jemand bei ihm.

»Sommer ... können Sie denn nichts tun?«

»Wir *tun* etwas.«

»Aber ...«

»Ich habe Sie doch gerettet, oder?«

»Aber ich war nicht ... ach, vergessen Sie's. Aber bitte, sie, diese Leute dort unten, sie denken sich nichts dabei. Lassen Sie nicht zu, daß ihnen etwas passiert.« Sie hatte Angst, ihre Stimme würde flehend klingen.

»Warum sollten wir ihnen etwas tun?« fragte er.

Die Menschenmenge unter ihnen war bisher ziellos umhergewogt, doch mit den zusätzlichen Menschen war kein Platz mehr dafür da, darum beschränkte sich ihre Bewegungsfreiheit darauf, auf der Stelle zu schieben.

»Sie ... das heißt, mein Bruder ...«

»Ihrem Bruder wird nichts geschehen.« Seine Stimme bekam einen Unterton, auf den sie nicht vorbereitet war. Was machte er hier? Kellen hatte im Scherz gesagt, er sei ein Spion des Königs. Und daß er ein Freund von Mike und der Hofnarr sei. Sie wußte nicht, was sie glauben sollte. »Es sei denn, durch eigenes Verschulden«, fügte Sommer hinzu. »Manny, wir müssen bald etwas unternehmen.«

»Ein interessantes Schauspiel«, sagte der andere Schatten.

Manny? Wer war Manny?

So als läse er ihre Gedanken, sagte Sommer: »Darf ich Sie mit General Manuel Vero bekanntmachen? Manny, diese junge Dame ist Rebecca Sing.«

»Guten Abend, Ma'am.«

Rebecca war verwirrt. Dieser Narr, dieser Sommer Camp nannte den Oberbefehlshaber der Armee beim Vornamen?

Es ertönte ein lautes ›Klong‹, als sich die riesigen Hoftore hinter den letzten Demonstranten schlossen.

»Was haben Sie vor?« wollte sie wissen.

»Nun, gar nichts. Sie sind ungebeten gekommen, darum müssen sie mit dem bißchen Gastfreundschaft vorliebnehmen, das wir Ihnen bieten können«, antwortete Sommer.

Sie konnte Kellens Erniedrigung beinahe körperlich spüren. Nein, verbesserte sie sich. Der alte Kellen würde erniedrigt sein. Der neue Kellen? Sie spürte einen beruhigenden Einfluß von ihm ausgehen, verstärkt vom sanften Pochen seiner Trommeln. Er versuchte eine Katastrophe abzuwenden.

Gelegentliche Schreie ertönten, als die Leute herausfanden, daß ihre Fackeln und Kerzen auf so engem Raum tödliche Waffen waren. Nach und nach wurden diese auf den Boden geworfen und ausgetreten. Im Hof wurde es merklich dunkler.

Dann wurde ihr etwas bewußt. Auch andere Lichtquellen auf dem Hof waren verschwunden. Die oberen Fenster waren geschlossen worden. Die Fackeln waren gelöscht. Eine Wolkenformation schob sich über die Sterne.

Die Menge verstummte plötzlich, als sie die gleiche Entdeckung machte. Es war wie die Ruhe vor einem Sturm. Ein Hauch von Musik aus dem königlichen Ballsaal entwich in die Nacht, als wollte sie die Demonstranten an ihre Bedeutungslosigkeit erinnern.

Unsicherheit breitete sich in der Menge aus, und ein nervöses Rumoren setzte ein. Kellens Trommeln wurden zum Ausgleich lauter, ein beruhigender, sich ausbreitender Rhythmus. Wenn irgend jemand die Ordnung aufrechterhalten konnte, dann er. Sie hatte ihn in letzter Zeit zu oft in Aktion gesehen, um an seinen Fähigkeiten zu zweifeln. Aber war selbst er noch in der Lage, diese eingekeilte Menge zu kontrollieren?

Bis zur Panik fehlten nur noch Sekunden. Sie roch sie in der Luft.

»Sommer Camp. General Vero. Wenn Sie diesen Leuten ihren Stolz rauben, haben Sie sie für immer verloren.«

»Ein bißchen Erniedrigung wird ihnen nicht schaden«, bemerkte Vero.

Das Grollen der Menge schwoll an, übertönte Kellens Trommeln. Schreie und Rufe durchbrachen seinen Rhythmus. Die Leute begannen zu schieben und zu schreien.

»Ich denke doch, Ihre Männer haben sich alle abgesetzt, Manny?«

»Die meisten sind vor den Toren zurückgefallen.«

»Ich bin mit Sommersprosse hier einer Meinung«, sagte Sommer Camp. »Wir können jetzt nichts gewinnen, und falls jemand verletzt werden sollte, werden wir verlieren.«

»Keine einfache Angelegenheit, oder?«

»Nein, Manny, ist es nicht.«

»Zeit für eine Entscheidung«, sagte Veros Stimme.

»Schauen Sie, Rebecca«, sagte Sommer, »in der Wand gegenüber gibt es ein paar Schleusentore.« Sein Schattenarm zeigte dorthin. »Zapfen Wasser vom Heulenden Volv an. Wir öffnen die Schleusen gelegentlich, um den Hof zu säubern – eine Menge Pferde reiten hier durch, wissen Sie.«

»Das können Sie nicht tun!«

»Keine Angst, das Wasser würde nicht höher als bis zu den Knöcheln steigen. Aber ich glaube, das werden wir nicht tun.«

»Was werden Sie tun?«

»Schauen Sie, vor langer Zeit brachte der Mensch Büffelschafe auf diesen Planeten mit, um sich zu nähren und zu kleiden. Und unvorsichtigerweise auch ein Wesen, das Stinktier heißt. Ein stinkendes kleines Tier, das zur Eindämmung der Nagetiere mitgenommen wurde – und die wenigen, die im Hochland überlebt haben, haben gewisse Drüsen neu entwickelt, die einen Geruch absondern, den sogar Schnarlen und Völve widerwärtig finden.«

»Stinktiere?«

»Genau. Schlaue kleine Pelztiere.«

»So weit hinter dem Mond hab ich nicht gelebt, Sommer Camp.«

»Er hält gern Vorlesungen, wenn man ihn läßt«, sagte Vero.

»Die Sache ist die, der Gestank von einem verschreckten Stinktier bleibt ein paar Tage haften«, kicherte Sommer.

Und Rebecca faßte es als das auf, was es war. Es würde keine Verletzungen, keine Bestrafung geben – bloß eine Lektion. Sie lachte. Im schwachen Licht sah sie Sommers Zähne leuchten.

»Gut«, sagte er. »Manny, wir fangen besser an, bevor die Panik dort unten zu sehr wächst und jemand verletzt wird. Zweifellos würde man den König verantwortlich machen.«

»In Ordnung«, sagte Vero, und ein Licht flammte kurz auf.

»Ich schlage einen strategischen Rückzug vor«, sagte Sommer. Er ergriff Rebeccas Arm und führte sie vom Balkon ins Gebäudeinnere.

Vero trat hinter ihnen ein, schloß die Tür und brachte vor der Innenseite einen Querbalken an. »Wir werden die Tore in etwa fünf Minuten öffnen. Sie werden sich beeilen, in die Stadt zu kommen.«

Sie gingen durch den Raum, eine Art von Büro, und hinaus auf einen erhellten Korridor.

Rebecca wurde sich ihrer nackten Beine bewußt und riß sich den Rock von den Schultern. Als sie ihn um ihre Hüfte befestigte, entdeckte sie, daß Sommer sie beobachtete. Daß Männer sie anstarrten, zumal ihre Beine, war keine neue Erfahrung; doch mit Sommer war es ein neues Gefühl.

»Camp, du hast keine Klasse«, sagte Vero.

»Lust zu tanzen, Becky?« fragte Sommer.

Der Hofball? »Ich bin nicht passend dafür angezogen. Und die meisten Leute nennen mich Rebecca.«

»Kommen Sie, Sie werden die ganze Gesellschaft umwerfen. Die ganze Aufmerksamkeit von mir ablenken.«

»Also …«

»Denen werden die Augen übergehen.«

Sie fragte sich, ob sie Mike sehen würde. Dann kam ihr der Gedanke, daß Sommer Camp ein tapferer Mann war – sich im Palast von Thomas Jefferson Shepherd mit Rebecca Sing, der Schwester Kellen Sings, sehen zu lassen. Ihre Abenteuerlust erwachte und gewann die Oberhand. »Laß uns tanzen gehen, Narr, oder was immer Sie sind.«

Später, müde vom Tanzen und vollgestopft mit den Speisen des Königs, hatte sie Zeit zum Nachdenken. Niemand hatte ihnen auch nur die geringste Beachtung geschenkt. Es war, als wüßten sie nicht, wer Sommer Camp war. So als wäre er bloß ein weiterer kleinerer Herzog oder erfolgreicher Kaufmann. Er tanzte wunderbar, sein Körper war geschmeidig und jederzeit unter Kontrolle. An Gleichgewichtsgefühl und Anmut war er jedem anderen Mann überlegen, den sie je kennengelernt hatte. Ja, er war ein seltsamer Mann. Vielleicht war er ein Spion.

Im Ballsaal hielten sich jetzt etwa vierhundert Leute

auf, überlegte sie, und wie überall sonst auch war ihre Hauptbeschäftigung das Reden. Gruppen bildeten und lösten sich auf wie Sandbänke in einem Fluß. Die Erfrischungen befanden sich vor einer Wand. In der Mitte wurde getanzt.

Sie hatten den Ballsaal soeben von einem angrenzenden Raum aus, in dem Bedienstete Likör und schwerere Kost servierten, von neuem betreten.

Sommer stupste sie an und deutete mit der Hand. »Sie haben mich gefragt. Da ist er.«

Mike befand sich in der Mitte der Tanzfläche, verdeckt von einer fremdartigen Frau, die mit einem glitzernden goldenen Overall bekleidet war.

»Sharon Gold«, erläuterte Sommer. »Von Fedcentral.«

»Das ist sie?«

»Ja. Alle Augen haben heute auf ihr geruht, Becky.«

»Rebecca.«

»Sicher. Aber sie hat alle Aufmerksamkeit auf sich gezogen. Ich weiß bloß nicht, ob es ihr gefällt. Es ist, als wäre sie heute abend das Hauptausstellungsstück, der Anlaß der Veranstaltung.«

Rebecca wurde von einer Woge von Sympathie für die fremde Frau überschwemmt. Sie hatte die Leute heute über diese Frau sprechen gehört.

»O je«, sagte Sommer, zog sie in den Schatten an einer Wand und halb hinter eine Säule.

»Was ist?« fragte sie.

»Gesellschaft, Sommersprosse.«

Dann stand Thomas Jefferson Shepherd vor ihr, sie beide überragend. Seine Uniform glitzerte, rote Seide, die mit konventionellem Weiß kontrastierte. Seine Augen blickten neugierig, doch sie fand, daß sie nicht so durchdringend wie Sommers Augen waren. Sie dachte an Mike. Wie unähnlich sich Vater und Sohn waren.

Seine Stimme kam ihr rauh vor – doch das lag vielleicht nur an seinem Ruf. »Also, Sommer. Ist dies das nette Mädchen, von dem wir gestern gesprochen haben?«

Sommer errötete ein wenig. »Nein … äh … ja. Ich meine, sie ist ein nettes Mädchen, aber …«

Der König grinste und streckte die Hand aus. »Wenn Sommer über seine eigene Zunge stolpert, sollten wir uns vielleicht selbst miteinander bekanntmachen?«

Er war charmant, sagte sie sich.

Sommer sagte: »Chef, das ist Becky Sing.«

»Rebecca«, verbesserte sie ihn, ehe sie sich besann.

Seine Brauen hoben sich. »Irgendwie verwandt mit …«

»Die Schwester«, sagte Sommer.

»Nun, junge Dame, eines möchte ich sagen«, sprach der König mit einem verborgenen Lächeln. »Sie bieten einen wesentlich erfreulicheren Anblick als Ihr Bruder.«

Sie entdeckte, daß sie seine Hand hielt, und wußte nicht mehr, ob sie sich verneigt und sie geküßt oder einfach nur geschüttelt hatte. Der König war attraktiv – für jemand so großen und … knorrigen wie ihn. »Ich danke Ihnen, Majestät … glaube ich.« Er war größer als Mike und hatte schärfere Gesichtszüge. Seine Augen waren erfahren und sicher. Wo Mike weich war, war der König hart. Sie bemerkte die Verdickung um seine Hüfte und fand, daß sie ihn deutlich kräftiger erscheinen ließ.

»›Sie‹ reicht als Anrede«, sagte er und ließ ihre Hand los. »Würden Sie Ihrem Bruder eine Nachricht von mir überbringen?«

Plötzlich lächelten seine Augen nicht mehr. An ihrer Seite versteifte sich Sommer.

»Ich … äh … selbstverständlich, Eure Majestät.«

»Sagen Sie ihm, wenn er eine Pause einlegt, werde ich ihn in ein offizielles Staatsgeheimnis einweihen.«

Sie begriff nicht.

»Ein einfacher Tauschhandel«, sagte der König. »Von meiner Mutter weiß ich, daß sich der Geruch des Stinktiers mit Tomatensaft rasch und wirksam entfernen läßt.«

»Oh.« Sie dachte einen Moment nach. »Vielleicht werde ich Ihr Angebot weiterleiten – in ein oder zwei Tagen.«

Der König lächelte, zwinkerte und zog sich in die Menge zurück. Sommer hakte sie unter und führte sie hinter der Säule hervor.

»Schämen Sie sich wegen mir, Sommer Camp?«

»Wie? Oh, bestimmt nicht, Becky. Es ist ... es ist ... verdammt. Ich hänge meine Beziehung zum König bloß nicht an die große Glocke.«

»Oh.« Sie begriff jedoch immer noch nicht. »Sie *sind* ein Spion.«

»Nein. Äh ... ich ...«

»Sommer«, ertönte hinter ihnen Mikes Stimme. Sie drehten sich zu ihm um.

Mike sagte: »Ich habe mich schon gefragt, wie es heute so gelaufen ... Rebecca!«

»Guten Abend, Mike.« Sie bemerkte seine Überraschung.

»Schätze, ich brauche niemanden vorzustellen«, bemerkte Sommer.

»Durchaus nicht.« Mike hielt ihre Hand und sah ihr in die Augen. »Kellen hat nicht auf mich gehört, nicht wahr?«

»Nein. Aber er hat dafür bezahlt«, sagte Rebecca und lächelte.

»Ah, die abwegige Phantasie des Sommer Camp«, sagte Mike.

»Es lief alles nach Plan, Mike. Ich wurde gerade eben informiert, daß der Hof jetzt geräumt ist und durchgelüftet wird.«

»Tja, hallo! Jemand zu Hause?« ertönte eine fremde Stimme. Neben Mike stand die Frau in dem glitzernden Overall.

Mike ließ ihre Hand los und wandte sich der Frau zu.

»Sharon.« Es war eine Feststellung. »Darf ich Ihnen Rebecca Sing vorstellen? Rebecca, das ist Botschafterin Sharon Gold von der Föderation.«

Rebecca war überrascht. Sharon Gold war etwa in ihrem Alter.

Die Botschafterin streckte die Hand aus und sagte: »Ziemlich steife Vorstellung, Mike. Rebecca? Ich bin Sharon. Ich habe Kellen einmal getroffen. Ihr Bruder?«

»Ja.«

»Ich sehe die Ähnlichkeit. Ein wahrhaft einzigartiger Musiker.« Sharon Gold blickte Sommer an. »Sie kenne ich kaum. Sie haben mich einmal aus dem Schlafzimmer hinausgeworfen.«

Sommer verfärbte sich wieder. Er stammelte. »Was sie sagt, ist irreführend, Becky. Es war nicht *mein* Schlafzimmer.«

»Stimmt«, sagte Sharon.

»Hoppla. Ich meine, es war das Schlafzimmer des Königs.«

Sharon lächelte über Sommers Unbehagen, doch es herrschte zwischen ihnen eine Art von Rivalität.

»Als der König krank war«, schloß Sommer lahm.

»Ah«, sagte Rebecca, »Sie alle versuchen nicht etwa ein armes Mädchen vom Lande aufzuziehen?«

»Nein«, sagte Sommer anzüglich.

Daraufhin dachte Rebecca, daß es Untertöne gab, die sie nicht begriff.

Mike schien sich gut zu amüsieren. »Als die beiden das letzte Mal offiziell miteinander gesprochen haben, hat Sommer Sharon in Wahrheit angeschrien und gebrüllt.«

Sommer sagte: »Sagen wir lieber ›in einem gebieterischen Ton mit ihr gesprochen‹. Um ärztliche Hilfe herbeizuholen.«

Mike grinste schelmisch. »Sommer? Darf ich mit Rebecca tanzen? Selbstverständlich können Sie und

Sharon sich in unserer Abwesenheit eine Weile unterhalten.« Bevor Sommer antworten konnte, zog Mike Rebecca mit sich fort.

Während sie tanzten, warf Rebecca gelegentlich einen Blick zu Sommer und Sharon hinüber, die steif beieinander standen, wahrscheinlich ohne zu reden.

»Ich habe nicht gewußt, daß du hier sein würdest«, sagte Mike vorsichtig.

»Ich auch nicht«, erwiderte sie und gab ihm eine kommentierte Zusammenfassung der Ereignisse.

»Ein Glück, daß Sommer dich gehört hat.«

»Oh, ich weiß nicht. Es wäre ein paar Tage lang lästig gewesen, aber ich wäre drüber weggekommen.«

»Du hättest eine Menge Gesellschaft gehabt.«

Sie lächelte. »Es ist schön, hier zu sein, anstatt sich in einem kalten Fluß einzuweichen.«

Mike bewegte sich nicht so geschmeidig wie Sommer, wirkte jedoch eleganter. Seine Konversation war geübt, aber gelegentlich naiv, und er zeigte eine seltsame Verletzlichkeit hinsichtlich der Tatsache, daß er der Thronfolger des Reiches war. Er wirkte irgendwie unsicher, ganz anders als der äußerst selbstsichere Sommer Camp.

Nach dem Tanz sagte Mike: »Also, ich muß mich wieder an die Arbeit machen.« Wenn sie ihn richtig verstanden hatte, hatte er ihr, ohne es ausdrücklich zu sagen, mitgeteilt, daß er lieber mit ihr zusammen wäre als mit Sharon und daß er sogar mit ihr am Marsch teilgenommen hätte, wenn nicht seine königlichen Pflichten wären. Bedeutete dies, daß er an ihr interessiert war? Was das betraf, war Sommer an ihr interessiert? Sommer hatte sie vor einem übelriechenden Schicksal bewahrt, wenn nicht vor Schlimmerem. Und er hatte keinerlei Grund gehabt, sie zu diesem Hofball mitzunehmen – doch er hatte es getan.

Ein langer Weg von Lonestar bis hierher, dachte sie.

Sie hatte eine Menge Stoff zum Nachdenken.

Als Sommer sein Büro betrat, war sein Ärger über Stunden gewachsen. TJ sagte zu seinem Sekretär: »Schließen Sie beim Hinausgehen die Tür, und keine Störungen.«

Als der Sekretär die Tür geschlossen hatte, ließ sich Sommer in einen Sessel fallen und nestelte unbehaglich an seinem Narrenkragen.

»Wie ist die Reaktion?« TJ bemühte sich, seine Ungeduld nicht zu zeigen.

»Gar nicht gut«, sagte Sommer. »Es ist, als hätten wir in ein Wespennest gestochen. Oh, die Leute haben auf Kellens Kosten ausgiebig gelacht – aber es gibt heute eine Menge Gestank in der Stadt – überall. In Häusern, Büros, Geschäften. Die Allgemeinheit sah sich heute morgen mit einem anhaltenden Tiefststand an Dienstleistungen konfrontiert. Könnte sein, daß wir ihnen einen Aufhänger geliefert haben.«

»Darauf hatte Kellen Sing es abgesehen«, sagte TJ nachdenklich. »Aber wir haben diesen Faktor in unserem kalkulierten Spiel gestern abend zugelassen.« Er grinste. »Hab geglaubt, es wäre bloß ein Spaß gewesen. Wünschte, ich hätte ihren Rückzug über den Shepherd Boulevard mitansehen können.«

»Die Avenue, oder?«

»Was auch immer. Aber die Klugen wissen jetzt Bescheid. Gestern abend hätten wir die ganze Bewegung wie eine Kerze auspusten können. Ich hoffe, die Botschaft ist angekommen. Warum sind junge Leute so eigensinnig?«

»In dem Alter warst du genauso, TJ. Du hattest einfach andere Ventile für deine Frustrationen. Deine Rebellion hat dazu geführt, daß du am Ende einen ganzen Planeten regieren konntest.«

»Ah. Die Jugend. Ich denke gerne daran zurück. Ich

erinnere mich, daß du auch nicht gerade ein Sonntagsprediger warst.«

»Ich meine, daß wir sie gestern abend vielleicht zu sehr erniedrigt haben.«

»Ist mir egal, Sommer. Ich verliere allmählich die Geduld. Und ich meine es todernst. Ich bin mit Kellen und seinem Haufen so ziemlich fertig. Der Spaß ist vorbei. Sie werden allmählich zu einer ernsthaften Plage.«

»Dann wird dir nicht gefallen, was ich dir jetzt sagen werde.«

TJ wartete, ohne etwas zu sagen.

»Heute früh. Ein Geheimtreffen. Diese Exanwälte, die wir beobachtet haben. Sie nennen sich Vereinigte Anwälte für Bürgerrechte.«

»Wapp?«

»VAB. Richtig. Mit Kellen Sing.«

»Sie haben einander verdient. Der Stinktiergeruch hat den Anwaltsgestank bestimmt nicht überdeckt.« Obwohl er die Anwaltstätigkeit verboten hatte, wußte er, daß er nur bei wenigen Leuten so übertreiben konnte. Könige sollten Diplomaten sein. »Wie auch immer, irgend jemand macht ernst. Finanzielle Unterstützung, meinst du?«

»Das ist die einzige Erklärung, TJ. Und daß sie nach Verbündeten suchen. Ich sehe Kellen zu einem Kristallisationspunkt werden. Zusätzlich zu den Dissidenten bindet er die Rechtsanwälte ein, den nicht konvertierten Adel und ein paar unzufriedene Geistliche – du bekommst eine ernstzunehmende Opposition.«

»Du hast die Ökologen oder Umweltschützer – oder wie sie sich heutzutage nennen – vergessen.«

»Ja. Mir scheint, diese unterschiedlichen Gruppen haben eine gemeinsame Absicht: Kellen auf dich losgehen zu lassen, anschließend die Trümmer aufzusammeln.«

TJ lehnte sich zurück und dachte nach. Es lief alles darauf hinaus. Früher waren seine Feinde zerstreut und desorganisiert gewesen. Aber unter dem Druck des Föderationsbeitritts und dem plötzlichen Erscheinen von Kellen Sing und seiner Bewegung schienen sich die Dinge polarisiert zu haben, und die Fronten waren nicht mehr länger verschwommen. Nun, irgendwann hatte es so kommen müssen. »Ich hätte nicht gedacht, daß der Beitritt zur Föderation den Planeten auseinanderreißen würde.«

»Das hat er nicht. Du hast einen zu engen Blickwinkel. Hier in Crimson Sapphire siehst du alles überdeutlich. Anderswo denkt man vielleicht anders darüber.«

»Können sie denn nicht einsehen, worum es mir geht?« fragte TJ.

Sommer hielt seine Handflächen nach oben. »Halt dich nicht an mir schadlos, TJ. Ich bin auf deiner Seite.«

»Klar, ich weiß. Tut mir leid. Ich überlege, wie ich sie plattmachen kann.« Ich führe nicht umsonst eine Monarchie, dachte er.

»Strenge«, sagte Sommer, »und rohe Gewalt werden sie nur widerborstig machen. Was Sharon Gold einen Kommentar wert sein könnte.«

»Demokratie ist kein Kriterium für die Zulassung zur Föderation.«

»Nein, aber sie werfen ein scharfes Auge auf repressive Regime.« Sommer schwenkte seine Kappe. »Ich weiß. Ich weiß. Wie erklärt das Tirano und Zwei Zungen? Frag mich nicht. Politik.«

»Den Punkt getroffen. Ich glaube, wir könnten mit der harten Tour durchkommen, aber es wäre klug, diese politischen Wasser gar nicht erst zu testen.« Er mußte sich jedoch eingestehen, daß Kellen Sing außer Kontrolle geriet. Sie hatten diese Massen, die am Abend erschienen waren, um Sing zu folgen, nicht erwartet. Er mußte etwas unternehmen.

Doch wie verhielt es sich mit Mick? Irgendeine Aktion gegen Sing, und Mick würde sie mir vorhalten, dachte er. Mick stand an einem Wendepunkt, das spürte er. Er würde nicht behutsam mit Mick umgehen, entschied er, sondern diplomatisch. Ihn von gleich zu gleich behandeln. Seine Wünsche respektieren – egal wie sehr sie ihm zuwider waren. Auf der anderen Seite, dachte er, will ich dieses Königreich, diesen Planeten, keinem Schwächling übergeben.

»Wir müssen richtig reagieren, Sommer; das könnte Mick endlich die Augen öffnen.«

»Wenn du das schaffst, ohne Mike zu verletzen, und dir von all den anderen den Rücken freihalten kannst, bist du ein besserer Jongleur als ich jemals sein werde.«

»Ich arbeite daran.«

»Wenn du Michale rettest«, sagte Sommer anzüglich, »solltest du der Hofzauberer sein, nicht der König.«

»Zermürbung«, entschied er.

»Sing das Schulgeld streichen?« fragte Sommer.

»Nein. Damit würde ich mein Wort brechen. Unmöglich. Außerdem, solange er am Unterricht teilnimmt, kann er keine neuen Dissidenten anwerben und gegen mich predigen. Und wir können ihn an der Universität besser beobachten.«

»Es wird Auseinandersetzungen geben«, warnte Sommer.

»Klar. – Wo wir gerade vom Umgang mit dem Feind sprechen. Was die Frauen angeht, die du dir aussuchst – obwohl ich zugeben muß, daß sie gut aussieht ...«

»Der äußere Schein hat getrogen«, sagte Sommer scharf.

»Etwas empfindlich heute, wie?«

Sommer machte ein finsteres Gesicht.

TJ bohrte weiter. »Gab es da ein bißchen Rivalität zwischen dir und Mick?«

Sommers Gesicht verdüsterte sich. »Ich bin nicht hinter ihr her.«

»Sie *ist* charmant. Kann dir keinen Vorwurf machen, wenn du's bist.«

Er wußte jetzt, daß Rebecca Sing das mysteriöse

Mädchen war, das Mick im Shepherd Park getroffen hatte. Er beschloß, diese Wendung als günstig für das Leben seines Sohnes zu betrachten. Mick schien ein wenig eifersüchtig darauf zu sein, daß Sommer Rebecca am vergangenen Abend zum Ball mitgebracht hatte. Solcherlei Dinge würden seinen Charakter festigen, ihn vernünftiger und entschlossener machen.

Andererseits betrübte ihn die Aussicht auf eine Auseinandersetzung zwischen Mike und Sommer. Und die konnte er nicht schlichten.

34 Kellen

Als er die Besenkammer betrat, die Professor Innsbruk als Büro bezeichnete, hoffte Kellen, daß er den Stinktiergeruch mittlerweile losgeworden war. Er wußte, daß er ihn noch tagelang riechen würde, ob er nun noch physisch vorhanden war oder nicht.

Innsbruk sah auf und schnitt eine Grimasse. Seine Aura warnte Kellen, wachsam zu sein.

»Kellen, ich habe Sie rufen lassen, weil Ihre Arbeit neuerdings zu wünschen übrig läßt.«

»Ist das der Fall?« Innsbruks Aura hatte etwas Unaufrichtiges an sich. Kellen brauchte einige Zeit, um herauszufinden, was vor sich ging.

»Es wurde beschlossen«, sagte Innsbruk, indem er sich des vorsichtigen, akademisch-passiven Tonfalls bediente, »daß Sie selbst einige Seminare leiten sollten, um Ihren Rückstand aufzuholen. Weil Sie das Zeug zu einem guten Studenten und vielleicht sogar zu einem Lehrer haben, sollten Sie sich über diese Aufgabe freuen. Sie wird eine Menge Studium und Vorbereitung von Ihnen verlangen, aber …«

»Über welche Themen, Herr Professor?«

»Verschiedene. Es wurde vorgeschlagen, daß Sie vielleicht mit der Beziehung des Menschen zum Land von Bear Ridge beginnen könnten. Der Evolution des menschlichen Heroen. Den Segnungen der Technik und dem wissenschaftlichen Durchbruch. In dieser Richtung.«

Kellen stellte seine Aurakontrolle fein ein und konzentrierte sich auf Innsbruk. »Stammt diese Idee von Ihnen, oder ...?«

Innsbruk errötete auf peinliche Weise und starrte auf eine Landkarte an der Wand. Er räusperte sich. »Ich ... äh ... bin nicht gegen das, was Sie sagen oder tun, Kellen ...« Sein Gesicht hellte sich auf. »Machen Sie sich deswegen keine Sorgen, Kellen. Ich werde Ihnen bei den Vorbereitungen helfen.«

»Danke, vielen Dank, Herr Professor.«

Innsbruk strahlte. »Ich wußte, daß Sie mich verstehen würden.«

Franco Valdez war de facto zu Kellens Berater in Verwaltungsfragen geworden. Kellen betrachtete ihn eher als ein praktisches Werkzeug. Er erledigte die notwendige tägliche Koordinierungsarbeit für Kellens Bewegung. Kellen wußte, daß er Valdez bedingungslos vertrauen konnte, solange er ihn kontrollierte. Ab und zu verstärkte er die Meinung, die Valdez von ihm hatte, mit Aurakontrolltechniken. Selbstverständlich war es im Grunde unnötig – Franco war ein natürlicher Gefolgsmann. Er hätte irgendeiner anderen Sache nachgejagt, wenn Kellen ihn nicht abgefangen hätte.

»Ich war damit beschäftigt, mit dem Parkverwalter deinen Redeauftritt im Park an diesem Wochenende zu arrangieren«, sagte Valdez gerade. »Ich sagte ihm, es würde eine Großkundgebung werden, und er sollte uns viel Zeit in der Redeecke geben. Normalerweise ist er wirklich kooperativ, weil er von den Konzessionären einen Gewinnanteil bekommt. Aber alles ist anders geworden. Wir brauchen jetzt eine Erlaubnis. Darum ging ich zur Stadtverwaltung, um mir diese Erlaubnis zu besorgen, und dort fragt man mich, wieviele Leute anwesend sein werden. Ich sage, ich weiß es nicht, vielleicht zwei- oder dreitausend. Und weißt du, was sie mir sagten?«

»Ich kann's mir denken.«

»Für jede Versammlung mit mehr als fünfzig Personen kostet die Erlaubnis ein Goldstück für jeweils hundert Leute.«

»Teuer.« Er grinste. »Wir machen ihnen langsam Beine, Franco.«

»Klar. Aber wo bekommen wir das Geld her? Sie wollen es im voraus.«

Kellen sagte nachdenklich: »Und wenn wir eine Demonstration ohne Erlaubnis veranstalten, werden sie strenge Maßnahmen ergreifen.«

»Genau.« Valdez sah aus, als hätte Kellen ihm die Last der Verantwortung von den Schultern genommen.

»Nun, wir sind nicht bereit zu offenem Widerstand – noch nicht. Wenn ich an den Trick mit dem Stinktier denke, könnten sie ebensogut noch etwas Ähnliches in petto haben. Ich hätte gern, daß du zu diesen Anwälten rüberläufst.«

»WAPP«, sagte Franco lächelnd. »Ich werd mal sehen, ob sie ihren Worten Taten folgen lassen. Aber es ist trotzdem eine Menge Geld.«

»Ja, Franco, aber es arbeitet zu unserem Nutzen. Wenn uns die verärgerten Anwälte soviel Geld geben, ohne viel zu klagen, bindet sie das an uns.«

»Kellen«, berichtete Valdez betrübt. »Man hat uns reingelegt. Ich hab das Geld, kein Problem. Die Leute in der Verwaltung nahmen es für die Erlaubnis und sahen in ein paar Büchern nach. Dann meinten sie, es müsse eine vierzigprozentige Gewinnsteuer auf das Geld erhoben werden, da es sich um etwas handele, was sie ›unverdientes Einkommen‹ nannten, und sie hatten das Geld bereits, und ich konnte es nicht zurückbekommen.«

Kellen ächzte innerlich. Warum muß ich mich mit Idioten abgeben?

»Darauf beschwerte ich mich, und sie berechneten uns prompt Gebühren für Organisationen mit mehr als zehn Mitgliedern und die Registrierung unserer Organisation. Am Ende konnte ich mir eine Erlaubnis für nur fünfhundert Leute leisten, nicht die zwei- oder dreitausend.«

»Einen Nutzen hat die Sache, Franco. Überleg mal. Wir sind jetzt offiziell registriert. Vielleicht war es das wert.«

»Gut gedacht, Kellen. Aber ich habe dir noch nicht die schlechten Neuigkeiten gesagt. Es wird eine monatliche Gebühr erhoben, um diesen Status zu behalten.«

»Astronomisch?«

»Ja.«

Kellen überlegte fieberhaft. »Wir werden folgendes tun. Wir werden die fünfhundert Leute dort haben. Aber der Park ist öffentlich. Man kann darin Picknick machen. Andere können als Verkäufer auftreten. Jemand könnte ein Turnier veranstalten – sagen wir eines, bei dem die Wettkämpfer die meiste Zeit über still dasitzen. Abgedroschen, aber du verstehst, was ich meine.«

»Ein paar von *unseren* Geistlichen könnten im Freien eine Messe lesen und Schweigegebete veranstalten, dagegen vorzugehen würde man sich nicht trauen.«

»Gut, Franco.« Kellen fragte sich, ob das, was er von O:omega gelernt hatte, auch die Gabe mit einschloß, in die Zukunft blicken zu können. Er schauderte. Vor seinem geistigen Auge sah er Gewalt und Blut.

Kellen war längst in ein Studentenwohnheim in der Universität umgezogen. Am letzten Tag der Woche erstatteten mehrere Studenten Anzeige wegen Diebstahls.

Darum wurden sämtliche Studenten gezwungen, auf dem Campus zu bleiben, und durchsucht. Dies dauerte Stunden. Dann untersuchten sie die Ärzte auf Pocken – einige Studenten waren angeblich daran erkrankt. Kellen begann allmählich zu begreifen.

In der Nacht gab es viermal Feueralarm in den Studentenunterkünften. Niemand schlief viel.

Am nächsten Morgen schleppte sich Kellen früh in den Park, um Franco zu treffen und sicherzustellen, daß mit den Vorbereitungen alles klappte.

Als Franco ihn sah, kam er rufend und winkend auf ihn zugelaufen. Kellen brauchte Francos Bericht nicht, um zu wissen, daß die Dinge nicht nach Plan liefen.

Ein Wanderzirkus hatte sich mitten im Park niedergelassen. Auf der anderen großen Freifläche des Parks veranstaltete eine Gruppe echter Vaqueros ein improvisiertes Rodeo.

Valdez wischte sich die Stirn. Seine Aura zeigte Mutlosigkeit. »Der Parkverwalter sagte mir, die öffentlichen Bekanntmachungen wären längst überfällig. Darum hätten wir den Terminschluß verpaßt und unsere Gebühren verwirkt.«

Und das ist erst der Anfang, dachte Kellen. Nun, er hatte gewußt, daß es nicht leicht sein würde. Sein Ärger wuchs, und er wünschte, er hätte sich mit O:omega beraten können.

Valdez unterbrach ihn. »Und die Quartiere, wo ich und die übrigen Umweltfreunde untergebracht sind?«

»Ja?«

»Beamte vom Gesundheitsamt haben sie heute morgen geschlossen.«

»Der Druck nimmt zu, genau wie mein Ärger.«

»Was fangen wir jetzt an, Kellen?« Valdez war wie ein Haustier, das auf eine Antwort wartete, unfähig dazu, selbst gründlich nachzudenken.

»Eine kleine Eskalation, Thomas Jefferson Shepherd? Dann sollst du sie haben.«

»Was, Kellen?«

»Nichts, Franco. Wir werden es überleben.«

35 Rebecca

Wie sollte sie an der Palastwache und dem Personal vorbeikommen?

Sie konnte doch nicht einfach hineingehen und Sommer zu sprechen verlangen. Oder doch?

Sie holte tief Luft und schritt durch die Palasttore. Die Wachen musterten sie eingehend, griffen jedoch nicht ein.

Am eigentlichen Haupteingang zum Palast waren dieselben großen Türen zum Thronsaal, die vor ein paar Tagen verrammelt gewesen waren, um Kellen und seine Anhänger einzusperren, offen.

Ein Wachposten hielt sie auf. »Kann ich Ihnen helfen?« fragte er mit dem offenen, bewundernden Blick, an den sie gewöhnt war.

»Ich würde gerne mit ... Mr. Camp sprechen.«

Der Posten versteifte sich. »Werden Sie erwartet?« fragte er förmlicher.

»Nein, aber ich glaube, er wird mich empfangen.« Warum ging sie nicht statt dessen zu Mike? Bestimmt hatte Mike mehr Einfluß als Camp. Doch sie kannte die Antwort.

Der Posten sagte: »Bitte folgen Sie mir«, dann führte er sie zu einer weiteren Ansammlung von Türen, die zu einer Empfangszone führten, zeigte auf einen Empfangschef, drehte sich um und ging fort, ohne ein weiteres Wort zu sagen.

Der Angestellte gab sich gleichgültig. »Wen wünschen Sie zu sprechen?« fragte er.

»Mr. Camp.«

»Der Anlaß Ihres Besuchs?«

»Persönlich.« Mehr wollte sie nicht sagen.

Er hob eine Braue. »Ich kenne keinen Camp.«

»Also, ich schon«, sagte sie, während Ärger in ihr hochzusteigen begann. »Und er arbeitet hier.«

»In welcher Abteilung?«

»Für den König.«

»Lady, wir arbeiten alle für den König.« Er wandte sich an eine Frau an einem benachbarten Schalter. »Kennst du einen Camp?«

Die Frau schüttelte den Kopf.

Ihre Enttäuschung wuchs, und sie stampfte mit dem Fuß auf und wandte sich wütend um.

»Ah, Miss Sing«, sagte eine vertraute Stimme. »Bewerben Sie sich um einen Behördenposten?«

Sie entdeckte den Sprecher. Dort stand General Vero, mit einer Uniform bekleidet, die schlicht war im Vergleich zu derjenigen, die er auf dem Ball getragen hatte. Für einen älteren Mann fand sie ihn ziemlich stattlich und flott. »Nein, ich wollte Mr. Camp sprechen, scheine aber nicht weiterzukommen.«

In seinem Augenwinkel schimmerte ein Lächeln auf, und sie errötete, als sie sich an den Ball erinnerte. Vero war ein Mann, dem nichts entging.

»Tja«, sagte er, »ich bin zu ihm unterwegs, begleiten Sie mich. Sie müssen die Trägheit der Verwaltung entschuldigen.« Im Gehen fuhr er fort: »Der König hat sich in seiner unendlichen Weisheit für ein System entschieden, das uns manchmal zu ersticken scheint. Ein andermal wiederum dient es als wirksamer Filter.«

Endlich gelangten sie zur der bewachten Bürosuite, die offenbar dem König gehörte. Flüchtig dachte sie, sie könnte vom König und seinen durchdringenden Augen über die Aktivitäten ihres Bruders ausgeforscht werden. Sie wurde von Sorge erfaßt. Irgendwie hatte sie geglaubt, daß der Palast nicht auf diese Weise funktionierte.

Sie gingen durch ein geschäftiges Vorzimmer und betraten ein dahinterliegendes Büro, das seine eigenen Wachposten hatte. Keiner hielt sie in Veros Gegenwart an. Sie salutierten lediglich vor ihm.

In diesem inneren Büro hielt sich nur ein einziger Mann auf, es gingen jedoch mehrere Türen davon ab. Vero näherte sich dem Mann, den sie für den Sekretär des Königs hielt. »Der Chef und sein Stiefelputzer sind drinnen?«

»Ja, Sir, Sie können eintreten.«

Rebecca war entsetzt, als Vero lächelte, seinen Kopf durch die Bürotür des Königs streckte und laut sagte: »Heh, Camp, dort draußen wartet persönlicher Besuch auf Sie.« Vero schien es Spaß zu bereiten, Camp zu piesacken – kürzlich waren sie jedoch Ebenbürtige gewesen. Sie glaubte nicht, daß sie die Organisation hier jemals verstehen würde. »Beeilen Sie sich, Camp«, sagte Vero, »sie schlägt sonst noch Wurzeln.«

Sommer mußte wirklich wichtig sein, sagte sie sich, wenn er sich ständig beim König aufhielt. Hatte er dort drinnen einen Schreibtisch, oder erstattete er bloß Bericht, oder was immer sie taten? Dann trat er durch die Tür, und sie mußte lachen. Sie erkannte ihn an seinem Gang, der Größe, der Haltung und dem Lächeln. Sein Gesicht war mit mehlweißem Make-up bedeckt, seine Augenlider waren dick mit kastanienbraunem Lidschatten bemalt. Grüne Schatten waren unter seinen Augen aufgetragen. Seine Kleidung bestand aus einem einteiligen Anzug, der so geschnitten war, daß er bauschig wirkte, ihn jedoch in Wahrheit umschlotterte. Er war mit schwarzen und weißen, von roten Streifen überlagerten Karos bedeckt. Er war so lächerlich, so unpassend nach allem, was sie von ihm wußte, daß sie erneut auflachte.

Sein rotbemalter Mund erschlaffte erst, dann hob er sich zu einem Lächeln. »Sommersprossen!«

Dann sah sie es. Er hatte sein ganzes Gesicht mit Sommersprossen bemalt.

»Sie wollten mich sprechen?« fragte er. Als sie nickte, sagte er geheimnisvoll: »Nicht Mike?«

»Richtig.«

Er führte sie in einen Raum, der ein VIP-Wartezimmer zu sein schien. »Kaffee, Saft, Tee? Wein?« Er deutete auf einen Tisch voller Erfrischungen.

»Tee klingt gut.«

»Find ich auch.« Er schenkte zwei dampfende Tassen ein und führte sie zu zwei Sesseln an entgegengesetzten Seiten des Tisches.

Als sie saßen, nahm er seinen Quastenhut ab. Es war, als schwiegen sie um die Wette. Während sie ihre Gedanken ordnete, sagte sie sich, daß es eigenartig, aber angenehm sei, wenn ein Mann kein Bedürfnis hatte, ein Schweigen zu brechen.

»Sommer … das fällt mir schwer. Ich bin gekommen, um Sie um Hilfe zu bitten.«

»Kellen?«

»Ja. Er meint es gut. Und er hat keinerlei kriminelle Ader. Trotzdem, ich glaube, der … äh … Druck, den der Kö … der auf ihn ausgeübt wird, zeigt allmählich Wirkung.«

»Der ›Druck‹ wird nicht auf ihn ausgeübt«, sagte Sommer, »sondern auf andere. Seine Komplizen.«

Daß Sommer das Wort ›Komplizen‹ gebrauchte, verblüffte sie und gab ihr den ersten Hinweis, daß sie vielleicht besser zu Mike hätte gehen sollen. »Das Wohlergehen seiner Freunde oder Verbündeten ist mir gleichgültig«, erklärte sie. »Ich bin gekommen, um Sie zu bitten, sich beim König für Kellen einzusetzen.«

»Sie möchten, daß ich seinen Fall mit dem König bespreche?«

»Ja.«

»Warum ich? Warum nicht Mike?«

»Ich habe darüber nachgedacht. Vielleicht, weil sie auf den Machtzirkel hier besser eingestellt schienen. Vielleicht deshalb, weil Mike und Kellen … nun, sie scheinen sich hinsichtlich ihrer Denkweise, ihres Temperaments und ihrer Vorstellungen zu ähneln.« Sie wollte nicht sagen: »Wenn Mike irgend etwas tun könnte, hätte er es bereits getan.«

In Sommers Augen zeigte sich Verständnis. »Was kann ich tun?«

»Bitten Sie den König um Nachsicht. Kellen ist noch ein Junge.«

»So alt wie Mike, der so schnell König werden könnte, wie es dauert, einen Bolzen abzuschießen oder ein Schwert zu ziehen.«

»Zugegeben, Sommer«, sagte sie mit Nachdruck. »Aber Kellen ist mein Bruder.«

»Ah«, sagte er grinsend, um die Situation zu entschärfen. »Ein mütterlicher Zug. Jetzt begreife ich.«

Sie ließ sich nicht ablenken. »Ich habe Kellen mehr oder minder großgezogen und sehe allmählich, was für schlechte Arbeit ich geleistet habe.«

»Sie können nicht viel älter sein als …«

»Sie weichen der Frage aus, Mr. Camp.«

»Gemach, gemach, Sommersprosse. Ich würde gerne helfen, aber mir sind die Hände gebunden.«

»Bitte versuchen Sie es«, sagte sie, verwundert darüber, daß sie die Fassung verloren hatte. Sie wußte, daß ihr Tonfall lauter war als gewöhnlich.

Er wirkte verärgert. »Becky, Sie wissen verdammt gut, daß ich einer der Urheber des Drucks auf Kellen bin. Verdammt, neulich haben Sie gesehen, welche Rolle ich spiele.«

»Sie brauchen mich nicht anzuschreien, *Mister* Camp.«

»*Ich* schreie? Hören Sie, ich bin in erster Linie dem König verpflichtet. Dann dem Reich, dann dem Planeten. Kellen Sing steht nicht auf meiner Liste.«

Sie stand abrupt auf, wobei sie mit dem rechten Knie gegen die Tischkante stieß und Tee darauf verschüttete. »Ich hätte es wissen sollen.«

Er erhob sich ebenfalls. »Ich möchte Ihnen vorschlagen, daß Sie an meiner Stelle mit Kellen reden. Bitten Sie *ihn*, sein wahnsinniges Vorhaben aufzugeben. Oder seine Kampagne oder was es auch sein mag. Sie brüten Verrat und Volksverhetzung aus. Jeder kann sehen, was sie im Moment tun, und kann erkennen, daß ihr sogenanntes ›gewaltloses‹ Vorgehen von kurzer Dauer sein wird. Die nächste Stufe wird stürmisch werden.« Er legte eine Pause ein. »Falls es so weit kommen sollte.«

Obwohl ihr Ärger überkochte, fragte sie sich, ob Sommer versuchte, ihr eine subtile Nachricht zu übermitteln.

Das Feuer in seinen Augen wurde schwächer, doch er zeigte mit dem Finger auf sie und sagte mit rauher Stimme: »Andere Leute beginnen Kellen Sing und seine Bewegung zu benutzen. Für ihre eigenen Zwecke. Leugnen Sie das?« Zuletzt war sein Tonfall beinahe herausfordernd.

»Ob ich es leugne? Ich brauche gar nichts zu leugnen.« Sie blickte sich wild nach einem Ausgang um.

Die Tür ging auf, und der Sekretär stand darin. »Der König bricht nun auf.«

»Ich komme gleich«, sagte Sommer. »Schauen Sie, Beck …«

»Nennen Sie mich Rebecca – oder noch besser, nennen Sie mich überhaupt nichts.« Sie konnte nicht glauben, daß sie so die Beherrschung verloren hatte. Sie sah, daß er seine Narrenkappe aufhob, und vernahm das eigenartige Klatschen, als das beschwerte Ende auf den Tisch schlug.

Ihr fiel nichts mehr ein, was sie hätte sagen können, und sie drehte sich um und stürmte am Sekretär vorbei, der immer noch mit offenem Mund im Türrahmen stand, nach draußen. Im Büro schritt sie zielstrebig an den Wachposten vorbei zur Tür und streifte jemanden in ihrer Wut, murmelte irgend etwas und stieß die andere Tür in das äußere Büro hinein auf, wobei sie die erstaunten Blicke der Büroangestellten ignorierte.

Erst einen Moment später wurde ihr klar, daß sie gegen den König gelaufen und ihn beiseite gestoßen hatte.

36 Sommer

Das Schwert des Königs schoß auf ihn zu. Er neigte den Kopf, und die Klinge spaltete die Luft neben seinem Ohr. Er machte einen Ausfall, und der König parierte den Schlag, lenkte ihn gekonnt ab und stieß mit einem Tritt nach, der ihn von den Beinen warf.

Sommer brachte sich in Sicherheit und rollte sich weiter ab, bewegte scherenartig die Beine und warf den König neben sich in den Staub.

»Tückischer Teufel!« Der König spuckte Staub.

»Du hast deine Füße zuerst benutzt«, bemerkte Sommer.

TJ rappelte sich auf und ächzte. »Ich werde langsam alt. Noch eine Runde?«

»Glaubst du, deine Kondition reicht aus?« fragte er, während er sich ebenfalls erhob.

»Wir werden sehen«, sagte TJ im Plauderton und machte einen Ausfall. Er benutzte lediglich ein Übungsschwert, nicht den Witwenmacher. »Meine Schulter scheint ohne große Schmerzen gut zu funktionieren.«

Sommer sprang behende seitwärts, und sie konzentrierten sich auf Paradeschläge. »Ist dir klar, daß Schwerter und alles, was sie bedeuten, überholt sein werden, wenn wir erst einmal zur Föderation gehören?«

»Nicht für mich. Sorgt dafür, daß meine Augen fit

bleiben, meine Muskeln straff, meine Koordination in Form … autsch!« TJ starrte den Schnitt an.

»Mehr oder weniger«, sagte Sommer.

TJ wirbelte sein Schwert herum, daß es im Sonnenschein glitzerte. »Was wollte Miss Sing?«

Sommer kämpfte sich vor, nicht ohne den Kameraden des Witwenmachers beim Umherwirbeln zu beobachten. »Daß ich dich bitte, ihren Bruder sanft anzufassen.«

»Ich hab gesehen, daß sie beim Weggehen fuchsteufelswild war.« TJ ließ sein Schwert kurzzeitig sinken.

Sommer grinste einfältig, stieß nach TJs Schwerthand, die sich nicht mehr an ihrem Platz befand, und wich seinerseits vor einem Frontalangriff zurück. »Ich hab ihr gesagt, ich müßte meine Pflicht tun, so wie ich sie verstehe.«

TJ parierte, sprang über einen niedrigen Streich hinweg. »Weiß sie, daß in erster Linie du für die schmutzigen Tricks verantwortlich bist?«

»Vage.«

»Ist auch egal. Weißt du, was ich gern tun würde?« TJ trat zurück und zeigte an, daß er eine Pause einlegen wollte. »Ich würde diesen Hundesohn gern einlochen.«

»Aufgrund welcher Anschuldigungen?«

»Verrat. Volksverhetzung. Vorsätzliches Fehlverhalten. Weil er auf die Straße gespuckt hat. Ist mir gleich. Die Unruhe breitet sich allmählich aus. Seine neue Phase, dieser ›gewaltlose zivile Ungehorsam‹, wird auf einmal gewalttätig.«

»Wenn du ihn einsperrst – also, denk an die Wirkung, die es auf Sharon Gold haben wird. Auf die Bevölkerung. Auf Mike.«

»Das weiß ich, Sommer. Aber meine Autorität wird in Frage gestellt. Das gefällt mir nicht. Er wird jeden Tag stärker, was es schwieriger macht, mit ihm fertig zu werden, wenn wir uns endlich dazu entschließen. Mir scheint, es war vielleicht ein Fehler, daß wir ihn nicht gleich erledigt haben.«

»Ich glaube, wir sollten ihm Zeit lassen, auszubrennen. Die Leute sind nicht blöd, sie werden durchschauen, was er tut.«

»Verdammt, nicht mal *ich* blicke da durch, Sommer, und ich bekomme täglich Berichte. Ich kann seine Motive nicht verstehen – welches ich ihm auch unterstelle, es paßt einfach nicht. Nicht mal die Sache mit dem toten Vater. Es paßt einfach nicht.«

»Du hast immer gesagt, TJ, das Leben läßt sich nicht in Schubladen packen.«

»Klingt so, als wär's von mir.« TJ ließ sich auf eine Bank fallen.

Sommer blickte auf TJ hinunter, Zwängen ausgesetzt, die er sich nicht eingestehen wollte und die aus unterschiedlichen Richtungen an ihm zerrten. Er haßte Kellen nicht, der Schneid des Jungen gefiel ihm irgendwie. Aber er stand voll und ganz auf TJs Seite. Bezog man Becky – Rebecca – in die Gleichung ein, fingen die düsteren Wolken an zu brodeln. »Vielleicht führt Kellen uns irgendwo hin«, sagte er schließlich und sah, daß TJ bemerkte, auf welch schwachen Füßen dieses Argument stand. »Wir könnten ihn Tag und Nacht beobachten lassen.«

TJ wischte sich das Gesicht mit einem Handtuch ab und warf es Sommer zu. Er seufzte. »Dafür ist es zu spät. Er hat die Universität heute morgen verlassen und ist in der Untergrund gegangen. Seine Schritte sind jetzt verborgen. Oh, er wird auftauchen, wenn er sich zeigen muß, aber wir wissen nicht, wo er jetzt seinen Stützpunkt hat.«

In Rebeccas Wohnung? überlegte Sommer. Er fragte sich auch, ob seine Begegnung mit Rebecca der Anlaß für Kellens Abtauchen war. Er sagte: »Es wird schon alles gut werden, TJ.« Schwach, beschimpfte er sich.

»So stehen die Dinge also, wie?« fragte TJ, indem er Sommer fixierte.

»Ja«, sagte Sommer und wollte etwas hinzufügen, konnte es jedoch nicht.

»Also gut. Das ist deine Aufgabe, Delancy Camp. Laß die Leine locker, und er gräbt sich seine Grube selbst. Aber die Verantwortung liegt bei *dir*. Machen wir Schluß mit diesem Mist. Bequatsch ihn, wenn du kannst. Wir müssen uns weiter mit dieser jungen Dame von der Föderation befassen. Wir haben nicht viel Zeit. Ich persönlich gebe dir, weiß nicht, wie lange – zehn, fünfzehn Tage. Kommt drauf an. Dann ergreife ich drastische Maßnahmen.« Er reckte seinen Bart. »Dann wird abgerechnet.«

Sommer schaute den König bloß an. Wut und Enttäuschung bauten sich in ihm auf, und er wußte nicht, warum er seinem König und Freund beinahe die Stirn geboten hätte. Er dachte an Becky. »Noch eine Runde?« fragte er heiser.

TJ erhob sich. »Lassen wir's für heute gut sein.«

»Wenn du Mike irgendwo siehst, schick ihn runter.« Sommer begann am Übungsstock herumzuschneiden.

»Ich erledige keine Botengänge«, sagte der König und brüllte nach einem Soldaten, der die Nachricht überbringen sollte. »Sag ihm, er soll sein Schwert mitbringen«, schloß TJ.

Gefolgt vom König, trabte der Soldat aus dem abgeschiedenen Hof hinaus, und Sommer legte sein Schwert auf eine Bank und begann den Übungsstock anzuspringen und zu treten. Die dicken Stränge der Seilumhüllung widerstanden seiner Attacke, doch er machte weiter, bis er nicht mehr an ein sommersprossiges Gesicht dachte. Als Mike eintraf, hörte er auf.

Mike warf seinen Umhang ab, zog sein Schwert, führte vier Schläge gegen den Übungspfosten, die tief eindrangen, und fluchte.

Es liegt eine Menge Frustration in der Luft, dachte

Sommer. Vielleicht hatte TJ recht, und es mußte bald etwas geschehen. Er unterdrückte eine nostalgische Sehnsucht nach der guten alten Zeit, wußte er doch, daß diese neue Zeit ebenso gut oder besser war. Oder wenigstens sicherer. »Ärger?«

»Warum muß ich mich vor ihm beweisen?«

Bald befanden sie sich mitten in einer Kraftprobe, und Mike drang auf ihn ein, indem er sein Schwert in einer mörderischen Acht durch die Luft schwang. Mikes Wut hielt an. Schon bald brachte Sommer den Übungspfosten zwischen sie. »Mach weiter so, und du wirst bald ein Schwertmeister sein – kein großer Sachverstand, aber eine höllische Attacke.« Mike hatte unerwartetes Talent gezeigt. In der Schlacht konnte man sich jedoch nicht immer darauf verlassen, daß die Wut einen antrieb. Man mußte ruhig sein und eine Menge überlegen.

»Feigling.«

»Sieh mal, Mike, halt die Spitze nach oben – und winkle sie so ab, daß sie direkt in die Augen deines Widersachers zeigt. Auf diese Weise kann er deine Absichten nicht so gut einschätzen. Es dient auch dazu, den Entfernungssinn zu täuschen. Außerdem gibt es einen psychologischen Vorteil dabei: die Spitze bedeutet eine unmittelbarere Bedrohung als die Klinge.«

»Klar. Jetzt komm hinter diesem Pfosten vor und laß mich dir zeigen, wie, alter Mann.«

Sie kreuzten eine Zeit lang die Klingen. Sommer hätte Mike mehrmals entwaffnen können, entschied sich jedoch dagegen, damit Mike an Selbstvertrauen gewann. Nach einer Weile sagte Sommer: »Wer fühlt sich jetzt älter?«

»Ich«, sagte Mike, ohne sich zu schämen, fügte jedoch ein Lächeln hinzu.

»Laß uns eine Weile miteinander reden, Mike. Über deinen Freund Kellen.«

»Oh?« Mike steckte die Spitze seines Schwertes in den Boden und stützte sich darauf.

Sommer zuckte zusammen. »Wenn Kellen nicht bald die Hörner einzieht, wird ihn dein Vater zerquetschen, und wenn er Glück hat, wird er noch das Tageslicht sehen, bevor er stirbt.«

Mike warf Sommer einen überraschten Blick zu. »Ich dachte, du wärst auf seiner Seite?«

»Das bin ich«, sagte Sommer, der wußte, daß sich seine Erschöpfung bald zeigen würde. »Wenn wir Kellen aufhalten können, dann gewinnt TJ.«

»Warum kommst du damit zu mir?«

»Du weißt warum, Mike. Ich denke, ihr seid Freunde. Du kannst mit ihm reden, ich nicht. Ich hab's versuch, erinnerst du dich? Und ihr scheint einige Dinge irgendwie ähnlich zu sehen.«

Mike spuckte aus. »Ich billige seinen neuen zivilen Ungehorsam keineswegs. Und ich habe nicht vor, mich in dieser Angelegenheit zwischen ihn und meinen Vater zu stellen. Ich stecke mit Kellen nicht unter einer Decke, Sommer. Ist es das, worauf du anspielst?«

»Mann, ich weiß nicht.« Sommer hatte sich die Worte bereits zurechtgelegt, und er hoffte, daß sie nicht zu berechnend klangen. »Du hast dich in letzter Zeit verändert. Du veränderst dich. Wir reden nicht mehr so viel miteinander wie früher. Wir üben kaum noch zusammen so wie heute.«

»Schuld daran hat mein Vater. Schuld hat die blöde, gottverdammte Föderation und seine blödsinnige Fixierung auf die Mitgliedschaft. Ich weiß wirklich nicht, was ich glauben soll. Ich wünschte, ich hätte nie von der Föderation gehört. Ich weiß ganz einfach nicht, was ich glauben soll.«

Mike hat alles, dachte Sommer. Macht, Geld, gutes Aussehen, Jugend, Autorität – und bis vor kurzem sehr wenig Verantwortung. Auch wenn Mike es nicht zu bemerken schien, so übertrug ihm TJ doch allmählich die

Kontrolle über sämtliche Wirtschaftsunternehmen der Shepherds – beispielsweise über die Weinberge, die Viehfarmen, das Alkoholmonopol. Bereitete ihn auf die Zukunft vor. Mike brauchte jedoch ein bißchen mehr; in dieser Hinsicht war er wie sein Vater. Mike besaß keinen ausgeprägten Ehrgeiz, kein spezielles Interesse, dem er nachgehen, worauf er gründen konnte, um seinen Platz im Leben einzunehmen.

»Vielleicht solltest du dir ein nettes Mädchen suchen und einen Hausstand gründen«, sagte Sommer, von seinen eigenen Worten überrascht.

»Eine Zeit lang habe ich geglaubt, ich hätte es gefunden«, sagte Mike mit zusammengekniffenen Augen. »Und habe die Möglichkeit erkundet. Aber aus der Gerüchteküche verlautet, ich hätte harte Konkurrenz.«

»Ach, Quatsch!«

»Ja. Bis später«, sagte Mike und zog sein Schwert aus dem Boden, wobei er Sommers Beine mit Dreck bespritzte.

Sommer wollte sagen, daß er nichts wisse. Daß es keine Absicht gewesen sei. Daß Becky hinausgegangen war, ehe er mit ihr hatte sprechen können. Daß zwischen ihnen nichts war. Aber wieder fehlten ihm die Worte. Die Emotionen prallten in seinem Kopf aufeinander. Statt dessen lief er Mike hinterher. »Sprichst du mit Kellen? Bitte? Die Explosion läßt nicht mehr lange auf sich warten.«

»Sag's ihm selbst.«

Sommer blieb stehen und beobachtete Mikes Abgang. Zuerst habe ich's mir bei Becky verdorben. Dann hab ich's mir bei TJ verdorben. Jetzt hab ich's mir bei Mike verdorben. Dreimal hintereinander. Vielleicht ändert sich mein Glück.

Er sah, daß sich alte Beziehungen veränderten, neue formten. Die Zeiten änderten sich. War es die Föderation wirklich wert? Vielleicht erlahmte seine Zuneigung zu TJ und TJs Traum?

Tiranos Spion zog sich in den Schatten zurück. Es war leicht gewesen. Mit genügend Geld konnte man sich alles kaufen – Brandstiftung eingeschlossen. Die Kornkammer, die dem Königshaus gehörte, würde in wenigen Minuten zerstört werden, lange bevor eine wirksame Feuerbekämpfung organisiert werden könnte.

Und in Kürze, wenn nicht bereits geschehen, würde sich ein ähnlicher Zwischenfall auf der anderen Seite der Stadt ereignen.

Eine gute Tagesleistung. Der Spion eilte davon, das Gesicht von einer Kapuze und einem unscheinbaren Umhang verhüllt. Es war eine ereignisreiche Woche gewesen. Das Treffen mit diesen blutrünstigen Hukbahalaps vom Fernen Kontinent war, zurückhaltend ausgedrückt, fruchtbar gewesen. Der Spion hatte den Huks garantiert, daß der König zu beschäftigt sein würde, um Vergeltung zu üben. Und daß der König sich nicht genügend aus dem Fernen Kontinent machte, um sich um eine kleinen Rebellion in einem Palast zu kümmern, der für das Königreich wirtschaftlich wertlos war. Natürlich hatte der Vertreter der Huks angedeutet, daß sie sich auf ihre eigene Weise Rückendeckung verschaffen würden. Der Spion schauderte, als er daran dachte, wie wild diese Huks waren. Vertraue ihnen ganz und gar nicht. Mußte meine Identität vor dem Abgesandten jedenfalls verbergen. Falls TJ ihn oder einen der Anführer der Huks gefangennimmt, muß ich dafür sorgen, daß er vor einer Befragung getötet wird. Obwohl das wahrscheinlich eine hypothetische Frage ist, denn ich habe noch nie gehört, daß ein Huk gefangengenommen worden wäre – jedenfalls nicht lebend. Fanatiker, alle miteinander.

Der Spion teilte die Orientalenabkömmlinge, wahrscheinlich ungerechtfertigt, nach ihrem Typus ein. Die

Japaner und die Chinesen kämpften ständig miteinander um die wirtschaftliche Überlegenheit. Die Nachfahren der Philippinos hatten die Arbeitskräfte gestellt – bis die Huk-Bewegung an Boden gewonnen hatte. Vor den Einigungskriegen hatten die Huks die Oberhand gewonnen und die Chinesen und Japaner unterworfen. Nachdem TJ die Kriege gewonnen und den Planeten geeint hatte, hatte er einen chinesischen Ethnarchen eingesetzt, der zu ihrem Mißvergnügen weiterregierte, und die Chinesen hatten die Übermacht über die anderen erlangt. Nun wollten die Japaner mit etwas wirtschaftlich die Oberhand gewinnen, das sie Große Gemeinsame Wirtschaftssphäre nannten, doch die Chinesen sträubten sich, kämpften politisch gegen ihre beiden alten Widersacher. Es würde ein Leichtes sein, dieses Durcheinander zu entzünden. Und um die Stereotypen abzuschließen, keine der drei Gruppen konnte auf lange Sicht mit den anderen beiden auskommen. TJ würde sagen: »Die Geschichte wiederholt sich, oder?«

Der Spion brauchte nichts weiter zu tun, als in den Geheimdienstakten des Königs herumzuschnüffeln, die den meisten oberen Rängen des Palastes zugänglich waren, und die richtigen Leute zu finden. TJ hatte einen Fehler gemacht, als er die drei ehemals verfeindeten Länder in einer Ethnarchie vereint hatte. Sein organisatorisches Herumstümpern hatte sich diesmal nicht ausgezahlt.

Hufgetrappel auf Kopfsteinpflaster warnte den Spion, der sich in eine Gasse davonschlich, als eine Schwadron Soldaten zu dem anschwellenden Lagerhausbrand eilte. Noch ein Soldatentrupp, der zur Unterstützung der Polizei bei Kellen Sings Demonstration im Stadtzentrum, die gleich jetzt beginnen sollte, nicht zur Verfügung stand. Angeblich Sings neues Programm des gewaltlosen zivilen Widerstands. Nun, einige Münzen und ein paar Schläger würden das ändern. Heuere ein paar Rüpel als Aufwiegler an – wäre nicht das erste

Mal. Kellen Sing und sein Haufen frischbekehrter Idioten bildeten ein prima Sprungbrett für Chaos und Anarchie. Es war leicht, sie auszunutzen. Man brauchte bloß heimlich Geld verteilen. Die Mietlinge wüßten, wenn sie ergriffen und befragt wurden, nichts zu sagen. Und es ist unmöglich, durch Fragen die Spur zu mir zurückzuverfolgen. Genau wie bei dem Attentäter, der TJ beinahe getötet hätte. Am schwierigsten war es gewesen, die Kettenglieder am Halsband des Schnarlenwagens für die Geburtstagsfeier des Königs zu schwächen. Wie ich es mir gedacht hatte, war die Schnarle durch die ganzen Leute im Thronsaal so aufgebracht worden, daß sie ausreichend Kraft entwickelt hatte, um sich loszureißen. Und wenn die Schnarle viele Zuschauer in der Menge getötet hätte? Um so besser – schreck die Leute ab von TJ und seiner selbstherrlichen, anmaßenden Herrschaft.

Für ihn persönlich hatte bislang nur einmal Gefahr bestanden, als ein Schläger den Einfall gehabt hatte, das ganze Geld des Spions an sich zu nehmen und den Job sausen zu lassen. Doch der Spion hatte eine vergiftete Nadel bereitgehalten, die Spitze zwischen Zeige- und Mittelfinger. Damals mußte ich mich zum erstenmal mit Mord befreunden – aber schon vorher wußte ich, daß ich den Tod aufregend fand. Die Soldaten sind vorbei, jetzt kann ich mir Kellen Sings Demonstration anschauen gehen. Natürlich nur von ferne.

Schade, daß Kellen Sing so unnahbar ist. Ich weiß, daß er sich nicht kaufen lassen wird, und falls doch, wäre er nicht zu steuern. Im Königreich beginnt es zu rumoren, und Kellen Sing ist der Dreh- und Angelpunkt. Aber zugegeben, irgend etwas an Kellen *ist* anders, etwas Unnachgiebiges, ein unbekannter Antrieb – warum sonst würde er seine idiotischen Angriffe gegen TJ fortsetzen. Zumal bei der wachsenden Gewalt, für die ich bezahlt habe. Ein närrisches Kind.

Unglücklicherweise beginnt der von Kellen und anderen Ereignissen auf den König und seine Herrschaft ausgehende Druck zuzunehmen. Sollte ich Kellens Tod arrangieren? Das würde noch viel mehr Gewalt und Vergeltung seitens des Palastes und wiederum neue Gewalt bewirken. Eine endlose Spirale. Kellen war jedoch eine derart faszinierende Persönlichkeit, daß seine Bewegung ohne ihn schließlich eingehen würde. Und im Moment brauche ich seine Bewegung als Deckung für meine Aktionen. Doch das war etwas, worüber er sich mit Tirano beraten mußte. Kellen Sing würde ihm nicht weglaufen – wer ließ sich besser dazu gebrauchen, Chaos und Anarchie zu säen – und Rache zu üben?

Der Spion beschloß, zum Palast zurückzukehren. Sinnlos, sich in Gewalttätigkeiten verwickeln zu lassen und zu riskieren, dabei entdeckt zu werden.

38 Sharon

Es gab keinerlei Anzeichen von Gefahr.

Sharon begleitete die königliche Gesellschaft auf einem weiteren Ausflug, diesmal einem interessanteren. An der Westküste lag die Ethnarchie Pima, wo sie die Stadt Westbygodvirginia (kurz Westginny genannt, erfuhr sie) besuchten. Selbst von der Erde stammend, dachte sie: Au weia, es ist wirklich nicht zu übersehen, daß dieser Planet von Nordamerikanern besiedelt wurde. Wenn das alles vorbei ist, können wir hier vielleicht einen permanenten geodätischen Beobachtungssatelliten installieren, alles vermessen und kartographieren und dann diese Orte mit den vertrackten Namen umbenennen.) Hier widmete sich der König technischen Verbesserungen eigener Art.

Sie war überzeugt davon, daß die Reise eigentlich ihrem persönlichen Nutzen diente – denn der König hatte sich im letzten Moment entschuldigen lassen und Mike an seiner Stelle geschickt. Sie vermutete, daß er in ihrer Abwesenheit in Crimson Sapphire irgendeine Aktion durchführen wollte. Als Antwort auf Kellen Sings neue ›kreative Gewaltlosigkeit‹?

TJ war so stolz auf diese Leistungen in Westginny gewesen, also hatte sie der Reise zugestimmt.

Und nun, nach einigen Tagen zu Pferd, war sie hier. Wie gewöhnlich waren Gwen und Felicia mitgekommen.

»Westginny ist kalt, weil von Norden eine Polarströmung herunterkommt und hier an der Küste entlang läuft«, erzählte ihr Mike.

Sie schwitzte, als wäre sie soeben einen Vierzig-Kilometer-Marathon gelaufen. »Ich bin jeweils kein Beleg dafür.«

Er grinste wie ein kleiner Junge und tat so, als wollte er sie in den brodelnden Schlamm hinunterwerfen.

An diesem Tag hatte sie schon Dampffontänen, Schlammlöcher, Geysire und drei kleine Magmaauslässe gesehen, die glücklicherweise nur stinkendes Gas und Hitze landeinwärts spuckten. Wasserseitig ergoß sich ein Lavastrom ins Meer, der eine ständige Dampfwolke erzeugte. Unter sich meinte sie ein ständiges Grollen zu spüren. Sie hoffte, daß es zu keiner Eruption kam, solange sie hier waren. Offenbar hatten die Einheimischen keine Angst vor einem drohenden Vulkanausbruch; Sharon war jedoch nicht davon überzeugt, daß ihr Frühwarnsystem – Käfige voller Tiere, die Slinker genannte wurden, um Gottes willen – ausreichend war.

Einige der ortsansässigen Techniker versuchten, für die Massenherstellung von Nutzholz, hitzebehandelten Gebrauchsgegenständen aus Metall und ähnlichem, den Dampf nutzbar zu machen und Wasser zu erhitzen. Da das Projekt eben erst begonnen hatte, waren sie noch nicht sehr weit gekommen. Bislang hatten sie erst

Anlagen zum Trocknen von Fisch und zur Gewinnung von Meersalz ersonnen.

Doch Westginny hatte existiert, lange bevor TJ seine Projekte begonnen hatte – denn in den von Natur aus warmen nahen Tälern wuchsen einige der besten Erzeugnisse des Planeten. Es war offensichtlich, warum Felicia mitgekommen war.

Felicia hatte ihr gesagt, daß die meisten Gebäude natürlich mit gebändigtem Dampf beheizt wurden – oder mit dampferwärmtem Wasser, das durch die Gebäude geleitet wurde.

Im Moment befanden sie sich gerade auf einem Grat vulkanischen Ursprungs, von dem aus man nach Westen aufs Meer hinaussah.

Sharon fröstelte. Am Himmel hing wie ein hungriger Raubvogel graue Bewölkung. An einer Seite des Grates befanden sich Schlammlöcher, von denen einige brodelten, andere aufgewühlt waren, wiederum andere ideal für ›therapeutische‹ Bäder waren. Gwen und Felicia waren unten in einem der letzteren. Sharon wandte sich um und folgte Mike über einen Pfad in eine Grotte hinunter. Der Pfad machte einen vielbegangenen Eindruck, alles andere war ein Labyrinth aus scharfer Lava. Neueren Ursprung, nach geologischen Maßstäben, dachte sie. Sie sah, wie Mike die Soldaten kontrollierte, die sie begleitet hatten. Sie waren diskret landeinwärts verteilt. Anscheinend rechneten sie von der Meerseite her mit keiner Bedrohung.

Major ›Pechvogel‹ Timmons befehligte die Eskorte. Aufgrund der Anschläge auf den König, während Timmons die Soldaten angeführt hatte, verbreitete sich sein Ruf im ganzen Palast. Timmons Spitzname war nahezu schizophren, dachte Sharon. Man versuchte den König während seiner Dienstzeit umzubringen, aber wegen Timmons' militärischer Tüchtigkeit wurde er ständig befördert. Er war das, was man bei den Föderationstruppen einen ›Senkrechtstarter‹ nannte. Irgendwie mochte sie Tim. Sie hatte ihn insgeheim aufs Korn genommen, sich an ihn angeschlichen wie eine jagende Katze an ihre Beute und ihn gefangen. Selbstverständlich wußte Tim noch nichts davon. Sie hatte ihn subtil bearbeitet, um herauszufinden, was wirklich in Dawn's Edge geschehen war, als die Schule abgebrannt war. Tim jedoch glaubte, sie wäre ernsthaft an ihm interessiert. Sie war es nicht gewesen, aber inzwischen?

Unwillkürlich ergriff sie in der Gerüchteküche des Palastes für ihn Partei. Das Gerede über seine raschen Beförderungen verletzte ihn; offensichtlich machte es ihm etwas aus, wie die Leute über ihn dachten. Doch er blieb dem König gegenüber streng loyal. Darum verhielt er sich abwehrend, wenn es um seinen raschen Aufstieg ging, und war besonders empfindlich gegenüber der Behauptung, daß der König besonders verwundbar sei, solange er unter seinem scheinbaren Schutz stünde. Sharon hatte seinen Gefühlskonflikt anziehend gefunden und ihn glauben gemacht, er habe sie dazu überredet, mit ihm essen zu gehen. Sie hatte bemerkt, daß sie ihm unabsichtlich Munition gegen das Gerede verschafft hatte: Tim war der einzige, der sie gesellschaftlich irgendwohin begleitet hatte. (Mike zählte offenbar nicht.) Wenngleich sie weitergehende soziale Bindungen nicht ermutigt hatte, so hatte sie sie auch nicht entmutigt. Gleich wie versteckt sie auf das Thema zu sprechen kam, er wollte nicht über die Ereignisse in der brennenden Schule sprechen. Er hatte ihre diesbezüglichen Vorstöße geschickt abgewehrt.

Und, verdammt noch mal, er war der einzige Mann auf dem ganzen Planeten, der sie unverhohlen als Frau und nicht als fremdartiges Monster betrachtet hatte (mit Ausnahme von TJ!). Das übliche männliche Taxieren, die entkleidenden Blicke zählte sie nicht.

Am Ende des Pfades befand sich ein Überhang, knapp innerhalb der Grotte. Er lag zehn Meter über dem innen gelegenen Tümpel. Dampfwolken stiegen aus dem Tümpel in die kühle Luft. Sie stand am Rand des Überhangs, und Mike bedeutete ihr zu schweigen. Einen Moment lang konnte sie das Geräusch nicht einordnen, und dann bemerkte sie es: ein fernes Zischen und das Fallen von Millionen winziger Tropfen.

»Jetzt begreife ich«, sagte sie. »Das Magma erhitzt tiefgelegenes unterirdisches Wasser, der Dampf entweicht in einem Einschnitt dort hinten«, sie zeigte in den dunklen Teil der Höhle, »und der Dampf kondensiert an der Decke der Grotte und tropft in den Tümpel.«

»Genau«, sagte er, schleuderte seine Stiefel von sich, streifte seine Jacke und seine Hose bis auf Badeshorts ab, die er bereits trug, und sprang kopfüber vom Überhang.

Nach ein paar Sekunden tauchte er wieder auf, plantschte und jauchzte. Die Laute hallten in der Höhle schwach wider. Er drehte sich auf den Rücken und wirbelte mit den Füßen machtvoll eine Wasserwolke auf. Seine Kraft überraschte sie. Genaugenommen überraschte sie sein Körperbau. Er wirkte stets so trügerisch schlank. War seine Kleidung so geschnitten, daß sie seine Muskeln verbarg? Mike war sicherlich nicht so kräftig gebaut, so massig wie TJ. Außerdem hatte Mike (noch) nicht diese grobe männliche Attraktivität, die TJ zu eigen war und die er wie ein Werkzeug einsetzte. Aber es war verdammt offensichtlich, daß er kein Kind mehr war. Sie würde sein und ihr Alter, das nach unterschiedlichen solaren Bezugssystemen berechnet war, mit der Datenbank an ihrem Handgelenk vergleichen müssen, doch sie wußte, daß sie ungefähr gleich alt waren. Sie fragte sich, ob Mike sich absichtlich so produzierte.

»Kommen Sie schon rein, Sie Angsthase«, rief er. Gleich ihm zog sie sich bis auf den Badeanzug aus und erregte sogleich seine Aufmerksamkeit. Überhaupt nichts Sexistisches in seinem Blick – reines Angezogensein von Mann zu Frau. Sie lächelte.

Es war ein gutes Gefühl, kein solcher Außenseiter mehr zu sein.

Sie legte ihren Armbandrechner ab und ließ ihn auf ihre Kleider fallen. Ihr Armbandrechner taugte zum Kurzdistanzfunk, führte ihre Datenbank, zeigte die Zeit an, zeichnete Memos und Wetterbedingungen auf, überwachte Körperfunktionen wie Temperatur und Stoffwechselindikatoren und konnte etwas, das sie auf Bear Ridge niemandem gesagt hatte: er ließ sich zur Explosion bringen oder als Energiewaffe einsetzen. Eine der Bedienungstasten konnte sich lösen und einen fadendünnen Fortsatz bilden, der sich mit einem Ring an ihrem Zeigefinger verband. Die Leistung war nicht hoch, regenerierte sich jedoch (wie ein Eisnadler!) in Sekundenschnelle und verschoß Energiestrahlen, wenn sie mit dem Finger zeigte. Obwohl es keine schnell zu aktivierende Waffe war, hatte sie genügend geübt, um innerhalb von zwei Sekunden feuerbereit zu sein. Der Geheimfaktor machte die umständliche Inbetriebnahme der Waffe mehr als wett.

Am Rand des Überhangs hielt sie inne, mehr wegen der kühlen Brise, die über ihre Schultern und ihren Nacken strich, als aus Freude über Mikes inzwischen bewundernden Blick auf ihren geschmackvollen zweiteiligen Badeanzug. Sie besaß andere, aufregendere Badeanzüge – ihre Stellung machte aber hinsichtlich der Kleidung ein gewisses Maß an Zurückhaltung erforderlich.

Sie bekam eine warnende Gänsehaut.

»Kommen Sie schon!« drängte Mike.

Sie blickte sich unsicher umher. Wo war Tim? Sie trat vom Überhang zurück und rannte leichtfüßig den Pfad zu dem Grat hinauf, der die Grotte von den Schlammlöchern trennte.

»Das ist seltsam«, sagte sie laut. Felicia und Gwen waren nicht mehr da. Und wo waren die Soldaten? Einige von ihnen hätten aus ihrem Blickwinkel zu sehen sein müssen. Herabfallende Steine schreckten sie auf, und sie drehte sich um. Und blickte nach oben. Oben auf dem Eingang zu der höhlenartigen Grotte hockten fünfundzwanzig oder dreißig Männer, hagere, harte Männer mit ein wenig orientalischen Gesichtszügen. Die meisten grinsten und hielten Armbrüste lose in den Händen. Alle hatten Macheten – und einige davon glitzerten wie feuchter Rost. Blut, begriff sie.

Sie warf den Kopf herum und suchte nach Felicia und Gwen. Nichts. Die Männer starrten lüstern und grinsten.

Der Armbandrechner!

Sie wirbelte herum und rannte zu ihren Kleidern und ihrer Waffe.

Einer der Männer ließ sich vom Höhlenrand herunterfallen und landete vor ihr. Lässig stützte er sich auf seine Machete, sie offenbar von Mikes Waffen fernhaltend, die auf seinen Kleidern unmittelbar neben ihren lagen.

Sie hielt an und schob sich an ihm vorbei. Sie durfte keine falsche Bewegung machen. Sie trat auf den Überhang. »Mike?«

Er schwamm aus dem Schatten heraus und hielt an, trat Wasser.

Sie spürte die Anwesenheit weiterer Männer. Drei tauchten hinter ihrem Rücken auf.

Einer von ihnen, klein, mit ungebärdigem schwarzem Haar und einem Gesicht, das sie an den olivfarbenen Hintergrund eines Monitors erinnerte, sagte: »Prinz Michale, würden Sie heraufkommen?«

Mike hatte offensichtlich keine andere Wahl. Tropfend, mit wachsamen Augen, kletterte er heraus. Im Handumdrehen war er den steinigen Pfad zu ihnen hochgeklettert. Sharon sah, daß sich sein Körper anspannte.

»Prinz«, sagte der kleine Mann, »ich bin gekommen, um Sie und Ihre Begleitung einzuladen …«

»Wir lehnen ab«, unterbrach ihn Mike. »Lassen Sie

uns bitte in Ruhe ... vergessen Sie das, bitte. Kümmern Sie sich um Ihre eigenen Angelegenheiten und verschwinden Sie!«

Mikes gebieterischer Tonfall überraschte Sharon. Falls er Angst hatte und nervös war, war es ihm unmöglich anzumerken. Irgend etwas ist grundlegend falsch, und Mike versucht, uns mit einem Bluff den Weg freizumachen.

»Verschwinden Sie!« Mikes Stimme erinnerte sie an TJ bei einem Wutanfall.

»Ich fürchte, das ist nicht möglich«, antwortete ihm der Mann. »Ihre Mutter und Ihre Großmutter haben sich uns bereits angeschlossen.«

»Wer sind Sie?«

»Taruk.«

»Commander Luis.« Mikes Stimme wurde flach, tonlos. »Hukbahalap.«

»Ah, mir scheint, ich bin nicht ganz unbekannt bei Hofe.«

Männer durchsuchten ihre Kleidung. Sie nahmen Mikes Schwert und ein Messer; sie hatte nicht gewußt, daß er eins getragen hatte. Aus ihren Overalltaschen holten sie mechanische Schreibstifte und einen elektronischen Schreiber, den sie für ihre Datenbank benutzte. Ein Mann untersuchte ihren Armbandrechner, dessen Außenseite mit Ornamenten bedeckt war.

»Geben Sie mir mein Armband!« verlangte sie, trat vor und griff nach dem Rechner in der Hand des Mannes. Das Überraschungsmoment lag auf ihrer Seite. Sie wich zurück und befestigte den Rechner an ihrem Handgelenk. Der Mann griff nach ihr, und sie drehte sich um die eigene Achse und trat ihm mit der Ferse gegen das Knie. Er ging zu Boden, und seine Kameraden lachten.

»Schluß«, sagte Commander Luis. »Ruft Yoji.«

Ein Mann trabte den Pfad empor und verschwand außer Sicht.

Sie hoffte, daß sie ihren Armbandrechner vergessen hatten – offensichtlich hatten sie das tatsächlich. Sollte sie die Waffe benutzen? Nein, noch nicht. Sie hatten Gwen und Felicia. Weiter Abwarten.

Ein Hühne von einem Mann kam über den Grat, mit rasiertem Kopf, von dem hinten ein Pferdeschwanz herunterhing, bekleidet mit einem Lendenschurz und einer Art von Augenschutz. Ein Samurai. Das Wort kam ihr unwillkürlich in den Sinn. Ein traditioneller Samurai. Ein philippinischer Huk, Taruk, der mit seinen japanischen Untergebenen dem uralten japanischen Codex des Bushido folgte? Lächerlich, dachte sie. Aber hier waren sie.

Yoji war so groß, daß sie die Last, die er trug, zunächst nicht bemerkte. Yojis Nasenflügel bebten, als er den Leichnam von Commander Luis achtlos vor die Füße warf. Drei Pfeile hatten den Oberkörper durchbohrt, außerdem wies er zahlreiche Machetenwunden auf. Der Leichnam sah bleich aus wegen des Blutverlusts, bedeckt mit den grauenhaften Wunden und Blut.

Mike schnappte nach Luft, und dann erkannte sie ihn.

»Tim!« rief sie und fiel neben ihm auf die Knie. »Tim.« Sie legte ihre Hände auf seine blutigen Schultern und schüttelte ihn.

»Ein Lektion, Prinz Michale. Widerstand ist zwecklos«, sagte Luis Taruk. »Er war ein tapferer Mann, er hat eigenhändig zwei meiner Leute getötet, nachdem er seine Waffen verloren hatte. Nicht viele Männer können einen Huk im Kampf Mann gegen Mann besiegen, geschweige denn angesichts einer Übermacht.«

Sharon liebkoste Tims Stirn und strich ihm das Haar aus den Augen. Sie schloß seine Lider und hoffte, daß sie geschlossen blieben, den Blick des Scheiterns auf seinem Gesicht auslöschten. ›Pechvogel‹ Timmons hatte es schließlich doch erwischt. Jawohl.

Sie zogen sie auf die Beine, und Mike mußte ihr beim

Ankleiden helfen. Seine kalte, feuchte Berührung erinnerte sie an eine Leiche.

Benommen befolgte sie Befehle und fand sich bald darauf an einem schwarzen Sandstrand wieder, von wo aus sie an Bord eines langen Bootes auf dem kalten, kalten Ozean ging. Gwen und Felicia, schlammbeschmiert, waren in einem anderen Boot bereits meterweit vom Ufer entfernt, still, totenstill, mit abgespannten Gesichtern.

Ein Funken von Logik und gesundem Menschenverstand flammte in ihr auf, als sie unbewußt an der Oberseite ihrer Hand leckte – an der sie etwas von Tims Blut entdeckte. Sie leckte weiter.

Sie erinnerte sich klar und deutlich an ihre Anweisungen: »Mischen Sie sich nicht ein, ergreifen Sie nicht Partei. Beobachten Sie lediglich.«

Ein kalter Nieselregen setzte ein.

39 TJ

»Sie *meinten,* Gwen und den anderen ginge es gut«, sagte Sommer vielleicht zum dreißigsten Mal. TJ begriff, daß Sommer sich ebenso große Sorgen machte wie er.

Gwen. Mutter. Mick. Sharon. Verschwunden. Gefangen genommen.

Die Dämmerung nahte, und sie standen auf einem Hügel, von dem aus man auf die chinesische Hauptstadt des Fernen Kontinents blickte. Nihaoma. Dem Boten der Huks zufolge hielten jetzt die Huks Nihaoma besetzt.

Der Bote der Huks hatte den Palast nur Augenblicke nach dem Boten des Ethnarchen von Pima erreicht.

Ein einfacher Tauschhandel, hatte er vorgeschlagen. Der Prinz, die Königin, die Königinmutter und die Botschafterin der Föderation. Im Austausch für Autonomie. Der König sollte sich mit der Herrschaft der Huks über die unterjochte chinesische und japanische Bevölkerung einverstanden erklären und sich nicht einmischen. Er versicherte TJ, daß die Geiseln gut behandelt würden.

»Was sollte mich davon abhalten, einzuwilligen und dann mit meiner Armee einzufallen, wenn die Geiseln erst einmal frei sind?« fragte er.

»Wir schlagen vor, zwei der Geiseln zu behalten, in sicherem Gewahrsam, versteht sich – zwei Ihrer Wahl. Und Sie können die Geiseln jederzeit austauschen, solange wir nur zwei behalten.« Der Mann lächelte.

Das Lächeln war erstorben, als Sekretäre und Papiere durch das Büro geflogen waren, als TJ ihn umgestoßen und quer durchs Zimmer gegen die Wand geschleudert hatte. Als Sommer ihn endlich wegzog, steckte sein Messer im rechten Auge des Mannes.

Später war der Mann im Verlauf der medizinischen Behandlung, die ihn nach den im Verlauf des Verhörs durch den König erlittenen Verletzungen wiederbeleben sollte, gestorben. Fanatiker, dachte TJ. Der Hurensohn wollte erst dann etwas sagen, nachdem Manny ihn eine Weile bearbeitet hatte. Er schüttelte den Kopf. Huks waren harte Widersacher, Fanatiker, die keine Logik und Vernunft brauchten. Der Huk hatte einen tieferliegenden Grund für das Kidnapping nennen können. Die Huks glaubten, TJ habe zuviele Probleme in Crimson Sapphire, um dort weggehen oder Truppen zur Bekämpfung der Huks abstellen zu können. Sie waren zu der Überzeugung gelangt, daß er sich nur noch mit einem dünnen Faden an die Macht klammere und ihnen keine Arbeitskraft widmen könne, aus Angst, sein ganzes Königreich werde zusammenbrechen. Außerdem glaubten sie, das Königreich sei im Auseinanderbrechen begriffen. Daß es nur noch eine Frage der Zeit sei. Nun, sie irrten sich. Und zwar gründlich.

Innerhalb einer Stunde hatten er und Sommer und eine Gruppe ausgewählter Gyrenen aufgesessen und waren bereit loszureiten.

TJ beugte sich von seinem Pferd hinunter und sprach ruhig mit Manny Vero. »Manny, falls wir es nicht schaffen, bleibt Nora als letztes Mitglied des Königshauses übrig. Ich bin nicht überzeugt von ihrer Fähigkeit, klug zu regieren. Ich überlasse es einfach Ihnen. Tun Sie, was Sie für das Königreich am besten halten. Wenn nötig setzen Sie sie ab, sperren Sie sie ein. Schicken Sie meine übrigen Nachkommen los.« Er meinte die Prinzchen. »Falls es keiner von ihnen schafft, halten immer noch Sie die Zügel in der Hand.«

»Sir«, hatte Manny mit tonloser Stimme gesagt, »wenn Sie nicht zurückkommen, lasse ich jeden einzelnen Bewohner des Fernen Kontinents massakrieren.«

»Wenn Sie glauben, Sie müssen«, sagte TJ, der Manny besser kannte. Obwohl seine Loyalität zu ihm und Gwen und Felicia und Mike außer Frage stand – nun wußte er, wie weit sie ging. »Sie geben Timmons und seinen Männern ein Staatsbegräbnis, hören Sie? Und viele Soldaten auf den Straßen, jederzeit, um militärische Präsenz zu demonstrieren. Vielleicht werden die Leute nichts davon erfahren, was drüben in Westginny passiert ist.«

»Das haben sie schon«, sagte Manny.

»Mein Gott, wie?«

»Ich weiß es nicht, Majestät. Vielleicht auf die gleiche Weise, wie die Huks über Mike und Gwen und die Tatsache Bescheid wußten, daß alle baden gehen würden.«

»Da ist was dran.« Er dachte einen Moment lang nach. »Nun, falls Kellen oder irgend jemand meine Abwesenheit auszunutzen versucht, sperren Sie ihn ein. Tun Sie, was nötig ist. Vielleicht kann Nora veranlassen, daß er an einem Virus erkrankt, was immer gerade im Umlauf ist.«

»Ich werde mich darum kümmern, Majestät.«

Mit Ersatzpferden ausgerüstet, ritten sie zur Küste, schneller als jeder andere Reisende mit Rückfahrkarte. Die halbe Armee sollte folgen, sobald die nötigen Vorbereitungen getroffen waren. An der Küste angelangt, nahmen sie Schiffe zu einem Fortsatz des Fernen Kontinents, der sich weit ins Meer hinein erstreckte. Dort rasten sie die Küste entlang, bis sie Nihaoma erreicht hatten.

»Das Problem«, sagte er zu Sommer, »ist die Befreiung der Geiseln. Und hundert Soldaten oder so könnten uns bloß verraten.«

Sommer nickte. »Wieder einmal bloß du und ich?«

TJ blickte Sommer an. »Danke.« Er erinnerte sich an die Schlacht, welche die jährliche Versammlung des Aufgebots ins Leben gerufen hatte. Sie konnten es durchziehen. Diesmal jedoch lagen vier wichtige Menschenleben in ihrer Hand, Menschenleben, die zu opfern sie nicht bereit waren.

Zwei Bauern und ein Händler wurden festgehalten, da sie die kleine Gruppe aus Crimson Sapphire gesehen hatten. TJ wollte nicht, daß seine Feinde von den Soldaten erfuhren, darum fingen er und Sommer einen weiteren Händler ab. Ihm wurde aufgetragen, nach Nihaoma zu gehen, Commander Luis zu suchen und ihm zu sagen, daß der König heute nacht angeritten kommen werde, um persönlich zu verhandeln. Und daß er in Begleitung nur eines weiteren Mannes kommen werde. Der entscheidende Punkt war, daß Luis Taruk die Geiseln bereithielt, damit TJ sich vergewissern konnte, daß sie unverletzt waren.

Ein Angebot, das Taruk nicht ausschlagen konnte. Der König allein? Es war, als würde TJ in eine Falle tappen, die er selbst ausgelegt hatte.

Der Plan würde jedoch sicherstellen, daß die gesamte Führung der Huks anwesend wäre – denn wer konnte sich eine solche Gelegenheit entgehen lassen?

Die Soldaten würden sich im Schutze der Nacht anschleichen und auf TJs Zeichen warten – oder auf ein Anzeichen von Kampf.

Der Treffpunkt sollte der Hof des Ethnarchen sein, der Ort, an dem sich dem Händler zufolge die Huks niedergelassen hatten.

In einer Stunde war es dunkel, und sie ritten in Nihaoma ein. Niemand hielt sie auf. TJ dachte über die Stadt nach. Die überwiegend chinesische Stadt war zweifellos in rechte Winkel verliebt. Und in Farben. Doch er hatte kein Auge für die Architektur. Seltsamerweise spürte er keine Anspannung. Ein flüchtiges Bedauern; wären sie in der Föderation, hätte er sich die vielen Tage des harten Reitens und die kurze Seereise erspart. Dann kam ihm der Gedanke, daß er die Föderation wahrscheinlich um Unterstützung bei der Befreiung ihrer Botschafterin hätte bitten können – er hätte bloß Sharons Funkgerät finden müssen. War jetzt alles verdorben? Würde er, selbst wenn er heute nacht erfolgreich sein sollte, die Mitgliedschaft in der Föderation verlieren? Wenn Sharon Gold heute nacht im Raum zugegen war und er und Sommer ihre Eisnadler benutzten, konnte sie Bear Ridge zweifellos eigenmächtig vom Föderationsbeitritt ausschließen. Wahrscheinlich war sie nicht besonders glücklich darüber, eine Gefangene und Geisel zu sein. Vielleicht hatte sie sich bereits entschieden, ihre Checkliste abzubrechen.

So oder so, er konnte nichts daran ändern. Er hatte sich bereits festgelegt. Und niemand setzte Thomas Jefferson Shepherd durch seine Familie unter Druck.

Wenngleich die Straßen durchaus nicht verlassen waren, waren sie doch still. Gelegentlich wies ihnen ein Passant den Weg, obwohl die Straße schnurstracks zum Wohnsitz des Ethnarchen führte. Er hoffte, daß die Huks nicht genügend Zeit gehabt hatten, um eine Streitmacht zusammenzuziehen. Er hatte sich auf das Überraschungsmoment und seinen schnellen Ritt hierher nach Nihaoma verlassen, um sie zu überrumpeln.

»Das größte Problem ist meiner Ansicht nach«, sagte Sommer, »uns ein freies Schußfeld zu sichern, ohne die Geiseln zu treffen.«

»Wir werden sehen.«

Bald darauf gelangten sie zum Hof und Verwaltungsgebäude des Ethnarchen. Es war ein hohes Bauwerk mit Türmen und geschwungenen Dächern. Sie saßen ab und stiegen eine Reihe breiter Steinstufen empor. Ein Dutzend schweigender Huksoldaten folgte ihnen.

Der Regierungssaal war nicht so groß wie der Thronsaal in Crimson Sapphire, er war jedoch viel mehr geschmückt. Kunstvolle Teppiche und Wandbehänge, bearbeitetes und bemaltes Holz. Groß genug, um darin ein Fußballspiel zu veranstalten. TJ kam der Gedanke, daß dieser Ethnarch seine Position möglicherweise zum Erwerb von Reichtümern ausnutzte. Das mochte einer der Gründe für den Aufstand der Huks sein. Egal.

Die Soldaten waren keine richtigen Soldaten; sie erinnerten ihn an Guerillakämpfer im Gelände. Keine gleichartige Kleidung oder militärische Haltung und soldatisches Gehabe. Dennoch waren sie diszipliniert. TJ schätzte ihre Anzahl auf etwa einhundert, zufällig im Raum verteilt.

Während sie den Mittelgang entlangschritten, wurden die großen Eingangstüren zugeschlagen und verriegelt. Die Huks ließen es nicht darauf ankommen, daß er eine Streitmacht mitgebracht hatte.

Am Ende des mit Parkett ausgelegten Gangs stand eine erhöhte Plattform, offenbar für den Thron des Ethnarchen. Vor der Plattform befand sich eine Linie armbrustbewehrter Huks, die auf Armeslänge nebeneinander postiert waren. Auf der Plattform waren mehrere Männer, und vor der Wand hinter ihnen waren die Geiseln.

Seine Augen suchten augenblicklich Gwen. Sie war blaß, trug ihr Kinn jedoch hoch. Sie schien unverletzt, und Erleichterung blitzte in ihren Augen auf, um sofort von Besorgnis überschattet zu werden. Er mußte zugeben, daß sein und Sommers Verhalten töricht wirkte.

Felicia trug ein befriedigtes Grinsen zur Schau, wirkte jedoch ängstlich. Sie vertraute mehr als jeder andere Mensch auf der Welt auf seine Gaunereien.

Mike schüttelte ungläubig den Kopf. Offenbar konnte er nicht glauben, daß sein Vater so dumm gewesen war, in diese Falle zu tappen und Selbstmord zu begehen.

Sharon Gold war ernst, doch ihre Miene zeigte, daß sie wachsam war. Atypischerweise rollte sie den Ärmel ihres Overalls hoch und entblößte ihren Armbandrechner.

TJ und Sommer blieben knapp vor der Linie der armbrustbewehrten Huks stehen.

Ein kleiner Mann trat vor, fuhr sich mit den Händen durch sein wirres Haar.

»Taruk?« fragte TJ.

»Ich bin Commander Luis, ja.«

»Lassen Sie die vier Gefangenen jetzt frei, und ich schenke Ihnen Ihr Leben.«

»Sie und ein Clown, Sie drohen uns?«

»Meine Armee umzingelt im Moment gerade die Stadt. Niemand wird lebend entkommen.«

»Sie bluffen, König.«

TJ zuckte gleichmütig die Achseln. »Ich bin schnell hierher gekommen, nicht wahr? Schneller, als es Ihr Gesandter oder ein Bote hätte schaffen können. Denken Sie drüber nach.«

Taruk lachte bellend. »Wenn das, was Sie sagen, stimmt, dann habe ich zwei weitere Geiseln. Wenn man trotzdem einige von uns töten sollte, werden die Überlebenden in den Dschungel zurückkehren, aus dem wir hergekommen sind. Wir werden nicht als Sklaven dieser Chinesenschweine leben.«

»Wo ist Zhou Xuegei, mein Ethnarch?«

»Tot.«

»Schade«, sagte TJ.

»Sie reden eine Menge dummes Zeug. Schinden Sie aus einem bestimmten Grund Zeit?«

TJ lächelte starr. Sein Gesicht wirkte wie ein Totenschädel. »Und falls es so wäre?«

»Dann sind Sie tot, Señor Shepherd. Ohne die Shepherds«, sein Kopf ruckte zu den vier Geiseln herum, »wird das Königreich ein bißchen zu beschäftigt sein, um sich um diese arme Gegend zu kümmern. Wir werden zur Abwechslung unser Schicksal einmal selbst bestimmen.«

Er hörte sich genauso an wie Kellen Sing! Und genauso, wie ich mich anhöre, wenn ich über die Föderation rede! Ist denn die ganze Welt verrückt?

TJ fühlte, wie Sommer sich straffte und von ihm entfernte. Sommer wußte, daß das Stück, das gerade aufgeführt wurde, bald enden würde.

Taruk schnippte mit den Fingern. »Yoji! Entschuldigen Sie, Shepherd, aber ich habe gehört, was für ein großer Kämpfer Sie sind, und ich möchte Ihren Mut auf die Probe stellen.«

Ein riesiger Japaner mit einem geflochtenen Haarknoten, der ihm in den Nacken herunterhing, trat aus einem Alkoven hervor. Er trug ein zweischneidiges Schwert mit einem beidhändigen Griff.

Nun verstand TJ, warum er nicht entwaffnet worden war.

Yoji ging schwerfällig auf TJ zu und verneigte sich.

TJ blickte Sommer an. »Ich wünschte, Jean-Claude wäre hier. Das würde ihm gefallen.«

Sommer nickte. Er hatte die Botschaft verstanden und trat beiseite, um den beiden Kämpfern Platz zu machen und sich gleichzeitig selbst in Position zu bringen und auf TJs Zeichen zu warten.

TJ zog lässig den Witwenmacher, wobei Handteller und Finger automatisch die richtigen Kerben fanden. Er verneigte sich vor Yoji, der ihn zu überragen schien. Als er sich aus der förmlichen Verneigung aufrichtete, wirbelte er herum und rammte Yoji eine Ferse in die Magengrube. Sie fühlte sich an wie aus Stein.

Er wirbelte weiter, denn Yoji schlug mit seinem riesigen Schwert nach TJs ausschlagendem Bein.

Schließlich trafen ihre Schwerter aufeinander, TJ in der Defensive vor einem weit ausholenden Schwung. Er tanzte umher, wobei er Yoji taxierte und die Wachen unmittelbar vor der Plattform auseinandertrieb. Er bemerkte, daß sich die Anführer der Huks erwartungsvoll vorbeugten. Er wehrte unbeholfen einen weiteren Angriff ab, da er nicht wollte, daß Yoji merkte, wie gut er war. Er brachte Yoji dazu, daß er den Rücken der Plattform zuwendete, und trieb ihn vor und zurück.

Unwillkürlich bemerkte er Sharon Gold, die sich weiter aufgerichtet zu haben schien, dazu bereit, irgendein eigenes Spiel zu spielen. Gwen und Felicia musterten die anderen Eingänge zum Regierungssaal, offenbar nach der von ihnen erwarteten Verstärkung Ausschau haltend. Mike beobachtete den Kampf und warf Sommer rasche Seitenblicke zu, um irgendeinen Hinweis zu bekommen.

Er strauchelte vorsätzlich und wich rollend Yojis Schwertstreich aus. Er sah, daß sich die übrigen anwesenden Huks in einem Halbkreis angeordnet hatten, um zuzuschauen.

Alles war so gut wie perfekt.

Er richtete sich auf und ließ sich von Yoji rückwärts auf die Plattform zu treiben. Mit der Rückseite der Beine an die Plattform gedrückt, faßte er seinen Entschluß. Offenbar drohte die unmittelbarste Gefahr von den etwa einem Dutzend Armbrustschützen, und darauf würde Sommer sich als erstes konzentrieren müssen.

Also mußte TJ handeln und sich aus der Schußlinie

begeben und die Männer auf der Plattform irgendwie beschäftigen, bevor sie sich die Geiseln schnappen konnten.

Er verwickelte Yoji in einen heftigen Schlagabtausch, wartete darauf, daß sich ihm eine Bresche bot, fand sie, trat Yojis Schwertarm beiseite, trieb die Klinge in Yojis Hals, wobei er ihn beinahe durchtrennt hätte, und ließ sich auf den Hintern fallen, indem er sein Schwert ruckartig aus Yojis dickem Hals zog. Dann wirbelte er herum, rollte über den Boden und schlug mit seinem Schwert um sich.

Während er mehreren, inzwischen panisch flüchtenden Männern die Beine abschlug, hörte er das Summen von Sommers Eisnadler und sah Yoji mit in einem obszönen Winkel herabhängenden Kopf endlich zusammenbrechen.

Die Totenstille verwandelte sich abrupt in einen Höllenlärm, die Schreie der Sterbenden und Verwundeten. Viele der Anführer waren von seinem in Bodenhöhe schwingenden Schwert zu Boden gegangen, und er tötete einen gerade aufstehenden Mann, indem er das Schwert nach ihm warf. Einen anderen trat er in den Unterleib, während er den Eisnadler unter seiner Jacke hervorzog.

BRRRP, machte seine Waffe, als er an der Gruppe vor ihm entlangschwenkte.

Er drehte sich um und erstarrte, von der Szenerie verblüfft. Mike rollte mit einem Huk über den Boden, während Gwen und Felicia auf Waffen zukrabbelten, doch die übrigen auf der Plattform waren alle tot.

Außer Sharon und Commander Luis.

Er kauerte vor dem Thron, mit sabberndem Mund und beinahe über die Armlehnen ausgestreckt.

Über ihm stand Sharon Gold und zeigte mit dem Finger auf ihn. »Das ist für Tim, du Mistkerl.« Ihr Finger schien zu zucken und an der Spitze aufzuleuchten, und sie hob die Hand von Taruks Schritt zu seinem

Kopf. Taruks Schrei war Ausdruck kreatürlicher Angst. Eine schwarze Linie erschien, und TJ vernahm das Zischeln verschmorten Fleisches. Dann faßte er sich und wirbelte herum.

Ein rascher Blick zeigte ihm, daß zehn der zwölf Armbrustschützen auf Sommers Rechnung gingen, und TJ erledigte die anderen beiden, als sie gerade auf Sommer abdrückten.

Sommer wich den Bolzen geschickt aus und richtete seine Waffe auf die jetzt näherrückende Gruppe der Huks.

TJ tat das gleiche. Der sekundenlange Feuerstoß streckte die vorderen Reihen des angreifenden Feindes nieder. Er behielt seinen Finger auf dem Auslöser und hoffte, daß das Wasser reichen würde.

Ein weiterer Seitenblick sagte ihm, daß Sharon und Mike jetzt am Rande der Gruppe gemeinsam kämpften und sich gegenseitig deckten, Mike mit einem Schwert und Sharon mit ihrer Energiewaffe.

Die eigentümlichen, von den Eisnadlern stammenden Geräusche schienen die Huks zu erschrecken und ihren natürlichen Fanatismus zu brechen. TJ tötete sie rascher, als er sie zählen konnte. Und desgleichen Sommer. Die verriegelten Türen hielten viele auf, und TJ rannte ihnen nach, indem er sein Feuer auf die dichtgedrängten Leiber konzentrierte. Er wollte nicht darüber nachdenken, ob dies richtig war oder falsch. Doch er machte weiter, dazu entschlossen, ein Exempel zu statuieren, indem er soviele Huks tötete wie er konnte. Je mehr er jetzt tötete, desto weniger würden seine Soldaten zur Strecke bringen müssen – falls die Hukbalahaps weiterhin ein Problem darstellten. Sommer widmete sich den Huks, die durch einen anderen, kleineren Ausgang zu flüchten versuchten.

Dann versagte sein Eisnadler. Er hatte von Anfang an den Auslöser ständig gedrückt gehabt. Die Waffe in seiner Hand fühlte sich heiß an.

Die restlichen vier lebenden Huks vor ihm erkannten, was geschehen war, und wandten sich gegen ihn. Er zerschmetterte einen Adamsapfel mit einem Schlag seiner versteiften Finger, dann ließ er sich vor zwei Schwerthieben und einer Machete zurückfallen. Er duckte sich und schleuderte einen Leiche auf die drei, wobei er spürte, wie sich ein schmelzender Eissplitter in seine Handfläche bohrte. Er schnappte sich eine Machete und hieb auf die drei ein. Ein Mann wandte sich um und lief weg, und TJ tötete die anderen beiden, ehe sie sich erneut in Position bringen konnten. Er warf seine Machete dem Flüchtenden hinterher und sah sich um, ob Sommer Hilfe brauchte.

Sommers Arme und Beine wirbelten und verteilten Tod. Sein Eisnadler mußte ebenfalls den Geist aufgegeben haben.

TJ rannte zu dem Handgemenge hinüber und brach einem Gegner von hinten den Hals. Mike kam mit dem Witwenmacher angelaufen und schlug um sich.

Sekunden später waren keine Huks mehr übrig.

»Ist jemand entkommen?« keuchte er.

»Ein paar«, sagte Sommer, »aber vielleicht sind unsere Truppen inzwischen in Stellung.«

»Du brauchst den Eisnadler vor Sharon jetzt nicht mehr zu verstecken«, sagte Mike.

Sharon kam zu ihnen herüber. »Man darf die Eisnadler nur in Intervallen von höchstens fünf Sekunden Dauer gebrauchen; sonst überhitzen sich die Spulen und brennen durch.«

»Sie sind kaputt?« fragte TJ. Sommer hatte auf seine Anweisung hin nur zwei gekauft. Er hätte genug für eine ganze Armee kaufen sollen. Doch das wäre zu gefährlich gewesen. Und jetzt waren diese beiden kaputt. Einer der Nachteile von High-Tech, dachte er.

»Sinnlos«, sagte sie und betrachtete die Toten im Raum. Sie schüttelte betrübt den Kopf. »Es ist egal. Ich werde nicht erwähnen, daß Sie im Besitz von High-

Tech-Waffen sind.« Einen Moment lang schwieg sie. »Zu viele tapfere Männer tot. Warum?«

40 Tirano

ZEIT BALD REIF. LAGE VERSCHLECHTERT SICH ZU UNSEREM VORTEIL. KELLEN SINGS GEFOLGSCHAFT WÄCHST. IN CRIMSON SAPPHIRE KLEINERE UNRUHEN. REBELLION IN DER FERNEN ETHNARCHIE MIT VIEL BLUTVERGIESSEN NIEDERGESCHLAGEN. MILITÄRMANÖVER FÜR INSPEKTION DURCH FÖDERATION BALD ERFORDERLICH.

Tirano las die entschlüsselte Nachricht auf dem Bildschirm seiner verborgenen Konsole. Es war eine Mischung aus Yaqui und Serbokroatisch, die außer ein oder zwei Föderationsgelehrten und ihren Computern wahrscheinlich niemand verstehen konnte. Da Bear Ridge von Nordamerikanern und Zwei Zungen überwiegend von Europäern besiedelt worden war, war eine Kombination aus beidem möglich. Tirano vermutete, daß sein Spion ein Gelehrter war – oder eine Spur Yaqui-Blut in sich trug.

Er tippte seine Antwort ein, überprüfte sie, dann drückte er den Sendeknopf.

PLANUNG KOMMT RASCH VORAN. LEISTEN SIE IHREN BEITRAG, BELOHNUNG IST HOCH. BEZÜGLICH SING: IST ES MÖGLICH, SEIN VORZEITIGES ABLEBEN SHEPHERD ANZULASTEN? KÖNNTE DEN AUFSTAND BESCHLEUNIGEN. ODER WÄRE SINGS TOD DAS ENDE DER BEWEGUNG?

Er wartete auf die Antwort. Er wußte, daß der Spion die Möglichkeiten bereits durchdacht hatte, und fragte sich, wie die Empfehlung lauten würde. Er war dankbar für den persönlichen Groll, den der Spion Shepherd gegenüber empfand. Der Rachefaktor und die versprochene Führungsposition nach Shepherds Tod sollten ausreichen, um die Loyalität des Spions zu gewährleisten.

ENTWEDER/ODER. WENN SING TOT IST, WIRD SEINE BEWEGUNG EINGEHEN. ER BESITZT EINE ART VON PERSÖNLICHER AUSSTRAHLUNG, DIE SEINE ANHÄNGER ANZIEHT. VIELLEICHT ANFÄNGLICH UNRUHEN NACH SEINEM TOD, ABER ICH DENKE, DASS ER IM MOMENT WERTVOLLER FÜR UNS IST, WENN ER GEGEN SHEPHERDS HERRSCHAFT WIDERSTAND LEISTET UND UNRUHEN ANZETTELT. BIN ÜBERRASCHT, DASS DER KÖNIG SOVIEL OPPOSITION ZUGELASSEN HAT. ICH ERINNERE SIE DARAN, DASS MEHRERE ANSCHLÄGE AUF DAS LEBEN DES KÖNIGS TOTAL GESCHEITERT SIND. HÖCHSTE SICHERHEITSSTUFE. ICH PERSÖNLICH KANN ZU IHM, WÜRDE MICH JEDOCH ZU ERKENNEN GEBEN. EIN FEHLSCHLAG WÄRE FATAL. ENTSCHEIDEN SIE SICH AUF KEINEN FALL DAFÜR. BESEITIGUNG DES KÖNIGS SOWIESO NICHT MEHR ANZURATEN. DA DIE INVASIONSPLÄNE UM TRUPPENMANÖVER KREISEN, KÖNNTEN DIESE MANÖVER ABGESAGT WERDEN, SOLANGE DER NACHFOLGER SEINE MACHT FESTIGT.

Tirano hatte einen Einfall, und seine Antwort erfolgte augenblicklich.

FALLS SHEPHERD GETÖTET ODER GEKIDNAPPED WIRD, KÖNNTE DER NACHFOLGER DIE BEMÜHUNGEN UM DEN BEITRITT ZUR FÖDERATION EINSTELLEN. ANTWORT.

Er bevorzugte diese schriftliche elektronische Kommunikation. Lichtschnelle Übertragungen waren schnell genug. Die kurzen Verzögerungen ließen ihm zwischen den Botschaften Zeit zum Nachdenken. Er vermutete, daß die High-Tech-Geräte der Föderation alles entschlüsseln konnten, was sein kleines Gerät chiffrierte. Dadurch, daß er sich aufs Schreiben beschränkte, konnte er diese Sendungen einem oppositionellen Element in die Schuhe schieben. Sein Vertreter auf Bear Ridge war angewiesen worden, ihn nie persönlich zu erwähnen.

HALTUNG DES PRINZEN BEKANNTERMASSEN ANTIFÖDERATIV. ALS DER KÖNIG NACH FRÜHEREM MORDVERSUCH IM KOMA LAG, ERWIES SICH DIE NAHE VERWANDTSCHAFT JEDOCH ALS TATKRÄFTIGER UND VERSCHWIEGENER, ALS ICH ERWARTET

HATTE, UND NIEMAND TRAF ANSTALTEN, DIE BEWERBUNG BEI DER FÖDERATION ZURÜCKZUZIEHEN. AUSSERDEM TRAFEN EINIGE SELTSAME LEUTE ENTSCHEIDUNGEN UND ÜBERNAHMEN DIE KONTROLLE. BEISPIELSWEISE DER HOFNARR, DIE KÖNIGINMUTTER, DER HEROLD. ALLE VON DEN NACHRÜCKERN DER FAMILIE, DER KÖNIGIN UND DEM PRINZEN, DAZU ERMÄCHTIGT. ICH HABE ES NICHT GESCHAFFT, IN DIESEN INNEREN ZIRKEL VORZUDRINGEN UND KANN MICH NICHT DARAUF VERLASSEN, DASS SIE DIE BEWERBUNG IM FALLE DES TODES DES KÖNIGS ZURÜCKZIEHEN. NAHEZU UNMÖGLICH, GENUG SHEPHERDS ZU TÖTEN, UM BIS ZU MIR VORZUDRINGEN. VERSUCHTE ES MIT DEN HUKS UND BIN GESCHEITERT. HABE DIESBEZÜGLICHE ÜBERLEGUNGEN DARUM AUFGEGEBEN. JE MEHR ICH DARÜBER NACHDENKE, DESTO DRINGENDER EMPFEHLE ICH, DIE BESEITIGUNG VON TJ SHEPHERD NEU ZU ÜBERDENKEN. EMPFEHLE, SHEPHERD UND SING ZU ERLAUBEN, SICH GEGENSEITIG MATTZUSETZEN – OBWOHL DER KÖNIG IM VOLLBESITZ SEINER MACHT IST UND SING JEDERZEIT ZERQUETSCHEN KANN UND ICH NICHT WEISS, WARUM ER ES NICHT BEREITS GETAN HAT. WENN SIE KEINEN BESSEREN VORSCHLAG HABEN, WERDE ICH DIE SITUATION WEITERHIN KOCHEN LASSEN UND FORTFAHREN, ZUR UNRUHE BEIZUTRAGEN. ICH FÜRCHTE, SOLLTE SICH ETWAS UNGÜNSTIGES EREIGNEN, WIRD DIE ZUSTANDSGLEICHUNG EINE ANDERE FORM ANNEHMEN ALS GEPLANT. ERWÄGENSWERT: KELLEN SING UNMITTELBAR VOR IHRER ANKUNFT TÖTEN, WAS AUFSTÄNDE UND VERWIRRUNG IM GENAU RICHTIGEN ZEITPUNKT AUSLÖSEN KÖNNTE. AUSSERDEM WIRD DIE ARMEE ZU DIESEM ZEITPUNKT AUF FREIEM FELD SEIN – ZU WEIT WEG, UM SO RASCH ZURÜCKGERUFEN ZU WERDEN, DASS SIE UNS EINEN STRICH DURCH DIE RECHNUNG MACHEN KÖNNTE.

Tirano dachte über den Vorschlag des Spions nach. Laß Sing und Shepherd sich gegenseitig ausbluten, dann würde er die Scherben aufsammeln. Es kam alles auf das richtige Timing an. Dieser schneidige Captain hatte die Vorbereitungen für die Transporte so gut wie beendet. Die von Tirano persönlich ausgesuchte Invasionstruppe befand sich in Höchstform und war bereit.

Und er selbst war bereit. Auch wenn er sie nicht beim Namen nannte, machten Machtgier und Rachedurst doch einen gut Teil seiner Gründe für die Invasion von Bear Ridge aus. Doch es gab noch andere Gründe, von denen Langeweile und Ehrgeiz nicht die geringsten waren. Er war bereit, in das Regierungszentrum der Föderation einzuziehen. Und das Low-Tech-Leben auf Zwei Zungen langweilte ihn, wenn man mehr haben konnte. Die ursprüngliche Idee war aus Machtgier und Rachedurst geboren worden, hatte sich jedoch verändert. Während er die Invasion geplant und die Aktivitäten des Spions gelenkt hatte, war er sich lebendiger vorgekommen als je zuvor. Dieses Spiel zu spielen, die Täuschungsmanöver, das Planen, die Erwartung – das alles waren eigenständige Gründe zum Weitermachen geworden. Außerdem war da der Reiz, die Föderationsbestimmungen zu umgehen, sie sozusagen zu überlisten – und in der Zwischenzeit heimliche politische Spielchen zu spielen. Er grinste, zufrieden mit sich selbst. Das machte Spaß. Eine ganze Menge mehr Spaß als die lästigen häuslichen Probleme, die ständig seine Aufmerksamkeit erforderten.

Er faßte einen Entschluß.

STIMME IHNEN ZU. DIE ALTEN PLÄNE GELTEN WEITER. SETZEN SIE IHRE STÖRMANÖVER FORT. STELLEN SIE ATTENTATSVERSUCHE AUF SHEPHERD EIN. BRINGEN SIE EINEN AGENTEN BEI SING UNTER, FALLS MÖGLICH. WENN DIE INVASION UNMITTELBAR BEVORSTEHT, BESEITIGEN SIE SING BLUTIG UND BRUTAL UND MACHEN SIE SHEPHERD UND FAMILIE DAFÜR VERANTWORTLICH. STELLEN SIE EINE LISTE DERJENIGEN IM PALAST ZUSAMMEN, DIE UNMITTELBAR NACH UNSERER MACHTÜBERNAHME ZU ELIMINIEREN SIND.

Die Antwort ließ auf sich warten.

HABE LISTE BEREITS FERTIGGESTELLT. ENTSCHEIDUNG ÜBER

BOTSCHAFTERIN GOLD STEHT NOCH AUS. IRGENDWELCHE ANWEISUNGEN?

Er hatte über Golds Schicksal noch nicht entschieden. Wenn man sie am Leben ließe, könnte sie seine Pläne behindern. Aber er würde die Föderation vor vollendete Tatsachen stellen, und sie konnte nichts daran ändern. Die Föderation würde früh genug erfahren, daß er Bear Ridge überfallen und das Kommando übernommen hatte.

Auf der anderen Seite, falls ihr etwas zustoßen sollte, würde man Shepherd sein Versagen darin, sie zu beschützen, und anderen diplomatischen Unfug vorwerfen. Falls sie jedoch sterben oder verschwinden sollte, dann konnte die Föderation eine sofortige Untersuchung veranlassen und somit seine Pläne durchkreuzen. Eine Föderationsflotte, die um Bear Ridge kreiste, wenn er mit einem Geschwader von Truppentransportern voller Soldaten von Zwei Zungen auftauchte, hatte ihm gerade noch gefehlt. Ihr Tod würde nichts bringen ... doch da war noch etwas.

WICHTIG, DASS GOLD NICHT – ICH WIEDERHOLE – NICHT ZU SCHADEN KOMMT. SIE BESITZT ANSCHEINEND EINE FUNKAUSRÜSTUNG MIT DIREKTEM ZUGANG ZUR FÖDERATIONSFLOTTE. MACHEN SIE PLÄNE FÜR ZERSTÖRUNG DIESES GERÄTS IM PASSENDEN MOMENT – WEDER ZU FRÜH, UM UNS NICHT ZU VERRATEN, NOCH SO SPÄT, DASS SIE JEMANDEN ÜBER DIE INVASION INFORMIEREN KÖNNTE. ENDE.

41 Mike

Mike landete auf der Schulter und rollte in den Staub. Am liebsten wäre er dort liegengeblieben und hätte sich ausgeruht.

»Auf und ran an den Feind«, sagte Gil. Gilbert Haynes Trevan war Mikes Nahkampftrainer (Sommer konnte nicht alles machen), als Prinzchen sein Halbbruder und ein direkter Nachfahre von Mark Trevan, der einer der ersten Treckmeister gewesen war, ehe die Shepherds von den Bergen heruntergekommen waren.

Gil stichelte weiter. »Du wirst auch beim Aufstieg ins Gebirge meinen Staub fressen. Übst du schon, meinen Staub zu fressen?«

Mike erhob sich schweigend. »Noch nicht.« War der Treck dies alles wert? Wollte er wirklich in die Wildnis hinausziehen und unüberwindliche Berge und Kämme besteigen, bloß um König zu werden? Es lief auf die Frage hinaus: Wollte er wirklich König werden? König zu sein, war sein Ziel gewesen, nicht sein persönlicher Ehrgeiz. Er glaubte nicht, daß er irgendeinen persönlichen Ehrgeiz besaß. Vielleicht zu schreiben, zu studieren … in Ordnung zu bringen, was falsch war. Sein Vater verfügte über die Autorität, in Ordnung zu bringen, was falsch war, und er schaffte es nicht. Was TJ für falsch hielt, das brachte er mit Armee, Schwertern, Gewalt und Blut in Ordnung. Das war nicht der richtige Weg. Man mußte es mit Vernunft, mit Logik, mit Liebe und Mitgefühl tun. Was ihn wieder zum Ausgangspunkt zurückbrachte. Sein Ehrgeiz ließ sich nur verwirklichen, wenn er den Thron bestieg und alles auf seine Art machte. Er würde ein Gelehrtenkönig sein, kein Philosophenkönig, wie er gedacht hatte. Und auch kein – als was sollte man Thomas Jefferson Shepherd bezeichnen? Als Mörderkönig? Kriegskönig? Sowohl als auch.

Neuer Ärger stieg in ihm auf. Früher am Morgen hatte ihn sein Vater angeschrien. »Du wirst dem Bruder deiner Freundin sagen, daß er den Bogen überspannt hat. Punkt. Du weist deinen Freund in die Schranken, oder es passiert was.«

»Ich habe keinen Einfluß auf ihn«, hatte Mike gesagt, um Selbstbeherrschung bemüht. Sommer hatte in seinem Clownskostüm in einer Ecke gekauert.

Sommer. Sommer und Rebecca. Mikes innerer Konflikt schäumte wie ein aufbrechendes Magengeschwür.

»He!« schrie Gil.

Mike blickte auf und sah Gils rechten Fuß über seiner Kehle schweben.

Seine Wut kochte über. Plötzlich schlug Mike mit den Beinen aus, brachte Gil ins Straucheln, rammte ihm seinen Kopf in den Bauch und hatte seine Finger in Gils Augen, bevor Gil reagieren konnte. Er entdeckte, daß sein Knie hart auf Gils Brustbein drückte.

Er entspannte sich, rollte sich von Gil herunter und setzte sich neben ihn. Während Gil sich aufsetzte, sagte Mike: »Warum hilfst du mir? Wenn die Zeit für den Treck gekommen ist, werde ich dein Konkurrent sein.«

»Uff. Du begreifst allmählich, wo's langgeht. Mann, du hast mich da ganz schön erwischt.« Er rieb sich den Brustkorb. Gil war anerkanntermaßen der beste aller Prinzchen. Seine Mutter, die Tochter eines in der Schlacht gefallenen Edelmannes, hatte nach Gils Geburt einen wohlhabenden Kaufmann geheiratet – darum führte er auch weiterhin den Namen Trevan. Der Kaufmann war nach der Heirat sogar noch reicher geworden. Der König kümmerte sich um die ihm Nahestehenden, und einen Sohn des Königs aufzuziehen war eine Garantie für Wohlstand. Mike fand, sein Vater hatte eine neue Einteilung von Nachkommen erfunden, etwas zwischen legitim und illegitim.

»Gil, warum willst du den Treck machen?«

Schweiß rann an Gil hinunter und tropfte in den Staub. »Warum? Dafür habe ich trainiert. Ich habe nie richtig drüber nachgedacht. Ich muß es nicht tun, weißt du. Es wird von einem erwartet, aber *ich* muß das nicht durchmachen.«

»Mehr als wahrscheinlich, daß du's nicht überleben wirst.«

»Ach, Mike. Aber wenn ich überlebe, werde ich König von Crimson Sapphire sein – und über das

Königreich herrschen, den Planeten, und vielleicht sogar im Föderationsrat sein.«

»Du hast Vaters Ehrgeiz.« Seine Tonfall war vorwurfsvoll.

Gil machte ein langes Gesicht. »Was habe ich denn sonst?« Seinen Namen? Eine angesehene Stellung wie du? Nein. Ich bin ein gottverdammtes Prinzchen, ein Bastard, entstanden aus dem Samen der Lust, aus einem einzigen Grund großgezogen: um für mein Königreich zu sterben. Verdammt noch mal, was meinst du eigentlich, was ich habe?

Mike wich zurück. Er dachte darüber nach. »Es ist dir gegenüber nicht ganz fair, oder?«

»Kein gottverdammtes bißchen, Prinz. Aber weißt du was? Ich mag mich. Ich mag, was ich bin. Ich bin stolz, TJs Sohn zu sein. Ich bin zäh. Die Leute zeigen hinter meinem Rücken auf mich, wie sie es schon taten, als wir noch Kinder waren und sie miteinander flüsterten. Ich weiß, was sie sagen. Aber niemand kann es mit mir aufnehmen. Und inzwischen bin ich alt genug, ich bin ziemlich kräftig. Ich erfreue mich guter Gesundheit und leide keinen Mangel. Ich muß bloß bereit sein, zu sterben.«

»Ich auch, Gil.«

Gil betrachtete Mike eingehend. »Das haben wir gemeinsam, nicht wahr? Wir sitzen beide hier und warten darauf, daß TJ stirbt, damit wir über ein paar Berge klettern und selber sterben können. Ist das nicht ein Scheißspiel?«

Mike nickte, obwohl er wußte, daß am Treck ein bißchen mehr daran war. Manchmal vermutete er, daß das Zusammentreffen mit den Schwimmhäutern und der Erhalt des roten Saphirs mehr als eine bloße Zeremonie war. »Das Spiel ist so blöde, daß ich mich noch nicht entschieden habe, ob ich mitmachen soll.«

»Was? Du bist ein größerer Narr, als du vorgibst zu sein. Du mußt dir deinen Platz im Leben verdienen,

Halbbruder. Das habe ich auf die harte Tour gelernt. Vielleicht ist das Spiel gar nicht so blöde. Vielleicht findet Vater einen Weg, es zu umgehen, zum Beispiel mit dieser Föderationsgeschichte. Verläßt du dich etwa darauf?«

»Nein.« Mikes Gedanken schweiften ab. Gil klagte darüber, daß er kein legitimer Prinz war, nicht am höfischen Leben im Palast teilhatte. Aber er brauchte nicht mit TJ Shepherd zusammenzuleben. Gil hatte noch keinen mit Leichen übersäten Hof in Nihaoma gesehen. Er hatte seinen Vater nicht in Dawn's Edge auf Leichen einschlagen sehen. Er brauchte nicht am Exekutionstag neben seinem Vater zu stehen und dem Scharfrichter zu sagen, daß er Menschen töten sollte, und dabeizustehen und zuzusehen, wie es passierte. Gil brauchte sich auch nicht damit abzufinden, daß der König sein Leben bis ins Kleinste bestimmte, ihn bedrohte und beschwatzte und anspornte.

Seine Wut nahm zu.

Wut blendete ihn. Franco Valdez blockierte den Fuß der Treppe in einer verräucherten Taverne. Mikes Umhang tropfte von einem jähen Regenschauer.

»Ist Kellen dort oben oder nicht, Valdez?«

»Also ... äh ... er ist ... äh ... ziemlich beschäftigt, Mike, weißt du?«

»Für dich Prinz Michale«, fauchte Mike und bemerkte nichts von seinen üblichen Gewissensbissen, wenn er sich hochmütig verhielt. »Aus dem Weg!«

Valdez' Augen weiteten sich. »Sir, Kellen möchte nicht gestört werden.«

Mike packte Francos Schulter mit einem Griff, den er von Gil gelernt hatte, und drückte zu. Schmerz zuckte in Valdez' Gesicht auf, und sein Kopf bewegte sich ruckartig, bis Mike ihn beiseite stieß. Mike stürmte an ihm vorbei und nahm jeweils zwei Stufen auf einmal.

Er riß die Tür auf und musterte kurz die Anwesenden. Mike erkannte einen Exanwalt und zwei Geistliche, die übrigen kannte er nicht.

Kellen erhob sich. »Mike? Was gibt es? Wir sind gleich fertig, dann komme ich runter und rede mit dir. Franco hätte dir Bescheid sagen sollen.«

Mike sah, daß er eine Art von Beratung unterbrochen hatte. Ihm wurde klar, daß ihn weder Kellen noch irgendeiner dieser Männer ernst nahm. Niemand außer Kellen hatte sich bei seinem Eintreten erhoben. Plötzlich empfand er Abneigung gegen all diese Leute. Sein Ärger wuchs. Er schüttelte Regen von seinem Umhang ab, ohne darauf zu achten, daß er zwei Männer in der Nähe benäßte.

»Raus, alle miteinander! Ich will mit dir reden, Kellen.« Seine Stimme krächzte vor Zorn.

Alle blickten Kellen fragend an.

»Ich sagte nicht ›später‹, ich sagte *›jetzt‹!*« Mike legte etwas vom berühmten Feuer der Shepherds in seine Stimme.

Die Männer standen unsicher auf, und Mike packte einen Geistlichen, so wie er Franco Valdez gepackt hatte, und stieß ihn zur Tür. Die anderen folgten ihm rasch.

»Was ist los, Mike?« sagte Kellen, als er die Tür schloß. Kellens Augen schienen größer zu werden, und sein Blick durchbohrte Mike. Er wich ein wenig zurück und ging als verunsicherter Mann an seinen Platz zurück.

»Kellen, ich muß wissen, was du vorhast.«

»Warum?«

»Mein Vater hat ein Ultimatum gestellt, das ich dir überbringen soll. Hör auf damit, oder ... Ich muß wissen, was du planst, damit ich mich selbst vergewissern kann, daß es dem Königreich keinen materiellen Schaden zufügt.« Das klang nicht richtig, aber Kellen hatte die Botschaft vernommen. »Ich muß mir sicher sein, daß du nicht mehr gewalttätig werden wirst, daß du keine unschuldigen Menschen mit hineinziehen wirst. Ich brauche ein paar Garantien, Kellen.«

»Die hast du, Mike. Nur weiter wie bisher.« Seine Stimme klang falsch in Mikes Ohren, und er spürte, daß Kellen auf seine spezielle Art an ihn zu appellieren versuchte. Seine Wut stand wie eine Wand zwischen ihnen.

»Und diese Männer hier drinnen? Brauchst du die für friedliche Demonstrationen?«

»Nun, du weißt ja, die Bewegung braucht Verbündete, und ...«

Kellen redete in beschwichtigendem Tonfall weiter. Mike begriff jedoch, daß er nichts weiter als ein Verbündeter gewesen war, einer, der eine Informationsquelle im Palast darstellte. Er sah das Selbstvertrauen in Kellens Gesicht zurückkehren. Er wußte, daß Kellen glaubte, er hätte ihn mit seinem Überredungstalent schwankend gemacht. Mike war von der Klarheit seiner Gedanken überrascht.

Kellen hat mich benutzt, dachte er. Und komisch daran ist, daß ich immer noch an das meiste von dem glaube, wofür Kellen eintritt. Aber tut das auch Kellen?

»Kellen«, unterbrach er. »Tu mir einen Gefallen: Entledige dich dieser Pfaffen und Anwälte und Ökofreaks. Geh du wieder in den Park zurück. Du brauchst sie nicht. Zurück zu den alten Zeiten. Tu's für dich und für mich, deinen Freund.«

Kellen blickte ihn forschend an. »Ich kann nicht«, flüsterte er, und Mike wunderte sich über seinen Drang, die Wahrheit zu sagen. Er hätte lügen können. War sein eigener Ärger inzwischen so stark? Oder begriff Kellen, daß Mike wirklich sein Freund war?

Mit Kellen schien eine Veränderung vonstatten zu gehen, und zum erstenmal war sich Mike der Tatsache bewußt, daß Kellens Verärgerung ebenfalls zunahm. »Schließ dich mir an, Mike.« Kellen klang, als hätte er Kies in der Kehle, so ernst war er.

»Nein, Kellen, du schließt dich mir an. Laß uns Geschichte machen. Laß uns den Kompromiß benutzen, Diplomatie, Liebe und Mitgefühl.«

»Nein. Ich bin mein eigener Herr.«

Mike erkannte, daß er selbst der Mann war, für den er Kellen ursprünglich gehalten hatte. Und er konnte nichts daran ändern. Diese ganze Angelegenheit war frustrierender als jedes andere Erlebnis in seinem bisherigen Leben. Er legte Kellen eine Hand auf die Schulter. »Du hast die Warnung meines Vaters gehört. Du bist immer noch mein Freund. Wenn du Hilfe brauchst, schicke Franco oder Rebecca. Ich werde tun, was ich kann. Ich lasse Freunde nicht im Stich.«

»Freunde? Scheißdreck! Geh mir aus den Augen, Shepherd! Und bleib von Rebecca weg!«

Mike mußte sich beherrschen, damit er Kellen nicht schlug. »Nein.«

»Ihr habt mir meine Mutter und meinen Vater genommen. Willst du mir auch noch meine Schwester wegnehmen?« Kellen spuckte ihn an, der Speichelklumpen landete auf seiner Schulter. »Ich würde sie lieber in der Gosse mit den Huren buhlen sehen als bei dir.«

Mike streckte die Hand aus, verknäulte Kellens Hemd, hob ihn von den Füßen hoch und brachte ihre Gesichter dicht zusammen. Er war überrascht, wie leicht es war. »Sprich nicht so, Kellen. Rebecca ist etwas Besonderes. Du wirst dich nicht einmischen, verstanden?«

Kellen schien all seine Fassung zu verlieren. »Franco!« kreischte er.

Mike stieß Kellen grob von sich. Wie hatte er sich so in Kellen täuschen können?

Bin ich der einzige Mensch auf der Welt mit zivilisierten Umgangsformen?

Er war der Antwort nicht nähergekommen, als er in die Palaststallungen ritt. Sein Zorn und seine Enttäuschung hatten zugenommen, so daß es ihm schwerfiel, sich zu beherrschen.

Er war gerade rechtzeitig gekommen, um Sommer Camp und Rebecca wegreiten zu sehen.

»Ich dachte, Rebecca wäre wütend auf Sommer«, murmelte er vernehmlich.

Er fand, daß ihn dies heute zum dreifachen Verlierer machte. Er überlegte, ob er sich betrinken sollte, entschloß sich jedoch, seinem Vater die frohe Botschaft zu überbringen. Zumindest würde ihn das etwas aufmuntern. Vater mitzuteilen, daß Kellen seine Aktivitäten wahrscheinlich eskalieren würde. Vater würde der Schlag treffen.

Er rannte durch den Eingang der Königsfamilie und Treppen zu den elterlichen Gemächern hoch. Er schaute sie an, als hätte er sie noch nie zuvor gesehen. Seine Mutter wirkte älter, als er sie in Erinnerung hatte, die Lachfältchen von den Mundwinkeln die Wangen aufwärts tiefer eingegraben denn je. Sie hatte sich in ein Handtuch wie in eine Toga gewickelt. Sein Vater trug Spuren von Anspannung im Gesicht, selbst dort, wo sein Bart sie nicht verbergen konnte. Seine Schultern und Arme und sein Oberkörper vermittelten noch immer den Eindruck enormer Körperkraft – Mike wußte, daß er es mit dem Mann in dieser Beziehung niemals würde aufnehmen können. Sein Vater befestigte ein Handtuch um seine Hüfte. Hatten sie sich beide so sehr verändert? Oder er sich selbst?

»Mike«, sagte seine Mutter.

»Mick«, sagte sein Vater.

»Hört auf, mich so zu nennen!«

Er folgte ihnen in ein Wohnzimmer und nahm das Sauerbier an, das sein Vater ihnen allen dreien einschenkte. Für gewöhnlich trank seine Mutter nur Wein.

»Vater«, platzte er heraus, »wie kannst du hier herumsitzen und trinken, während die Stadt niederbrennt?«

TJ setzte sich auf ein Sofa. »Du übertreibst, weil du auf etwas Bestimmtes hinauswillst. Was ist es?«

Mike fiel es schwer, vor sich selbst zu rechtfertigen, warum er sich dem Thema auf diese Weise genähert hatte.

»Was soll ich deiner Meinung nach tun, Mick, Leute abschlachten?«

»Nein. Mach Schluß mit der Gewalt. Setz die Armee ein.«

»Das sagst *du*? Prinz Michale, der wohlbekannte Pazifist?«

»Unschuldige Menschen leiden.«

»Und vielleicht bekommen diese unschuldigen Menschen den Unfug satt und sorgen dafür, daß er aufhört.«

Mike begriff. Die Gewalttätigkeiten zogen unschuldige Menschen in Mitleidenschaft, und sein Vater wartete auf eine Reaktion auf Kellen Sing und diejenigen, welche den Ärger in seinem Namen verursachten. Wenn der König militärisch gegen die Dissidenten vorginge, würde er ebenfalls verlieren. Die öffentliche Meinung und die Gegenreaktion würden sich gegen ihn wenden. Er würde von der ›offenen Regierungsform‹, die er gelobt hatte, abrücken und zu einem repressiven Regime übergehen. Und er könnte bei Sharon an Boden verlieren. Was alles zusammengenommen Mike zu der unausweichlichen Schlußfolgerung führte. »Du mußt deine verrückte Obsession, der Föderation beizutreten, aufgeben, Vater.«

Gwen stand immer noch und sah Mike rasch an. Als er ihrem Blick zu begegnen versuchte, wandte sie die Augen ab und goß sich statt dessen ein weiteres Glas Sauerbier ein.

»Ist es denn nicht offensichtlich«, fuhr Mike angesichts von TJs Schweigen fort, »daß diese Leute noch nicht bereit dafür sind?«

»*Ich* bin bereit, und nur darauf kommt es an.«

»Um mehr Macht zu bekommen. Das ist alles, worauf es dir ankommt, Vater. Haben die Toten und Verletzten keinen Platz in deinen Gefühlen? Fühlst du dich nicht verantwortlich für das, was dort draußen geschieht?«

»Gewiß, und ich war während der Einigung für Zehntausende von Toten verantwortlich – doch die hat sich ebenfalls ausgezahlt.« Er leerte sein Glas. »Außerdem, ich habe ihnen den Weg gezeigt, und sie müssen den ersten Schritt selber tun.«

»Scheiße!« Mike war von seiner eigenen Heftigkeit überrascht. »Ich habe Kellen deine Botschaft überbracht, und er sagte mir, ich solle sich zum Teufel scheren, und er werde eine kräftigere Botschaft folgen lassen.«

»Oh?« TJs Brauen schossen in die Höhe.

»Und mir scheint, daß er über mehr mächtige Verbündete verfügt als je zuvor.«

Sein Vater nickte wissend. »Das bestätigt einige Berichte.«

»Warum können wir nicht alle ein gemeinsames Ziel verfolgen?« flehte er. »Ich begreif's einfach nicht.« Etwas von dem Schmerz wegen Kellen überwältigte ihn von neuem. »Ich begreife nicht, warum mein Vater entweder das ganze Schlamassel anheizt, oder aber tatenlos danebensteht und zuschaut, wie alles zerfällt. Was hat er in beiden Fällen gewonnen?«

»Mick, die meiste Zeit über sind mir die Hände gebunden.« Sein Vater sah müde aus, als hätte er sich seit Monaten nicht mehr ausgeruht.

»Oh?« Sein Tonfall drückte Abscheu aus. »Schonst du Kellen deshalb, weil seine Schwester mit deinem richtigen Sohn herumläuft, mit Sommer Camp?«

Ohne die Bewegung wahrzunehmen, sah Mike die Faust seines Vaters einen Fingerbreit vor seinem Mund anhalten. Er hatte ihn nicht einmal aufstehen sehen.

»Thomas!« sagte Gwen in dem Tonfall, der darauf angelegt war, Mißfallen auszudrücken.

TJ hielt seine Finger vor Mikes Augen. »Ich werd dir mal was sagen, Sohn, ich habe mir Sommer wegen dieser Sache mit Kellen Sing um einiges häufiger vorgeknöpft als dich. Es ist an der Zeit, daß du erwachsen wirst und mit den Realitäten des Lebens konfrontiert wirst.«

»Pferdescheiße.« Mike glaubte ihm nicht.

»Paß auf, was du vor deiner Mutter sagst, Bürschchen.«

»Weise Worte des weltlichen Königs«, schleuderte Mike ihm entgegen. TJ befolgte niemals die Regeln, die er selbst festgelegt hatte.

»Schluß jetzt, ihr beiden«, unterbrach Gwen. »Ich möchte bei diesem Streit nicht in der Mitte stehen. Und ich möchte auch nicht in eine Lage gebracht werden, wo ich zwischen euch wählen muß. Mike, du weißt, wie ich mich entscheiden würde, und ich möchte dich nicht verlieren.«

Mutter! schrie er lautlos. Du nicht auch noch! Von ihnen allen hast du immer zu mir gehalten. Der einzige Mensch, auf den ich mich stets verlassen konnte. Wende dich nicht gegen mich und ergreife nicht Partei für einen brutalen Tyrannen.

TJ versuchte ihn zu beruhigen. »Sieh mal, Sohn, ich habe alle Möglichkeiten ausprobiert, und der von uns eingeschlagene Kurs scheint mir im Moment der beste zu sein.«

Mike hatte seine Selbstbeherrschung wiedergewonnen, eine eiskalte innere Ruhe, die alle anderen Emotionen erstickte. »Eine Möglichkeit hast du übersehen, Vater.«

»Nein. Keine.«

»Mich«, fuhr Mike fort, als halte er eine Vorlesung.

An ihrem entsetzten Gesichtsausdruck erkannte Mike, daß seine Mutter sogleich Bescheid wußte.

»In welcher Hinsicht?« fragte TJ, der immer noch nicht begriff. Er blickte Gwen scharf an, als sie ihr Glas achtlos fallen ließ.

»Der Treck, Vater, ich werde den Treck machen.«

TJ hatte sich vorgebeugt gehabt. Nun trat er zurück, setzte sich, lehnte sich an ein Polster. »Du bist verrückt.«

»Nein. Ich bin nicht verrückt. Alle anderen sind verrückt. Und das ist wiederum verrückt.«

»Du würdest es niemals überleben, Mike. Deine Ausbildung ist noch nicht abgeschlossen.« Seine Worte wurden brutal. »Du bist weder dazu ausgebildet, noch hart genug.«

»Ich gehe.«

»Nein«, schrie Gwen, daß Gesicht bleich vor Entsetzen.

Sein Vater sah aus wie immer, wenn er verschlagen wurde. »Du weißt, Mike, wenn bekannt wird, daß du dich auf den Weg gemacht hast, werden sich sämtliche Prinzchen einen abbrechen, dich einzuholen und als erste mit einem roten Saphir zurückzukehren.«

»Und ich nehme an, du favorisierst Gil?«

»Nein. Hör zu, dich. Zu viele Jahre hindurch sind zu viele Shepherds für Crimson Sapphire und jetzt für Bear Ridge gestorben. Das ist eine gottverdammte Tradition, die sich nicht leugnen läßt. Ich möchte, daß die Shepherds eine lange Zeit regieren.«

Selbstsüchtige Machtgelüste, dachte Mike. »Laß deine Bastarde nur kommen, Vater. Mir ist es egal.« Blut pochte schneller durch seinen Schädel, als ihm guttat, und machte es ihm schwer, klar zu denken. Sein Beschluß stand jedoch fest.

Gwen sank auf den Boden nieder, die Hände vor dem Gesicht.

TJs Worte klangen so leise, daß er sich anstrengen mußte, um sie zu hören. »Wenn du wiederkommst, angenommen du schaffst es, wirst du einem leibhaftigen König gegenüberstehen. Welche Absichten verfolgst du?«

»Ich werde dich fordern. Die Situation ist nicht ohne Präzedenzfall.«

Seine Mutter schluchzte. Normalerweise hätte es ihm das Herz gebrochen. Doch nicht heute, nach allem, was passiert war.

TJ betrachtete Gwen mit einer Mischung aus Stolz und Kummer. Er erhob sich, trat zu ihr, hob sie hoch und legte sie auf die Couch. Dann ging er zur Theke und machte sich einen neuen Drink. Er hielt für Mike die Flasche hoch, doch dieser lehnte mit einem Kopfschütteln ab.

»Mike«, sagte sein Vater mit Nachdruck, nachdem er Gwen einen neuerlichen Seitenblick zugeworfen hatte. »Ich habe mich entschlossen, den Treck abzuschaffen. Mein persönliches Prestige in die Waagschale zu werfen. Im Hinblick auf Sharon Gold wäre es von Vorteil. Wir treten der Föderation bei, wir werden Flugzeuge haben, und der Treck wird sowieso Geschichte sein. Du brauchst dich bloß zu gedulden und noch ein bißchen durchzuhalten.«

Und meine Chance verspielen? Jetzt, wo ich mich festgelegt habe? Nach der ganzen Unentschlossenheit, ob ich den Treck machen soll oder nicht. Nein. »Ich gehe. Es ist die einzige Lösung.«

Er sah einen neue Respekt in den Augen seines Vaters aufscheinen. TJ begriff endlich, daß er den Treck nicht bloß aus Eigennutz unternahm, um selbst an die Macht zu kommen – sondern um seinen Prinzipien treu zu bleiben, sein Leben für seine Überzeugungen und Hoffnungen für die Menschen dieser Welt aufs Spiel zu setzen.

»Auf Wiedersehen, Vater«, sagte er rasch. »Ich werde mit meinem Stein zurückkehren.« Er ging zu der Couch, von der aus seine Mutter ihn unter dem auf ihrer Stirn ruhenden Handgelenk hervor gespannt beobachtete. Er streckte den Arm hinunter und berührte ihr Haar, sagte nichts, drehte sich um und ging hinaus.

Auf dem Weg zu seinen Räumen schickte er einen Bediensteten zum Küchenchef, mit der Anweisung,

Feldrationen mit viel Dörrfleisch vorzubereiten, und zwar sofort. Ein weiterer Bediensteter wurde zum Stallknecht geschickt, um ein Pferd, ein Ersatzpferd und ein Lastenmaultier für den Proviant und die Ausrüstung vorzubereiten.

Er wußte, wieviel an unterschiedlicher Ausrüstung und Nahrung er brauchen würde, doch er wußte von der Lektüre des Treckmeisterprotokolls her ebenfalls, daß er nicht viel die Kämme würde hochschleppen können.

In seinen Räumen packte er rasch sein Schwert, seine Armbrust, Messer, Handschuhe, Lederstiefel und Reisekleidung zusammen.

Als er fertig war, stürmte er durch die Korridore zum Eingang der Königsfamilie, wobei er Entgegenkommende auseinanderscheuchte.

Ehe er wußte, wie ihm geschah, war er von Sharon Gold abgeprallt und hatte sie zu Boden geworfen.

»Mike! Stimmt etwas nicht?«

Er half ihr auf die Beine. »Ich gehe weg.«

Er konnte erkennen, daß sie instinktiv Bescheid wußte. »Der Treck?«

»Ja.«

»Ihr Vater?« Ihre Frage klang besorgter als ihm lieb war.

»Ihm geht es gut.«

»Oh.«

»Ja.«

Als er weiterlaufen wollte, ergriff sie seinen Arm. »Mike. Gehen Sie nicht. Sie haben schon so viel durchgemacht. Diese Welt verändert sich. Vielleicht wird hier bald eine neue Gesellschaft entstehen, eine, in der dieser Treck nicht mehr nötig sein wird.«

»Nein. Genau darum geht es, Sharon. Er ist nötig, und er ist genau jetzt nötig.«

»Ich verstehe.« Sie wollte seinem Blick nicht begegnen, wollte weitereilen, aber sie hielt weiter seinen Arm fest. Nachdem sie sich umgeblickt hatte, ob jemand sie hören könne, flüsterte sie: »Ich habe eine Waffe, eine Energiewaffe, die Sie mitnehmen könnten …«

»Nein.«

»Also gut.« Sie schien seine Entscheidung zu akzeptieren, beide Entscheidungen. »Passen Sie auf, bitte.«

»Das werd ich.«

Ihre Augen waren umwölkt, und er konnte ihren Ausdruck nicht deuten. »Das Glück sei mit Ihnen, Mike Shepherd.«

Er lächelte, mehr an die Adresse der Welt als an ihre gerichtet, denn er war ein Mann, dem zum erstenmal seit langer, langer Zeit das Gewicht der Welt von den Schultern genommen war. Er strahlte Selbstvertrauen aus, ein Trick, den er irgendwie von Kellen Sing gelernt hatte. Im Moment hatte er sich und seine Umgebung vollkommen in der Gewalt.

Der Stallknecht und seine Gehilfen hatten Mike warten sehen und führten die beiden Pferde und das Maultier heraus. Küchengehilfen beluden das Maultier mit dem Proviant. Mike bemerkte, daß der Stallknecht seine Reiseausrüstung aufgeladen hatte. Er reichte dem Stallknecht seine Waffen, damit dieser sie befestigte.

Sharon stand immer noch neben ihm, als könnte sie sich nicht entscheiden, was sie tun sollte.

Als der Stallknecht den letzten Sattelgurt anzog, kamen Sommer Camp und Rebecca unter lautem Hufgetrappel und Gelächter angeritten.

Rebecca sah ihn als erste. »Hallo, Mike!«

Sommer hielt an und blickte ihn nachdenklich an.

Zu Rebecca sagte Mike: »Ich dachte, du und Sommer, ihr hättet euch schwer gestritten. Habt ihr euch wieder versöhnt?«

Rebecca errötete und machte Anstalten abzusitzen. »Das hatten wir … aber du unterstellst uns etwas«, sagte sie, und er trat vor, um ihr beim Absitzen zu helfen. »Ich kann allein absteigen«, fauchte sie. »Außerdem kann ich ausreiten, mit wem es mir paßt.«

Mike blickte Sharon, die ihn anstarrte, schuldbewußt an.

Sommer krümmte ein Bein über den Sattelknauf und fragte ruhig: »Machst du eine Reise, Mike?« Dieser verfluchte Camp, immer obenauf, immer beherrscht.

»Ja.«

»Es ist endlich zur Explosion gekommen, nicht wahr?« Ohne eine Antwort abzuwarten, fuhr er fort: »Irgendwie habe ich immer gedacht, daß es so enden würde.« Er wirkte aufrichtig betrübt.

Rebecca machte ein langes Gesicht, und der Ärger machte Verunsicherung Platz. »Worum geht es?«

Sharon blickte Sommer an, der wie ein unscheinbarer bürgerlicher Reiter gekleidet war. »Mike begibt sich auf den Treck.«

Rebeccas Hand fuhr zum Mund, um ihr plötzliches Luftholen zu verbergen. Ihr verstörter Blick suchte in seinen Augen nach Bestätigung. Er nickte.

»Mike.« Sommers Tonfall war drängend, bezwingend. »Du hast dich mit dem Chef abgestimmt? Ich muß es wissen.«

Mike nickte. Sommer hatte richtig vermutet und machte sich keine Sorgen mehr, daß TJ tot sein könnte, der einzige andere Grund, aus dem Mike den Treck machen könnte.

Sommer glitt behende auf den Boden herab. Rebecca wich zurück und trat an Sharons Seite, und sie schienen sich aneinander zu lehnen.

Sommer sagte ruhig: »Wenn du schon mit diesem Unfug fortfahren willst, wie wär's, wenn ich mit dir reite?«

»Nein.« Mike fand, daß er seinen anhaltenden Ärger ziemlich gut unter Kontrolle hatte. Er wollte Sommer anbrüllen, daß er genau wie TJ sei, aber …

»Dann hör zu«, flüsterte Sommer heiser, »hat TJ dich informiert?«

Was meinte Sommer? »Ich hab ihm keine Zeit dazu gelassen.«

»Okay.« Sommer sprach immer noch leise, aber Mike sah, daß Rebecca und Sharon vortraten, um ebenfalls zuzuhören. »Besorg dir in Dawn's Edge einen Vaquero, der dir den Weg zum Teddybärgebirge zeigt, wo der Finger Gottes liegt. Klettere unmittelbar südlich des Fingers Gottes ins Gebirge hoch. Wenn du zum Teufelsgraben kommst, hüte dich in der Schlucht und ein Stück weit das Große Bärengebirge hinauf vor Schnarlen und Volvsrudeln. Der mittlere Abschnitt des Großen Bärengebirges ist mit natürlichen Gasauslässen durchsetzt. Sei vorsichtig. Darüber ist das Wetter schrecklich. Kälte, Stürme, Schnee, Hagel, du weißt schon. Deine Kleidung sollte entsprechend sein. Knieschoner lassen sich aus Schnarlenhäuten herstellen, und diese sind besser als die von Völven oder Slinkern. Mach dir nicht die Mühe, Wasser mitzunehmen – Regen und Schnee und Eis werden reichen. Laß dir Vogelnester und Slinkerbauten nicht entgehen. Du kannst überleben, wenn du alles durchdenkst. Besorg dir in Dawn's Edge eine Menge Seil. Wickle dich darin ein, es wird dir einen gewissen Schutz bieten. Und du wirst alles brauchen, was du tragen kannst.« Sommer zögerte. »Und gegenüber des Fingers Gottes befindet sich im Großen Bärengebirge ein Gipfel, der sinnigerweise K-40 heißt. Halte auf die Südflanke zu, und du wirst Passagen entdecken, die durch den Sattel der Flanke führen.«

»Woher weißt du das alles?« wollte Mike wissen. Alle drei sahen Sommer an.

Er zuckte die Achseln, zögerte und sagte: »TJ hat's mir erzählt.«

»Das glaube ich nicht.«

»Nun, jedenfalls teilweise. Aber das braucht dich

jetzt nicht zu interessieren, Mike. Denk daran, was ich dir gesagt habe.«

»Das werde ich.« Mike fragte sich, ob irgendein anderer, der sich auf den Treck begeben hatte, Vorabinformationen bekommen hatte. Andererseits, warum hatte er ständig trainiert? Er lachte, was Rebecca und Sharon zu erschrecken schien.

Er schwang sich auf sein Pferd und befestigte die Zügel seines Ersatzpferdes am Sattelknauf. Das Maultier war bereits an das Ersatzpferd angebunden.

Er musterte die drei unter ihm Stehenden, indem er seinen Blick über sie hinwegschweifen ließ, strahlend vor frischem Selbstvertrauen. Er hob die Hand und deutete zwischen Sommers Augen. »Paß gut auf das Königreich auf, Sommer, denn ich könnte es bei meiner Rückkehr brauchen.«

Er setzte sein Pferd mit den Fersen in Bewegung und begann den Treck.

42 TJ

Thomas Jefferson Shepherd wußte nicht, was er davon halten sollte. Sein Sohn hatte sich auf den Treck begeben, wahrscheinlich in den Tod; dennoch hatte sein Sohn ihn letztendlich stolz gemacht, indem er eben dies getan hatte.

Sommer trat ins Büro und unterbrach seine Gedanken.

»Tut mir leid, daß ich mich verspätet habe, Chef, aber ich war draußen und hab die Prinzchen gezählt, die aus Crimson Sapphire davonreiten. Die Zahl der qualifizierten jungen Männer hier hat drastisch abgenommen.«

Daran brauchst du mich nicht zu erinnern, dachte TJ. »Ja?« sagte er.

»Weißt du, was mich überrascht?« fragte Sommer.

»Was?«

»Wir haben noch nicht einmal elektronische Kommunikationsmittel – falls wir überhaupt jemals welche haben werden –, und trotzdem verbreitet sich die Nachricht. Die ganze Stadt schwirrt davon.« Er zögerte.

»Und?« half TJ nach.

»Und es wird spekuliert, daß dir Mike wegen deiner momentanen Probleme den Thron streitig machen wird. Das ist die einzige Schlußfolgerung, die für sie einen Sinn ergibt.«

»Nun, wir werden sehen. Was sagen die Buchmacher?«

Sommer sah zu Boden. »Die Wetten stehen auf Gil Trevan. Hundert zu eins.«

TJ seufzte, entspannte sich. »Kein Grund zur Verlegenheit. Auch Gil ist mein Sohn.«

»Einer, auf den man stolz sein kann«, sagte Sommer.

»Du bist nahe daran, gönnerhaft zu sein, Sommer.«

Sommer hob den Kopf und blickte TJ gerade in die Augen. »Wie soll ich mich einem Freund gegenüber verhalten, der wahrscheinlich keinen seiner Söhne jemals wiedersehen wird?«

TJ schien in sich zusammenzusacken. »Das ist etwas, womit ich mich nur sehr schwer abfinden kann. Ich weiß nicht, ob ich darüber hinwegkommen werde.« Er zupfte an seinem Bart. »Weißt du, gestern abend war ich so wütend, daß ich nicht einmal daran gedacht habe. Aber heute morgen wurde mir klar, daß durch Mike und sein Verhalten all diese jungen Männer hinaus in den Tod geschickt wurden. Und ich habe Anteil an dieser Verantwortung.« Und all die Mütter, die um ihre verlorenen Söhne weinen werden, dachte er, wer wird sie trösten? Irgendwelche alten Traditionen, die besagen, daß die Söhne des Königs auf Berge klettern und sterben sollen?

Sommer hob die Brauen.

TJ hob eine Hand. »Genug. Ich habe schon früher Verantwortung getragen, und mein Handeln bedeutet tagtäglich für irgend jemanden Leben oder Tod. Jetzt ist er in mein Haus eingekehrt, direkt in meine Familie. Ich werde selbst damit fertigwerden, auf meine Art und zu meiner Zeit.« Er sah, daß er Sommer verletzt hatte, und versuchte erfolglos, es mit einem Lächeln wiedergutzumachen. Sommer würde ihn verstehen. »Wie stehen die Wetten auf Mike?«

»Zweihundert zu eins.«

»Diese Idioten haben keine Ahnung vom Treck. Ich würde die Chancen sowohl für Gil wie für Mike höher ansetzen.«

»Der Rest steht bei runden tausend zu eins«, sagte Sommer. »Die beiden Mädchen, die losgezogen sind, stehen fünfzehnhundert zu eins. Man will die Wetter nicht entmutigen.«

»Wenn die anderen nur etwas Verstand haben, ziehen sie für ein paar Wochen in die Prärie hinaus und brechen sich einen Arm oder ein Bein und kehren als Helden zurück«, grollte TJ. »Lebend.«

»Äh ... TJ. Da ist noch etwas. Kein Buchmacher will Wetten darauf annehmen, daß Mike bei einem Duell gewinnt, falls er mit einem roten Saphir zurückkehren sollte.«

»Klug von ihnen. Aber das steht noch in den Sternen. Was wird Mike tun?«

Sommer hob die Schultern.

»Nun, damit werde ich schon fertig werden, wenn's soweit ist«, sagte TJ. Aber würde er das wirklich?

»Angenommen, TJ, es ist Gil. Was wird *er* tun?«

»Eine berechtigte Frage. Meine Meinung? Gil wird gar nichts tun. Er wird durch den Thronsaal schreiten, mir Treue schwören und solange warten, bis ich sterbe, ehe er den Thron besteigt. Er ist stark und ein aufgeweckter Junge, was ihn den meisten anderen überlegen macht. Er hätte nichts zu gewinnen, wenn er mich herausfordern würde.« Ein Gedanke war ihm seit Mikes Aufbruch durch den Kopf gegangen. »Hör mal, Sommer. Es spricht nichts dagegen, daß Mike ein bißchen verdeckte Unterstützung bekommt ...«

Sommer ließ sich auf das Sofa fallen. »Ich hab's bereits versucht, TJ. Ich wußte, daß du damit einverstanden gewesen wärst, wenn ich ihn begleitet hätte. Er wollte nichts davon wissen.«

Verdammt. »Er ist jetzt wahrscheinlich schon zu weit weg, um ihn noch einzuholen?«

»Ich denke schon.«

»Mike hat befürchtet, daß Kellen eine neuerliche Eskalation vorhätte. Und ich bin nicht davon überzeugt, daß der Widerstand gegen ihn zunimmt. Er scheint die Leute für sich einzunehmen, anstatt sie sich zu entfremden. Ich hätte gern, daß du ein bißchen herumschnüffelst, herausfindest, ob und in welchem Ausmaß stimmt, was Mike gesagt hat, soviel du nur kannst.«

»Und dann?«

»Rätst du mir, was ich deiner Meinung nach tun soll.« TJ war sich bewußt, daß er vor kurzem eine Frist gesetzt hatte, würde sie jedoch mißachten, je nachdem, was Sommer vorschlug.

»Ist klar. Könnte vielleicht sogar einer Freundin über den Weg laufen.«

»Ah, so steht es also.« TJ rang sich ein Lächeln ab. »Ich brauche dich heute morgen nicht. Du kannst losziehen und damit beginnen.«

Als Sommer gegangen war, dachte TJ über Sommer nach. Hatte die mögliche Romanze zwischen Sommer und Rebecca Sing Mike eifersüchtig gemacht? Er erinnerte sich an seine jungen Jahre. Junge Männer waren bereit, mehr für Frauen zu tun als für ihr Land. Ist die Liebe nicht wundervoll? Klar, Sex ist genetisch bedingt, Patriotismus nicht. O je. Schreib das auf. Noch ein TJ-ismus. Frage mich, ob es wegen Rebecca Sing eine

Rivalität zwischen Sommer und Mike gibt? Beide scheinen sie zu mögen und laufen ihr nach.

Hält mich meine Loyalität gegenüber Sommer und Mike davon ab, den Bruder ihrer Freundin einzusperren? Falls ja, sähe mir das gar nicht ähnlich. Aber im Moment möchte ich mein Innenleben nicht erforschen. Es könnte sein, daß mir nicht gefällt, was ich finden würde. Wie soll ich Gwen vor die Augen treten? Ich habe über meine Gefühle nachgedacht. *Ich* habe mehr als ein Kind, einen Nachkommen. Gwen hat nur einen, und diesen habe ich dazu gedrängt, den Treck zu machen, was das gleiche wie ein Todesurteil ist. Und Gwen weiß das. Sie hat seit Mikes Aufbruch keine zwei Worte mit mir gesprochen. Aber ihre Loyalität Crimson Sapphire und dem Königreich gegenüber wurde nicht erschüttert. Obwohl der Damm vielleicht brechen könnte, wenn heute morgen ein Hinweis darauf war. Ich würde wetten, daß sie die Föderation und das Königreich für das Wohlergehen ihres Kindes eintauschen würde. Gwen und Felicia hatten sich heute beide zurückgezogen. Nun, er hatte das shepherdtypische Alltagsgesicht aufsetzen müssen. Alle drei waren sie Gefangene des Stolzes und der Gewohnheit, sagte er sich.

Falls Mike zurückkehrte, wie würde er sich verhalten? Würde er den Thron sofort beanspruchen und damit einen tödlichen Vater-Sohn-Konflikt heraufbeschwören? Vielleicht könnte ich zu Mikes Gunsten einfach abdanken, dachte er. Vor der Öffentlichkeit das Gesicht wahren. Aber was würde dann aus der Föderation?

Ausnahmsweise war TJ darum verlegen, Zukunftspläne zu machen. Er vermutete, daß Mike gar kein schlechter König sein würde – solange es in seinem Königreich nur wenige Dissidenten gab und es mit seiner wirtschaftlichen Entwicklung zufrieden war. Und wenn er sich ein paar dieser idealistischen Ideen aus dem Kopf schlug …

Das Klopfen an der Tür war scharf, schneidig, militärisch.

TJ ächzte. »Kommen Sie rein, Manny.«

Manny Vero trat mit einem Arm voller Papiere und Mappen ein. »Majestät, ich habe die endgültigen Manöverpläne für Golds Überprüfung.«

TJ hatte bemerkt, daß ihm Manny rücksichtsvoll aus dem Wege ging, ohne Mikes scheinbaren Abfall zu erwähnen. Typisch für Manny, so zu reagieren.

»Sie haben die Pläne selbst aufgestellt?«

»Ja, Majestät.«

»Also, dann wollen wir sie uns einmal anschauen.« TJ wußte, daß er an Veros Plänen keinerlei Veränderungen vornehmen würde. Schließlich war das Manöver ein Test für Mannys Führungsqualitäten und seine Fähigkeit zu planen.

Um den Beitrittsanforderungen der Föderation zu genügen, war eine Vor-Ort-Beurteilung des planetarischen Militärpotentials erforderlich. Der Zweck der Beurteilung war, die Stärke, die Effektivität, die Befähigung der Offiziere, die strategischen und taktischen Kapazitäten, die Organisation und alle übrigen Elemente der Militärführung zu beurteilen. Die objektiven und subjektiven Informationen würden in die Föderationscomputer eingespeist werden. Sollte in der Föderation eine allgemeine Mobilmachung notwendig werden, wurde von jedem Planeten verlangt, beizusteuern, was immer die Computer als angemessenen Anteil festgelegt hatten. Außerdem vermittelte sie den Föderationsbürokraten eine Vorstellung davon, was sie für den Übergang von den Schwertern und Armbrüsten von Bear Ridge zu Energiewaffen einplanen mußten. Zumindest war das ihre offizielle Begründung, wußte TJ. Doch so einfach war es nicht: Wenn die Föderation selbst die Bewaffnung und Ausbildung besorgte, würde sie eine größere Kontrolle ausüben können, als wenn er seine eigenen Soldaten selbst bewaffnete und in der modernen Kriegsführung und im Gebrauch der Ausrüstung trainierte. Die Armee von Bear Ridge zu trainieren, wäre für viele Föderationsbeamte eine Überraschung!

Ein weiterer Grund für die Beurteilung war, daß jeder Mitgliedsplanet bestimmte Quoten für die Föderationsflotte und die Verwaltungsbürokratie bereitstellen mußte. Dies stellte sicher, daß kein einzelnes Volk die Kontrolle über die Föderation erlangen konnte.

Der Ort der Manöver war festgelegt worden: die Ebene der Gräber, einen Dreiwochenritt südlich von Crimson Sapphire gelegen, wo viele Schlachten ausgetragen worden waren, und nur einen kurzen Ritt von dem Ort entfernt, an dem die Schlacht stattgefunden hatte, die zur Entstehung des Aufgebots geführt hatte. Da Crimson Sapphire nicht im Mittelpunkt des Kontinents gelegen war, hatten sie die Ebene der Gräber ausgesucht, weil sie für die verstreuten Truppenteile leichter zu erreichen war. TJ hatte den verschiedenen Ethnarchen Teile der Armee zugeteilt, da er glaubte, daß es im Falle einer Rebellion leichter sein würde, einen Aufstand niederzuschlagen, als Crimson Sapphire mit einer größeren Armee zu verteidigen. Und in den meisten Ethnarchien übte die Armee Polizeifunktion aus.

Darum würde sich die Armee von Crimson Sapphire mit ihren Gegenstücken im Süden vereinigen und die Gyrenen als einzige Kampfeinheiten in der Stadt zurücklassen.

TJ wußte, daß Tiranos Armee auf Zwei Zungen ebenso beurteilt werden würde wie seine.

43 Mike

Dawn's Edge war eine verschwommene Erinnerung, als er auf Händen und Füßen den steilen Hang hinaufkrabbelte. Wenigstens brauchte er im Moment nicht zu klettern – aber die lästige Anstrengung hat ihm heftige Rückenschmerzen verursacht. Er erreichte einen größtenteils begrabenen Felsen und setzte sich dankbar darauf. Er nippte sparsam an seiner Wasserblase und begutachtete die Entfernung, die er zurückgelegt hatte. Er stöhnte. Erst etwa ein Drittel des Aufstiegs an der Westflanke des Teddybärgebirges geschafft, und es kam ihm bereits so vor, wie wenn er sein ganzes Leben auf dem verdammten Ding verbracht hätte. Entschuldigung, Mutter, ich weiß, ›wie wenn‹ sollte ›als ob‹ heißen.

Die Sonne warf den Schatten des Fingers Gottes zu dem Tal hinunter, in dem er seine Pferde und sein Maultier zurückgelassen hatte. Selbst in der klaren Bergluft waren die Einzelheiten dort unten nicht mehr deutlich zu erkennen. Er kaute auf einem Stück Dörrfleisch.

Die Heiterkeit seiner Umgebung ließ ihn vergessen; es war eine bewußte Anstrengung nötig, um sich die Wut ins Gedächtnis zurückzurufen, die ihn in Bewegung gehalten hatte. Einsamkeit, Entfernung, die kräftezehrende körperliche Anstrengung hatten sich miteinander verschworen, um die brennende Wut, die sein Antrieb war, zu löschen.

Doch er fühlte sich überraschend gut, war verblüfft, daß sein Körper in Höchstform war, mit der Beanspruchung gut zurechtkam. Tatsächlich hatte er sich niemals besser gefühlt. Er hoffte, daß das Gefühl nicht trog.

Bei Einbruch der Dunkelheit hatte er den Gipfel des Teddybärgebirges noch immer nicht erreicht. Während er zwischen großen Felsplatten hindurchkletterte, empfand er neuen Respekt vor seinem Vater und den früheren Treckmeistern. Ohne bislang große Probleme gehabt zu haben, war er zuversichtlich, seinen Platz an ihrer Seite einnehmen zu können.

Dann, als er sich zur Nacht in eine Höhlung schmiegte, scheuchte er ein Nest von Stechbienen auf. Sobald sein Knie durch die schwache Lehmkruste des unverfänglich wirkenden Felsens gebrochen war und er das tödliche Summen ihrer Flügel hörte, wußte er Bescheid.

Von faustgroßen Insekten gejagt, krabbelte und rutschte er zwischen Felsplatten hindurch, die ihn als Zwerg erscheinen ließen. Er haßte es, den Weg zurückzugehen, den er gekommen war, doch der schnellste Fluchtweg vor den wütenden Stechbienen führte nach unten. Irgendwie stach ihn eine am linken Oberschenkel durch seine Kleidung hindurch, ehe sie aufhörten, ihn zu jagen. Bevor er einen Ersatzschlafplatz gefunden hatte, war der Stich zu einem faustgroßen Knoten angeschwollen.

Er verlagerte die Beine, damit der Schmerz nachließ. Warum war er halb vorbereitet losgezogen? Er hätte bis zur Föderationsmitgliedschaft warten und über diese verdammten Berge hinwegfliegen können. Falls es zur Mitgliedschaft kam, setzte er hinzu. Er ertappte sich ständig dabei, daß er ›falls‹ sagte, genau wie sein Vater und seine Mutter – wahrscheinlich in Anspielung auf irgendeinen atavistischen Aberglauben. Als er seine Motive einer Überprüfung unterzog, wurde ihm klar, daß er den Treck korrekt vollenden mußte, und zwar jetzt. Seine Zielstrebigkeit war nach wie vor stark ausgeprägt.

Ihm kam ein neuer Gedanke: seine Mutter. Ein feiner Sohn war er, daß er ihr das antat. Auf dem Trockenfleisch kauend, das er bereits haßte, hoffte er, daß sie ihn verstehen würde.

Wie um ihn auf die Probe zu stellen, kam ein Unwetter auf und bombardierte ihn den größten Teil der Nacht hindurch mit Regen. Er nährte sein Wut, um sich warm zu halten.

Beim ersten Anzeichen von Morgenlicht zog er weiter. Er verbrachte zwei Stunden damit, sich seitwärts zu bewegen, um einer steilen Felswand auszuweichen. Während er sich langsam voranbewegte, von sicherem

Halt zu sicherem Halt, fragte er sich, warum er das alles tat.

Sie würde es verstehen.

Sie. Sie war mit Sommer zusammen gewesen, zu Pferd und gutgelaunt. Dennoch hatte sie schockiert und besorgt ausgesehen, als sie begriffen hatte, daß er auf den Treck ging. In ihren Augen hatte er Traurigkeit und vielleicht auch Tränen bemerkt. War es Mitgefühl gewesen? Verständnis? Aufrichtige Sorge? Er wußte es nicht. Er sprang über einen schmalen Spalt und entdeckte eine Reihe von Felsformationen, die nach oben führten. Er folgte ihnen.

Sharon hatte ihn verstanden, sogar unterstützt. Der Grund dafür war wahrscheinlich die Vorfreude darauf, daß er zurückkehrte und ihr von den Schwimmhäutern berichtete. Er beschloß, ihr soviel zu erzählen, wie er behalten konnte – im Gegensatz zu seinem Vater, der sich weigerte, über sie zu sprechen.

Am Nachmittag befand er sich vielleicht eine Stunde unterhalb des an dieser Stelle höchsten Punktes des Teddybärgebirges, kurz bevor es ein Stück weiter nördlich zu den Abhängen des Fingers Gottes anstieg.

Entschlossen, den Gipfel noch an diesem Tag zu erreichen, legte er sich mit geschlossenen Augen zurück, als ihn eine Kaskade von Steinen aus seiner Benommenheit aufschreckte.

Sogar mit dem Moment der Überraschung brauchte er lange, um wieder zur Besinnung zu kommen.

Auf halbem Wege zwischen ihm und dem Gipfel des Teddybärgebirges baumelte Gilbert Haynes Trevan an einem Arm von einem Überhang. Ein Seil war um seine Hüfte geschlungen, doch im Moment verschmähte er es anscheinend, es zu benutzen.

»Tut mir leid, daß ich dich aufgeweckt habe, Mike«, rief Gil, »aber die Hand ist mir abgerutscht.« Er lachte in die Stille hinein.

Mike beobachtete verblüfft, wie Gil mit seinem freien

Arm über die Felskante griff und sich mühelos hinauf und außer Sicht schwang. Mike bezweifelte, daß er fähig war, diese Stelle zu überklettern, und wußte, daß er eine alternative Route würde suchen müssen.

»Gil«, schrie Mike, und irgendein Kamin warf das Echo seiner Stimme zurück, »nimm am nächsten Grat den Südhang zum K-Vierzig.« Dann verstummte er und wunderte sich, welcher unwiderstehliche Drang ihn seinen einzigen Vorteil hatte preisgeben lassen.

Ein schwacher Laut antwortete ihm, doch er war sich nicht sicher, ob Gil ihn gehört hatte oder nicht.

»Warum habe ich auf meinen einzigen Vorteil verzichtet?« fragte er sich laut. Dann wurde ihm bewußt, wie unwahrscheinlich dieses Zusammentreffen war. Wieso hatte Gil bei all diesen Bergen und verschiedenen Pfaden seinen Weg gekreuzt?

Als er darüber nachdachte, wurde ihm die Antwort klar. Gil hatte zu recht angenommen, daß Mike über Insiderinformationen verfügte. Somit hatte Gil ihn lediglich irgendwo zwischen Crimson Sapphire und Dawn's Edge einholen müssen – oder jemanden bestechen müssen, der Mike als ersten in Dawn's Edge hatte durchreiten sehen. Dann hatte Gil sich einfach versteckt gehalten und war ihm gefolgt.

Offenbar war Gil Mikes Geschwindigkeit zu langsam gewesen, und er hatte sich entschlossen, selbst die Führung zu übernehmen.

»Dieser Schuft.« Mike lächelte und bewunderte Gils Einfallsreichtum.

Er verspürte den Drang, aufzuspringen und schnell weiterzuklettern, in Gils Sichtweite zu bleiben und ihn zu schlagen. Doch eine Stimme aus seiner Ausbildung sprach zu ihm. Sommer hatte gesagt: »Eine Schlacht macht noch keinen Krieg. Manchmal ist es angebracht, sich nicht in eine Schlacht zu stürzen. Frische Truppen, wohlgenährt und ausgeruht, sind wertvoller als Zeit.

Ein Soldat weiß, daß er essen und schlafen muß, solange er dazu in der Lage ist.«

Resigniert lehnte Mike sich zurück, nahm einen Schluck Wasser und genehmigte sich einen Amarantkuchen. Anschließend fühlte er sich wesentlich besser. Er vermutete, daß die Tatsache, daß er auf dem Berg nicht allein war, ebenfalls zu seiner Fröhlichkeit beitrug.

Einige Minuten später massierte er den Knoten an seinem Oberschenkel, sah, daß er zurückging, und stand auf, um weiterzuklettern.

Obwohl er sich eine Zeitlang quer zum Kamm südwärts hielt, schaffte er es, den Gipfel in relativ kurzer Zeit zu erreichen.

Der Spätnachmittag brachte Wolken mit sich, die sich im Teufelsgraben niederließen. Er blickte nach Westen zurück und konnte eine weite Strecke ins Flachland hineinsehen. Ihm wurde bewußt, daß die Ebene eines Tages von Menschen wimmeln würde, und war betrübt über einen Verlust, den er nicht genau benennen konnte.

Endlich ermannte er sich, von seiner Position aus unmittelbar nach Osten über die Schlucht hinwegzublicken. Er hob den Kopf und legte ihn in den Nacken, während seine Augen den K-Vierzig hinaufwanderten.

»Mein Gott, was habe ich getan?« Er fühlte sich wie ein Kind und wollte sich hinsetzen und weinen.

Dort war das Große Bärengebirge, vom K-Vierzig ganz zu schweigen. Eine massive Wand quer über das Antlitz der Welt. Seiner großzügigen Schätzung nach lag seine Position auf dem Gipfel des Teddybärgebirges auf halber Höhe des Großen Bärengebirges, vielleicht nur auf Drittelhöhe.

Die gewaltige Größe seiner Aufgabe überwältigte ihn, und er sank auf die Knie.

»Was *habe* ich getan?«

Ihm wurde bewußt, daß er, wenn er nicht in seine Probleme vertieft aus dem Palast gestürmt wäre, ohne über die Schwierigkeiten des Trecks nachzudenken, seinen Vater nach Routen und Gefahren ausgefragt haben würde. Sommers eilige Hinweise waren hilfreich gewesen, doch jetzt wären ihm die Details lieber gewesen, die, wie er wußte, sein Vater gegeben hätte – obwohl er geschworen hatte, seinen Vater bei seiner Rückkehr zu fordern. Erneut fragte er sich, woher Sommer gewußt hatte, was er ihm sagen sollte.

Ungerufen kamen ihm die Worte in den Sinn, die TJ mindestens tausendmal zu ihm gesagt hatte, stets im gleichen monotonen Tonfall: »Vergiß nicht die Grundregel: Gute Planung ist das beste Mittel gegen eine schlechte Durchführung.«

Eines konnte er tun: er konnte Gil jetzt folgen, da er wußte, daß Gil die rascheste und sicherste Route wählen und Mike vielleicht irgendwann retten würde.

Er eilte nach Norden, da er vermutete, daß Gil dort hinübergeklettert war. Auf dem Rücken des Teddybärgebirges war das Fortkommen leichter als am Westhang. Der Weg war zum Teil offen und flach, nicht so, wie er sich das Gipfelszenario vorgestellt hatte. Ein paarmal ragten Türme vor ihm auf, und er mußte um sie herumklettern, doch bald schon entdeckte er Fußspuren im Geröll, die der Wind noch nicht wieder hatte glätten können. Aufmerksam musterte er den Abhang, der zur Schlucht hinunterführte, konnte Gil jedoch nicht entdecken. Der rasch näherrückende Abend warf Schatten, die sich zu bewegen schienen. Dann entdeckte er ein Felsgesims, das am steilen Ostrand des Teddybärgebirges entlanglief, und er wußte, daß es ein gutes Ziel für Gil – und ihn selbst – abgeben würde, um die Nacht darauf zu verbringen. Er wollte nicht oben auf dem Kamm sein, wenn es Nacht wurde. Er mußte sich jetzt gegen den Wind stemmen, so stark wehte er.

Vielleicht würde er Gil im Morgenlicht ausmachen können.

Die Leiste lag etwa eine halbe Seillänge unter ihm, schätzte er, vielleicht auch höher. Er hoffte, daß der Abstieg leichter sein würde, da er sein Seil viel besser einsetzen konnte. Bald hatte er einen passenden Felsen gefunden, schlang sein Seil darum und trat an die Kante. Er löste ein Seilende und zog es durch, bis es in den Abgrund unter ihm hinunterfiel.

Es war seine erste Erfahrung mit Schwindel und Höhenangst. Er spulte das Seil über Hand und Ellbogen ab, während es sich an ihm vorbeischlängelte. Als es den Tiefstpunkt erreicht hatte, schien es ihn zur Kante der Felsleiste zu ziehen, und er folgte ihm unwillkürlich mit den Augen. Er konnte das Ende nicht ausmachen, das im Schatten verschwand, doch der Grund der Schlucht war sichtbar, und seine Kehle verengte sich, und Benommenheit überwältigte ihn.

Er taumelte auf dem Vorsprung zurück und drückte sich an die Felswand. Er glitt in eine sitzende Position. Er brauchte bis zur Dunkelheit, bis er neue Kraft geschöpft hatte, um den Rest des Seils zurück auf die Leiste zu ziehen.

Die Erschöpfung ließ ihn einschlafen, und am Morgen kletterte er eine Stunde weiter nach unten, ehe er sich Zeit zum Essen nahm. Er mußte eine Weile warten, bis die Sonne so hoch stand, daß sie die tieferen Abgründe der Schlucht erhellte.

Einmal meinte er eine Bewegung wahrzunehmen und nahm an, es sei Gil, doch er war sich nicht sicher.

Er bekam Schwielen an den Händen und war froh, daß er nicht seine ledernen Kletterstiefel angezogen hatte. Er lernte rasch, daß die Füße jetzt seine wichtigsten Körperteile waren.

Die Leichtigkeit des Abstiegs machte ihn sorglos. Es hatte so lange gedauert, die andere Seite hinaufzusteigen, diese Seite schien er hinunterzufliegen. Einen Angriffspunkt finden, um sein Seil darumzuschlingen, sich vergewissern, daß es innerhalb der halben Seillänge etwas gab, worauf er landen konnte, und sich fallenlassen.

Einmal glaubte er, ohne das Seil hinabklettern zu können, und stürzte drei Körperlängen tief, ehe er sich an einem Felsvorsprung festhalten konnte. Der Aufprall trieb ihm den Atem aus den Lungen, und erst jetzt wußte er mit absoluter Gewißheit, daß er sich in einem Kampf auf Leben und Tod befand. Anschließend benutzte er sein Seil noch häufiger.

Gegen Mittag des nächsten Tages hatte er den Boden der Schlucht zwischen den beiden Gebirgskämmen noch nicht erreicht und wußte, daß er in Schwierigkeiten war.

Blut sickerte aus einer Wunde an der Wange, wo er sich sogar mit den Zähnen an einer Felsplatte festgeklammert hatte, um das Gleichgewicht wiederzuerlangen. Er hatte sich entweder eine Rippe gebrochen oder eine gewaltige Schürfwunde an der rechten Seite. Er kniff die Augen zusammen, um den Schmerz abzublocken, doch es funktionierte nicht. Warum hatte Gil ihm nicht seine Hilfe angeboten? Gemeinsam hätten sie es vielleicht leichter geschafft – und als Folge davon einen neuen Bund geschmiedet, um das Königreich zu regieren.

Er schlief auf einer Leiste eine Seillänge über dem Boden der Schlucht ein, da ihm ein Rest seines gesunden Menschenverstands sagte, daß es hier sicherer sei. Hatte Sommer nicht etwas von Völven und Schnarlen gesagt?

Gegen Mittag wurde er von einem Rudel jaulender Affenvögel geweckt. Die kleinen Pelztiere erleichterten sich auf der Felsplatte über ihm, und er wich ihren Ausscheidungen aus.

Bald darauf stand er auf dem festen Boden des Teufelsgrabens. Er schätzte, daß der Grund der Schlucht nicht mehr als drei oder vier Stunden direktes Sonnenlicht abbekam.

Sogar Bäume gab es hier; sie wirkten schlank und extrem hoch. Die Zweige waren ausladender, als theoretisch möglich schien. Das Gebüsch war wirr und zum großen Teil unbelaubt. Das Sonnenlicht bestimmte hier die Vegetation.

Er wanderte ziellos auf die Basis des gegenüberliegenden Kammes zu. Er war weiter entfernt, als er gedacht hatte. Als er, Stunden später, aus dem Unterholz auftauchte, überragte ihn das große Bärengebirge wie die Ewigkeit.

Er stöhnte.

Das Teddybärgebirge wirkte im Vergleich zu diesem Monster wie das Baumhaus eines Kindes.

Plötzlich rief er: »Gil! Gil!«

Er horchte auf das Wimmern des Windes in der Schlucht.

Die antwortende Stille wurde von Volvsgeheul durchbrochen.

Zwischen ihm und den Ausläufern des Großen Bärengebirges gab es Stellen vertrockneten Grases, das ihm bis zu den Knien reichte. Rasch wickelte er etwas von dem Gras um einen Stock, damit er eine Fackel hätte. Dann sammelte er mehrere Armvoll davon ein und schichtete es vor einer Höhle auf, die von einem Wasserabfluß aus einem steilen Hügel gegraben worden war. Falls die Völve ihn fanden, war er vorbereitet.

Er hörte sie in der Ferne. Witterten Sie ihn? Er wußte nicht, ob dies möglich war, da der Wind aus wechselnden Richtungen wehte. Bestimmt würde dies die Völve verwirren.

Ihr Heulen wurde schließlich schwächer. Mike wußte, daß er vorübergehend in Sicherheit war, als eine kleine Herde Snobbis, den ziegenähnlichen Pflanzenfressern, am Rande des Unterholzes auftauchte und nach frischen Graswurzeln zu graben begann.

In diesem Moment wünschte sich Mike, er hätte einen Langbogen oder eine Armbrust mitgenommen.

Er hatte sich jedoch gesagt, daß die Unhandlichkeit und das Gewicht schwerer wögen als ihr möglicher Nutzen, wenn er sie mitnähme, darum hatte er sie zusammen mit seinen Packtaschen an der Stelle versteckt, wo er seine Pferde zurückgelassen hatte. Mit der Schlinge war er ziemlich gut. Bald hatte er mehrere Steine beisammen und wirbelte die Schlinge um seinen Kopf.

Er schleuderte zwei Steine, ehe sie bemerkt hatten, was vor sich ging. Nur eines der Geschosse traf sein Ziel, und dieses krachte gegen das Bein eines der Snobbis. Die Herde machte sich wieder ins Unterholz davon, wobei der verwundete Snobbi stark hinkte.

Mike rannte ihm nach, wobei er dem Geräusch seiner ungeschickten Flucht durchs Gebüsch folgte. Bald darauf stürmte der Snobbi allein auf eine Lichtung, dicht gefolgt von Mike. Die Schnelligkeit des Tieres, das sein linkes Vorderbein kaum gebrauchen konnte, überraschte Mike. Doch er schwelgte im Genuß des Laufens, des Streckens seiner Beine nach so vielen Tagen des Reitens und verkrampften Kletterns. Seine Rippen schmerzten weniger als erwartet. Bald hatte er das Tier eingeholt und tötete es mit seinem Kurzschwert, hängte es zum Ausbluten auf, bevor er es ausnahm und säuberte. Er beschloß, das Fell zu gebrauchen.

Er arbeitete rasch, aus Sorge, der Blutgeruch könnte Raubtiere anlocken.

Er bedeckte die Innereien und den blutigen Boden mit Sand und eilte wieder zu den Bergausläufern. Als er aus dem Dickicht hervorkam, roch er Rauch.

Gil? Einer seiner anderen Halbbrüder?

Er folgte seiner Nase und entdeckte am Fuße eines Hügels ein mit Sand gelöschtes Feuer. Gil.

Gil hatte getan, was er selbst vorgehabt hatte. Doch Gil war gekommen und schon wieder verschwunden. Knochen und Fellstücke deuteten darauf hin, daß Gil ein oder zwei Völve getötet hatte und vielleicht eine

Schnarle. Aasfresser hatten mit den Überreste aufgeräumt.

Mike merkte sich den Ort, da er annahm, daß Gil den Aufstieg zum Großen Bärengebirge an dieser Stelle begonnen hatte. Dann kehrte er zu dem provisorischen Lager zurück, das er zuvor angelegt hatte. Er schnitt dorniges Unterholz und umgab damit seinen Unterschlupf, im Vertrauen darauf, daß es selbst die wildeste Schnarle oder ein entsprechendes Volvsrudel abschrecken würde. Um ganz sicher zu gehen, häufte er drumherum zusätzlich trockenes Gras auf, das er zu seinem Schutz anzünden konnte.

Mit dem Rücken zum Hügel und unter einem Überhang, machte er Feuer und briet eine Snobbikeule. Er würde den Rest des Fleisches räuchern und mitnehmen.

Während das Fleisch briet, entdeckte er einen Bach, badete, so lange wie er sich traute, füllte seine Trinkblase und kehrte zum Lager zurück. Er sammelte weiteres Holz, dazu entschlossen, die ganze Nacht über ein Feuer zu unterhalten.

Er grinste über die Dinge, die er jetzt als Luxus betrachtete. Wenn Sharon ihn jetzt nur sehen könnte!

Als es dunkel geworden war, fachte er das Feuer an und stand auf, um das Große Bärengebirge hinaufzusehen. Sein Feuer war eine kalkulierte Herausforderung für Gil. Gil würde sein Feuer von oben sehen können und wissen, daß er es bis hierher geschafft hatte. Der Feuerschein diente als Leuchtsignal, das ihn mit Gil in einer seltsamen Kameradschaft verband.

Das gute Essen und die Tatsache, daß er sauber war, stimmten ihn euphorisch. »Verdammt, ich kann den Treck beenden, keine Frage«, sagte er der Dunkelheit.

Über ihm, weit über ihm, sah er eine Flamme aufblinken und glaubte, Gil antworte auf sein Feuer, als ihm die natürlichen Gasaustritte einfielen.

Er beschloß, ein oder zwei Tage hier zu bleiben, zu

essen, auszuruhen, wieder Kraft zu sammeln. Er würde es Gil zeigen. Gil hätte es ebenso machen sollen. Schlechtes Urteilsvermögen, Gil.

Am übernächsten Tag begann er den Aufstieg zum Großen Bärengebirge. Er begann an der gleichen Stelle wie seiner Einschätzung nach Gil und wurde mit dem Anblick einer Cheshirekatze und ihrer Jungen belohnt, die auf einem Baum hockten. Die Cheshirekatze drückte ihre Jungen mit dem Doppelschwanz an sich. Mike winkte ihnen zum Dank für ihre traditionellen Glücksbringereigenschaften munter zu. Er erinnerte sich daran, daß Sharon seine Hauskatze mochte, und beschloß, ihr eine zu besorgen, die jung genug war, um sich ihr anzuschließen.

Ab und zu entdeckte er Kreidepfeile, die den Weg anzeigten, den Gil eingeschlagen hatte. Die Zeichen auf Felsen und Wänden begannen an einer offenliegenden Kalkader, wo Gil seiner Einschätzung nach die Nacht verbracht hatte, als er sein Leuchtfeuer entzündet hatte.

Also zeigte Gil ihm den Weg, den er entdeckt hatte. Weshalb?

Empfand er ein ähnliches Gefühl von Kameradschaft wie er? Revanchierte er sich vielleicht für den gerufenen Hinweis, die Südflanke des K-Vierzig zu probieren? Was war Gils Motiv? Gewiß, sie waren Brüder, und Gil hatte seit Jahren zu seiner Ausbildung beigetragen. Mike dachte darüber nach und sagte sich schließlich, daß er und Gil, wenn sie oberflächlich betrachtet auch Konkurrenten waren, zuviel miteinander geteilt hatten.

Während die Tage verstrichen, fand Mike schließlich zwei markierte Passagen, die er nicht überwinden konnte, und fragte sich, ob Gil ihn auf die Probe stellte oder … ob das Ganze eine Herausforderung war? Ein Wettstreit innerhalb eines Wettstreits?

Er kam nicht dahinter.

Er kletterte weiter.

Er entdeckte einen langen Abhang, der ihn einen Tag lang beschäftigen und ihm auf dem felsigen Terrain, dem er folgte, viel Zeit sparen würde. Warum hatte Gil nicht diesen Weg eingeschlagen? Er ruhte sich aus und musterte ihn, und die Bewegung, die kurzzeitig seine Stimmung hob, stellte sich als Schnarlen heraus. Er setzte seinen Weg fort und mied den bequemen Hang.

Ab und zu meinte er, Gils Spur verloren zu haben, doch indem er die logischen Routen wählte, entdeckte er weitere Markierungen. Bei einer dieser Gelegenheiten fand er ein menschliches Skelett, ohne Fleisch und Kleidung. Er war im Begriff, unter eine große Felsformation zu treten, als er stehenblieb und schnüffelte. Gas? Das Skelett lag unnatürlich verschrumpelt da – falls Skelette auf natürliche Weise verschrumpeln konnten, setzte er hinzu –, was auf etwas anderes als einen gewaltsamen Tod hindeutete. Ein rostiges Messer wurde teilweise von einem Hüftknochen verdeckt.

Mike fragte sich, wieviele solche Skelette es in diesen Bergen wohl gab. Er sagte sich, daß er eine ganz schöne Dummheit beging.

Dann bemerkte er, daß seine Wut verschwunden war, die treibende Kraft, die ihn bis hierher geführt hatte. Oh, er war immer noch sauer auf seinen Vater und fest entschlossen, ihm den Thron streitig zu machen. Doch die Zornesglut war verschwunden. Er verstand Kellen und Rebecca und Sommer. Er verstand sogar Thomas Jefferson Shepherd; er war nicht einer Meinung mit TJ, doch er glaubte, ihn zu verstehen. Das Königreich braucht immer noch einen neuen Herrscher, dachte er, einen voller Mitgefühl und Weitblick, einen, der sich mehr um die Menschen kümmerte als um Dinge, die außerhalb seiner Macht lagen.

All dies ging ihm durch den Sinn, während er sich an den Schiefer im Schutz eines Überhangs schmiegte, um der Wucht eines Unwetters zu entgehen.

»Also gut, Mike Shepherd«, sagte er, »wenn es sich

so verhält, warum machst du dann mit diesem gottverdammten Treck weiter?«

Er vermochte es nicht in Worte zu fassen, doch er wußte, daß der ursprüngliche Zweck noch fortbestand. Außerdem, vermutete er, lernte er das, was andere Trecker gelernt hatten: daß der Treck ein Eigenleben gewinnt. Er war zu einem gigantischen Hindernis geworden, das bewältigt werden mußte. Obwohl er es die ganze Zeit über bereits vermutet hatte, wußte er es nun tatsächlich: er hatte die Fähigkeit, den Treck zu vollenden. Und diese wundervolle Tatsache belebte und verwunderte ihn. Sein Stolz nahm zu, und sein Selbstvertrauen wuchs in den Himmel. Zum ersten Mal wußte er, was Heiterkeit war. Der erfolgreiche Beweis, daß er ein Mann war, daß er Stärke, Ausdauer und besonders Willenskraft besaß.

Er schwor, daß er anders sein würde. Er wußte, daß vor ihm viele Treckmeister den Bart behalten hatten, der ihnen während des Trecks gewachsen war. Er holte sein Messer hervor, befeuchtete es im Regen und schabte sich geduldig das Gesicht. Gut, daß er einen Schleifstein mitgenommen hatte.

Am folgenden Tag kletterte er gerade über ein Lavafeld, als ihm bewußt wurde, daß er zuvor keine Markierung von Gil gesehen hatte. Er hielt an, um sich umzuschauen, und entdeckte nichts. Er wunderte sich über die Lava. Obgleich es auf beiden Gebirgszügen etwas Lava zu geben schien, hatte das Teddybärgebirge weitaus mehr. Er wünschte, er hätte dem Archäologielehrer besser zugehört. Doch er wunderte sich über die scheinbar gegensätzlichen geologischen Formationen: Lava und Fels, natürliches Gas, das aus dem Innern des gewaltigen Kamms entwich, wo es eigentlich nicht sein durfte. Gewiß, er hatte eine ungefähre Ahnung, warum einige dieser Dinge hier auf den Kämmen nebeneinander vorkamen, doch das war nicht das gleiche, wie es zu wissen.

Plötzlich wurde ihm bewußt, daß seine momentane Position über dem Kamm des Teddybärgebirges lag. Genaugenommen blickte er darauf hinunter. Und er begriff, daß der Dunst, den er weit im Süden sah, von einem aktiven Vulkan stammen konnte.

Wo war Gil?

Sein inzwischen geübtes Auge sagte ihm, daß der unmittelbar vor ihm liegende Abschnitt der bislang schwerste sein würde. Es führte jedoch kein Weg daran vorbei.

Er gab der Vorderseite des Großen Bärengebirges das Gesicht von Thomas Jefferson (Shepherd) Rex. Er weigerte sich, sich von dem verdammten Ding beherrschen zu lassen, so wie ihn sein Vater beherrscht hatte. Als es bis zur Unkenntlichkeit verblaßt war, begann er über den Körper Kellen Sings hinwegzuklettern, Schritt für Schritt. Er hatte Kellens verräterischen Körper hinter sich gelassen und warf gerade sein Seil über TJs Kinn, als er ans Aufgeben dachte. Er setzte sich schwerfällig auf einen vom Wind gerundeten Stein und spürte unter sich Nässe. Er blickte hinunter und sah Blut auf den Stein tropfen. Sein Hinterteil war von einer scharfen Steinspitze durchbohrt worden.

Er blieb eine Stunde lang darauf sitzen, um die Blutung zu stillen. Als es an der Zeit war weiterzugehen, holte er die letzte Snobbihaut aus seinem Rucksack und schnitt sich Knie- und Ellbogenschützer zurecht. Die Haut war nicht getrocknet, obwohl er sie jede Nacht ausgebreitet hatte. Er wußte, daß der Fels das verbleibende Fett abkratzen und die tierischen Öle aus der Haut herauspressen würde. Er schabte etwas von dem ranzigen Fett ab und schmierte es auf die Wunde an seinem Hinterteil.

Er kaute geräucherten Snobbi und wünschte, er hätte ihn länger geräuchert und außerdem etwas Bier und Amarantkuchen dabei.

Er begann wieder zu klettern. Besteht das Leben aus

Klettern? Warum tue ich das? Wo sind meine Träume geblieben? Ich kann nur noch an das Gesicht des Großen Bärengebirges denken, an sonst nichts. Die Menschen, Crimson Sapphire, Bear Ridge, die Föderation sind mir egal, alles.

Seine ganze Welt war auf das Überleben an der Westseite des riesiges Gebirgszuges geschrumpft.

Bis er Gils Markierungen wiederentdeckte. Und sie wieder verlor. Und im Sonnenschein Metall aufblitzen sah.

Benommen blickte er auf seine Hände und Knie, ohne diese blutigen Dinge als Teile seines eigenen Körpers wiederzuerkennen. Blitzendes Metall? Ach ja, dort oben. Der steile Abhang, keine Felswand.

Er begab sich dorthin, die letzten Minuten auf allen vieren durch loses Geröll hindurchkrabbelnd. Für drei Schritte, die er vorwärtskam, rutschte er zwei zurück. Über ihm ragte eine weitere Felswand auf, und ein plötzlicher Windstoß blies ihm Sand in die Augen. Er rieb sie frei und legte hastig die letzten Meter zurück, indem er über glatteren Fels kroch.

Vor seinen Füßen lag ein Schwert. Ein Schwert, das keine Anzeichen von Verwitterung aufwies. Es lag einfach da in Staub und Stein. Er verstand das nicht. Es lag einfach da, wie ein kriegerischer Vorposten der Zivilisation. Das Zeichen zeigte ihm, daß es mehr in seiner Welt gab als das Überleben an der Bergflanke.

Ein kalter Wind ließ ihn frösteln.

Er hatte dieses Schwert schon einmal gesehen.

Bei Gil.

Auf einmal war er sehr durstig. Unwetter waren in letzter Zeit an ihm vorbeigezogen, und seine Wasserblase war fast leer. Er trank nicht.

»Gil?« flüsterte er.

Nichts.

»Gil?« sagte er, die Stimme vom Nichtgebrauch krächzend.

»Gil!« schrie er jetzt, schrie es mit dem Wind, gegen den Wind, schrie es mit angelegten Händen. Er nahm Gils Schwert und schlug es auf den Fels. Der metallische Ton trug vielleicht weiter als seine Stimme.

Dann hörte er es. Ein verrückter Wind drehte sich um ihn, und er hörte das Stöhnen. Er blickte umher, entdeckte jedoch nichts. Er sah, daß sich vor der Felsplatte vor ihm eine Verwerfung befand, zwischen der Platte und dem Geröllhang. Er bückte sich und sah, daß die Verwerfung nicht weit unten zu einer V-förmigen Vertiefung gelangte – wahrscheinlich von abfließendem Regenwasser herausgewaschen.

Gil lag dort, am Boden der Mulde. Bewußtlos.

Mike kletterte die Verwerfung hinunter. Gil stöhnte erneut.

An Gils Kopf kniend, hielt Mike seine Wasserblase an Gils Mund. Gil schluckte automatisch, durstig. Mike roch Gils Ausscheidungen. So wie es aussah, befand sich Gil schon mindestens einen Tag hier, vielleicht auch zwei. Im Koma liegend, bewußtlos.

Eine kalte Drohung kroch Mikes Rückgrat empor. Mitgefühl mit Gil löschte den Gedanken aus, daß er an seiner Stelle hier liegen könnte.

Dann bemerkte Mike die ungewöhnliche Form, in der Gils Oberkörper verkrümmt war. Seine Beine lagen schief unter ihm.

Gils Rückgrat war gebrochen.

Mike konnte nur benommen starren. Er wollte etwas sagen, irgendwas, konnte es jedoch nicht.

Er streckte Gils Beine und spürte mehr, als daß er es sah, wie sich das unrasierte Gesicht seines Halbbruders vor Anspannung straffte.

Gil öffnete die Augen.

Er krächzte, und Mike gab ihm noch etwas Wasser.

»Zwei Tage. Vielleicht ein Jahr. Hab ich hier gelegen. Herrgott.«

Mike gab ihm weiteres Wasser, in der Hoffnung auf

Regen unwillkürlich zum Himmel aufblickend. Regen hätte Gil jedoch ertränken können.

Vielleicht wäre das besser gewesen. Er zwang seine Aufmerksamkeit wieder auf Gil zurück. Er zog ein Stück Snobbifleisch aus seinem Rucksack und bot es Gil an.

Gil nahm es nicht.

»Heb's auf. Keinen Hunger. Mike.« Er versuchte sich zu bewegen. »Dachte, ich könnte diese Felswand hochklettern.«

Erst jetzt bemerkte Mike, daß Gil unterhalb des Halses gelähmt war.

»Ja. Ich kann mich nicht bewegen.« Gil las mit beängstigender Klarheit seine Gedanken. »Warum, zum Teufel, glaubst du, hab ich nicht mein Messer rausgezogen und die Heldentat vollbracht?«

»Oh.«

»Jetzt weiß ich, warum ich meinen Weg markiert hab.« Gil hustete und schloß die Augen.

Mike glaubte, er sei wieder bewußtlos geworden. »*Warum* hast du das gemacht?« wollte er wissen.

Gil gab keine Antwort, doch Mike kannte die Antwort auf seine Frage. Eine Mischung aus Kameradschaft, Loyalität, Neugier, Angst vor dem Unbekannten. Der Drang, das unbekannte Terrain unter Ebenbürtigen zu teilen. Das Eingeständnis, daß dies eine vom restlichen Bear Ridge abgetrennte Welt war, und der Wunsch, diese Erfahrung miteinander zu teilen. Die aufgrund des Respekts für einen Bruder und dessen Hartnäckigkeit nachlassende Konkurrenz. Mike begriff, daß alles im Leben nicht nur zwei Seiten hatte, gut oder schlecht, schwarz oder weiß. Es gab auch Grau.

Er vermied es, an das zu denken, was bald kommen mußte, und strich Gil das Haar aus der Stirn. »Du warst ziemlich raffiniert, Gil. Ein paarmal hättest du mich beinahe zum Narren gehalten.«

Gils Mund streckte sich zu dem, was er wahrscheinlich für ein Grinsen hielt, doch für Mike war es eine Grimasse. »Hab gewußt, daß du sie finden würdest, mein Junge. Paar falsche Fährten, damit du was zum Nachdenken hast.«

Mike wollte weinen, konnte es jedoch nicht. Es waren keine Tränen in ihm – doch er wollte sie, wollte sie sehr. Machte ihn dieser Treck gefühllos? Aber er wußte, daß er Mitgefühl empfand, stärkeres Mitgefühl als je zuvor. Was ist aus all den Antworten geworden, die ich immer hatte? fragte er sich.

Gil öffnete wieder die Augen. »Wollen mal sehen, ob du das Zeug zum König von Crimson Sapphire und Bear Ridge hast, Michale Shepherd.«

Das Sprechen erschöpfte ihn, und Mike gab ihm sein letztes Wasser.

»Hör auf, Zeit zu schinden. Du hast keine Wahl.« Gils Stimme schnarrte, tat Mike in der Seele weh.

»Nein …«, begann Mike, wußte jedoch, daß er es tun mußte.

»Schnell, Mike, um Gottes willen. Ich empfinde keinen Schmerz, nur Bedauern.«

»Du warst der Beste von uns, Gil …«

»Nicht mehr. Aber du kannst es schaffen, ich weiß, daß du's kannst.« Er versuchte, seinen Kopf hin und her zu rollen, doch er zuckte nur ein wenig.

Mikes Beine taten vom Knien weh. »Du hast es gut gemacht, Gil, du hättest …« Ihm wurde bewußt, was er sagte, und brach ab.

»Klar. Laß uns zusammen erwachsen werden, hier und jetzt, Mike.«

Ich werde nicht zulassen, daß man deinen Namen vergißt, dachte Mike, sich in acht nehmend, daß er Gilbert Haynes Trevan nicht herablassend behandelte. »Du hast es, verdammt noch mal, versucht, Gil.«

»Ja.«

Mike verschränkte seinen Blick mit dem Gils und zog sein rasiermesserscharfes Messer. Mit einer Hand streichelte er Gils Stirn, und mit der anderen Hand stieß er das Messer in Gils Brust. Blut spritzte hervor, und Mike zog sein Messer heraus und stach erneut zu, voller Angst, Gil könnte den Schmerz spüren, obwohl er paralysiert war.

Ein Seufzen kam zwischen Gils Lippen hervor, und sein Leib bäumte sich auf. Sein Kopf fiel auf die Seite. Seine Zähne klapperten, und dann lag er still.

Mike zog sein Messer heraus.

Normalerweise hätte er seine nächste Handlung barbarisch genannt, doch hier wirkte sie natürlich, wie eine Segnung, die Bekräftigung des Bundes zwischen Gilbert Haynes Trevan und Michale Shepherd.

Der Prinz von Crimson Sapphire steckte das triefende Messer in den Mund und schmeckte Gils Blut.

»Jetzt sind wir eins, Bruder«, sagte er sachlich. »Gemeinsam werden wir den Berg bezwingen.«

Er setzte sich mit Gils Kopf in seinem Schoß hin und versuchte zu weinen. Aber er konnte nicht.

44 Sommer

Als Sommer in TJs Büro eintraf, war er auf einen geruhsamen Nachmittag vorbereitet, da es keine offiziellen Termine gab.

TJ las gerade, hob ein anderes Blatt Papier hoch und winkte Sommer damit zu. »Das hier wird Sings neue Reputation als Mystiker und Visionär Lügen strafen«, sagte er.

Sommer nahm es und setzte sich in einen Sessel in einer Ecke, um zu lesen.

Seit Mike ins Gebirge aufgebrochen war, hatte Sommer die Überwachung Kellen Sings und seiner Aktivitäten verstärkt. Er hatte neue und jüngere Agenten hinzugezogen, mit der Anweisung, so weit wie möglich ins Machtzentrum vorzudringen. Eine besonders gescheite junge Frau hatte es geschafft, das Vertrauen Franco Valdez', Sings Koordinators, zu gewinnen. Außerdem hatte Sommer Agenten im kriminellen Untergrund Geld ausstreuen und noch mehr Geld versprechen lassen. Wenn dieser auch nicht streng organisiert war, falls eine große Sache anstünde, würde er davon erfahren. Er hatte daran gedacht, das Verbrechen zu organisieren, wie TJ es kürzlich auf dem Fernen Kontinent getan hatte, um Informationen und Einfluß zu gewinnen.

TJ hatte eine Menge Gold zur Verfügung gestellt, um eine chinesische Triade zu gründen, da er die Regierung anscheinend nicht kontrollieren konnte, und sein Ziel war es, die Hukbalahaps zu besiegen. Sommer war jedoch zu dem Schluß gelangt, daß ein Verbrechersyndikat, selbst dann, wenn es unter seiner Kontrolle stünde, mehr schaden als nutzen würde.

TJ winkte ihm mit einem weiteren Blatt, und er stand auf und holte es sich. Beides waren Zusammenstellungen von Späherberichten: Sommer konnte es sich nicht leisten, mit einem der Agenten gesehen zu werden, die er kürzlich angeheuert hatte.

Er las.

»Das riecht nach Gewalt«, sagte TJ. »Man sollte meinen, ein wahrer Visionär könnte sie vorhersehen.«

»Und uns wird man die Schuld geben.«

»Das mag sein. Aber es könnte den Idioten, die Kellen Sing folgen, ein bißchen Vernunft einbleuen.« TJ hob die Schultern.

Die Berichte ergaben, daß Kellen Sing am Mittag eine große Kundgebung veranstalten würde. Gewalttätigkeiten waren dabei garantiert.

»Wenigstens bezahlt er astronomische Gebühren für all das«, brummte TJ. »Wieviele Beulen er auch bekommen mag, er hat sie verdient.«

»O je.«

»O je was?« fragte TJ.

Sommer erhob sich bereits. »Mittags?«

»Ungefähr jetzt, Sommer. Was ist los?«

»Rebecca. Sie wollte heute hingehen.« Er war bereits aus der Tür, als er TJ nach dem wachhabenden Offizier rufen hörte. TJ würde ihm Soldaten zu Hilfe schicken, das würde eine gewisse Zeit dauern. Zeit, die er nicht hatte.

Während er durch die Palastgänge lief, zerrte er an seinen ausgebeulten Kleidern, versuchte er, sich mit den Ärmeln die Schminke vom Gesicht abzuwischen.

Er stürmte aus dem Hintereingang des Palastes, der zu den Ställen führte. Ein Wachposten zu Pferde ritt soeben auf den Hof. Mit einem Satz sprang Sommer auf und warf den Soldaten aus dem Sattel. Er wendete gerade das Pferd, als der Soldat den Boden berührte.

Er trieb das Pferd zum Galopp an, peitschte seine Hinterbacken mit dem beschwerten Ende seiner Narrenkappe.

Als er durch das Haupttor des Palastes kam, sprangen Besucher und Wachposten beiseite. Die Hufe des Pferdes hallten auf dem Kopfsteinpflaster der Shepherd Avenue wie eine ganze Schwadron.

Er verfluchte sich dafür, sich nicht die Zeit genommen zu haben, sich zu bewaffnen – doch er trug stets einen Dolch am Schenkel festgebunden.

Er sah Leute stehenbleiben, um dem halbbekleideten Clown zuzuschauen, der sein Pferd rücksichtslos zu größerer Geschwindigkeit anspornte. Er überlegte grimmig, daß in letzter Zeit nicht mehr viel von seiner Verkleidung übriggeblieben war.

Würde er rechtzeitig eintreffen?

Einmal streifte sein Pferd einen Karren und warf ihn um. Er trieb das Pferd weiter und ritt durch ein Feld, das in Richtung des Parkgeländes lag. Er nahm sämtliche Abkürzungen durch Gassen, Straßen und Privatgrundstücke. Er war dankbar dafür, daß Crimson Sapphire eine so weitläufige Stadt und nicht auf jedem Flecken Boden bebaut war.

Noch ehe er den Park erreicht hatte, hörte er den Lärm und sah die ersten Menschen vor dem Tumult flüchten.

Er hatte bereits angefangen.

Der Vorsicht vor der Eile den Vorzug gebend, brachte er das Pferd an der Rückseite der Buden und Verkaufsstände, die am Eingang des Parks lagen, zum Stehen. Das Pferd atmete in heftigen, rasselnden Stößen, doch Sommer achtete nicht darauf.

Die Hauptrednertribüne befand sich auf einer Lichtung im Zentrum der Bäume – große Bäume mit tiefhängenden Ästen und Blättern, die den Tumult einstweilen wirkungsvoll verbargen.

»Das ist ›kreative Gewaltlosigkeit‹?« sagte Sommer laut, als sich das Gewühl zwischen die Bäume ergoß. Eine zerlumpte Gruppe von vierzig oder fünfzig Personen brach durch und begann die Obst- und Gemüsestände der Händler zu plündern und Buden umzuwerfen. Die Tätlichkeiten breiteten sich aus. Bauern zogen sich zurück. Töpferwaren zerbrachen. Eine Bude ging in Flammen auf, doch er wußte, daß die Wahrscheinlichkeit, daß sich das Feuer ausbreiten würde, gering war.

Wo war Rebecca?

Natürlich mittendrin.

Er schlüpfte zwischen zwei Ständen von Bauern hindurch und entdeckte einen Mann mit einem Umhang, der den Eigentümer eines Verkaufsstandes für Amarant- und Schleusenbeerkuchen angriff.

Sommer packte den Mann im Nacken und entriß ihm den Umhang. Er wickelte sich hinein und eilte zum Mittelpunkt des Parks. Er ignorierte die Schreie der Unschuldigen und sah, daß der Tumult sich inzwischen von allein nährte. Überall zwischen den Bäumen wurde gekämpft, während er, Gruppen von Kämpfenden ausweichend, um eine Konfrontation zu vermeiden, weiterrannte. Der Geruch von Angst und zertretenen Pflanzen umgab ihn.

Er stürmte durch eine Gruppe hindurch, indem er einen Jungen, der ihm im Weg stand, mit gestrecktem Arm wegstieß. Als er sich daraus befreit hatte, flogen Steine an ihm vorbei, die von verschiedenen Stellen aus geworfen wurden, nicht auf ihn, sondern auf andere gezielt.

Wo war Becky?

Er war inzwischen in Panik, denn auf der Lichtung herrschte ein großes Gedränge. Er kam an einer Frau vorbei, die aus dem Mund blutete; er stieß seine versteiften Finger einem Ganoven in die Kehle, der einen Geistlichen trat.

Er bahnte sich einen Weg zwischen Menschen und einem knöcheltiefen Bach, um bis zum Zentrum des Kämpfens vorzudringen. Ab und zu bildete ein Baum eine Oase abseits des Gewühls.

An der gegenüberliegenden Seite der Lichtung meinte er eine Traube verbissener Kämpfer zu erkennen, und er hielt darauf zu.

Würde er noch rechtzeitig hinkommen?

45 Kellen

»Kellen! Unternimm etwas!«

»Ich versuch's«, sagte er.

Rebecca stand neben ihm und starrte auf den Ausbruch von Gewalt. Es hatte an allen drei Seiten seines Publikums begonnen, noch bevor er zu sprechen angefangen hatte.

»Es ist nicht meine Schuld. Das war nicht geplant. Dieser verfluchte Shepherd.«

»Das würde er nicht tun«, sagte sie und wich zurück, um einem fliegenden Stein auszuweichen.

Kellen konzentrierte sich auf seine Aura. Er ließ seine Umgebung von friedvollen Gedanken und Liebe und Freundlichkeit durchdringen. Sein pochendes Herz und die zugeschnürte Kehle schienen jedoch seine Konzentration zu beeinträchtigen. *O:omega, wo bist du, wenn man dich braucht?* Kellen wußte, daß er im Fluß war, wahrscheinlich flußabwärts der Amarantfelder. In diesen Tagen kam O:omega selten in die Stadt.

Er wußte, daß seine Bemühungen, die Aurakontrolle auszuüben, scheiterten. Sogar Franco und seine Gruppe von Ökofreaks gingen auf Leute los, vorgeblich, um das Kämpfen zu beenden, doch berauscht von der Tatsache, daß sie gemeinsam jeden Widerstand brechen konnten. Ursprünglich hatte die Gruppe Anstalten gemacht, Kellen, Rebecca und Franco zu umstellen, aber sie waren mit einer anderen Gruppe aneinandergeraten und waren ihr gefolgt, als die Angreifer zurückwichen.

Nun waren Kellen und Rebecca ohne organisierten Schutz.

Er begann auf seinen Daumentrommeln zu klimpern. Ihr Klang schaffte es nicht, den Lärm zu durchdringen.

Inzwischen konnte Kellen erkennen, daß dies kein spontaner Gewaltausbruch war. Er war geplant gewesen.

»Shepherd, dafür sollst du bezahlen«, schwor er, als er Freunde und Verbündete sich gegeneinander wenden sah.

Vier neue Mitglieder seiner Gefolgschaft befreiten sich aus der Menge und näherten sich ihm, ohne andere Kämpfende zu beachten. Eine Handvoll Unbekannter schlossen sich ihnen an.

Er las ihre Absichten und projizierte seine Aura auf ihre. Das schiebende Gedränge kämpfender, fluchender, verletzter und erregter Menschen erschwerte jede Auradeutung, doch in den Auren der sich Nähernden las er Gefahr. Seine eigene Erregung und die gefährlichen Absichten dieser Männer machten seine Aurakontrolle wirkungslos.

Er versuchte Franco zu rufen und konnte es nicht.

Auch ohne spezielle Ausbildung begriff Rebecca, daß sie sich in Gefahr befanden. »Kellen!«

Er geriet in Panik, drehte sich um, wollte weglaufen und verhedderte sich mit Rebecca. Als sie sich voneinander gelöst hatten, waren sie von den Männern umzingelt. Er kämpfte um Selbstbeherrschung. Wenn du schon untergehst, dann wenigstens mit erhobenem Kopf, sagte er sich. Und Rebecca, du hast sie mit reingezogen, also beschütze sie.

»Wir haben eine Botschaft für dich, Sing«, sagte ein muskulöser Mann mit zottigem Haar und schmutzigen Händen. Der Mann holte von tief unten aus und boxte Kellen in die Nieren.

Kellen stürzte zu Boden, spürte sengenden Schmerz, fühlte die Luft aus seinen Lungen entweichen und verkrampfte sich vor Pein.

Der Mann begann ihn heftig in den Magen zu treten, in die Nieren, in den Rücken, während er sich zusammenkrümmte, um dem brutalen Angriffen auszuweichen.

Rebecca sprang den Mann mit vorschnellender Faust an, und ehe die anderen sie wegziehen und festhalten konnten, hatte sie ihm eine gezackte Schramme über die Stirn bis zum linken Ohr gekratzt.

Wieder frei, sprang der Mann mit beiden Füßen auf Kellens Brust. »Das wird dich lehren, auf das System zu scheißen.« Er torkelte weg und gab den anderen ein Zeichen.

Zwei von ihnen stellten Kellen auf die Füße. Kellen wußte, daß er nie wieder atmen würde, aber seine schmerzenden Lungen sogen Luft ein, und die Bewegung setzte seine Brust in Flammen.

Der Anführer begann mit schweren Fäusten auf ihn einzuschlagen.

Mit einem geschwollen Auge sah Kellen, daß Rebecca sich loszureißen und zu ihm zu eilen versuchte. Sie kämpfte und kratzte und trat und wirbelte herum, schaffte es jedoch nicht, sich zu befreien. Sie schienen ihr nicht weh zu tun. In einem abgelegenen Winkel seines Geistes wunderte sich Kellen darüber. Hatten sie Anweisung, sie zu verschonen, weil man wußte, daß sie mit Camp und Mike Umgang hatte? Ein Mann versetzte Rebecca einen Schlag mit dem Handrücken, und in diesem Moment wurde Kellen klar, daß niemand vermutet haben konnte, Rebecca bei ihm zu finden; sie war in letzter Zeit nicht mehr mit ihm zusammen gewesen, und darum hatte man keine sie betreffenden Anweisungen gegeben. Es würde Shepherd ähnlich sehen, keine Rücksicht auf Frauen zu nehmen, wenn er gewalttätige Vergeltung befahl.

Einer seiner Angreifer paßte nicht auf, und Kellen konnte einen Arm losreißen. Doch er scheiterte an dem Mann auf der anderen Seite, der eisern seinen linken Arm festhielt. Kellen konnte sich nicht bewegen. Er konnte jedoch sehen und sah, was seine Angreifer beunruhigte: der Kampf war mörderisch geworden. Schwerter und Messer waren gezogen worden und wurden gebraucht. Er hörte das Klirren von Metall. Und die Schreie Verwundeter.

Der Anführer trat Kellen in die Rippen und zog sein Schwert. Kellen dachte, sie würden sich nicht die Mühe gemacht haben, ihn zusammenzuschlagen, wenn sie ihn hätten töten wollen. Als er Rebecca jedoch vor Schmerz nach Atem ringen hörte, konnte ihn der Gedanke nur wenig trösten.

Er roch Dreck und Gras, als sein Ohr auf dem Rasen aufschlug. Er versuchte eine beruhigende Aura auszustrahlen, um Rebecca zu helfen, vermochte sich jedoch nicht zu konzentrieren. Was konnte er tun?

Plötzlich flogen vor ihm zwei Männer in die Luft. Ein Mann in einem wirbelnden Umhang bewegte sich so schnell, daß Kellens Verstand seinen Bewegungen nicht zu folgen vermochte. Die wirbelnde Gestalt packte die vier Männer, die sich um Rebecca drängten, und warf sie zur Seite, dabei mit geschickten, kräftigen Bewegungen, die nur Bruchteile von Sekunden dauerten, Knochen brechend, wo sie nur konnte – Arme, Hälse, Schultern, Beine.

Camp!

Und er sah aus wie ein Ungeheuer aus der Hölle, als der Umhang von ihm abfiel. Die Schminke verschmiert und halb abgewischt, das Narrenkostüm zerrissen und zerfetzt – nicht von einer Hand oder Waffe, die ihn getroffen hatte, sondern von den ausholenden, ruckartigen und tödlichen Bewegungen seines Körpers.

Kellen hätte sich so viele unterschiedliche Methoden des Tötens und Kampfunfähigmachens ohne Waffen niemals vorstellen können.

Rebecca stand schwankend da und starrte Camp ungläubig an. Er las ihre Aura, und sie dachte ebenfalls, Camp sei der Rächer der Hölle.

Da ein Schlag gegen die Kehle, hier hing ein Auge aus seiner Höhle, dort brach knackend ein Hals.

Ich hatte recht! schrie Kellens Geist. Der Hofnarr ist ein Killer. Eine ausgebildete Kampfmaschine. Warum bin ich nicht dankbar? Warum ist Camp hier, wenn Shepherd die Gewalt angezettelt hat? Und dann wurde ihm die Antwort mit einem Mal klar: die ganze Situation war darauf angelegt, daß Camp ihn und Rebecca retten konnte. Er hatte gewußt, daß der König schlau war, aber er hätte nicht gedacht, daß er sich auf eine Gaunerei diesen Ausmaßes verlegen würde.

Der letzte Mann stürzte zu Boden, getroffen von einer Knochen zermalmenden Handkante, die ihm das Nasenbein ins Gehirn trieb und ihn auf der Stelle tötete.

Dann sah Kellen Camps Hände verschwimmen, und ein geworfenes Messer fiel ihm vor die Füße, und ein Armbrustbolzen wurde abgewehrt.

Nie zuvor war er verwundbar gewesen.

Bis jetzt.

Man hatte Rebecca angegriffen.

Zwei weitere Männer stürmten aus der kämpfenden Menge hervor und rannten auf sie zu. Er zog seine beschwerte Narrenkappe hinter dem Gürtel hervor und schwang sie einen Moment lang. Der erste der Männer schwang drohend ein Schwert, und Sommer duckte sich unter dem ersten Hieb hinweg, richtete sich rasch auf und zerschmetterte den Schädel des Mannes mit dem Gewicht in seiner Kappe. Nummer Zwei mußte zur Seite ausweichen, damit er um seinen Kameraden herumkam, und Sommer sprang in die Luft und schlug mit dem Fuß aus. Seine Ferse zermalmte die Schläfe des Mannes.

Ihn überwältigte ein Drang. Muß Rebecca in Sicherheit bringen. Diese plötzliche Verwundbarkeit machte ihm Angst. Im Gegensatz zu ihm und Kellen und TJ war Rebecca in diesem Drama unschuldig.

Er blickte sich um und sah, daß Rebecca auf ein Knie niedergefallen war und die blutige Masse ansah, die ihr Bruder war. Sommer fragte sich, ob TJ bereits Truppen hier hatte. Noch nicht genügend Zeit verstrichen, sagte er sich. Zum Bauernmarkt hin sah er Rauch.

Obwohl in ihrem Umkreis, abgesehen von der Leibern der Toten und Verwundeten, vorübergehend aufgeräumt war, sah er von der umgebenden Menge eine Bedrohung ausgehen. Kellens Anhänger hatten sich inzwischen ebenfalls gegen ihn gewandt. Sie glaubten, die Toten seien ihre Leute.

Steine und Fäuste flogen, die Menge wogte auf sie zu.

Er konnte Freund und Feind nicht voneinander unterscheiden.

Sich entscheiden bedeutete zu handeln. Er nahm Rebecca auf die Arme.

Er blickte auf Kellen hinab. »Rette dich selbst«, sagte er in einem normalem Tonfall, »ich empfehle die Bäume.« Wie auch immer, es war ihm egal, ob sich Kellen in Sicherheit brachte oder nicht.

Rebecca war fix und fertig und konnte sich offensichtlich nicht von alleine fortbewegen. Er rannte auf die Bäume zu, zwischendurch mit den Füßen nach seinen Gegnern tretend. Er ignorierte Schmerz, als sich ein Stock in seinen Schenkel bohrte. Er rannte weiter.

Die Bäume verbargen sie vorübergehend vor ihren Verfolgern, und Sommer schwang sich auf einen niedrigen Ast und begann höher zu klettern, auf einen kräftigen Ast zu, der zu einem anderen Baum hinüberführte. Er lief geschickt darüber, bis er sich unter ihrem Gewicht bog. Er sprang und packte einen anderen Ast und führte seine Schwungbewegung weiter, indem er mit einer Hand Rebecca und mit der anderen den Ast festhielt, dann ließ er in dem Moment los, als dieser Ast brach. Sie fielen nach vorn und hinunter, bis Sommer ein Bein um einen breiten Zweig haken konnte. Er legte seinen anderen Knöchel über den Knöchel des Beins, mit dem er sich festhielt.

Rebecca rang nach Atem, während sie, immer noch nachpendelnd, mit dem Kopf nach unten hingen.

»Halt durch, Becky. Wir haben es gleich geschafft.«

Ihre Beine waren jetzt um seine Hüfte geschlungen und ihre Arme um seinen Hals. Eine unbequeme Haltung, wenn man mit dem Kopf nach unten hing, sagte er sich.

Er wuchtete sie nach oben und auf den Ast und dann in eine Astgabel hinein. Sie klammerte sich an ihn, während er höher kletterte. Endlich hatte er einen bequemen Verhau aus Ästen und Zweigen gefunden und hielt an. Dichtes Laubwerk verdeckte ihnen die Sicht auf den Boden und schirmte den größten Teil des

Lärms ab. Er glaubte, daß sie sich in Sicherheit befanden.

Er spürte ihre Wange an seiner Kehle, löste sanft ihre Hände und bemerkte überrascht, daß ihre Augen geöffnet waren.

»Die meisten Leute nennen mich Rebecca«, sagte sie ihm ins Ohr.

»Irgendwelche Ausnahmen?« fragte er.

»Jetzt schon.«

47 Mike

Mike fragte sich, was Rebecca wohl gerade machte, und zog seine Stiefel an. Sie waren zerrissen und durchlöchert. Seine Füße waren geschwollen.

Er erhob sich und ließ eine Kaskade von Steinen und Geröll in die Verwerfung hinunterstürzen. Er verkeilte Gils Schwert in einer Spalte über Gils Kopf. Mehr konnte er nicht tun.

Einen Moment lang stand er da, und es begann zu regnen, ein warmer und belebenden Regen. Er trank an den Felsen herabfließendes Wasser. Er wusch sich. Er füllte seine Trinkblase.

Den Rest des Tages über kletterte er. Er war nicht mehr verbittert oder wütend. Er kletterte mit einer zielstrebigen Konzentration, die alle anderen Gedanken ausschloß.

Einmal kroch er eine Felsschräge empor, bis seine Waden schmerzten.

Am nächsten Tag hing er mit den Zähnen an einem Busch, während er nach einem neuen Halt für seine Füße und Hände suchte. An diesem Abend erinnerte er sich nicht mehr, ob er in der Nacht zuvor überhaupt geschlafen hatte. Er konnte erkennen, daß sich das Aussehen des Berges veränderte. Es war häufiger kalt als warm. Eiskalte Winde setzten ihm in den Überresten seiner Kleidung zu.

Als er am Morgen erwachte, war ein leichter Pulverschnee gefallen. Er erschwerte das Klettern noch mehr – und dann fand er heraus, warum Sommer ihm geraten hatte, die Südflanke des K-Vierzig zu nehmen: die Flanke war der lokale Gipfel des Großen Bärengebirges, und er brauchte nichts weiter zu tun, als einen schneebedeckten Hang hinaufzustapfen.

Wofür er zwei Tage benötigte.

Wenn er hier abstürzte, würde er einfach erfrieren – und nicht zu Tode stürzen.

Die Flanke des K-Vierzig war nicht flach. Er entdeckte einen geschützten Paß, wo ihm der Schnee nur bis zu den Knien reichte, und folgte ihm bis zur Ostseite des Großen Bärengebirges.

Weit in der Ferne sah er die Küste und das Meer, ein Anblick, den er nicht geglaubt hatte, noch einmal genießen zu dürfen. Vom Meer bis zur Basis des Gebirgszuges erstreckte sich eine üppige Landschaft, die ihn beruhigte und besänftigte und ihm Geborgenheit versprach.

Wenn der Abstieg über die Ostseite des Großen Bärengebirges auch die bislang leichteste Passage darstellte, war sie doch gefährlich genug, seinen Treck vorzeitig zu beenden, falls er einen Fehltritt tun sollte. Er riskierte es, Gils Seil an sein eigenes zu binden und die Distanz zu verdoppeln, die er sich abseilen konnte, wenn die Situation ein Abseilen verlangte. Die Höhe machte ihm nichts aus.

Sein Geist begann sich bei der vergleichsweisen Leichtigkeit des Fortkommens zu stabilisieren. Hunger hatte ihn geschwächt. Regen stillte seinen Durst. Er erinnerte sich, daß Fasten angeblich gut für die Seele war, daß es den Geist reinigte. Er lachte, weil er nicht glaubte, daß er eine Seele besaß, die Michale Shepherd war. Diese Person war verschwunden.

Oder er selbst?

»Könnte gut für den Geist sein«, sagte er zu einem Flechtenknäuel, »ist aber nicht gut für den Magen.«

Je näher er dem Boden kam, desto deutlicher erinnerte er sich an das mühelose Selbstvertrauen, das er kürzlich erworben hatte. Außerdem stellte er fest, daß seine Stärke überdauert hatte.

Und seine Zielstrebigkeit ebenfalls.

Der Winkel des Abstiegs nahm ab, und der Hang wurde ein Kinderspiel. Er mußte sich beherrschen, nicht hinunter zu rennen. Dann gelangte er zu einer Stelle, wo er auf dem Vorgebirge marschierte und nicht mehr auf dem eigentlichen Grat.

Als er aus einer Reihe von baumbestandenen Hügeln hervortauchte, fand er sich in einem grünen Tal wieder, ähnlich dem auf dem Grund des Canyons.

Augenblicklich fühlte er sich getröstet und wohl. Neben dem Bach erhob sich ein Schwimmhäuter, ein kleinerer als I:imbawe, der den Palast besucht hatte.

/Willkommen/, sagte-pfiff-zeigte-dachte der Schwimmhäuter. /Ich werde A:alpha genannt. Ich werde dich zu unserem Zuhause führen./

Er war nicht überrascht. Er nickte. »Ich bin Mike ... äh ... Michale. Michale Shepherd.«

/Stimmt es, daß du der Sohn des gegenwärtigen Treckmeisters bist?/

»Ja.«

/Wir wußten, daß der Treckmeister krank war und sich wieder erholt hat. Aus welchem Grund unternimmst du den Treck?/

Er war schwach vor Hunger. »Im Moment bin ich mir nicht sicher.« Seine Stimme krächzte vom langen Nichtgebrauch. Dann kehrte seine Entschlußkraft zurück. Sollte er die Wahrheit sagen? Daß er mit der Herrschaft seines Vaters unzufrieden war und ihn ablösen wollte? Eine einfache Antwort, die nicht so einfach ausgesehen hatte, als er dieses verrückte Abenteuer begonnen hatte.

/Vielleicht wirst du die Antwort hier herausfinden/, sagten A:alphas Aura-Laut-Gesten rätselhaft. /Denn jetzt bist du Treckmeister./

Das stimmt! schrie Mikes Geist. Du bist Treckmeister! Niemand kann dir das wegnehmen. Du hast einen Rang errungen, den in der Geschichte von Bear Ridge nur wenige Menschen erworben haben. Treckmeister. Wie klang das? Er lächelte erschöpft.

Am folgenden Tag hatte er sich ausgeruht und gegessen. Er saß auf einem moosbedeckten Felsen am Ufer des Wasserarms, der, wie A:alpha ihm versichert hatte, mit dem Meer verbunden war, und unterhielt sich zwanglos mit mehreren Schwimmhäutern. Er war O:chacka, X:tol, B:bsle, erneut I:imbawe und anderen vorgestellt worden. Er gewöhnte sich allmählich an die Gesten, mit denen sie sich verständigten, und wurde mit den Schwimmhäutern selbst vertraut – gelegentlich schwebten Gerüche über der Lichtung, die an frisch umgegrabene Erde, verfaulende Pflanzen und Schwefel erinnerten, um nur einige zu nennen. Er wußte, daß er seine Sinne an die fremdartige Natur der Schwimmhäuter und ihr Gebaren gewöhnen mußte.

Ein Teil ihrer Häute hing in Falten, andere waren straff gespannt. Und die wechselnden Farben! Es fiel ihm höllisch schwer, die Schwimmhäuter, die er kennengelernt hatte, auseinanderzuhalten, da sich ihre Färbung beim Umhergehen veränderte – oder vielleicht sogar ganz nach ihrer Laune. Er entwickelte ein System, sie mittels ihrer Position im Auge zu behalten; darum war er damit beschäftigt, alle, die er kennen sollte, zu beobachten, während sie sich umherbewegten.

Mike selbst war erfrischt, körperlich zwar nicht vollständig erholt, aber innerlich war eine düstere Wolke von ihm gewichen. Sein Bewußtsein hatte sich verändert zwischen der Westseite des Großen Bärengebirges, wo er Gils Leichnam zurückgelassen hatte, und der Rückkehr aus Überlebenskampf und geistiger Desorientierung in die Welt, wie er sie kannte – oder neu kennenlernte. Er spürte sein inneres Potential. Er war froh, am Leben zu sein.

Er war Treckmeister. Das scheinbar unerreichbare Ziel war erreicht. Aber seltsamerweise beeindruckte ihn seine Stellung in der Welt, die bald angehoben werden sollte, nicht sonderlich.

Er hatte das Teddybärgebirge überwunden. Den Teufelsgraben und das große Bärengebirge. Auch in sich selbst hatte er etwas überwunden, etwas, das er noch nicht genau benennen konnte.

Hatte sein Vater das gleiche gefühlt? Die anderen Treckmeister? Nun verstand er seinen Vater ein wenig besser, TJs Einstellung zum Leben. Nach dieser Erfahrung erschien alles andere belanglos. Das Leben schaute ihn an, brauchte nur beim Schopf ergriffen zu werden. Kein Problem schien so bedeutsam, wie es einmal gewesen war.

Er dachte an Rebecca und wie es ihr wohl ging, dann scheute er vor den Gedanken an diese Menschen und Probleme zurück. Er war jetzt hier und hatte keinen Einfluß auf sie. Er würde sich ihnen später bei seiner Rückkehr zuwenden.

Falls er den Rückweg überlebte.

Wie auch immer, er erkannte dankbar an, daß er sich verändert hatte.

A:alpha und andere setzten sich abwechselnd in Armeslänge zu ihm und konzentrierten sich.

Nach einigen Stunden der Einzelgespräche spürte er während einer Unterhaltung mit A:alpha, daß zwischen ihnen eine Bindung entstand. In A:alphas Gegenwart fühlte er sich entspannter als bei den anderen. Zwischen ihnen gab es eine Art von emotionaler oder psychologischer Verwandtschaft, die er beinahe greifen konnte. Nach einiger Zeit spürte/sah er rund um A:alpha herum einen verschwommenen Umriß, der sich um seinen Geist zentrierte und von dem … Farben? Emotionen? Gefühle? ausgingen. Ja, das war es. Er spiegelte A:alphas Wesen wider; er setzte eine höhere Verständigungs- und Bewußtseinsebene voraus, eine von stärkeren emotionalen Spannungen geprägte, als ihm je zuvor begegnet war. Er schien zu leuchten. Als er sich erst einmal darauf konzentrierte, gewährte er ihm eine völlig neue Sinneserfahrung, deren Heftigkeit ihn erschütterte. Sein Selbstbewußtsein befand sich auf dem Höhepunkt, erlaubte es ihm, seinen Geist zu erweitern und diese Dinge zu spüren.

Dann bemerkte er weniger ausgeprägte Umrisse um sämtliche Schwimmhäuter herum. Inzwischen hatte er herausgefunden, daß die Schwimmhäuter auf jedem Auge nahezu 360-Grad-Sicht hatten, und er vermutete, daß das Gehirn, das die verschiedenen visuellen Muster verarbeiten konnte, welche die Schwimmhäuter empfingen, im Laufe des Evolutionsprozesses zwangsläufig die Aurakontrolle entwickelt hatte.

A:alpha spornte ihn sichtlich erwartungsvoll an. /Du hast unsere Auren entdeckt./ Es war eine Feststellung, keine Frage.

»Besitze ich ebenfalls eine?« fragte Mike.

/Sicher. Eine fremdartige Aura, gewiß, aber jedenfalls eine Aura./ A:alpha berührte Mikes Arm. /*Wir* habe noch nie versucht, einem Treckmeister die Auratechnik zu lehren. Diesmal halten es die Älteren für nötig. Dann kann es zwischen uns keine Mißverständnisse geben. Außerdem gibt es viel über dich und dein Innenleben zu erfahren; die Zeit vergeht schneller, als ein Strand während eines Sturms abgetragen wird./

Mike spürte jetzt etwas von der Sorge um ihre Zukunft. Es gab ihm viel Stoff zum Nachdenken. »Ich muß viel lernen.«

/Stimmt/, sagte A:alpha, ihn offenbar mißverstehend, /obwohl das Mischen und die höheren Fertigkeiten der Aurakontrolle deine körperlichen Fähigkeiten möglicherweise übersteigen./

Mike verbesserte ihn nicht. Er wußte, daß die Konfrontation der Schwimmhäuter mit einer zunehmend von Menschen zivilisierten Welt ein weiteres Problem darstellte, das seinem Vater zu schaffen machte.

»Mein Vater? Thomas Jefferson Shepherd, der amtierende Treckmeister? Kennt er die Aurakontrolle?« Nachdem er gefragt hatte, fiel ihm auf, daß die Frage dumm klang.

/Wir wissen, wer er ist/, schaltete sich O:chacka ein. /Er ist mein Steinpartner. Er hat sich ein rudimentäres Verständnis der Auratechniken angeeignet. Er hatte keine Zeit, sein Talent weiterzuentwickeln. Außerdem glaube ich nicht, daß es bei ihm so schnell gegangen wäre wie bei dir. Du bist emotional viel besser auf uns eingestellt als er./

Natürlich, dachte Mike, hatte TJ ein von kriegführenden Nachbarn bedrängtes Königreich und mußte zurückeilen, um König zu werden und sie mit Krieg zu überziehen.

»Warum ich?«

/Du besitzt ein angeborenes Einfühlungsvermögen, das uns die Verständigung erleichtert/, fuhr O:chacka fort. /Veränderungen stehen bevor. Eine Brücke des Verstehens muß gebaut werden. Du bist der uns körperlich und geistig nächststehende Mensch, und du besitzt das Einfühlungsvermögen; darum ist die Aufgabe für uns und für dich entsprechend leichter./

Mike begann einige Dinge zu begreifen, nach denen er nie gefragt hatte. Er ließ seine nackten Füße in das Salzwasser des Meeresarms baumeln. »Oh, nein!« sagte er, als sich sein Blick auf seine Zehen und die Schwimmhäute dazwischen heftete.

/Mike! Stell keine vorschnellen Vermutungen an!/ beschwichtigte A:alpha.

»Oh?«

/Ein abgebrochenes Experiment/, sagte O:chacka und fuhr mit seiner Erklärung fort.

Ich bin das Produkt zweier Rassen? wunderte sich Mike. Eine schwindelerregende Offenbarung.

O:chacka und A:alpha vermischten ihre Auren mit seiner Aura, um ihn zu beruhigen. Dann geschah zwischen ihnen etwas so rasch, daß er keineswegs folgen konnte.

A:alpha tauchte in den Meeresarm und verschwand. O:chacka fuhr fort, Mike zu beruhigen.

Nach einigen Minuten tauchte A:alpha wieder auf. Er stieg aus dem Wasser, öffnete seine flossenartige ›Hand‹ und hielt sie Mike entgegen.

Inmitten von grünem Schleim und etwas Blut lag ein roter Saphir.

/Wir sind Steinpartner/, sagte A:alpha und brach zusammen, so als läge eine erschöpfende körperliche Erfahrung hinter ihm.

Mike nahm den Edelstein. »Phantastisch.« Er wußte nicht, was er sagen sollte. Dann traf ihn ein neuer emotionaler Schlag, und er brauchte nicht mehr zu sprechen. Er fühlte sich, als wäre er mit A:alpha eins, und er bedauerte und verfluchte nicht mehr, daß die Schwimmhäuter seine körperliche Erscheinung beeinflußt hatten.

Er streckte seine Zehen im Wasser.

Als sich die Neuheit des Bundes mit A:alpha abgenutzt hatte, betrachtete er seinen roten Saphir. Wie der seines Vaters konnte er verschiedene Farben annehmen. Doch er war klein, nicht einmal halb so groß wie der TJs. Er blickte A:alpha, mit dem er sich inzwischen ausreichend vertraut fühlte, um die möglicherweise peinliche – oder unhöfliche – Frage zu stellen, fragend an.

/Es stimmt, Mike. Er ist nicht ganz entwickelt. Er stammt aus meinem Körperinneren, und ich bin nicht alt genug, um einen so großen zu entwickeln, wie es ein Älterer vermöchte./

»Oh«, seufzte Mike unbehaglich. Er wußte nun, woher der rote Saphir stammte, und konnte sich nach seinen letzten Erfahrungen ausmalen, daß der Edelstein zwischen ihnen auch als eine Art von Katalysator diente, vielleicht als ein Bindemittel, das ihn und A:alpha auf irgendeine sublime Weise miteinander verband.

In den folgenden Tagen verbesserte er seine Fähigkeit, Auren zu lesen und seine eigene zu projizieren. Bei einer dieser Gelegenheiten räkelte er sich mit A:alpha in den Untiefen des Meeresarms. A:alpha verspeiste gelegentlich ein Stück Tang. Er begann die Besorgnis der Schwimmhäuter bezüglich der Menschen und deren Auswirkungen auf die Schwimmhäuter allmählich zu verstehen – das war es!

Kellen!

Die Antwort schrie ihn an. Sie war die ganze Zeit über dagewesen. Kellens Konzentration, seine Intensität, sein Charisma, seine Fähigkeit, Menschen zu überzeugen. »Der Teufel soll mich holen«, sagte er laut.

/Deine Aura zeigt Regenbogenfarben, Mike./

Ehe er daran dachte, vorsichtig zu sein, erzählte er von Kellen Sing und seiner Theorie über den Einfluß der Schwimmhäuter. Zu spät dachte er daran, daß sie vielleicht schon Bescheid wußten, das Kellen möglicherweise das Resultat einer Verschwörung der Schwimmhäuter war – doch O:chacka und I:imbawe spekulierten anschließend offen über O:omega und sein Anti-Schwimmhäuter-Verhalten.

/Wir haben ihn verjagt, und er war genial/, sagte I:imbawe zu ihm.

Mike bemerkte, daß sich A:alphas Aura sträubte. Der kleine Schwimmhäuter erzeugte ein furzendes Geräusch mit dem Mund. Er erkannte, daß es innerhalb der Auren, die er lesen konnte, keine Falschheit gab. Er vermutete, daß die Schwimmhäuter Gedanken und Meinungen aus ihren Auren fernhalten konnten, war sich jedoch sicher, daß die Schwimmhäuter nicht als Ganzes hinter Kellen Sing standen. Was würde er mit Kellen anfangen, wenn (und falls) er zurückkehrte? Welchen Unterschied würde es ausmachen? Keinen.

I:imbawe fragte ihn nach Sharon und der Föderation, und Mike begann es ihm zu erklären. Auf einmal war die Schneise voller Schwimmhäuter und ihrer speziellen Geräusche und Gerüche – doch alle schenkten ihm ihre konzentrierte Aufmerksamkeit. Ihre Befragung hielt bis weit nach Einbruch der Dunkelheit an. Außerdem unterhielten sie sich miteinander; manchmal konnte er ihnen folgen, ein andermal verständigten sie sich auf einer ihm unzugänglichen Ebene – besonders die Älteren.

Während einer dieser Pausen, als die Älteren miteinander berieten, erinnerte sich Mike daran, daß das Königreich der Shepherds in Gefahr war, vielleicht schon in Flammen stand, wegen der Besessenheit seines Vaters für die Föderation, und wegen Kellen Sing und dem abtrünnigen O:omega. Er trug eine Verantwortung, und er wurde dieser Verantwortung nicht dadurch gerecht, indem er hier herumsaß.

Welche Position würde er bei seiner Rückkehr vertreten? Viel Stoff zum Nachdenken. Einstweilen wußte er nur, daß er bald würde zurückkehren müssen. Und einige Entscheidungen treffen.

Doch eines, etwas Bedeutsames, sprach jetzt für ihn: er war Treckmeister.

Er mußte seinen rechtmäßigen Platz einnehmen, was immer dies war, und mithelfen, das Schicksal seines Volkes zu formen. Eine staatsmännische Notwendigkeit? fragte er sich. Oder bloß ein weiterer Shepherd mit einer Obsession?

/Das wäre geklärt/, sagte I:imbawe. /A:alpha wird dich nach Hause begleiten./

Der Vogelkönig von Zwei Zungen stand im Empfangsraum seiner Suite im Truppenschiff und schrie auf Captain Shawn ein.

»Ich gebe keinen Pfifferling auf eure bequeme Bordzeit. Beschleunigen Sie die Arbeiten. Ich will die Zeit von Zwei Zungen.«

»Eure Majestät, ich habe diese Bordzeit zu Eurem eigenen Nutzen angeordnet. Ich dachte mir, daß die Einführung des Zyklus von Bear Ridge Ihnen und Ihren Truppen die Akklimatisierung erleichtern würde.«

»Nun, wir haben nie darüber gesprochen.« Tirano runzelte die Stirn. Vielleicht hatte Shawn recht. Er wollte auch die kleinste Abweichung von seiner Planung vermeiden. Es machte ihn nervös.

Shawn sprach jetzt von navigatorischen Angelegenheiten, versicherte ihm, daß sie am vorgesehenen Tag auf Bear Ridge eintreffen würden. Etwas darüber, nicht in Transition zu gehen. Tirano hoffte, daß sich seine Truppen anpaßten. Er wollte, daß sie bereit waren, wenn sie Bear Ridge erreichten. »... wird uns exakt zur gewünschten Zeit dorthin bringen.«

»Wie ich es wollte. Gut.« Tirano wollte die navigatorischen Feinheiten gar nicht verstehen und hatte sich nichts anderes vorgestellt, als Bear Ridge von Zwei Zungen aus in gerader Linie anzusteuern. Wenn er seinen Sitz im Föderationsrat hätte, bliebe immer noch Zeit, die Terminologie zu erlernen. Aufgrund von Informationen, die ihm sein Spion übermittelt hatte, hatte er Tag und Zeitpunkt der Landung nach Bear Ridge-Zeit festgelegt und Shawn angewiesen, dafür zu sorgen, daß die Föderationsflotte ihren Anflug nicht bemerkte.

Er erreichte eine Theke und hob einen Glasbehälter mit Wurmstaub hoch. »Ihrer, Shawn. Sie werden reich sein«, sagte er und dachte: Du kannst dir soviele kleine Jungen kaufen, wie du willst, du verdammte Schwuchtel – falls ich dich bezahle. »Jetzt zu den Energiewaffen. Ich muß Vorkehrungen für die Ausbildung meiner Leute treffen.«

»Abgesehen von der normalen Schiffsausrüstung gibt es keine ... Majestät.«

»Aber, ich dachte, wir hätten uns darauf geeinigt?«

»Nein, Sir. Das haben wir nicht. Ich konnte Ihnen keine geben.« Sein Tonfall sagte Tirano, daß er ihm nicht vertraute, daß er Tiranos Truppen nicht so weit vertraute, um sie damit zu bewaffnen. Shawn vermutete wahrscheinlich und zu recht, daß wenn sie mit High-Tech-Waffen ausgerüstet wären, Tirano ihn hintergehen und persönlich das Kommando über seine sämtlichen Schiffe übernehmen würde – nach der Landung, und den vereinbarten Wurmstaub somit nicht würde bezahlen müssen. Er würde nicht nur der Herrscher zweier Planeten sein, sondern auch seine eigene Flotte besitzen.

»Meiner Ansicht nach«, fuhr Shawn fort, »hätten große Waffenkäufe unerwünschte Aufmerksamkeit erregt und das Unternehmen gefährdet.«

Diplomatisch ausgedrückt, dachte Tirano. Shawn hatte verschwiegen, daß Tiranos Truppen, ausgerüstet mit wirkungsvollen Waffen, mit Armbrüsten und Schwertern bewaffneten Soldaten mehr als ebenbürtig gewesen wären. »Okay, okay.« Er hatte sich durch seinen Sinn für Betrügereien dazu verpflichtet gefühlt, Shawn durch einen Bluff dazu zu bringen, die Waffen anzuschaffen. Man hatte ihm bereits gesagt, daß er aufgrund seiner Kontakte zum Rat keine High-Tech-Waffen erhalten würde. Man hatte wahrscheinlich Angst, daß er auf Bear Ridge Völkermord begehen würde. Ach was. Er beging niemals etwas. »Bringen Sie uns einfach bloß hin.«

Shawn ging. Tirano war froh, daß er lange Hosen

trug. Er war es leid, daß der abartige Perverse seine rasierten Beine anstarrte.

Er überlegte, ob er entweder seinen Spion oder seine Hintermänner in der Föderation benachrichtigen sollte. Er entschied sich gegen das letztere. Wahrscheinlich wollten sie gar nicht alles wissen, was er ihnen mitzuteilen hatte. Aber sie sollten sich, verdammt noch mal, bereit halten, seine Regierung auf Bear Ridge anzuerkennen und ihn unverzüglich in die Föderation aufzunehmen.

Nicht einmal seine engsten Berater wußten von diesen Hintermännern in der Föderation. Ebensowenig wie sein Spion an Shepherds Hof von ihnen wußte. Obwohl einige auf Federation Central Verdacht geschöpft haben könnten: etwas Wurmstaub war in das Föderationssystem gelangt. Und gewisse Föderationsbestimmungen waren daraufhin für ihn gelockert worden. Er brauchte das Geld für die Invasion von Bear Ridge und zur Bezahlung von Regierungsbeamten in Fedcentral. Der Rat sollte Bescheid wissen über seine finanzielle Situation – Geld ebnet alle Wege, selbst den Beitritt zur Föderation. Darum würden seine bereits einflußreichen Kontakte seine Bewerbung um den Sitz im Gegensatz zu Shepherds Bewerbung um denselben Ratssitz unterstützen.

Alles um der Macht willen.

Wütend trat er nach einem Schott. Er hatte vor kurzem einen weiteren Grund entdeckt, Shepherd noch mehr zu hassen, und dies hatte die Invasion von Bear Ridge noch dringlicher gemacht. Ein peinlicher Grund, der zu ihm durchgesickert war und der ihn nur noch mehr anspornte.

Die Leute im Rat hüteten eifersüchtig ihre Macht, und Partisanenkämpfe waren an der Tagesordnung.

Er hatte erfahren, daß die verantwortlichen Föderationsarschlöcher Computerprofile von ihm und Shepherd erstellt hatten. Diese Profile ergaben, daß

Shepherd der aggressivere von ihnen beiden war und mit größerer Wahrscheinlichkeit an die Macht kommen würde.

Das hatte Tiranos Stolz tief verletzt. Es ärgerte ihn, daß man ihn nicht mehr fürchtete als Thomas Jefferson Scheißshepherd. Dies war der letzte Auslöser für seinen Entschluß zur Invasion gewesen.

Er würde es diesen Arschlöchern zeigen. Was wußten sie denn schon? Machthungrige Größenwahnsinnige, die Lakaien wie diesen Wichser Shawn hatten? Was sagte das über sie aus?

Darum würde er mit einem kühnen Schlag das Universum von Shepherd befreien – am besten von allen Shepherds – und ihm sowohl einen Planeten wie den neuen Ratssitz rauben.

Dann fiel ihm etwas ein, das seinen Stolz noch mehr verletzte: die Arschlöcher benutzen ihn als *Stellvertreter*, um Shepherd und die von ihm ausgehende Bedrohung ihrer Macht zu beseitigen. Ihre eigenen gottverdammten Regeln hatten ihnen die Hände gebunden.

Aber Tirano würde siegen und diesen Mistkerlen zeigen, wer der Klügere war.

Er ging zu der Miniaturkonsole, die Shawn für ihn eingebaut hatte. Er vermutete, daß Shawn irgendwo ein Duplikat hatte und seine Nachricht mithören konnte – aber er konnte sie unmöglich verschlüsseln. Serbokroatisch vermischt mit Yaqui? – Bah! Tirano war ein Sprachenexperte; er beherrschte bereits das Amerikanisch, das auf Bear Ridge gesprochen wurde. Er fragte sich, wie wohl die Sprache der Schwimmhäuter strukturiert war, und wurde aufgeregt, als er an deren Übersetzung *und* Transkription (falls machbar) dachte.

Er tippte seine Nachricht ein.

UNTERWEGS. PLAN IN GANG SETZEN.

Tirano lachte, die Vorfreude steigerte sein Vergnügen. Der gute alte TJ würde glauben, er hätte gewonnen. Keine spontanen Gewaltausbrüche mehr (es sein denn, sie waren zu weit gegangen und hatten ein Eigenleben entwickelt), und TJ würde sich sicher fühlen, wenn er seine Truppen weit, weit von Crimson Sapphire weg in die von der Föderation geforderten Manöver schickte.

Weil er sich so gut fühlte, setzte er atypischerweise hinzu:

WIEGEN WIR DAS BABY IN DEN SCHLAF.

Ihm machte auch die Ironie Spaß, die darin lag, auf Shepherds eigenen Amarantfeldern zu landen, unmittelbar dort, wo Shepherd seinen Raumhafen bauen wollte, falls er die Genehmigung dazu bekam.

Er rief sich eine frühere Unterhaltung mit Shawn ins Gedächtnis, als sie die Invasion geplant hatten.

»Sie meinen, wir landen unsere Truppentransporter gleich dort auf den Feldern? Das ist nicht die Art der Föderationsflotte.«

»Klar«, sagte Shawn, »die Föderationsflotte landet ihre Truppen in kleineren Schiffen, weil die großen Truppentransporter geortet und zerstört würden, wenn sie mit Getöse durch die Atmosphäre flögen. Aber in diesem Falle müßten wir uns die kleineren Schiff besorgen und sie irgendwo lagern oder mitschleppen. Aber wir haben nur eine Invasionstruppe, die einen Landeplatz ansteuert. Falls wir genügend Leistung bekommen, um in Transition zu gehen, können wir sie absetzen und starten.« Er leckte an einem Finger und fuhr damit über eine dick geschminkte Augenbraue. »Es ist ja nicht so, daß man uns in der Luft abschießen könnte, Majestät.«

Nun, jetzt waren sie also unterwegs nach Bear Ridge.

Die Invasion hatte begonnen!

Die Rache war sein. Gwendlyon war sein.

Er wünschte bloß, Shepherd und Gwendlyon hätten eine Tochter gehabt, damit er sie an Stelle von Gwen als Instrument seiner Rache und, wichtiger noch, zur Befestigung seiner Macht auf Bear Ridge hätte benutzen können. Wie die Dinge lagen, waren der Versagersohn und sämtliche unehelichen Sprößlinge TJs unterwegs, um sich selbst umzubringen, was ihm viel Mühe ersparte.

Und der Spion. Er hatte seinem Agenten Versprechungen gemacht. Er hatte den Haß des Spions ausgenutzt. Vielleicht hätte er mehr als einen Spion einsetzen sollen, den anderen als zusätzliche Informationsquelle und zur Überprüfung des ersten Agenten. Doch die Zeit war knapp gewesen, und er hatte die Ernüchterung des Spions erkannt und Kapital daraus geschlagen. Genau so, wie TJ eine föderationsgesponserte Konferenz auf Zwei Zungen gegen ihn verwendet und den Guano-Zwischenfall inszeniert hatte, hatte Tirano eine ähnliche Konferenz auf Bear Ridge dazu benutzt, seinen Agenten ausfindig zu machen und anzuheuern und ihm das verbotene Funkgerät auszuhändigen.

Er hatte dem Spion sogar die Krone versprochen, denn nach den blödsinnigen Regeln, die es auf Bear Ridge gab, war es möglich, daß der Spion den Thron beanspruchen konnte. Man könnte es einen Staatsstreich nennen; anstatt von einer Invasion durch seine Truppen zu sprechen, könnte man seine Anwesenheit als von der legitimen Regierung angeforderte Militärhilfe zur Unterdrückung eines Aufstands bezeichnen. Wenn diese verzwickte legalistische Theorie auch für Rechtsgelehrte taugen mochte, seine Sache war das nicht.

Zum einen hatte er kein Vertrauen in die Fähigkeit des Spions, zu regieren und seine Anweisungen exakt zu befolgen. Aus einem anderen Grund gefiel ihm irgendwie der Gedanke, der Feudalherrscher beider Planeten und damit der des Sonnensystems zu sein.

Außerdem konnte der Spion von seiner Doppelzüngigkeit berichten, davon, daß er die Invasion lange im voraus geplant hatte, und er wollte auf keinen Fall, daß seine Intrigen herauskamen – auch wenn es offensichtlich war, daß er hatte intrigieren müssen, um Bear Ridge zu übernehmen.

Außerdem glaubte er, daß der Spion, wenn er gegen Shepherd arbeiten konnte, auch gegen ihn arbeiten konnte. Er vertraute keinem Verräter. Einmal ein Verräter, immer ein Verräter.

Nein, er würde den Spion auf der Stelle töten. Sobald er dessen Informationen nicht mehr brauchte.

Wie dem auch sei, er vertraute jedenfalls niemandem in seiner Nähe, der so gut mit Giften umzugehen verstand. Er schauderte.

ENDE, tippte er und drückte den Sendeknopf.

O ja, bald wird alles zu Ende gehen, TJ, dachte er grinsend. Gleich dort in deinem Amarantfeld.

49 Rebecca

Rebecca ritt mit Sommer durch die Amarantfelder. Sie wußte nicht, warum sie mit ihm ritt. Sie hatten lange nicht miteinander gesprochen. Sie war immer noch wütend auf sich, weil sie seinen Reizen erlegen war, nachdem er sie gerettet hatte – und dann auch noch auf einem Baum!

Sie hatten nicht mehr geredet, seit er sie nach Kellen gefragt hatte.

»Ich weiß nichts über Kellen. Kellen ist mir egal«, hatte sie gefaucht. Sie hätte diese Probleme nicht gehabt, wenn sie Jon geheiratet hätte, den Sohn des Hufschmieds.

Nun herrschte zwischen ihnen ein verlegenes Schweigen. Zweifellos fragte er sich, warum er sie heute um einen Ausritt gebeten hatte.

Nun, hier war sie. Zum Teufel mit den Männern. Sie wußte, daß sie auf ihre eigenen Lebensumstände reagierte. Abgesehen davon, daß sie wütend auf sich war, hatte sie mit Kellen gestritten, und sie hatten sich entzweit.

Kellen war außer Kontrolle, verfolgte wie besessen das obskure Ziel der Anarchie.

Nun, sie hatte genug von ihm. Und von seinen spinnerten Freunden. Die Zeit hatte sie Kellen entfremdet. Der Tod ihrer Eltern hatte sich bei ihnen beiden unterschiedlich ausgewirkt. Sie hatte sich schließlich mit der Tatsache abgefunden, daß ihre Eltern tot waren. Kellen offenbar nicht. Und wollte nun wahrscheinlich Blutrache am König üben; schließlich war Milvin in einer Schlacht gegen Crimson Sapphire gestorben und Coreen kurz danach an gebrochenem Herzen. Und Kellen war Mamis Hätschelkind gewesen.

Rebecca hatte versucht, sich um seine Erziehung zu kümmern, doch das war ziemlich schwer gewesen, da er sich die meiste Zeit über in den Bergen aufgehalten hatte.

Jetzt war Kellen wie ein Fremder für sie. Und sie war ihn und sein Gejammer über den König leid. Warum konnte er nicht etwas Konstruktives tun?

Mike. War er noch am Leben? Als er sie vom Pferd gehoben hatte, kurz bevor er zum Treck aufgebrochen war, waren seine Augen wie Zwillingsvulkane gewesen, sein Griff stark vor ungebändigter innerer Anspannung, die auf sie übergesprungen war.

»Wo reiten wir eigentlich hin?« wollte sie wissen.

»Zu den letzten Schleusenbeeren«, sagte er. »Hör mal, Becky, es tut mir leid wegen ...«

»Was meinst du damit, zu den letzten Schleusenbeeren?« fragte sie, da sie nicht mehr über Kellen oder Sommer oder Mike nachdenken wollte.

Sie ritten am Rand von Amarantfeldern entlang. Sie schätzte, daß sie in zehn Hektar großen Parzellen angeordnet waren, voneinander durch Bewässerungsgräben getrennt.

»Wir ernten die Schleusenbeeren gerade«, sagte Sommer. »Und es ist zu spät, vor dem Beitritt zur Föderation noch mit einer anderen Frucht anzufangen. Der König plant hier bereits eine Landezone.«

»Oh. Ich begreife einiges.«

Sommer brachte ein trockenes Lachen zustande. »Die Beeren werden alle auf die gleiche Art gepflückt.« Er deutete nach links auf einen Bewässerungsgraben. Das Amarantfeld lag rechts. »Wir bauen die Beeren an den Rändern der Bewässerungsgräben an.« Er legte eine Pause ein, als sie bei der Überquerung eines überwölbten Abflußkanals hintereinander reiten mußten.

Als er sie wieder eingeholt hatte, sagte er: »All diese Bewässerungsgräben und die Beeren überziehen die Felder im Zickzack. Darum öffnen wir drüben am Heulenden Volv die Schleusen«, er machte eine vage Geste, »und fluten die Gräben. Man muß aufpassen, daß man nicht zuviel vom Fluß hereinlaufen läßt, er würde die Amarantfelder überschwemmen. Wir halten die Bewässerungskanäle zum Amarant geschlossen. Das Wasser strömt durch sämtliche Felder bis zu einem Durchlaß zum Fluß.«

»Und?« half sie nach, dann sah sie die Antwort. Pflücker gingen durch die hüfthohen Büsche, pflückten die Beeren und warfen sie in die Bewässerungsgräben. »Sie treiben zu der Schleuse am Fluß, wo sie aufgesammelt werden.«

»Richtig. Dort befindet sich das Lagerhaus, wo die gewaschenen Beeren getrocknet werden. Wir bringen einfach eine Abschirmung quer über dem Durchlaß an, und dann haben wir sie alle. Sie ist sogar in den Schleusenmechanismus eingebaut. Wir haben sie so gebaut, daß wir den Durchfluß verlangsamen oder beschleunigen können. Oder ganz unterbinden, was das betrifft, falls sich die Beeren stauen sollten. Und es gibt eine Reihe von Signalen, um den Technikern, die das Flußwasser flußaufwärts hereinlassen, zu sagen, wann sie die Ventile schließen müssen, damit die Felder nicht überschwemmt werden.«

Sie hatten angehalten und beobachteten die Männer und Frauen, die an den Büschen vorbeigingen und die Schleusenbeeren ernteten und in den Graben warfen. Ein Junge und ein Mädchen, Zwillinge, plantschten im seichten Wasser neben den Pflückern her und schoben die Beeren in die Mitte des Grabens. Zwei weitere Kinder folgten ihnen, in der Mitte des Grabens watend, mit langen, schwimmenden Stöcken, sammelten die Schleusenbeeren auf und schoben sie vor sich her.

»Warum zeigst du mir das?« fragte sie.

Er blickte sie besorgt an. »Warum? Mir ist kein anderer Grund eingefallen, dich hier zu treffen.« Er schaute weg. »Ich habe kaum jemals Zeit für mich; das weißt du doch.«

»Oh.« Sie wußte, daß sie ihm gegenüber ungerecht war. Sie erinnerte sich an die Erleichterung, die sie empfunden hatte, an die Kraft seiner Arme und seines Körpers. Es war alles so einfach gewesen bis zu dem Tumult im Park.

Dennoch wollte sie nicht zugeben, daß ein Mann, der gegen ihren Bruder intrigiert und gehandelt hatte, ein ernsthafter Freier sein konnte. Warum fiel es ihr so schwer, das Wort ›Liebe‹ auszusprechen? Konnte sie Sommer Camp lieben? Oder vielleicht lautete die richtige Frage, liebte sie Sommer Camp?

»Irgendwelche Neuigkeiten von Mike?« fragte sie.

»Nein.« Seine Stimme klang kühl.

Sie erkannte ihren Fehler sofort. »Es tut mir leid.« Ich war gemein, dachte sie. Also, dann sag es auch.

»Das war gemein.«

Er machte ein enttäuschtes Gesicht. »Ich mache mir ebenfalls Sorgen, Becky.«

»Rebecca.«

»Oh.« Er saß ab, pflückte eine Handvoll Schleusenbeeren und reichte ihr ein paar. »Er ist auch mein Freund, *Rebecca*. Ich habe ihn aufwachsen sehen. Ich habe eine verteufelte Menge Arbeitsstunden mit seiner

Ausbildung verbracht.« Sein Blick war eine Herausforderung.

»Ich weiß. Es tut mir leid.« Sie versuchte, so unterwürfig wie möglich zu sein, um ihren Fehler wiedergutzumachen. Sie sah, daß es wenig nützte. »Es muß schwer für dich sein.«

»Ja. Von der Familie ganz zu schweigen.«

»Ja?« half sie neugierig nach.

Er zuckte die Achseln. Sie wußte, daß er selten über den König und die Familie Shepherd sprach. In den meisten Dingen war er sehr schweigsam. Er aß noch eine Handvoll Beeren.

»Sommer, wird es Mike schaffen? Den Treck zu überleben, meine ich.«

Er machte ein langes Gesicht. »Ich weiß, daß dir das wichtig ist. Ich weiß darauf keine Antwort. Die Chancen stehen gegen jeden Mann. Der Treck hat die meisten, die es versucht haben, umgebracht. Das einzige, womit ich dienen kann, ist die Tatsache, daß er der Sohn seines Vaters ist.«

Sie griff nach dem Strohhalm, den er ihr anbot. »Immerhin.« Sie stieg ab, und sie gingen gemeinsam weiter, indem sie ihre Pferde hinter sich herzogen.

»Rebecca, würde es dir sehr weh tun, wenn Mike nicht zurückkäme?«

Sie sah, daß er verlegen war. Also fiel es auch ihm schwer, seine Gefühle zu zeigen.

»Sehr«, sagte sie.

Er schien den Kopf hängenzulassen, aber sie wußte, daß es nur so aussah. Er war immer zu stolz. »Würdest du untröstlich sein?« Er sah sie nicht an.

Dieser Frage war sie ausgewichen. Sie mochte Sommer. Sie hatte ihn vor Kellen in Schutz genommen, der ihr vorgeworfen hatte, einen Killer zu lieben, einen Schlächter, den Scharfrichter des Königs, einen Mörder. Es war der Beginn ihres Zerwürfnisses gewesen.

Also tötete Sommer ab und zu. Es war Teil der ... Welt. Vielleicht würde sich die Welt verändern.

Doch die Tatsache, daß er tötete, betonte nur noch den Unterschied zwischen ihm und Mike, dem sanften Mike, dem Mike, der die Welt zum Besseren verändern wollte. Vielleicht allzu sanft.

Sie ertappte sich ständig dabei, daß sie beide miteinander verglich. Mußte sie eine Wahl treffen? Keiner von beiden hatte angedeutet, er sei zu einer dauerhaften Bindung bereit – auch wenn Sommer es mit seiner Frage, ob sie untröstlich sein würde oder nicht, angedeutet hatte. War die Zeit für sie gekommen, daß sie aufhörte, sich zu amüsieren, und sich den Tatsachen stellte? Das Mädchen vom Lande geht in die Stadt und besucht einen Ball und muß nun ihre Schulden bezahlen? Läuft es darauf hinaus?

Sie hatte offenbar zwei Freier. Der eine ein Prinz und angeblich der nächste König des ganzen Planeten. Ein sanfter und nachdenklicher Mann. Manchmal ein zorniger junger Mann. Der andere? Ein Clown. Ein Narr. Ein Mann mit Körperkraft und Geschick, wahrscheinlich ohne Beispiel auf der Welt (vielleicht abgesehen vom König). Ein Mann mit Macht, enormer Macht, vielleicht noch mächtiger als der höchste Militäroffizier der Welt.

Zu einem anderen Zeitpunkt hätte sie der Vergleich zwischen den beiden Männern amüsiert.

Vielleicht würde sie sich nie entscheiden müssen.

Sommer schaute sie an, wartete auf eine Antwort. Er wußte verdammt genau, daß sie sich körperlich zu ihm hingezogen fühlte. Hatte ihr Verhalten im Park das nicht gezeigt?

Sie blieb stehen, und ihr Pferd stieß gegen sie.

»Ich würde die Erfahrung überleben, wenn das deine Frage war, Sommer. Aber du solltest dir darüber im klaren sein, daß deine Frage unfair ist. Ich bin eine Frau. Ich habe meinen eigenen Kopf. *Ich bin niemandem verpflichtet,* denn niemand hat mir ein Geständnis gemacht. Wenn ich mal meinen Spaß mit einer Zufallsbekanntschaft habe, so glaube ich nicht, daß mich diese Begegnung zu irgend etwas verpflichten sollte.«

»Oh.« Er streichelte sein Pferd zwischen den Augen.

Sie drehte sich um und ging davon, zerrte ihr Pferd hinter sich her.

Wie sahen ihre Gefühle eigentlich aus?

Sie war wütend auf Sommer, weil er versucht hatte, sie zu vereinnahmen.

Sie war wütend auf Mike, weil er sich in den Treck geflüchtet hatte und sich vielleicht umbringen würde.

Sie war wütend auf Kellen, weil er Kellen war.

Sie war wütend auf sich, weil sie sich bei sich selbst nicht auskannte.

Sie fühlte sich in einem Wirbelsturm gefangen, in etwas, das sie nicht kontrollieren konnte, obwohl sie es wollte, unfähig dazu, vorauszublicken.

Du hast gewußt, daß du dich dem irgendwann würdest stellen müssen, sagte sie sich, es ist bloß früher passiert.

50 TJ

Drei Stunden vor Tagesanbruch war es still auf den Gängen des Studentenwohnheims. Zwei Studenten saßen vor dem Zimmer, das Kellen Sing bewohnt hatte, bevor er die Universität verlassen hatte und in den Untergrund gegangen war.

»Eigenartig«, flüsterte Sommer.

TJ nickte. Kellen Sing hatte mehrere Orte, an denen er schlief. Franco Valdez war an diesem Abend von einer Frau begleitet worden, die vorgeblich für ihn schwärmte. Später hatte sie eine Nachricht in den Palast geschickt, daß Kellen wieder in dem Zimmer im

Wohnheim sei. TJ fand, es war ein perfektes Versteck für Kellen Sing. Niemand würde daran denken, in dem Zimmer nachzusehen, das er als Student benutzt hatte und wo andere Studenten zugegen waren, die ihn warnen und schützen konnten.

TJ und Sommer standen im Schatten an einer Korridorbiegung. Bislang waren sie noch nicht gesehen worden. Beide trugen unauffällige Kapuzenumhänge, damit sie, falls sie gesehen würden, nicht erkannt wurden.

Sie bewegten sich leise durch den Schatten. Die meisten Korridorleuchten waren gelöscht worden. Sommer wechselte auf die andere Gangseite hinüber und ging neben TJ her.

Die beiden Studenten schienen zu dösen, bis einer von ihnen schnaubte und neugierig den Kopf hob.

Sommer hatte seinen Studenten einen halben Schritt vor TJ erreicht, und seine Handkante traf die Halsseite des Wächters, bevor der Student den Arm heben konnte, um sich zu schützen. TJ fand einen Druckpunkt im Nacken des schlafenden Studenten, und dieser wechselte vom Schlaf zur Bewußtlosigkeit über. Beide Wachposten sackten auf ihren Stühlen zusammen.

Sommer probierte die Tür aus und fand sie von innen verriegelt. Er blickte TJ an. TJ nickte. Sommer trat zurück, schaute den Korridor entlang, und sein Fuß schoß gegen die Tür vor. Sein Fußballen traf die Tür in Höhe des Riegels. Ein scharfer Knall hallte durch den Korridor, während TJ beim Hineingehen die Tür packte, ehe sie gegen die Wand krachen konnte. Sommer folgte ihm und schloß die Tür bis auf einen Spalt, durch den er hinausblickte, um zu sehen, ob der Tumult irgend jemanden hatte aufmerksam werden lassen.

Der durch ein Fenster einfallende Mondschein spendete soviel Licht, daß TJ sehen konnte.

Kellen setzte sich auf seiner Pritsche auf. »Was? Wer ist da?« Er zögerte. »O je.«

TJ grinste vor sich hin. Man hätte meinen können, Sing könnte im Dunkeln sehen. »Die meisten Leute würden vor mir aufstehen«, sagte er gelassen.

»Oh«, machte Kellen, indem er benommen aus dem Bett krabbelte und im Halbdunkel nach seinen Kleidern suchte.

TJ sah, daß Kellen die Kontrolle über sich wiedererlangte, daß der Übergang vom Schlaf in den Wachzustand abgeschlossen war. TJ bemerkte, daß Kellen während des Anziehens einmal erstarrte. Er benutzte die mechanischen Verrichtungen des Anziehens dazu, seine Gedanken zu ordnen und über seine Situation nachzudenken. Am kurzen Stocken konnte TJ erkennen, daß Kellen seine Lage bewußt geworden war. Es war beinahe so, als könnte der Junge Gedanken lesen. »Er hat es begriffen, Sommer.«

»Kluges Bürschchen.«

»Das ist er. Er hat sich nicht einmal beklagt. Er scheint sich auch wieder von der Prügelei erholt zu haben.«

»Was wollen Sie?«

»Er wird umso unhöflicher, je wacher er wird«, sagte Sommer.

»Ich würde meinen«, sagte Kellen, »daß ein Diktator, der per Dekret regiert, es eigentlich nicht nötig haben sollte, mitten in der Nacht herumzuschleichen. Wollen Sie mich töten?«

TJ fand, daß Kellen nicht genügend Angst zeigte, um wirklich zu glauben, daß man ihn töten würde. Klar, wenn sie ihn hätten töten wollen, hätten sie dies durch einen Stellvertreter erledigen lassen, um den Verdacht vom Palast fernzuhalten. TJ erkannte, daß Kellen die gleichen Überlegungen anstellte. Kellen blickte anscheinend nicht durch. Warum der König und der Hofnarr? Eine Abteilung Soldaten hätte den gleichen Zweck erfüllt. Aber, dachte TJ, ein Soldat wäre nicht am Reden zu hindern.

»Du wirst uns begleiten«, sagte TJ, als Kellen fertig angekleidet war. »Du hast die Wahl, ob du freiwillig oder bewußtlos mitkommen willst.«

Kellen senkte seinen Blick in TJs Augen und antwortete nicht. TJ fand den Blick beunruhigend. Er fühlte sich gedrängt, mit Kellen zu reden, ihm alles zu erklären, nett zu dem Jungen zu sein. Der überwältigende Drang verschwand, als TJ den Kopf schüttelte und sich auf seine Absicht konzentrierte.

Sommer trat neben ihn und brach den Bann oder was immer es war. »Die Luft ist immer noch rein, Chef. Schaffen wir ihn hier raus.« Er blickte Kellen an. »Wirst du kooperieren?«

Sogar TJ fühlte den Schwall von Haß. Kellen knurrte: »Ich habe Sie in Aktion gesehen, Camp. Ich weiß, wozu Sie fähig sind.«

TJ sagte: »Du machst genau das, was wir dir sagen, wenn wir dir etwas sagen. Sommer zuerst. Dann du. Dann ich. Versuch nicht zu schreien.« Er nickte Sommer zu.

Sommer überprüfte noch einmal den Korridor und gab ein Zeichen. Sie gingen zwischen den bewußtlosen Wachposten hinaus. Kellen blieb stehen, um ihre Atmung zu überprüfen, und TJ fühlte sich verpflichtet, ihn sich vergewissern zu lassen, daß sie noch lebten.

Dann schoben sie Kellen vor sich her. Einmal berührte er Kellen an der Schulter, als er fand, daß der junge Mann zu geräuschvoll ging.

Als der Korridor sich mit einem anderen kreuzte, der zu einem Nebeneingang führte, verspürte TJ den Drang, Kellen laufen zu lassen, dann gewann er seine Entschlossenheit zurück. Er spürte, daß Kellen allmählich in Panik geriet.

Sommer sah nach, ob der Weg frei war, und führte sie um die Ecke. Nur vereinzelt glomm eine schwache Lampe. Als TJ selbst um die Ecke trat, spürte er, wie Kellen sich straffte und tief Luft holte.

Ehe Kellen schreien und Sommer wegstoßen konnte, schloß TJ über seine Schulter hinweg Kellens Mund mit seiner rechten Hand. Mit der linken fand er den Druckpunkt, und Kellen, auf der Stelle bewußtlos geworden, sackte zusammen.

Sommer hatte sich rasch umgedreht und fing Kellen auf, als TJ ihn losließ. Er neigte seine Schulter und legte Kellen darüber.

Bald waren sie im Freien angelangt und trabten über einen Sportplatz zum Rand der Amarantfelder.

Es tat gut, wieder aktiv zu sein, dachte TJ. Teufel noch eins, es tat gut, gegen Kellen zurückzuschlagen, ob es nun richtig war oder falsch.

Sie brauchten nicht durch den Amarant zu laufen, um den Palast vor Tagesanbruch zu erreichen, doch sie taten es, und das Laufen wurde zu einem unerklärten Wettkampf. Keiner von beiden atmete schwer, und sie wechselten sich alle tausend Schritte damit ab, Sing zu tragen. TJ war froh, daß es kürzlich geregnet hatte und die Felder nicht zur Bewässerung überflutet waren.

Am Rande der Felder warteten sie, während eine Patrouille vorbeikam. Ihr Plan hing davon ab, daß niemand wußte, wer Kellen Sing gekidnapped hatte.

Sie trabten zum Fluß und folgten ihm zum Palast. Im tiefen Schatten rund um den Palast, der sich über dem Flußufer erhob, hielten sie an.

Wie alle Paläste, von denen TJ je gehört hatte, besaß auch dieser einen geheimen Zugang. Monarchen mußten manchmal irgendwohin gehen, ohne erkannt zu werden. Und TJ besaß sogar ein schnelles Segelboot, groß genug für zwanzig Personen, das in einem vorgetäuschten Entwässerungsrohr verborgen war, um im Falle einer drohenden Erstürmung des Palastes über den Fluß fliehen zu können. Eine Treppe führte vom obersten Stockwerk, wo die königlichen Gemächer lagen, zur Nordwestecke des Palastes hinunter, mit Zugang zu jedem einzelnen Stockwerk. Sommers Zimmer lagen nicht zufällig unter seinen und Gwens und besaßen ebenfalls einen Zugang zu der Geheimtreppe.

TJ hielt Kellen Sing, darum trat Sommer hinter ein Gebüsch und schob das mit einem Gegengewicht versehene Wandstück beiseite. TJ duckte sich und trat hindurch, und Sommer schwenkte das Wandstück zurück, entzündete einen Lampendocht und stieg als erster über die Treppe nach oben.

In seiner Wohnung angelangt, betätigte er einen Hebel und trat in einen Schrank, wobei er die Lampe ausblies. Unmittelbar über diesem Schrank lag TJs Zugang zu der Geheimtreppe: der verborgene Raum, in dem Jean-Claude Lafitte Fitzroys Funkgerät stand.

»In das innere Schlafzimmer.«

Sie betraten es durch Sommers Schlafzimmer. Hinter einer weiteren Tür befand sich ein gleichartiges, unbewohntes Schlafzimmer, jedoch weiter innerhalb seiner Wohnung gelegen. TJ ließ Kellen auf das Bett fallen und fand, die Unterbringung sei eigentlich zu gut für ihn. Doch wenn sie ihn in ein gewöhnliches Gefängnis oder sogar in eines der altmodischen und unbenutzten Verliese unter dem Palast gesteckt hätten, wäre es nach außen gedrungen.

»Zieh ihn aus«, sagte TJ. »Ein nackter Mann ist ein verwundbarerer Mann.«

Als sie damit fertig waren, holte Sommer eine Kette mit einem Handgelenkverschluß, befestigte ein Ende an dem Lampenhalter über dem Bett, das andere an Kellens Handgelenk und steckte den Schlüssel in die Tasche.

TJ begutachtete gerade ihre Arbeit, als Kellen erkennen ließ, daß er allmählich wieder zu Bewußtsein kam. »Du oder ich, wir könnten diese Wand einreißen, aber nicht Sing.«

Sommer grunzte. »Hoffe, das löst das Problem.«

»Das wird es nicht«, versicherte ihm TJ, »nicht gleich. Es könnte es sogar noch verschlimmern, ich weiß nicht.

Aber Leidenschaften kühlen mit der Zeit ab, und vielleicht geht die Bewegung ja ein.«

»Sie haben mich nur wegen meiner Schwester nicht getötet«, sagte Kellen.

»Vielleicht«, sagte TJ.

»Eine gottverdammte Hure«, sagte Kellen.

»Vielleicht auch nicht«, sagte TJ. »Vielleicht brauchen wir dich lebend, um ein paar Aufstände zu ersticken.«

»Klar. Den Teufel werd ich.«

»Sing«, sagte Sommer, »halt dein loses Maul in Zaum, wenn du mit dem König sprichst. Verstanden?« Als Kellen nicht antwortete, redete er weiter. »In Wirklichkeit, ganz gleich, was du denken magst, sind wir keine Mörder. Obwohl wir dich hätten töten oder töten lassen können. Ich könnte dich auch jetzt noch töten, dich aus dem Fenster in den Fluß werfen. Du mußt begreifen, daß du es jetzt mit erwachsenen Männern zu tun hast, nicht mit glutäugigen Kindern.«

»Verpiß dich, Camp«, sagte Kellen, und TJ dachte, er habe es gewußt, daß Sing Sommer diese Masche nicht abkaufen würde.

»Na, na«, machte TJ sanft, »haben dir die Schwimmhäuter nicht auch Geduld beigebracht?«

Kellen reagierte, als wäre er von einer Schnarle gebissen worden. Er begriff plötzlich, daß er nackt war, und beeilte sich, seine Blöße mit Bettzeug zu bedecken.

Sommer blickte TJ an. »Das erklärt eine Menge Dinge, TJ.«

»Ich war kein Experte«, sagte der König, »aber ich habe genug beobachtet, um mitzubekommen, was vor sich ging. Und heute abend, allein in der Stille, hat er versucht, uns geistig irgendwie umzustimmen. Von da ab konnte man es sich leicht zusammenreimen.« Er ballte eine Faust und schnellte sie Kellen entgegen, der zurückwich. »Da. Laß es dir gesagt sein, Sing. Ich bekomme es mit, wenn du das machst. Jedesmal, wenn du es bei mir versuchst, werde ich dir einen Zahn herausbrechen.«

»Ich ebenfalls«, sagte Sommer. »Ich brech dir die Finger.«

»Damit dürfte das erledigt sein«, sagte TJ. »Jetzt, junger Mann, erzählen Sie uns von den Schwimmhäutern. Unterstützen sie deinen Plan? Oder sind es überhaupt ›sie‹? Ich muß es wissen.«

Kellen blickte mürrisch drein und gab keine Antwort.

Sommer holte ein Messer hervor und prüfte die Spitze mit dem Daumen.

TJ hob die Hand. »Kellen, ich werde dich nicht foltern. Aber eins sag ich dir. Ich weiß, daß ein Mensch verrückt wird, wenn er drei Tage nichts getrunken hat.« Er deutete zum Innenraum. »Dort drinnen ist ein Bad mit fließendem Wasser und mit Feldrationen aus getrocknetem Büffelschafsfleisch. Wenn du nicht spurst, werde ich deine Kette verkürzen. Ich gebe dir nicht mehr als sechsunddreißig Stunden. Möchtest du nun reden?«

»Ein Schwimmhäuter«, sagte Kellen. Seine Antwort stellte den kleinstmöglichen Bedrohungsfall dar und war darum bedenkenswert, dachte TJ.

»Ich neige dazu, ihm zu glauben«, sagte TJ zu Sommer. »Was Kellen getan hat, paßt nicht zum Vorgehen der Schwimmhäuter – soviel ich weiß. Sie sind nicht so direkt. Ich würde einen Ausgestoßenen, einen Abtrünnigen dahinter vermuten.« Er wandte sich an Kellen. »Name?«

»A:alpha«, sagte Kellen.

Zu schnell geantwortet, dachte TJ. »Verkürze die Kette, Sommer.«

»Warten Sie. Ich habe gelogen. Es ist O:omega.«

TJ hätte sich gern mit O:chacka darüber unterhalten und beschloß, dies zu tun, falls sich eine Gelegenheit dazu bot. »Ich glaube, er sagt die Wahrheit.«

»Zwei Dissidenten, zwei Unruhestifter haben soviel Ärger gemacht?« fragte Sommer.

»Scheint so. Man kann nie sagen, über wieviel Energie ein Fanatiker verfügt. Die Frage ist, warum. Warum, Sing? Was hast du zu gewinnen?«

Kellen spuckte ihn an.

»Persönliche Animosität, vermute ich«, bemerkte Sommer.

»Die Sache mit seinem Vater?«

Das Schweigen war greifbar. TJ und Sommer starrten Kellen an.

Kellen spuckte erneut nach TJ. »Und meine Mutter auch, du Hurensohn!«

Sommer nickte wissend.

TJ dachte darüber nach. Kellen hatte seine Eltern verloren. TJ bedachte die Ironie, die in all dem lag: er selbst verlor alle oder die meisten seiner Söhne – oder hatte sie bereits verloren – und vielleicht ein oder zwei Töchter. Mike und Gil und die anderen starben und machten die reine Hölle durch, um die Schwimmhäuter zu treffen. Kellen hatte keinerlei Entbehrungen durchgemacht, wußte jedoch wahrscheinlich mehr über die Aurakontrolle der Schwimmhäuter als jeder andere lebende Mensch. Bestimmt mehr, als TJ während seines Aufenthalts in der Heimat der Schwimmhäuter gelernt hatte. Je länger er darüber nachdachte, desto wütender wurde er.

Er packte ein Handvoll von Sings Haar und riß ihn nach oben. Er verdrehte Kellens Haar in seinen Händen, wodurch er ihn zwang, den Kopf in den Nacken zu legen.

TJ starrte ihm in die Augen, die schwache Panik der versuchten Aurakontrolle ignorierend. »Du beschimpfst mich nicht, Sing. Du hast diesem Land nichts gegeben, du hast nur genommen. Du gibst mir die Schuld am Tod deiner Eltern und, vermute ich, an den Kriegen. Nun, sie haben *meinen* Vater getötet. Oder dazu beigetragen und unsere Feinde unterstützt, was das gleiche ist. Es war das Unglück der Shepherds, in jeder Generation für dieses Land beinahe auszusterben. Und du klagst mich an?« Kurzzeitig ließ ihn seine Wut daran denken, Kellen Sing auf der Stelle zu töten. Und Kellen erkannte die Absicht augenblicklich. Er zitterte und krümmte sich, als erwartete er, daß der tödliche Schlag auf seinen Hals jeden Moment erfolgen werde.

Sommer legte TJ beschwichtigend eine Hand auf die Schulter.

TJ behielt seine Haltung einen Moment lang bei, dann stieß er Kellen grob von sich. »Du hast recht, Sommer, er ist es nicht wert.« Wenn seine Methoden auch nicht die Ermordung seiner Gegner umfaßten, zog er sie diesmal doch ernstlich in Erwägung. Ein guter Manager und Politiker hatte keine Verwendung für Mord – egal wie groß die Verlockung auch sein mochte. Wie würde er sich verhalten haben, wenn Sommer und Mike nicht in Rebecca Sing vernarrt wären? Er stellte fest, daß er die Antwort darauf nicht wissen wollte. Aber Mike und Sommer waren beide mehr wert als eine Million Kellen Sings, also lohnte es sich nicht, Sings Tod in Erwägung zu ziehen, ganz gleich wie verlockend es war, diese verräterische Niete am Galgen baumeln zu sehen.

Dann hatte er eine Eingebung. Die Idee war so gut, daß die Entscheidung gleichzeitig mit dem Gedanken erfolgte. Kellen Sing würde kein Problem mehr sein. Steck ihn dorthin, wo er Thomas Jefferson Shepherd nutzen kann. Es würde teuer sein, aber die Sache wert – nicht nur in Hinblick auf Rebecca Sing.

Sommer sah, daß seine Wut verraucht war. Zu Sing sagte er: »Also schön. Deine Kette reicht bis ins Bad. Du kannst baden, was immer du willst. Deine Verpflegung ist ebenfalls dort drinnen. Das Fenster ist vergittert und liegt über dem Heulenden Volv. Niemand wird dich hören, wenn du schreist, also spar dir deinen Atem.«

TJ sah, daß Kellen immer noch vom Lesen seiner Aura erschüttert war. Er lächelte vor sich hin. Er fühlte sich so gut wie schon lange nicht mehr. Sings nackter Körper war sichtlich blaß geworden. Er erinnerte TJ an den Bauch einer Schnecke – er hatte weder Rebeccas dunklere Hautfarbe noch ihre attraktiven Sommersprossen.

»Und Sing?« setzte TJ hinzu, leise und drohend. »Sollte dein zahmer Schwimmhäuter hier auftauchen«, er deutete mit dem Daumen zum Fenster, »dann sagst du ihm, er soll aufhören, sich in meine Angelegenheiten einzumischen. O:omega? O:omega hat die stillschweigende Übereinkunft zur Nichteinmischung gebrochen. Sag ihm, daß ich ihn brandmarken werde. Ich will, daß er, verdammt noch mal, von hier verschwindet.« Er drehte sich um und ging hinaus, ohne eine Antwort abzuwarten. Sommer blies die Lampe aus und folgte ihm. Kellen Sing brauchte kein Licht.

51 O:omega

Er stieg aus dem Fluß und schüttelte das Wasser ab. Er kletterte auf das Ufer hinauf, während er sich aufblies.

Kellens Aura hatte sich verändert und war nicht schwer zu lokalisieren gewesen. O:omega hatte noch nie bei einem intelligenten Wesen die Erfahrung von Entsetzen gemacht. Er hatte Entsetzen mitempfunden, wenn kleinere Tiere angegriffen, getötet oder von größeren Tieren verschlungen wurden – das war Teil der Ausbildung gewesen. Es war Teil des Gleichgewichts der Natur und darum notwendig.

Aber Kellens Entsetzen? Es war viel persönlicher, etwas, das er auf sich selbst beziehen konnte. Kellens Aura blinkte schon eine ganze Weile, und O:omega hatte sich gesagt, daß Kellen endlich allein war.

Inzwischen aufgeblasen, erhob er sich langsam in die

Luft, eine gelegentliche Berührung mit den Steinwänden des Palastes reichte aus, ihn zu der Öffnung aufsteigen zu lassen, aus der Kellens Aura hervorströmte. Das Fenster war nicht beleuchtet, doch er wußte, daß Kellen wach war.

/Kellen?/

»Hier, oh, gütiger Gott, hier bin ich.«

O:omega hörte das Klirren von Metall. Er spähte durch die Gitterstäbe. /Du wurdest eingesperrt? Gewaltsam?/

»Ja.«

O:omega las Niedergeschlagenheit und Verzweiflung aus Kellens Aura heraus. Er erweiterte seine eigene Aura, um sie mit Kellens zu vermischen, ihm ein wenig Trost zu spenden.

»Ah, das hat mir gefehlt. Sie haben mich geschnappt, O:omega. Ich hab hier gesessen, ohne etwas zu tun zu haben als nachzudenken. Ganz gleich was passiert, ich bin erledigt. Aber das ist mir inzwischen egal. Kannst du mich hier rausholen?«

O:omega versuchte, eine seiner Flossenhände um einen Stab zu biegen. Seine natürlichen Absonderungen ölten den Stab und machten das Festhalten um so schwieriger. /Schau mal, Kellen, ich kann mich kaum festhalten. Und meine zerbrechlichen Knochen können für diese Aufgabe nicht genügend Muskelkraft entwickeln./

»Ja, das hab ich mir schon gedacht. Den Versuch war es jedenfalls wert. Beim nächstenmal werden sie mich töten, ich weiß es.«

/Warum sollten sie dich töten?/ O:omega konnte das nicht glauben.

»Tu nicht so, als würdest du nichts verstehen. Du weißt, was wir getan haben, und du warst dir über die Konsequenzen im klaren.«

/Ich habe es nie begriffen, Kellen. Die Menschen sind seltsam./

»Seltsam? Soll ich dir sagen, was genau Shepherd mir gesagt hat? Der Treckmeister sagte, du solltest dich wegscheren, sonst würde er dich brandmarken. Was bedeutet das?«

/Dieser Begriff sagt mir nichts./

»Mit heißem Metall versengen.«

/Ah. Vielleicht dauerhafte Entgasung. Ich könnte nur noch an Land überleben./ Er dachte kurz nach. Er wußte nicht, ob er seine Aurakontrolle dazu benutzen konnte, ein intelligentes Wesen wie eine Schnarle oder einen Glühwurm zu lähmen oder zu töten. Es war einfach noch nie vorgekommen, noch niemals getan worden. /Und damit hat mir der Treckmeister gedroht?/

»Du hast es begriffen.«

/Kellen, deine Aura zeigt blindes Umsichschlagen, große Gewalttätigkeit./

»Spiel bei mir nicht den Zimperlichen.«

/Diese Seite von dir verletzt mich./

»Launischer Bastard.« Kellen rüttelte frustriert an seiner Kette.

O:omega las den Zorn und die Enttäuschung und den sinnlosen Rachedurst in Kellens Aura und fühlte sich abgestoßen. Er hatte nicht gewußt, daß ein denkendes Wesen solcher Gedanken fähig war, geschweige denn entsprechender Taten, obgleich er theoretisch über die kriegerische Vergangenheit der Menschen und ihren Hang zur Gewalttätigkeit Bescheid wußte. Es war eine Sache, es zu wissen, und eine andere, es zu erfahren.

Er sah, wie sich seine nebulösen Pläne, es den Schwimmhäuter-Älteren zu zeigen, in Kellens Haß auflösten. Diese alten Narren waren genauso schlimm wie die Menschen! Vermochten sie ein Problem zu lösen? Nein. Wollten sie auf die Frauen hören, die es verdient hatten, angehört zu werden? Nein. Seine Befürchtungen hinsichtlich Kellen hatten sich schließlich bewahrheitet. Er hatte gewußt, daß Kellen die Fähigkeit besaß, ihre gemeinsamen Pläne zu sprengen. Doch er hatte wider alle Wahrscheinlichkeit gehofft.

O:omega wurde traurig, als er überlegte, was nun werden würde. Niedergeschlagenheit überwältigte ihn, als er keine schlüssigen Antworten erkennen konnte. Die Schwimmhäuter sollten sich verändern und wollten es nicht. Ein niederschmetterndes Rätsel.

Sein Bündnis mit Kellen war gescheitert. Er hatte bei jeder Gelegenheit versagt. O:omega begann in seine eigene Zukunft zu extrapolieren und hörte auf, ehe er seine Überlegungen beendet hatte. Für ihn gab es keine wirkliche Zukunft mehr.

»O:omega?«

Er ließ los, und ein Windstoß trieb ihn gemächlich über den Fluß.

»O:omega?! Es tut mir leid!«

Er begann Gas abzulassen und sank allmählich dem kalten, kalten Fluß entgegen.

»Verlaß mich nicht.«

Er sank in das Wasser ein, sank deprimiert bis zum Grund, ohne sich überhaupt die Mühe zu machen, wieder seine Unterwasserform anzunehmen.

52 Rebecca

Inzwischen war sie ernstlich wütend auf Kellen. Rebecca marschierte über die Shepherd Avenue zornig zum Palast, beinahe so schnell, wie sie eines Nachts an den angrenzenden Mauern vorbeigerannt war.

Endlich hatte sie etwas unternommen, um Sommer Camp zu zeigen, aus welchem Holz sie geschnitzt war. Und nun drohte Kellen ihren ganzen Plan scheitern zu lassen.

Er war verschwunden.

Nun, bei Gott, sie ging direkt zum Palast, um die Angelegenheit zu klären. Valdez und seine verrückten Freunde hatten ihr zugesetzt. Polizisten hatten ihr zugesetzt. Geistliche hatten ihr zugesetzt. Die Vertreter der Anwälte hatten ihr zugesetzt.

Wo ist Kellen? wollten sie alle wissen. Der Verdacht kam auf, der König habe ihrem Bruder etwas getan. Valdez war im Palast gewesen, hatte den König zu sprechen verlangt und war abgewiesen worden.

War Kellens Verschwinden eine List, um dem König die Schuld zuzuschieben und eine neue Runde der Konfrontation zu eröffnen?

Sie gelangte zu der Stelle, wo sich die Straße stark verengte und auf das Palastgelände führte. Die massiven Tore lagen unmittelbar vor ihr.

»He! Rebecca!« Franco Valdez erhob sich an der Wand aus einer sitzenden Haltung. »Warte auf mich!«

Sie zögerte, ohne zu wissen, wie sie sich verhalten sollte.

»Du gehst in den Palast?« fragte er.

Sie verkniff sich eine Erwiderung und nickte.

»Darf ich dich begleiten?«

Sie ging weiter auf das Tor zu. »Warum?«

Er hustete und zuckte die Achseln.

Sie erreichten die Palasttore. Rebecca nickte der Spätnachmittagsschicht der Wachposten zu. Inzwischen war sie bei den Gyrenen wohlbekannt.

Zwei von ihnen lächelten ihr zu und traten vor, um Valdez aufzuhalten. »Eintritt verboten«, sagte einer von ihnen.

»Äh …«

Der Posten, der gesprochen hatte, blickte sie an. »Er lungert schon seit drei Tagen hier herum. Eintritt wird nicht gestattet.«

Also hatte Franco den Palast ebenso lange belagert, wie er sie belästigt hatte. Sie lächelte zurück und ging weiter.

Valdez wandte sich um, zögerte, dann rief er: »Finde

heraus, was sie mit Kellen angestellt haben!« Er schwenkte ein Paar Daumentrommeln. »Schau!«

Sie ließ nicht erkennen, daß sie ihn gehört hatte. Sie war wütend auf Mike, weil er sie in Sorge ließ. Sie war wütend auf Sommer, weil er so attraktiv und vereinnahmend war.

Nun, sie hatte etwas getan, um es Sommer zu zeigen. Er würde es bald herausfinden. Sie forderte ihn auf seinem eigenen Territorium heraus. Sie konnte ein schadenfrohes und erwartungsvolles Strahlen nicht verbergen, und einige Gyrenen am Inneneingang glaubten, das Lächeln gelte ihnen, und strahlten zurück.

Sie begriff, wie wichtig politische Beziehungen waren, als sie das innere Empfangsbüro des Königs erreichte, ohne aufgehalten zu werden. Es schien ihr, als gäbe es heute mehr Wachposten als gewöhnlich.

»Ich suche nach Sommer Camp«, teilte sie dem Sekretär des Königs mit.

Bald darauf trat Sommer aus dem inneren Büro des Königs, mit seinem Narrenanzug bekleidet, das Make-up an Ort und Stelle. Er machte ein überraschtes Gesicht. »Hallo«, sagte er. Er führte sie in den Warteraum für VIPs und bot ihr einen Sessel an.

Sie lehnte mit einem Kopfschütteln ab. »Ich werde gleich zur Sache kommen, Sommer. Kellen ist verschwunden.«

»Ach?« Sein Gesichtsausdruck war nichtssagend, doch es war schwer, die Nuancen unter all der Schminke zu erkennen.

»Alle möglichen Leute hatten es auf mich abgesehen. Niemand kann von offizieller Seite Hilfe bekommen, um nach ihm zu suchen, und niemand bekommt Zugang zu irgendeiner Amtsperson im Palast, um in dieser Angelegenheit vorstellig werden zu können.«

»Valdez ist hartnäckig«, sagte Sommer.

»Franco behauptet, zwei Studenten, die Kellen bewacht haben, seien angegriffen und Kellen gekidnapped worden.«

»Valdez redet zuviel.«

»Stimmt. Und Sommer? Valdez erzählt eine Menge. Inzwischen weiß die ganze Stadt, daß Kellen verschwunden ist, und Valdez und seine Leute machen den König dafür verantwortlich. Die Nachricht verbreitet sich wie ein Lauffeuer.«

»Dessen bin ich mir bewußt.«

Sommer verhielt sich in dieser ganzen Angelegenheit eindeutig steif. Kannte er Kellens Aufenthaltsort? Sie blickte ihm gerade in die Augen, und er wandte den Blick ab. Bin ich so an diesen Mann gebunden, fragte sie sich, daß ich es fühlen kann, wenn er einer Frage ausweicht?

»Geht es meinem Bruder gut?« fragte sie.

Er schüttelte traurig den Kopf. »Komm mit.«

Als sie gingen, sagte er zum Sekretär des Königs: »Ich bin in meiner Wohnung. Lassen Sie den Chef ohne mich nirgendwohin gehen.«

Während sie einen belebten Korridor entlanggingen, sagte Rebecca: »Jetzt, wo du meinen Ruf ruiniert hast, wohin bringst du mich? Ist Kellen dort?«

»Wart's ab.«

Er führte sie über die breite, öffentliche Treppe zwei Stockwerke hoch zum Ende des Gangs im dritten Stock. Die Doppeltür zu seiner Wohnung war verschlossen.

»Du hast es ernst gemeint«, sagte sie. »Mein Ruf ist in Gefahr.«

Er zuckte die Achseln.

Sie lächelte und sagte: »Wie steht es mit *deinem* Ruf, Sommer?«

»Hab keinen.«

»Wenn ich heute nacht mit dir fertig bin, wirst du einen haben.«

»Wie?« Er zögerte an der Tür.

»Du kommst heute abend zum Doppel-M-Club und siehst.«

»Siehst was?« wollte er wissen.

Sie schüttelte den Kopf und deutete auf die Tür. »Gehen wir dort rein, oder sollen wir hier stehenbleiben und den Nachmittag verquatschen?« War Kellen dort drinnen? Falls ja, ergab es nicht viel Sinn. Sommer wandte schließlich seinen neugierigen Blick von ihr ab. Der Doppel-M-Club war nur für Mitglieder, und die Mitgliedschaft erstreckte sich nicht auf Frauen. Sie hatte ihn wirklich neugierig gemacht.

Er öffnete die Tür, überraschenderweise mit einem Schlüssel, und bedeutete ihr einzutreten. Sie fand sich in einem komfortablen Wohnzimmer wieder, das groß und luftig war, jedoch wenig Anzeichen von Benutzung zeigte. Sie folgte ihm schweigend einen Korridor entlang und in sein Schlafzimmer, das stärker benutzt wirkte als der äußere Raum. Durch eine offene Tür erspähte sie einen Schrank, in dem es mehr von allen möglichen Waffen gab, als die meisten Gendarmerien besaßen. Der Raum war ordentlicher, als sie es bei einem alleinstehenden Mann erwartet hätte. Und auf einem Regal über dem Bett standen mehrere der Permaplastbücher, von denen sie gehört hatte.

Sie war verwirrt und zögerte.

Er grinste über ihr offensichtliches Unbehagen. »Du bist vor mir sicher – im Moment.« Er ging vor ihr her zu einer weiteren Tür und trat hindurch, indem er ihr bedeutete, ihm zu folgen.

In dem halbdunklen Raum sah sie einen Mann, der sich beeilte, seine Blöße mit Laken zu bedecken.

»Kellen!«

Sommer zog die Vorhänge am Fenster auf, und der Raum wurde angenehm hell.

Kellen setzte sich auf, und sie sah die Kette, die vom Lampenhalter über das Bett bis zu seinem Bein unter der Decke reichte.

»Rebecca«, sagte er wissend. »Kürzlich irgendwelche Brüder an den Feind verkauft?«

Sie wandte sich an Sommer. »Warum ist er hier, hier in deiner Wohnung?«

Sommer zögerte. »Damit niemand erfährt, daß wir ihn haben.«

»Bei der üblen Stimmung seiner Anhänger kommt es darauf nicht an. Sie glauben, ihr hieltet ihn gefangen oder hättet ihn getötet.«

»Aber sie wissen es nicht, Becky.«

»Rebecca.« Sie dachte nach. »Warum habt ihr ihn nicht getötet?«

Sommer blickte sie offen an. »Weil er dein Bruder ist«, sagte er mit schonungsloser Offenheit. »Und wir haben möglicherweise später noch Verwendung für ihn.« Sein Gesicht wurde ein wenig länger, ein Effekt, der durch das schneeweiße Make-up noch verstärkt wurde. »Hältst du uns auch für Mörder?«

Sie seufzte. »Nein, Sommer. Das tue ich nicht. Ich glaube, ihr seid dazu imstande und würdet es tun, wenn ihr müßtet, aber ich halte euch nicht für Mörder.«

»Danke«, sagte er frostig.

»Tut mir leid, aber so denke ich eben.« Sie verschränkte die Arme und wandte den Kopf.

»Also, verdammt noch mal, sieh sich das einer an!« Kellens Tonfall war anklagend. »Ein sich kabbelndes Liebespaar, vor meinen Augen. He, vergeßt nicht, daß ich da bin. Ich bin direkt vor euch angekettet.«

»Ach, sei still, Kellen.«

Sommer trat vor und beugte sich über Kellen. »Ich bin hier, um deiner Schwester zu beweisen, daß du bei guter Gesundheit bist. Ich habe mein Schicksal in ihre Hände gelegt. Wenn sie das hier weitererzählt, bekommt der König großen Ärger wegen mir. Und du könntest uns dankbar sein, daß wir dabei geholfen haben, dir das Leben zu retten, Sing. Zuviele Leute haben dich zuletzt benutzt. Dein Tod als Märtyrer war vorherbestimmt und hätte den Vorwand für einen Angriff auf den König abgegeben. Ich versuche dir zu sagen, daß dein Dasein eine kurzlebige Angelegenheit gewesen sein könnte.« Er grinste teuflisch. »Und wenn wir dich freiließen, würden dich diejenigen Elemente, die dich benutzt haben, sogar jetzt noch wahrscheinlich umbringen, bloß weil du uns etwas erzählt haben *könntest*.«

»Ich glaube Ihnen nicht, Camp.«

»Es könnte gut sein, daß er die Wahrheit sagt«, sagte Rebecca.

»Das tue ich, glaubt mir«, sagte Sommer. »Was ist das für ein Gefühl, jetzt auf sich allein gestellt zu sein, Sing? Du bist jetzt von beiden Seiten verdammt. Vielleicht kennst du das Gefühl von deiner Bekanntschaft mit O:omega her?«

Kellen zuckte zurück.

Rebecca blickte Sommer fragend an, und er erzählte ihr von dem ausgestoßenen Schwimmhäuter. »Es erklärt eine ganze Menge«, sagte Sommer.

»Ist das wahr?« fragte sie Kellen.

Er schwieg.

»Dann ist es also wahr. Warum, Kellen? Aus Rache? Unsere Eltern sind längst tot, die Vergangenheit ist abgeschlossen. Milvin hat selbst den Tod gesucht, indem er gegen Crimson Sapphire kämpfte. Das ist nun Geschichte.«

Kellens Augen funkelten, seine Worte waren mühsam beherrschte Wut. »Shepherd selbst, König von Bear Ridge, Treckmeister und Schweinehund, hat Milvin Sing persönlich erschlagen und enthauptet.«

Rebecca nahm die Worte wie Schläge hin.

Kellen fuhr fort: »Hast du gehört, daß Shepherds Schwert Witwenmacher genannt wird?«

»Ich kann dir nicht glauben«, sagte sie heiser. Doch sie glaubte ihm, was er sagte, mußte wahr sein. Es beantwortete so viele Fragen.

Sommer legte tröstend einen Arm um sie. »Woher weißt du das, Sing?«

Er spuckte. »Von einem Augenzeugen.«

»Bring mich hier raus, Sommer.«

»Miststück!« kreischte Kellen. »Sie haben dich ebenfalls umgedreht! Hure! Verräterin! Hau ab! Ich will nichts mehr mit dir zu tun haben, du gottverdammte Hure. Laß mich in Ruhe!«

Sommer schloß die Innentür, und sie sank aufs Bett nieder.

Er blieb mitten im Zimmer stehen und sagte: »Es tut mir leid.«

Sie fühlte sich ausgelaugt. Sie wollte weinen, konnte es aber nicht. Sie fühlte sich körperlich erschöpft. Ihre Schultern fielen herab, und sie sah zu Boden. »Warum muß alles so sein?« flüsterte sie.

Sein Tonfall war gleichmäßig leise. »Ich weiß es nicht, Rebecca.« Etwas in seiner Stimme veranlaßte sie, ihn anschauen. Sein Gesichtsausdruck war gequält. »Wenn es etwas zu bedeuten hat, dann hab ich nichts davon gewußt. Von TJ und deinem Vater.«

»Ich glaube dir«, sagte sie.

»Ich hätte es ebensogut sein können«, sagte er. »Ich habe an TJs Seite gekämpft.«

Nun wußte sie alles. Die Fragen waren beantwortet. Ihr wachsendes Verständnis für Sommer sagte ihr, daß er nicht gewußt hatte, daß der König derjenige gewesen war, der Milvin in der Schlacht getötet hatte. Es sagte ihr auch, daß es ihm aufrichtig leid tat. Sein gequältes Clownsgesicht sagte ihr, daß er mit ihr fühlte und daß er glaubte, sie aufgrund der neuen Enthüllungen verloren zu haben.

Sie stand auf, ein schwieriges körperliches Unterfangen, ging zu ihm hin, nahm seinen Kopf, zog ihn zu sich herab und barg ihn an ihrer Schulter. Seine Augen waren feucht – nicht voller Tränen, bloß feucht – vor Enttäuschung. »Es ist nicht deine Schuld, Sommer.« Sie war selbst überrascht von ihrer Stärke. »Du kannst mir sagen, wie dir zumute ist«, sagte sie.

»Kann ich das?« Er wandte ihr das Gesicht zu, und eine lange, stark geschminkte Wimper strich über ihre Wange.

»Wenn du nach dem heutigen Tag immer noch willst«, sagte sie, wieder zu Kräften kommend. Seine Arme packten sie fester, und sie löste sie. »Du mußt wieder an die Arbeit. Ich muß um meine Eltern trauern und noch üben.«

»Üben?«

»Das wirst du heute abend im Doppel-M-Club sehen. Die Vorstellung fängt spät an, sei dort, in Ordnung?«

»Verlaß dich drauf.« Seine Stimme war wieder normal; er hatte seine Gefühle wieder unter Kontrolle. Sie konnte jedoch sehen, daß er neugierig war.

Als sie den Palast verließ, rannte ihr Franco Valdez nach. Sie ging weiter, weigerte sich auf seine Fragen zu antworten. Nach wenigen Minuten hinderte ein Soldat Franco daran, sie zu belästigen, und sie ging nach Hause.

Sommer hatte sie als seinen Gast in den Doppel-M-Club mitgenommen, bald nachdem er sie vor dem Tumult im Park gerettet hatte.

Der Doppel-M-Club war ein Trink- und Speiseetablissement nur für Mitglieder. Sämtliche Mitglieder waren Männer.

Von besonderen Gelegenheiten abgesehen, gestatteten es die Regeln den Mitgliedern, weibliche Gäste zum Essen, auf einen Drink oder zur abendlichen Unterhaltung mitzubringen.

Wie die meisten Leute, hatte sie vom Doppel-M-Club gehört, ihm jedoch keine Beachtung geschenkt. Sie hatten zunächst einen Drink an der Bar zu sich genommen, wo Sommer sie allgemein vorgestellt hatte. Er hatte sich beinahe formell gekleidet, ohne Make-up und Narrenkostüm. Die Männer in der Bar kannten und akzeptierten ihn, was eigenartig war, da sie nicht glaubte, daß viele Leute den wirklichen Sommer Camp überhaupt kannten. Des weiteren überraschte sie, daß sie alle über Politik Bescheid zu wissen schienen. Als sie als Rebecca Sing vorgestellt wurde, gingen die Brauen ein wenig in die Höhe, doch das war schon die ganze Reaktion. Eine Sing an der Seite der rechten Hand des Königs? Für die meisten Leute bemerkenswert, für diese jedoch hinnehmbar. Und im Gegensatz zur Öffentlichkeit schien jedes Mitglied zu wissen, daß Sommer der engste Ratgeber und Freund des Königs war.

Gleichfalls überraschte sie die Zusammensetzung des Clubs. Gewiß, einige Adlige – sie waren nicht zu übersehen. Mit der Zeit unterschied sie Vaqueros, Gyrenen, Soldaten, Offiziere, Geistliche, Farmer und Kaufleute, alle offizielle Mitglieder des exklusivsten Clubs von Crimson Sapphire, wie sie herausgefunden hatte.

Selbst der Barkeeper trug das Medaillon des Aufgebots. Die Unterhaltung war an diesem Abend nicht sonderlich beeindruckend gewesen, drei Männer, die Instrumente spielten und sangen.

Sie hatte nicht ihr ganzes Gold, daß sie beim Verkauf der Farm erhalten hatte, ausgeben wollen, darum hatte sie am nächsten Tag den Doppel-M-Club erneut aufgesucht und sich um eine Stelle beworben. Kellen war nicht der einzige musikalische Sing. Sie spielte die sechssaitige Lutar und sang. Der ›Diensthabende‹, der der eigentliche Manager war, heuerte sie auf der Stelle an. Es war offensichtlich, daß ihr Talent ihr den Job eingebracht hatte. Sie hätte ihn nicht bekommen, weil sie Kellens Schwester war – allerdings hatte ihre Verabredung mit Sommer sie tragbar gemacht.

Heute war ihre erste Vorstellung.

Sie war nervös. Ihre erster Auftritt. Aber sie war fest entschlossen. Sie hatte ihr Haar gelöst und ließ es natürlich bis auf die Hüfte hinabfallen. Ihrer Absicht entsprechend trug sie weite schwarze Hosen und eine dazu passende Bluse. Ihre Kleidung sah aus, als trüge sie einen zweiteiligen Pyjama.

Sie saß auf einer erhöhten Plattform an dem der Bar gegenüberliegenden Ende des Raums auf einem Hocker, den rechten Fuß in einer Haltung, die lässig erscheinen sollte, unter den linken Schenkel geklemmt.

Die Essenszeit war beinahe vorüber, und einzelne Männer und Gruppen von Männern strömten in die Bar. Sie war überrascht, wie vielen Frauen Gesellschaft leisteten. Ein Vaquero grinste sie wölfisch an. Offenbar hatte er nicht damit gerechnet, sie hier zu sehen, mochte jedoch das, was er sah. Sie erwiderte sein Lächeln.

Ihre Finger streichelten die Lutarsaiten in einem repetetiven Rhythmus, und sie begann leise mit der Musik mitzusummen. Sie hatte früh begonnen und glaubte, daß sie sich auf diese Weise zu ihren Liedern vorarbeiten und ihre Nervosität bezwingen konnte. Sie ging ihren Plan noch einmal durch. Wickle sie ein, dann sag, was du zu sagen hast.

Ein Geistlicher winkte mit seinem Bierkrug einem Tisch mit drei Edelleuten zu und setzte sich zu ihnen, als sie Karten zu spielen begannen.

Sie streckte die Hand aus und drehte die Lampe herunter. Sie wollte nicht aufdringlich sein.

Von einem Stammgast stieg gelegentlich eine Qualmwolke auf, wie Morgennebel von einem Fluß. Die Geräuschkulisse schwoll an und ließ nach, und sie fühlte sich bereits besser. Die in der Bar anwesenden hatten ihre Hintergrundmusik akzeptiert. Gleich würde sie anfangen müssen. Die dicken, roh behauenen Deckenbalken spendeten ihr Trost.

Der Barkeeper hatte ihr einen Drink angeboten, bevor sie auf das Podium gestiegen war, doch sie hatte abgelehnt – und nun bereute sie ihren Entschluß.

Es war beinahe soweit.

Da! Sommer kam herein – und bei ihm war der König! Keiner von beiden war formell gekleidet; sie hätten Kaufleute sein können. Wenn auch niemand im Raum Anstalten machte, sich vor dem König zu erheben, wurde seine Anwesenheit doch allgemein zur Kenntnis genommen. Mehrere winkten, nickten grüßend oder hoben das Glas. Der König lächelte und nickte zurück, schüttelte einige Hände und setzte sich mit Sommer, der sie neugierig beobachtete, an einen Tisch. Rebecca war sich sicher, daß der Manager ihnen von ihr erzählt hatte.

Ihr Daumen beschleunigte das Tempo auf den beiden unteren Saiten, und die Leute begannen sich ihr zuzuwenden.

»Dieses Stück heißt ›Lied eines Soldaten‹«, sagte sie einfach. Ihre Finger spielten über die Saiten, während sie sich leise räusperte.

»Hände und Glieder,
  Schwert und Assagai.
Die einen die Sieger,
Des anderen Todesschrei.

Der Finger Gottes
  Oder ein Assagai?

Wohl wahr, sie können nicht fliegen,
  auch wenn sie sich biegen.
Mag's irgendwann mal gelingen,
  Kann TJ seinen Willen erzwingen.

Der Finger Gottes
  Oder ein Assagai?

Hände und Glieder,
Marschieren im Takt ...«

Es war eher ein gesungenes Gedicht als ein Lied. Beim Spielen konnte Rebecca erkennen, daß es ihnen gefiel, diesen Männern, die sich an lang zurückliegende Schlachten erinnerten. Sie hätte stundenlang zu diesem einfachen Reimschema Verse machen können. Als sie sich schließlich an das Lutarspiel und das Singen vor Publikum gewöhnt hatte, hörte sie auf.

Der Applaus begann schwerfällig und wurde stärker. Es war kein anhaltender Applaus, bloß eine Bestätigung ihrer Bemühungen. Sie begriff, daß man von ihr unaufdringliche Unterhaltung erwartete, damit die Stammgäste sich unterhalten und trinken und amüsieren konnten. Jetzt nahm man sie zur Kenntnis, weil sie neu war und das Thema ihre Aufmerksamkeit erregt hatte. Sie beschloß, diese Anfangsaufmerksamkeit für sich zu nutzen.

Der Applaus verebbte, und man wartete ab, was sie als nächstes singen würde. Sie hatte ihrem militärischen Hintergrund Genüge getan, der Tatsache, daß sie alle das Medaillon des Aufgebots trugen. Welches neue und ungewöhnliche Thema würde sie als nächstes bringen?

»Ein neues Lied«, sagte sie in das Schweigen hinein. Sie hatte ihre volle Aufmerksamkeit. Die Spiele hatten aufgehört, und einzig der Barkeeper bewegte sich umher; von der Bühne würde ihn nichts Neues mehr überraschen. Ihre Finger verlangsamten den Rhythmus der Lutar. »Eine Ballade«, sagte sie. »Die Klage einer Frau.«

»Aus der Enge ihrer Küche
Lief sie eines Tages weg
Ihr Viehhirt ist ein fescher Mann
Und heißen tut er Red.
Und wenn er ruft
Wird sie nicht schwach
  Und nicht mehr fett
Geblutet hat sie schon zu oft
  Für *seinen* Kopf

Nun hält sie durch und fastet
Und faßt sich an den eignen Schopf
Es ist schwer, aber fein
Einfach frei zu sein.

Sie kauen Tabak
Und trinken Wein
Und möchten einen lieben
Und glücklich sein
Nun sind wir RICHTER
Veränderung naht
Wir werden frei sein
Zu stürmen die Bastion
Zu fällen den Baum
Überlebter Tradition
Und vielleicht kommt die Zeit
Der sich'ren Verdammnis
Alle Glocken bereit
Wenn der Treck zu Ende geht
Und die Königin hat das Land
Endlich trockengelegt
Denn wir waten nicht mehr
In den Wassern unsrer Nacht
Denn sie hat einen Satz
Über den Fluß gemacht.

Um das Gesicht zu wahren?
Nein!
Unsren Platz einzunehmen!
Jawohl!

Denn sie hat ihren eignen Kopf
Es ist schwer, aber fein
einfach frei zu sein!«

Diesmal war das Publikum verblüfft. Alle Augen waren auf sie gerichtet. Sie hatte sie alle herausgefordert, und hatte es im Angesicht von Thomas Jefferson Shepherd getan.

Sie klimperte leise auf ihrer Lutar. Sie wußte, daß Sommer eigentlich nicht für die Vorherrschaft der Männer war, doch sie wollte, daß er wußte, wie sie empfand, und dies war ihre, wenn auch ein wenig melodramatische, Art, es zu sagen: »Okay, Sommer, genau so empfinde ich.« Inzwischen wußte sie, warum sie Lonestar verlassen hatte. Sie versuchte, sich möglichst ungezwungen zu verhalten, während sie die Saiten anschlug. Die Stille dauerte an. Sie hoffte, man würde sie für keine Fanatikerin halten, einen zweiten Kellen, der mit einem neuen Anliegen voranstürmte. Sie hatte einfach etwas zu sagen und hatte es gesagt. Vielleicht war dies eines der Dinge, die sie vor allem anderen an Mike angezogen hatten: er hatte einen besseren Draht zu den Menschen und hätte ihre Bemühungen wahrscheinlich eher zu schätzen gewußt als sein Vater – oder Sommer. Würden sie denn überhaupt nicht mehr reagieren?

Sommer Camp begann zu applaudieren, kein lautes Geräusch in dem vollbesetzten Raum. Es wurde nicht gemurmelt. Sie hatte sogar die Aufmerksamkeit des Barkeepers.

Sommer pflichtete ihr bei!

Die Zeit schien sich zu dehnen, und noch hatte sich Sommer niemand angeschlossen. Die Blicke wanderte von ihr zu ihm. Rebecca sah, daß einige der Anwesenden noch ihre Verse und Absichten verdauten.

Sommer applaudierte hartnäckig weiter. König Thomas Jefferson Shepherd schloß sich an und stand auf. Dann, wie auf Verabredung, erhoben sich mehrere der weiblichen Gäste des Doppel-M-Clubs und schlossen sich dem König an. Sommer erhob sich ebenfalls.

Ein Vaquero erhob sich grinsend und applaudierte; neben ihm klopfte ein Gyrenensergeant mit einem Dolchknauf auf den Tisch. Einige applaudierten widerwillig; ihnen hatte offenbar die Melodie gefallen, jedoch nicht die Aussage des Liedes. Rebecca war sich nicht sicher gewesen, wie sie reagieren würden. Sie nahm die Reaktion des Publikums jedoch kaum wahr. Ihre Augen waren auf Sommer und sein andeutungsweises Lächeln gerichtet.

Sie sang noch einige traditionelle Balladen und spielte ein paar Instrumentalstücke auf der Lutar. Die Atmosphäre in der Bar entspannte sich allmählich, und die Unterhaltungen wurden wieder aufgenommen, wie es auch gedacht war. Sie fragte sich, ob ihre Stelle wegen der ›Klage einer Frau‹ gefährdet war. Als sie darüber nachdachte, bezweifelte sie es, da der König so positiv reagiert hatte.

Als die Zeit für eine Pause gekommen war, ging sie zu Sommers Tisch. Der König stand an der Bar und unterhielt sich mit einigen anderen Clubmitgliedern.

Sommer erhob sich, um sie zu begrüßen. »Gut gemacht, Becky.«

»Rebecca. Und das sagst du doch bloß so.«

»Unfug. Ich mein's ernst. Bekreuzige mein Herz, der Schlag soll mich treffen, stech mir eine Nadel ins Auge.«

»Na gut. Spendierst du mir ein Bier, Kumpel?«

Als sie saßen, gab er einer Kellnerin mit zwei Fingern ein Zeichen.

»Danke für deine Unterstützung, Sommer.«

»Du hast erstaunlich gut gespielt, in Anbetracht der persönlichen Tiefschläge, die dich heute ereilt haben.« Er betrachtete sie forschend. »Du hast versucht, mir etwas zu sagen, nicht bloß einem Haufen alter Soldaten einen Wink zukommen zu lassen.«

»So alt bist du nicht.«

»Nicht zu alt für dich?« fragte er in einem Ton, aus dem jede Beiläufigkeit verschwunden war.

»Nicht eine Minute«, sagte sie, überrascht davon, daß sie so ruhig war.

Sommer entspannte sich merklich. »Mike?«

»Ich hoffe, er ist in Sicherheit. Ich mache mir Sorgen um ihn. Er braucht jemanden, der stark genug ist, ihm dabei zu helfen, alles durchzustehen. Jemand, der seine Sanftheit zu schätzen weiß.« Rebecca Sing bedeckte Sommers Hand mit ihrer.

Die Kellnerin brachte ihre Biere.

Rebecca blickte sich um und bemerkte, daß der König sie anschaute, während er mit General Vero sprach. Aus einer Laune heraus lächelte sie ihn offen an und überraschte ihn damit. Er grinste zurück.

Sommers Finger massierten die Innenseite ihrer Hand. »Ich fühle mich durch die Förmlichkeit dieses Ortes gehemmt.«

»Ich auch«, erwiderte sie. Sie fühlte sich unbeschwert und glücklich. Eine eigenartige Empfindung für sie, dachte sie, deren Bruder von zwei Männern in diesem Raum gekidnapped worden war und angekettet gefangengehalten wurde, und deren Vater von dem einen Mann enthauptet und gegen viele der heute hier Anwesenden gekämpft hatte.

Sie sah keinen Widerspruch darin.

»Wann bist du mit deiner Vorstellung hier fertig?« fragte Sommer.

53 Tirano

ARMEE UNTERWEGS ZU MANÖVERSTANDORT AUF EBENE DER GRÄBER. PALASTGYRENEN BLEIBEN ZURÜCK, ABER IHRE TRUPPEN SOLLTEN MIT IHNEN FERTIG WERDEN. KÖNIG UND ANHANG SOLLEN IN LETZTER MINUTE AUFBRECHEN. SPONTANE GEWALTTÄTIGKEITEN AUFGRUND SINGS VERSCHWINDEN IM ABFLAUEN BEGRIFFEN.

Tirano rieb sich vor Freude die Hände. Alles lief nach Plan. Achtung, Shepherd, ich komme. Er tippte seine Antwort ein.

KLINGT GUT. SHEPHERD BIS ZU UNSERER ANKUNFT UNBEDINGT IN CRIMSON SAPPHIRE UND VON DER ARMEE FERNHALTEN, UM IHN AM HANDELN ZU HINDERN. WENN ER BEI SEINER TRUPPE IST, WIRD ER DEN WIDERSTAND ORGANISIEREN KÖNNEN, UND UNSERE ÜBERLEGENE BEWAFFNUNG WIRD NICHT AUSREICHEN, MIT DER GANZEN ARMEE FERTIGZUWERDEN. DAS GLEICHE GILT FÜR ANDERE MITGLIEDER SEINER FAMILIE UND HOCHRANGIGE BEDIENSTETE. BESTÄTIGEN SIE.

Er kannte TJs Ruf und wußte, daß dieser Narr niemals aufgeben würde, solange er an der Spitze seiner Armee stand. Das Funktionieren von Tiranos Plan hing von der sofortigen Beseitigung der Familie Shepherd und seiner Ratgeber und oberen Beamten ab.

ICH KANN NICHT GARANTIEREN, DASS ICH DEN KÖNIG USW. IN CRIMSON SAPPHIRE FESTHALTEN KANN. PRINZ MICHALE UND ILLEGITIME PRINZCHEN AUF TRECK, BISLANG KEINE HEIMKEHRER. KÖNIGIN UND KÖNIGINMUTTER HALTEN SICH BEDECKT, SOLANGE TRECK ANDAUERT. GENERAL VERO SOLL KÖNIG BEGLEITEN. EINE WEITERE UNBEKANNTE IST DER RATGEBER DES KÖNIGS, CAMP. ICH GLAUBE, DASS CAMP DER THRONFOLGER SEIN WIRD, FALLS KEINER DER TRECKER ZURÜCKKOMMEN SOLLTE.

»Der Hofnarr?« fragte Tirano laut, und nur sein Lieblingsvogel konnte ihn hören. »Der Hofnarr!«

WIEDERHOLEN SIE DAS MIT DEM HOFNARREN.

Er rutschte unruhig auf dem Stuhl, während er auf die Antwort wartete. Im großen und ganzen standen die Chancen gegen Shepherd. Die Bevölkerung uneins. Teile der Gesellschaft entfremdet. TJ, der den Leuten die Föderation in den Rachen schob. Seine eigene Erfahrung hatte ihn gelehrt, daß die meisten Menschen nach dem Was-hast-du-in-letzter-Zeit-für-mich-getan-Prinzip verfuhren.

CAMP HAT WÄHREND DER GENESUNGSZEIT DES KÖNIGS DIE AMTSGESCHÄFTE GEFÜHRT. AUSSERDEM HIESS ES, CAMP UND DER KÖNIG HÄTTEN ALLEIN DEN VON UNS ANGEZETTELTEN AUFSTAND DER HUKS NIEDERGESCHLAGEN. KONNTE HIN-

WEISE AUF GERÜCHTE, CAMP HABE DEN TRECK SELBST BEENDET, NOCH NICHT BESTÄTIGEN. MEIN PERSÖNLICHER EINDRUCK IST, DASS CAMP NICHT MEHR DEN TÖLPELHAFTEN NARREN SPIELT, NICHT EINMAL MEHR IN DER ÖFFENTLICHKEIT. EMPFEHLE, IHN GANZ OBEN AUF DIE ELIMINIERUNGSLISTE ZU SETZEN.

Tirano dachte einen Moment lang über den Hofnarren nach. Seine Anwesenheit war jedoch nur ein unbedeutender Störfaktor. Tirano hatte eine Idee.

UM ÜBERRASCHUNGEN AUSZUSCHLIESSEN, KÖNNEN SIE, FALLS JEMAND DEN TRECK ERFOLGREICH ABSCHLIESSEN SOLLTE, DIE RÜCKKEHR DER TRECKER VERHINDERN ODER DIESE ABFANGEN?

Keine schlechte Idee, wenn man erst einmal darüber nachdachte – er fragte sich, ob der Prinz TJs Kraft und dessen geistigen Fähigkeiten besaß, den rauhen, mittelalterlichen Treck zu überleben.

EIN GROSSER TEIL IHRES GOLDES IST NOCH ÜBRIG, UND ES GIBT EINE MENGE HALUNKEN AUS DER UNTERWELT UND UNZUFRIEDENE ELEMENTE, AUS DENEN SICH LEUTE FÜR EINEN HINTERHALT REKRUTIEREN LASSEN. ES GIBT NUR EINE DIREKTE ROUTE ZU DEN GEBIRGSZÜGEN, DIE DURCH DAWN'S EDGE FÜHRT. DIE DURCHFÜHRUNG SOLLTE LEICHT SEIN. GRÖSSTES PROBLEM BLEIBT, DEN KÖNIG USW. VOM MANÖVER FERNZUHALTEN.

Es mußte eine Lösung für dieses Problem geben. Er nagte an einem Knöchel und hatte eine Idee.

VIELLEICHT GIFT IM ESSEN DER KÖNIGSFAMILIE AM ABEND VOR DEM AUFBRUCH.

Kein schlechter Vorschlag, sie vor seiner Ankunft umzubringen. Könnte sicherer sein.

HABE DIESE OPTION BEREITS ERWOGEN. WERDE ES VERSUCHEN, FALLS SICH GELEGENHEIT DAZU ERGIBT. HALTE ES JEDOCH FÜR UNDURCHFÜHRBAR. NACH ALL DIESEN EREIGNISSEN SPEISEN SIE NICHT MEHR ALLE ZUSAMMEN. AUSSERDEM RISKIEREN WIR, GOLD ZU VERGIFTEN. IM FALLE DES SCHEITERNS KÖNNTE DIE SPUR ZU MIR ZURÜCKVERFOLGT WERDEN.

GROSSE PARANOIA HIER UNTER DEN ANGESTELLTEN. SIE UND IHRE TRUPPEN WERDEN SICH WAHRSCHEINLICH DEM KÖNIG UND DEN GYRENEN STELLEN MÜSSEN.

Verdammter Mist. Diese Feinheiten verdarben ihm den ganzen Spaß an der Sache. Er begriff jedoch, daß der Spion recht hatte. Als er länger darüber nachdachte, brachte die Vorstellung von Shepherd und seiner jämmerlichen Streitmacht, die von der Zwei-Zungen-Armee überwältigt wurden, ein Lächeln auf die Lippen. Er tippte seine Antwort ein, das Keyboard dabei liebkosend.

EINVERSTANDEN. SCHLECHTE POLITIK, SEINE PLÄNE IN LETZTER MINUTE ZU ÄNDERN. LETZTER PUNKT: VORSORGE GEGEN EIN EINGREIFEN DER FÖDERATIONSGESANDTEN IMMER NOCH NOTWENDIG. ZERSTÖRUNG IHRES FUNKGERÄTS DRINGEND ERFORDERLICH. WIR KÖNNEN ES UNS NICHT LEISTEN, IHR DIE CHANCE ZU GEBEN, AUS IRGENDEINEM GRUND UNTERSTÜTZUNG VON DER FÖDERATION ANZUFORDERN. GEHEN SIE VORSICHTIG VOR, DENN WIR WOLLEN KEINEN VORWAND FÜR EINE ABLEHNUNG UNSERER BEWERBUNG GEBEN, AUCH WENN WIR KEINE ANDERE WAHL HABEN, ALS SIE ZU VERÄRGERN.

Im Grunde war es ein Glück, daß Zwei Zungen überprüft worden war (und bestanden hatte!), bevor Bear Ridge an die Reihe gekommen war. Tirano überflog noch einmal seine Funksprüche mit Bear Ridge und überzeugte sich davon, daß für die Details der letzten Minute Vorsorge getroffen war und sämtliche Einzelheiten des Plans miteinander harmonisierten. Soweit er erkennen konnte, hatte er für alle Eventualitäten vorgesorgt. Reine Eingebung hatte ihn auf den Gedanken gebracht, TJs Sohn zu töten, wenn und falls er zurückkehrte. Ein weiterer Schlag für TJ – falls Shepherd es erfahren sollte, bevor er selber starb.

Während Mike sich ausruhte, blies A:alpha sich noch etwas stärker auf und schwebte am Abhang empor. Mike beobachtete, wie er gelegentlich den Fels berührte und sich nach oben stieß, während Mikes Seil unter ihm herabhing.

A:alpha erreichte einen Felsvorsprung und schlang das Seil unbeholfen um dessen Basis. Mike überlegte, daß er doppelt so schnell vorwärtskommen würde, wenn die ›Hände‹ des Schwimmhäuters beweglicher wären und das Seil befestigen könnten, anstatt es nur überzuhängen.

A:alpha ließ Gas ab und setzte sich zur Sicherheit auf den Felsen, für den Fall, daß das Seil abrutschen sollte.

Mike packte die beiden Seilenden und begann den Abhang hinaufzusteigen, wobei er das Seil unter sich verknotete, als er hoch genug war.

Als er sich A:alpha näherte, fragte er sich, ob die Schwimmhäuter den übrigen Treckern den gleichen Dienst erwiesen hatten. Er versuchte, diese Vorstellung zu denken und zu projizieren, erkannte jedoch, daß er sich nicht so gut mitteilen konnte wie A:alpha. Er zog sich über die Felskante und sagte: »'pha? Haben deine Leute das gleiche schon mal für andere Treckmeister getan?«

/Negativ, Mike. Die Umstände waren nicht danach./

Mike nickte. Er war sich immer noch nicht über A:alphas Rolle im klaren, glaubte jedoch, das Problem werde sich von selbst lösen. Er fühlte sich wohl in der Gegenwart des Schwimmhäuters, wohler als bei den meisten Menschen.

Der bisherige Rückweg hatte seinen Treck in östlicher Richtung über die Gebirgszüge zum Gespött gemacht. Im Moment befanden sie sich unmittelbar unterhalb des Gipfels des Teddybärgebirges. Und obgleich er müde war, war er doch nicht erschöpft. Er beschloß, sich wieder zu rasieren, wenn sie zum Schlafen anhielten. Sie hatten die Aurakontrolle weiter geübt. Es machte ihm Spaß, mit 'pha die Auren zu verschmelzen. Er hatte eine neue Bewußtheit seiner selbst erlangt.

Was ihn veranlaßte, seine Absichten einer neuerlichen Überprüfung zu unterziehen. Sollte er seinem Vater den Thron streitig machen, wie er es ursprünglich vorgehabt hatte?

A:alpha schwebte wieder empor, und Mike wartete. Ein Windstoß blies ihn weg, und Mike zog am Seil, um ihn wieder am Hang in Position zu bringen.

Er bezweifelte, daß er seinen Vater im Zweikampf besiegen konnte. Was zu einer weiteren interessanten Frage führte: falls sie tatsächlich um die Krone kämpfen sollten, würde ihn sein Vater dann töten? Oder nur kampfunfähig machen? Mike hatte keinen Zweifel daran, daß TJ das Wohlergehen des Königreichs über das Wohlergehen seines Sohnes stellen würde. Verhielte es sich umgekehrt, hätte TJ den Treck verboten.

Jede Art von Kampfansage an seinen Vater würde das Königreich jedoch entzweien.

Was würde Sharon denken?

Vielleicht gab es einen Mittelweg. Konnte er der Friedensstifter zwischen Kellen und den übrigen Dissidenten und seinem Vater sein? Er war sich nicht sicher. Er hatte sich auf dem Treck ein Stück weit verändert, das wußte er. Einige Dinge hatten ihre scheinbare Bedeutung eingebüßt. Eines hatte er in letzter Zeit über sich und die Welt gelernt: es gab nichts Absolutes.

A:alpha sandte eine Nachricht zu ihm aus und bedeutete ihm, zu klettern, und er gehorchte. Da das Fortkommen leichter war, brauchte er sich nicht so sehr auf das Doppelseil zu verlassen. Obwohl er müde war, spürte er eine Kraftreserve in seinen Beinen. Mit ihnen verhielt es sich ebenso wie mit seinem Geist. Auf dem Treck nach Osten waren sie bis an die Grenze ihrer

Kraft und Geschicklichkeit belastet worden. Dann hatte sie die Ruhe und Erholung bei den Schwimmhäutern anscheinend wieder aufgebaut, ihnen zusätzliche Fähigkeiten verliehen. Er fühlte sich an die Grundausbildung der Soldaten erinnert, wo der Drill und die Ausbilder die Rekruten in die Erschöpfung trieben und nur ihre Lebensgeister intakt ließen und sie anschließend physisch aufbauten, indem sie ihr Denken in militärische Bahnen lenkten. Der Treck war ebensosehr oder sogar mehr eine geistige als körperliche Angelegenheit.

O Gott, es war ein gutes Gefühl, am Leben zu sein.

Hör auf, der Frage auszuweichen, sagte er sich. Was hast du vor? Er rief sich etwas in Erinnerung, das TJ einmal gesagt hatte, und die Aussage nahm eine neue Bedeutung an. »Mein Sohn, du wirst sehen, daß jede Frage drei Seiten hat: deine Seite, ihre Seite und die richtige Seite.«

Was wirst du also tun, Mike?

»Ich habe, verdammt noch mal, keine Ahnung«, gab er sich selbst die Antwort, und A:alphas Aura zeigte Überraschung und eine Aurafrage. »Lohnt nicht, drüber zu reden«, sagte er und zwängte sich in einen schmalen V-förmigen Spalt.

Ohne große Probleme stiegen sie über den Westhang des Teddybärgebirges ab und fanden das Tal, in dem er seine Pferde und das Maultier zurückgelassen hatte.

An ihrer Stelle entdeckte er Kadaver. Schnarlen oder Völve, dachte er. Doch dann nahm seine Aura etwas anderes, Vertrautes wahr, und er trabte weiter, bis er es gefunden hatte: Gils Pferde. Zwei – ein geschecktes und ein graues. Kein Packtier. Nun, Gil hatte größeren Wert auf Geschwindigkeit gelegt. Er kannte die Tiere und setzte seine Aurakontrolle ein, um sie zu beruhigen. Obwohl sie scheu waren, hatten sie gut gefressen und getrunken. Mike suchte an den logischen Stellen nach

Gils Sattel und Ausrüstung und fand das Bündel – Gil hatte wahrscheinlich keinen Grund gesehen, es zu verstecken.

Er aß ein wenig von Gils Trockenrationen und beschloß, unverzüglich aufzubrechen.

Er sattelte den Schecken und saß auf.

/Mike? Was ist mit mir?/

»Nimm das andere Pferd und komm mit. Oh. Willst du den Sattel nicht?« Er hatte seinen eigenen Sattel dem Grauen aufgelegt.

/Das ist ein merkwürdiges Tier, mit dem ich nicht vertraut bin/, klagte 'pha.

»Steig einfach auf und folge mir.«

Der Graue schnaubte und scheute vor A:alpha, als dieser näherkam.

Mike grinste und stellte sich das Bild vor, das die beiden abgeben würden, ein Schwimmhäuter auf einem Pferd. Er wandte den Kopf zur Seite, um sein Gesicht zu verbergen.

»Es freut mich, daß dir meine Verlegenheit Vergnügen bereitet.«

A:alphas Aura dehnte sich aus und hüllte den Grauen ein. Das Pferd beruhigte sich augenblicklich und ließ den Schwimmhäuter näherkommen. A:alpha blies sich auf und stieg langsam in die Luft. Das Pferd stampfte erneut, und 'pha verstärkte seine Aura. Das Pferd beruhigte sich, und A:alpha schwebte über seine Rücken und ließ sich unbeholfen auf dem Sattel nieder.

»Nimm die Zügel so«, sagte Mike. »Er wird mir folgen.«

A:alpha nahm das Leder ungeschickt in die ›Hand‹ und fragte: /Und was nun?/

»Setz ihn mit deinen Fersen oder Flossen oder was auch immer du da unten hast in Bewegung. Er wird mit mir Schritt halten.«

A:alpha signalisierte Mike seinen Widerwillen und verschmolz noch stärker mit dem Pferd. Der Graue setzte sich in Bewegung, ohne daß A:alpha ihn auch noch physisch angetrieben hätte.

Mike versuchte das gleiche und spürte die Überraschung seines Pferdes. Obwohl das Tier auf einer niedrigeren Ebene existierte, die Mike nicht zugänglich war, vermochte er grundlegende Gefühlszustände des Tieres wie Durst, Erschöpfung und Angst wahrzunehmen.

Während er sich beeilte, A:alpha einzuholen, überlegte er, daß die Techniken der Aurakontrolle noch andere Verwendungsmöglichkeiten hatten und es wert wären, weiter erforscht zu werden – sobald er mit seinen Probleme aufgeräumt hatte. Er entdeckte, daß er sein Pferd, abgesehen von einem gelegentlichen geistigen Stupser, nicht zu lenken brauchte.

/Whiiieee!/

Als Mike sich umdrehte, sah er A:alpha über und hinter dem Grauen schweben, während er an den Zügeln durch die Luft gezogen wurde.

/Jahrelange Erfahrung. So ähnlich wie der Ritt auf einem Delphin im Meer./

Mike hielt an und machte ein Seil klar, damit die Zügel des Grauen durch A:alphas Luftwiderstand nicht angezogen wurden. Er befestigte die Zügel an seinem Sattelknauf.

Eines Nachmittags ritten sie in ihrer gewohnten Position dahin, Mike auf dem Pferd und A:alpha in der Luft über der kleinen Gesellschaft herumtanzend wie ein Ballon, als A:alpha eine Botschaft zu ihm aussandte.

/Ich spüre Gefahr./

Mike schätzte, daß sie noch einen Tagesritt von Dawn's Edge entfernt waren und auf dem befestigten Weg gut vorankamen.

»Was ist es?«

/Menschen./

»Und gefährlich?«

/Ja./

Mike durchsuchte das Spektrum und spürte nichts. A:alpha war natürlich viel geübter als er.

Er überlegte, ob sie einen anderen Weg einschlagen oder einfach solange warten sollten, bis die Gefahr vorüber war. Während er darüber nachdachte, holte er Gils Armbrust hervor und lud sie. Er löste sein Schwert.

/Sie sind in der Nähe./

Mike begann etwas zu spüren, vermochte die Gefahr jedoch nicht zu lesen. Bloß menschliche Auren.

Sie bogen um eine Ecke in dem hügeligen Terrain und stießen auf ein Feldlager. Mike vernahm einen Schrei und sah sechs Männer zu den Waffen greifen. Er projizierte Freundlichkeit. Die Leute waren dieser Tage furchtbar nervös.

»Hallo«, rief er. »Wir sind allein.« Obwohl er zugeben mußte, daß ein Schwimmhäuter, der von einem Pferd durch die Luft geschleppt wurde, das von einem Menschen geführt wurde, ein seltsamer Anblick war.

Ein hochgewachsener, schlaksiger Mann zupfte an seinem Bart und trat vor. »Prinz? Prinz Michale?«

»Ja?« Mike war plötzlich beunruhigt. Irgend etwas stimmte nicht. Er versuchte seine erste menschliche Aura zu lesen, und nahm die Gefahr war, die A:alpha erkannt hatte. Doch es war schwer, da ihre Auren alle durcheinander wirbelten und sich vermischten. Da war noch etwas anderes, Bedrohlicheres …

/Mike!/

Mike folgte A:alphas Aurawoge zu einem Felsen hinter ihnen, und ein Mann sackte zusammen, als ihn die Schockwelle traf. Seine Armbrust schwirrte, als er zu Boden ging, und der Bolzen schlug seitwärts ein, ohne Schaden anzurichten.

»Was?« 'phas Aura zeigte Verwirrung und Unglauben. Sie durchlief das Spektrum sämtlicher Farben und Ebenen.

»Schnappt ihn euch!« schrie der vor ihnen Stehende.

Mike richtete seine Aufmerksamkeit wieder auf die sechs Männer vor ihnen.

Drei sprangen ihn an, und er schoß einen mit seiner Armbrust an. Er trat seinem Pferd in die Rippen und warf zwei weitere zu Boden. Er schleuderte die Armbrust auf den Bärtigen und zog sein Schwert.

Er wehrte einen Schwerthieb ab und fühlte, wie das Pferd erzitterte, als es neben seinem rechten Knie von einem Bolzen getroffen wurde. Das Pferd wieherte, stieg hoch und steckte einen Schwerthieb an der Flanke ein.

Mike fiel herunter, rollte sich über eine Schulter ab und kam mit erhobener Deckung wieder auf die Beine. Der Schecke lag am Boden, fuchtelte mit den Hufen in der Luft herum und schrie. Die Zügel zwischen dem Schecken und dem Grauen rissen, und der Graue machte einen Satz und rannte davon.

Dann übermannte ihn die Wut, und Mike stellte sich ihnen. Er parierte einen Schlag, wirbelte herum und überrumpelte den Bärtigen, indem er ihm das Schwert in den Hals trieb.

Er sprang in die Luft und imitierte Sommer, brachte einen anderen Mann in Verwirrung und stach ihn durchs Herz.

Er fühlte, daß ein weiterer Mann, von einem lähmenden Auraschlag A:alphas getroffen, zu Boden fiel.

Die beiden übriggebliebenen Männer standen beieinander, die Gesichter von Entsetzen und Angst gezeichnet. Sie begannen, in Richtung des Lagers und ihrer Pferde zurückzuweichen.

Mike sagte gequält: »Warum?« und blähte seine Aura auf und versuchte, sie damit zu durchbohren, wie 'pha es getan hatte. Der eine taumelte von dem geistigen Schlag, schaffte es jedoch, auf den Beinen zu bleiben, und stürmte seinem davonrennenden Kameraden nach.

»Laß sie laufen«, sagte Mike, mehr zu sich als zu A:alpha.

Er blickte sich um und sah A:alpha auf einer kleinen Erhebung sitzen und einen Armbrustbolzen inspizieren, der die Schwimmhaut seines ›Fußes‹ durchbohrt hatte.

»'pha!«

/Mir geht's gut, Mike. Kümmere dich um dein Pferd./

Mike fühlte den Schmerz des Schecken, hob rasch eine Armbrust auf, lud sie mit einem heruntergefallenen Bolzen und schoß das Tier ins Herz. Er mußte sich gegen den Todesschrei und das Erlöschen der Aura wappnen.

Er war zu sehr mit Kämpfen beschäftigt gewesen, um mitzubekommen, ob die Männer ihre Todesqualen ausgestrahlt hatten. Er verschloß seine Gedanken sogleich vor dieser Möglichkeit. Werde ich ihren geistigen Tod wahrnehmen, wenn ich Menschen sterben sehe? Konnte er je wieder eine Exekution mitansehen? Und was ist mit den kranken Menschen, Menschen, die an Alter und Krankheit sterben? War er dazu verdammt, sie bei ihrem Sterben zu begleiten? Er verdrängte diese Gedanken.

Als er zu A:alpha hinüberging, hörte er zwei Pferde und wandte den Kopf, um die letzten beiden Wegelagerer über die Ebene davonreiten zu sehen. Sie hatten sich vergewissert, daß er Prinz Michale war und *dann* erst angegriffen. Viel Stoff zum Nachdenken.

Er beugte sich über A:alpha, um seine Verletzung zu inspizieren. Der Bolzen hatte die Schwimmhaut zwischen seinen Zehen säuberlich durchtrennt. Die Haut war dort dünn, aber zäh. Er brach das befiederte Ende des Bolzens ab und zog den Schaft behutsam heraus. Er warf ihn weg.

Dann bemerkte er, daß 'pha ihn gar nicht beachtete. Der Schwimmhäuter betrachtete die beiden Männer, die er mit seiner Aura zerschmettert hatte.

/Nie zuvor habe ich ein intelligentes Wesen getötet. Das, was am nächsten dran kam, war ein Glühwurm./

»Sie sind tot?«

/Ich dachte, es sei keine Zeit mehr, die richtige Energiemenge zu bestimmen, darum haben sie die volle Ladung abbekommen./

Mike setzte sich schwerfällig. Er dachte daran, wie er im Ethnarchenpalast in Nihaoma dreingeschlagen und mehrere Männer getötet hatte. »Ich hab genauso reagiert.« Und Gil. Vergiß Gil niemals! Niemals!

Obgleich er wußte, daß sie aus Notwehr gehandelt hatten, blieb die Tatsache bestehen, daß er getötet hatte. Menschen. /Intelligente Wesen/, wie 'pha es formuliert hatte.

Das Adrenalin baute sich ab, und Gleichgültigkeit erfaßte ihn. Er fühlte sich deprimiert. Mußte das Leben immer so sein?

Er spürte 'phas Aura. Der Schwimmhäuter war ebenfalls furchtbar deprimiert. Mike konnte erkennen, daß der fürchterliche Schock des Tötens bei A:alpha Abscheu und Niedergeschlagenheit bewirkt hatte. Es war, als sei sein Herz zerschmettert worden. Seine Aura flackerte, und Mike begann die Schwimmhäuter und deren Gewaltlosigkeit zu verstehen. Ein weiteres Mosaiksteinchen des Charakters der Schwimmhäuter war offenbar geworden, und seltsamerweise vermochte Mike nun deutlicher zu erkennen, warum die Schwimmhäuter so waren, wie sie waren.

Seine eigenen Reaktionen waren dem so ähnlich, daß er bemerkte, wie seine Aura mit der A:alphas verschmolz.

Ihm kam der Gedanke, daß die Befähigung der Schwimmhäuter zu geistigen Schlägen – Auraattakken? –, worin er wenig Talent gezeigt hatte, eine gewaltige Macht darstellen würden, wenn sie bei einem Menschen freigesetzt wurden, vielleicht sogar eine zu große Macht und Verantwortung für einen Menschen. Seine

Erfahrung sagte ihm jedoch, daß er viele Bewußtseinsstufen würde erklimmen müssen, um tun zu können, was A:alpha mit seiner Aura bewirkt hatte. Mike glaubte nicht, daß er diese Stufe jemals erreichen würde. Oder es auch nur versuchen würde.

Er bemerkte jedoch, daß die Verschmelzung mit 'pha ihnen beiden half. Sie lernten beide gleichzeitig, erforschten sich selbst und den anderen. *Jetzt* bemerkte er neue Barrieren zwischen ihnen.

/Eine solche Verbindung ist ungewöhnlich/, bemerkte A:alpha.

Er entschied sich dagegen, die Angreifer zu begraben, und durchsuchte ihr Lager nach Nahrung.

Was würde Rebecca nun von ihm denken?

Oder Sharon?

55 TJ

Sharon Gold war stinkwütend auf ihn, und Sommer machte alles nur noch schlimmer.

»Wollen Sie sich diesmal mit mir über Schlafzimmer streiten, Sharon?« fragte Sommer. Sommer war in letzter Zeit ungewöhnlich vergnügt.

Sharon funkelte ihn an. Sie richtete ihren Blick auf TJ. »Nun?« sagte sie herausfordernd.

»Sieht so aus, als hätte hier jemand mit einem Volv gekämpft und ihn getötet«, sagte er.

Sie befanden sich in Sharons Wohnung im Gästeflügel des Palastes. Keine zehn Minuten zuvor war Sharon in sein Büro gestürmt und hatte eine Erklärung verlangt.

»Was haben Sie jetzt wieder vor, TJ?«

Sommer versteckte sich vor Sharon nicht mehr hinter seiner Narrenverkleidung und hatte ihr lediglich zugenickt.

TJ fürchtete, sie habe irgendwie Kellen in Sommers Wohnung entdeckt. Er erhob sich. »Wovon reden Sie überhaupt?«

»Sie könnten es sehr wohl getan haben«, sagte sie. »Ich muß bloß herausfinden, warum.«

»Was getan?«

»Meine Zimmer durchwühlt. Mein Funkgerät zerstört.«

»O je«, sagte Sommer. Sommer mußte das gleiche gedacht haben.

Sie hatten sie zu ihrer Unterkunft begleitet. Alle fünf Zimmer waren verwüstet worden. Die Möbel waren verschont worden, doch sämtliche Schubladen waren auf die Büffelschafteppiche ausgeleert worden, der größte Teil ihrer Kleidung war umhergeworfen, Sofa- und Bettkissen und Matratzen waren aufgeschlitzt. An eine Wand hatte man mit Blut den Finger Gottes geschmiert – Tierblut, vermutete sie – und eine Botschaft quer darüber geschrieben.

ZUR HÖLLE MIT DER FÖDERATION.

Auf eine Schlafzimmertür war in riesigen scharlachroten Lettern BEAR RIDGE WILL DIE FÖDERATION NICHT geschrieben.

GEH NACH HAUSE, WO DU AUCH HINGEHÖRST, HÄNDE WEG VON SHEPHERDS BETT stand auf einer Ablage im Bad.

Sie waren im Wohnzimmer. Sharon schob zertrümmerte Elektronikteile auf dem Tisch umher. »Ich habe nie daran gedacht, es einzuschließen. Warum sollte ich auch?«

»Ihre Funkausrüstung?« fragte Sommer.

»Mein einziger Kontakt mit der Föderation und der Sektorenflotte.«

»Aber warum?« fragte Sommer.

TJ überlegte fieberhaft.

»Das möchte *ich* gerne wissen.« Sharons Tonfall war voller Abscheu.

»Sie glauben, wir hätten etwas damit zu tun?« fragte TJ.

»Könnte gut sein«, gab sie zu, doch in ihre Worte schlichen sich Zweifel ein.

»Der Augenschein weist eher in eine andere Richtung«, sagte TJ.

»Irreführung.«

»Warum sollten wir das tun?« fragte er.

»Schauen Sie, *Eure Majestät,* ich weiß bereits von den Eisnadlern. Sie haben sie nicht von königlichen Waffenmeister erhalten. Sie sind illegal, verboten. Und dann ist da noch Ihre wundersame, mysteriöse Genesung von einem tödlich vergifteten Pfeil – Bolzen, oder wie immer Sie dazu sagen.« Sie hielt inne und machte ein durchtriebenes Gesicht. »Es ist möglich, daß Sie mich aus einem ebenso obskuren Grund von der Außenwelt isolieren wollten. Ein Grund, den ich im Moment noch nicht begreife, aber das kann noch kommen.«

»Nein«, sagte TJ. »Wir haben nichts zu verbergen.«

»Ach? Aus welcher Quelle stammen Ihre Waffen?«

»Es waren nur zwei. Sommer und ich ... hatten sie nur für den Notfall.«

»In Dawn's Edge habe ich ebenfalls Hinweise darauf entdeckt«, sagte sie unnachgiebig.

Er warf Sommer einen raschen Blick zu. Sommer nickte. TJ überlegte, was er ihr sagen sollte. »Wie ich bereits sagte, ein Notfall. Im Schulgebäude waren Männer. Die mich – und Mike und Sommer – mit Armbrüsten außerhalb unserer Reichweite zu töten versuchten. Das und in Nihaoma waren die einzigen Gelegenheiten, bei denen wir die Eisnadler benutzt haben.«

»Ja, klar.« Ihr Tonfall war bitter.

»Ich habe nicht bemerkt, daß Sie sich in Nihaoma beklagt hätten«, sagte Sommer.

»Nein, und ich hatte es auch nicht vor, verdammt noch mal.«

»Sharon«, sagte TJ, »in dieser Föderationsangelegenheit gibt es offenbar mehr Machenschaften, als Sie oder ich wissen.« Er zeigte mit dem Finger auf sie. »Sie kennen mein persönliches Engagement, der Föderation beizutreten. Würde ich unsere Chancen durch derart idiotische Tricks aufs Spiel setzen?«

»Ich hätte nicht geglaubt, daß sie das tun würden. Aber wie erklären Sie das hier?« Ihr Arm vollführte eine weite Geste, die sämtliche Räume einbezog.

»Ich kann es nicht. Noch nicht. Sommer?«

»So wie ich es sehe, Chef, bestand kein Grund, die Zimmer zu verwüsten. Außer zur Irreführung.«

TJ nickte. »Red weiter.«

»Obwohl es nach Fanatikern aussieht, ist hier nur eine bedeutsame Sache geschehen: die Zerstörung der Funkanlage.«

»Stimmt«, sagte TJ.

»Die Frage ist also, warum sollte jemand nicht wollen, daß sich Sharon mit der Föderation oder der Flotte in Verbindung setzt?«

»Genau«, erwiderte TJ. »Und da Sharon zunächst mich beschuldigt hat, ist doch wohl klar, daß derjenige, der dies getan hat, eher mein Feind als ihrer ist.«

Sharon fragte: »Ein weiterer Versuch, Ihre Mitgliedschaft zu blockieren?«

»Anscheinend«, sagte er.

Beide sahen ihn nun an.

Er redete weiter. »Damit dürfte doch wohl klar sein, daß in Anbetracht dessen, was wir erörtert haben, dieser Verschwörer oder Verräter Bescheid weiß über unsere baldige Abreise zur Ebene der Gräber und den Truppenmanövern. Eine Gelegenheit, die man nutzen muß. Wir müssen lediglich herausfinden, wie man sie nutzen will.«

»TJ«, unterbrach ihn Sharon plötzlich. »Bleiben Sie hier. Ziehen Sie nicht ins Manöver.«

»Warum?«

»Sie könnten unterwegs in einen Hinterhalt geraten, getötet werden.«

Sommer lachte.

Ihr Blick war vernichtend. »Ich spüre es, ich spüre etwas.«

Sommer sagte: »Niemand kann TJ in freiem Gelände abfangen und uns und eine Schwadron Gyrenen besiegen. Erinnern Sie sich an Nihaoma?«

»Hören Sie auf, den Machokrieger zu spielen und denken Sie nach, Sommer Camp«, verlangte sie.

»Mir scheint«, sagte Sommer, »daß die Bedrohung, worum es sich auch handeln mag, geringer ist, wenn der König persönlich die Armee führt, ganz gleich, wo sich diese Armee befindet.«

»Das würde ich auch meinen«, pflichtete TJ bei. »Darum ergibt es einfach keinen Sinn.« Er dachte einen Moment lang nach. »Außerdem, Sharon, ist unsere Anwesenheit bei den Manövern dringend erforderlich.«

»Sehen Sie denn nicht, daß das jemand *weiß*, TJ!« Ihre Hand krachte auf den Tisch und zerschmetterte einen winzigen Gegenstand aus Metall und Glas, den TJ nicht einmal mehr identifizieren konnte.

»An dem, was Sharon sagt, ist etwas dran«, sagte Sommer ernst. »Irgend jemand könnte auf unseren Aufbruch warten, um andersdenkende Elemente zu mobilisieren.«

»Zu welchem Zweck?« fragte TJ. »Auf ganz Bear Ridge gibt es keine Gruppe, die der Armee standhalten kann – die sich soeben sammelt. Diese Tatsache kann Verschwörern unmöglich entgangen sein.«

»Aber diese Verschwörer müssen irgendeinen Plan haben«, sagte Sommer, der in einem Schrank herumwühlte. »Sie hätten sich nicht die ganze Mühe gemacht, nur um uns zu zerrütten und zu behindern.«

»He«, sagte Sharon, »was machen Sie …«

»Ah«, sagte Sommer und hielt eine Flasche in die Höhe. »Dieses ganze Gerede hat mich durstig gemacht.« Er öffnete die Flasche und nahm einen Schluck. Dann hielt er sie TJ hin.

TJ schüttelte den Kopf.

Sommer bot Sharon etwas an. Sie überraschte TJ, indem sie annahm und aus der Flasche trank.

Sommer nickte anerkennend. »Braves Mädchen. Das gibt für mich den Ausschlag. TJ, ich stimme Sharon zu. Irgend etwas stinkt, und es steht in Verbindung mit den Manövern. Oder ...« – er hob die Hand, um TJs Entgegnung zuvorzukommen – »falls das nicht der Fall ist, dann damit, daß du *nicht* in Crimson Sapphire bist.«

Sharon nahm noch einen Schluck, hustete, verzog das Gesicht und sagte: »Genau das glaube ich.« Sie blickte die Flasche säuerlich an und reichte sie Sommer zurück.

Er nahm sie und begann den Hals abzuwischen, dann besann er sich eines besseren und nahm noch einen Schluck. Er blickte Sharon an. »Wir werden Sie noch zur Bürgerin von Bear Ridge machen.« Er wandte sich an TJ. »Hier ist meine Empfehlung. Die Verschwörung basiert möglicherweise auf einem Zeitplan, jedenfalls deutet die Vorgeschichte darauf hin. Laß uns einen Boten zur Armee schicken und ihnen sagen, daß sie exerzieren soll. Daß die Manöver um einige Tage verschoben wurden. Dann bleiben wir entweder hier oder reiten los und im Kreis wieder zurück, das eine oder das andere. Dann warten wir ab, was passiert.«

Sharon nickte begeistert und streckte ihre Hand nach der Flasche aus. »Je mehr Sie trinken, desto vernünftiger werden Sie, Narr.«

TJ fand, daß die Vorschläge der beiden nichts schaden konnten. Sommer hatte Spione zur Erkundung ausgeschickt. Alfred hatte Spione zur Erkundung ausgeschickt. Wenn irgendein Träger des Medaillons des Aufgebots auch nur ein Wispern vernahm, würde er den Palast unverzüglich informieren. Es ergab immer noch keinen Sinn.

Sommer und Sharon sprachen der Flasche nun regelmäßig zu, als tränken sie um die Wette.

Das einzige, was einen Sinn ergab, war, daß ihn der Angriff an einer verwundbaren Stelle treffen würde und er nicht wußte, wo diese sein würde. Außer in persönlicher Hinsicht war er durch keine Bedrohung angreifbar, die ihren Ursprung auf Bear Ridge haben konnte.

Sharon kicherte.

Von keiner inneren Bedrohung.

Eine äußere Bedrohung.

»Tirano!« sagte er laut.

»Was?« sagte Sharon.

»Von Zwei Zungen«, sagte Sommer.

»Das ist ein langer Weg«, sagte TJ.

»Wovon reden Sie überhaupt?« fragte Sharon.

»Tirano. Tirano, der Tyrann. Er könnte dahinterstecken.«

»Jedenfalls hat er was gegen dich«, sagte Sommer. Er holte eine neue Flasche aus dem Schrank. »Hier«, er reichte sie Sharon. »Hab ich Ihnen schon mal von der Zeit erzählt, als ein junger König Tirano die liebliche Gwendlyon raubte?«

»Ich habe die Geschichte von Mike gehört«, sagte sie.

»Oh.«

»Aber ich sehe, worauf Sie hinauswollen, TJ«, sagte Sharon, während sie die Wachsabdichtung abpellte. Sie neigte die Flasche und trank. »Ah, schon besser. Aber Tirano hat die Überprüfungscheckliste schon durchlaufen und sie *bestanden*. Er hat nichts zu gewinnen.«

»Ich weiß«, sagte TJ. »Sogar Tirano ist zu clever, um seine Chancen aufs Spiel zu setzen.«

»Wenn Sie Eisnadler bekommen können«, fuhr sie fort, »dann kann Tirano ebenfalls etwas Illegales tun. Es würde jedoch einen großen Aufwand bedeuten ...« – sie kicherte erneut –, »bloß um sich bei Ihnen für den Guano-Zwischenfall zu revanchieren.«

TJ lächelte, als er sich daran erinnerte. »Das mag alles sein. Aber mein Hauptargument ist, daß vielleicht eine Gefahr existiert, die wir übersehen haben. Irgendwo, irgend etwas, irgend jemand.«

Sommer nahm die Flasche und trank. TJ beobachtete den offenen Wettstreit zwischen Sharon und Sommer. Auch eine Möglichkeit, seine Probleme zu lösen, dachte er, sie einfach ersäufen. Sich betrinken anstatt zu kämpfen. Vielleicht konnte er von den beiden etwas lernen. Sommer überraschte ihn. Sommer trinkt nicht soviel so rasch. Immerhin verträgt Sommer Alkohol besser als die meisten Leute. Rebecca Sing. Sommer war mit der Welt im reinen. TJ freute sich darüber, bis er an Mike dachte – schaff es, Mike! Wenn er überlebte, würde ihn Rebeccas Abfall schwer treffen.

Er erhob sich und streckte seine Hand nach der Flasche aus. Sommer reichte sie ihm. TJ nahm einen Schluck, doch der Whisky besänftigte nicht, was auch immer er damit lindern wollte. Er reichte Sommer die Flasche zurück. Er wanderte auf und ab. Irgend etwas war ihm entgangen, etwas Wichtiges. Doch was war es? Reine Paranoia?

Sharon stieß auf. »Sommer?« Sie deutete durch die offene Schlafzimmertür zum Bett. »Würden Sie mir diese Schachtel dort bringen?« fragte sie beiläufig. Ihr Tonfall war liebenswürdig.

»Klar«, sagte Sommer. Er trat durch die Tür hindurch und kniete sich auf das Bett. Er hob ein kleines hölzernes Kästchen hoch. »Das hier?« rief er.

»Sommer, raus aus meinem Bett!« rief sie lachend.

Sommer ließ das Kästchen fallen und kehrte ins Wohnzimmer zurück. »Verdammt, TJ, sie hat mich wieder drangekriegt.« Er grinste. »Vielleicht sind wir quitt – *jetzt*.«

Sie begannen wieder zu trinken.

TJ schüttelte den Kopf. Offenbar ging diese Party an

ihm vorbei. »Ich werde Tag und Nacht draußen eine Wache postieren.«

Sie wurde wieder leidlich ernsthaft und nickte. »Gut, wenn Sie das für nötig halten.«

»Und ich werde Alfred ein paar Bedienstete herschicken lassen, damit sie dieses Durcheinander aufräumen.«

»Alfred Dassorganisassionsgenie?« fragte sie.

»Häh?«

»O Gottogott«, sagte Sharon, »das hab ich nicht nur einmal, sondern tausendmal gehört. Ich dachte, das wär sein Nachname.«

Sommer grinste und reichte ihr die Flasche.

TJ schüttelte den Kopf und ging.

56 Mike

Es war Mittag, als Mike und A:alpha in Crimson Sapphire einritten.

Sie kamen von Osten, und gleich zu Anfang fiel Mike auf, daß irgend etwas nicht stimmte. Die Armeebaracken und Paradeplätze waren verlassen.

Die Bearpaw Avenue, die neben anderen auf den Palast zulief, wimmelte nicht von Menschen.

Er begriff das nicht. Seine Besorgnis wuchs. Was sollte er tun? Er war müde von dem langen Ritt – und vom Treck. Er wünschte, er hätte daran gedacht, aus dem Lager der Wegelagerer Kleidung mitzunehmen. Mit seiner Kleidung konnte er sich nicht in der Öffentlichkeit sehen lassen. Vielleicht hätten sie Dawn's Edge nicht umgehen sollen. Sie hätten dort ausruhen können. Irgend etwas hatte ihm jedoch geraten, Städte und Siedlungen zu meiden.

Eine alte Frau und ein Halbwüchsiger zogen einen Karren. Als sie ihn auf dem Pferd eines der Banditen bemerkten, mit einer kleinen Cheshirekatze, die sich an seine Schulter klammerte, gefolgt von A:alpha, der träge über dem Grauen schwebte, starrten sie ihn verblüfft an. Dann begriff die alte Frau wohl, was es bedeutete, und begann zu klatschen. Der Junge guckte bloß. Mike nickte ihnen zu.

Er musterte die Bearpaw Avenue vor ihnen. Normalerweise wurde diese Hauptverkehrsstraße von Soldaten benutzt, die auf dem Weg zum Kasernengelände waren oder von dort kamen. Wo waren sie bloß?

Dann kam ihm der Gedanke, daß sie zu den Manövern aufgebrochen sein könnten.

Gott sei Dank!

Wenn die Armee weg war, dann war sein Vater bestimmt ebenfalls nicht da!

Die unvermeidliche Konfrontation konnte verschoben werden. Erleichterung überschwemmte ihn wie der kühle Wein, auf den er sich freute. Sein Selbstvertrauen wuchs und spiegelte sich in seiner Aura wider. A:alpha nahm die Veränderung zur Kenntnis, erkundigte sich jedoch nicht nach dem Grund.

Aber warum waren nicht mehr Bürger unterwegs? Seinen Berechnungen zufolge war es ein normaler Arbeitstag.

Ein Bettler saß neben seiner Schüssel und sah sie zynisch vorbeireiten, hob lediglich anerkennend eine Hand.

Ein Geistlicher stand schreckensstarr da.

Mike lenkte sein Pferd in eine Nebenstraße, um den Palast durch den Seiteneingang zu betreten.

Beim Näherkommen erzählte er A:alpha vom Palast.

A:alpha verschmolz ihre Auren, um an seinen Vorstellungen teilzuhaben. /Viele Menschen sind dort./

»Ich spüre ihre Erregung«, sagte Mike. Er begriff es nicht.

War TJ dort?

Seine Mutter? Was würde er ihr sagen?

Und Sharon. Er griff hoch und streichelte die pelzige Stirn der Katze.

57 TJ

TJ hatte die Gyrenen noch nie so nervös erlebt. Sommer blieb ungewöhnlich nahe beim Thron.

Es war Mittag und öffentliche Gerichtssitzung. Er konnte sich nicht erinnern, daß der Thronsaal schon einmal stärker gefüllt gewesen wäre. Er hatte daran gedacht, den Gerichtstag abzusagen, mußte jedoch den Anschein der Normalität aufrechterhalten.

Außerdem wollte er der Herausforderung seiner Herrschaft begegnen, die, wie er wußte, unmittelbar bevorstand. Unter den Adligen und dem Klerus gab es welche, die das Medaillon trugen, und er hatte Nachricht von einer Allianz zwischen den Führern beider Gruppen bekommen. Diese Gerichtssitzung sollte ihnen als offizieller Anlaß dienen, seine Herrschaft zu beenden – obwohl auch dann, wenn er hier gewinnen sollte, sie nichts davon abhalten würde, ihre Allianz zu seinem Sturz fortzusetzen. Abgesehen davon, daß er vorhatte, die Rädelsführer zu entmachten.

Auf die eine oder andere Weise.

Wenn diese Bedrohung beseitigt war, konnte er zur Ebene der Gräber reiten und sich der Armee anschließen, die Manöver beenden und mit dem Leben und der Föderationsmitgliedschaft fortfahren.

Es mußte sich herumgesprochen haben, denn die Menge kam an Größe und Bedeutung der bei einer Krönung gleich. Eine erwartungsvolle Stimmung hatte sich am Vortag und an diesem Morgen in der Stadt ausgebreitet.

Geistliche, Roaland Cruz' Anhänger, standen dichtgedrängt. Adlige fanden keinen Platz mehr in ihrem reservierten Abschnitt. Die Gänge waren verstopft. Ihm war gesagt worden, die Menschenmenge erstrecke sich bis ins Freie und fülle den Palasthof.

Los, beeil dich und sag ihnen den Kampf an, dachte er. Ich bin soweit.

Felicia und Gwen waren da, Gwen immer noch schwach und geistesabwesend. Nicht zum erstenmal bedauerte TJ, was der Treck den Müttern und Vätern der Trecker angetan hatte. Gwen an seiner Seite versuchte ihm aufmunternd zuzulächeln, doch bei ihrer Zerstreutheit kam sie über einen schwachen Versuch nicht hinaus.

Alfred beendete soeben die Eröffnungszeremonien, indem er die Regeln und formellen Prozeduren für Eingaben an den König schrie. Obwohl es Bittstellern von Rang im allgemeinen gestattet war, mit dem Herold Vorabsprachen zu treffen.

Sommer ließ sich lässig neben ihn fallen, schlug die Beine unter und starrte zu ihm auf. Als er sprach, konnte nur TJ ihn hören. »Hinter den Geistlichen. Franco Valdez, weißt du noch? Bei ihm sind viele seiner und Kellens glühendste Anhänger.«

Mit den Augen bestätigte TJ Sommers Mitteilung, und Sommer glitt zwei Stufen vom Thron hinunter.

Der Tumult legte sich ein wenig, als Alfred geendet hatte.

TJ entdeckte Sharon bei Felicia in der königlichen Loge an der Seite. Sie sah aus, als hätte sie einen Kater. Sommer wirbelte radschlagend an ihr vorbei, und TJ sah Sharons Zähne aufblitzen.

»Erster Punkt der Tagesordnung«, gab Alfred in einem Ton bekannt, der darauf abzielte, die Menge verstummen zu lassen, »Lord Franz, Vorsitzender der Vierzig, spricht für sich selbst.« Er legte eine Pause ein. »Und Bischof Cruz wünscht, sich zusammen mit LORD Franz an den Thron zu wenden.«

Cruz traf auf seinen krummen Beinen vor Franz ein.

Überraschenderweise begleitete ihn Franco Valdez. Die Erinnerung an ihn schien aus einer fernen Vergangenheit zu stammen. Respekt vor seinem Mut, dachte er.

Die drei blieben vor ihm stehen. Im großen Saal wurde es still. »Bringen Sie Ihr Anliegen vor«, psalmodierte Alfred mit deutlichem Abscheu in der Stimme. TJ bemerkte zum erstenmal, daß Alfred ein Schwert trug. Alfred? TJ überlegte, daß er diese Kampfansage vielleicht ernster nehmen sollte.

Franz trat einen Schritt vor die beiden anderen. Im Gegensatz zu seiner üblichen konservativen Kleidung war er diesmal farbenprächtig, jedoch vorschriftsmäßig gekleidet. Um sein Image zu verändern? »Ich ... wir machen Ihnen das Recht streitig, Ihre Herrschaft fortzuführen, Hoheit«, sagte er, indem er die ordnungsgemäße Anrede verkürzte.

»Fahren Sie fort«, sagte TJ in desinteressiertem Ton. Klar, ich habe das schon oft getan, Franz, du langweilst mich. Zumindest wollte er, daß Franz dies glaubte. War Franz der Verräter? Möglicherweise. Aber Franz war zu rasch gesprungen, dachte er, wahrscheinlich auf Cruz' Drängen hin. Und das zeigte nicht die Art von Intelligenz, die er dem Verräter zugestand.

»Das Königreich wird nicht mehr sicher und effektiv regiert«, sagte Franz. »Illegales Verschwinden von Personen. Aufruhr. Zwietracht. Sie handeln gegen Anstand und Sitte, wenn Sie die Ränge der Adligen dezimieren und die Kirche mißachten. Außerdem mißachten Sie die Wünsche des Volkes, indem Sie ihm die Föderation aufzwingen ...«

TJ überlegte, daß ihm ständig jeder sagte, was ›das Volk‹ wollte, nur das Volk selber nicht. Er unterbrach Franz. »Sie wollen, daß ich abdanke. Zu Gunsten welchen Nachfolgers, Franz?«

Ein Raunen ging durch die Menge und wurde rasch zum Verstummen gebracht. Das war es, dachten sie. Die große Konfrontation. Der Kampf um die Macht.

Franz und Cruz nutzten ihre große Gelegenheit, nun, da die Armee einmal nicht anwesend war. Schade, dachte TJ, irgendwie mochte ich die feindselige Beziehung zu Roaland. Ich hatte mich bereits entschlossen, Franz seiner Titel zu entkleiden und ihm seine Ländereien abzunehmen. Vielleicht hatte Franz das geahnt.

Er blickte unauffällig umher. Auf den Balkons hatten sich Gyrenen mit freiem Schußfeld auf die Adligen postiert – für alle Fälle. Einige Gyrenen in Zivil waren auf öffentlichen Sitzen in der Nähe der Adligen plaziert. Franz hatte keine Chance.

Da TJ gewußt hatte, was bevorstand, hatte er die Möglichkeit gehabt, Franz' beginnende ›Rebellion‹ außerhalb des offiziellen Rahmens niederzuschlagen, hatte sich jedoch dagegen entschieden. Seine Absicht war es, den Konflikt öffentlich auszutragen, um die Atmosphäre zu reinigen. »Ein kluger politischer Schachzug«, hatte Sommer gesagt.

»Wie würde der Nachfolger ausgewählt werden, Franz?« Seine Stimme bekam einen stählernen Klang, und er sah den Zweifel in Franz' Augen wachsen.

»Mittels öffentlicher Akklamation durch das Volk«, sagte Franz, indem er vorwärtsstürmte, obwohl ihm die Erkenntnis des Scheiterns bereits dämmern mußte. Offenbar hatte er nicht geglaubt, daß TJ ihn so weit würde gehen lassen.

»Möchten Sie, daß das ganze Königshaus für Sie Platz macht, Franz?« fragte TJ sanft. »Oder nur ich?«

Franz gab keine Antwort, da er anscheinend nicht daran gedacht hatte, Gwen und Felicia mit einzubeziehen.

»Würden Sie der Nachfolger sein, Franz?«

»Wenn das Volk es wünscht.«

»Hah!« sagte TJ. »Sind Sie bereit dazu, den Treck zu unternehmen, Franz?«

Franz blickte Cruz an. Dann begriff TJ. Franz war nicht der Narr, für den er ihn gehalten hatte. Franz wußte genau, daß TJ ihn früher oder später, und aller Wahrscheinlichkeit nach früher, aufgrund seiner Gegnerschaft seines Titels entkleiden würde. Darum hatte er in öffentlicher Gerichtssitzung eine legale Forderung vorgebracht – in der Hoffnung, sich durch den Schritt an die Öffentlichkeit absichern zu können und dem König die legale Möglichkeit, ihm seine Ländereien zu rauben oder ihn einsperren oder hinrichten zu lassen, zu nehmen. Nicht schlecht gedacht, mußte TJ zugeben. Franz hatte sich in eine Sackgasse hineinmanövriert, und dies war der einzige Ausweg. Wahrscheinlich ermutigt von Roaland Cruz.

Cruz ergriff das Wort. »Die Kirche würde in öffentlichen Angelegenheiten mitreden können, wie in der Vergangenheit auch. Wir würden zu den grundlegenden Werten zurückkehren. Und wir würden uns nicht Hals über Kopf in ein außerplanetarisches Unternehmen stürzen, das die Rolle der Kirche noch weiter schwächen würde.« Er legte eine Pause ein und blickte *verschlagen.* »Wir sind darauf vorbereitet, das Ende Ihrer Herrschaft zu empfehlen, wenn Sie diese Föderationsangelegenheit nicht unverzüglich fallenlassen und Ihre Handlungen den Erfordernissen des Glaubens unterwerfen und die Mehrheit und ihr Bedürfnis nach einer Rückkehr zu den fundamentalen und moralischen Gesetzen Gottes und der Kirche auch weiterhin mißachten.«

Nicht zum erstenmal dachte TJ, Roaland verstehe sich auf die Sprache der Beamten. Dann bemerkte er einen Anflug von Panik in Franz' Gesicht. Ah, das war die Erklärung. Cruz hatte Franz zum Handeln gedrängt und ihn dann im Stich gelassen! Cruz feilschte bloß! Ein brillanter Schachzug. Cruz war ein würdiger Gegner, der alle internen Machtkämpfe überleben konnte – und es wahrscheinlich noch genoß, auf des Messers Schneide dieser Kämpfe zu balancieren.

TJ grinste anerkennend und wurde mit Cruz' andeutungsweisem Lächeln belohnt.

»Und Sie, Señor Valdez?«

»Das Volk, Eure Majestät«, TJ stöhnte innerlich, »würde sein Schicksal mitbestimmen können, wie *unser* Führer, Kellen Sing, des öfteren ausgeführt hat. Wir bitten Sie außerdem, Kellen Sing im Namen der Menschlichkeit freizulassen. Und ...«

»Genug.« TJ hob die Hand, um Valdez Einhalt zu gebieten. War heute jeder, dessen Name mit Z aufhörte, gegen ihn? Er mußte Valdez für seine Entschlossenheit jedoch Anerkennung zollen. Er beschloß, ein Problem zu beseitigen. »Herold«, befahl er, »lassen Sie Señor Valdez von zwei Gyrenen zu den Verliesen bringen und ihn durch das ganze Untergeschoß des Palastes führen. Dann machen Sie einen Ausflug zum Polizeigefängnis in der Stadt.« Er wandte sich an Valdez. »Ich möchte, daß Sie sich und Ihre Freunde davon überzeugen, daß Sing nicht dort ist.«

Valdez schaute verwirrt drein und setzte zu sprechen an, doch es traten zwei Gyrenen vor und drängten ihn weg. Valdez blickte Cruz hilfesuchend an, der Bischof konnte jedoch nichts tun.

Er sah, daß Cruz nachdachte. Er weiß, dachte TJ, daß ich ihn überlistet habe. Wie wird er sich aus der Schlinge ziehen?

»Eure Majestät«, sagte Cruz, »es geht um die Sache mit der Föderation. Machen wir Schluß mit dieser Narretei und fahren wir fort, das Leben auf Bear Ridge wiederaufzubauen. In diesem Falle wäre die Kirche nur allzu gern bereit, die Kirchenmitglieder weltweit für Sie um Unterstützung zu bitten.«

Er unterhöhlt Franz' Position noch weiter, dachte TJ.

»Ich lehne Ihr Angebot ab«, sagte er. »Am besten sorgen Sie erst einmal dafür, daß ihre Kirchenmitglieder *Sie* unterstützen.« Zu Franz sagte er: »Ich weise Ihren Anspruch zurück und werde weiterregieren.«

Entgegen der höfischen Etikette wurde im Saal vereinzelt applaudiert.

TJ lächelte zustimmend. »Des weiteren erkenne ich Ihnen die Mitgliedschaft zum Adel ab. Sämtliche von Ihnen beanspruchten Titel sind hinfällig. Der gesamte Besitz wird konfisziert, und der Erlös aus dem Verkauf wird ›dem Volk‹ an Stelle regulärer Steuern übereignet, bis keine Mittel mehr vorhanden sind.«

Stille. Dann Beifall und Hochrufe.

Franz stand als gebrochener Mann vor ihm.

TJ konnte es in seinem Gesicht lesen. Franz' Hand wanderte langsam zum Griff seines Schwertes. Er hatte keine Chance zu gewinnen, und TJ wußte, daß Franz es wußte. Somit folgte daraus, daß Franz auf der Stelle Selbstmord begehen wollte, doch das konnte TJ nicht zulassen – und nicht bloß aus politischen Erwägungen heraus. Er mußte herausfinden, ob Franz der Verräter war oder von der vermuteten Verschwörung wußte. Schließlich mußte noch mehr dahinterstecken.

Sommer mußte den gleichen Eindruck von Franz gehabt haben, denn er sprang auf und warf Franz dabei um.

Niemand lachte. Als Alfred und mehrere Gyrenen Franz hinauseskortierten, herrschte verlegenes Schweigen.

TJ bemerkte, daß Roaland Cruz zu den Plätzen der Geistlichen zurückwich und unbemerkt zu bleiben versuchte.

TJ lächelte. »Also«, sagte er jovial, »möchte mir noch jemand die Krone streitig machen?« Seine Stimme triefte von Autorität und Sarkasmus, um der Menge zu imponieren. »Hat einer der Anwesenden den Treck unternommen und kann es beweisen?«

»Ja, ich«, ertönte eine Stimme vom Nebeneingang.

TJ sah, wie sich auf Cruz' Gesicht ein Ausdruck von Verwirrung ausbreitete, als er aufstand und hinübersah.

»Michale!« flüsterte Gwen verblüfft.

Und ein Schwimmhäuter!

Mike stand da, und tausend Augen waren auf ihn gerichtet. Er hatte auf die Frage des Königs geantwortet. Wollte er ihn fordern?

A:alpha strahlte Selbstvertrauen zu ihm aus.

Mike trat vor und sah überraschte Gesichter, als die Leute hinter ihm A:alpha bemerkten. 'phas Aura wechselte zu schwacher Furcht über. Er war nicht nur nicht an Menschen gewöhnt, er war auch nicht an soviele Menschen gewöhnt. Er hatte sich zur Umstellung auf Außenatmung aufgeblasen und folgte Mike aus Mangel an Alternativen.

Gyrenen starrten sie an, die neue Situation überstieg ihr Begriffsvermögen. Wem galt ihre Loyalität?

Als er sich in gespenstischer Stille der Treppe zum Thron näherte, trat Alfred zurück, sich von der Verhandlung verabschiedend. Er würde nicht Partei ergreifen.

Wie ein Schatten huschte Sommer an die Seite seines Vaters. Mike las seine Treue zu TJ aus seiner Aura heraus. Mike wußte, daß er sich im Falle einer Konfrontation bei einem Kampf Mann gegen Mann niemals gegen den König würde behaupten können – und daß er es mit Sommer Camp zu tun bekommen würde, falls er den König besiegen sollte.

Wie hatte er sich – sie – in diese Lage gebracht? Sein vom Treck gestähltes Selbstvertrauen und seine Zähigkeit schwankten kurzzeitig, doch der gleiche Starrsinn, der ihn auf den Treck gesandt hatte, gewann wieder die Oberhand, und er setzte seinen Weg zum Thron fort.

Er schritt entschlossen aus und stieg die breiten Stufen empor, ohne nach unten zu schauen.

Alle Blick im Thronsaal auf sich gerichtet, blieb er zwei Stufen unterhalb seines Vaters stehen und streckte seine Hand aus.

Er öffnete die Faust, und das Licht traf auf seinen kleinen roten Saphir. Für alle sichtbar, funkelte er dort; das Blitzen wie ein Echo seiner heftig schillernden Aura.

Im Saal war es totenstill, und er fühlte sich als Herr der Lage.

Sein Vater, an Bart und Haar stärker ergraut, als er es in Erinnerung hatte, war von seinem Erscheinen völlig überrumpelt worden. A:alpha strahlte Ermutigung zu ihm aus, aber der Schwimmhäuter kannte nicht die ganze Vorgeschichte und verstand folglich auch nicht die Zwischentöne.

Er fürchtete sich davor, seine Mutter anzusehen, seinen Blick in ihre Richtung gleiten zu lassen... Sharon saß zusammen mit seiner Großmutter in der königlichen Loge. Sharon strahlte Freude aus, wahrscheinlich über seine gesunde Rückkehr, doch dann zeigte ihre Aura Sorge, als sie die Implikationen seiner Ankunft begriff. A:alpha nahm sie kaum wahr.

Seine Augen wurden zu seiner Mutter hingezogen. Sie war blaß und schwach, und ihre Aura zeigte Angst. Hatte sie Angst um ihn oder um ihren Mann? Plötzlich begriff Mike, daß sie verlieren würde, ganz gleich, wer aus der bevorstehenden Auseinandersetzung siegreich hervorgehen würde. Er betrachtete es aus ihrem Blickwinkel: nach Jahren in der Mitte zwischen ihm und seinem Vater hatte sie geglaubt, ihr Sohn sei auf dem Treck umgekommen, doch jetzt, wo er lebend zurückgekehrt war, befand sie sich in einer neuen Zwickmühle – er, oder sein Vater, würde als Sieger aus der Konfrontation hervorgehen: der Verlierer, ob im Kampf gefallen oder lebend aus einer anderen Form des Wettstreits hervorgegangen, würde der Verlierer bleiben und darum im Königreich in Ungnade fallen, ohne an seinem rechtmäßigen Platz an den Ereignissen teilnehmen zu können.

Und, dachte Mike, er hatte sie durch seine unüberlegte Eile, Treckmeister zu werden, in diese Lage gebracht.

Er hatte eine schwere Prüfung durchgemacht, und nun unterwarf er sie einer ebenso schweren, vielleicht noch schwereren.

TJs atmete schwer. »Dann bist du also Treckmeister?«

Mike blickte auf den roten Saphir hinab, schöpfte neues Selbstvertrauen. »Mein Leumund.« Im Geiste schrie er: Was soll ich bloß tun?!

Er bemerkte in der Aura seines Vaters einen Anflug von Stolz.

»Die anderen?« fragte der König.

Mike schüttelte den Kopf. »Ich habe Gilbert Trevan begraben.«

Sein Vater ließ sich gegen den Thron zurückfallen. Nun, er hatte es gewußt, als er all seine Prinzchen gezeugt hatte.

»Eine Verschwendung«, sagte TJ.

»Ja.«

Er hatte nicht gewußt, was er bei seiner Rückkehr tun würde. Die Situation, die er vorfand, verlangte jedoch danach, daß er seine unvermeidliche Pflicht tat. Er war bislang unfähig gewesen, sich zu kontrollieren. Seine Eingebungen hatten die Situation herbeigeführt.

Er fragte sich, ob er seinen Anspruch auf die Krone erklärt hatte.

Nicht ausdrücklich, seine Worte schienen jedoch darauf hinzudeuten.

Was würde er tun, wenn er die Krone errang?

Zweifellos bessere Arbeit leisten. Vor allem aber wußte er, daß dieser bittere Konflikt zwischen seinem Vater und ihm geklärt werden mußte.

Die Augen seines Vaters durchbohrten ihn, suchten nach seiner Seele, seinen Absichten. Er errichtete eine geistige Barriere und stach unwillkürlich zurück, da sich seine Aura zuletzt zu sehr aufgebläht hatte.

TJs Gesicht spiegelte Überraschung wider. Ein

Schleier fiel über seinen Geist und wurde in der um ihn herum koaleszierenden Aura reflektiert.

Mike weitete seine Aura noch etwas mehr, und TJ wehrte den Angriff unbeholfen, aber wirkungsvoll ab.

Mike verstärkte seine Aura und konzentrierte sie unmittelbar auf seinen Vater. TJs natürlicher Schutzschirm zerbrach, und Mike attackierte seinen Kern von neuem. TJ reagierte, als hätte er einen körperlichen Schlag erhalten, doch irgendeine Barriere, etwas, das Mike aus der Not des Trecks her kannte, sprang in die Bresche, um seinen Angriff abzuwehren.

TJ versuchte Mike mental anzugreifen, vermochte dies jedoch nicht wirkungsvoll zu tun; seine natürliche Fähigkeit war stark genug, doch ohne Übung vermochte er nicht so zuzuschlagen wie Mike.

Der rote Saphir, der immer noch auf seiner Handfläche lag, verstärkte seine Anstrengungen. Er blitzte vor ausgesandter geistiger Energie.

Zum erstenmal sah Mike den roten Saphir seines Vaters, viel größer als der A:alphas, angebracht an der Spitze des Throns. Er leuchtete hell, machte ihn benommen, behinderte seinen Angriff auf den König.

Auf einmal wußte Mike, was in TJ steckte. Dieses Etwas, diese Dynamik, diese innere Überzeugung, die ihn zum König des ganzen Planeten gemacht hatte.

Dieser Charakterzug erschreckte ihn. Er hätte es vorgezogen, sich noch einmal den Wegelagerern, selbst dem Treck zu stellen. Das Wesen seines Vaters leistete ihm Widerstand, widerstand seiner Attacke, behauptete gegenüber dem geübteren Mike seine Stellung.

Mike wußte, daß er der Erfahrung seines Vaters nichts entgegenzusetzen hatte, eine Erfahrung, die zu TJs Fähigkeit beitrug, seinen Sondierungen, seinen Stichen zu widerstehen.

Rasch änderte er seine Taktik und strahlte Liebe, Freundlichkeit und Mitgefühl aus. Die Barrikaden seines Vaters dehnten sich, ohne zu wissen, wie sie auf diese Entwicklung reagieren sollten. Während er seine Aura neu formte, erinnerte er sich daran, daß er geschworen hatte, den Auraangriff nie wieder zu praktizieren.

Sein Vater begann sich diesem gewaltigen Strom guten Willens zu unterwerfen. A:alpha spürte, was vor sich ging, und warf seine Aura in die Schlacht, indem er als Katalysator fungierte und Mikes emotionale Attacke potenzierte. Mike wußte, daß A:alpha nicht unbedingt Partei ergriff; er versuchte lediglich, sie beide auf einer höheren emotionalen Ebene zu vereinen, damit sie weiterkamen und in die Lage versetzt wurden, die Probleme zu lösen. A:alpha handelte im Interesse der Schwimmhäuter.

TJ schwankte; das Gleichgewicht hatte sich inzwischen zu Mikes Seite hin verschoben. Sein Vater wich ein wenig zurück, gab ein Stück geistiges Territorium auf. Mike nahm seinen Vorteil wahr. TJ wehrte sich dagegen, ohne zu wissen, was es war, jedoch trotzdem davon beunruhigt.

Obwohl TJ ungeübt war, erkannte Mike, daß er ein angeborenes, atavistisches Verständnis des Aurabewußtseins besaß. Vielleicht war TJ tatsächlich der zäheste Mensch des Planeten.

Doch Mikes Bemühungen zahlten sich aus. Der Geist seines Vaters wurde für seinen emotionalen Appell empfänglich. Eine Öffnung tat sich auf, TJs Aura wurde aufnahmebereit, das Rot des Kampfes und das Orange der Vorsicht verschwanden.

Blitzschnell überlegte Mike, ob er seine geistige Kraft sammeln und einen weiteren, diesmal tödlichen Angriff gegen seinen Vater führen sollte. Er würde seine Lebenskraft ernstlich verwunden. Er schob irgendeine obskure Botschaft von A:alpha beiseite.

Sein Vater wurde schwächer!

Fertig …

Er tastete versuchsweise mit seiner Aura vor, versuchte seinen Vater auszutricksen, und so blieben sie eine scheinbare Ewigkeit lang ineinander verkrallt, ohne daß einer von ihnen gewann oder verlor.

Dann brach seine Mutter zusammen. Ihre Aura nahm ein gefährliches Purpurschwarz an. Sie sank von ihrem Thron herunter und fiel zu Boden, wobei ihre Stirn mit einem dumpfen Laut auf den Fliesen aufschlug.

TJ ließ seine geistige Abwehr augenblicklich fallen und stand auf, um ihr zu helfen.

Jetzt, wo TJs Barrieren endlich am Boden waren, sah Mike seine Chance gekommen. Er war im Begriff, die geschwächte Abwehr zu durchschlagen ...

Dann erkannte er, daß er keinen Vorteil aus der Situation ziehen konnte. Er verdrängte die Schuldgefühle, ignorierte A:alphas flehende Aura und eilte an die Seite seiner Mutter.

Als er die verbliebenen Stufen hinaufsprang, fühlte er sich ausgehöhlt. Sommers Augen suchten seine, und Mike las die berüchtigte Aura des /Killermenschen/. Sommer würden ihn töten, falls er TJ in der Zwischenzeit bedrohen sollte. Mike beruhigte Sommer mit einer Aurawelle und stürmte an ihm vorbei.

Sein Vater hielt seine Mutter in den Armen und rannte die Treppe zum Hinterausgang hinunter.

Mike blieb stehen, ohne zu wissen, was er tun sollte. Er schaute seinen roten Saphir an, der kaum noch Licht reflektierte. Er blickte zur Spitze des Thrones empor, und aus TJs rotem Saphir schien das Leben ebenfalls gewichen zu sein.

59 Sharon

Es war fast schon Abend, und sie drehte allmählich durch. Mehr als ein Tag war seit der Konfrontation im Thronsaal vergangen, und niemand sagte ihr, was vor sich ging. Sie war weder von einem Mitglied der Königsfamilie zum Essen eingeladen worden, noch war jemand verfügbar gewesen, mit dem sie hätte reden können. Und sie ihrerseits wagte es nicht, Mike zu stören. Sie vermutete, daß Gwen sich noch nicht wieder erholt hatte, da die Bediensteten flüsterten und auf Zehenspitzen durch die Gänge schlichen.

Ein leises Klopfen an der Tür unterbrach ihre Gedanken.

»Ja?« Sie öffnete die Holztür zu ihrer Suite, und da stand Mike. Sie bemerkte, daß der Gyrenenwachposten noch immer Dienst tat.

»Hallo«, sagte Mike und streckte ihr ein winziges Cheshirejunges hin. »Für Sie.«

Sie ergriff es hastig. »Mike!« Das Junge schmiegte sich warm in ihre Hand, sein Doppelschwanz ringelte sich um ihren Daumen, und es gab ein miauendes Geräusch von sich.

Mike hatte sich seit dem Vortag verändert. Er war glattrasiert, trug frische Kleider und wirkte ausgeruht. Er hatte sich die Haare schneiden lassen. Sein Augen blickten jedoch gequält. Er wirkte älter, als sie ihn in Erinnerung hatte.

Unwillkürlich mußte sie an gestern und sein dramatisches Erscheinen am Königshof denken. Auch nach dem Vorfall mit Franz hatte er immer noch für Aufregung gesorgt. Alles an ihm war verwildert gewesen: seine Kleidung, sein Haar, sein Zweitagebart, seine Gesichtszüge. Bis zu diesem Moment hatte sie den unerhörten Erzählungen vom Treck nicht recht geglaubt. Sie hatte TJ immer für ein Überbleibsel aus früheren und härteren Zeiten gehalten. Nun schien Mike seinem Vater mit seinem erschöpften Äußeren, jedoch neuer innerer Stärke und Klarheit der Entschlußkraft ähnlicher – ach, welche Entschlossenheit!

Mike hatte vor seinem Vater und ganz Crimson Sapphire gestanden und seinen Juwel gezeigt. Sie hatte beinahe die Funken zwischen ihnen fliegen sehen, als sie zu diesem eigenartigen Tableau erstarrt waren.

»Ich habe gebadet.« Mike lächelte.

»Oh. Treten Sie ein.« Sie liebkoste die Cheshirekatze und führte Mike ins Wohnzimmer. Sie blickte zu Boden, durch seine Anwesenheit plötzlich verlegen gemacht.

Ihre Zimmer waren gereinigt und die zerstörten Kissen und Vorhänge ersetzt worden. Sie hatte die Elektronikteile ihrer Funkausrüstung in deren Koffer geworfen. Vielleicht konnte man sie eines Tages in ein Föderationslabor bringen und Hinweise auf die Person entdecken, die sie zerstört hatte. Sie glaubte jedoch nicht, daß es dann noch wichtig sein würde.

Sie setzten sich, wobei sie sich so sehr in acht nahm, daß sie sich irrtümlich auf die Armlehne des Sofas setzte und auf das Polster hinunterplumpste. Uff. Um es zu überspielen, fragte sie: »Wo ist der Schwimmhäuter, Mike?« Sie hätte den ›mysteriösen Ureinwohner‹ wirklich gerne interviewt.

»Er ist im Heulenden Volv. Um zu essen, auszuruhen und sich zu entspannen.«

Ein neuerliches unbehagliches Schweigen folgte. »Äh … wie geht es Ihrer Mutter?«

Er zuckte die Achseln. »Immer noch sehr krank.«

Sein Problem war ein zusammengesetztes, erkannte sie. Er mußte nicht nur entscheiden, wer die Krone bekommen sollte, sondern so oder so würde Gwen leiden. »Was werden Sie tun, Mike?«

Er wich ihrem Blick aus. »Ich weiß es nicht, Sharon. Ich dachte, ich wüßte es, aber jetzt nicht mehr. Vielleicht irgendwohin gehen und ausruhen und lesen?« Er machte eine Pause und sah sie mit flehenden Augen an. »Ich dachte, ich wollte die Krone, ich wollte König sein und Fehler berichtigen, das Königreich zu seiner eigentlichen Bestimmung führen. Aber jetzt bin ich mir nicht mehr sicher. Die Ereignisse haben ein eigenes Beharrungsvermögen angenommen, und ich bezweifle, daß ich viel bewirken kann.« Seine Stimme verlor sich, und sie fragte sich, was mit TJ geschehen würde, falls Mike gewann. Wahrscheinlich würde er verdorren und sterben, beantwortete sie ihre eigene Frage. Thomas Jefferson Shepherd konnte keine andere Position ausfüllen als die des Königs. Auf diesem Planeten gab es keine andere Rolle für ihn.

Sie sah, daß er irgend etwas zurückhielt. »Ist das alles?«

Er schüttelte den Kopf. »Ich bin mir nicht sicher, ob ich König sein will. Es hat seinen Reiz verloren. Es ist den ganzen Ärger nicht wert, den Schmerz und die Wut und die Qual und ...« Er brach ab und ließ sich zurücksinken.

Doch sie hatte gespürt, daß die Leidenschaft in seine Stimme zurückkehrte. Es war noch etwas anderes unter der Oberfläche, das er nicht herausließ. Und sie mußte es aus ihm herausbekommen, wenn nicht um seinetwillen, dann um ihretwillen. »Äh ... Mike, hm ... haben Sie mit Sommer gesprochen?«

Mike grinste kurz. »Er hat mir gesagt, Sie hätten ihn aus seinem Bett hinausgeworfen. Ich war eifersüchtig.«

»Dieser Schuft. Aber das habe ich nicht gemeint.«

Dann vernahm sie im Geiste das Echo seiner Worte: »Ich war eifersüchtig.« Sie mußte ihre Gefühle unterdrücken und das Thema weiterverfolgen.

»Ja, ich weiß schon. Diese andere Geschichte, also, ich akzeptiere es. Es ist vorbei.« Er machte ein langes Gesicht. »Nicht, daß überhaupt viel gewesen wäre.«

Sie konnte erkennen, daß ihm das Sprechen schwerfiel, aber vielleicht half es ihm, es auszusprechen. Sommer und Rebecca Sing. Beeil dich, Mädchen, wechsle das Thema, bevor wir beide vor Verlegenheit sterben. »Hat Sommer Ihnen von dem ... hochgestellten Verräter erzählt?«

Er nickte. »Wir wissen bereits, daß es sich dabei nicht

um Lord Franz handelt und daß er ebenfalls nicht weiß, wer es ist.« Er berichtete ihr von dem Hinterhalt östlich von Dawn's Edge. »Dieser Hinterhalt bestätigt lediglich, was Sie alle dachten.«

Sie nickte. »TJ hat über die Möglichkeit, nun, einer Einmischung von außen spekuliert, vielleicht unter Einsatz von High-Tech. Ratsmachenschaften vielleicht.«

»Wissen Sie, was ich mir wünsche? Ich wünsche mir, ich könnte Gedanken lesen, so wie Ihr High-Techs Elektronik ablest und alles. Dann würde ich einfach umhergehen und den Verräter ausfindig machen und sehen, warum er das alles tut.«

Er sorgte sich offenbar immer noch um das Königreich und die Königsfamilie, seine Differenzen bezogen sich nur auf seinen Vater.

»Vielleicht könnten A:alpha und ich den Verräter ausfindig machen.« Er fuhr fort, Auren und die Techniken der Aurakontrolle zu erklären. Sharon schwor sich, daß sie sich ausführlich mit A:alpha unterhalten oder bei dem Versuch sterben würde. »Wir können Auren lesen, jedoch keine Gedanken, und ...«

Sharon dachte nach. So wurde die Schlacht im Thronsaal also ausgetragen.

»Das ist es!« unterbrach sie ihn. Seine vorherige Bemerkung über Eifersucht hatte ihren Verstand getrübt. »Vielleicht, Mike. Hören Sie zu. Angenommen, es gibt eine High-Tech-Einmischung, wie wir vermutet haben. Dann muß der betreffende Agent sich irgendwie verständigen.«

»Ja? Ich glaube nicht, daß ich oder 'pha Funksprüche auffangen könnten.«

»Aber ich!« sagte sie leise.

Seine Lider hoben sich.

Sie zog ihren Ärmel hoch und ließ den verzierten Deckel ihres Armbandrechners aufschnappen. Sie versuchte sich an die Befehlsfolge zu erinnern, die das verdammte Gerät zum Signalsucher machte. Sie fiel ihr nicht ein, darum tippte sie ihre Anfrage in die Datenbank ein, und diese sagte sie ihr. Ihre Finger drückten die winzigen Punkte auf dem Armbandrechner, speisten das Programm in den Arbeitsspeicher ein. Da der Rechner als Notfunkfeuer oder Transponder dienen konnte, war er auch darauf ausgelegt worden, andere Notsignale auf anderen Frequenzen zu *lokalisieren*. Folglich würde er für jedes Signal die Richtung ausmachen können.

Er piepste.

Sie und Mike zuckten zusammen.

Sie hielt ihr Handgelenk so gerade, wie sie konnte, und auf der Bildschirmoberfläche bildete sich ein winziger Pfeil. »In dieser Richtung!« sagte sie heiser. »Je dunkler der Pfeil, desto näher sind wir dran, obwohl er vermutlich nicht so fein geeicht ist – er wird am dunkelsten sein, wenn das Signal, sagen wir, aus dem Palastbereich stammt.«

»Aus dem Palast kommt ein Signal, von hier?« fragte er.

»Ja.« Sie wiederholte die Prozedur für den Fall einer Fehlanzeige. Sie stand auf und drehte sich um die eigene Achse, um sich zu vergewissern, daß das Gerät richtig anzeigte. »Sämtliche Tests positiv.«

»Gehen wir!« sagte er. Seine Erregung war ansteckend. Er löste das Schwert in seiner Scheide. Vor dem Treck hatte er im Palast nie ein Schwert getragen.

Draußen auf dem Korridor hielt sie an, um die Richtung, aus der das Signal kam, erneut zu überprüfen. »Es ist ein sehr starkes Signal, stärker als mein eigenes Funkgerät.«

Sie nahmen einen Korridor, der durch den ganzen Palast führte. Sie gingen zum Thronsaal und dann zwei weitere Treppenabsätze hinauf. »Das ist kompliziert, Mike. Der Bildschirm ist nicht dreidimensional und zeigt keine Höhenveränderungen an.« In freiem

Gelände, für das der Signalsucher ausgelegt war, wäre die Quelle mühelos zu erkennen gewesen.

Sie blieb vor einer Tür stehen. »Hier ist es, genauer kann ich es nicht bestimmen.«

Sie bemerkte seinen betroffenen Gesichtsausdruck. »Was ist los, Mike?«

»Sommers Wohnung.«

»Oh, nein.« Sie bemerkte es ebenfalls, jetzt, wo sie nicht mehr dem Pfeil folgte. »Ich habe den SS bisher noch nie benutzt. Vielleicht ist die Anzeige falsch.«

»Warten wir's ab.« Er versuchte die Tür zu öffnen. »Sie ist verschlossen!« Er zögerte, dann klopfte er. »Niemand zu Hause.« Er spähte in die Richtung des Korridors, aus der sie gekommen waren.

Sharon tat das gleiche und sah niemanden. Der Korridor endete hier, vor der Außenwand des Palastes.

Mike zog sein Schwert und rammte es unmittelbar über dem Riegel in den Türrahmen. Sein Arm spannte sich an, und das Holz zersplitterte. Er stürmte hinein.

Sie standen in einem spartanischen Wohnzimmer.

»Da entlang«, sagte Sharon und führte ihn in Sommers Schlafzimmer, bog nach links und blieb vor einem Schrank stehen. »Dort drinnen?«

Mike nahm eine Lampe vom Tisch und zündete sie an. Sie gingen in den Schrank hinein, ein merkwürdig geräumiger Schrank. Uniformen, Zivilkleidung, Narrenkostüme. Waffen, von Schwertern bis hin zu Assagais. Mike stöberte herum. »Nichts.«

Sharon neigte ihren Rechner und versuchte, aus all dem schlau zu werden. »Hiernach sind wir ganz nah dran. Ah, dort. Es ist über uns.«

»Eine falsche Decke?«

»Keine Ahnung.«

Mike ging nach draußen und holte einen Stuhl. Er stieg darauf und klopfte mit dem Schwertknauf an die Decke. In der Ecke tönte es hohl. Er fuhr mit der Hand über eine Fuge. »Ein Griff. Eine Art Geheimtür, möchte ich wetten.«

Grus fiel herab, und die Verkleidung fiel ihm in die Hände. Er ließ sie frei an ihren Scharnieren schwingen.

»Gut versteckt«, sagte er. »Reichen Sie mir die Lampe.« Er hielt die Lampe in die dunkle Öffnung, streckte sich, um hineinzusehen, dann stellte er die Lampe auf der oberen Ebene ab und schwang sich hinauf. Sein Kopf tauchte wieder auf, gespenstisch in Schatten getaucht. »Sharon, das müssen Sie sehen.«

Sie kletterte auf den Stuhl, und er packte sie unter den Armen und zog sie nach oben.

Sie standen in einem kleinen, vollgestopften Raum. Ein Stuhl. Ein Tisch. Auf dem Tisch stand ein schwarzer Kasten aus Metall. Ein weißes Lämpchen blinkte rhythmisch neben einem dunklen roten Licht.

»Ein Transponder«, sagte sie augenblicklich.

»Was ist das?«

»Ein einfaches Gerät. Mit eigener Energieversorgung. Auf lange Lebensdauer abgelegt. Sendet ein Signal aus. Das ist alles. Und im Moment sendet er. Es ergibt keinen Sinn.«

»Ich weiß nicht, ob ich das verstehe«, sagte Mike. »Sommer, ein Verräter?«

»Ich auch nicht. Wo befinden wir uns?«

»Über Sommers Wohnung. Könnte er der Verräter sein? Ich habe von Geheimgängen munkeln hören, und ich kenne ein paar. Aber von diesem Raum habe ich weder gehört noch ihn je gesehen. Vom Grundriß her befindet er sich anscheinend im oberen Stockwerk, vielleicht neben der Wohnung meiner Eltern.«

»Ein perfektes Versteck also.«

»Das ist es bestimmt. Lassen Sie mal sehen, ob ich noch einen anderen Ausgang finden kann.« Er nahm die Lampe und begann die Wände zu inspizieren. »Ich kann nicht glauben, daß Sommer der Verräter ist.«

»Es ist ziemlich weit hergeholt, Mike. Während Sie …« Sie zögerte.

»Während ich was?« Er stand an der rückwärtigen Wand.

»Während sie weg waren und die Probleme zunahmen, gab es Gerüchte, Sommer habe vor langer Zeit den Treck unternommen und sei für den Fall, daß sie nicht zurückkämen, TJs erwählter Nachfolger.«

»Schwer zu glauben.«

»Ist es das wirklich, Mike?«

»Nein. Heutzutage ergibt nichts mehr einen Sinn … ah, ich hab's.« Ein Wandstück schwenkte beiseite und enthüllte einen dunklen und staubigen Treppenabsatz sowie Stufen, die nach unten führten. »Jetzt ergibt das schon mehr Sinn.«

Sharon grübelte über etwas nach. »Aber wenn Sommer König werden sollte, warum sollte er dann noch der Verräter sein? Vielleicht sollten wir in seiner Abwesenheit seine Wohnung durchsuchen.«

»Gute Idee. Beeilen wir uns.« Im Nu hatte er die Geheimtür nach oben gezogen und befestigt. Dann traten sie auf den Treppenabsatz hinaus, schlossen hinter sich die Wand und gingen die Treppe hinunter. Mike entdeckte einen Durchgang zu dem darunterliegenden Treppenabsatz, und sie befanden sich wieder in Sommers Schrank.

Mike stellte den Stuhl zurück, und Sharon nahm die Lampe und betrat ein weiter innen gelegenes Zimmer.

»Oh, mein Gott. Mike, kommen Sie her.«

Mike eilte mit gezogenem Schwert an ihre Seite. »O je.«

Kellen Sing rieb sich den Schlaf aus den Augen. Sharon sah, daß er über dem Bett an die Wand gekettet war.

Er schirmte seine Augen ab. »Wer … Mike! Bist du es?«

»Kellen!«

»Mike! Du hast es zurück geschafft! Du bist jetzt

Treckmeister! Bei Gott, wir werden doch noch siegen. Nimm mir diese verdammte Kette ab.«

Sharon zog Mike zurück. »Hat Ihnen jemand erzählt, was vor sich geht?«

»Bei seinem Bericht sagte Sommer lediglich, Kellen sei verschwunden. Wir standen unter Zeitdruck, er hatte mir soviel zu erzählen. Ich ... ich habe seine Aura nicht gelesen, um zu sehen, ob er die Wahrheit sagte – man muß seinen Geist manchmal verschließen, sonst wird man überwältigt. Etwas, woran man sich erst gewöhnen muß«, schloß er lahm. »Ich habe Sommer für meinen Freund gehalten. Und nun verkauft er uns. Mein Verstand sagt mir das eine, mein Herz etwas anderes.«

»Er hat dir auch meine Schwester weggenommen, Mike. Bitte, Herrgott noch mal, Mike, mach mich los!« Kellen schien sich zu konzentrieren.

Sharon sah Mike lächeln, die Stirn runzeln und sich seinerseits konzentrieren.

Kellen fiel auf das Bett zurück, als wäre er körperlich geschlagen worden.

»Kellen?« Mikes Stimme war gefährlich leise. »Wie geht es eigentlich O:omega?«

»Das weißt du? Mein Gott, welche Macht du hast ... Das hätte ich mir nie träumen lassen.«

»Du hast auch nie nachgedacht.« Mikes Stimme klagte an, leise und tödlich. Er rümpfte die Nase.

Sharon roch den Geruch des ungewaschenen Körpers ebenfalls. Sie mußte über zu vieles nachdenken und konnte sich nicht konzentrieren.

»Kommen Sie, Sharon«, sagte Mike, »lassen Sie uns Sommer suchen und uns Klarheit verschaffen. Ich wette, er ist bei meinem Vater.« Er löschte das Licht, führte sie hinaus und schloß hinter ihnen die Tür.

»Mike!« rief Kellen. »Verlaß mich nicht! Mikemikemike! Du Hurensohn!«

Mike stürmte durch die Tür auf den Außenkorridor

und machte sich nicht die Mühe, sie hinter sich zu schließen.

Während sie durch den Korridor eilten, nahm ihre Verwirrung zu. »Wer ist O:omega?«

»Das erkläre ich Ihnen später.«

Sie mußte laufen, um mit ihm Schritt zu halten. Sie stiegen die Treppe zum nächsten Stockwerk empor. Was ging eigentlich vor sich? Irgend etwas trieb Mike an, etwas, das sie noch nie zuvor bei ihm gesehen hatte. Mike stürmte an den Wachposten vor den königlichen Gemächern vorbei. Sie gingen rasch durch die Vorzimmer zu dem Salon, in dem sie während TJs Bewußtlosigkeit gewartet hatten.

Das Schlafzimmer der Königin, das an das des Königs grenzte, besaß vom Empfangszimmer aus einen eigenen Zugang.

Die Tür war angelehnt. Mike bedeutete ihr zurückzutreten und spähte um die Ecke.

60 Mike

Mike brauchte sich nicht mit eigenen Augen zu überzeugen, tat es jedoch aus Gewohnheit. Er sah seinen Vater, Sommer und seine Mutter. Die Aura seiner Mutter war schwach und zufälligen Schwankungen unterworfen.

Er zog leise sein Schwert und stürmte hinein.

Bevor TJ oder Sommer reagieren konnten, stand er vor Sommer und hielt ihm das Schwert an die Kehle. Aus den Augenwinkeln sah er, daß Sharon zögernd hinter ihm eintrat.

Sommers kalte, unversöhnliche Augen gaben nichts preis, aber seine Aura zeigte ein gefährliches Echo. »Du bist schnell Mike.«

Ein Kompliment. Eine große Sache.

TJ erhob sich von der Bettkante seiner Frau. »Erkläre dich, Mike. Und tu's rasch.«

»Verrat«, sagte Mike.

»Nein!« TJ ruckte in seine Richtung.

Sommer hob beide Hände, um den König aufzuhalten. Er hob das Kinn, um der Schwertspitze auszuweichen.

Auf dem Bett stöhnte Gwen.

Sharon blieb stehen, mit vor Verwirrung blitzender Aura.

»Nein!« sagte TJ erneut. »Senk das Schwert, Mike«, befahl er mit vor Autorität dröhnender Stimme.

Er gehorchte nicht. »Vater, ich bin nicht gekommen, um den Thron zu fordern.« TJ entspannte sich ein wenig. »Jedenfalls nicht heute. Wir haben einen elektronischen, wie heißt es noch gleich, Transponder entdeckt, über Sommers Wohnung.«

»Und das macht Sommer zu einem Verräter?«

»Zusammen mit Kellen Sing, der in seinem hinteren Schlafzimmer angekettet ist. Verstehst du nicht? Er hat Kellen gekidnapped, um unter Kellens Anhängern Unruhe zu stiften. Du hast gestern Franco Valdez gehört ...«

»Ja, und?«

»Vater, du begreifst nicht.«

»*Ich* habe Sing gekidnapped – mit Sommers Hilfe.«

Mike fühlte seine Entschlossenheit schwinden. Steckte mehr dahinter, als er begriff? Da konnte er sich, verdammt noch mal, sicher sein. Sein Schwertarm sank ein wenig herab, und Sommer senkte zentimeterweise den Kopf. »Der Transponder?«

»Gehört mir«, sagte der König, und an seiner Aura erkannte Mike, daß er die Wahrheit sagte.

Er ließ die Schwertklinge auf den Boden fallen, dann überlegte er es sich anders und steckte sie in die Scheide. »Tut mir leid, Sommer.«

Sommer rieb sich den Hals und betrachtete den Blutfleck auf seiner Hand. Er blickte Mike nachdenklich an. »Du bist ein ganzes Stück gewachsen, Mike.«

Sharon sah erleichtert aus. Ich bestimmt auch, dachte Mike.

TJ erklärte die Angelegenheit mit dem Transponder. »Sharon weiß bereits, daß wir die Eisnadler von Schmugglern bekommen haben.«

»Warum sendet der Transponder im Moment?« fragte Sharon.

TJ machte ein schuldbewußtes Gesicht. »Ich dachte mir, daß was auch immer ich mit Kellen tun würde, zur Entfremdung führen könnte zwischen ...« Er schaute Sommer an.

»Schon gut, TJ.«

»Die Beziehung ruinieren könnte zwischen Rebecca und ...«

»Mir oder Sommer«, beendete Mike den Satz.

»Richtig«, sagte sein Vater.

TJ machte sich Sorgen um ihn! »Und?« half er nach, in ruhigem Ton.

»Darum konnte ich ihn nicht gut ins Gefängnis werfen oder töten. Schlimmer noch, ich konnte ihn nicht frei herumlaufen und seine populistische Demagogie gegen mich predigen lassen. Die Lösung war einfach: ich werde die Schmuggler beauftragen, Kellen Sing nach Zwei Zungen zu bringen, wo er ein Stachel in Tiranos Fleisch sein kann.«

Sommer grinste.

Mike beugte sich über das Bett. Die Augen seiner Mutter waren geöffnet. Er strich ihr eine Haarsträhne aus der Stirn, und sie lächelte ihn schwach an. »Ich bin froh«, sagte sie, »daß du verstehst.«

Er nickte. Ihm fiel nichts ein, was er hätte sagen können. TJ durchquerte sein eigenes Schlafzimmer, und Mike sah ihn den kleinen Raum mit dem Transponder betreten. Er drückte einen Schalter, und das Lämpchen erlosch. »Gesehen?«

Mike richtete sich auf und nickte.

Sharon stand neben Sommer und schaute ebenfalls. »Sie sind an der Reihe, *mich* aus einem Schlafzimmer hinauszuwerfen.«

Zum erstenmal seit seiner Rückkehr fühlte Mike sich wohl. Seiner Mutter ging es besser, und er kämpfte nicht mit seinem Vater.

Sharon schob den verzierten Deckel wieder über ihren Armbandrechner, und TJ trat aus dem kleinen Raum, schnippte mit den Fingern, ging wieder hinein und drückte erneut den Schalter.

Sharon sah erneut auf ihren Armbandrechner und dann durch die Schlafzimmertür zu TJ hinüber. »Haben Sie das vorübergehend abgestellt?«

»Ja«, rief er.

»Ich hatte immer noch eine Anzeige.«

Mike sah ihr ins Gesicht, und sein Blut gefror. Sommer straffte sich.

»Stellen Sie es wieder ab«, bat Sharon.

TJ gehorchte, verschloß den Raum und kehrte wieder ins Schlafzimmer der Königin zurück.

»Ich habe ein zweites Signal!« sagte Sharon. »Falls es ein Funkgerät ist, kann es der Agent abschalten, wenn er mit dem Senden fertig ist.«

»Mike«, sagte TJ, »du und Sommer. Nehmt ein paar Gyrenen mit.«

»Ist gut. Gehen wir.«

Er folgte Sharon aus dem Zimmer hinaus, auf den Fersen gefolgt von Sommer. Erst jetzt fiel Mike auf, daß ihn sein Vater seit seiner Rückkehr nicht mehr Mick genannt hatte. Und TJ blieb bei Gwen und ließ ihn und Sommer nach dem Verräter suchen. Er vertraut mir bei wichtigen Missionen, dachte Mike. Vielleicht ging ihm TJ absichtlich aus dem Weg. Er erinnerte sich, daß TJ nicht wirklich gefürchtet hatte, die Föderationsmitgliedschaft und den Ratssitz aufs Spiel zu setzen, als er in Sharons Beisein von dem Transponder berichtet hatte. War sie eine Verbündete? Er wollte, daß sie es war, wollte es sehr.

Natürlich hatte TJ den größten Teil der Nacht über bei seiner Mutter gewacht, und vielleicht war er müde … nein, nicht TJ.

Die elektronische Fährte führte sie zu den Unterkünften im hinteren Teil des Palastes, wo einige der höheren Beamten wie beispielsweise Alfred wohnten.

Sommer hatte unterwegs drei umherstreunende Gyrenen aufgesammelt. Alle hatten ihre Waffen gezogen.

Sharon blieb vor einer Tür stehen. »Hier ist es.«

Auf der Tür befand sich ein medizinisches Symbol.

»Du weißt, wer«, sagte Sommer.

»Ja«, erwiderte Mike. »Es paßt zusammen. Verdammter Mist!« Er wußte, daß Nora ihn verabscheute und wegen der abgebrochenen Affäre einen Groll gegen seinen Vater hegte. Aber soviel Haß?

Sommer versuchte, die Tür leise zu öffnen. Sie war verschlossen. Sharon trat beiseite, und Sommers Fuß schlug nach der Tür aus, zerschmetterte den Schließmechanismus, und alle sechs stürmten hinein.

Der Empfangsraum der Leibärztin war leer, aber Mike bemerkte ein Licht am Ende des Korridors und rannte in diese Richtung. Er stürmte durch eine angelehnte Tür.

Nora Ahimsa richtete sich halb auf. Vor ihr auf einem Tisch stand ein kompaktes Elektronikteil, mit einem Bildschirm und Knöpfen und Tasten.

Er las ihre Aura. Gewalttätigkeit überschwemmte ihn. Er las ebenfalls die tödliche Absicht aus ihren Bewegungen heraus – ebenso wie Sommer. Sie riß eine Spritze aus einer Lösung in einer offenen Phiole und zielte auf ihre Kehle.

Sommer war zu schnell für sie und packte ihren Arm, ehe die Nadel sie berührt hatte.

Sharon ging zu der kleinen Konsole. »Natürlich mit

eigener Energieversorgung. Ein älteres Modell, aber noch nicht veraltet.« Sie deutete auf den Bildschirm. »Diese Sprache habe ich noch nie gesehen. Ein Code?«

Mike beugte sich über ihre Schulter. »Diese Buchstaben. Sehr wahrscheinlich Yaqui, auf nordamerikanisch geschrieben, das Teil ihres Erbes ist. Der Rest, eine Art von Indoeuropäisch, wenn ich meine Studien richtig in Erinnerung behalten habe.« Er hatte eigentlich nicht damit gerechnet, daß es sich irgendwann auszahlen würde, in alten Permaplastbüchern zu stöbern, doch jetzt war der Moment gekommen – auch wenn er die Worte sicherlich nicht übersetzen konnte.

Sommer hatte ihr die vergiftete Nadel abgenommen und übergab Nora den beiden Gyrenen. »Paßt gut auf sie auf. Der König wird sie bald verhören wollen.«

Er gesellte sich zu Mike und Sharon.

Sharon hob ein kleines Buch voller Kleingedrucktem hoch. »Ein Wörterbuch. Serbokroatisch.«

Sommer kratzte sich an seiner Kehlverletzung. »Serbokroatisch, aber wo … Tirano! Mein Gott, Tirano!«

Mike las Sommers Aura, von den aufblitzenden Gefahrensignalen alarmiert. »Du meinst …?«

»Eine Invasion.«

Sharon sagte: »Es paßt zusammen. Es paßt perfekt zu unseren Spekulationen.«

Sommer ging zu Nora. Sie stand schlaff im Griff der beiden Gyrenen da. Ihr Gesicht war vor Haß verzerrt. Mike wollte ihre Aura ebensowenig lesen, wie er die Gefühle der Halbschwester seiner Mutter kennen wollte.

Sommer sagte: »Wann, Nora, wann?«

»Bald, du verdammter Clown!« Ihre Stimme überschlug sich und durchbohrte Mike. Sie blickte ihn gehässig an. »Das wird das Ende von euch Shepherds sein, und ich werde es erleben. Hah, du Shepherdwelpe. Erbe eines eroberten Königreichs.« Aus ihrem Mundwinkel tropfte Speichel.

Sommer preßte ihre Schulter. Ihr langes rotes Haar wirkte leblos.

Mike trat neben ihn. »Wann?« fragte er leise. Er verstärkte seine Aura und konzentrierte sich auf sie. Er war vielleicht nicht fähig dazu, ihre Gedanken zu lesen, doch er konnte Veränderungen wahrnehmen.

Sie antwortete nicht.

»Tage?«

Keine Reaktion.

»Wochen?«

Keine Reaktion.

Ihre Aura schien ihn zu verspotten.

»Stunden?« fragte er ungläubig.

Ihre Aura brüllte auf ihn ein.

»Das wär's«, sagte er zu Sommer und zog sich von Noras Aura zurück.

»Jetzt ist es Abend«, sagte Sommer. »Ich schätze, im Morgengrauen oder so.« Er machte ein langes Gesicht. »Wir sind in Schwierigkeiten, Mike. Die Armee befindet sich bereits auf der Ebene der Gräber.«

»Ja.«

»Tirano muß es gewußt haben«, sagte Sharon. »Er hat auf Zwei Zungen die gleiche Checkliste durchlaufen. Darum wurde die Invasion exakt für diesen Tag geplant, da er wußte, daß die Armee dann abwesend sein würde.«

»Und«, führte Sommer ihren Gedankengang fort, »Nora war klug genug, uns irgendwie dazu zu bringen, TJ hier zu behalten. Nur von den Gyrenen beschützt, könnte Tirano den König gefangennehmen oder töten und den Kristallisationspunkt für die Armee entfernen. Er kann sich hier verschanzen und seine Position ausbauen und konsolidiert sein, bis die Armee zurückkehrt.«

»Oder eine neue Version des alten Lieds«, sagte Mike, der, ohne es auszusprechen, begriff, daß Nora einen legitimen Anspruch auf den Thron hatte – wenn alle Shepherds tot wären, könnte sie offiziell das Kommando über die Armee übernehmen. Er sah, daß Sommer und Sharon es beide begriffen hatten.

Sommer wandte sich an den dritten Gyrenen. »Es ist zu spät, um die Armee zurückzurufen, aber wir müssen es versuchen. Suchen Sie General Vero, berichten Sie ihm, was Sie gesehen und gehört haben. Sagen Sie ihm, ich hätte gesagt, er soll die schnellsten Pferde und Reiter ins Manövergebiet schicken, um die Armee zurückzurufen. Gewaltmärsche, all das. Vielleicht können wir solange durchhalten, bis die Armee eintrifft.«

»Sommer«, unterbrach ihn Sharon. »Zwei Zungen ist technisch weiterentwickelt als Bear Ridge. Wenn sie eine Invasionstruppe von dort hierher transportieren können, dann besitzen sie vielleicht auch Energiewaffen.« Ihr Gesicht war bleich, doch ihre Worte und ihr Verhalten spiegelten ihre Betroffenheit wider. »Kein Wunder, daß mein Funkgerät zerstört wurde.«

»Nun, dadurch ändert sich nichts«, sagte Sommer. »Gehen Sie jetzt«, sagte er zu dem Gyrenen. »Ich möchte, daß keines dieser Pferde die Armee lebend erreicht. Sagen Sie das Vero.«

Doch der Gyrene rannte bereits in vollem Lauf den Korridor entlang.

61 TJ

Zu Gwen hatte er gesagt: »Nun ist die Zeit gekommen, wo ich mir mein Geld verdienen muß«, und eine Abteilung Gyrenen hatte ihn zum Konferenzraum eskortiert.

Ein Kriegsrat.

Es war Jahre her, daß er eine Schlacht geplant hatte, doch die Gedankengänge stellten sich wieder ein, als wäre es erst gestern gewesen.

Alle Anwesenden im Raum spiegelten seine eigene grimmige Entschlossenheit wider.

Mike und Sharon waren da, ebenso wie Sommer und Manny und viele andere Topoffiziere und Würdenträger.

Als er durch die Tür trat, sagte Alfred: »Seine Hoheit«, und sämtliche Anwesenden erhoben sich.

»Danke. Nehmen Sie Platz. Alfred, Lagebericht.«

»Eure Hoheit, soeben beginnt die Evakuierung Crimson Sapphires und des Palastes. Es wird jedoch nicht möglich sein, sie vor dem Morgengrauen abzuschließen.«

»Wir müssen es trotzdem versuchen«, sagte TJ. »General Vero?«

»Jawohl, Sir. Es wurden Boten losgeschickt, um die Armee zurückzurufen.«

Keine Chance, daß sie rechtzeitig eintreffen wird. Manny scheint gealtert. Nun, keiner von uns ist zum Schlafen gekommen. Manny schien seinen eigenen Fatalismus widerzuspiegeln. Ganz gleich was geschah, er wußte, daß Manny niemals weglaufen würde, Crimson Sapphire und den Palast niemals aufgeben würde. Ich ebensowenig, dachte er. Andere können weglaufen und eines späteren Tages weiterkämpfen, aber ich nicht. »Stärke der Gyrenen?«

»Annähernd tausend.«

Genug? Tirano mußte ihre Stärke kennen und entsprechend geplant haben. »Wie hoch wird die Stärke der feindlichen Truppen eingeschätzt?«

Manny blickte Mike an.

Mike sagte: »Sechstausend.« Ein Verhältnis von sechs zu eins. Die Überlegenheit der Waffen nicht mitgerechnet. Verärgert, weil er diese Möglichkeit nicht vorausgesehen hatte, fragte er sich, wo sein berühmter Weitblick geblieben war. Er schwor sich, nie wieder einen Gegner zu unterschätzen.

Im Raum herrschte Stille. Also hatte Nora geredet –

oder Mike hatte seine Aurakontrolltechniken eingesetzt.

»A:alpha hat geholfen«, erläuterte Mike.

»Wo ist er?« fragte TJ.

»Versucht O:omega zu finden.«

TJ nickte.

»Das mit Nora tut mir leid«, sagte Mike.

»Es war nicht deine Schuld«, sagte Sommer. »Niemand hat geahnt, daß sie in ihrer Kleidung noch mehr Gift versteckt hatte.«

Ein doppelter Schlag für Gwen, dachte TJ. Zunächst der Schock, daß ihre Halbschwester eine Verräterin war, und dann die Nachricht, daß sie sich umgebracht hatte. Gwen hatte in letzter Zeit unter großem Druck gestanden und hatte keinen Bedarf an neuerlicher Belastung. Von der Invasion ganz zu schweigen.

»Zur Tagesordnung«, sagte TJ ganz plötzlich. »Prinz Michale?«

»Ja?«

»Ist es dein Wunsch, mir den Thron auch weiterhin streitig zu machen?«

Mike warf Sharon Gold einen nervösen Seitenblick zu. »Momentan nicht.« Sein Tonfall war formell.

»Gut. Wir stehen vereint.« Allen Anwesenden war klar, daß es sowieso nicht mehr darauf ankam. Thomas Jefferson Shepherd würde heute mit seinem Königreich entweder siegen oder untergehen. Irgendwie schien Mikes Herausforderung nicht mehr wichtig zu sein. Er blickte Manny an. »Haben die Gyrenen ihren volle Zuteilung an Waffen bekommen?«

»Jawohl, Hoheit.«

»Öffnen Sie die Waffenkammer für die Öffentlichkeit.« Nicht, daß die meisten Leute keine eigenen Waffen gehabt hätten.

Zu seiner Rechten hustete Sommer. »Äh, Chef, ich hab das sozusagen schon gemacht.«

»Ach?«

Sommers Hand tauchte in seine Jacke und holte das Medaillon des Aufgebots hervor. »Zeit für ein neues Aufgebot. Die Parole ist schon raus.«

TJ nickte zustimmend. »Na schön. Unsere Strategie wird folgendermaßen aussehen: Prinz Michale wird sich mit einer kleinen Gruppe, bestehend aus der Königsfamilie, nämlich Gwen und Felicia, und Botschafterin Sharon Gold, Alfred, dem Bischof und anderen Kirchenmitgliedern der Armee anschließen und die Führung übernehmen ...«

»Den Teufel werd ich«, sagte Mike. Alfred nickte zustimmend. Roaland Cruz quittierte das Angebot mit einem Lächeln und nahm es als das, was es war: ein Waffenstillstands- und Friedensangebot.

»Das werden wir später klären, Mike. Die restliche Strategie sieht so aus, daß die Dagebliebenen und die Gyrenen einen hinhaltenden Abwehrkampf liefern werden. Ich werde es nicht zulassen, daß Crimson Sapphire eingenommen wird.« Er war entschlossen, die Stadt niemals aufzugeben. Seine Stadt. Seine Wurzeln. Die Stadt, in der sein Schicksal vor langer Zeit von Männern wie Bärenklaue und Trevan und Francisco Shepherd geschmiedet worden war. Ein solches Vermächtnis konnte er nicht aufgeben. Er war ein Treckmeister. Obwohl er wußte, daß es vernünftig gewesen wäre, wegzulaufen und anderntags weiterzukämpfen und daß es ganz danach aussah, daß es darauf hinauslaufen könnte, wollte er seinen Plan nicht darauf aufbauen. Mike konnte mit der Armee Guerillaaktionen durchführen. Tirano glaubte offenbar, sie überrumpeln und das Königshaus eliminieren zu können. Doch jetzt hatte TJ eine Galgenfrist von ein paar Stunden – Zeit zu planen, Zeit sich vorzubereiten. »Nun zur Taktik. Auf welche Weise wird die Invasion stattfinden? Er hat Raumtransporter und wird offenbar hier zuschlagen.«

»TJ? Wenn ich dürfte?« sagte Sharon. Er nickte. »Ich

glaube, wir stimmen alle darin überein, daß Tirano auf den Amarantfeldern außerhalb der Stadt landen wird – dieses Gelände bietet den besten Zugang sowohl zur Stadt wie auch zum Palast. Und den schnellsten.«

TJ war sich der darin liegenden Ironie bewußt. Tirano würde seinen zukünftigen Raumhafen vor ihm benutzen. Tirano reibt es mir unter die Nase, dachte er.

Sharon zwirbelte eine Haarsträhne zwischen ihren Fingern. »Außerdem ist es meine wohlüberlegte Meinung, daß sie«, sie legte eine Pause ein und holte tief Luft, »wenn sie nicht unmittelbar vor oder nach der Landung den Palast bombardieren oder schiffsgestützte Energiewaffen einsetzen, keine High-Tech-Waffen bekommen haben und daß man ihnen deren Einsatz nicht gestatten wird.« Auf seine unausgesprochene Frage hin sagte sie: »Die in Fedcentral darin verwickelten Politiker wollen bestimmt nicht, daß diese Geschichte zu ihnen zurückverfolgt wird. Außerdem ist Tirano hoffentlich überoptimistisch im Hinblick auf ihre Musketen oder womit auch immer sie bewaffnet sind.«

»Steinschloßgewehre, Luntenschloßmusketen, Pistolen und Schulterwaffen«, sagte TJ. »Ein- oder zweischüssig.« Zum erstenmal bedauerte er, nicht seinerseits die Produktion derartiger Waffen in die Wege geleitet zu haben. Die Herstellung von Schießpulver war einfach. Doch zu dem Zeitpunkt, als er über die Möglichkeit dazu verfügt hatte, war Bear Ridge befriedet gewesen, und er hatte auf die Föderationsmitgliedschaft gehofft.

»Falls es regnet«, bemerkte Sommer, »steht Tirano vor einem Problem.«

»Das glaube ich auch«, sagte TJ. »Es ist jedoch mehr als nur wahrscheinlich, daß sie einige Reservewaffen haben werden, Schwerter und Armbrüste zum Beispiel.«

»Eine furchtbar beschwerliche Last für einen Soldaten«, sagte Sommer. »Zumal wenn er Schießpulver und Patronen und Ladestock und Gepäck schleppt.«

TJ nickte. »Du hast recht. Und Tirano muß optimistisch sein. Eine sechsfache Übermacht, er braucht sich keine Sorgen zu machen. Darum würde ich vielleicht ein Kurzschwert für jeden Mann einsetzen. Oder ein Bajonett in Verbindung mit den Schulterwaffen.« Er blickte Roaland Cruz an. »Vater, beten Sie um Regen, werden Sie das tun?«

»Ja, Eure Majestät. Unverzüglich.«

»Sharon«, fragte er. »Womit, glauben Sie, werden sie landen? In Beibooten? In Schiffen?«

»Ich würde meinen nächsten Gehaltsscheck auf Schiffe verwetten. Sechstausend Männer würden eine Menge Beiboote erfordern; Transporter sind darauf ausgelegt, zu landen und Passagiere oder Fracht rasch zu entladen.«

»Klingt vernünftig. Aber der Boden dort draußen ist weich.«

»Das ist jedenfalls Tiranos Problem«, sagte er. »Noch etwas?«

»Ja«, sagte sie. »Ich habe Noras Funkgerät benutzt und eine Nachricht an die Föderationsflotte abgesetzt. Sie wird nicht rechtzeitig eintreffen – ich habe ihren Flugplan überprüft. Wieder die Politik. Die Sektorenpatrouille befindet sich nicht in Reichweite – ihre Routine wurde klugerweise so gestaltet, daß sie diesmal wirksam an einem Eingreifen gehindert wird.«

»Das ist verdächtig«, sagte TJ. »Sie brauchen einen neuen Mann im Rat, der dort einmal aufräumt.« Er trommelte mit den Fingern auf den Tisch. »Dies müßte Tiranos Hoffnungen auf einen Ratssitz endgültig zunichte machen.«

»Durchaus nicht«, sagte Sharon entschuldigend. »So wie die Gesetze sind, wird er für den Fall, daß er hier erfolgreich ist, automatisch den Sitz bekommen, da er beide um den gleichen Sitz konkurrierende Planeten beherrscht. Und selbst wenn Sie irgendwo weit draußen eine Armee haben, die ihm Widerstand leistet, wird er hier die Macht haben. Und darauf kommt es an. Das ist durchaus kein Schlupfloch im System; es ist einfach so, daß der Rat noch nie vor diesem Problem gestanden und die Möglichkeit nicht bedacht hat, als er die Gesetze formulierte.«

TJ war ruhig, kalt und berechnend. Mit etwas Ähnlichem hatte er gerechnet. Dies gab den letzten Ausschlag für seinen Entschluß, in Crimson Sapphire zu bleiben und zu kämpfen.

»*Ich* haben Ihnen ja gesagt, daß die Sache mit der Föderation zu nichts Gutem führen würde«, sagte Roaland Cruz.

»Das haben Sie, Roaland. Das haben Sie.« Er zögerte und zupfte an seinem Bart. »Alle kennen die Lage. Manny, verköstigen Sie Ihre Truppen und lassen Sie sie so lange wie möglich schlafen. Alfred, fahre mit der Evakuierung der Stadt fort. Wer eine Familie hat, schließt jetzt am besten seinen Frieden mit ihr. Und Mike, mach deine Gruppe bereit zum Aufbruch.«

»Vater«, sagte Mike ruhig, »du glaubst doch nicht im Ernst, daß Gwen und Felicia Shepherd Crimson Sapphire und dich im Stich lassen würden, oder?«

»Ich auch nicht!« sagte Sharon.

Er warf ihr einen anerkennenden Blick zu, obwohl sie einen Fehler machte. Doch er hatte Achtung vor dem Wunsch seiner Frau und seiner Mutter, zu bleiben. Sie waren dem Königreich ebenso verbunden wie er. »Wir werden sehen«, sagte er unverbindlich.

Als der Lärm über das Land kam, stand die Dämmerung kurz bevor, und TJ stritt sich immer noch mit Gwen und Felicia und Mike. Tatsächlich war er bereits zu dem Schluß gekommen, daß sie nicht weggehen würden, es sei denn, er gebrauchte Gewalt. Und diese

Option erwog er ernstlich. Mike würde dies seiner Mutter und Großmutter jedoch nicht antun.

»Also gut«, schrie er endlich. »Sag Cruz, daß er seine Eskorte verloren hat.«

Dann drang der Lärm herein. Die Erde bebte. Waffen fielen von den Wänden.

Muß den Raumhafen von der Stadt wegverlegen, sagte er sich.

An der Westseite des Palastes befand sich ein Treppenabsatz, der Aussicht auf die Amarantfelder gewährte. Er griff nach seinen Waffen und rannte dorthin.

Bei seinem Eintreffen waren bereits mehrere Personen dort. Es war noch dunkel, obwohl sich über den Bergen im Osten erste Anzeichen der Dämmerung zeigten.

Er zählte sechs schlanke graue Maschinen, die soeben auf der Ebene landeten und in der Dunkelheit wie bedrohliche mechanische Monster herabsanken.

»Damit wäre das geklärt«, sagte Sharon an seiner Schulter. »Jedes dieser Schiffe führt eintausend Soldaten mit sich.«

»Sie haben uns noch nicht bombardiert«, sagte er.

»Und auch keine Raketen oder Energiewaffen eingesetzt«, sagte sie. »Die Besatzungen werden sich nicht einmischen, aber Sie können sich darauf verlassen, daß sie uns im Moment über Nachtsichtgeräte beobachten.«

»Ich hoffe, Sie haben mit den Energiewaffen recht«, sagte Sommer aus der Dunkelheit.

»Das kann ich vielleicht klären«, sagte Sharon plötzlich. Sie schnipste den Deckel ihres Armbandrechners zur Seite und tippte darauf herum. »Da. Hab ihre Frequenz gefunden.« Sie brachte den Mund nahe an das Gerät heran. »Unidentifizierte Truppentransporter. Ich weiß, daß Sie mithören. Hier spricht die *Föderationsgesandte* Gold. Sie verstoßen gegen Codex und Gesetze der Föderation. Ich habe Ihre Energieemissionen aufgezeichnet und leite sie soeben an die Patrouille der Föderationsflotte weiter, die sich auf dem Weg hierher befindet. Ich befehle Ihnen, sich nicht einzumischen. Ich befehle Ihnen des weiteren, sämtliche Systeme abzuschalten und an Ort und Stelle zu bleiben. Lassen Sie kein Personal von Bord gehen. Sie werden zur Verantwortung gezogen werden und müssen mit Bestrafung rechnen. Ich werde für die Todesstrafe plädieren.«

TJ blickte sie an. Mike stand unmittelbar neben ihr.

»Es war einen Versuch wert«, sagte sie.

Mike hakte sich bei ihr ein.

Ein Gyrene stieg die Außentreppe zu dem Absatz hoch. »General Vero läßt grüßen und ausrichten, daß sich die Gyrenen formieren.«

»Sehr gut«, sagte TJ. »Ich komme gleich.«

Gleißende Lichtstrahlen schossen aus den Transportern und erhellten das Gelände. TJ sah Soldaten die Rampen herunter- und in seine Amarantfelder hineinmarschieren.

Sharon sprach erneut in ihren Armbandrechner. »Truppenschiffe, ich wiederhole, ich habe Sie identifiziert. Schalten Sie unverzüglich alle Systeme ab.«

Die Lichter erloschen.

»Der Teufel soll mich holen«, sagte Sommer.

»Ja«, sagte Sharon.

Die Dämmerung eilte über das Land.

»Es strömen immer noch Soldaten heraus«, sagte Mike.

»Es bestand keine große Aussicht, das zu unterbinden«, sagte Sharon.

TJ wußte, daß es Zeit zum Aufbruch war. Er blickte nach links und sah, daß es in Crimson Sapphire dämmerte. Zur Rechten lagen der Fluß und die Berge friedlich in der Morgenluft da. Hinter ihm, im Innern des Palastes, vernahm er Rufe und nahm rasche Bewegungen wahr.

Nun, wenn es denn enden mußte, so war dies kein

schlechter Ort dafür. Er machte auf dem Absatz kehrt und ging die Treppe hinunter.

TJ, Sommer und Manny Vero standen in voller Kampfmontur auf einem Balkon mit Blick auf die versammelten Truppen. Helme und Kettenpanzer blinkten im Licht der Dämmerung. Assagaiklingen, scharf genug, um sich damit zu rasieren, ragten neben jedem Soldaten in die Luft.

»… wir sind einstweilen im Vorteil«, sagte Manny gerade. »Wir werden sie aus der Ferne mit Armbrustbolzen eindecken.«

»Dann werden sie es sich zweimal überlegen«, sagte Sommer.

»Hat man ihre Bewaffnung festgestellt?« fragte TJ.

Manny nickte. »Genau wie wir gesagt haben. Die Späher melden Steinschloßgewehre und Luntenschloßmusketen.«

»Auf große Entfernung wenig treffsicher«, setzte Sommer hinzu. »Und auch nicht so tödlich wie unsere Armbrüste.«

»Haben die Späher Transportmittel gemeldet?« fragte TJ.

»Ein paar Pferde, keine Dampfmaschinen«, sagte Manny.

»Leuchtet ein«, pflichtete TJ bei. Tirano hatte mit keinem großen Widerstand gerechnet und würde lieber Truppen als Reitpferde oder Fahrzeuge oder Kanonen von Zwei Zungen hierher transportieren. Er blickte auf seine Gyrenen hinunter. Alle waren sie beritten. Nicht, daß ihre Reittiere in der Schlacht überleben würden, doch es bedeutete einen weiteren Anfangsvorteil.

Alfred stieg über die Außentreppe zum Balkon hinauf. »Majestät, die Evakuierung der Stadt und des Palastes kommt nicht gut voran.«

»Das dachte ich mir. Tun Sie, was in Ihrer Macht steht.« TJ überlegte, ob der den Angriff verschieben sollte. Der Aufschub würde Alfred mehr Zeit für die

Evakuierung lassen. Er blickte nach rechts zu den Bergen hinüber. Es sah nach Regen aus, aber man konnte nie wissen. Von seiner Position aus konnte er erkennen, wie die Soldaten von Zwei Zungen Aufstellung nahmen. Es würde nicht mehr lange dauern. Wenn alles geklappt hätte, würde er es vorgezogen haben, anzugreifen, solange sich der Feind noch formierte. Um sie vielleicht vor dem Ausschiffen in den Truppentransportern festzuhalten. Aber er hatte kein solches Glück.

Er überschlug ihre Chancen. Nicht gut. Jedenfalls kannte er den Mut seiner Gyrenen. An der Seite kümmerten sich ein paar hundert Männer, die alle deutlich sichtbar das Medaillon des Aufgebots trugen, um ihre Reittiere und Waffen. Hier und da entkleidete sich ein Geistlicher oder ein Adliger oder Farmer, um sein Kampfzeug anzulegen. Für sich genommen schon eine beachtliche Streitmacht, alle kampferfahren – jedoch eingerostet und nicht in Form. Wenigstens hatten sie ihre eigenen Pferde mitgebracht. Was ein weiterer Vorteil war. Zumal in den kreuz und quer von Bewässerungsgräben durchzogenen Amarantfeldern. Pferde würden über die Gräben springen, während Fußsoldaten aufgehalten würden. Je länger er darüber nachdachte, desto günstiger erschienen ihm ihre Chancen. Er wandte sich an Sommer. »Meine Amarantfelder werden ruiniert werden.«

»Die Schleusenbeerbüsche kannst du ebenfalls abhaken«, erwiderte Sommer.

TJ sah, daß sie beide gleichzeitig denselben Einfall hatten; er schwoll zwischen ihnen an wie ein Ballon. Er grinste und sagte: »Alfred?«

»Majestät?«

»Schick Läufer zu den königlichen Technikern. Öffnet sämtliche Schleusentore zu den Amarantfeldern. Öffnet sie weit. Sorgt dafür, daß die flußabwärts gelegenen Wehre geschlossen sind, damit kein Wasser in den Heulenden Volv abfließen kann. Ich möchte die Felder überfluten.«

Als Alfred davoneilte, sagte Manny grinsend: »Ich wußte, daß Sie zu recht der Chef sind, TJ.«

TJ nahm das Kompliment zur Kenntnis, dann wurde ihm klar, daß Manny ihn noch nie mit seinem Namen angeredet hatte.

Mike, Sharon, Felicia und eine schwache Gwen betraten hinter ihm den Balkon.

TJ ergriff Mikes Arm und zog ihn beiseite. Sharon folgte. »Mike«, sagte er, »du bleibst hier und übernimmst die Aufsicht. Das ist mein letztes Wort.«

Mike setzte zu sprechen an, sagte jedoch nichts.

»Wir werden die Felder überfluten«, fuhr TJ fort. »Abgesehen davon, daß es Tiranos Truppen aufhalten wird, müßte das Wasser Schindluder mit dem Pulver für ihre Waffen treiben – und zu Fehlzündungen führen.« Er zögerte und senkte die Stimme. »Ich betraue dich mit einer Aufgabe, Michale. Bring Bear Ridge in die Föderation.« Er umarmte Mike. »Falls wir nicht siegen sollten, wirst du vielleicht einen Guerillakrieg gegen Tirano führen wollen. Alles ist möglich. Die Armee ist stark und wird deiner Führung folgen. Du bist ein Treckmeister und kennst deine Pflicht.«

»Ja, verlaß dich auf mich ... TJ.« Mikes Erwiderung der Umarmung war erstaunlich fest. Ja, Mike hatte viel gelernt. Er würde einen guten Anführer abgeben.

»Und kümmere dich um deine Mutter, machst du das?« TJ gab Mikes Arm frei. Er legte Sharon eine Hand auf die Schulter. »Es hat Spaß gemacht, Sharon. Ich danke Ihnen. Helfen Sie Mike, uns in die Föderation hineinzubekommen, ja?«

Sharon gab keine Antwort. Ihre Gesicht spiegelte innere Anspannung wider. Sie war betroffen.

Er drehte sich um und ging zu Felicia. Er umarmte sie. »Paß auf den Laden auf, Mom.«

Die Frau sah alt aus an diesem Morgen, doch das Feuer in ihren Augen war noch da. »Heute bin ich stolz auf dich, Thomas.«

Er näherte sich der Treppe und Gwen. Sie war leichenblaß und lehnte sich an die Wand. Sie war formell gekleidet, mit Krone und allem. »Ich werde hier sein, wenn du zurückkommst«, sagte sie.

Und nun verließen ihn die Worte.

Sie streckte die Hand aus und befestigte etwas an der Kette des Medaillons des Aufgebots. Er senkte den Blick und sah seinen roten Saphir. Er begann zu glühen.

»Er soll dir Glück bringen«, sagte sie. »Ich habe ihn diese Nacht in Gold fassen lassen.«

Innerlich leer dachte er: Ich hoffe, es macht nicht eine noch bessere Zielscheibe aus mir, als ich schon bin. Er umarmte sie rasch, von Kampfmontur und Waffen behindert, und rannte die Treppe hinunter, indem er jeweils drei Stufen auf einmal nahm.

Während Sommer und Manny ihm folgten, sah er drei Schwimmhäuter zum Balkon emporschweben und neben Mike landen. A:alpha kannte er. Er erkannte I:imbawe von früher her wieder. Der dritte? O:omega?

Er ging zu seinem schwarzen Hengst und blickte zurück.

»Viel Glück, Camp«, sagte Manny.

»Wir werden heute abend zusammen trinken«, sagte Sommer.

Manny zuckte die Achseln und ging zu seinem Pferd.

Sommer kam zu TJ herüber. Er sprach in gedämpftem Ton. »Es tut mir leid, daß es so kommen mußte, TJ.«

»Mir auch.« TJ und Manny sollten jeder jeweils die Hälfte der Gyrenen anführen. Sommer sollte die Kameraden des Aufgebots übernehmen, und sie würden den Feind von drei Seiten zugleich angreifen. »Aber das ist der beste Plan.«

»Wenn es dir ein besseres Gefühl gibt«, sagte Sommer, »Mike wird in unserer Abwesenheit gute Arbeit leisten.«

»Darüber mache ich mir keine Sorgen, Sommer. Nicht mehr.« Er überprüfte seinen Witwenmacher.

»Danke, TJ«, sagte Sommer rätselhaft.

TJ verspürte eine Woge von Zuversicht. »Scheiße, Sommer. Du hast uns bereits aufgegeben, wie? Rebecca würde es mir nie verzeihen, wenn ich dich hier nicht heil hindurchbringen würde.«

»Das mag sein, TJ.«

TJ grinste. »Du weißt, ich vermute, daß irgendwo geschrieben steht, du und ich würden gemeinsam sterben. Solange wir auf dem Schlachtfeld getrennt sind, werden wir weiterleben, um zu kämpfen.«

Sommer berührte ihn an der Schulter und rannte zu seinen Soldaten.

TJ hob den Kopf. Alle waren aufgesessen und warteten auf ihn. Eintausend Gyrenen. Außerdem ein paar hundert Männer, die für die Schlacht gekleidet, jedoch nicht in Uniform waren; ein jeder von ihnen trug das Medaillon des Aufgebots.

Er war der Mittelpunkt der Aufmerksamkeit, alle warteten darauf, daß er etwas sagte.

Die Bewegungen an den Wänden, auf den Balkons und Treppenabsätzen hörten auf. Er spürte den Druck von Tausenden von Augen und Ohren.

Er saß lässig auf und wendete seinen Hengst, so daß er den Soldaten gegenüberstand.

»Die Geschichte wird diesen Tag nicht vergessen«, sagte er. »Laßt uns hinausgehen und es den Mistkerlen zeigen.«

Tirano blickte durch sein Fernglas auf die Tausende von Hektar Ackerland hinaus, das heute ruiniert werden würde. Er sah das verwobene Netzwerk von Durchlässen, Bewässerungsgräben und Abflußrinnen. Der ausgewählte Landeplatz schien nicht mehr länger ideal. Doch wo sonst hätte er seine Invasionstruppe landen können? In der Nähe von Crimson Sapphire gab es nicht genügend Platz für den Überraschungsangriff.

Shepherd mußte inzwischen Blut und Wasser schwitzen, dachte er grinsend. Dann verdüsterten sich seine Gedanken sofort wieder. Dieses Schwein, Captain Shawn, hatte ihn soeben im Stich gelassen. Zur Hölle mit der Föderationsgesandten. Natürlich, alles war Politik. Er hatte Shawn sowieso nicht über den Weg getraut.

Er richtete sein Glas auf die Stadt Crimson Sapphire. Größer, als er sie in Erinnerung hatte. Eine Menge Platz hier; anders als die Städte auf Zwei Zungen, hier wurden die Leute nicht übereinandergestapelt.

Er fragte sich, was wohl mit seinem Spion geschehen war. Ertappt? Wahrscheinlich. Wie auch immer, er hatte keine Verwendung mehr für sie. Er musterte den Palast. Das war also der *Königspalast*. Er würde selbst dort wohnen, wenn er seinen Vasallenplaneten besuchte. Da. Shepherd und seine armselige Streitmacht formierten sich.

»Wir müssen auf die verdammten Gräben achten«, sagte er zu den vor ihm versammelten Offizieren. »Das Gelände scheint eben zu sein, aber überall gibt es Rinnen. Ist alles bereit?«

»Ja, Eure Majestät«, antwortete sein kommandierender General.

»Nun, ich bin das Warten leid. Bringen wir's rasch hinter uns.« Sein Arm ging nach oben, gab seinen Lieblingsvogel frei. »Unser Ziel ist es, Shepherd und seine Familie und möglichst viele Offiziere und Würdenträger entweder gefangenzunehmen oder zu töten. Dazu werden wir seine Palastwache überwältigen müssen.« Den Arm immer noch erhoben, legte er eine Pause ein. Der Vogel flatterte um seine erhobene Hand herum, bekundete kreischend sein Mißvergnügen. Er endete: »Wie geplant ein Frontalangriff, den Palast umzingeln. Sie einfach überwältigen! Und haltet euer Pulver trocken!«

Er ließ den Arm mit einer dramatischen Geste fallen.

Die Offiziere hoben ihre Fäuste und wiederholten im Chor: »Haltet euer Pulver trocken.«

Sie wandten sich um, marschierten zu ihren Pferden und saßen auf.

Tirano ging zu seinem Reittier, ein Apfelschimmel. Der Vogel landete wieder auf seiner Schulter. Er griff nach oben und streichelte seinen Hals. Der Vogel legte den Kopf nach hinten, um das Streicheln besser zu genießen, den langen, geschwungenen Schnabel in die Luft gehoben, als zeigte er damit auf Shepherd. »Ja, mein Liebling«, sagte Tirano, »bald.« Behutsam setzte er den Vogel auf das T-förmige Gestell, das für den Vogel an Stelle des Sattelknaufs angebracht worden war.

Er bückte sich, um feuchte Erde und Schmutz von seinem glänzenden Stiefeln zu wischen.

Er würde hier im Schutz des Schiffes bleiben und die Schlacht dirigieren.

Er musterte erneut die Szenerie. Er überschlug Shepherds Truppenstärke. Tirano hatte einen Vorteil von vielleicht fünf oder sechs zu eins. Das war gut.

Nicht gut war, daß Shepherd seine Truppen in seine Richtung führte. Warum leistet der Idiot uns nicht von Abwehrstellungen in der Stadt oder am Palast aus Widerstand? Verdammt noch mal! Das war nicht nach Plan. Shepherd sollte einsehen, daß die Chancen gegen ihn standen – und unsere überlegenen Waffen.

Nur ein Narr würde angreifen. Schuldbewußt wurde ihm klar, daß er und seine Generäle keinerlei Taktik für eine offene Feldschlacht ausgearbeitet hatten. Shepherd, du gerissener Halunke!

»Macht sie fertig!« sagte er heftig.

Er mußte auf sein Pferd klettern, um übersehen zu können, was vor sich ging. Die Bear-Ridge-Truppen kamen näher, verteilten sich auf weiter Linie. Sie hielten an, und Tirano sah Tausende von Armbrustbolzen in den Himmel steigen und auf seine Soldaten niedergehen. Erwidert das Feuer, ihr Idioten.

Pulverdampf stieg über seiner Vorhut auf, und eine Sekunde später erreichten ihn die unregelmäßigen Explosionsgeräusche ihrer Waffen. Ah, gut. Das Feuer zeigte jedoch wenig Wirkung. Shepherds Truppen waren für Pulver und Kugel noch zu weit entfernt. Egal, bald würden sie näherkommen. Eine weitere Bolzensalve aus Armbrüsten bohrte sich in die vorderen Reihen seiner Kolonnen. Es lagen jetzt Männer am Boden, wieviele, konnte er nicht erkennen. Er erlitt schwere Verluste. Er sah seine Männer in die Gräben und Wasserkanäle hinein- und wieder herausstolpern. Was für ein beschissener Ort für eine Schlacht.

Die beiden Linien waren noch nicht zusammengeprallt, und er versuchte Shepherd auszumachen.

Die Angreifer kamen näher, und er sah, daß sie sich, alle beritten, in drei Keile aufspalteten und sich auf seine Truppen stürzten.

Dort! Shepherd. Der Anführer der mittleren Formation, kurz davor, in die Soldaten von Zwei Zungen und ihre weit auseinandergezogene Formation einzudringen. Shepherd hatte das verdammte Schwert gezückt, sein Bart flatterte im Wind, sein Gesichtsausdruck war grimmig. Der gute alte TJ ist gealtert, dachte Tirano. Geschieht dem Mistkerl recht. TJs Rappe trabte und fiel dann in einen kurzen Galopp. Tirano wußte, daß die Kriegspferde seine Fußsoldaten zerschmettern würden.

Er wandte sich einer Gruppe von Generälen und Boten zu. »Laßt sie auf die Pferde zielen, verdammt noch mal, wir werden niedergemetzelt.«

Ein General nickte und schickte einen Boten los. Tirano wußte, daß ihre Soldaten erfahren genug waren, um dies auch ohne speziellen Befehl zu tun.

Das Pferd des Boten spritzte etwas Schlamm auf Tiranos Gamaschen. Geistesabwesend bemerkte er, daß in diesen Teil des Feldes Wasser einzusickern schien. Eine unbedeutendere Störung, dachte er. Er blickte zum Himmel empor. Daß es bloß nicht regnet. Er roch Pulverdampf im auffrischenden Wind. Er vernahm jetzt ständiges Schießen und sah wieder hin. Shepherd und seine Truppen waren nahe genug herangekommen, daß die Waffen ihren Tribut einfordern konnten.

Die drei Bear-Ridge-Formationen, die in der Ferne winzig aussahen, hatten seine Linien beinahe erreicht. »Haltet euer Pulver trocken«, sagte er vor sich hin.

Dann begriff er, was Shepherd vorhatte. Er würde mit einem Glorienschein sterben, nicht den schändlichen Tod, den Tirano ihm zugedacht hatte.

Kein schlechter Schachzug, Shepherd, aber du wirst trotzdem sterben.

Er drängte sein Pferd auf höhergelegenes Gelände, aus dem Schlamm heraus. Durch sein Fernglas machte er in einigen Gräben und Kanälen am Rande des Schlachtfelds fließendes Wasser aus. Er wollte dichter heran, um Zeuge des Todes von Thomas Jefferson Shepherd zu sein.

63 Mike

»Worauf wartet er denn noch?« fragte Sharon. »Je länger er wartet, desto besser kann sich Tirano formieren.«

»Daß die Felder überschwemmt werden«, sagte

Mike. »Aber er riskiert es nicht, allzu lange zu warten, denn der Gegner wird nicht ewig so verteilt bleiben.« Ich wünschte, ich könnte bei ihnen dort draußen sein, dachte er. Dort ist mein Platz. Als Treckmeister. Als nächster König von Bear Ridge. Als Shepherd.

Sharon betrachtete ihn. Der Wind auf dem Balkon brachte ihr Haar durcheinander, und sie glättete es mit den Fingern. »Ich weiß, was Sie denken, Mike.«

»Ach?«

»Es wäre klug, wenn Sie hierbleiben würden, genau wie TJ es gesagt hat.«

»Meinen Sie das auch?«

»Jemand muß sich um alles kümmern, wenn das hier vorbei ist.«

Sie hatte es nicht gesagt, aber sie glaubte, daß sie alle sterben würden. Vater, Sommer, die Gyrenen, alle. Sie wich seinem Blick aus.

Ich könnte nicht alleine weiterleben, dachte er. »Würden mich die Überreste des Königreichs als Führer anerkennen?«

Ihr Gesicht war abgespannt. »Mike, *ich* möchte nicht, daß Sie sterben.« Ihre Stimme klang heiser.

»Danke«, sagte er und berührte ihr Gesicht mit den Fingern. »Sie würden mich nicht anerkennen.«

»Doch, Mike, das würden sie.«

Ich würde es nicht, dachte er.

Die Schlacht fand in so weiter Entfernung vom Palast statt, daß sie nur dünne, sporadische Geräusche von Musketen hörte. Manchmal feuerten mehrere gleichzeitig, was ein Auf und Ab unnatürlicher Geräusche verursachte.

»Wir könnten etwas Regen gebrauchen«, sagte er.

/Warum?/ fragte A:alpha.

»Der Gegner verfügt über Waffen, deren Pulver und Zündvorrichtungen ... du kannst es tun!«

Sharon folgte diesem Gespräch mit verwirrtem Gesichtsausdruck.

/Manchmal/, erwiderte I:imbawe, /wenn die Zeit reif dafür ist./

Mike sah, daß I:imbawe das Problem augenblicklich begriffen hatte. »Jetzt begreife ich das Wetter während des Trecks«, sagte er vernehmlich.

I:imbawes Aura verfärbte sich und bekundete Zustimmung. /Es ist für die Prüfung des Trecks notwendig. Manchmal./

»Versucht es. Versucht es jetzt«, verlangte Mike. »Ihr seht die Notwendigkeit doch bestimmt ein.«

/Aber wir würden uns in die Schlacht einmischen/, sagte O:omega, indem er rasch mit seinen Augenmembranen zwinkerte.

/Nein/, erklärte I:imbawe, /wir würden uns den Treckmeistern und den übrigen Lebewesen *unserer* Welt anschließen./

/Das stimmt/, sagte A:alpha. /Sollen wir verschmelzen?/

O:omega strahlte sofortige Zustimmung aus.

Die drei Schwimmhäuter stellten sich nebeneinander und wandten ihre Gesichter den Bergen zu. Mike beobachtete, wie sich ihre Auren trafen, verschmolzen und ausdehnten.

Aufgeregt sagte er zu Sharon: »Sie werden versuchen, es regnen zu lassen!«

»Wie machen sie das?«

»Ich weiß es nicht«, gestand er. »Ich kann es mit Sicherheit nicht. Aber sie können es, glaube ich. Erinnern Sie sich an das, was ich Ihnen über die Auren erzählt habe? Sie haben sie miteinander verbunden.« Er redete weiter und erzählte ihr seine Theorie über das Wetter während des Trecks und andere seltene und eigenartige Wetterphänomene.

»Was für eine wissenschaftliche Goldmine«, sagte sie. »Aber wie? Wie kann ein denkendes Wesen so etwas wie das Wetter beeinflussen?«

»Da muß ich passen«, sagte Mike.

»Eine Art von energetischer Interaktion mit natürlichen Lasern innerhalb der Atmosphäre?« fragte sie.

Der Zusammenprall der beiden Armeen unterbrach seine Gedankengänge. Zeit aufzubrechen, dachte er. Mutter sag ich nichts, ich gehe einfach.

Sharon unterbrach erneut seine Gedanken. »Mike, ist Ihnen bewußt, daß das Problem beseitigt ist, wenn die Schwimmhäuter mit Ihnen kooperieren? Das bedeutet, daß sie nach den Richtlinien der Föderation kein ›eigenständiges‹ Volk mehr sind. Und da sie das Wetter verändern können, wird die wissenschaftliche Gemeinschaft der Föderation gestatten – nein, verlangen, daß Bear Ridge in die Föderation aufgenommen wird.«

Daran hatte er nicht gedacht. »Das werden Sie vielleicht mit Tirano klären müssen.« TJs Traum so nahe, und doch gegenwärtig in so weiter Ferne. Ein Traum war es immer gewesen. Wirklichkeit nicht mehr. Die einzige Konstante war der Tod. Seine Aura mußte seine Gedanken widergespiegelt haben, denn A:alpha zweigte ein winziges Stückchen Energie ab, um sein Selbstvertrauen wieder aufzurichten.

In diesem Moment trat Alfred auf den Balkon heraus und zeigte zur Stadt hinüber. »Prinz Michale, ich muß Ihnen das zeigen.«

Aus Crimson Sapphire quoll ein unaufhörlicher Strom von Menschen hervor. Größtenteils Männer, aber auch viele Frauen. Er konnte erkennen, daß sie mit allem bewaffnet waren, was ihnen gerade vor die Hände gekommen war. Mit Spazierstöcken, Besen, Assagais, Armbrüsten.

»Was haben sie vor?«

»Für das zu kämpfen, woran sie glauben, und ihr Land zu verteidigen«, sagte Rebecca Sing, die gerade leichtfüßig die Außentreppe hochgeklettert kam. Sie trug eng anliegende Hosen und eine dicke Jacke. Ihr geflochtenes blondes Haar fiel über die Armbrust herab, die sie sich auf den Rücken geschnallt hatte. Mike zählte drei Dolche in ihrem Gürtel. Das stets wartende Lächeln zupfte an ihren Mundwinkeln. »Willkommen zu Hause, Mike.«

Sharon trat neben ihn und hakte ihren linken Arm bei seinem rechten unter.

Rebecca lächelte. Die Sommersprossen schienen auf ihrem Gesicht zu tanzen. Mike spürte, wie die alte Anziehungskraft zurückkehrte, seine Aufmerksamkeit von der vor ihnen tobenden Schlacht ablenkte. Unwillkürlich griff seine Aura nach der ihren. Er stellte fest, daß sie zurückhaltend neutral war, entschlossen zum Kampf. Jemand anderes drängte sich in sein jetzt geschärftes Bewußtsein: Sharon. Er konnte ihre Gedanken aus ihrer Aura beinahe herauslesen. Er spürte, daß seine eigene Aura zu ihr hingezogen wurde, von Rebecca weg. Er drehte sich um und blickte Sharon in die Augen, und irgendwie verschmolzen sie miteinander. Er sah die plötzliche Veränderung durch ihre Augen, und ihre Aura wechselte zu einem Scharlachrot über und dann zu einem Überschwang an Gefühlen, deren Heftigkeit ihn überraschte. Er stellte fest, daß er reagierte, als sich ihre Auren verbanden.

Und er wußte, alles würde gut werden.

»... wir gehen dort raus und helfen, so gut wir können«, sagte Rebecca soeben.

Er konzentrierte sich wieder auf Rebecca und die Schlacht.

»Wir sind nicht sonderlich organisiert«, sagte Rebecca, »aber wir werden tun, was wir können.«

»Warte«, sagte Mike. »Ich habe eine Idee. Alfred?« Seine Stimme dröhnte.

»Prinz?«

Mike sah das bloße Schwert in Alfreds Hand. Mike fragte sich, ob er, der Prinz des Königreichs, als einziger Mann in Crimson Sapphire zurückbleiben würde, der nicht kämpfte. »Alfred, Sie begleiten Rebecca. Übernehmen Sie das Kommando über die Stadtbevölkerung.

Lassen Sie die Leute nicht in die Schlacht ziehen, denn sie würden rasch und nutzlos sterben. Statt dessen sollen sie die Amarantfelder umzingeln – das Schlachtfeld. Es wird im Moment überflutet, und bald wird es regnen.« Er blickte zum sich verdunkelnden Himmel empor. Schwarze Wolken begannen über den Bergen zu brodeln. Er spürte die Kraft der drei miteinander verschmolzenen Schwimmhäuterauren, die fordernd am Werk waren. »Mit dem Regen und der Überschwemmung wird sich dort bald niemand mehr fortbewegen können. Sie werden sich durch den Schlamm hindurchkämpfen, um ...«

»Das ist es!« sagte Rebecca. »Es *wird* funktionieren. Sommer und ich ... also, die Felder werden rasch überflutet werden. Unberittene Männer werden die größten Schwierigkeiten haben. Sie werden zu entkommen versuchen.«

»Richtig«, sagte Mike, »der Gegner wird auf trockeneres Gelände zu gelangen versuchen. Sie werden langsam herauskommen, einer nach dem anderen, und man kann sie leicht überwältigen.« Ein kräftiger, kühler Windstoß fegte über den Balkon. Beeilt euch! verlangte seine Aura von den Schwimmhäutern.

Alfred rannte bereits die Treppe hinunter zu seinem wartenden Pferd.

Rebecca schaute Mike noch einmal an, dann lief sie dem Herold hinterher.

»Es geht aufwärts«, sagte Mike mit stockender Stimme.

Sharon beobachtete, wie die beiden Streitkräfte aufeinandertrafen. Mike schaute ebenfalls hinüber, und die Gestalt seines Vaters, der den Angriff leitete, war nicht zu übersehen. Das sah ihm ähnlich. Unmittelbar in vorderster Front. Kann ich weniger tun?

Sharon mußte seine Gedanken erraten haben. »Ein bewundernswerter Mann, hm?«

»Ja.«

»Sein Einfluß ist zumindest bemerkenswert«, sagte Sharon, »mit all den Frauen dort draußen, die bereit sind, für ihn zu kämpfen.«

Mike nickte. »Dann hat er also gesiegt, nicht wahr? Selbst wenn er die Schlacht und sein Leben verliert, hat er gesiegt.«

Sie preßte seinen Arm. »Wir haben alle gewonnen.«

Mike begriff, daß sich so gut wie alles, was TJ als König unternommen hatte, nun auszahlte – jedoch nicht so, wie er es beabsichtigt hatte.

»Wer ist das?« fragte Sharon und zeigte mit der Hand.

Auf der anderen Seite der Stadt tauchten schnell reitende Männer aus dem Wald hervor. Vielleicht zweihundert, schätzte sie. »Vaqueros«, sagte er. Seine eigenen Vaqueros von seinen Herden. »Sie werden in wenigen Minuten hier sein.«

»Mike! Nein. Du nicht auch noch!«

»Es ist die einzige Armee, die ich aufstellen konnte.«

»Also gut, verdammt noch mal«, sagte sie, indem sie den Deckel ihres Armbandrechners aufspringen ließ und einen hauchdünnen Fortsatz am Ring ihres Zeigefingers befestigte. »Dann gehe ich auch.«

»Nein! Opfere nicht deine Stellung in der Föderation.«

»Zur Hölle mit der Föderation«, sagte sie. »Man würde es mir nie verzeihen, wenn ich nicht das täte, was ich tun muß.«

»Sharon«, er hüllte sie in seine Aura ein, »ich brauche deine Hilfe. Wenn ich weg bin, wird niemand mehr da sein, der Mutter oder Felicia helfen könnte. Das könntest du tun. Sie sind nicht kräftig. Du könntest sie retten. Ich habe dich in Nihaoma gesehen, ich weiß, daß du es kannst.« Er verstärkte seine Aura, bis sie drängend, fordernd war, seine Sorge zeigte. Sie schwankte. »Wir brauchen deine Anwesenheit hier, um die Schiffe zu überwachen, für den Fall, daß sie sich zum Eingreifen entschließen sollten. Überleg mal, wieviel du ausrichten kannst. Wenn wir gewinnen, werden wir dich dringender brauchen als je zuvor, siehst du das nicht ein?« Ich werde dich ebenfalls brauchen, flehten seine Augen. »Tust du es für mich?«

»Ja«, sagte sie.

Er packte sie und küßte sie heftig. Der Kuß war plump und unbeholfen – aber er erweckte in ihm das Verlangen nach etwas, das er, wie er bis dahin nicht gewußt hatte, nötig brauchte. Er riß sich von ihr los und rannte die Außentreppe zu seinem Pferd hinunter, mit den Gedanken bereits bei dem Flankenangriff, den er mit seinen zweihundert Vaqueros ausführen würde.

64 TJ

Nach den ersten Salven gab TJ mit erhobenem Schwert das Zeichen und lenkte den Rappen auf Tiranos Reihen zu. Der Idiot hatte seine Soldaten in breiter Front auseinandergezogen.

TJ blickte sich um und sah, daß seine Gyrenen hinter ihm einen Keil gebildet hatten. Zur Rechten und zur Linken ahmten Manny und Sommer seine Bewegungen mit ihren Truppen nach.

Als er sich der Formation des Gegners näherte, bemerkte er, daß einige von ihnen Reittiere hatten – überwiegend Offiziere und Unteroffiziere, aber viele in der vordersten Reihe waren beritten und bereit, dem Angriff der Bear-Ridge-Soldaten entgegenzutreten. Zumindest hatte Tirano jemanden, der wußte, wie Schlachten geschlagen wurden. Er sah, daß viele gegnerische Soldaten ihre Waffen neu geladen hatten. Einige feuerten vorzeitig, und eine Kugel prallte an seinem Kettenpanzer ab. Er zuckte zusammen, als seine Schulter zum erstenmal seit Wochen zu schmerzen begann.

Nur noch Sekunden bis zum Zusammenprall mit dem Gegner. Er überprüfte zweimal seine Position, indem er ungefähr auf Tiranos Befehlsstand zuhielt. Dies war das Ziel. Den Feind zu enthaupten. Tirano zu töten und Bear Ridge vielleicht von der Vorherrschaft Zwei Zungens zu retten. Er hoffte, daß sich Tirano nicht verändert hatte und es keinem Offizier gestattete, ihm seine Macht streitig zu machen, so daß es keinen unmittelbaren Nachfolger geben würde. Falls, fügte er hinzu, dieser Angriff erfolgreich war. Ein böses Spiel, dachte er. Welcher der drei Dragoner würde Tirano als erster erreichen? Würde überhaupt einer überleben?

Zeitlich perfekt aufeinander abgestimmt, verteilten sich seine Gyrenen nun hinter seiner Position. Er sah, daß sich Manny links von seiner Gruppe abzusetzen begann. TJ trieb sein Pferd zu einem verzweifelten Galopp an und überholte Manny.

TJ dirigierte den Rappen zu dem größten Mann auf dem größten Pferd in der kompakten Schlachtreihe vor ihm und zog in Erwartung des Zusammenstoßes die Schultern hoch. Immer noch flogen ihm Armbrustbolzen über den Kopf und gingen auf die geschlossene Formation der Soldaten von Zwei Zungen nieder. Er roch nun verbranntes Pulver, und die dünnen Geräusche des Musketenfeuers unterbrachen das Dröhnen von Tausenden von Pferdehufen.

Der Rappe sprang behende über einen kleinen Bewässerungsgraben, und sie krachten in vollem Galopp in die Formation des Gegners. TJ war für die Wucht des Aufpralls gewappnet und sah sein Ziel schreien, als die Schulter des Rappen sein Bein gegen dessen Pferd schmetterte. Der Rappe taumelte, blieb jedoch auf den Beinen, während das andere Pferd stürzte, wobei es Fußsoldaten zerquetschte und mit seinen ausschlagenden Füßen ein Chaos verursachte.

Plötzlich war der Lärm ohrenbetäubend. Seine Zähne schmerzten von dem Aufprall.

Die unmittelbar hinter ihm befindlichen Gyrenen zwängten sich durch die Lücke, die er geschaffen hatte, und vergrößerten sie, als sich der vorwärtsstürmende Keil hindurchzwängte.

Ha! Wir werden diese Narren lehren, wozu Bear Ridge-Soldaten fähig sind. Während er sich ein Ziel auswählte, knallte eine Musketenkugel in seinen Kettenpanzer und lähmte seine Brust. Er sah, daß sein Medaillon eingedellt war und beugte sich vor.

Mit einem Schwerthieb öffnete er die Brust eines Mannes. Mehrere Fußsoldaten torkelten auf ihn zu, offenbar hatte man sie angewiesen, ihn zuerst zu Fall zu bringen. Eine leergeschossene Muskete prallte scheppernd von seinem Helm ab, doch er beachtete diesen Gegner nicht. Sein Fuß stieß vor, der Stiefel zerschmetterte die Nase eines Mannes. Der Witwenmacher erledigte einen weiteren.

Er trieb den Rappen vorwärts, indem er zwei weitere Männer überrollte. Die Bodentruppen schlugen mit ihren Kurzschwertern nach den Beinen des Hengstes, versuchten das Tier bewegungsunfähig zu machen. Er ließ das Pferd nach vorne in weitere Fußsoldaten hineinspringen. Der größte Teil des Amarants war zertrampelt, und die Felder sahen wie abgemäht aus.

Sie hatten die vorderen Linien durchbrochen und befanden sich nun im Mittelpunkt des Geschehens. Er sah, daß ihre Vermutungen hinsichtlich der Bewaffnung zutreffend gewesen waren: Tiranos Soldaten hatten nun keine Zeit zum Nachladen mehr, darum mußten sie ihre Kurzschwerter benutzen. Aufgrund ihrer zahlenmäßigen Überlegenheit konnten einige jedoch dem Kampf Mann gegen Mann ausweichen und ihre Waffen nachladen. TJ stürmte durch eine gegnerische Gruppe hindurch, die gerade damit beschäftigt war. Er enthauptete einen Nachlader und stach einen anderen durch die Schulter.

Ein Sergeant von Zwei Zungen auf einem drahtigen

roten Pony ging auf ihn los, doch das Tier glitt am Rand eines Grabens aus und stürzte.

TJ stürmte vor, den Weg für seine Gyrenen freimachend. Er wollte nicht zu rasch vordringen und sie zurücklassen, aber er wußte, daß ein langsames Vorgehen bedeuten würde, im Schlamm zu versinken und inmitten des Feindes zur Zielscheibe zu werden. Er hoffte, daß seine zeitliche Abstimmung gut war, daß die dreiseitige Zangenbewegung funktionierte. Von einem Befehlsstand aus betrachtet würde es so aussehen, als strebten die drei getrennten Streitkräfte von Bear Ridge durch den Feind auf einen bestimmten Punkt zu und würden dann wenden und sich miteinander vereinigen – wobei sich seine mittlere Streitmacht aufteilen würde – um den Feind zwischen sich aufzureiben und eine zentrale Position einzunehmen. In Wirklichkeit versuchten sie zu Tirano und dessen Generalstab vorzudringen.

Er wehrte ein Kurzschwert und einen Bolzen von hinten ab, traf den Mann unter der Achsel und schaltete die Bedrohung aus. Tiranos Soldaten behinderten sich gegenseitig bei dem Versuch, seiner habhaft zu werden. TJs Hiebe waren ungehindert und kräftig. Körperteile flogen umher, und es spritzte Blut. Zu verstümmeln war unter den gegebenen Umständen ebenso wirkungsvoll wie zu töten.

In seiner ungeschützten linken Gesäßbacke flammte ein sengender Schmerz auf, und er nahm sich Zeit, um nach unten zu blicken. Ein Dolch war dort eingedrungen. Er setzte seinen Angriff fort, attackierte eine Ansammlung von Männern, die einen Kreis von mit Musketen bewaffneten Soldaten umringten. Männer und Tieren lagen nun am Boden, schreiend und fluchend und sterbend. Neben ihm stürzte ein Gyrene mit einem Pfeil im Rücken nach vorn, und TJ bohrte dem Schuldigen sein Schwert ins Auge.

Kurzzeitig blieb sein Schwert in Schulter und Panzer

eines Soldaten stecken, während ihn ein anderer angriff. TJ zog mit der Linken das Messer aus seinem Schenkel und schleuderte es auf den Angreifer. Er hatte gut gezielt, und dieser Soldat stürzte mit dem aus seiner Kehle ragenden Messer zu Boden.

Zwei berittene Männer nahmen den Platz dieses Soldaten ein, und TJ schlug nach den Köpfen ihrer Pferde, trennte sie voneinander. Die Hufe des Rappen warfen einen von ihnen in den Dreck, und er verlor den anderen aus den Augen.

Er sah, daß sein roter Saphir hell leuchtete, blinkend wie eine Lampe.

Einige Sekunden lang war er frei. Er bemerkte, daß Wolken heranrollten, und musterte den Boden. Das Wasser aus den Wassergräben hatte den Boden nicht nur aufgeweicht, es strömte bereits ungehindert. Als drei Gyrenen an ihm vorbeistürmten, sah er, daß die Fesseln ihrer Reittiere naß, aber noch nicht bedeckt waren. Würde der Überflutungsplan funktionieren? Und Cruz würde all die Jahre des politischen Kampfes wieder gutgemacht haben, wenn es bald regnete.

Die drei Gyrenen gingen in einer unregelmäßigen Salve von einem weiteren Ring von Musketenschützen zu Boden. TJ führte einen Angriff auf diese Gruppe an, trampelnd, hackend, aufschlitzend. Er schnappte sich einen Assagai von einem führerlosen Pferd und schleuderte ihn, wobei er den Offizier, der über diese Gruppe das Kommando führte, durchbohrte. Als er zurückblickte, sah er, daß sich die Reihen seiner Gyrenen zwar lichteten, die restlichen jedoch tapfer bei ihm blieben. Ein Pfeil prallte an seinem Sattelknauf ab, und er fluchte, doch dann, als ihm sein Glück bewußt wurde, lachte er. Adrenalin durchpulste ihn, und er stieß einen Kriegsschrei aus, während er eine Grabenböschung hinunterritt, durch die steigenden Fluten plantschte und auf der anderen Seite wieder auftauchte und zwischen Büschen ein halbes Dutzend Männer überraschte, die gerade mit ihren Waffen zielten. Er krachte gegen den letzten Soldaten und drängte weiter. Gewehrschüsse lösten sich, und der Rappe schrie seine Angst vor den ungewohnten Geräuschen und Gerüchen hinaus. Doch das Pferd war trainiert und schlug mit den Hufen um sich, zerschmetterte einen Schädel.

TJ fragte sich, wie lange sie wohl schon kämpften. Es kam ihm vor wie viele Stunden, aber wahrscheinlich war es weniger als eine. Obwohl der hohe Adrenalinspiegel seinen Atem beschleunigt hatte, war er noch nicht außer Atem. Während er auf einen Soldaten zu seiner Rechten einschlug, griff er mit der linken Hand nach unten und packte einen angreifenden Gegner zu seiner Linken an der Kehle, hob ihn über den Rappen und schleuderte ihn auf den Soldaten rechts von ihm. Der Rappe sackte durch das plötzliche Gewicht ab, hielt sich jedoch auf den Beinen.

Rauch stieg von den Musketen auf, und das prasselnde Geräusch der Schüsse hallte über den Kämpfern wider. Der Himmel verdunkelte sich, und er dachte kurz an Regen, und sein roter Saphir leuchtete auf. Er wußte, daß seine Gyrenen furchtbare Verluste erlitten. Er sah Gyrenen kämpfen, ohne Rücksicht auf ihre Wunden. Seine linke Hand war feucht von seinem Blut – von seinem Gesäß, glaubte er, bis er die Schnittwunde knapp über seinem linken Ellbogen sah. Er stieß den Helm zurück und fragte sich, ob sie siegen würden.

Der erste beißende Regentropfen traf seine Wange. Während er weiterkämpfte, wurde der Regen stärker, ein leichter, aber stetiger Regen, der an Intensität zunehmen würde. Er sah, daß die Steinschloßgewehre nicht mehr funktionierten.

Einer der letzten an diesem Tag abgefeuerten Schüsse traf sein Pferd in die Kehle, und der Rappe stieg vorne hoch.

TJ schlug auf dem schlammigen Boden auf und rollte

sich ab, wobei er darauf achtete, den Witwenmacher nicht zu verlieren. Er empfand ein flüchtiges Bedauern, weil er den Rappen gern von seinen Leiden erlöst hätte. Doch er war zu sehr mit Kämpfen beschäftigt. Das Pferd würde unter Schmerzen sterben müssen.

Soldaten stürmten mit neuem Enthusiasmus auf ihn zu, indem sie ihre Musketen und Kurzschwerter schwangen. Er mußte flink sein, von Ort zu Ort springen, durfte nicht länger als eine Sekunden an einer Stelle verweilen, damit den Armbrustschützen keine Zeit blieb, genauer auf ihn zu zielen. Er stolperte im Schlamm, und zwei Armbrustbolzen kreuzten sich an der Stelle, wo er eben noch gewesen war. Die Soldaten von Zwei Zungen waren nicht so tüchtig wie seine eigenen, und schlechtgezielte Bolzen und Pfeile trafen überwiegend ihre eigenen Truppen – ein Vorteil einer kleineren Streitmacht, die eine größere angriff.

Er roch Blut, und der Schlamm unter seinen Stiefeln färbte sich rot.

Ein Mann packte seinen Bart und TJ trennte seinen Arm am Ellbogen ab. Dann mußte er die Finger aus seinem Bart lösen, während der Arm vor seiner Brust baumelte. Er schlug einem jungen Offizier mit dem Arm ins Gesicht, bevor er ihm den Bauch aufschlitzte.

Vorübergehend verlor er die Orientierung und wußte nicht mehr, wo vorne war. Er stieß eine Armbrust beiseite und schlug auf den Bauch des Schützen ein. Er bestimmte seine Position.

Er stürmte weiter, indem er drei Schwertkämpfer vor sich hertrieb. Zwei weitere schlossen sich ihnen an.

Er bemerkte, daß Manny Vero sein Pferd in seine Richtung trieb, offenbar mit der Absicht, ihn zu retten. Ein feindlicher Soldat war auf das Hinterteil von Mannys Pferd geklettert und hielt Mannys Hals mit dem Arm umklammert. Manny hielt den Arm des Mannes fest, indem er ein Messer von seiner Kehle fernhielt, und trieb derweil sein Pferd auf TJ zu.

TJ versuchte ihm zuzurufen, daß er keinen Beistand brauchte, doch der Lärm übertönte seine Stimme. Einer der wenigen verbliebenen berittenen Offiziere des Gegners ritt an Mannys Seite, hielt seine Pistole an Mannys Hals und feuerte.

General Manny Vero taumelte langsam von seinem Pferd, das Gesicht vom Pulver verbrannt, den Hals vom Schuß zerfetzt. Der feindliche Soldat klammerte sich immer noch an ihn und stürzte in sein eigenes Messer.

Mit einem Wutschrei begann TJ um die eigene Achse zu wirbeln, wobei der Witwenmacher durch die Luft schnitt. Seine glitzernde Waffe tötete drei Männer, bevor sie reagieren konnten, und fuhr mit den geübten Schwüngen fort, indem sie ein Netz des Todes um ihn spann.

Der Offizier, der anscheinend begriffen hatte, daß er der Gegenstand von TJs Aufmerksamkeit war, versuchte zu entkommen, doch kämpfende Männer verstellten ihm den Weg. TJ bahnte sich einen Weg zwischen panisch flüchtenden Männern hindurch, indem er von der Seite und von hinten auf sie einschlug. Er hatte nur noch den Wunsch, zu töten und Vergeltung zu üben, und sah, ohne es bewußt wahrzunehmen, daß der Gegner seinen Blutdurst fürchtete.

Wie durch ein Wunder entstand ein schmaler Freiraum zwischen TJ und dem Offizier. Der Offizier schleuderte TJ seine inzwischen nutzlose Pistole entgegen und zog sein Kurzschwert. Der Mann, dessen langes schwarzes Haar ihm über die Schultern fiel, griff TJ an.

TJ sprang vor und schrie das Pferd an, das er beinahe erreicht hatte, womit er das Tier überraschte und es veranlaßte, in die Luft zu steigen. Ein rascher Schwerthieb öffnete eine große Wunde im Bauch des Pferdes und stellte sicher, daß es seinen Reiter nicht forttragen würde. TJ hüpfte im Schlamm um das niedersinkende

Pferd herum und zog den langhaarigen Offizier aus dem Sattel. Inzwischen stürmte hinter ihm eine Wand von Soldaten heran. Er stellte sich auf den Hals des um sich schlagenden Offiziers.

Mit einem Aufstampfen zerquetschte TJ die Kehle seines Gegners unter seinem Stiefelabsatz.

Er lachte die heranstürmenden Männer an, verspottete sie, sah die Angst in ihren Augen.

Der Regen fiel jetzt heftiger, behinderte seine Sicht. Um ihn herum stürzten Männer und Pferde, und er fühlte, daß das Wasser bereits knöchelhoch stand.

Er fragte sich, was Sommer wohl gerade tat. Obwohl er die respektlose Prophezeiung getan hatte, er und Sommer würden nur gemeinsam sterben, wünschte er, sie wären zusammen. Sie würden kurzen Prozess mit diesen Lumpen von Zwei Zungen machen.

Ein Niemandsland schien sich vor ihm aufzutun. Die Soldaten von Zwei Zungen hatten noch nie jemanden so kämpfen sehen, darauf hätte er gewettet. Die Angst stand ihnen nun in die Gesichter geschrieben. Er wußte, daß seine Gyrenen über eine bessere Kondition verfügten als der Feind und daß ihre Entschlossenheit und ihre Kampfeswut jeden Gegner entmutigen mußten.

TJ stand zwischen zwei Gruppen, immer noch auf dem toten Offizier. Wasser strömte über seinen Körper.

TJ schritt gelassen in dieses seltsame Auge des Schlachtorkans hinein und kniete nieder. Er zog Manny den Helm ab und strich ihm über die Stirn. Seine Hand wurde blutig. Er richtete sich auf, hob den Witwenmacher, sah, daß die Gyrenen ihn beobachteten, nickte ihnen zu, drehte sich um und stürmte auf die Fußsoldaten vor ihm zu.

Schlamm saugte an seinen Stiefeln, und das Laufen fiel ihm schwer. Er klatschte Mannys verängstigtem Pferd mit der Breitseite der Klinge auf die Hinterbacken und trieb es in die gegnerischen Reihen. Sein

Schwert schwingend, sprang er in die freigewordene Bresche.

Ab und zu wurde eine Muskete gehoben und zündete nicht.

Ein Gruppe von Gyrenen schloß sich ihm bei seiner neuen Unternehmung an. Sie befanden sich inmitten einer Zusammenballung feindlicher Truppen und kämpften nach allen Seiten. Obwohl die Soldaten von Zwei Zungen mutig waren, fehlten ihnen das Können und die Erfahrung seiner Gyrenen. Im Zweikampf waren sie unterlegen. Dennoch steckten die Gyrenen schreckliche Verluste ein. Um sich Raum zu verschaffen, kämpfte TJ gegen vier Gegner, die ihm nicht annähernd gewachsen waren. Sie fielen übereinander, und TJ nahm die Gelegenheit wahr, einen Aussichtspunkt zu erklimmen.

Auf den Leichen stehend und von Gyrenen umgeben, die ihn abschirmten, verschaffte er sich einen Überblick über die Lage. Von militärischer Aufstellung war nichts mehr übriggeblieben. Überall um ihn herum wurde gekämpft. Der Regen wechselte zwischen heftigen, kurzen Schauern und stetigem, leichtem Niederschlag ab. Hinter ihm waren die Felder mit Toten und Verwundeten übersät. Seine Gyrenen hatten ihre zahlenmäßige Unterlegenheit mehr als wettgemacht.

Sein roter Saphir leuchtete jetzt heller. Dort, weit drüben, entdeckte er während einer Regenflaute Vaqueros.

Mike!

Er spürte eine Welle von Stolz. Einen Moment lang beobachtete er die Vaqueros mit ihren Pferden, die es gewohnt waren, umherzuflitzen und auf der Stelle zu wenden. Sie hatten ein weit größeres militärisches Gewicht, als es ihrer Anzahl entsprach, und zogen große Teile des Feindes zur Flanke hinüber.

Vor ihm, auf einer flachen Erhebung, entdeckte er im hochaufragenden Schatten eines Transportschiffes eine Ansammlung von Wimpeln und vermutete, daß dies die Stelle war, die Tirano für seinen Generalstab ausgewählt hatte. Typisch Tirano, dem Kampf fernzubleiben.

Da! Sommer. Zu Fuß, an der Spitze größtenteils unberittener Soldaten, unterwegs zu den Wimpeln.

TJ sprang von dem Leichenberg hinunter, glitt im Morast aus, richtete sich auf und stürmte durch den Kreis der Gyrenen.

Sie nahmen seinen Schrei auf und warfen sich dem Feind erneut entgegen. Ein Kampfkeil mit dem König an der Spitze, durchstieß sie bröckelnde Abwehrlinien, alle von einem einzigen Ziel beseelt.

TJ durchwatete einen hüfttiefen Kanal, das Wasser verfluchend. Es behinderte ihn nun ebensosehr wie Tirano. Immerhin hatte es Tiranos Waffen außer Gefecht gesetzt. Als er sich umschaute, konnte er erkennen, daß die Pferde nicht mehr in der Lage waren, sich ungehindert zu bewegen. Tatsächlich steckten einige so tief im Schlamm, daß ihre Reiter absitzen mußten.

Seine rechte Hand schmerzte von den Schwerthieben, darum wechselte er zur linken über und wischte sich mit der rechten Wasser von den Brauen.

Er kämpfte weiter, hob mit der Rechten einen Assagai auf. Die rasiermesserscharfe Klinge, die dolchartige Spitze und die große Reichweite der Waffe machten sie viel wirkungsvoller als ein Schwert. Der Feind würde ihm keine gleichwertigen Waffe entgegenzusetzen haben, und darum stürmten TJ und seine Gyrenen weiter durch Regen und Schlamm voran.

Ein Schauer erwischte sie, und er konnte fast nichts mehr sehen. Teilweise bekamen die Kämpfe etwas Komisches, da Freund und Feind gleichermaßen unfähig waren, sich auf den Beinen zu halten, aus sicherer Standposition heraus Hiebe auszuteilen, geschweige denn sich fortzubewegen.

»Ich hoffe doch, daß du kein Prophet bist, TJ«, ertönte neben ihm eine Stimme.

»Sommer!« TJ wehrte eine geworfene Muskete ab, wobei ihm das primitive Bajonett an deren Ende die Wange streifte.

Und sie waren alle hinter ihm, erkannte TJ, die Soldaten des Aufgebots, deren Medaillen schlammbeschmiert an Halsketten baumelten. Es waren viel weniger als zu Anfang, wie auch seine Gyrenen unterwegs geblutet hatten und gestorben waren.

»Was meinst du?« fragte TJ, indem er seinen Assagai einem gegnerischen Offizier entgegenschleuderte.

»Ich hätte auf seinen Brustkorb gezielt, TJ, nicht auf seinen Schenkel«, sagte Sommer. »Wir haben ihnen vernichtende Schläge zugefügt, aber wir sollten das hier besser bald zu Ende bringen, der Morast und das Wasser werden allmählich unangenehm.« Sommer sprang vor, und sein vorschnellender Fuß schlug einem Soldaten die Zähne ein. Der Mann ging zu Boden und übergab sich.

»Unangenehm auch für sie«, grunzte TJ, indem er sich einen Weg durch einen angeschwollenen Graben hindurchbahnte.

Sommer bückte sich, grapschte ein Messer aus dem Morast und warf es auf einen Colonel. »Daneben.«

TJ dachte, er hätte einen Treffer an der Schulter nicht als Fehlwurf bezeichnet. »Ein Colonel. Wir sind dicht dran.«

Sommer zögerte und schaute sich um. »Manny und seine Männer sind zu euch gestoßen?«

»Ja. Aber Manny ist tot.«

Dann war Sommer weg, rennend, über das ansteigende Wasser gleitend, und entriß einem Soldaten das Schwert, so daß er nun in jeder Hand eines hatte. Er begann sich wie zuvor TJ um die eigene Achse zu drehen, jedoch schneller und ebenso tödlich. Er spann sich in einen stählernen Kokon ein und wirbelte in den dichtgedrängten und verängstigten Feind hinein. Sommer schlug sich eine Schneise zu den Kriegsbannern frei, und TJ folgte ihm, im Bewußtsein, daß ihre restlichen Männer unmittelbar hinter ihnen waren.

Bald hatte er Sommer eingeholt, trennte das Bein eines Armbrustschützen ab, der gerade auf Sommer zielte, rutschte aus und fiel auf die Seite.

Gemeinsam warfen sie sich auf den Feind, ihn tötend, zerstreuend, in Angst und Schrecken versetzend, ein perfektes Paar, Sommer auf der Linken, TJ auf der Rechten, wie in alten Zeiten.

TJ sah einen Mann, den er als Geistlichen wiedererkannte, einen schlammbedeckten Soldaten mit seiner Medaillenkette erwürgen.

Sie griffen wie besessen an, überwältigten alles, was sich ihnen in den Weg stellte. Nichts schien sie aufhalten zu können, und bald flohen Tiranos Soldaten vor ihnen, weigerten sich zu kämpfen.

Sommers hochgerissener Fuß wehrte eine niederstürzende Axt ab, und TJ mußte den Witwenmacher wie einen Speer auf einen anderen Offizier schleudern, der einen Vaquero von hinten zu erdrosseln versuchte.

Als er sein Schwert zurückholte, wurde ihm klar, daß es die Vaqueros bis hierher geschafft hatten. Wo war Mike?

Der Wasserspiegel stieg weiter, während ihr Keil gegen den entmutigten Gegner anstürmte. TJ befand sich gerade bis zum Oberschenkel in einem Graben und schlug mit dem Schwertknauf den Kopf eines glückslosen Soldaten ein.

Sie achteten nicht auf Tiranos Männer, die zu entkommen suchten, denn diese stellten keine Bedrohung dar. Tiranos Männer schienen von dem Regen und dem Morast und dem Wasser in den Gräben und Ackerfurchen völlig entnervt. TJ sah mehrere zu schwer beladene Soldaten in einem nahegelegenen Kanal ertrinken.

Mit einer geistigen Klarheit, die im Widerspruch zu seiner Verwicklung in die Schlacht stand, wußte TJ, daß Mike irgendwo dort draußen war und mit seiner Aura

Chaos verbreitete. Er spürte die mentalen Wellen und sah in feindlichen Gesichtern die gesteigerte Angst vor dem Unbekannten, als sie sich der Kommandozentrale näherten.

Inzwischen wurde fast nur noch vereinzelt gekämpft. Tiranos Truppen waren völlig demoralisiert, und zum erstenmal wurde ihm klar, daß er und seine Streitkräfte im Begriff standen, hier und heute einen größeren Sieg davonzutragen.

Er bemerkte, daß er und Sommer nun rascher vorwärtskamen. Ah, der unbeugsame Geist von Bear Ridge. Er dachte an Gwen und die Föderation, und dann verschloß er seinen Geist und dachte nur noch an den Kampf.

Er stürmte Sommer voraus, schneidend, im Zickzack laufend, hauend, mit Fingern in Augen stechend, während Schwert auf Schwert traf.

Ein kühler Wind von den Bergen besänftigte den Regen. Tiranos Generalstab befand sich unmittelbar vor ihnen. Sie schienen sich in einem Zustand des Schocks und der Auflösung zu befinden. TJ beschloß, sich ihre Verwirrung zunutze zu machen. Einige Soldaten von Zwei Zungen hämmerten an die Hülle des nächsten Truppenschiffes, doch nichts geschah. TJ sah, daß die Entladerampen eingezogen worden waren und es keine offenen Eingänge gab. Vielleicht hatte sich Sharon doch noch bei den Mannschaften der Truppenschiffe durchgesetzt.

Er hob erneut den Witwenmacher und rief zum letzten Angriff auf.

Seine Männer spürten wohl seine Erregung, seine Zuversicht, denn sie stürmten mit neuer Energie voran. Weiter seitlich entdeckte TJ Mike, der immer noch zu Pferde war und berittene und unberittene Vaqueros in die Richtung der Kommandostellung führte.

TJ warf sich auf den zurückweichenden Gegner, einen eigenartigen Schlammgeruch in der Nase, als wären seine Nasenlöcher verstopft. Er erkannte die Nutzlosigkeit der Schlacht, wie er es stets gegen Ende tat. Er tötete einen Mann mit einem Hieb, der das Kreuz spaltete, das er auf der Brust trug.

Er erkannte, daß Tiranos Männer in offener Flucht begriffen waren, wohin, wußte er nicht und sie wahrscheinlich ebenso wenig. Ausschließlich Offiziere schienen sich um dieses Truppenschiff zu drängen. Er bog um eine riesige Metallstütze, die im Morast versank, und kreuzte einen Moment lang mit einem Colonel die Klingen, bevor er ihn aufspießte.

Auch die Offiziere versuchten nun zu entkommen, doch es war zu spät. Sie waren dadurch, daß sie nicht früher geflohen waren, in eine Falle geraten. Pferde brachen sich in Gräben und Ackerfurchen die Beine. TJ sah kurzzeitig, wie Mike einen General stellte und ihn mit einem fürchterlichen Hieb tötete.

Männer peitschten ihre Pferde bei dem Versuch, sie aus dem tiefer werdenden Morast hinauszubekommen.

Das Wasser stieg weiter.

Sommer stak vor ihm fest, unfähig dazu, sich allein aus dem hüfttiefen Sumpf in einem Graben zu befreien, während er gegen zwei von Tiranos Offizieren kämpfte. Indem er sich einen sicheren Halt an einer Pferdeleiche verschaffte, zielte TJ über Sommers Schulter und warf die beiden Männer um. Als er sie zu fassen bekam, drückte er sie unter Wasser, bis ihr Strampeln aufhörte. Dann half ihm ein Gyrene, sich und Sommer aus dem Graben zu ziehen.

Sommer grinste verzerrt. »Kein großer Zusammenhalt auf Zwei Zungen.« An der Uniform eines gefallenen Generals wischte er den Dreck von seinem Schwert ab.

»Suchen wir Tirano«, sagte TJ.

»Dort drüben sind ein paar Generäle«, sagte Sommer und deutete auf zwei Männer, die sich durch einen Graben hindurchquälten.

Das Gemetzel hatte so gut wie aufgehört. Die Männer bemühten sich nur noch, sich aus dem Morast zu befreien, und konnten kaum noch Zeit oder Kraft zum Kämpfen aufbringen. Er sah schweigend zu, wie seine Männer in Tiranos Befehlsstand aufräumten. Die Offiziere begannen die Gyrenen neu zu formieren, um den Rest des Schlachtfelds zu säubern.

Mike kam Wasser verspritzend herbeigeritten, und sein Pferd erklomm den Erdwall, auf dem TJ stand. Er saß erschöpft ab.

»Sieht so aus, als ob wir gesiegt hätten«, sagte Mike. Er hatte seinen Helm verloren, und aus einer Kopfwunde sickerte Blut.

TJ nickte. Er berichtete Mike von Manny und deutete auf Sommer, der zwei Generäle unter Wasser drückte und mit einem Kopfschütteln andeutete, daß er Tirano nicht hatte ausfindig machen können.

Sommer gesellte sich wieder zu ihnen. »Kein Glück.«

Der Regen schwächte sich zu einem Nieselregen ab, dann hörte er praktisch auf. Die Wolken hingen immer noch schwer über dem Schlachtfeld.

»Tirano rennt irgendwo um sein Leben«, sagte Sommer.

»Er wird nicht weit kommen«, sagte Mike und erzählte ihnen von Alfred und Rebecca und der Stadtbevölkerung, die Flüchtende am Rande der Amarantfelder in Empfang nahmen.

Gyrenen verließen den Befehlsstand und begannen sich zu verteilen, um den Rest des Schlachtfelds zu durchkämmen. Vaqueros schwärmten in eine andere Richtung. Soldaten des Aufgebots bezogen eine Verteidigungsstellung in TJs Nähe.

»Mike«, sagte TJ, »könntest du Tiranos Aura ausfindig machen?«

»Ich könnte es versuchen, aber ich kenne ihn nicht«, sagte Mike.

Die Wolken brachen auf, und TJ sah die makabere

Szenerie von der untergehenden Sonne beleuchtet. Hatte die Schlacht lange gedauert? Er blickte zum Palast und meinte, hoch auf einem Balkon Gestalten stehen und herüberschauen zu sehen, doch es konnte auch Einbildung gewesen sein.

Die Gyrenen gingen nun zu einzelnen feindlichen Soldaten und Offizieren, die im Morast steckengeblieben waren, und entwaffneten sie. Es war genug getötet worden.

»Dort!« sagte Mike unvermittelt und zeigte mit der Hand.

Der Sonnenuntergang schien diese Wasserwelt mit Blut zu färben.

Ein kleiner, mit dem Gewand eines einfachen Soldaten von Zwei Zungen bekleideter Mann saß auf einem Apfelschimmel, der immer tiefer im Morast und Wasser eines Kanals versank. Das Pferd war in Panik, schwang seinen Kopf hin und her. Der Reiter bearbeitete seinen Hals gnadenlos mit einer Peitsche. Vom Sattel ragte ein eigenartiges T-förmiges Gestell empor.

»Ich überlege, ob wir ihm beistehen sollen«, sagte Sommer, der offenbar noch nicht begriffen hatte.

»Nein«, sagte TJ.

Sommer blickte ihn merkwürdig an. »Ein einfacher Soldat?«

»Tirano«, sagte TJ und wurde sich der Eiseskälte in seiner Stimme bewußt.

Das Pferd bäumte sich auf, und der Reiter fiel seitlich herunter. Das Pferd wieherte in Panik und schlug mit den Hufen um sich, dann geriet es in eine tiefere Stelle und verschwand.

Es tauchte einen Moment lang wieder auf, und man konnte erkennen, daß Tirano sich in den Schnüren des T-Gestells verfangen hatte.

Das Pferd ging erneut unter und zog Tirano mit sich. Tiranos Kopf tauchte Sekunden später wieder auf, sein Gesicht zeigte die Anstrengung, sich von dem ertrinkenden Pferd zu lösen. Tiranos Kopf verschwand unter Wasser. Dann tauchte er wieder nach Luft schnappend auf und blickte TJ unmittelbar an.

Tiranos Hand streckte sich hilfesuchend aus.

TJ schaute ungerührt zu, er wußte, daß Tirano ihn gesehen und wiedererkannt hatte.

Tiranos Hand flehte um Hilfe.

TJ stand wie versteinert da.

Das Pferd zog Tirano wieder hinab. Der zweifache Todeskampf brachte das Wasser zum Brodeln.

Tiranos Hand blieb über Wasser, verkrampfte sich, zuckte noch eine Weile und wurde dann reglos.

Ein fremdartig aussehender Vogel mit einem geschwungenen, breiten Schnabel stieß vom Himmel herab und ließ sich auf der Hand nieder, sich Wasser aus dem Gefieder schüttelnd.

TJ blickte Mike und Sommer an, drehte sich um und ging weg.

TJ stand in der Kuppel auf dem obersten Stockwerk des höchsten Gebäudes von Federation Central. Die Kuppel verdunkelte sich durch die Sonneneinstrahlung, während diese Sonne *in falscher Richtung* über den Himmel wanderte! Ebensowenig konnte sich TJ an die drei Monde und deren scheinbar zufällige Bahnen gewöhnen.

Er bemerkte, daß er der einzige in der Kuppel war. Obwohl viele der höheren Etagen in anderthalb Kilometern Höhe Aussichtskuppeln hatten, in denen man die Stadt betrachten konnte, war er der einzige, den er seine Kuppel jemals hatte benutzen sehen. Das hieß, er und die Ratsdelegation von Bear Ridge. Es machte ihm keine Angst, in zwei Kilometern Höhe auf nichts zu stehen. Eher gefiel es ihm.

Das oberste Stockwerk des Gebäudes rotierte, damit die Ratsmitglieder alle Teile der ausgebreitet daliegenden Stadt sehen konnten – obwohl die meisten die Aussicht statt dessen auf ihre Zimmerwände projizierten. TJ vermutete, daß die Rotation ihr Schwindelgefühl und ihre Höhenangst verstärkte. Die Stadt breitete sich vom Mittelpunkt des Ratsgebäudes ausgehend in einem Schachbrettmuster aus. Wunderliche Kanäle und Flecken grüner Parks erinnerten ihn an die Amarantfelder. Seine Lieblingsgegend war der Südwestteil, wo die Architektur überdimensionalen Stechbienennestern glich.

Ein leises Geräusch sagte ihm, daß jemand sein Büro betreten hatte. Er sah auf seiner Armbanduhr nach der Zeit und las: 42. Nein, das war sein Pulsschlag. Die Zeit: 1445. Er hatte keine Verabredung. Er seufzte und schritt durch die nachgiebige Membran hindurch in sein Büro. Die Membran schloß sich hinter ihm.

Sommer saß auf TJs Schreibtischkante und betrachtete das Diagramm, das er an der Wand gelassen hatte. Es war eine vergrößerte Darstellung des Diagramms auf dem versenkt angebrachten Bildschirm in seinem Schreibtisch.

»Alles in Butter heute?« fragte TJ.

»Klar, TJ. I:imbawe, das versteht sich von selbst, ist so glücklich wie ein Cheshirejunges in den Schwänzen seiner Mutter. Becky und Gwen führen ihn herum, und anschließend werden sie bei der offiziellen Vorstellung des Rates erscheinen.«

»Rebecca«, verbesserte TJ automatisch.

Sommer beachtete ihn nicht. »Er scheint sich gut einzugewöhnen.«

»Besser als ich«, brummte TJ.

Sommer ging zu einem Schrank. »Einen Drink?« Er war halboffiziell gekleidet. TJ bedauerte kurzzeitig, daß er seinen Hofnarren verloren hatte.

»Warum sich jetzt ändern?«

Sommer schenkte Whisky in zwei Schwenkgläser ein und reichte TJ eines. »I:imbawe zufolge hat Mike bislang noch keine größeren Fehler gemacht.«

TJ nickte und war froh, Bear Ridge bei seinem Sprung in die Zivilisation nicht beaufsichtigen zu müssen. Veränderung würde über den Planeten hinwegfegen; weitblickende Männer und Frauen würden sich anpassen. Andere würden auf dem schmalen Grat zum Aufruhr balancieren und vor Ärger bewahrt werden müssen. Nun, solange Sharon Gold dort war, um ihm zu helfen, würde der Übergang glatter vonstatten gehen. Und A:alpha. Diese drei sollten in der Lage sein, die inneren Angelegenheiten von Bear Ridge zu regeln. Von Felicias Rat ganz zu schweigen. Irgendwann würde Mike über das Schicksal des Trecks entscheiden müssen. Mike – würde er der letzte Treckmeister sein? TJ setzte Vertrauen in seinen Sohn. Er war bereits zum König von Crimson Sapphire und Bear Ridge ausgerufen worden. Er fragte sich, ob Sharon den Königintitel annehmen würde, wenn die Übergangszeit vorüber war. Doch darüber brauchte er sich nicht den Kopf zu zerbrechen.

»Fahr dir einen Stuhl aus, Sommer, wir müssen mal miteinander reden.«

Sommer schüttelte den Kopf. »Diese Sachen gefallen mir nicht.« Er rutschte weiter auf TJs Schreibtisch hinauf und schlug die Beine übereinander. Er blickte TJ erwartungsvoll an.

»Ich bin bezüglich Zwei Zungen zu einer Entscheidung gelangt.«

»Ich hab's dir schon mal gesagt«, erklärte Sommer, »Verwaltungsarbeit liegt mir nicht.«

»Ich bin anderer Meinung, aber ich werde dich nicht zwingen. Ich brauche dich sowieso hier. Alfred ...«

»Alfred das Direktionsorganisationsgenie?«

»Klar doch. Mike braucht seine Leute, um das Königreich so zu führen, wie er meint. Alfred kann Zwei Zungen reorganisieren.« TJ hob die Hand, um Sommers Einspruch zuvorzukommen. »Nein, ich habe mich noch nicht entschieden, ob ich Zwei Zungen als mein persönliches Lehen behalten soll.«

»Du willst bloß nichts mehr mit Kellen Sing zu tun haben.«

TJ grinste. »Stimmt.« Eine Erinnerung kam ihm in den Sinn. »Ich fühle mich nackt, wenn ich nicht ständig bewaffnet bin.«

»Ich nicht.« Sommer tätschelte seinen Ärmel und seine Hüfte.

TJ grinste, als er an seine eigenen versteckten Waffen dachte. »Ich auch nicht.«

»Also, was ist denn nun so wichtig? Zur Abwechslung können wir uns einmal ausruhen. Keine drängenden Probleme, keine Bedrohungen, keine Intrige, keine Schlachten, keine Priester, kein Treck. Das Leben ist ein Kinderspiel. Was also kommt als nächstes?«

»Die Föderation.«

»Wie bitte?«

»Die Föderation.«

»Das meinte ich auch gehört zu haben.«

TJ ging zur Wand und deutete auf das Diagramm. »Das ist der Organisationsplan der Föderationszentrale und des Rates. Hier oben stehen die Ratsmitglieder, ich am Ende. Überwiegend Politik und Gesetzgebung. Diese gepunktete Linie hier zum Verwaltungsapparat zeigt, daß der Rat selbst keine starke Kontrolle über die tatsächliche Arbeit der Föderation ausübt. In Wirklichkeit kümmern sich Verwaltungsbeamte und Bürokraten um diese Dinge, obwohl die Ratsmitglieder wie Götter behandelt werden. Und sieh dir diese ganzen anderen Linien an. Punktiert. Fett. Hell. Farbig. Was für ein Durcheinander! Niemand kann da noch durchblicken. Das Problem ist also, folgendes in den Griff zu bekommen …«

Sommer stöhnte. »Wie wär's, wenn du uns erstmal eine Verschnaufpause gönnen würdest?«